«Svernströms Debüt hat in Schweden große Aufmerksamkeit erregt, viele sehen ihn als Nachfolger von Lars Kepler.» *Forlagsliv*

«Ein Pageturner, den man in einem Rutsch verschlingt.» *Boktanken*

«Clever und interessant. Ein ausgesprochen spannendes Debüt.» *Skånska Dagbladet*

«Ein außergewöhnlicher Erstling mit einem Plot, der eine vollkommen unerwartete Wendung nimmt.» *Dagens Nyheter*

«Ausgezeichnet und überraschend.» *Skaraborgs Allehanda*

«Berührend, brutal, packend.» *Bokmysan*

«Absolut empfehlenswert.» *Vargnatts Bokhylla*

Bo Svernström

OPFER

Thriller

AUS DEM SCHWEDISCHEN
VON ULLA ACKERMANN

Rowohlt Taschenbuch Verlag

Die Originalausgabe erschien 2018 unter dem Titel
«Offrens offer» bei Albert Bonniers Förlag, Stockholm.

Deutsche Erstausgabe
Veröffentlicht im Rowohlt Taschenbuch Verlag,
Hamburg, August 2019

Redaktion Stefan Pluschkat
Umschlaggestaltung ZERO Werbeagentur, München
Umschlagabbildung JOANA KRUSE / arcangel
Schrift aus der Dolly
Gesamtherstellung CPI books GmbH, Leck, Germany
ISBN 978 3 499 27629 3

TEIL EINS

Sonntag, 4. Mai

Es ist dunkel. Kühle Frühlingsluft weht durch den Park. Ich stehe neben einem Baum. Reglos. Es ist kurz vor Mitternacht.

Aus der Stockholmer Innenstadt dringt der übliche Verkehrslärm von Autos, Bussen und U-Bahnen herüber. Eine konstante Geräuschkulisse, die ich schon lange nicht mehr wahrnehme, die mir aber plötzlich bewusst wird.

Der Park liegt verlassen da. Abends wagt sich kaum jemand hierher. Die Leute haben Angst. Vor den schlecht beleuchteten Wegen, den lauernden Gefahren, eingebildeten oder realen. Vor Gefahren wie mir.

Die Anhöhe, auf der ich stehe, befindet sich am Rand des Parks, direkt neben dem Parkplatz der Schrebergartenkolonie. Eine der Laternen ist kaputt, der kleine Hügel ist nahezu komplett in Dunkelheit getaucht. Ich trage Tarnkleidung und habe mein Gesicht unter einer schwarzen Sturmmaske verborgen, ich bin so gut wie unsichtbar.

Bisher ist nur eine Person hier entlanggegangen, knapp zwei Meter von mir entfernt. Der Mann hat mich nicht gesehen, aber ich konnte seinen Atem hören. Kurz, schnell – als hätte er Angst.

Seitdem ist eine Stunde vergangen. Ich bin nicht nervös. Von meinem Versteck bis zum Parkplatz sind es keine dreißig Meter. Dort steht sein Auto. Der Weg unterhalb des Hügels ist der einzige Zugang, ich weiß, dass er hier wieder vorbeikommen wird.

Für einen kurzen Moment schließe ich die Augen, atme den erdigen Geruch ein und fühle mich beinahe befreit. Erleichtert.

Schließlich höre ich ihn. Knirschende Schritte auf dem Splitt, der nach den Wintermonaten immer noch die Wege bedeckt. Sein

Gang ist schnell, aggressiv. Sogar in der Dunkelheit strahlt er Unberechenbarkeit aus. Rücksichtslosigkeit. Gewalt.

Er verschwindet in der Dunkelheit. Den Autoschlüssel hält er bereits in der Hand – vorsorglich oder aus Angst? Doch er geht nach wie vor übertrieben selbstsicher.

Zwei Meter noch. Einer …

1

Montag, 5. Mai

«Was zum Teufel haben wir denn hier?», knurrte der Mann, der die Scheune gerade in einem blauen Ganzkörperoverall betreten hatte.

Kriminalhauptkommissar Carl Edson drehte sich zu ihm um.

«Schon wieder eine Vergewaltigung?», fragte der Mann gereizt.

Lars-Erik Wallquist war Kriminaltechniker.

«Der Bauer hat ihn gefunden», erwiderte Carl und deutete auf eine nackte Männerleiche, die in einem unnatürlichen Winkel an der Scheunenwand hing.

Sanfte Morgensonne fiel durch die Ritzen zwischen den Holzbrettern der Wand und durch das geöffnete Scheunentor und tauchte den Körper, der beinahe wie ein Kruzifix an der grauschwarzen Wand hing, in ein diffuses Licht. Die Luft stand still. Carl sah die tanzenden Staubpartikel und spürte die Wärme der ersten Sonnenstrahlen auf seinem schwarzen Anzug.

Er warf einen Blick auf seinen Notizblock.

«Georg Olsson, das ist der Bauer, hat um halb sieben die Notrufzentrale alarmiert. Ich bin seit einer Stunde hier ...»

«Heilige Scheiße!», entfuhr es Lars-Erik.

Carl quittierte die ungewöhnlich treffende Zusammenfassung des Anblicks, der sich ihnen bot, mit einem stummen Nicken.

«Einer unserer Neuen hat sich schon übergeben ...», sagte er und deutete in eine Ecke der Scheune.

Eine Pfütze, die aussah wie eine halbverdaute Pizza, schimmerte im Dämmerlicht.

«Idiot! Hätte er nicht nach draußen gehen können?»

Lars-Erik Wallquist mochte Menschen im Allgemeinen nicht und besonders nicht an Tatorten. Sein rundes Gesicht war oft gerötet, als ärgerte ihn etwas. Carl befürchtete ständig, sein Kollege würde jeden Moment einen Herzinfarkt oder Schlaganfall erleiden, was bei Wallquists stattlicher Leibesfülle nicht ganz unbegründet war – unter dem Bauch, den er vor sich hertrug, konnte man den Gürtel seiner Hose nicht mehr sehen.

«Er muss sich erst noch daran gewöhnen ...», sagte Carl. «Der Junge wollte einen guten Job machen. Erinnerst du dich nicht, wie wir damals waren? Als wir unsere Vorgesetzten beeindrucken wollten und Ambitionen hatten?»

Der Kriminaltechniker schüttelte den Kopf.

«Ich hatte nie welche.»

Er ging zu dem nackten Körper des Mannes, der ohne sichtbare Befestigung einen halben Meter über dem Scheunenboden hing.

«Und was zur Hölle hat der getan, um das zu verdienen?», fragte er.

«Eine Menge», erwiderte Carl. «Das ist Marco Holst alias Robert Jensen.»

«Scheiße ... Bandenrivalität?»

Carl zuckte mit den Schultern.

«Schwer zu sagen, aber er war offenbar im Geschäft. Wer auch immer dafür verantwortlich ist, wollte ihm jedenfalls eine ordentliche Lektion erteilen.»

Der Kriminaltechniker beugte sich vor und musterte die nackten, blutigen Füße des Mannes.

«Hat man ihn festgenagelt?»

Carl nickte.

«Sieht so aus.»

Lars-Erik richtete sich auf.

«Verdammt, gekreuzigt ... Möglicherweise mit einer Nagelpistole. Und sogar mit einer kleinen Platte unter den Füßen. Kein Wunder, dass man euch gerufen hat ...»

Carl nickte vage. Er war müde. Dabei hatte der Tag gerade erst begonnen. Am liebsten wäre er auf der Stelle wieder nach Hause gefahren und hätte vergessen, dass so etwas überhaupt geschehen konnte.

«Ja, vermutlich gekreuzigt», erwiderte er, um irgendetwas zu sagen. «Wenn es okay ist, gehe ich raus und rede mit dem Bauern.»

Lars-Erik zuckte mit den Schultern und sah Carl an.

«Mir ist scheißegal, was du machst.»

«Gut, dann ruf mich bitte an, wenn du hier fertig bist», erwiderte Carl auf seine üblich korrekte Art.

***

Es war Montagmorgen, der 5. Mai, 8:31 Uhr. Feiner Nebel hing noch in der Luft, doch über dem Hof schien bereits die warme Frühlingssonne. Ein leichter Wind trug die Geräusche des morgendlichen Berufsverkehrs von der dreihundert Meter entfernten E18 herüber: Tausende Autos mit müden, unausgeschlafenen Berufspendlern auf dem Weg nach Stockholm. Abgesehen von diesem Zeichen menschlicher Zivilisation lag die Scheune einsam und abgeschieden zwischen frisch bestellten Feldern. Lediglich ein schmaler, holpriger Schotterweg schlängelte sich bis zu dem großen Vorplatz des Gebäudes.

Trotzdem hatte jemand diese unscheinbare Zufahrt ausfindig gemacht, um das Opfer herzubringen und es dann – Carl suchte nach dem richtigen Wort – zu Tode zu *foltern*. Das erforderte Vorbereitung und Planung. So einen Ort entdeckte man nicht zufällig. Was bedeutete, dass der Täter mindestens ein Mal hier gewesen sein musste, was wiederum hieß, dass es möglicherweise Zeugen gab. Zugleich sprach es für ein extrem methodisches Vorgehen des Täters, was ein schlechtes Zeichen war.

Carl hatte das Gefühl, dass ihnen eine langwierige Ermittlung bevorstand. Für einen kurzen Moment schloss er die Augen und hielt sein Gesicht in die Sonne. Als wollte er Energie tanken, wie eine Pflanze.

Er wurde bald einundfünfzig. Sein dunkles Haar dünnte an den Schläfen bereits aus, allerdings ohne graue Strähnen. Zudem ließ ihn sein fein geschnittenes Gesicht jünger wirken. Einen Sommer hatte er sich einen Bart stehen lassen, ihn jedoch sofort wieder abrasiert, als er bemerkt hatte, dass er voller grauer Haare war.

Inzwischen arbeitete er fast sein halbes Leben als Polizist und hatte in dieser Zeit so ziemlich alles gesehen. Seine sechzehnjährige Tochter warf ihm ständig vor, ein gefühlskalter Faschist zu sein. Wenn er versuchte, sie ruhig darauf hinzuweisen, dass sie den falschen Ausdruck verwendete, stürmte sie immer aus dem Zimmer. Dabei wollte er ihr nur erklären, dass sie vermutlich «kühl» meinte. Das war jedenfalls die Art, wie er sich mittlerweile selbst erlebte, kühl. Als hätte ihn das Feuer verlassen: die intensiven Glücksgefühle, die brennende Empörung über Ungerechtigkeit, die Trauer und der Ekel angesichts all der schrecklichen Dinge, die er gesehen und erlebt hatte – nichts davon war mehr da.

Doch an diesem Morgen ging ihm die Szene in der Scheune unter die Haut. Nicht nur die Brutalität der Tat, sondern auch ihre offenkundig systematische Ausführung. Ausnahmsweise ließ ihn das Ganze nicht kalt.

War das gut? Er wusste es nicht. Stattdessen öffnete er die Augen und ging zu seinem Wagen. Der Bauer wohnte fast einen Kilometer entfernt.

Hinter ihm, aus dem halb geöffneten Scheunentor, drang Lars-Eriks Stimme, der sich über Polizisten und die Menschheit im Allgemeinen empörte.

«Idioten!», hörte Carl den korpulenten Kriminaltechniker fluchen, bevor er die Autotür zuzog und davonfuhr.

* * *

Lars-Erik Wallquist betrachtete die Leiche vor sich. Er ging zu seinem stark beanspruchten Aluminiumkoffer und nahm eine Spezialkamera mit Blitzlicht heraus, die Daten im ultravioletten Spektrum erfasste. Sein Assistent betrat die Scheune, wie sein Chef in einem blauen Plastikoverall, und begann, Scheinwerfer aufzustellen und Kabel an ein Stromaggregat anzuschließen, das bereits draußen auf dem Vorplatz brummte. Ein Scheinwerfer nach dem anderen flammte auf und tauchte das Innere der Scheune in grelles Licht.

«Das Stützbrett wurde erst vor kurzem montiert», sagte

Lars-Erik zu seinem Mitarbeiter und betrachtete die Leiste, auf der die Füße des Opfers standen. «Das Holz ist nicht verstaubt und weist keine natürlichen Alterungserscheinungen auf. Das Brett ist wahrscheinlich genau zu diesem Zweck angebracht geworden.»

«Fast kein Blut unter der Leiche», bemerkte der Assistent.

Lars-Erik brummte etwas Unverständliches.

Auf dem dreckigen Boden war eine deutliche Schleifspur zu erkennen, möglicherweise von einer Decke. Jemand war darübergelaufen und hatte Schuhabdrücke hinterlassen. Vermutlich dieser verdammte Neue, dachte Lars-Erik. Jetzt mussten sie auch noch die Sohlenprofile aller Anwesenden nehmen, völlig unnötig.

Er musterte die Schleifspur erneut. Sein Assistent hatte recht: kein Blut. Das definitiv hätte da sein müssen, wenn der Mann hier ermordet worden wäre.

Das Auffälligste an der Leiche – abgesehen davon, dass sie wie ein Kruzifix an der Scheunenwand hing – war, dass die Genitalien fehlten. Dort, wo Penis und Hodensack hätten sein sollen, klaffte eine dunkelrote Wunde, die normalerweise heftig hätte bluten müssen ...

Plötzlich erklang ein dumpfes, unmenschliches Stöhnen.

Lars-Erik und sein Assistent sahen auf.

Der Kopf der Leiche bewegte sich, hob sich. Die langen blonden Haare, die das Gesicht verdeckt hatten, fielen zur Seite. Die Leiche schlug die Augen auf. Der Mann, der einen Moment zuvor noch tot gewesen war, starrte sie an. In seinen Augen, die in dem blutverkrusteten Gesicht wie zwei schwarze Schlitze wirkten, lag ein Blick jenseits von Schmerz und Angst. Dann öffnete er den Mund und schrie, erst gurgelnd und zischend, dann immer lauter und klarer. Er schrie, bis ihm die Luft ausging und nur noch ein heiseres Röcheln aus seiner Kehle drang, dann holte er Luft und schrie erneut. Lauter und lauter.

2

Vor der Scheune standen zwei Rettungswagen mit Blaulicht. Warum zwei?, wunderte sich Carl. Hatte die Brutalität, mit der die Tat begangen worden war, den Mitarbeiter der Notrufzentrale so aufgewühlt, dass er gleich mehrere Krankenwagen geschickt hatte? Auf jeden Fall ein Fehler, dachte er.

Außerdem war es nichts besonders schade um Holst. Es gab bestimmt viele, die der Meinung waren, er hätte bekommen, was er verdiente. Carl bildete da keine Ausnahme.

Nach seinem Gespräch mit dem Bauern war er zur Scheune zurückgefahren. Georg Olsson hatte nicht mehr zu sagen gehabt als das, was er bereits dem jungen Polizeiassistenten von Stockholm-Nord erzählt hatte, dem Unglücksraben, der sich übergeben hatte.

Am Morgen war er mit dem Traktor zur Scheune gefahren, um seine Sämaschine zu holen. Das Vorhängeschloss am Tor war aufgebrochen gewesen. Er hatte einen Einbruch vermutet, aber stattdessen den Mann gefunden, der seinen Worten nach «wie eine Vogelscheuche» an der Scheunenwand hing. Und nein, davor war ihm nichts Ungewöhnliches aufgefallen. Keine Autos, keine Menschen.

«Die letzten Tage war ich meistens auf dem Feld», hatte er entschuldigend gesagt.

«Sie haben niemanden auf dem Zufahrtsweg zur Scheune gesehen? Oder auf den Straßen in der Umgebung? Jemanden, den Sie nicht kennen?»

Olsson hatte ein Snus-Beutelchen unter seiner Lippe hervorgepult, es in den Mülleimer geworfen und sich den Finger sorgfältig mit einem sauberen weißen Taschentuch abgewischt.

«Ich würde Ihnen ja gerne helfen, aber um diese Jahreszeit hab ich ziemlich viel um die Ohren, ich schau nur auf meine Felder. Ich bekomme ja nicht mal mit, wenn meine Frau an mir vorbeifährt.»

Carl hatte Verständnis dafür geäußert und sich verabschiedet. Jetzt lehnte er an seinem Auto und beobachtete den hektischen Betrieb auf dem Scheunenvorplatz, während er zu begreifen versuchte, wie Holst überhaupt noch am Leben sein konnte. Er hatte ihn gesehen – Holst war zweifellos tot gewesen. Und nun lag er dadrinnen, umringt von einem Notarztteam, das alles daransetzte, um ihn zu retten.

Als Carl durch das Scheunentor spähte, kamen zwei Sanitäterinnen heraus und gingen zu ihrem Rettungswagen. Er folgte ihnen.

«Wie geht es ihm?», fragte er.

Eine der beiden drehte sich um.

«Ich habe noch nie etwas Schlimmeres gesehen», sagte sie.

Ihr Gesicht kam Carl merkwürdig ausdruckslos vor, als stünde sie unter Schock.

«Kommt er durch?», fragte er.

«Wenn er Glück hat ...»

Die Frau stieg ein und schloss die Wagentür. Als der Rettungswagen langsam vom Hof fuhr, gab er den Blick auf einen dahinter parkenden schwarzen Mercedes-Kombi frei. Carl erkannte das Auto, es gehörte der Rechtsmedizinerin.

Sie hieß Cecilia Abrahamsson und war gerufen worden, um eine erste Leichenschau durchzuführen und den Totenschein auszustellen. Jetzt konnte sie nur danebenstehen und zusehen, wie die Sanitäter ihr Bestes gaben, um Marco Holst zu retten. Erst wenn das gelungen war, würde sie eine Einschätzung seiner Verletzungen aus kriminalistisch-juristischer Sicht vornehmen.

Und diese Einschätzung war es, die Carl interessierte.

Während er wartete, schritt er den Vorplatz der Scheune ab und vermaß ihn: zweiundzwanzig Schritte in der Länge, einunddreißig in der Breite.

Das Messen, Ordnen und Kategorisieren von Dingen und Sachverhalten gehörte zu seinen Gewohnheiten. Carl betrachtete das weit geöffnete Scheunentor. Es war fast vier Meter hoch und breit genug für große Landwirtschaftsmaschinen, dachte er. Ein perfekter Ort für ein Verbrechen – abgesehen von der Tatsache, dass der Bauer den Mann noch am selben Morgen entdeckt hatte.

Carl fragte sich, ob der Täter Marco Holst absichtlich hatte überleben lassen, ob er die Schwere der Verletzungen genau kalkuliert hatte, damit er nicht starb. Doch dieser Gedanke war so beunruhigend, dass sich alles in ihm dagegen sträubte.

Ein schepperndes Geräusch ließ ihn aufblicken. Holst wurde auf einer Trage aus der Scheune gerollt. Carl machte einen Schritt zur Seite, sah, wie der Tropf über dem verstümmelten Körper hin und her schwankte, betrachtete das verzerrte Gesicht, die blutverkrusteten blonden Haare.

Marco Holst konnte nur durch Zufall überlebt haben. Denn nun gab es einen Zeugen.

Als die Sanitäter die Trage in den Krankenwagen schoben, trat die Rechtsmedizinerin ins Freie.

Carl ging auf sie zu.

«Hallo», sagte er. Wie gewöhnlich fühlte er sich in Cecilia Abrahamssons Anwesenheit unbeholfen.

Sie war groß, fit und sehr ... *erwachsen.* Ihm fiel keine bessere Beschreibung ein. Sie sprach in einem herablassenden, selbstbewussten Ton und auf die typisch überlegene Art, die erfahrene Mediziner häufig an den Tag legten. Sie strahlte eine Autorität aus, die ihm das Gefühl gab, klein zu sein.

Vielleicht lag es aber auch an ihrer High-Society-Ausstrahlung, dieser selbstverständlichen, natürlichen Überheblichkeit, die daher rührte, niemals gezwungen gewesen zu sein, Kompromisse einzugehen oder auf irgendetwas zu verzichten, nicht einmal als Kind.

Außerdem hatte sie sich das Gesicht mehrfach liften lassen, sodass es Carl Schwierigkeiten bereitete, ihre Mimik zu deuten oder ihr Alter zu schätzen. Sie konnte ebenso gut auf die sechzig zugehen wie kürzlich dreißig geworden sein. Beim Reden spannte sich ihre Haut unnatürlich über die Wangen und um ihre blauen Augen herum, ihr Blick erinnerte ihn an eine Eidechse. Wenn sie lächelte, machten ihre Lippen nicht richtig mit, als würden sie sich widersetzen. Vielleicht gehörte es in ihren Kreisen zum guten Ton, das Älterwerden nicht zu akzeptieren, er wusste es nicht.

Carl vermied es, ihr ins Gesicht zu sehen, aus Angst, beim Starren erwischt zu werden.

«Wann kann ich mit ihm sprechen?», sagte er und richtete seinen Blick auf den weißen Kragen ihrer eleganten schwarzen Bluse.

Die Rechtsmedizinerin schritt an ihm vorbei, als würde sie ihn nicht bemerken.

«Das kannst du nicht», erwiderte sie, ohne sich umzudrehen, während sie auf ihren Wagen zuging. «Man hat ihm die Zunge abgeschnitten, ganz hinten an der Wurzel. Er wird nie wieder sprechen können. Und das ist nicht das Einzige, was er nie wieder tun kann.»

Carl folgte ihr.

«Warte», sagte er.

Ohne zu antworten, öffnete sie die Fahrertür und stieg ein. Carl öffnete die Beifahrertür und setzte sich neben sie. Der schwarze Lederbezug knarzte, und er fragte sich, wie viel man wohl verdienen musste, um sich eine schwarze Mercedes-Lederausstattung leisten zu können.

«Er wird also nicht mehr sprechen können?», sagte er.

«Nein», bestätigte sie. «Er wird auch seine Hände nicht mehr benutzen können. Man hat ihm die Finger abgeschnitten. Alle. Oberhalb der Gelenke.»

Fast so, als hätten wir doch keinen Zeugen, dachte Carl.

«Was noch?», fragte er.

«Vermutlich hat er eine Kieferfraktur, die beim Abschneiden der Zunge verursacht wurde, aber das wird man beim Röntgen feststellen. Abgesehen von den Fingern hat man ihm die Genitalien abgetrennt, mit einem scharfen, sauberen Schnitt an der Peniswurzel. Auch das Skrotum wurde vollständig entfernt.»

Cecilia lehnte den Kopf an die Nackenstütze und starrte an die Decke. Sie sah erschöpft aus. Ihre Augen waren halb geschlossen.

«Seine Hoden», erklärte sie mit gedämpfter Stimme.

Carl nickte. Er wusste, was Skrotum bedeutete.

«Er hätte innerhalb einer Stunde verbluten müssen», fuhr sie fort. «Aber der Täter hat wahrscheinlich ein erhitztes Messer benutzt, dadurch wurde die Blutung teilweise gehemmt.»

Carl zog die Augenbrauen hoch.

«Der Täter wollte also, dass er lebt?»

Sie zuckte mit den Schultern.

«Über mögliche Motive will ich nicht spekulieren. Ich kann nur Fakten nennen.»

Carl nickte. Er hatte seinen Notizblock hervorgeholt und schrieb.

Die Rechtsmedizinerin warf ihm einen missbilligenden Blick zu, ehe sie fortfuhr:

«Er wurde an der Wand festgenagelt, wie du vielleicht selbst bemerkt hast. Robuste Nägel, direkt durch seine Handgelenke und Füße, bis in die Holzbalken hinein. Es erfordert enorm viel Kraft, Gewebe und Skelettteile zu durchdringen. Dennoch ist der Bereich um die Löcher herum nicht beschädigt.»

«Was bedeutet das deiner Meinung nach?», fragte Carl, ohne von seinem Notizblock aufzusehen.

«Ich schicke dir den Bericht, sobald ich Holst gründlich untersucht habe. Das sind lediglich erste Einschätzungen.»

Carl blickte auf und lächelte entschuldigend.

«Ich mache mir trotzdem gern Notizen. Ich kann mich dann besser an Details erinnern.»

«Der Täter hat möglicherweise eine Nagelpistole benutzt», fuhr Cecilia fort. «Etwas in der Art könnte saubere Verletzungen wie diese verursachen.»

«Lars-Erik hat dieselbe Vermutung geäußert ...»

Der Rechtsmedizinerin gelang es nicht, ihren Unmut über die Unterbrechung zu verbergen.

«Trotz der Kauterisation hat der Mann eine große Menge Blut verloren ...»

«Kauter...?»

«Das erhitzte Messer», erklärte sie. «Eure Kriminaltechniker werden sicherlich mehr dazu sagen können.»

Carl machte sich Notizen. Sie wartete, bis er fertig war, warf jedoch ungeduldige Blicke auf ihre Armbanduhr, eine Rolex.

«Die Verstümmelungen wurden sehr präzise ausgeführt. Ich nehme an, dass der Täter eine gewisse Übung im Umgang mit Schneidewerkzeugen besitzt und über grundlegende chirurgische Kenntnisse verfügt. Ein Militärangehöriger, jemand mit medizinischem Hintergrund, vielleicht ein Schlachter oder Jäger ...»

Carl sah sie an.

«Ein Arzt?»

Die Rechtsmedizinerin nickte, doch ihre Miene drückte Missfallen aus, als hätte sie Kritik an ihrem eigenen Berufsstand herausgehört.

«Ja, das ist möglich ... Das Holzbrett, auf dem der Mann stand, spricht für Sachkenntnis sowie die Absicht, das Leben des Opfers zu verlängern.»

«Bitte erklär mir das», sagte Carl.

«Wenn man gekreuzigt wird, erstickt man sehr schnell. Man muss mit jedem Atemzug sein eigenes Körpergewicht hochziehen, das hält niemand besonders lange durch. Daher haben die Römer Bretter unter den Füßen ihrer Opfer angebracht. Um ihr Leiden zu verlängern.»

Carl schrieb schnell mit, aber dieses Detail verstörte ihn. Die akribische Vorbereitung, die entschlossene Ausführung dieses Verbrechens erschreckten ihn.

«Noch etwas?», fragte er.

Cecilia blickte noch immer geradeaus durch die Windschutzscheibe, die Hände auf dem Lenkrad.

«Er hat Brandwunden auf der linken Seite des Brustkorbs», sagte sie.

«Und?»

«Es ist nur eine Vermutung, ich kann mich irren ...»

«Ja ...?»

«Die Brandwunden ähneln Verletzungen, die von Elektroschockern verursacht werden.»

Eine Weile sagte keiner von ihnen ein Wort.

«Also könnte ihn jemand mit einem Taser angegriffen und betäubt und ihm dann all das angetan haben? Das wäre eine denkbare Erklärung.»

«Das musst du mit jemand anderem diskutieren. Ich sage nur, dass die Brandverletzungen auf der linken Brust ähnlich aussehen wie die von einem Elektroschocker. Aber sie könnten auch auf andere Weise verursacht worden sein. Wir werden Tests durchführen und versuchen, das zu verifizieren.»

«Okay, danke.»

Carl schlug seinen Notizblock zu und überlegte kurz, wie solche Tests wohl abliefen, beschloss aber, besser nicht nachzufragen.

«Wird er überleben?», fragte er stattdessen.

Sie wiegte den Kopf.

«Es ist zu früh, um mit Gewissheit etwas sagen zu können. Wie ich bereits erwähnte, hat er eine große Menge Blut verloren. Meine Einschätzung lautet, dass er schwer verletzt ist, sein Zustand aber stabil. Ich werde ihn im Krankenhaus gründlicher untersuchen. Wer ist er überhaupt?»

3

«Marco Holst ist ein alter Bekannter von uns und besitzt ein beeindruckendes Vorstrafenregister», sagte Carl Edson und warf einen Blick in seine Unterlagen. «Geboren 1967. Autodiebstahl, Drogen- und Waffenbesitz, Körperverletzung als Jugendlicher ... Danach wurde es nur schlimmer.»

Der Besprechungsraum im Kungsholmer Polizeipräsidium war grau. Grauweiße Wände, grauer Linoleumfußboden. Die niedrige Decke löste bei Carl immer leichte klaustrophobische Schübe aus, obwohl der Raum locker vierzig Personen fasste. Und jetzt war dort gerade mal eine Handvoll versammelt.

Carls Blick schweifte über die beiden in Zivil gekleideten Polizisten in der ersten Reihe, Jodie Söderberg und Simon Jern, Kriminalkommissare. Beide jung – jedenfalls jünger als er –, und sie gehörten zu seinem Team. Hinter ihnen saßen eine weitere Kommissarin sowie der junge Polizeianwärter, der sich in der Scheune übergeben hatte, beide von der Abteilung Stockholm-Nord. Carl konsultierte wieder seine Unterlagen:

«1993 wurde Holst wegen des Mordes an seiner Freundin zu einer lebenslänglichen Freiheitsstrafe verurteilt. Er hat mehrfach mit einem Messer auf sie eingestochen und sie anschließend auf dem Küchenfußboden verbluten lassen. Die lebenslange Haft wurde später ausgesetzt und in sechsundzwanzig Jahre umgewandelt. Im Gefängnis änderte er seinen Namen von Robert Jensen zu Marco Holst. 2010 wurde er nach nur siebzehn Jahren auf Bewährung entlassen. Ein halbes Jahr später vergewaltigte er im Vasapark mitten in der Stockholmer

Innenstadt ein vierzehnjähriges Mädchen. Selbst wenn man vom Alter des Opfers absieht, war die Vergewaltigung außergewöhnlich brutal. Sowohl vaginal als anal. Dafür bekam er vier Jahre plus vier Jahre von seiner früheren Strafe. Vor drei Wochen hatte er zwei Drittel der Zeit verbüßt und wurde aus der Haft entlassen.»

Carl blickte von seinen Aufzeichnungen auf.

«Während des Vergewaltigungsprozesses wurde er auch für ein paar minderschwere Delikte für schuldig befunden. Drogen- und illegaler Waffenbesitz, ein Einbruch ... Nichts davon hat sich nennenswert auf das endgültige Strafmaß ausgewirkt, da er bereits zu acht Jahren verurteilt worden war.»

Carl musterte seine Kollegen.

«Scheiß Bewährung», sagte Simon und rutschte auf seinem Stuhl herum. «Bandenrivalität?»

Carl machte eine unbestimmte Geste.

«Angesichts seiner kriminellen Laufbahn durchaus möglich ... Auf jeden Fall scheint er jemandem ziemlich auf die Füße getreten zu sein.»

«Die Untertreibung des Tages», sagte Simon.

«Abgesehen von den Verstümmelungen wurde Holst anal mit einem Baseballschläger malträtiert – gespickt mit irgendwelchen Widerhaken und ausgeführt mit erheblichem Kraftaufwand. Die Ärzte sind noch dabei, den Schläger operativ zu entfernen.»

«Rache?», fragte Jodie. «Wenn ich an das vergewaltigte Mädchen denke, meine ich ... Die Eltern – oder das Mädchen selbst – hätten doch ein ziemlich starkes Motiv.»

«Könnte sein», erwiderte Carl. «Aber eine derart ... systematische Brutalität spricht eher für einen professionellen Gewalttäter mit entsprechender Vorgeschichte. Aber natürlich überprüfen wir die Familie. Übernimmst du das, Jodie?»

Jodie nickte und machte sich Notizen.

«Gibt es irgendwelche Spuren?», fragte sie. «Am Tatort ...»

Sie saß kerzengerade auf ihrem Stuhl, wie eine Athletin, die hellen Haare zu einem Pferdeschwanz zusammengebunden. Sie erinnerte Carl an die Mädchen in seiner Gymnasialklasse, an die, die immer vorne in der ersten Reihe gesessen und die Hand gehoben hatten und immer mit den besten Noten nach Hause gegangen waren. Erst hinterher hatte er begriffen, dass mindestens eine von ihnen unter Magersucht litt, dass sie alle unglücklich gewesen waren, angetrieben von Leistungsdruck und Erfolgszwang.

«Lars-Erik ist mit dem Tatort noch nicht fertig», sagte er. «Aber bisher ... haben wir nichts.»

«Wie haben sie Holst an die Wand bekommen?», fragte Simon und kippelte mit seinem Stuhl. «Der muss doch tierisch schwer gewesen sein.»

«Lars-Erik hat oberhalb des Körpers Absplitterungen an den Holzbalken gefunden, die darauf hindeuten, dass der oder die Täter irgendeine Hebevorrichtung benutzt haben. Vermutlich einen Flaschenzug, der mit einem Spanngurt am Balken befestigt war.»

«Wissen wir das mit Sicherheit?», hakte Simon nach.

Sein Tonfall, seine gesamte Körpersprache hatte etwas Provozierendes an sich, selbst dann, wenn er eine normale Frage stellte.

Einem Mann mit Simon Jerns Aussehen ging man lieber aus dem Weg, wenn man ihm abends in der Kneipe begegnete: Er hatte harte Gesichtszüge, kurze dunkle, fast schwarze Haare und braune, ungewöhnlich stechende Augen. Carl mochte ihn nicht besonders. Als Simon seinem Ermittlerteam zugeteilt wurde, hatte er zunächst protestiert. Doch sein Chef war hart geblieben: «Keine Chance, Carl, er kommt zu dir!»

«Nein», antwortete er, «das ist eine vorläufige Hypothese von Lars-Erik. Er – und ich – glauben, dass die Täter Holst an einem Gurt hochgezogen und ihn anschließend an die Wand genagelt haben.»

«Was ist ein Flaschenzug?», fragte der Polizeianwärter unvermittelt.

Selbst angesichts des jungen Alters schien sein Allgemeinwissen beträchtliche Lücken aufzuweisen, aber das war vielleicht ein typisches Merkmal der heutigen Generation, die ihre Zeit lieber mit Computerspielen verbrachte, anstatt hin und wieder ein Buch zu lesen, dachte Carl und fühlte sich plötzlich alt.

«Eine Art Rollenkonstruktion mit einem Riemen oder Drahtseil», erklärte er. «Wie auf Segelbooten. Man lässt ein Seil über mehrere Rollen laufen. Wenn man an dem Seil zieht, ändert sich die Zugrichtung, und schwere Lasten können ohne großen Kraftaufwand angehoben werden ... Eine uralte Technik.»

Der Polizeianwärter nickte und blätterte desinteressiert in seinen Notizen. Carl begriff, dass er schon nach den ersten Worten nicht mehr zugehört hatte. Vermutlich betrachtete er den Rest als überflüssige Zusatzinformation. So wie es Carls Tochter getan hätte.

Schweigen breitete sich aus. Carl blätterte in seinen Unterlagen.

«Nach Einschätzung der Rechtsmedizinerin hat Marco Holst sechs bis acht Stunden an der Wand gehangen.»

Simon und Jodie sahen ihn an. Beide schienen dasselbe zu denken.

«Das bedeutet», fuhr Carl fort, «dass er vermutlich irgendwann zwischen Mitternacht und zwei Uhr morgens dort festgenagelt wurde.»

«Wie zur Hölle konnte er acht Stunden überleben?», platzte es aus Simon heraus.

«Der Rechtsmedizin zufolge purer Zufall ...»

«Könnten die Täter es darauf angelegt haben, dass er am Leben bleibt?», fragte Jodie. «Ich meine, absichtlich?»

«Es spricht einiges dafür, dass jemand seine Qualen verlängern wollte. Mal abgesehen von der Verwendung eines erhitzten Messers und dem Brett unter seinen Füßen hatte Holst außerdem Spuren von ...», Carl las das Wort ab: «*Tranexamsäure* im Blut, eine blutungshemmende Substanz.»

«Was für ein Scheißpsychopath!», entfuhr es Simon.

«Laut Cecilia ist Tranexamsäure ein gängiger Wirkstoff in Medikamenten gegen starke Menstruationsblutungen. Cyklo-F ist das bekannteste Präparat. Offenbar rezeptfrei erhältlich.»

Erneut breitete sich Schweigen aus. Carl konnte beinahe spüren, wie es in den Köpfen seiner Kollegen arbeitete. Deshalb sagte er: «Das muss aber nicht bedeuten, dass wir es mit einem menstruierenden Täter zu tun haben.»

Der Polizeianwärter und Simon lachten.

«Stattdessen», fuhr Carl fort, «spricht einiges dafür, dass die Tat sorgfältig geplant wurde. Wir haben es mit einer oder mehreren Personen zu tun, die weder im Affekt handeln noch in Panik geraten. Gewaltbereite Personen mit Erfahrung, die keine Skrupel haben, derart methodisch zu foltern.»

«Kriminelle?», fragte Simon.

«Angesichts der Brutalität halte ich das für wahrscheinlich ... Ein Einzeltäter ... oder mehrere.»

«Aber warum diese Grausamkeit, warum diese spektakuläre Inszenierung?», warf Jodie ein. «Die Hälfte hätte doch schon genügt.»

Genau diese Frage hatte sich Carl ebenfalls gestellt.

«Wenn es sich um einen Racheakt handelt, musste es die richtige Botschaft sein, um die entsprechenden Leute zu erreichen. Um eine Art Zeichen zu setzen, um den Status des Täters zu etablieren oder – falls es eine Gang ist – den Status der Gang», erwiderte er.

Niemand sagte etwas.

«Gut, dann haben wir eine erste Spur», fuhr Carl fort. «Bandenrivalität innerhalb der organisierten Kriminalität, vielleicht ist irgendein Deal schiefgegangen. Wir müssen eine Liste der Personen erstellen, die bei Holsts letztem Gerichtsprozess eine Rolle gespielt haben. Angesichts der ...», Carl zögerte, unschlüssig, wie er das sagen sollte, «extremen Gewaltausübung steckt vermutlich eine größere Sache dahinter. Drogengeschäfte wären ein Anhaltspunkt. Kümmerst du dich darum, Simon?»

Simon nickte.

«Willst du, dass ich mit denen rede?»

«Ja.»

«Und was ist mit Holst selbst?», fragte Jodie.

«Richtig», sagte Carl. «Mit ihm haben wir einen Zeugen. Mit ein bisschen Glück kann er uns mitteilen, wer versucht hat, ihn zu töten.»

Carl konnte sich ein Lächeln nicht verkneifen.

«Was das Ganze vereinfachen würde ...»

«Soll ich trotzdem die alten Ermittlungsakten durchgehen?», fragte Simon.

«Ja, falls Holst keine Informationen liefert, können wir nicht ohne alles dastehen.»

Simon schwieg.

«Wann können wir Holst vernehmen?», fragte Jodie.

«Der Arzt meinte, möglicherweise schon heute Nachmittag.»

Simon grinste.

«Wie sollen wir mit ihm reden? Er hat doch keine Zunge ...»

«Er kann die Antworten aufschreiben», erwiderte Jodie.

Carl schüttelte den Kopf.

«Er hat auch keine Finger mehr. Ich dachte an Ja-und-Nein-Fragen. Aber wenn ihr bessere Ideen habt, bin ich für Vorschläge offen.»

Niemand meldete sich zu Wort. Carl wandte sich wieder an Jodie und Simon.

«Wie ich bereits sagte, ist die Vorgehensweise außergewöhnlich brutal. Simon, schau, ob du ähnliche Fälle findest. Und du, Jodie, versuch herauszufinden, wann genau Holst verschwunden ist. Hör dich in seinem Umfeld um, wann er zuletzt gesehen wurde.»

Jodie machte sich Notizen, sah auf und wartete auf weitere Anweisungen. Jung, motiviert, unbefangen, dachte Carl. Sie war ihm sympathisch. Erinnerte ihn an sich selbst vor zwanzig Jahren.

«Falls Holst nicht unter irgendeinem Vorwand zu der Scheune gelockt wurde, hat man ihn möglicherweise entführt. Such nach möglichen Zeugen. Erkundige dich, ob irgendwelche Anzeigen wegen Freiheitsberaubung eingegangen sind.»

Jodie nickte.

«Ich dachte, ich überprüfe auch die Familie seiner Freundin», sagte sie.

«Okay», erwiderte Carl. «Aber der Mord liegt schon ziemlich lange zurück. Außerdem hätten sie sich bereits rächen können, als Holst das erste Mal aus dem Gefängnis entlassen wurde. Warum sollten sie so lange gewartet haben?»

«Vielleicht gibt es andere Gründe, sich erst jetzt zu rächen», sagte Jodie. «Vielleicht ist die Mutter inzwischen gestorben, und der Vater muss auf niemanden mehr Rücksicht nehmen ...»

«Du hast zu viele Filme gesehen», meinte Simon und kippelte wieder mit seinem Stuhl.

«Und du solltest dir vielleicht mal einen angucken», entgegnete sie. «Vielleicht lernst du was dabei. Von null auf hundert, sozusagen ...»

Simon beendete sein Stuhlgekippel. Doch bevor er etwas erwidern konnte, sagte Carl: «Gut, geh der Sache nach, Jodie – aber das hat untergeordnete Priorität.»

Sie nickte.

«Na dann ...», schloss Carl. «Es ist schon fast zehn Uhr. Der Täter ist uns einen halben Tag voraus, mindestens. Es wird Zeit, dass wir seinen Vorsprung ein bisschen verringern.»

Im selben Moment klingelte sein Handy.

4

Alexandra Bengtsson hastete die Kungsgatan im Zentrum der Stockholmer Innenstand entlang. Ein kalter Wind fegte über das Eisenbahngelände unterhalb der Kungsbron und wehte ihr die Haare ins Gesicht, Alexandra strich sie irritiert zurück. Sie verabscheute diese Böen, die zwischen den hohen Häusern entlangpfiffen.

Mit schnellen Schritten lief sie auf den Eingang eines neu errichteten Bürogebäudes zu, das man zwischen das Gleisgelände des Stockholmer Hauptbahnhofs und die Bleckholmsterrasse geklemmt hatte. Sie kramte ihre Schlüsselkarte aus der Handtasche und hielt sie vor das Lesegerät. Ein leises Klicken erklang.

Wie üblich hatte sich vor den Aufzügen bereits eine Schlange gebildet. Wie konnte man ein modernes Gebäude nur mit zu wenigen Fahrstühlen ausstatten? Ungeduldig nahm sie die Treppe.

Alexandra arbeitete als Journalistin beim *Aftonbladet*. Die Zeitungsredaktion war in einem länglichen Schlauch untergebracht, der Ähnlichkeit mit der Architektur einer Finnland-Fähre hatte. Sogar der braune Teppichboden, mit dem das gesamte Großraumbüro ausgelegt war, erinnerte an lange Schiffskorridore. Das Büro des Chefredakteurs lag vorne im Bug, während sich die stetig kleiner werdende Schar derer, die nach wie vor der guten alten Papierzeitung die Treue hielten, hinten im Heck sammelte.

Alexandra hatte im Beilagen-Ressort begonnen, war inzwischen aber zur Nachrichtenreporterin aufgestiegen und hatte ihren Arbeitsplatz in der Mitte der offenen Bürolandschaft, in der Nähe des Newsdesk.

Sie ging zu ihrem Schreibtisch, auf dem sich mehrere hellgrüne Computerbildschirme aneinanderreihten, die ihren Schreibtisch von den übrigen Reihen identischer Arbeitsplätze abgrenzten. Zu Beginn ihrer Laufbahn hatte sie auf dem Weg in die Redaktion immer ein erwartungsvolles Kribbeln gespürt, jetzt fühlte sie sich meist nur müde und unausgeschlafen.

«Ah, endlich, jemand, der weiß, was er tut ...», hörte sie eine Stimme hinter sich.

Sie drehte sich um. Es war Marvin, ihr Nachrichtenchef, der eigentlich Martin Vinter hieß, aber seit vielen Jahren wie sein Zeitungskürzel gerufen wurde: MarVin.

«Und, womit vertreibst du dir die Zeit?», fragte er.

Marvin war nur eins fünfundsiebzig, kaum größer als sie selbst, aber da er in seiner Freizeit am liebsten den Kochlöffel schwang, war er in gewisser Weise trotzdem ein großer Mann.

«Ich habe meinen Computer hochgefahren, das ist doch schon was. Und du?»

«Ich tue das, was ich am liebsten mache, ich arbeite ...»

Er lächelte. *Auffordernd*, dachte Alexandra. Sie fühlte sich unbehaglich. So ging es ihr in Marvins Gegenwart häufiger, sie wusste nie, wie sie ihn einschätzen sollte, ob er einen Witz machte oder es ernst meinte. Jetzt sah er sie streng an, als hätte sie durch irgendetwas sein Missfallen erregt.

«Du bist also startklar», sagte er. «Gut. Ich hab nämlich was für dich. Einen Mord in Rimbo, den wir uns anschauen sollten. Die Polizei hält sich bedeckt, aber wir haben einen Tipp bekommen, dass es sich um einen extrem brutalen Fall von Körperverletzung handelt ...»

«Was jetzt?», hakte Alexandra nach. «Mord oder Körperverletzung?»

«Das ist noch unklar, Staffan hat angerufen, und zu dem Zeitpunkt hieß es, die Polizei hätte eine Leiche gefunden ... Frag noch mal nach. Das könnte eine ziemlich große Sache sein. Und dann los.»

«Okay», sagte Alexandra und gab ihr Bestes, nicht zu negativ zu klingen.

Sie hatte auf einen sanften Start in den Tag gehofft.

«Zur Hölle, Alexandra», sagte Marvin, «ein bisschen mehr Enthusiasmus. Ich maile dir das gleich ...»

Marvin verschwand in Richtung Newsdesk, wo die Onlineredakteure und zwei Journalisten saßen. Alexandra stand auf und ging in die kleine Teeküche. Sie brauchte dringend einen Kaffee. Filip und Lisbeth vom Web-TV standen vor der Spüle und unterhielten sich.

«Es gibt keine Milch», sagte Filip mürrisch und deutete Richtung Kühlschrank. «Wir haben schon nachgesehen.»

«Okay, dann halt schwarz», erwiderte Alexandra. «Alles, was einen nicht umbringt ...»

«Dann solltest du den besser nicht trinken», sagte Filip.

Alexandra schenkte sich einen Becher ein, nahm einen Schluck und verzog das Gesicht.

«Wie war dein Wochenende?», erkundigte sich Filip.

Sie zuckte mit den Schultern.

«Gut. Ich war auf Gålö ...»

«Cool», kommentierte Filip und wandte sich wieder seiner Kollegin zu.

«… und habe aufs Meer geschaut», sagte Alexandra leise zu sich selbst, bevor sie an ihren Platz zurückging.

Als sie an Marvin vorbeikam, rief er ihr zu: «Die Polizei schreibt auf ihrer Webseite, es war kein Mord!» Er lehnte sich so weit nach hinten, dass sein Bürostuhl bedenklich knarrte. «Aber das Opfer scheint brutal gefoltert worden zu sein … Könnte ein Aufmacher werden.»

Seine Stimme klang hoffnungsvoll.

«Okay», erwiderte Alexandra. «Ich klemm mich dahinter …»

«Und ob du das tust!»

Mit dem Kaffeebecher in der Hand setzte sie sich an ihren Computer, öffnete das Mailprogramm und las den Tipp, den Marvin ihr geschickt hatte. Der Text war kurz.

Folter. Außerhalb von Norrtälje. Mann an Scheunenwand genagelt. Verstümmelt. Die Reichsmordkommission wurde hinzugezogen. Leitender Ermittler: Carl Edson.

Der Informant nannte sich Bror Dupont. Alexandra googelte den Namen, erhielt jedoch keinen Treffer. Sie nahm an, dass es sich um einen Polizisten handelte, der anonym bleiben wollte. Es gab auch keine Telefonnummer.

Sie rief die Webseite der Polizei auf und scrollte die Meldungen der letzten Tage durch. In der zweiten Zeile fand sie, wonach sie suchte: «Mord/Totschlag, Rimbo. Mutmaßliches Gewaltverbrechen in Außengebäude.» Sie klickte den Text an. «Um 6:25 Uhr wurde in einer Scheune in Rimbo eine männliche Leiche gefunden. Dem Opfer wurde extreme Gewalt zugefügt. Ermittlungsverfahren eingeleitet.» Der Eintrag war um 7:24 Uhr veröffentlicht worden. Darunter stand: «Aktualisierung: Es liegt kein Tötungsdelikt vor. Der Mann wurde schwer verletzt in ein Krankenhaus überführt.» Die Aktualisierung stammte von 9:24 Uhr. Alexandra kehrte zu der Liste der Polizeimeldungen zurück, konnte jedoch keine weiteren Vorfälle in der Nähe von Rimbo finden.

Nach kurzem Zögern rief sie die Polizeizentrale an und bat darum, mit Carl Edson verbunden zu werden. Nach viermaligem Klingeln meldete sich eine Männerstimme.

«Hallo, mein Name ist Alexandra Bengtsson. Ich bin vom *Aftonbladet*. Mit wem spreche ich?»

In der Leitung blieb es einen Moment still, dann sagte der Mann resigniert:

«Das ging schnell ...»

«Carl Edson?»

«Ja, am Apparat.»

Alexandra angelte sich ihren Notizblock.

«Was können Sie über den Mann sagen, der heute Morgen in einer Scheune in Rimbo außerhalb von Norrtälje gefunden wurde?»

«Wir haben ein Ermittlungsverfahren eingeleitet.»

«Können Sie mir noch mehr sagen?»

«Nein.»

«Aber Sie leiten die Ermittlungen?»

«Ja.»

«Zu welchem Tatbestand wurden Ermittlungen eingeleitet?»

«Körperverletzung.»

«In der ersten polizeilichen Verlautbarung hieß es, das Opfer sei tot. Was können Sie mir dazu sagen?»

«Das war ein Fehler.»

Der Mann am anderen Ende der Leitung räusperte sich.

«Also ist das Opfer am Leben?», hakte Alexandra nach.

«Ja.»

«Was können Sie über die Art der Körperverletzung sagen?»

«Es handelt sich um schwere körperliche Misshandlung, die mit ... außerordentlicher Grausamkeit ausgeführt wurde.»

«Uns liegen Informationen vor, denen zufolge der Mann an eine Scheunenwand genagelt wurde. Ist das korrekt?»

Schweigen.

«Können Sie bestätigen ...», fuhr Alexandra fort, doch Carl Edson fiel ihr ins Wort:

«Ja, das ist korrekt.»

«Wann haben Sie den Mann gefunden?»

«Am frühen Morgen.»

«Wie lange hing der Mann schon dort?»

«Dazu kann ich mich nicht äußern.»

«Okay. Wer hat ihn gefunden?», fragte Alexandra und blätterte in ihren Notizen.

«Ein Landwirt aus der Umgebung.»

«Aber zu dem Zeitpunkt glaubten Sie, der Mann sei tot?»

«Ja.»

«Und wann haben Sie bemerkt, dass er noch lebt?»

«Während der Untersuchung des Fundorts ...»

«Warum nicht früher?»

Carl Edson schwieg einen Moment.

«Die Umstände waren so, dass wir davon ausgehen mussten, er sei tot.»

Alexandra stellte noch ein paar weitere Fragen über das Opfer und die Lage der Scheune, glich die Schreibweise von Carl Edsons Namen ab und beendete das Gespräch.

Sie ließ ihren Blick durch die Redaktion schweifen. Ihr gegenüber saß Nicklas Dahl mit seinem Headset und tippte einen

Artikel. Filip und Lisbeth waren aus der Teeküche an ihre Schreibtische zurückgekehrt.

Alexandra konnte den toten Mann förmlich vor sich sehen, der an einer Scheunenwand festgenagelt hing und plötzlich wieder zum Leben erwachte. Es war ein schockierendes Bild, von einer unbehaglichen Detailschärfe, und sie musste sich schütteln, um in die Realität zurückzukehren.

Dann öffnete sie ein leeres Word-Dokument und begann zu schreiben.

Zwanzig Minuten später las sie den Text durch. Er war okay, könnte schlechter sein, dachte sie, dann fügte sie noch eine Umgebungskarte von Rimbo und der in der Nähe verlaufenden E18 hinzu und schrieb in die Bildunterschrift: «Hier wurde das Folteropfer gefunden.»

«Ich schicke das jetzt raus!», rief sie Marvin zu.

«Gut!»

* * *

Alexandra Bengtsson arbeitete seit dreizehn Jahren als Journalistin beim *Aftonbladet*, aber mit ihrer Karriere ging es bergab. Kurzzeitig war sie als Kandidatin für den Posten des Nachrichtenchefs im Gespräch gewesen. Sie hatte das Nachwuchsprogramm und verschiedene Fortbildungen absolviert. Doch dann hatte man sie wieder in ihrer ursprünglichen Funktion als Nachrichtenreporterin eingesetzt. Auf ihre Frage nach dem Grund dafür hatte sie nie eine plausible Antwort erhalten.

Als Jugendliche hatte sie Schriftstellerin werden wollen. Doch ihre Eltern waren der Ansicht gewesen, dass sie eine wissenschaftliche Laufbahn einschlagen sollte. Also traf ihr Vater einen Kompromiss nach seinen Vorstellungen und ließ sie Medizin studieren. Das war seine Bedingung für eine großzügige finanzielle Unterstützung, von der sie als Studentin gut leben konnte.

Aber sie hatte es nicht ertragen können. An einem Mittwoch im April vor neunzehn Jahren hatte sie ihr Medizinstudium nach sechs Semestern abgebrochen und stattdessen begonnen, Geisteswissenschaften zu studieren. Schwedisch, Englisch, Philosophie, Literaturwissenschaft. Noch am selben Tag hatte ihr Vater ihr den Unterhalt gestrichen.

«Ich werfe mein Geld nicht für irgendwelchen humanistischen Firlefanz aus dem Fenster!», hatte er gesagt wie das ewige Relikt einer vergangenen, großbürgerlichen Ära.

Als ihr das Geld ausging, hatte Alexandra die Universität ohne Abschluss verlassen und mit nichts in der Tasche als ein paar Semester zielloser geisteswissenschaftlicher Disziplinen.

Zwei Monate später hatte sie ihren ersten Artikel für dreitausend Kronen an eine Wochenzeitschrift verkauft und zwei Jahre später eine Sommervertretung beim *Aftonbladet* ergattert, wo sie geblieben war. Irgendwann hatte sie Erik geheiratet, den sie vom Studium her kannte, sie hatten zwei Kinder bekommen, David und Johanna – und sich vor fünf Jahren scheiden lassen.

«Wie läuft's?», hörte sie eine Stimme hinter sich.

Alexandra fuhr auf ihrem Bürostuhl herum und blickte direkt auf Marvins massigen Körper.

«Ich versuche, den Tatort zu finden, ich glaube, es muss hier gewesen sein ...»

Sie zeigte auf ihren Bildschirm, auf dem sie Google Maps aufgerufen hatte. Marvin setzte seine Brille auf und beugte sich vor.

«Hast du schon Kontakt zur Polizei?»

Alexandra schüttelte den Kopf.

«Bisher habe ich nur mit dem Leiter der Ermittlungen, Carl Edson von der Reichsmordkommission, telefoniert. Mit Stockholm-Nord habe ich noch nicht gesprochen ...»

«Und was berichten die anderen Zeitungen über die Sache?»

«Sie bringen nur das, was Edson gesagt hat. Eigentlich sogar weniger.»

«Okay, wir müssen Zeugen finden. Leute, die in der Nähe wohnen. Der Bauer, der ihn gefunden hat, versuch herauszufinden, wer er ist. Da kann es nicht so viele geben ... Rede mit Olle, welchen Fotografen du mitnehmen kannst, und dann fahrt ihr nach ...»

Marvin beugte sich wieder über den Bildschirm.

«Wo war das noch? Rimbo?»

«Ja.»

Ihr Chef machte Anstalten, zum Newsdesk zurückzugehen.

«Wissen wir eigentlich, wer uns den Tipp gegeben hat?», fragte Alexandra.

Marvin blieb stehen und sah sie an.

«Das stand doch in der Mail.»

«Ein Deckname ...»

Marvin zuckte mit den Schultern.

«Irgendein Polizist ...», sagte er.

«Bist du sicher?»

«Nein, aber wer sollte sonst *Leitender Ermittler* schreiben? Ich bitte dich!»

«Okay, war nur eine Frage.»

Marvin hatte sich bereits wieder umgedreht. Alexandra nahm ihren Notizblock und einen Stift und ging zur Bildredaktion.

Rastlosigkeit durchdringt meinen Körper, meine Beine, ich kann nicht stillliegen. Jede Nacht wache ich um dieselbe Zeit auf und versuche, mich zu erinnern, doch es gelingt mir nicht. In meinem Gedächtnis klaffen große Lücken, in denen ich nicht weiß, wo ich gewesen bin oder was ich getan habe.

Beim ersten Mal war es am schlimmsten. Da ist mir all die Gewalt mit schockierender Kraft entgegengeschlagen. Die Schreie, das Blut, die bleichen Knochen, die Geräusche ...

Die Geräusche sind am schlimmsten. Sie überwältigen einen, man kann sich nicht gegen sie schützen. Es sind die Geräusche, die ich danach mitnehme und die in meinem Kopf nachhallen, wenn ich versuche zu schlafen. Gliedmaßen, die durchtrennt, Knochen, die zertrümmert werden.

Ich erinnere mich an das Sommerhaus. Das welke Vorjahresgras, das über die Vordertreppe wucherte. Die Birken- und Himbeertriebe, die auf dem Schotterweg Wurzeln geschlagen hatten. Es war schon lange niemand mehr dort gewesen.

Ich bin auf den Hof gefahren, mit seinem Auto. Als ich den Motor ausschaltete, senkte sich Stille über die frühe Frühlingsnacht. Einzig sein ersticktes Stöhnen drang vom Rücksitz. Irgendwo in der Nähe rief ein Käuzchen. Ich musste daran denken, wie mein Vater in meiner Kindheit immer die Hände vor dem Mund zu einem Hohlraum formte und den Ruf nachahmte. Eine flüchtige Erinnerung, dann senkte sich wieder die Stille herab.

Ich zerrte ihn an dem Seil, mit dem ich ihn gefesselt hatte, ins Haus. Dort fixierte ich seine Hände und Arme mit der Nagelpistole auf den breiten, stabilen Bodendielen.

In der Ferne hörte ich einen Lastwagen vorbeifahren. Das dumpf vibrierende Geräusch wurde in der stillen Nacht unnatürlich weit getragen. Aber das Geräusch hatte etwas Tröstliches.

Wie eine Erinnerung daran, dass die wahre Welt dort draußen noch immer existierte. Dass ich mich nur in einer Zeitblase befand und ich jederzeit dorthin zurückkehren konnte.

Dann, als er schrie, im Augenblick des Todes zuckte, war es umgekehrt. Als wäre der muffige, enge Raum Wirklichkeit und die Realität jenseits des Raums nur ein ferner Traum.

Ich ließ ihn so zurück, wie er war, fuhr einfach davon.

Als ich sein Auto auf dem Park-&-Ride-Parkplatz in Vinsta, in der Nähe von Vällingby, abstellte, war es bereits fünf Uhr morgens. Aber es spielte keine Rolle, es gab dort keine Videoüberwachung, und Berufspendler waren auch noch nicht unterwegs. Mit letzter Kraft räumte ich meine Werkzeuge aus seinem Auto in mein eigenes, das dort über Nacht gestanden hatte, schlug die Kofferraumklappe zu und fuhr los.

Das Nächste, woran ich mich erinnere, ist, unter der Dusche zu stehen. Rote Rinnsale, die in den Abfluss laufen. Sein Blut, nicht meins.

Ich habe keine Erinnerung daran, wie ich nach Hause gekommen bin, wo ich das Auto geparkt habe, wie ich in meine Wohnung gelangt bin, ob mich jemand gesehen hat, aber ich habe das vage Gefühl, dass ich auf dem Weg meiner Schwester begegnet bin.

Wir haben uns seit vielen Jahren nicht mehr gesehen. Doch jetzt taucht sie auf, in traumähnlichen Erinnerungsfragmenten. Sie sieht mich vorwurfsvoll an. Dann gleitet sie wieder fort.

Ich hasse sie.

5

«Nicken Sie, wenn Sie verstehen, was ich sage!»

Carl Edson saß ein Stück von Marco Holst entfernt, der in seinem Krankenhausbett lag und nach wie vor unter Medikamenteneinfluss stand. Sie waren allein im Zimmer: weiße Wände, blauer Linoleumfußboden. Kalt, steril. Die Tür zur Station war geschlossen. Carls Schuhsohlen quietschten, als er sich unbehaglich auf seinem Stuhl zurechtsetzte.

Er hasste es, dort zu sein. Es war der Geruch, dieser typische Krankenhausgeruch. Er erinnerte ihn daran, wie er als Kind wegen einer Blinddarmoperation im Krankenhaus gelegen hatte. Seine Eltern hatten ihn nur einmal am Tag besuchen dürfen. Die restliche Zeit hatte er auf dem Rücken gelegen, geweint und Heimweh gehabt. Und die ganze Zeit hatte es genauso gerochen wie jetzt.

Damals war er neun gewesen und hatte fast eine ganze Woche im Krankenhaus bleiben müssen. Am Ende der Zeit hatte er nicht mehr geweint, es war, als hätte er sich in einen Raum in seinem Inneren eingeschlossen, in dem er nichts mehr fühlen konnte. Als er wieder zu Hause war, kam ihm alles verändert vor. Seine Mutter, sein Vater, sein Bruder ... Als hätte man sie ausgetauscht, während er im Krankenhaus lag.

Ein heiseres Räuspern von Holst holte Carl in die Gegenwart zurück.

Die Stationsärztin hatte der Befragung nur widerwillig zugestimmt. «Höchstens eine Viertelstunde», hatte sie gesagt. «Die Narkose wirkt noch nach, und er hat starke Schmerzmittel bekommen. Ich bezweifle, dass Sie überhaupt etwas aus ihm herauskriegen ...»

Carl sah auf die Uhr. Fast Viertel vor zwei. Er hatte bereits fünf Minuten mit der Erklärung vergeudet, wie die Befragung ablaufen sollte. Jetzt rückte er mit seinem Stuhl näher an Holsts Bett heran.

«Okay, dann beginnen wir», sagte er und schaltete die Videokamera ein, die er aufgestellt hatte. «Ich möchte, dass Sie wissen, dass wir das, was Ihnen zugestoßen ist, sehr ernst nehmen und ein Ermittlungsverfahren eingeleitet haben.»

Marco Holst blickte ihn ausdruckslos an.

«Wissen Sie, wer Ihnen das angetan hat?»

Holst bewegte langsam die Schultern.

«Bedeutet das vielleicht?», fragte Carl.

Nicken.

«Haben Sie die Personen gesehen? Ich meine, haben Sie irgendein Gesicht gesehen, jemanden erkannt?»

Kopfschütteln.

«Trugen sie Masken?»

Nicken.

«Okay. Waren es mehrere oder ...?»

Er erinnerte sich daran, dass er Ja-oder-Nein-Fragen stellen musste.

«War es *eine* Person?», verdeutlichte er.

Ein brummender Laut und ein Nicken.

«Haben Sie eine Vermutung, warum diese Person Ihnen das angetan hat?»

Kopfschütteln.

«Ich bin hier, um Ihnen zu helfen, ich hoffe, das ist Ihnen klar. Aber Sie müssen mir ebenfalls helfen.»

Holst machte eine träge Geste, die alles Mögliche bedeuten konnte.

«Sie wurden vor ein paar Jahren wegen Vergewaltigung verurteilt», fuhr Carl fort. «Im Zusammenhang damit wurden auch andere Straftatbestände gegen Sie verhandelt. Waffenbesitz, Rauschgiftdelikte, Körperverletzung ... Könnte irgendetwas in einem Zusammenhang mit dem Angriff auf Sie stehen?»

Holst machte erneut eine unbestimmte Bewegung. Dann lag er still da. Carl gab sich alle Mühe, seine Irritation über die Gleichgültigkeit des Mannes zu verbergen.

«Ihre Drogengeschäfte zum Beispiel?»

Holst machte eine Bewegung mit den Schultern, die Carl als «vielleicht» interpretierte.

«Oder die Vergewaltigung des Mädchens?», fragte er. «Könnte sich jemand wegen der Vergewaltigung an Ihnen gerächt haben?»

Holst drehte ihm langsam den Kopf zu. Nach einer Weile registrierte Carl, dass er lächelte, ein schmales, kaum wahrnehmbares Lächeln. Als würde er sich die Vergewaltigung ins Gedächtnis rufen, sie noch einmal in seiner Erinnerung durchspielen.

Carl bemühte sich um einen sachlichen Tonfall, als er fortfuhr: «Okay, um das Ganze zusammenzufassen: Sie sind nicht sicher, glauben aber, möglicherweise eine Vermutung zu haben ...» Er hielt inne und setzte neu an: «... möglicherweise zu *wissen*, wer Ihnen das angetan hat. Gut. Es könnte ein Racheakt für die Vergewaltigung oder für eines Ihrer ‹Geschäfte› sein. Wir erstellen zurzeit eine Liste mit den Namen aller Personen, die im Laufe der letzten Ermittlungen gegen Sie eine Rolle gespielt haben ...»

Carl warf einen Blick auf seine Armbanduhr.

«Wenn ich morgen wiederkomme, können wir die Liste dann durchgehen?»

Holst lachte auf. Es klang wie ein heiseres Husten.

«Was amüsiert Sie?», fragte Carl.

Holst richtete den Blick an die Decke, das Grinsen lag nach wie vor auf seinem Gesicht, er war abgedriftet in seine eigene Welt.

«Gut», sagte Carl und stand auf. «Dann komme ich morgen wieder ...»

Holst hatte die Augen geschlossen, er schien eingeschlafen zu sein.

Carl stellte leise den Stuhl an seinen Platz zurück. Und ging hinaus.

6

«Hier müsste es sein», sagte Alexandra Bengtsson, während ihr Kollege, der Fotograf Fredrik Ström, bremste und anhielt.

Alexandra schaute von ihrem Handy und der Google-Maps-Karte auf. Sie befanden sich auf einem schmalen, mit Schlaglöchern übersäten Schotterweg. Rechts von ihnen erstreckte sich ein weiter Acker mit jungen Pflanzentrieben, während die linke Seite von einem schmalen Waldstück gesäumt wurde.

«Warum halten wir ...», begann sie, ließ ihre Frage aber unvollendet in der Luft hängen.

Vor ihrer Kühlerhaube stand ein Polizist und hob die Hand. Hinter ihm konnte Alexandra ein blau-weißes Absperrband erkennen, das quer über den Weg gespannt war.

Fredrik stieg aus, ließ den Motor aber weiterlaufen.

«Hallo, wir sind vom *Aftonbladet* und würden gerne ein paar Fotos machen», sagte er.

«Der Bereich ist abgesperrt», erwiderte der Polizist. «Ich muss Sie bitten, außerhalb der Absperrung zu bleiben.»

«Wie geht es dem Mann?»

«Dazu kann ich nichts sagen. Das hier ist ein Tatort», erwiderte der Polizeibeamte abweisend.

«Ist der Krankenwagen schon weg?», fragte Fredrik.

Der Polizist nickte mit ausdrucksloser Miene.

«Schon lange.»

«Sind noch Einsatzbeamte da?»

«Polizei und Spurensicherung.»

«Können Sie etwas über die Tat sagen?», warf Alexandra ein, die inzwischen ebenfalls ausgestiegen war.

Der Polizist wandte wortlos den Blick ab.

«Was für Verletzungen hat der Mann?», fuhr Alexandra fort.

«Das können Sie in der Zeitung lesen. Gehen Sie jetzt bitte von der Absperrung weg!»

Fredrik hob seine Kamera und machte ein paar Aufnahmen von dem Polizisten und einem Einsatzfahrzeug. Nur wenn man genau hinsah, konnte man im Hintergrund das Dach der Scheune zwischen den Baumkronen erkennen. Nach den ersten Fotos drehte sich der Polizeibeamte außerdem weg. Fredrik stieg fluchend ins Auto.

«Warum zum Teufel müssen die halb Rimbo absperren? Unmöglich, vernünftige Fotos zu bekommen ...»

Was hatte er denn erwartet, dachte Alexandra, als sie sich neben ihn auf den Beifahrersitz setzte.

«Also, was machen wir jetzt?», fragte Fredrik.

«Wir müssen versuchen, den Landwirt zu finden, der den Mann entdeckt hat. Ich habe eine Adresse, mit der wir anfangen können ...»

Fredrik setzte bis zu einer Parkbucht zurück und wendete den Wagen.

«Auf dem Hinweg habe ich ein Sommerhaus gesehen», sagte Alexandra. «Es schien auf einer Anhöhe zu liegen. Vielleicht kriegen wir von da aus bessere Bilder vom Tatort. Wir kommen sowieso daran vorbei.»

«Nein.»

«War nur ein Vorschlag ...»

«Wir haben schon Hintergrundbilder.»

Fredrik fuhr mit Volldampf los. So zeigt er also Gefühle, dachte Alexandra, mit seinem Volvo, mit seinem Fahrstil. Und gerade ging ihm etwas gegen den Strich, vermutlich war er der Meinung, sie mische sich in seine Arbeit ein.

«Hier ist es jedenfalls», bemerkte sie gleichgültig, als sie sich der schmalen Zufahrt zu dem Sommerhaus näherten. «Auf Google Maps sieht es so aus, als wären es von da nur hundert Meter bis zur Scheune ...»

Sie wusste, dass Fredrik abbiegen, dass er keine schlechte Arbeit abliefern würde. Nicht bewusst. Aber er sagte kein Wort, während der Wagen die Auffahrt entlangholperte. Schweigend parkte er auf dem Hof vor dem Haus und stieg aus. Alexandra lächelte still in sich hinein, als sie die Beifahrertür öffnete und ihm folgte.

Seit dem Winter schien niemand mehr hier gewesen zu sein. Auf dem Rasen türmte sich welkes Laub. Mitten auf dem Hof stand eine altmodische grüne Wasserpumpe, marode und verrostet. Abgestorbenes Vorjahresgras wucherte über die Vordertreppe zur Eingangstür. Fredrik ging hinauf und drückte die Klinke hinunter. Die Tür war verschlossen.

Alexandra beugte sich vor und spähte durch ein Fenster in einen Raum, der die große Stube sein musste. Vor einem offenen Kamin standen zusammengeschobene Möbel, die mit weißen Laken abgedeckt waren.

«Niemand zu Hause», stellte sie fest und richtete sich auf.

Fredrik zwängte sich auf der schmalen Veranda an ihr vorbei.

«Ach was», sagte er ironisch.

Alexandra folgte ihm zur Rückseite des Hauses, auf der sich eine Terrasse befand. Von hier aus waren die Scheune und die Polizeiabsperrung in gut hundert Meter Entfernung hinter den Baumwipfeln deutlich zu erkennen.

«Okay, gar nicht so schlecht», sagte Fredrik und hob seine Kamera.

Alexandra wusste, dass das ein Lob war. Schon allein die Tatsache, dass er fotografierte, war ein Eingeständnis.

Auf dem Rückweg zum Auto entdeckte sie in dem gelben Gras einen schwarz glänzenden Gegenstand, genau auf Höhe von Fredriks Stiefelspitze. Sie bückte sich und hob ihn auf: ein Autoschlüssel.

«Hast du den verloren?», fragte sie.

«Was?»

Fredrik blieb stehen und drehte sich um. Alexandra wedelte mit dem Autoschlüssel vor seiner Nase.

«Deiner?»

Fredrik betrachtete den Schlüssel, wühlte in seiner Hosentasche und zog einen ähnlichen Schlüssel hervor.

«Das hier ist meiner. Der, den du da hast, gehört zu einem BMW.»

Er nahm ihr den Autoschlüssel aus der Hand und drehte ihn hin und her.

«Scheint völlig in Ordnung zu sein. Der kann nicht den Winter hier draußen gelegen haben ... Aber er ist ganz verklebt. Siehst du?»

Er zeigte auf die blau-weiße BMW-Plakette, die halb unter einem dunkelbraunen Fleck verschwand.

«Und?», fragte sie.

«Verstehst du nicht?»

«Nein.»

«Das sieht aus wie Blut. Kapierst du jetzt, wessen Schlüssel das sein könnte?»

7

Der Raum war klein und fensterlos. Er lag im dritten Stock des Kungsholmer Polizeipräsidiums. Bis vor kurzem hatte er als Abstellkammer gedient, aber da ihre üblichen Büros zurzeit renoviert wurden, sollten Carl Edson, Simon Jern und Jodie Söderberg dieses Kabuff vorübergehend als Einsatzraum nutzen.

In der stickigen Luft packten sie an ihren Schreibtischen, die schon bessere Tage gesehen hatten, ihre Sachen aus.

Als sie fertig waren, setzten sie sich auf ausrangierte Bürostühle, aus deren Polsterung an etlichen Stellen die gelbe Schaumstofffüllung hervorquoll und die bedenklich ächzten.

«Also dann», sagte Carl und heftete ein Foto von Marco Holst an die Wand. «Lasst uns anfangen.»

Jodie und Simon sahen von ihren Computern auf. Im selben Moment erklang die Anfangsmelodie von Europes «Final Countdown». Mit einem verlegenen Lächeln griff Carl nach seinem Handy – seine Tochter hatte den Klingelton eingerichtet – und schaute auf das Display.

«Wallquist», erklärte er und drückte auf den grünen Hörerbutton.

Kriminaltechniker Lars-Erik Wallquist war bekannt dafür, nur ein einziges Mal anzurufen. Danach verwies er auf seinen Bericht und weigerte sich, weiter über einen Fall zu reden. Was zur Folge hatte, dass jeder sofort ans Telefon ging, wenn er anrief.

«Hallo, wie geht's dir?», erkundigte sich Carl höflich.

«Wir haben einen Autoschlüssel», bellte Lars-Erik, «den zwei unterbelichtete Zeitungsfritzen hundert Meter vom Tatort entfernt gefunden haben. Er gehört zu einem BMW.»

Lars-Erik machte eine Pause, als würde er in seinen Unterlagen blättern. Aber Carl wusste, dass er nur eine Kunstpause einlegte. Wallquist musste nie in irgendwelchen Unterlagen nachsehen. Er hatte alles im Kopf.

«Da war Blut drauf», fuhr Lars-Erik fort. «Wir haben es analysiert. Ich nehme an, du willst wissen, ob es mit dem des Opfers übereinstimmt?»

«Ja, bitte.»

«Das tut es. Es stammt eindeutig von Marco Holst. Irrtum ausgeschlossen.»

«Ist es auch sein Wagen?»

«Der Schlüssel gehört zu einem BMW X3», sagte Lars-Erik. «Ein kleineres Stadtjeep-Modell. Letztes Jahr aus Deutschland importiert. Drei Jahre alt. Der Fahrzeughalter lebt in Schweden. Fadi Sora.»

«Fadi Sora?», fragte Carl.

«Sora wurde vor gut drei Jahren beim Dealen mit Marihuana erwischt. Wegen seines Alters kam er mit einer Bewährungsstrafe davon und ist seitdem nicht mehr aktenkundig geworden. Aber wir haben noch seine Fingerabdrücke im System. Und sie stimmen mit denen auf dem Schlüssel überein. Willst du seine Adresse?»

«Ja, bitte», sagte Carl.

Er zog einen Block zu sich heran und notierte rasch eine Anschrift im Stockholmer Stadtteil Fruängen.

«Danke. Ausgezeichnete Arbeit.»

«Eine Sache noch», sagte der Kriminaltechniker.

«Ja?»

«Wir haben ein Kaugummi in der Scheune gefunden, direkt neben dem Tor. Jemand hat es dort hingespuckt. Nikotinkaugummi.»

«Vom Täter?»

Lars-Erik seufzte.

«Woher zum Teufel soll ich das wissen? Wir haben DNA-Spuren gesichert, aber bisher noch keinen Treffer in der Datenbank gelandet. Wenn du und deine Leute Fadi Sora auftreiben, können wir seine DNA mit dem Kaugummi abgleichen.»

«Haben wir seine DNA denn nicht in der Datenbank?»

«Nein, offensichtlich nicht.»

«Warum ...», fing Carl an, brach aber abrupt ab.

«Was weiß ich, er war vielleicht zu jung!», blaffte Lars-Erik. «Liegt wohl kaum in meiner Verantwortung, eine DNA-Probe von jedem Kleinkriminellen zu nehmen, der von der Polizei aufgegriffen wird.»

«Nein, natürlich nicht», beschwichtigte Carl.

«Aber ...»

Lars-Erik machte eine Pause. Carl konnte hören, wie er ins Telefon atmete.

«Wenn du mich fragst, ich glaube nicht, dass dieser Täter einen Autoschlüssel wegwirft und ein Kaugummi auf den Boden spuckt ...»

«Okay?»

«Wir haben am Tatort weder einen Fingerabdruck noch ein einzelnes Haar gefunden. So unsichtbar zu bleiben ist nicht gerade einfach, das kann ich dir versichern.»

«Also?»

«Das Kaugummi könnte von dem Bauern stammen. Wir haben eine DNA-Probe von ihm genommen, sind aber noch nicht dazu gekommen, einen Abgleich zu machen …»

«Okay», sagte Carl.

«Es könnte aber auch von jemand anderem stammen.»

«Und der Schlüssel?»

«Was soll mit dem sein?», fragte Lars-Erik.

«Kannst du noch mehr darüber sagen?»

«Wenn dem so wäre, hätte ich es getan.»

«Ja, natürlich. Entschuldige …»

«Aber wo du es erwähnst … Ich wollte dazu nichts sagen, das ist schließlich deine Baustelle …»

«Aber …?», fragte Carl.

«Wie zum Teufel konnte der Kerl ohne Autoschlüssel wegfahren? Der Wagen müsste eigentlich auch dort sein. Aber soweit wir wissen, steht da draußen in der Pampa nirgendwo ein BMW-Jeep.»

«Nein …», sagte Carl nachdenklich. «Du hast recht. Es sei denn, es gibt einen Zweitschlüssel.»

«Unwahrscheinlich», erwiderte Lars-Erik. «Ich schick dir meinen Bericht.»

Carl hörte ein Klicken in der Leitung, dann war es still.

«Was hat er gesagt?», fragte Simon.

«Dass wir einen Verdächtigen haben», erwiderte Carl. «Fadi Sora, er wohnt in Fruängen.»

Er fasste kurz das Gespräch mit Wallquist zusammen.

«Glaubst du wirklich, dass Fadi Sora Holst so etwas angetan hat?», fragte Jodie, als er fertig war. «Die Sache mit dem Kaugummi und dem Autoschlüssel scheint mir ein bisschen zu …»

Sie machte eine unbestimmte Geste, es war nur so ein Gefühl.

«O Mann!», platzte Simon heraus. «Das wäre doch schon ein irrer Zufall, wenn wir den Autoschlüssel eines stadtbekannten Kriminellen hundert Meter von dem Ort entfernt finden, an dem ein Mann fast zu Tode gefoltert wurde – mitten im fucking Nirgendwo –, und sich dann herausstellt, dass der Kerl gar nichts damit zu tun hat? So was gibt es einfach nicht.»

Carl sah ihn an.

«Nein», stimmte er zu. «Du hast recht. Natürlich fahren wir hin und reden mit ihm. Konntest du eigentlich schon die Besitzer des Sommerhauses ermitteln?»

Simon angelte sich einen Block von seinem Schreibtisch, blätterte kurz und las vor:

«Ein Ehepaar, Johan und Elin Wernström, achtunddreißig und vierzig Jahre alt. Haus und Grundstück gehören ihnen seit vier Jahren. Dieses Jahr sind sie noch nicht dort gewesen. War zu kalt.» Simon blickte von seinen Notizen auf: «Was Blödsinn ist, wir hatten schon mehrere warme Wochenenden ...»

«Könnten die beiden etwas mit Marco Holst zu tun haben?», unterbrach ihn Carl.

Simon schüttelte den Kopf.

«Nein. Keine Chance. Beide arbeiten im Gesundheitswesen, er ist Arzt, sie Krankenschwester. Gestern waren sie bei Freunden zum Abendessen. Sind lange geblieben. Ich habe mit den Freunden gesprochen, die haben das Alibi bestätigt. Außerdem konnte ich nicht mal einen Bußgeldbescheid wegen Geschwindigkeitsübertretung finden. Mr. and Mrs. Perfect ...»

«Okay», sagte Carl. «Dann fahren wir jetzt nach Fruängen und besuchen ...», er sah auf den Zettel, auf dem er den Namen notiert hatte, «Fadi Sora.»

8

Die Redaktion schien wie ausgestorben, als Alexandra Bengtsson aus Rimbo zurückkam. Die Nachrichtenredakteure und Reporter hatten eine Besprechung. Nur ihr Kollege Per saß am Newsdesk und kümmerte sich um die Online-Ausgabe der Zeitung.

Fredriks Bilder waren schon im System, sie wurden im Moment der Aufnahme direkt von der Kamera übertragen.

Alexandra hingegen musste noch ihren Artikel schreiben. Sie ging zu ihrem Platz, loggte sich schnell in den Computer ein und warf als Erstes einen Blick auf die aktuelle Titelseite. Ihr Artikel von heute Morgen war weit nach unten gerutscht, fast bis ans Seitenende. Die neue Topmeldung war stattdessen ein Autounfall auf der E4, ein Zusammenstoß zwischen einem Pkw und einem Lkw, ein Toter, mehrere Verletzte. «Kilometerlange Staus nach Unfall», lautete die Headline.

Alexandra legte ihren Notizblock neben sich, öffnete das Programm und fing an zu schreiben: *Zeuge im Folterfall: «Das Schlimmste, was ich je gesehen habe.»*

Nachdem sie den Autoschlüssel vor dem Sommerhaus entdeckt und Bilder vom Schlüssel, dem Fundort und ihr mit dem Schlüssel in der Hand gemacht hatten, waren Fredrik und sie zu der Adresse des Bauern gefahren, dem die Scheune gehörte.

Sie waren kaum auf den Hof eingebogen, als auch schon seine Frau aus dem Haus kam und ihnen mitteilte, dass ihr Mann draußen auf dem Feld arbeitete. Sie hatten eine halbe Stunde gebraucht, um ihn zu finden, doch dann hatte er, an seinen Traktor gelehnt, bereitwillig mit ihnen geredet.

Der Autoschlüssel lieferte genügend Stoff für einen eigenen Artikel: *Journalistin entdeckt Autoschlüssel – Zusammenhang mit Folteropfer.*

Plötzlich war die Redaktion wieder voller Stimmengewirr. Alexandra blickte von ihrem Bildschirm auf. Die Nachrichtenredakteure und Reporter hatten ihr Meeting beendet. Marvin steuerte direkt auf sie zu.

«Hast du was für uns?», fragte er.

«Den Landwirt, der den Mann gefunden hat, und einen Autoschlüssel.»

Sie berichtete, wo sie den Schlüssel gefunden hatte und wie sie und Fredrik ihn der Polizei übergeben hatten. Marvin nickte.

«War noch jemand da? Vom *Expressen*? Fernsehen?»

«Nein, ich habe niemanden gesehen. Wir waren die Einzigen.»

«Ausgezeichnet! Dann los, hau in die Tasten.»

Alexandra nickte, doch im nächsten Moment fuhr Marvin fort: «Womit machen wir weiter?»

Darüber hatte sie sich noch keine Gedanken gemacht.

«Was wissen wir über das Opfer?», fragte Marvin.

«Polizeibekannt, mehr nicht.»

«Schau, ob du seine Identität feststellen kannst. Das könnte eine Backgroundstory werden.»

«Okay.»

«Was sagt die Polizei zum Motiv?»

«Nach Aussage des Leiters der Mordkommission ermitteln sie in ‹alle Richtungen›.»

Marvin runzelte die Stirn.

«Das Opfer ist also polizeibekannt ... Bestimmt Bandenrivalität. Und jetzt los, schreib!»

Marvin grinste, als hätte er einen Scherz gemacht.

Alexandra wurde einfach nicht schlau aus ihm.

9

Fadi Sora wohnte in der Fruängsgatan in einem dreistöckigen Mietshaus mit einer undefinierbar graubeigen Fassade, deren Farbe vermutlich den Abgasen der ein paar hundert Meter entfernten Stadtautobahn zu verdanken war.

Eine kleine Stichstraße bildete vor dem Haus einen Wendekreis, mit einem Parkplatz in der Mitte. Kein Sandkasten oder eine Schaukel für Kinder.

Der gesamte Wohnblock vermittelte einen tristen, seelenlosen Eindruck.

«Dreh noch eine Runde», sagte Carl, «vielleicht steht der BMW hier irgendwo.»

Simon fuhr langsam an den geparkten Autos vorbei, hielt bei einem schwarzen BMW, sah, dass der Wagen nicht das gesuchte Nummernschild hatte, und fuhr mit Schrittgeschwindigkeit weiter. Als sie den Parkplatz umrundet hatten, lehnte Carl sich in seinem Sitz zurück.

«Wir parken ein Stück vom Eingang entfernt», sagte er.

Simon drehte eine weitere Runde und hielt auf der anderen Straßenseite. Den Motor ließ er weiterlaufen. Sie blieben im Auto sitzen und blickten auf das Haus.

«Also gut. Dann los, mal sehen, ob jemand da ist», sagte Carl.

* * *

Fadi Sora wohnte im zweiten Stock. Das Treppenhaus machte einen sauberen und gepflegten Eindruck. Es roch nach Reinigungsmitteln, Beton und Backstein.

An der Wohnungstür befand sich ein ordentliches Schild, auf dem «F. Sora» stand. Kein lieblos befestigter Zettel mit daraufgekritzeltem Namen. Carl drückte den Klingelknopf und wartete.

Nichts passierte.

Er klingelte ein zweites Mal.

«Niemand da», sagte Simon enttäuscht, als er seine Dienstwaffe ins Holster zurückschob.

Carl öffnete die Briefklappe in der Tür und spähte in den Wohnungsflur.

«Scheint schon eine Weile nicht mehr hier gewesen zu sein. Auf der Fußmatte liegt ein ziemlich großer Stapel Post und Werbung.»

Jodie wies auf den Aufkleber mit der unmissverständlichen Aufschrift «Bitte keine Werbung!» an der Tür.

«Es ist rechtswidrig, bei einem solchen Hinweis Reklame einzuwerfen», sagte sie.

Simon rollte mit den Augen. Carl achtete nicht auf die beiden. Stattdessen ging er zu der Wohnungstür auf der gegenüberliegenden Seite des Treppenabsatzes und klingelte.

Nach einer Weile lugte eine ältere Dame misstrauisch durch den Türspalt.

«Hallo, mein Name ist Carl Edson, ich bin von der Polizei.»

«Polizei?», wiederholte sie und musterte ihn argwöhnisch.

«Ich bin Kriminalhauptkommissar.»

«Aha.»

«Dürfen wir reinkommen?»

Die alte Dame zögerte einen Augenblick, trat dann aber einen Schritt zurück und ließ sie in den Flur. Die Einrichtung wurde von schweren dunklen Holzmöbeln und altmodischen Spitzendeckchen dominiert. Im Wohnzimmer stand eine Sitzgarnitur mit rotem Plüschbezug, die ihre Blütezeit schon lange hinter sich hatte und Carl an die Sessel seiner Kindheit erinnerte, wenn er mit seinem Vater ins Kino gegangen war. Zögerlich bedeutete die Frau ihnen, Platz zu nehmen. Es war offensichtlich, dass sie sich in der guten Stube befanden. Die Möbel schienen kaum benutzt, und Carl war klar, dass die alte Dame überlegt hatte, sie lieber in die Küche zu führen.

«Kann ich Ihnen etwas anbieten? Einen Kaffee vielleicht?»

«Nein danke», kam Carl seinen beiden Kollegen zuvor. «Wir möchten Ihnen nur ein paar kurze Fragen zu Ihrem Nachbarn stellen, Fadi Sora.»

Mit einem Mal sah sie ihn interessiert an.

«Was hat er angestellt?», fragte sie.

«Nichts», erwiderte Carl. «Wir möchten nur mit ihm sprechen.»

«Wann haben Sie ihn denn zuletzt gesehen?», mischte sich Simon in das Gespräch ein.

Carl gab ihm mit einem Blick zu verstehen, dass er sich im Hintergrund halten sollte. Was Simon genau zehn Sekunden lang tat.

«Wissen Sie noch, wann das war?», hakte er nach.

«Lassen Sie mich überlegen ... Ich weiß es nicht genau. Hier kriegt man von den Nachbarn ja eher weniger mit. Es ist ein ruhiges Haus. Die meisten hier sind älter, so wie ich.»

«Ich verstehe», erwiderte Carl. «Aber wissen Sie noch, ob es einen Tag her ist? Oder eher eine Woche oder einen Monat?»

Die alte Dame dachte nach, während sie eine unsichtbare Falte des Spitzendeckchens auf dem Wohnzimmertisch glatt strich.

«Das muss ... länger als ein paar Tage her sein. Wie war das noch gleich ... Ich habe ihn gesehen, als Elsa mich das letzte Mal besucht hat, und das war am Mittwoch ... Richtig, am Mittwoch ... also vor anderthalb Wochen.»

«Sind Sie sicher?»

«Ja, seitdem habe ich ihn weder gesehen noch gehört. Ist ihm etwas zugestoßen?»

Carl schüttelte den Kopf.

«Nicht soweit wir wissen. Wie gesagt, wir möchten nur mit ihm sprechen.»

«Ist Ihnen irgendetwas Besonderes aufgefallen, als Sie ihn zuletzt gesehen haben?», fragte Jodie.

Die alte Dame blickte sie verständnislos an.

«Was hätte das sein sollen?»

«Vielleicht war er nicht so wie sonst ... Irgendwas, das Ihnen ungewöhnlich vorkam.» Jodie sah sie aufmunternd an.

Die Frau schüttelte den Kopf.

«Nein, mir ist nichts aufgefallen», erwiderte sie und wirkte aufrichtig betrübt, sie enttäuschen zu müssen.

«Vielen Dank», sagte Carl und erhob sich. «Wir melden uns, falls wir noch weitere Fragen haben.»

Draußen im Treppenhaus hörten sie, wie die alte Dame hinter ihnen die Sicherheitskette vorschob, und als sie auf die Straße traten, stand sie am Fenster hinter der Gardine und sah ihnen nach.

«Ich rufe Daniel Sandén an», sagte Carl. «Und dann brauchen wir einen Schlüsseldienst.»

Er ging ein Stückchen weiter und wählte die Nummer des Staatsanwalts. Sandén war nicht übermäßig begeistert, ihnen einen Durchsuchungsbeschluss zu erteilen, doch mit ein bisschen Überredungskunst setzte Carl seinen Willen durch. Dann rief er den Schlüsseldienst an, nannte die Adresse und bat darum, schnellstmöglich zu kommen.

«Lasst uns noch mal nach dem Wagen schauen», sagte er, nachdem er das Gespräch beendet hatte.

Sie teilten sich auf und durchkämmten die Wohnsiedlung. Zehn Minuten später trafen sie sich vor Fadi Soras Hauseingang wieder.

«Nichts», sagte Jodie.

Simon schüttelte den Kopf.

«Wir schreiben den Wagen zur Fahndung aus», beschloss Carl. «Und Fadi Sora. Wenn wir Glück haben, ist das unser Mann ...»

«Glück?», wiederholte Simon. «Ist doch klar, dass der Kerl schuldig ist.»

«Nicht unbedingt», widersprach Jodie. «Wallquist hat recht. Irgendwas stimmt da nicht. Ein Täter, der am Fundort keine einzige Spur hinterlässt, verliert keinen blutbeschmierten Autoschlüssel und fährt dann einfach weg.»

«Fährt einfach weg?», sagte Simon. «Er hatte doch gar keinen Schlüssel ...»

Jodie sah ihn überrascht an.

«Unser BMW hat ein Keyless-Go-System, hast du Wallquists Bericht nicht gelesen? Funkwellen, mit dem der Wagen ohne Schlüssel geöffnet und gestartet werden kann. Der Schlüssel muss sich nur in einer bestimmten Entfernung zum Auto befinden. Im Armaturenbrett blinkt ein Warnlämpchen, aber solange der Motor nicht ausgeschaltet wird, kann man so weit fahren, wie man will.»

Eine Weile sagte niemand ein Wort.

«Du meinst also, der Kerl könnte sein Auto beim Sommerhaus abgestellt haben, zurückgekommen sein, nachdem er Holst gefoltert hat, den Motor ohne Schlüssel angelassen haben und abgehauen sein?», fragte Simon.

«Ich sage nur, dass es möglich ist», erwiderte Jodie.

«Aber wenn im Wagen eine Warnlampe leuchtet», warf Carl ein, «hätte er dann nicht zurückfahren und den Schlüssel holen müssen?»

«Verdammte Scheiße, vielleicht hat er das gemacht?», erwiderte Simon. «Aber er hat ihn nicht gefunden und war zu gestresst, um gründlich zu suchen. Auch wenn wir es mit einem gefühlskalten Arschloch zu tun haben, muss er ziemlich unter Strom gestanden haben, Adrenalin im Blut und weiß der Teufel was noch ...»

In dem Moment hielt ein weißer Minivan mit der Aufschrift «Nisses Schlüsselnotdienst & Sicherheitstechnik» vor dem Haus.

Nisse – oder wer auch immer der Mann war – brauchte weniger als fünf Minuten, um die Wohnungstür von «F. Sora» zu öffnen.

«Okay, Leute», sagte er, als er fertig war. «Ich muss zum nächsten Kunden. Denkt daran, die Tür richtig zuzumachen, wenn ihr hier fertig seid.»

Carl nickte abwesend, machte einen Schritt über den Poststapel in die Wohnung. Der Flur war klein und eng, links befand sich eine Garderobe. Langsam ging er ins Wohnzimmer und hielt inne.

Auf dem Couchtisch lagen ordentlich gestapelte Zigarettenschachteln. Marlboro. Carl zog einen Stift aus seiner Tasche und stieß die oberste Schachtel an, dann die nächste.

«Leer», stellte er fest. «Die sind alle leer.»

«Vielleicht ist er Kettenraucher», sagte Simon.

«Aber wieso sollte er die leeren Schachteln aufheben?»

Carl zuckte mit den Schultern und blickte sich in der Wohnung um.

«Es gibt keine Aschenbecher», sagte er. «Und es riecht auch nicht nach Rauch.»

«Also, was glaubst du?», fragte Jodie.

Carl sah sie nachdenklich an.

«Ganz ehrlich, ich weiß es nicht.»

Simon war zur Balkontür gegangen und schaute hinaus. Er drehte sich um: «Wenn ihr mich fragt, hat Fadi Sora Holst gefoltert, anschließend seinen Autoschlüssel verloren und ist untergetaucht.»

«Okay. Und die Zigarettenschachteln?», erwiderte Jodie.

«Er sammelt sie eben. Wie Kinder. Kronkorken, Sammelbilder, Zigarettenschachteln ... Was weiß ich. Manchmal sind Sachen ... einfach Sachen. Auf dem Balkon steht übrigens auch kein Aschenbecher. Ich hab nachgesehen.»

«Gut», sagte Carl. «Wallquist soll sich die Wohnung vornehmen.»

10

«Ich habe die Identität des Opfers rausbekommen», sagte Alexandra Bengtsson zu Marvin, der auf seinem Bürostuhl am Newsdesk herumfuhr und zufrieden grinste.

«Raus damit», erwiderte er. «Wer ist es?»

«Marco Holst. Ich habe das kurz gegoogelt. Ein bekannter Krimineller. Wir haben vor einigen Jahren im Zuge eines schrecklichen Vergewaltigungsfalls über ihn berichtet. Er hat im Vasapark ein vierzehnjähriges Mädchen brutal vergewaltigt. Wir haben damals seinen Namen und ein Foto von ihm veröffentlicht, als er schuldig gesprochen wurde.»

«Gibt es den Verdacht, dass es sich um Rache handeln könnte? Für das, was er dem Mädchen angetan hat?»

«Dazu hat sich die Polizei nicht geäußert.»

«Wahrscheinlich nur Gewalt im Zusammenhang mit Bandenrivalität», sagte Marvin und wirkte enttäuscht.

«Folter», korrigierte Alexandra.

«Ja, du hast recht. Folter klingt besser. Das ist Zündstoff. Haben wir mehr darüber?»

«Ich hab ein bisschen was über seine Verletzungen herausgefunden.»

«Können wir was darüber schreiben?»

Alexandra wiegte unsicher den Kopf.

«Das ist ziemlich brutal ...»

«Schreib so viel darüber, wie dir vertretbar scheint. Ich lese es mir dann durch.»

«Und der Name? Sollen wir damit rausgehen?»

«Wir warten noch», beschloss Marvin.

«Okay.»

«War er in irgendeiner Gang?»

«Damals haben wir nichts darüber geschrieben», sagte Alexandra.

«Überprüf das.»

Marvin beugte sich nach vorn und trommelte mit den Fingern auf dem Tisch.

«Dann hau in die Tasten!», sagte er.

Alexandra hasste diese alberne Redensart.

11

Carl Edson parkte direkt vor dem Haus im Süden Stockholms, in dem sich seine Dreizimmerwohnung befand. Er hatte Glück; normalerweise war die Parkplatzsuche nicht so leicht.

Vom Fahrersitz konnte er die drei Fenster im zweiten Stock sehen. Die beigebraunen Vorhänge im Wohnzimmerfenster, die Balkontür, die Deckenlampe.

Er sah, wie Karin sich im Licht der Deckenspots hinter den blauen Küchengardinen bewegte, wie sie den Kühlschrank öffnete, irgendetwas herausnahm, die Tür wieder schloss und in den Schubladen unter der Arbeitsfläche kramte. Er konnte sich vorstellen, wie sie roch, den Geruch in der Küche nach Abendessen.

Karin Hofstad war seine Lebensgefährtin. Sie hatten sich vor vier Jahren kennengelernt. Karin war damals frisch geschieden gewesen. Seine Scheidung lag schon lange zurück. Nachdem seine Ehe gescheitert war, hatte er nicht mehr damit gerechnet, wieder eine Beziehung einzugehen. Er war kein sozialer Mensch. Jedenfalls nicht leicht zugänglich.

Doch dann war Karin aus dem Nichts plötzlich in sein Leben gekracht. Wortwörtlich. Sie war am Norr Mälarstrand auf sein Auto aufgefahren, als er an einer roten Ampel stand.

Sie hatte versucht zurückzusetzen, als wollte sie es ungeschehen machen. Dann war sie ausgestiegen und hatte wirre Entschuldigungen gestammelt. Sie hatte einen blonden Pagenkopf, hellblaue Augen und ein breites, nervöses Lächeln.

Eigentlich hatte Carl sie anschreien wollen, doch stattdessen lud er sie auf einen Kaffee ein.

Jetzt saß er in seinem Auto vor dem Haus und beobachtete, wie Karin sich im Wohnzimmer auf die Couch setzte. Der Fernseher lief. Ein bläulicher Widerschein flackerte über die Wände. Carl warf einen Blick auf seine Armbanduhr. Viertel nach neun. Die Nachrichten, tippte er.

Das Fenster neben dem Wohnzimmer war dunkel. Lindas Zimmer, seine Tochter aus der gescheiterten Ehe. Sie lebte bei ihrer Mutter, besuchte ihn jedoch jedes zweite Wochenende – und wenn sie sich mit ihrer Mutter gestritten hatte. Aber meistens war ihr Zimmer verlassen und dunkel. Wie jetzt.

Carl lehnte sich im Sitz zurück. Auch draußen herrschte Dunkelheit. Nur die Laternen warfen ihre Lichtkegel auf die frisch gereinigte Straße. Im Auto roch es nach Pizza. Der Karton lag neben ihm auf dem Beifahrersitz. Er hatte sie auf dem Heimweg gekauft, als er gemerkt hatte, wie hungrig er war. Doch jetzt war sein Hunger verflogen, genauso wie die Sehnsucht, nach Hause zu kommen und mit Karin auf dem Sofa vor dem Fernseher zu kuscheln.

Carl legte die Hände aufs Lenkrad und sah hinaus auf die ausgestorbene Vorstadt. Wartete. Er wusste nicht, worauf. Aber irgendwie fühlte er sich hier zu Hause, auf halbem Weg zwischen Arbeit und Wohnung, im Niemandsland. Keiner, der etwas wollte, der ihn beobachtete. Nur er. Und die Zeit.

Carl sah mit leerem Blick unverwandt auf die Straße. Ein paar Fußgänger eilten vorbei, wurden für einen Moment lang vom Schein der Straßenlaternen erfasst, bevor sie wieder in der Dunkelheit verschwanden. Auf dem Heimweg, vermutete er, von der einige hundert Meter entfernten U-Bahn-Station Skärmarbrink.

Dann lag der Bürgersteig wieder verlassen da.

Als er das nächste Mal auf die Uhr schaute, war es schon nach zehn. Er öffnete die Autotür und stieg aus. Nahm den Pizzakarton, überquerte die Straße und ging ins Haus.

12

Alexandra deckte für drei und stellte einen Topf mit Pasta und eine Pfanne mit Hackfleischsauce auf den Tisch. Sie war müde, hatte Kopfschmerzen, stand nach dem Arbeitstag aber immer noch unter Strom. Ihre Hintergrundstory über Marco Holst war zwischendurch Top drei auf der Homepage gewesen, jetzt aber auf die mittleren Plätze zurückgefallen. Aber das war immer noch ganz okay.

«Johanna!», rief sie.

Keine Antwort. Die Wohnung war nicht groß, eine kleine Vierzimmerwohnung an der Kreuzung Renstiernas gata und Kocksgatan, eine der letzten Mietwohnungen in der Umgebung. Sie hatte Glück gehabt, die Wohnung gegen ihr ursprüngliches Ein-Zimmer-Apartment einzutauschen.

Als sie ihre Tochter holen wollte, fluchte sie über die Schuhe, die kreuz und quer im Flur herumlagen. Alexandra hob einen von Johannas Pullovern auf, der ebenso wie die Kopfhörer für ihr iPhone ein Dasein auf dem Wohnzimmerfußboden fristete. Eine Decke hing unordentlich über die Sofalehne, und auf dem Couchtisch stand ein halb ausgetrunkenes Glas mit einer Substanz, die wie Joghurt aussah, daneben wellte sich eine braun gesprenkelte Bananenschale.

«Himmel!», murmelte sie. «Warum kann man seinen Kram nicht selbst wegräumen?»

Alexandras kombiniertes Schlaf- und Arbeitszimmer befand sich am Ende des Flurs. Sie klopfte an die Tür daneben.

«Johanna!», sagte sie laut.

Als sie keine Antwort erhielt, öffnete sie und trat ein.

Mit einem Aufschrei drehte sich ihre Tochter aufgebracht zu ihr um. Sie trug ein tief ausgeschnittenes Kleid, das um ihren zarten Körper schlotterte. Alexandra kannte das Kleid; es war ihr eigenes, sie hatte es sich für eine Hochzeitsfeier gekauft.

«Mensch, Mom! Was soll das? Du kannst hier doch nicht einfach so reinplatzen!»

Johanna hielt ihr iPhone in der Hand und chattete auf Facetime mit einer Freundin.

«Ach nichts», sagte sie. «Meine Mutter ist nur gerade reingekommen. Aber die geht jetzt wieder!»

«Johanna!», sagte Alexandra, so streng sie konnte. «Das Abendessen ist fertig. Komm jetzt. Und ich meine, *jetzt*!»

«Raus!»

Alexandra seufzte, während ihre Tochter die Tür hinter ihr zuknallte. Hinter der Tür hörte sie Johanna sagen: «Ich muss Schluss machen. Meine Mutter ist so ätzend ... Ja, voll die Bitch!»

Alexandra war kurz davor, die Tür aufzureißen und sie anzubrüllen, doch sie hielt sich zurück und ging in die Küche. Sie hatte keine Lust zu streiten, nicht schon wieder.

Fünf Minuten später erschien Johanna. Das Kleid hatte sie gegen ein zu kurzes T-Shirt und eine löchrige Jeans getauscht. Sie musterte den Tisch, der für drei gedeckt war, hielt aber den Mund. Als sie sich gesetzt hatte, füllte Alexandra das Essen auf die Teller.

«Vergiss nicht das Gemüse», mahnte sie, als Johanna sich sofort über die Nudeln hermachte. «Und ich habe nicht gesagt, dass du schon anfangen kannst.»

Ihre Tochter stöhnte auf, legte das Besteck wieder zur Seite und lehnte sich auf ihrem Stuhl zurück.

«Das ist nicht dein Ernst, Mama! Machst du Witze?»

«Nein», erwiderte Alexandra.

«Echt, so geht das nicht weiter!»

«Bitte, Johanna, nicht heute Abend! Das war ein harter Tag, okay? ... Nicht heute Abend.»

«Du solltest es mal mit einem Date versuchen», sagte Johanna.

Alexandra schaute ihre Tochter verblüfft an, plötzlich amüsiert.

«Vielleicht tue ich das ...»

«Wirklich?», fragte Johanna.

«Nein, mache ich nicht. Aber ich könnte es ...»

Johanna schüttelte den Kopf.

«Darf ich anfangen?», sagte sie.

Alexandra nickte.

«Guten Appetit.»

Sie aßen schweigend. Kaum hatte sie aufgegessen, stand Johanna auf.

«Kann ich gehen?»

Alexandra nickte erneut.

«Räum bitte deinen Teller weg», sagte sie, aber es war schon zu spät.

«Das kannst *du* machen!», rief Johanna aus dem Flur.

Kurz darauf hörte sie die Tür zum Zimmer ihrer Tochter zuknallen.

Alexandra blieb am Tisch sitzen und betrachtete den leeren, unbenutzten Teller, der gegenüber von ihr stand. Langsam streckte sie eine Hand aus, berührte die Tischdecke daneben und ließ ihre Hand einen kurzen Moment dort ruhen. Dann stand sie mit einem Ruck auf und begann den Tisch abzuräumen.

13

Karin Hofstad blickte sich im Wohnzimmer um. Die Einrichtung war in Brauntönen gehalten, als wäre die Dreizimmerwohnung, in der sie und Carl gemeinsam lebten, nach wie vor eine Junggesellenbude mit einem Sammelsurium an Möbeln aus verschiedenen Jahrzehnten und Stilrichtungen. Ein grünes Sofa aus den Sechzigern – ein Erbstück –, eine gebeizte Dreißiger-Jahre-Kommode und ein Sideboard aus Glas und Metall aus den Achtzigern. Die Tapete erinnerte Karin an die nach schalem Bier stinkenden Pizzerien ihrer Jugend: mit einem undefinierbaren Muster in Rotbraun- und Ockertönen.

Als sie eingezogen war, hatte sie anfangs den Drang verspürt, die Wohnung in etwas Modernes, Helles zu verwandeln. Nun lebte sie seit drei Jahren hier und hatte aufgegeben.

Auf dem großen schwarzen Flachbildfernseher, der auf einer Konsole ihr gegenüber stand, flimmerte ein Film. Eigentlich schaute sie ihn gar nicht, jedenfalls nicht konzentriert, es war reine Gewohnheit. Jeden Abend dasselbe.

Sich selbst gegenüber gestand sie ein, dass sie litt. Dass sie etwas anderes wollte, etwas, das einer Frau würdig war, die bald fünfundvierzig wurde. Aber sie sagte nichts.

Nach ihrer Scheidung vor vier Jahren hatte ihr Lehrerinnengehalt gerade mal für ein Ein-Zimmer-Apartment in Bandhagen gereicht. Und als sie Carl kennenlernte, war es der logische Schritt gewesen, zu ihm zu ziehen. Aber er hatte nicht gewollt, dass sie irgendetwas in der Wohnung veränderte, alles sollte so bleiben, wie es war. Manchmal dachte sie, dass er seine gewohnte Umgebung brauchte, um sich geborgen zu fühlen, dass er die Unveränderlichkeit brauchte, um das ganze Elend, das er tagtäglich bei der Arbeit sah, ertragen zu können. Aber eigentlich verstand sie ihn nicht, nicht diese Seite von ihm.

Karin versuchte umzuschalten, doch nichts tat sich, als sie auf die Fernbedienung drückte. Sie war sich auch nicht sicher, ob es die richtige Taste war. Carl hatte irgendeine neue elektronische Vorrichtung installiert, die mit dem Internet verbunden war. Fluchend legte sie die Fernbedienung weg und guckte weiter.

Als sie hörte, wie die Wohnungstür geöffnet wurde, stand sie auf.

«Hallo!», rief sie, bekam jedoch keine Antwort.

Mit geschmeidigen, schnellen Schritten ging sie in den Flur. Ihr Exmann hatte immer gesagt, sie sei *petite*, wie eine Französin. Eines der wenigen Komplimente, die er ihr gemacht hatte. Aber der Vergleich hatte ihr gefallen.

«Hey», sagte Carl, als er sie sah.

«Warum hast du nicht geantwortet?»

«Ich habe dich nicht gehört», erwiderte er.

«Wo warst du?», fragte sie.

«Pizza holen.»

«Es ist fast halb elf ...»

Carl fuhr sich mit der freien Hand über das Gesicht.

«Ich musste noch arbeiten», erklärte er und ging mit dem Pizzakarton in die Küche.

Karin fiel mal wieder auf, dass sie sich nicht mehr zur Begrüßung küssten. Das hatten sie am Anfang ihrer Beziehung immer getan. Und sie fragte sich, ob es an ihr oder an ihm lag. Vermutlich an ihm, dachte sie.

«Möchtest du ein Stück?», rief Carl aus der Küche.

«Nein, ich habe schon gegessen. Linda hat übrigens angerufen.»

Karin trat in den Türrahmen und lehnte sich dagegen. Carl holte Messer und Gabel aus der Besteckschublade und setzte sich mit dem Karton an den Küchentisch.

«Willst du die Pizza so essen? Kannst du dir nicht wenigstens einen Teller nehmen?»

Carl gab keine Antwort.

«Was hat Linda gesagt?», erkundigte er sich stattdessen.

Karin ging zum Küchenschrank.

«Alles okay. Sie hat nach dir gefragt. Sie hat wohl versucht, dich auf dem Handy zu erreichen ...»

«Die Presse hat wegen eines Falls pausenlos angerufen. Ich bin nicht rangegangen ...»

«Du hättest ihre Nummer sehen können ...»

Carl zuckte mit den Schultern.

«Was wollte sie?», fragte er und kaute mechanisch.

«Sie hat gefragt, ob sie dieses Wochenende kommen kann.»

Carl sah seine Lebensgefährtin an.

«Es ist doch sowieso ihr Wochenende. Warum fragt sie da extra?»

Karin nahm einen Teller aus dem Schrank, stellte ihn demonstrativ neben den Pizzakarton, holte ein Glas und schenkte sich Wasser ein.

«Sie will ihren Freund mitbringen», sagte sie zur Spüle gewandt.

Ohne zu wissen, weshalb, machte sie das Thema verlegen. Warum auch immer ihr eine Sache unangenehm war, die noch nicht einmal ihre eigenen Kinder betraf.

«Ihren Freund?», fragte Carl.

«Ja, sieht ganz so aus. Er heißt Tomas.»

«Was?»

«Lindas Freund, er heißt Tomas.»

«Das habe ich verstanden. Ich wusste nur nicht, dass sie ... einen Freund hat.»

«Vielleicht hat sie von seinem Handy aus angerufen», sagte Karin, «daher konntest du nicht sehen, dass sie es ist.»

Carl nickte.

«Hast du Lust fernzusehen, einen Film?», fragte sie.

«Es ist spät ...»

«Wir können ja wenigstens den Anfang schauen ...»

Karin sah ihn an.

«Ist es gerade hart?», fragte sie plötzlich sanft und strich ihm über die Wange.

Er gab keine Antwort, hielt aber ihre Hand fest.

«Schlimmer als sonst?», hakte sie nach.

Carl nahm ihre Hand zwischen seine Hände. Karin lächelte aufmunternd.

«Komm, wir setzen uns ins Wohnzimmer.»

Vorsichtig zog sie ihn zum Sofa.

«Die Pizza», protestierte er.

Sie strich ihm zärtlich übers Haar.

«Setz dich, ich hole sie.»

Als sie den Teller vor ihn hinstellte, sagte sie erstaunt:

«Die ist ja eiskalt. Wie lange hat sie im Auto gelegen?»

«Eine Weile», erwiderte er.

Sie nickte, sah ihn aber nachdenklich an. Wäre er ein anderer Typ Mann gewesen, hätte sie vermutet, dass er eine Affäre hatte. Doch so, wie die Dinge lagen, konnte sie sich das nicht vorstellen.

14

Dienstag, 6. Mai

Das Kuvert war gepolstert, DIN A4, ein weißer Standardumschlag, den man überall kaufen konnte. Das Adressetikett war per Laserdrucker erstellt und dann aufgeklebt worden. Briefmarken, in Stockholm abgestempelt.

Aber der Brief war schwer.

Richter August Åström wog ihn in der Hand, spielte kurz mit dem Gedanken, den Sicherheitsdienst zu rufen, musste dann aber lächeln. Großer Gott, das fehlte noch, dass Angst sein Leben bestimmte. Er hatte so was schon öfter gesehen, es endete immer mit dem Dasein eines verängstigten Kaninchens – keine menschenwürdige Existenz. Und August Åström hatte beschlossen, ein würdiges Leben zu führen.

Außerdem wusste er, dass alle eingehenden Postsendungen gescannt wurden, um sicherzustellen, dass sie nichts Gefährliches enthielten.

Es war noch früh am Morgen, nicht einmal neun Uhr. Die Frühlingssonne fiel durch die Jalousien und warf tanzende Strahlen auf seinen Schreibtisch. Richter Åström lehnte sich entspannt in seinem Bürostuhl zurück, den Umschlag in der Hand. Bücherregale ragten hinter ihm an der Wand empor, vom Boden bis zur Decke, randvoll mit Akten, Gesetzestexten und Fachzeitschriften. Außerdem hatte er sich eine ansehnliche Sammlung an Romanen zugelegt, deren Vorhandensein er vehement damit verteidigte, dass sie seine Vorstellungskraft anregten und ihm halfen, die Innenwelten anderer Menschen besser zu verstehen, wie bizarr und eigentümlich diese auch sein mochten – eine Fähigkeit, die ihm als Richter zugutekam.

Der Brief war an das Berufungsgericht adressiert, zu seinen Händen. Dass war nichts Ungewöhnliches. An einem normalen Tag bekam er zwischen zwanzig und vierzig Postsendungen jeder Größe und Art. Bei einigen handelte es sich um handschriftliche Nachrichten von Häftlingen, die ihn zur Hölle wünschten, andere waren formelle Anfragen von Institutionen. Er bekam auch zahlreiche Einladungen zu Vorträgen und Konferenzen, die er grundsätzlich ablehnte.

Jetzt betrachtete er das dicke Kuvert stirnrunzelnd, überzeugt davon, dass der Inhalt ihm eine Menge Zeit stehlen würde, die er in produktivere und sozial sinnvollere Dinge hätte investieren können.

«Idioten!», murmelte er, während er den Umschlag öffnete.

Er hatte mit einem mehrere Seiten umfassenden Einladungsschreiben und irgendwelchem albernem Krimskrams gerechnet, mit dem man ihn bestechen wollte – und den er seinen Prinzipien getreu zurückschicken würde.

Doch in dem Umschlag steckte etwas Weiches. Irgendein Kleidungsstück womöglich. Er lächelte, als er an die scharfe Formulierung über Bestechungsversuche dachte, die er in den Begleitschreiben seiner Rücksendungen immer unterbrachte – und zog den Gegenstand heraus.

Sein Lächeln erstarb.

In der verschlossenen Plastiktüte in seiner Hand konnte er deutlich ein männliches Geschlechtsorgan erkennen, komplett, mit Hodensack und Penis. An der Peniswurzel befanden sich sogar noch einige Schamhaare. Einen kurzen Moment starrte er das Gebilde an, während sein Bewusstsein jedes

Detail registrierte, jede Falte in der erstarrten Haut im Hodenbereich, jedes gekräuselte Haar.

Dann ließ er die Tüte angeekelt zu Boden fallen und drehte sich schnell zur Seite, damit er seinen Mageninhalt nicht auf den großen Kirschbaumholzschreibtisch entleerte, sondern möglichst in den Papierkorb daneben.

***

Rechtsanwalt Nils Ravel gelang es nicht, seinen Brechreiz so lange zurückzuhalten wie Richter Åström. Er übergab sich direkt auf seinen teuren Eichenschreibtisch, auf dem sich die Akten diverser Fälle stapelten.

«Scheiße!», fluchte er und wich entsetzt zurück, die Plastiktüte hatte er auf den Fußboden geworfen.

Für gewöhnlich kamen ihm nur selten Kraftausdrücke über die Lippen, doch diese Situation war alles andere als gewöhnlich.

Durch das bläuliche Plastik schimmerten deutlich zehn abgetrennte blauschwarze menschliche Finger, die Stümpfe mit verkrustetem Blut überzogen.

«Verdammte Scheiße!», brüllte er.

Seine Sekretärin kam ins Büro gerannt.

«Was ist los? Was ist passiert?»

Rechtsanwalt Nils Ravel starrte sie an.

«Verdammte Scheiße!», wiederholte er.

Im selben Moment entdeckte die Sekretärin die Pfütze aus Erbrochenem auf dem Schreibtisch und wich unwillkürlich zurück.

«Sind Sie krank?»

Ravel schüttelte den Kopf und deutete auf die Plastiktüte, die neben seinem umgeworfenen Bürostuhl auf dem Fußboden lag.

«Da!», zischte er.

Die Sekretärin betrachtete die Tüte.

«Ja?», fragte sie verständnislos.

«Sind Sie blind?», brüllte Nils Ravel.

Sie trat einen Schritt näher. In der Sekunde, in der sie den Inhalt identifiziert hatte, stieß sie einen hilflosen Schrei aus und schlug die Hand vor den Mund.

«Oh nein ...», presste sie mit erstickter Stimme hervor.

Dann, in Panik:

«Polizei! Wir müssen die Polizei rufen!»

15

Sie starrten auf das Foto der Plastiktüte mit den abgetrennten Fingern. Carl Edson klickte auf eine Computertaste, und eine neue Aufnahme erschien.

«Die Zunge», sagte er.

Sie saßen in ihrem winzigen Büro, das Licht eines surrenden Beamers erhellte den Raum und projizierte das Bild einer geschwollenen blauschwarzen Zunge an die grauweiße Wand. Der Ekel, den sie empfanden, wurde durch die stickige Luft und den Geruch von abgestandenem Kaffee noch verstärkt.

Die Zunge sah unnatürlich real aus und lag in einer ähnlichen Plastiktüte wie die Finger und die Genitalien.

«Die Zunge wurde an Staatsanwältin Gun Axelman geschickt. Jetzt scheinen wir jedenfalls sämtliche fehlenden Körperteile von Marco Holst zusammenzuhaben», sagte Carl.

Jodie war blasser als sonst, ihr schien übel zu sein. Simon bemühte sich, unbeeindruckt zu wirken, doch sein linkes Auge zuckte unkontrolliert, wie immer, wenn er gestresst war.

«Die Plastiktüte mit der Zunge haben wir mit den anderen Körperteilen an das Forensische Zentrum geschickt, um zu überprüfen, ob sie wirklich von Holst stammen», sagte Carl.

Er machte den Beamer aus, das Bild erlosch, im Raum wurde es dunkel. Jodie schaltete die Deckenbeleuchtung an, und kaltes, grelles Neonlicht flackerte auf.

«Okay, ein paar Dinge, die ihr wissen müsst», fuhr Carl fort. «Die Empfänger der Körperteile haben alle eine Verbindung zu Holst. Richter August Åström hat ihn vor vier Jahren wegen der Vergewaltigung des Mädchens verurteilt. Rechtsanwalt Nils Ravel war sein Verteidiger, und Staatsanwältin Gun Axelman hat die Anklage erhoben. Ich habe mit allen drei gesprochen. Keiner von ihnen hat eine Ahnung, weshalb die Körperteile an sie geschickt wurden. Sie hatten seit dem Prozess keinerlei Kontakt zu den beteiligten Parteien, weder zur Familie des Mädchens noch zu Marco Holst.»

«Und keiner von ihnen hat an einem Fall gearbeitet, der mit Fadi Sora zusammenhängt?», fragte Simon.

Carl schüttelte den Kopf, ging zu der Wand, an der die Bilder von Marco Holst und Fadi Sora hingen, und heftete Aufnahmen der Körperteile und des Baseballschlägers unter Holsts Foto.

«Das hier», sagte er und klopfte mit den Fingerknöcheln auf die Aufnahme des Geschlechtsorgans, «deutet stark auf das von Holst vergewaltigte Mädchen und dessen Familie hin. Hast du mit ihnen gesprochen, Jodie?»

Jodie schüttelte verlegen den Kopf.

«Nein, ich habe sie erst gestern Abend erreicht. Aber ich fahre heute Nachmittag zu ihnen.»

«Gut. Was ist mit Holsts ermordeter Freundin, hast du mit ihrer Familie telefoniert?»

«Das hat nichts ergeben», erwiderte Jodie. «Ihr Vater und ihr Bruder – die Mutter ist tot – haben beide ein Alibi für die fragliche Nacht. Ich habe ihre Aussagen überprüft. Wir können sie als Täter ausschließen.»

Simon lehnte sich auf seinem ramponierten Stuhl zurück, der besorgniserregend knarrte. Carl fand, dass er seltsam zufrieden aussah und ein unerklärlich gehässiger Ausdruck in seinen Augen lag.

«Wie sieht es bei Fadi Sora aus? Taucht sein Name irgendwo in Holsts alten Akten auf?»

Simon verschränkte die Arme vor der Brust.

«Nein. Ich habe heute Morgen extra noch mal nachgeschaut, in der Datenbank mit Verdächtigen und in den Strafregistern, aber die beiden scheinen sich nie über den Weg gelaufen zu sein. Sie bewegen sich offenbar nicht in denselben Kreisen.»

«Gut», erwiderte Carl. «Das muss nicht zwangsläufig heißen, dass sie sich nicht kennen. Okay, Fadi Sora steht auf meiner Liste, wenn ich heute mit Marco Holst spreche. Dann müssen wir abwarten, was Wallquist über Soras Wohnung sagen kann. Oder was Sora selbst sagt – wenn wir ihn gefunden haben. Immer noch keine Spur von ihm oder seinem Auto?»

Jodie und Simon schüttelten den Kopf.

«Okay. Noch was?»

Jodie blickte auf ihren Block und malte kleine Kreise an den Rand. Simon starrte mit leerem Blick geradeaus.

«Wenn das so ist», sagte Carl und wandte sich von der Fotowand ab, «sollten wir uns lieber wieder an die Arbeit machen.»

Meine Schwester hat letzte Nacht wieder angerufen. Sie hat nichts gesagt, aber ich habe ihren Atem gehört. Ich weiß, dass sie es war. Ich habe immer gewusst, wenn sie es ist.

Es ist schade, dass wir einander hassen.

Ich kann mich noch erinnern, wie wir zusammen gespielt haben. Hinter unserem viel zu großen Haus, in einem verborgenen Winkel ganz hinten im Garten, in den unsere Eltern nie einen Fuß setzten, existierte unsere geheime Welt. Vater hatte jedem von uns ein Messer geschenkt. Er wollte, dass wir lernten, mit Waffen umzugehen. Das sei wichtig, sagte er. Das Geschlecht spiele dabei keine Rolle. In dem Punkt war er sehr neutral.

Ohne groß irgendwelche Regeln abzusprechen, stellten wir uns zehn Meter entfernt voneinander auf. Dann zogen wir unsere Messer raus. Wir fassten sie an der Klinge, irgendjemand hatte uns beigebracht, dass man Messer so hielt, und zählten rückwärts. «Drei, zwei, eins ...» Dann warfen wir sie aufeinander.

Wir durften uns erst wegducken, wenn die Messer in der Luft waren. Davor mussten wir mit beiden Beinen fest auf dem Boden stehen.

Wir schleuderten die Messer so hart und gezielt, wie wir konnten – und warfen uns anschließend auf den Boden, um den durch die Luft zischenden, scharfgeschliffenen Klingen zu entgehen. Wie im Rausch schleuderten wir die Messer wieder und wieder mit aller Kraft.

Bei einem Wurf streifte das Messer meiner Schwester meinen Arm. Die Wunde begann zu bluten. Sie war nicht besonders tief, doch das Blut lief in schmalen Rinnsalen meinen Arm hinunter.

«Du solltest zu Mama gehen», sagte sie.

Ich schüttelte den Kopf.

«Nein, wir machen weiter, das macht Spaß.»

Beim nächsten Wurf kassierte meine Schwester einen Treffer, als sie im Gras ausrutschte. Ein feiner Schnitt seitlich am Knöchel, das Blut tropfte in ihre weiße Sandale.

Wir sahen uns an und lachten. Im selben Moment wurden wir gerufen. Rasch steckten wir die Messer weg und einigten uns auf die Ausrede, beim Spielen hingefallen zu sein.

Unsere Mutter bedachte uns mit einem merkwürdigen Blick, als sie unsere Schnittwunden verband, doch sie sagte kein Wort. Sie wollte nicht verstehen. Meine Schwester und ich waren ihr Zierrat – wohlgeraten, normal, vorzeigbar. Alles andere war undenkbar. Seit dem Tag unserer Geburt hatte sie bestimmt, wer wir waren. Wir mussten uns nicht entwickeln. Wir waren von Anfang an fertig.

Aber sie muss es bemerkt haben. Sie muss es gewusst haben.

Etwas anderes kann ich mir nicht vorstellen.

16

Als Kriminalkommissarin Jodie Söderberg ihren Namen nannte – im hellgrün gestrichenen Treppenhaus stehend –, sah das Ehepaar sie verwirrt an.

«Jonas und Marie Nilsson?», fragte Jodie.

Die beiden nickten schweigend.

«Wir haben telefoniert ... Darf ich reinkommen?», sagte sie, ohne verbergen zu können, wie unbehaglich sie sich fühlte.

«Sie sagten, Sie sind Polizistin?», fragte der Mann, machte aber keinerlei Anstalten, sie hereinzulassen. «Können Sie sich ausweisen?»

Jodie war zweiunddreißig Jahre alt, sah aber deutlich jünger aus. Obwohl sie ihre Haare zu einem straffen Knoten zusammengebunden hatte, wirkte sie mit ihren weichen Gesichtszügen wie ein Teenager. Sie war sich darüber voll und ganz im Klaren und zückte routiniert ihren Dienstausweis.

Jonas Nilsson musterte ihn.

«Ist das wirklich nötig?», fragte er.

Jodie nickte.

«Ja, leider ...»

Er trat einen Schritt zur Seite und ließ sie herein.

Die Wohnung war hell und aufgeräumt. Vor den großen Fenstern hingen zarte weiße Gardinen, die das Licht der Frühlingssonne sanft filterten. Flirrende Reflexe tanzten über den glänzenden Parkettfußboden. Die Möbel waren elegant und in Grau und Dunkelrot gehalten. Ältere Modelle, die noch nicht ganz unter die Bezeichnung Retro fielen. Die Einrichtung erinnerte Jodie an die Wohnung ihrer Großeltern. Aber Jonas und Marie waren um die fünfzig.

Das Paar nahm nebeneinander auf dem Sofa Platz, auf der äußersten Polsterkante, steif und kerzengerade. Keiner der beiden bat Jodie, sich zu setzen. Als sie sich unaufgefordert in dem gegenüberstehenden Sessel niederließ, rutschte Jonas unangenehm berührt hin und her.

Er war hager, trug einen Anzug und ein weißes Hemd. Sein Haar war bereits ergraut, vermutlich einige Jahre zu früh, aber immer noch voll und tadellos frisiert. Er zupfte an den Bügelfalten seiner Hose.

«Worum geht es?», fragte Marie.

Sie war ebenso schlank wie ihr Mann, trug ein schlichtes Kleid und eine dünne Strickjacke und hatte blonde, kurze Haare. Sie schien jünger zu sein als Jonas, wirkte jedoch blasser und kraftloser, als hätte ihr jemand sämtliche Energie geraubt. Nervös verkrampfte sie die Hände im Schoß.

Beide wirkten unproportioniert klein, dachte Jodie. Als seien das Sofa, ihre Kleidung, ihr Leben mehrere Nummern zu groß für sie geworden.

«Wie ich bereits am Telefon sagte», begann Jodie, «bin ich wegen des Mannes hier, der ...»

Sie zögerte, wie sie es formulieren sollte, obwohl sie sich das auf dem Weg genau zurechtgelegt hatte.

«... sich an Ihrer Tochter vergangen hat.»

Jodie sah, wie die beiden zusammenzuckten.

«Was ist mit ihm?», fragte Marie.

Jodie musterte ihre angespannte Miene und holte tief Luft:

«Marco Holst ist in der Nacht von Sonntag auf Montag schwer misshandelt worden. Ich kann Ihnen keine näheren

Einzelheiten nennen, aber … die Art und Weise der Misshandlung deutet auf Ihre Tochter hin. Es gibt Anzeichen, dass es sich um einen Racheakt handeln könnte.»

Jonas und Marie hielten sich an den Händen und hörten schweigend zu. Beide sahen Jodie fragend an, als warteten sie auf eine Fortsetzung, eine Erklärung.

«Deshalb muss ich Ihnen diese Frage stellen: Wo waren Sie Sonntagnacht? Also vorgestern?»

Jodie beobachtete die beiden aufmerksam, um zu sehen, wie sie auf ihre Frage reagierten. Einen kurzen Moment blickten sie sie verständnislos an, dann wurden ihre Mienen ernst.

«Was meinen Sie? Ist das hier …»

Jonas stockte.

«… verdächtigen Sie uns etwa?»

Die letzten Worte stieß er so aufgebracht hervor, dass Speichel über den Glastisch sprühte. Jodie betrachtete die kleinen Tropfen, die auf der Platte deutlich zu erkennen waren.

«Tun Sie das?», fuhr Jonas fort. «Wenn das so ist …»

Jodie gab sich alle Mühe, ungerührt zu wirken.

«Nein, ich wollte nur mit Ihnen sprechen. Nur als Hintergrundinformation. Um Sie bei unseren weiteren Ermittlungen als Tatverdächtige ausschließen zu können.»

Der Mann schwieg, blickte sie aber unverwandt an.

«Wir waren hier», sagte Marie plötzlich, während sie am Saum ihrer Strickjacke nestelte.

Ihr Mann warf ihr einen beunruhigten Blick zu, doch bevor er etwas sagen konnte, kam sie ihm zuvor.

«Ja, Jonas, wir müssen darüber sprechen, was passiert ist. Wir können nicht so weitermachen … Vielleicht ist es sogar gut so.»

Ihr Tonfall hatte sich verändert. Die Feindseligkeit war verschwunden, sie klang nur noch resigniert.

Sie wandte sich wieder an Jodie.

«Mein Mann und ich sind ständig zusammen. Nur wir beide. Und wir gehen fast nie aus dem Haus. Wir haben keine Freunde mehr, seit diese … furchtbare Sache geschehen ist.»

Sie sah Jodie an.

«Haben Sie eine Vorstellung, was so etwas für eine Familie bedeutet? Elins … Vergewaltigung … oder wie man die abscheulichen Dinge, die dieser Mann ihr angetan hat, auch bezeichnen will … betrifft unsere ganze Familie. Wir kommen nicht darüber hinweg. Ich leide jeden Tag. Verfluche mich selbst, weil ich es nicht verhindern konnte. Dass ich nicht bei ihr war, sie beschützt habe … Zugelassen habe, dass sie allein unterwegs war …»

Sie schlug die Hand vor den Mund, als wollte sie die Worte zurückhalten. Ihr Mann legte beschwichtigend eine Hand auf ihr Knie.

«Marie, beruhige dich …»

Sie stieß seine Hand weg und sagte scharf:

«Nein, ich beruhige mich nicht! Sprich nicht so mit mir, Jonas! Ich will reden! Ich will endlich reden! Wir sind an unserem Schweigen fast erstickt!»

Sie atmete heftig, als kämpfte sie darum, die Kontrolle wiederzuerlangen und nicht in Tränen auszubrechen. Niemand sagte ein Wort. Nur Maries ersticktes Schluchzen war zu hören. Ihr Mann streichelte jetzt beruhigend über den Stoff ihres Kleides.

Jonas sah Jodie an.

«Nein, wir haben uns nicht an ihm gerächt, wenn Sie das

wissen wollen. Elin ist ausgezogen. Vor langer Zeit. Sie besucht eine Segelschule an der Westküste ... Es ist ihr Abschlussjahr. Sie nimmt an einer Weltumseglung teil. Gerade sind sie auf den Kapverden. Im Herbst wird sie neunzehn. Sie ist unser einziges Kind, wir haben nur sie. Und jetzt ist sie weg.»

Tränen liefen ihm über die Wangen.

«Wann sind Sie Marco Holst das letzte Mal begegnet?», fragte Jodie.

Jonas blickte sie an.

«Bei der Gerichtsverhandlung. Als sie ihn abgeführt haben. Wir wollen diese ... Bestie ... nie wiedersehen. Er hat dieser Familie genügend Leid zugefügt.»

Jonas' Stimme war lauter geworden, doch es unterstrich nur seine Verzweiflung.

«Sie sagen, dass er schwer misshandelt wurde», fuhr er fort. «Ich kann nicht behaupten, dass mir das leidtut. Ich wünschte, dass wir es getan hätten. Und ich wünschte, er wäre gestorben. Aber ...»

Er schüttelte den Kopf.

«... wir *haben* es nicht getan.»

Seine Frau saß zusammengesunken neben ihm und starrte auf ihre Hände, wieder mit dem Saum ihrer dünnen Strickjacke beschäftigt.

«Wir haben keine Kraft mehr.»

«Haben Sie darüber nachgedacht, Hilfe in Anspruch zu nehmen?», fragte Jodie. «Ich meine ... um mit Ihrem Leben weitermachen zu können. Um darüber hinwegzukommen ... was passiert ist? Ein professioneller Therapeut könnte Ihnen helfen, Ihre ...»

«Nein!», fiel ihr Marie ins Wort. «Das sagen alle: *Warum*

nehmen sie keine Hilfe in Anspruch, warum tun sie nichts dagegen? Aber wir haben professionelle Hilfe in Anspruch genommen. Wir haben mit Therapeuten gesprochen, mit Psychologen, wir haben alle möglichen Pharmazeutika ausprobiert ... Es ändert nur nichts. So etwas kann man nicht ungeschehen machen. Es hört nicht auf. Man kommt nie darüber hinweg. Man kann nur lernen weiterzuleben. Elin hat es geschafft ...»

Sie stockte und flüsterte dann: «... aber wir nicht.»

Sie griff nach der Hand ihres Mannes und drückte sie so fest, dass ihre Fingerknöchel weiß hervortraten. Er strich ihr mit der anderen Hand über die Wange, bevor er sich mit vorwurfsvoller Miene an Jodie wandte.

«Haben Sie noch weitere Fragen?»

Jodie blätterte in ihren Notizen und schüttelte den Kopf.

«Nein, das war alles.»

Sie stand auf, bedankte sich und ging in den Flur hinaus. Als sie sich umdrehte und einen letzten Blick auf das Paar auf dem Sofa warf, umarmten sie sich. Keiner der beiden schien wirklich bemerkt zu haben, dass sie sich verabschiedet hatte.

17

Carl Edson bemühte sich erneut, den Krankenhausgeruch auszublenden, diese Mischung aus Desinfektionsmitteln, Medikamenten und Krankheit.

«Entschuldigen Sie bitte, wer sind Sie? Wollen Sie einen Patienten besuchen?»

Eine junge Krankenschwester kam aus dem Schwesternzimmer und versperrte ihm den Weg. Carl roch Kaffee in ihrem Atem. Warum zum Teufel reagierte er in Krankenhäusern nur so empfindlich auf Gerüche?

«Ich bin Kriminalhauptkommissar Carl Edson. Ich möchte mit Marco Holst sprechen. Ich war gestern schon mal hier.»

Er zog seinen Dienstausweis hervor und hielt ihn der Krankenschwester hin.

Plötzlich lächelte sie. Dem Namensschild auf ihrer Brust zufolge hieß sie Yvonne K.

«Sie müssen entschuldigen, aber in letzter Zeit hatten wir häufiger Ärger mit unbefugten Personen hier auf der Station.»

Carl nickte verständnisvoll.

«Wenn Sie gestern hier waren, wissen Sie ja, wo er liegt. Zimmer 8. Geradeaus und dann rechts. Er liegt allein. Das ... Er war sehr unruhig.»

«Ich werde nur kurz mit ihm reden», versicherte Carl. «Wissen Sie, ob er Besuch bekommen hat?»

Er ließ die Frage beiläufig klingen, aber innerlich war er angespannt.

«Ja», erwiderte die junge Frau. «Da waren ein paar Leute. Freunde, nehme ich an, Bekannte ... Jedenfalls sahen sie so aus … Also, sie waren ihm ähnlich, von ihrer Art her, meine ich, als wären sie Freunde …»

Sie lächelte und ging ins Schwesternzimmer zurück. Carl blickte ihr einen Moment nach, ehe er weiter den Flur hinunterging.

Genau wie am Vortag saß ein uniformierter Polizeibeamter vor Holsts Zimmertür. Carl kannte ihn nicht und hielt seinen Dienstausweis hoch. Der Mann stand augenblicklich auf.

«Und, wie ist die Lage?», fragte Carl und versuchte, heiter zu wirken.

Der Polizist sah müde aus.

«Ehrlich gesagt, ziemlich ereignislos.»

Carl war klar, dass er «langweilig» meinte, dieses Wort jedoch in Gegenwart eines Ranghöheren nicht verwenden wollte.

«Holst hat also keinen Besuch bekommen?», fragte er.

Der Mann schüttelte den Kopf.

«Ich habe den Kollegen vor ein paar Stunden abgelöst, seitdem war niemand bei ihm. Wie gesagt, es war ruhig.»

Als Carl nichts erwiderte, trat der Polizist unruhig von einem Bein aufs andere und blickte besorgt drein.

«Also, die Krankenschwestern waren natürlich bei ihm, aber das müssen sie ja auch», sagte er.

Carl nickte und öffnete die Tür von Zimmer 8.

Holst schlief. Er lag auf dem Rücken und hatte die Augen geschlossen. Der Gedanke, ihn wecken zu müssen, verursachte Carl Unbehagen. Einen kurzen Moment überlegte er, später wiederzukommen, aber der Polizist in ihm gewann die Oberhand und zwang ihn zu tun, was er tun musste.

Im Zimmer standen noch drei weitere Betten, leer, mit glatten weißen Laken.

Carl trat an Marco Holsts Bett, räusperte sich und sagte:

«Herr Holst?»

Keine Reaktion.

«Marco Holst, hallo!»

Er berührte den Mann leicht, bereit, augenblicklich zurückzuweichen, falls Holst sich im Schlaf instinktiv wehrte. Menschen, die mit Gewalt rechneten, taten das; Soldaten im Krieg, Schwerverbrecher, Menschen, die in ständiger Todesgefahr lebten.

Doch Holst bewegte sich nicht.

Carl rüttelte ihn stärker, ließ ihn dann sofort wieder los.

Irgendetwas stimmte nicht. Marco Holsts Körper war schlaff. Als Carl sich über ihn beugte, bemerkte er, dass Holst nicht atmete. Er versuchte, einen Puls zu ertasten, doch seine Haut fühlte sich kalt an.

Carl drückte auf den Alarmknopf am Bettrahmen. Über der Tür leuchtete eine rote Lampe auf, das war alles. Mehr als eine Minute verging, ehe die Krankenschwester ins Zimmer kam. Er versuchte, sich an ihren Namen zu erinnern, aber er fiel ihm nicht ein.

«Was ist passiert?», erkundigte sie sich ruhig, stellte den Alarm ab, sodass die rote Lampe erlosch.

«Marco Holst ...», erwiderte Carl. «Ich glaube, er ist tot.»

18

Jodie hastete über die Straße zu ihrem Auto. Sie hatte das Bedürfnis, wegzukommen von diesen beiden in ihrer Situation gefangenen Menschen, die sie gerade besucht hatte.

Sie ließ den Motor an und fuhr vom Bürgersteig. Um diese Tageszeit war Minneberg ein ruhiger Vorort. Keine Hundebesitzer, die mit ihren Vierbeinern spazieren gingen, keine spielenden Kinder, keine Rentner auf dem Weg zum Einkaufen. Schnell ließ sie die ausgestorbene Wohnsiedlung hinter sich und folgte der Svartviksslingan in Richtung Zentrum, hinunter ans Wasser. An einem kleinen Motorboothafen hielt sie an und parkte unter ein paar Bäumen.

Diese Isolation, diese bedrückende Lähmung, die das Ehepaar Nilsson erfasst zu haben schien, erinnerte Jodie an ihre eigene Mutter.

Sie betrachtete ihr Gesicht im Rückspiegel, während Tränen über ihre Wangen liefen. Dann schloss sie die Augen, lehnte sich im Fahrersitz zurück und ließ die Erinnerungen zu.

Das Bild ihrer Mutter, die immer noch am Frühstückstisch saß, wenn Jodie nachmittags aus der Schule kam. Das hartgewordene Butterbrot, unangetastet neben einem halbvollen Kaffeebecher. Das Reihenhaus, das nach altem Schweiß und schmutzigen Tellerbergen in der Spüle roch und in dem hinter den heruntergelassenen Jalousien ständige Dunkelheit herrschte.

Das war, nachdem Jodies Vater sie und ihre Mutter verlassen hatte, nachdem er Sandra getroffen und in die USA zurückgekehrt war.

Dick Sherman.

Er hatte ihr seinen Nachnamen als zweiten Vornamen gegeben, Jodie Sherman Söderberg, doch sie benutzte ihn nie.

Trotzdem war sie ein Papa-Kind gewesen. Ihr Vater war mit ihr ins Kino gegangen, ohne sich um die Altersfreigabe der Filme zu scheren, hatte mit ihr im Vorgarten auf dem Rasen Ringkämpfe veranstaltet, war mit ihr vom höchsten Turm im Schwimmbad gesprungen und hatte ihr Baseball beigebracht. Mädchenhaft schlaksig, mit einem Körper, der viel zu schnell in die Höhe geschossen war, hatte sie den schweren Baseballschläger mit beiden Händen umklammert und, vor Anstrengung zitternd, versucht, den Ball zu treffen. Als sie danebenschlug und der Ball hinter ihr im Gebüsch landete, hatte ihr Vater trotzdem gerufen: «Great shoot, well done!», und ihr auf den Rücken geklopft.

Dann war er von heute auf morgen aus ihrem Leben verschwunden. Er war ein letztes Mal in ihr Zimmer gekommen, hatte sie umarmt und versprochen, dass sie sich wiedersehen würden. «Wann?», hatte Jodie gefragt. Doch er hatte den Blick abgewandt und gemurmelt: «Weihnachten vielleicht.»

Ihre Mutter war schließlich eingewiesen worden, hatte Medikamente verschrieben bekommen, und einige Wochen später hatte sie Jodie mit einem blassen, verkrampften Lächeln bei ihrer Schwester abgeholt. In der Zeit danach hatte ihre Mutter versucht, die entstandene Lücke auszufüllen, es wiedergutzumachen. Sie waren im Wald ausgeritten, hatten Beeren gepflückt, Dinge unternommen, die ihre Mutter gern tat. Doch die ganze Zeit über hatte sie Jodie ängstlich angesehen, als wollte sie sich vergewissern, dass ihre Tochter glücklich war.

Jodie hatte sie angelächelt, vom Sattel, aus dem Zelteingang, hatte versucht, ihr Trost zu spenden.

Dieses Gefühl von Isolation, einer Lücke in ihrem Leben, hatte sie nie ganz verlassen. Wenn sie nicht schlafen konnte, wenn irgendetwas die Erinnerungen weckte. Wie Jonas und Marie Nilsson.

Einmal hatte sie einen Termin bei einem Therapeuten vereinbart. Doch sie war nicht hingegangen. Stattdessen hatte sie beschlossen, die Erinnerungen lieber zu unterdrücken. Das war auch der Grund, weshalb sie ihr Psychologiestudium nach einem Jahr abgebrochen hatte.

Und bei der Polizei anfing.

Jodie hob den Kopf und öffnete die Augen, holte tief Luft, lächelte sich im Spiegel zu. Dann startete sie den Wagen und fuhr los.

19

«Der Tod von Holst ...», begann Carl, wurde aber von Simon unterbrochen, der die Tür aufriss und den kleinen Einsatzraum betrat.

«Simon», sagte Carl säuerlich. «Wie schön, dass du uns mit deiner Anwesenheit beehrst.»

«Ich habe ihn gefunden!», erwiderte er.

Jodies Bürostuhl quietschte, als sie sich zu ihm umdrehte. Simon stand breitbeinig da.

«Wen?», fragte Carl.

«Anton Loeff.»

«Aha, und wer ist das, bitte?»

«Marco Holst hat ihn vor dreiundzwanzig Jahren fast zu Tode geprügelt», sagte Simon und ließ sich auf seinen Stuhl fallen. «Wir haben damals ein Ermittlungsverfahren eingeleitet, das aber wieder eingestellt wurde. Holst, der Scheißkerl, musste sich nicht einmal vor Gericht verantworten, obwohl eindeutig feststand, dass er der Täter war.»

Simon machte eine dramatische Pause, als erwartete er, dass jemand etwas fragen würde.

«Warum?», sagte Jodie pflichtschuldig.

Simon lächelte.

«Loeff hat sich geweigert, gegen ihn auszusagen. Behauptete, die Treppe runtergefallen zu sein. Und aus Holst war nichts rauszukriegen.»

Carl sah ihn mit hochgezogenen Augenbrauen an.

Jodie dachte nach.

«Und wo hast du das her?», fragte sie.

«Das war nicht ganz leicht, aber ich hab so meine Kontakte ...»

Simon grinste stolz. Carl nickte.

«Okay, gute Arbeit, Simon. Mach weiter. Warum sollte Loeff unser Mann sein?»

«Loeff wurde schon einmal verurteilt. Ein einziges Mal. Vier Jahre bevor Marco Holst versucht hat, ihn umzubringen.»

«Wofür hat man ihn verurteilt?»

«Schwere Körperverletzung mit folterähnlichen Methoden. Das hat mich stutzig gemacht. Man hat ihn sogar psychologisch untersucht.»

«Was kam dabei heraus?»

Simon verdrehte die Augen.

«Also diese bescheuerten Tests ... Angeblich normal. Ein mathematisches Genie, aber auf allen anderen Gebieten eine Null. Wie auch immer man so was feststellt. Die Idioten in der Gerichtspsychiatrie haben keine Anzeichen von Geisteskrankheit diagnostiziert. Loeff wurde zu vier Jahren Gefängnis verurteilt, kam nach drei Jahren wieder raus. Dann nichts mehr. Als hätte er die Kurve gekriegt, wäre stromaufwärts geschwommen und hätte einen Job gefunden.»

Carl fuhr sich mit beiden Händen über das Gesicht.

«Und du glaubst, dass er noch mehr Leute gefoltert hat?», sagte er und sah seinen Kollegen an, in dessen dunklen Augen zur Abwechslung so etwas wie Ehrgeiz zu sehen war.

«Ich habe mit einem meiner alten Kontakte geredet, er hat damals mit Loeff in der JVA Norrtälje gesessen. Der Mann heißt Oskarsson.»

«Und?»

«Loeff ist ein Psychopath, meint Oskarsson. Die Hardcore-Variante. Er hat gesagt, Loeff hätte es völlig kaltgelassen, wenn Leute gequält wurden. Im Gegenteil, es schien ihm sogar Spaß zu machen, dabei zuzusehen. Hat wohl im Knast auch so einiges angestellt. Oskarsson hatte panische Angst vor ihm. Er ist sich sicher, dass Loeff den ein oder anderen um die Ecke gebracht hat, ohne dass man ihm das nachweisen konnte. Der Typ ist extrem clever.»

«Und du glaubst ...», Carl ließ seinen Satz unvollendet.

«Ich glaube gar nichts. Aber ganz ehrlich, wie oft kommt es vor, dass ein psychopathischer Sadist plötzlich begreift, dass es falsch ist, Leute zu foltern, und zum netten Nachbarn von nebenan mutiert?»

Jodie musterte ihn, sagte aber nichts.

«Vertraut mir, ein Typ wie der wird nur schlimmer», sagte Simon.

Carl nickte langsam.

«Vielleicht. Wo wohnt er jetzt?»

«Gemeldet ist er in Hökarängen.»

«Wir fahren hin und reden mit ihm», beschloss Carl.

* * *

Der Mann, der die braune Wohnungstür einen Spaltbreit öffnete, schüttelte zögernd den Kopf.

«Sind Sie nicht Anton Loeff?», fragte Simon.

Der Mann hatte einen weißen Overall an, wie ihn Maler oft trugen. Sein schulterlanges, strähniges schwarzes Haar umrandete sein gerötetes Gesicht, das von entzündeten Pusteln überzogen war. Unter seinen Bartstoppeln konnte man

Schnittverletzungen erkennen, die von der letzten Rasur stammen mussten. Er machte einen verwahrlosten Eindruck.

Als Simon ihn erneut fragte, ob er Anton Loeff sei, wandte der Mann den Blick ab. Simon erahnte die nächste Bewegung und stellte einen Fuß in die Tür, bevor der Mann sie zuschlagen konnte.

«Warten Sie», sagte er und hielt dem Mann seinen Dienstausweis unter die Nase. «Wir sind von der Polizei. Mein Name ist Simon Jern. Das sind meine Kollegen Carl Edson und Jodie Söderberg.»

Der Mann wich in den Flur zurück und beobachtete Simon misstrauisch, der die Wohnungstür jetzt weit aufstieß.

«Können wir reinkommen?», fragte er und betrat gleichzeitig den Flur.

Rechts zwei Paar Schuhe, eine Garderobe, an der zwei Jacken hingen, auf der Ablage lagen Mützen und Handschuhe. Links verrieten helle rechteckige Stellen an der Tapete, dass dort einmal eine Kommode gestanden und Bilder gehangen haben mussten. Jetzt vermittelte der Flur den Eindruck, als stünde die Wohnung leer. Weiter hinten sah Simon das Wohnzimmer, das ebenso spartanisch erschien wie der Flur.

Es roch nach Krankenhaus, nach Desinfektionsmitteln und Medikamenten.

«Wir suchen Anton Loeff», sagte Simon.

Der Mann wich noch weiter zurück. Simon folgte ihm und entdeckte mehrere Flecken auf seinem weißen Overall, rote Spritzer, möglicherweise Blut.

«Sind Sie verletzt?»

Plötzlich drehte sich der Mann um und rannte ins Wohnzimmer.

«Halt! Stehen bleiben!», rief Simon und sprintete hinterher.

Aber er hatte nicht schnell genug reagiert. Als er das Wohnzimmer erreichte, war der Mann bereits auf den angrenzenden Balkon gelangt. Und in dem Moment, in dem Simon auf den Balkon stürzte, schwang er sich über das Geländer und ließ sich in die Tiefe fallen.

«Verfluchte Scheiße!», brüllte Simon.

Die Wohnung lag im zweiten Stock, hoch genug für einen tödlichen Sturz. Simon zerrte sein Handy aus der Tasche, um einen Rettungswagen zu rufen, während er zum Balkongeländer hastete, um nachzusehen, wie schwer der Mann verletzt war. Doch als er nach unten blickte, merkte er, dass die Fallhöhe kaum zwei Meter betrug. Das Haus stand an einem Berghang.

Simon sah, wie der Mann hundert Meter entfernt in Richtung Parkplatz und U-Bahn-Station flüchtete. Er rief die Zentrale an und gab eine Personenbeschreibung durch, doch er wusste, dass die Chance, ihn zu fassen, verschwindend gering war.

Simon kehrte ins Wohnzimmer zurück. Carl stand mitten im Raum, klopfte sich Schmutz von seiner Hose und sah Simon und Jodie mürrisch an.

«Was ist passiert?», fragte Jodie.

«Ich weiß nicht, ich bin über das hier gestolpert», sagte Carl.

Er hob eine Seilschlinge vom Boden auf, ließ sie aber sofort wieder fallen. Sie war mit braunen, getrockneten Blutflecken übersät.

«Wofür zum Teufel wurde die benutzt?», fragte Simon.

Carl wich einen Schritt von der Schlinge zurück.

«Diese Frage wird uns Wallquist später beantworten. Jetzt sehen wir uns um.»

Die Wohnung war nicht nur spärlich möbliert, sondern wirkte unbewohnt. Auf einem niedrigen Tisch im Wohnzimmer stand ein Fernseher. Davor ein Stuhl. Kein Sofa oder Couchtisch. Auch keine Teppiche. Ihre Schritte hallten, als sie durch den Raum gingen. Sämtliche Wände waren kahl, aber ebenso wie im Flur zeigten helle Rechtecke, dass hier einmal Bilder gehangen hatten.

Vom Wohnzimmer führte eine Tür in eine kleine Küche: ein Tisch, gerade groß genug für zwei Personen, ein schmaler Herd mit zwei verrosteten Platten, ein alter Kühlschrank ohne Gefrierfach. Nichts deutete darauf hin, dass hier jemand gegessen oder gekocht hatte. Die Arbeitsfläche war sauber, der Tisch leer.

Sie gingen in den Flur zurück und nahmen sich den nächsten Raum vor, der als Schlafzimmer diente. Ein einfaches, ordentlich gemachtes Bett, von der Decke baumelte eine nackte Glühbirne, weiter nichts bis auf einen Einbauschrank. Simon öffnete die Türen, jederzeit darauf gefasst, dass ihm jemand entgegenspringen könnte. Aber dort hingen nur ein Anzug, ein paar Hemden und eine Jacke, auf Bügeln aufgereiht. Die Sachen schienen aus den Achtzigern zu stammen, Schulterpolster und große Kragen.

Simon ließ Carl und Jodie mit dem Inhalt des Kleiderschranks allein und durchquerte den Flur. Die zerkratzte Tür aus dunkelbraunem Holz musste zum Badezimmer führen. Sie war nur angelehnt, mit dem Fuß schob Simon sie auf.

Im Raum war es stockdunkel. Um keine Spuren zu vernichten, schaltete er das Deckenlicht mit dem Ellbogen an. Jetzt begriff er, warum es so dunkel gewesen war. Jemand hatte das Fenster mit einem schwarzen Müllsack verhängt und eine Styroporplatte davor befestigt. Auch die Rückseite der Badezimmertür war mit einer Styroporplatte verkleidet. Davon abgesehen war es ein ganz normales Badezimmer. Waschbecken, Toilette, ein altmodischer Badezimmerschrank. Alles blitzblank. Der Toilettendeckel war heruntergeklappt, Waschbecken und Spiegel schienen erst kürzlich gereinigt worden zu sein. Aber hier war der Geruch nach Desinfektionsmitteln am intensivsten. Vermischt mit etwas anderem. Unwillkürlich hielt sich Simon die Hand vor die Nase. Dann rief er seine Kollegen.

«Meine Güte, was für ein Gestank!», sagte Jodie, als sie das Badezimmer betrat.

Simon wies mit dem Kopf auf den geblümten Duschvorhang, der die Badewanne fast komplett verdeckte.

«Ziehst du den Vorhang zur Seite?», fragte er.

Er ahnte, dass sie gleich die Erklärung dafür zu sehen bekamen, warum der Mann über den Balkon geflüchtet war. Carl griff nach seiner Dienstwaffe und entsicherte sie, dann nickte er Jodie zu. Simon hatte seine Pistole bereits gezogen. Mit dem Jackenärmel über der Hand schob Jodie vorsichtig den Duschvorhang beiseite. Simon beugte sich vor, um besser sehen zu können, und zuckte unwillkürlich zurück.

«Scheiße!», entfuhr es ihm.

Die Badewanne war randvoll gefüllt. Mit dunkelrotem Wasser, fast undurchsichtig. Auf dem Beckenrand ruhte der Kopf einer Frau. Ihr blondes Haar war an den Spitzen rot verfärbt, als hätte sie dort schon eine ganze Weile gelegen. Der Rest ihres Körpers verschwand im blutigen Wasser. Nur ihre Brüste ragten wie zwei Inseln heraus.

20

Mittwoch, 7. Mai

«Meiner Einschätzung nach ist sie bereits seit fünf, sechs Tagen tot», sagte Cecilia Abrahamsson und blickte von ihrem Laptop zu den Kollegen vor sich.

In dem Besprechungsraum saßen Carl, Jodie, Simon, Lars-Erik Wallquist und – aus gegebenem Anlass – Gert Uwe, Leiter der Mordkommission und Carls nächster Vorgesetzter.

Carl betrachtete Cecilias Gesicht und fand, dass sie jung wirkte. Als sich ihre Blicke trafen, sah er hastig weg.

«Die Todesursache ist Blutverlust», fuhr sie fort. «Primär von zwei tiefen Wunden auf dem Rücken.»

Sie klickte, und ein Bild der Rückenpartie des Opfers erschien. Zwei lange tiefe Schnitte verliefen entlang der Wirbelsäule.

«Der Täter hat den lateralen Trakt des Musculus erector spinae herausgetrennt.»

Carl runzelte verständnislos die Stirn.

«Das Filet sozusagen», verdeutlichte die Rechtsmedizinerin. «Der Täter hat die Frau filetiert.»

«Warum?», fragte Gert Uwe. «Warum ‹filetiert› man jemanden?»

Cecilia zuckte mit den Schultern.

«Ich ziehe aus der Art der Verletzungen und der medizinischen Faktenlage lediglich Rückschlüsse auf die Vorgehensweise des Täters. Zu den Motiven musst du die Kollegen befragen», erwiderte sie.

Gert Uwe murmelte etwas Unverständliches und machte sich Notizen.

«Kannst du noch mehr sagen?», fragte Carl.

«Ja, die Frau war gefesselt, sehr fest, und vermutlich über einen langen Zeitraum. Das Seil hat in die Hand- und Fußgelenke geschnitten, partiell fast bis auf die Knochen. Der Schmerz muss kaum auszuhalten gewesen sein.»

Die Rechtsmedizinerin sah in die Runde.

«Davon abgesehen: keine Anzeichen von Intoxikation, weder Alkohol noch Drogen. Keine Toxine. Und auch keine Schmerz- oder Betäubungsmittel.»

«Sexueller Missbrauch?», fragte Carl.

«Nein, keine Anzeichen. Die Frau hat vor einiger Zeit mindestens einen plastischen Eingriff vornehmen lassen. Brustimplantate. Weder die Operation noch die Implantate sind von Qualität. Vermutlich wurde das Ganze in irgendeiner fragwürdigen Klinik im Ausland gemacht.»

«Gibt es Verletzungen, die denen von Holst ähneln?», fragte Carl weiter.

«Nein, abgesehen davon, dass beide verstümmelt wurden. Und viel Blut verloren haben.»

Cecilia Abrahamsson stöpselte ihren Laptop vom Beamer ab und kehrte an ihren Platz zurück.

«Natürlich schicke ich später noch einen vollständigen Bericht», sagte sie und setzte sich.

«Könnte sie Prostituierte gewesen sein?», fragte Simon.

«Möglicherweise, aber bevor wir wissen, wer sie ist, ist es noch zu früh, etwas dazu zu sagen», erwiderte Carl.

Er nickte Lars-Erik zu, der steif an das kleine Podium trat und seine halbmondförmige Lesebrille abnahm.

In dem grellen Neonlicht wirkten seine Gesichtszüge erschöpft, als hätte sein Beruf, all das Elend, das er ständig sah, ihn an diesem Tag erdrückt. Er zog seine Jeans hoch, obwohl er sie bereits so weit wie möglich hochgeschnallt hatte. Dann strich er sein graues, akkurat gescheiteltes Haar zurück und räusperte sich:

«Wir konnten die Frau noch nicht identifizieren», begann er. «Es gibt keine Vermisstenmeldung, die auf sie zutrifft, und auch unsere DNA-Datenbank hat keinen Treffer geliefert. Aber wir haben ihre Fingerabdrücke und den Gebissabgleich rausgeschickt ...»

Jodie notierte sich ein paar Stichworte und blickte auf.

«Das Seil, mit dem sie gefesselt wurde, ist ein herkömmliches, das man überall bekommen kann. Vielleicht findet ihr etwas heraus, wenn ihr euch in den Läden hier im Umkreis umhört. Aber ich bezweifle, dass das viel bringen wird ...»

Lars-Erik räusperte sich wieder.

«Alle anderen Spuren, die wir in der Wohnung gesichert haben, stammen von drei Personen. Dem Opfer, Anton Loeff und einer unbekannten Person, die wir nicht identifizieren konnten. Jemand hat die Wohnung sehr gründlich gereinigt. Um nicht zu sagen: extrem gründlich.»

Der Kriminaltechniker zog erneut seine Hose hoch und steckte diesmal sein rot-weiß kariertes Flanellhemd in den Bund.

«Außerhalb des Badezimmers gab es keine Blutspuren, was darauf hindeutet, dass die Frau dort verstümmelt und getötet wurde. Ansonsten können wir zu ihr weiter nichts sagen.»

Wallquist räusperte sich zum dritten Mal.

«Was Marco Holst angeht», fuhr er fort, «hat das Kriminaltechnische Institut inzwischen sämtliche Körperteile, die wir sicherstellen konnten, untersucht. Und sie gehören zu Marco Holst. Jedes einzelne.»

«Sind irgendwelche Spuren vom Täter darauf?», fragte Jodie.

«Nein, kein einziges Haar, kein Speichel oder Blut, nichts, was nicht von Holst stammt.»

Wallquist nickte und kehrte an seinen Platz zurück.

«Damit war zu rechnen», sagte Carl. «So sauber wie der Tatort war. Danke, Lars-Erik.»

Er stand auf und ging nach vorn.

«Wie wir alle wissen, ist Marco Holst tot.»

Simon beendete sein Stuhlgekippel und lehnte sich so schwungvoll nach vorn, dass die Stuhlbeine geräuschvoll auf den Boden knallten.

«Und woran ist er gestorben?», fragte er.

Carl musterte seine Kollegen.

«Morphium», erwiderte er.

«Was?», sagte Jodie ungläubig.

«Machst du Witze?», fragte Simon. «Welcher Vollidiot lässt Drogen in Reichweite eines Süchtigen ...?»

Carl räusperte sich.

«Holst hatte damit nichts zu tun ... Mal abgesehen davon, dass er mit seinen verstümmelten Händen wohl kaum in der Lage gewesen wäre, sich etwas zu injizieren.»

«Was willst du damit sagen?», fragte Gert Uwe und sah Carl alarmiert an. «Meinst du, wir lassen Marco Holst unbewacht im Krankenhaus liegen, damit der Täter einfach reingehen und das zu Ende bringen kann, was ihm in der Scheune nicht gelungen ist? Ohne dass es irgendjemand merkt?»

Carl schüttelte den Kopf.

«Nein», erwiderte er matt. «Leider. Vom ermittlungstechnischen Standpunkt wäre das sogar besser gewesen ...»

«Was?», fragte Gert Uwe irritiert.

«Es war nicht der Täter», sagte Carl. «Eine der Krankenschwestern hat ihm die falsche Dosis injiziert. Das Krankenhaus hatte ein neues Präparat mit einem anderen Wirkstoffgehalt bekommen. Zwanzig Milligramm Morphium statt fünf Milligramm pro Milliliter. Holst litt offenbar unter starken Schmerzen und schrie pausenlos. Die Krankenschwester stand unter Stress und hat nicht auf das Etikett geachtet. Sie hat die Spritze so dosiert wie immer, und ... Marco Holst ist gestorben.»

«Du machst Witze!», rief Simon. «Ist das wahr?»

Carl nickte.

«Das klingt völlig absurd.»

«Verständlich, dass wir alle aufgebracht sind», sagte Carl. «Aber wir können es nicht ändern. Die Krankenhausleitung hat den Vorfall gemeldet.»

«Das Krankenhaus hat also unseren wichtigsten Zeugen getötet», stellte Jodie fest.

Carl nickte wieder.

«Man hat ihm die vierfache Dosis verabreicht, und ... Cecilia, kannst du vielleicht ...»

Er sah die Rechtsmedizinerin flehend an.

«Die Todesursache ist Ersticken, hervorgerufen durch Atemversagen. Vermutlich in Kombination mit Hypotonie, also sehr niedrigem Blutdruck. Beides sind typische Symptome einer Überdosis Morphium.»

Einen Augenblick lang herrschte ungläubiges Schweigen, dann stand Simon auf.

«Fuck, das glaub ich einfach nicht!», brach es aus ihm heraus.

Carl gab keine Antwort.

«Wir haben einen Typen, der gestorben wäre, hätte er nur ein paar Tropfen mehr Blut verloren. Kapiert ihr? Und zwei Tage später spritzt ihm jemand ‹aus Versehen› eine Überdosis Morphium, und – zack – tot ist er.»

Simons Tonfall war aggressiv, als würde er den anderen im Raum die Schuld an Holsts Tod geben. Carl wurde bewusst, dass er Simon deshalb nicht mochte. Nicht das, was er sagte, war das Problem, sondern die Art und Weise, wie er es tat.

«Hast du mit der Krankenschwester gesprochen?», fragte Jodie.

«Ja», erwiderte Carl. «Sie steht unter Schock. Das Krankenhaus hat den Behandlungsfehler mit Todesfolge selbst angezeigt. Ich habe auch überprüft, was sie in der Nacht von Sonntag auf Montag gemacht hat, sicherheitshalber.»

«Und?», fragte Simon.

«Sie war mit ihrem Freund im Kino, anschließend sind sie zu ihm gegangen und haben die Nacht dort verbracht. Der Freund hat die Aussage bestätigt.»

«Und wann hat das Krankenhaus den Behandlungsfehler entdeckt?», fragte Gert Uwe.

«*Ich* habe ihn entdeckt», erwiderte Carl. «Gestern Nachmittag. Ich wollte Holst noch mal verhören und habe ihn tot aufgefunden.»

«Also haben wir jetzt eine Mordermittlung?», sagte Simon.

«Nein», erwiderte Carl. «Jedenfalls nicht in Bezug auf Marco Holst. Technisch gesehen ist er *nicht* an den Folgen der Verletzungen gestorben, die ihm der Täter zugefügt hat.»

Carl stützte die Ellbogen auf den Tisch.

«Also dann», sagte er. «Wir haben zwei Tote, die bestialisch gefoltert wurden. Und nachdem wir die Eltern des vergewaltigten Mädchens als Tatverdächtige ausschließen können» – er warf Jodie einen raschen Blick zu, die bestätigend nickte –, «stehen zwei Personen auf unserer Fahndungsliste: Fadi Sora und Anton Loeff. Ich möchte, dass wir weitermachen, ohne uns auf einen von beiden festzulegen.»

«Aber wir haben Loeff doch auf frischer Tat ertappt!», protestierte Simon und beugte sich auf seinem Stuhl nach vorn.

«Nein», sagte Carl geduldig. «Wir haben ihn *nicht* auf frischer Tat ertappt. Er ist geflüchtet, wie du dich vielleicht erinnern kannst.»

«Ja, aber du weißt, was ich meine ...»

«Nein. Und das ist auch keine Diskussion, die ich jetzt führen möchte. Wir ziehen beide als Täter in Betracht.»

Simons Gesichtsausdruck erinnerte Carl an einen Boxer, dem nach einem gewonnenen Kampf die Disqualifizierung droht. Als würde er sich durch Carls Entscheidung persönlich angegriffen fühlen. Als wäre dies *sein* Fall.

Laut sagte er: «Noch was?»

Jodie strich sich eine Haarsträhne aus dem Gesicht.

«Ich glaube, ich hab eventuell etwas», sagte sie. «Ich spreche mit einer Zeugin, sobald wir hier fertig sind.»

Alle im Raum sahen sie an.

«Was hat die Frau beobachtet?», fragte Carl.

«Einen Mann, der gekidnapped wurde. Die Frau hat einen Vorfall gemeldet, den sie am Montag für eine Entführung hielt. Ich habe sie einbestellt. Es könnte Holst gewesen sein.»

21

«Danke, dass Sie gewartet haben», sagte Jodie Söderberg.

Susanna Eriksson saß seit über einer Stunde in dem kahlen Vernehmungsraum des Polizeipräsidiums und wirkte gelangweilt.

«Hätte ich gewusst, dass das so lange dauert, wäre ich nicht hergekommen», bemerkte sie.

«Es tut uns leid», entschuldigte sich Jodie und nahm gegenüber von ihr Platz. «Das ist mein Kollege.»

«Kriminalhauptkommissar Carl Edson», stellte Carl sich vor und streckte der Frau die Hand entgegen.

Susanna Eriksson ergriff sie und musterte ihn neugierig.

«Und Sie sind Susanna Eriksson, richtig?», sagte Carl und setzte sich neben Jodie. «Vielen Dank, dass Sie sich die Zeit nehmen, mit uns zu sprechen.»

Sie könnte eine schöne Frau sein, dachte Carl, wenn ihre Gesichtszüge weniger hart und abweisend wären. Susanna Eriksson hatte straffe, schmale Lippen, und um ihre Augen zog sich ein beginnendes Netz von Fältchen wie bei starken Rauchern. Ihr halblanges schwarzes Haar war offensichtlich gefärbt. Auf die Fingerknöchel hatte sie sich *Love* und *Hate* tätowieren lassen.

Carl warf einen Blick in seine Unterlagen. Sie wurde im Herbst sechsunddreißig, sah aber älter aus.

Auf dem Tisch standen eine Videokamera und ein Mikrophon, die in ihre Richtung ausgerichtet waren. Susanna ließ Carl nicht aus den Augen, als er die Aufnahme startete, sagte jedoch nichts.

«Sie haben wegen einer widerrechtlichen Freiheitsberaubung vor drei Tagen bei der Polizei angerufen, ist das korrekt?», begann Carl.

«Widerrechtliche Freiheitsberaubung? Welche Sprache ist das denn?»

Sie lachte und fuhr fort:

«Wenn Sie die Entführung meinen, ja, das war ich. Aber da hat euch das einen Scheiß interessiert.»

Sie sah Carl und Jodie nachdenklich an.

«Warum ist das auf einmal so wichtig?»

Carl räusperte sich. Dumm war sie jedenfalls nicht.

«Ihre Beobachtung könnte für eine laufende Ermittlung relevant sein. Leider kann ich Ihnen keine näheren Details nennen. Aber würden Sie uns bitte schildern, was genau Sie gesehen und gehört haben?»

Susanna starrte auf ihre Hände, mit einem Mal wirkte sie verletzlich.

«Das war am Sonntag. Ich kam gerade von meiner Mutter und wollte nach Hause. Meine Mutter ist krank. Sie liegt im Ersta-Hospiz. Sie hat nicht mehr lange. Also ... ich besuche sie fast jeden Tag oder versuche es zumindest.»

Sie strich mit dem Zeigefinger über das Wort *Love* und holte hörbar Luft.

«Jedenfalls», fuhr sie fort, «auf dem Rückweg mache ich immer einen Spaziergang, um den Kopf freizukriegen. Am Sonntag bin ich durch den Tantolunden gegangen. Der Park gefällt mir, abends sind da kaum Leute. Ich wohne oben in Hägersten, der Tanto liegt also auf meinem Heimweg. Ich bin nicht verrückt, falls ihr das denkt.»

Carl versicherte ihr, dass sie nichts dergleichen dachten.

«Wir hören einfach nur zu. Erzählen Sie bitte weiter.»

«Jedenfalls, manchmal gehe ich den ganzen Weg zu Fuß, aber meistens setze ich mich in Hornstull in die U-Bahn.»

Carl nickte geduldig.

«Erzählen Sie uns bitte, was Sie gesehen haben», bat er.

«Okay, okay ... Das war ... vor drei Tagen. Ich habe gar nicht so genau darauf geachtet, wo ich langgegangen bin. Ich war mit den Gedanken ganz woanders. Meine Mutter und so ...»

«Das verstehen wir», sagte Carl.

«Plötzlich erinnert man sich an Sachen, die man schon längst vergessen hatte. Einmal sind wir zusammen über einen Steg gelaufen, der war ewig lang, und am Ende sind wir Hand in Hand ins Wasser gesprungen ...»

Susanna hielt inne und lächelte verlegen.

«Scheiße, das mit meiner Mutter macht mich total fertig. Als Mutter war sie die reinste Vollkatastrophe, aber jetzt, wo sie im Sterben liegt ...»

Irritiert fuhr sie sich mit dem Handrücken über die Augen.

«Das macht nichts», sagte Jodie. «Nehmen Sie sich Zeit, erzählen Sie es uns auf Ihre Art. Wir haben keine Eile.»

Carl nickte Susanna aufmunternd zu.

«Jedenfalls, als ich durch den Park ging, hörte ich ein Geräusch, von einem Ast oder Zweig. So ein Knacken. Ich bin stehen geblieben und habe mich umgesehen. Und da sind mir zwei Typen aufgefallen, vielleicht fünfzig Meter von mir entfernt. Zuerst dachte ich, sie würden streiten, aber dann habe ich gemerkt, dass der eine den anderen geschleppt hat, der Mann war komplett weggetreten.»

Carl beugte sich über den Tisch.

«Weggetreten?»

«Ja, irgendwie bewusstlos. Zugedröhnt, sturzbesoffen, was weiß ich. Immerhin ist es der Tanto.»

«Wo war das genau?»

«In der Nähe von diesem Parkplatz, der zur Schrebergartenkolonie gehört.»

Susanna Eriksson blickte Carl verunsichert an.

«Jedenfalls, die beiden kamen aus dem Park, und ich wollte nicht, dass sie mich bemerken, deshalb habe ich mich hinter ein paar Büschen versteckt. Der Typ hatte ziemliche Mühe, den anderen zu schleppen. Blieb immer wieder stehen.»

«Sie sagten ‹den anderen›. Sind Sie sicher, dass es ein Mann war und keine Frau?», hakte Carl nach.

«Tja, ich glaube schon ... es war dunkel, aber die Person schien schwer zu sein.»

«Gut, haben Sie noch etwas anderes beobachtet?», fragte Carl. «Hat der Mann irgendetwas gesagt? Der Mann, der den anderen geschleppt hat?»

«Nein, nichts. Als er es bis zum Auto geschafft hatte, hat er einfach nur die hintere Tür aufgemacht und den Kerl auf den Rücksitz gewuchtet. Aber der ist die ganze Zeit wieder rausgefallen, also der Bewusstlose. Und der andere hat ihn wieder reingezwängt. Total unachtsam. Als wäre der Mann ein alter Staubsauger oder so. Schien sich gar nicht darum zu kümmern, ob er ihm weh tut. Da dachte ich, Scheiße, der Typ wird entführt.»

«Konnten Sie sehen, was es für ein Auto war? Die Farbe oder das Nummernschild?», fragte Carl.

Susanna schüttelte den Kopf.

«Nein, ich hab keinen blassen Schimmer von Autos. Sah groß aus. Dunkel. Schwarz vielleicht, ich hab keine Ahnung ...»

«Aber würden Sie die Männer wiedererkennen?», fragte Jodie.

Susanna überlegte einen Moment.

«Vielleicht. Ich sagte ja schon, es war dunkel ...»

«Konnten Sie die Gesichter erkennen?»

Susanna nickte.

«Also, als der Typ den Kerl endlich auf den Rücksitz verfrachtet und die Tür geschlossen hatte, drehte er sich um ...»

«Ja?»

«Er trug eine Maske. So eine Gangstermaske, ihr wisst schon.»

«Also konnten Sie das Gesicht des Mannes nicht sehen?», sagte Jodie, ohne ihre Enttäuschung verbergen zu können.

«Hallo, entspannt euch! Kurz bevor er losgefahren ist, hat er die Maske abgenommen. Wäre ja auch etwas merkwürdig, mit einer Maske durch die Stadt zu kurven ...»

Sie lachte heiser.

«Und Sie konnten sein Gesicht erkennen?»

Susanna Eriksson nickte.

«Als er sich hinters Steuer gesetzt hat.»

«Könnten Sie versuchen, den Mann zu identifizieren, wenn wir Ihnen ein paar Fotos zeigen?»

Susanna blickte von Jodie zu Carl.

«Jetzt?»

«Ja.»

«Seid ihr nicht ganz bei Trost? Zuerst muss ich was essen. Und dann muss ich nach Hause und mich um meine Kinder kümmern.»

«Wie alt sind Ihre Kinder?», fragte Carl.

«Fünfzehn und siebzehn.»

«Und die beiden kommen nicht für eine Weile alleine zurecht, wenn Sie anrufen und Bescheid sagen?»

«Doch, vielleicht ...»

«Gut», erwiderte Carl.

«Aber erst muss ich was essen», beharrte Susanna Eriksson. «Wenn ich Hunger habe, kann ich mich nicht konzentrieren und bekomme schlechte Laune ...»

«Jodie wird sich darum kümmern. Ist eine Pizza in Ordnung?»

Susanna nickte. «Und eine Cola. Eine normale. Bloß keine scheiß Diät-Cola ...»

«Kein Problem», erwiderte Jodie. «Wenn Sie uns einen Moment entschuldigen. Ich bin gleich mit einer Pizza und ein paar Fotos zurück.»

«Und einer normalen Cola», erinnerte Susanna.

«... und einer normalen Cola.»

***

Eine Stunde später betrat Jodie den Einsatzraum. Sie trug ihren Laptop unter dem Arm und wirkte unzufrieden. Carl sah zu ihr herüber, sagte aber nichts. Jodie stellte den Laptop auf ihren Schreibtisch und ließ sich auf den ausgedienten Bürostuhl fallen, der so tief nach unten sank, dass sie für einen Moment wie ein Kind aussah. Jodie drückte auf den seitlichen Hebel und regulierte die Sitzhöhe.

«Susanna Eriksson hat Holst erkannt, bei ihm war sie sich ganz sicher, den anderen Mann konnte sie nicht identifizieren. Wir sind die Bilder mehrmals durchgegangen, aber es hat nichts gebracht. Zum Schluss ist sie sauer geworden und hat sich geweigert, weiter Fotos anzusehen.»

«Warum?», fragte Carl.

Jodie zögerte.

«Simon», sagte sie schließlich. «Er war total unhöflich, hat sich aufgeführt wie ein Feldwebel ...»

«Ich werde mit ihm reden», versprach Carl und dachte, dass Simon für solche Situationen ungeeignet war.

Er fragte sich, für welche Situationen Simon überhaupt geeignet war, aber ihm fielen keine ein.

«Wo ist er jetzt?», fragte er.

«Herrgott noch mal!», fluchte Jodie.

Ihr Stuhl gab erneut den Gesetzen der Schwerkraft nach. Die Gasdruckfeder schien endgültig ihren Geist aufgegeben zu haben.

«Wo sind wir hier eigentlich?», fragte Jodie genervt und schob den Stuhl zur Seite.

«Auf dem Möbelfriedhof», sagte Carl. «Ausrangierter Schrott und wir ...»

In der hinteren Ecke des Raums standen zwei weitere ausgemusterte Stühle in Gesellschaft von Rollcontainern und Bücherregalen. Jodie tauschte ihren defekten Stuhl gegen einen davon aus. Kaum hatte sie sich gesetzt, sank auch der nach unten. Sie fluchte und testete den letzten Kandidaten. Mit ihm blieb sie auf Tischhöhe.

«Und, wo ist Simon jetzt?», wiederholte Carl seine Frage.

«Unterwegs», erwiderte Jodie. «Er wollte noch mal mit Oskarsson über Loeff reden.»

Carl stand auf und trat an Jodies Schreibtisch.

«Welche Fotos von Loeff habt ihr Susanna Eriksson gezeigt?»

Jodie öffnete den Dateiordner und scrollte zu dem Foto.

«Ausgerechnet das?», sagte Carl. «Das ist aus seiner Gefängniszeit. Das muss mindestens fünfzehn Jahre alt sein.»

«Das ist das einzige Bild, das wir von ihm haben», erklärte Jodie.

«Das kann doch nicht wahr sein!» Carl kehrte an seinen Schreibtisch zurück. «Es wird doch wohl noch irgendein neueres geben!»

Er nahm sich zusammen.

«Entschuldige», sagte er. «Du hast natürlich recht. Loeff ist die ganzen Jahre nicht aufgetaucht. Es gibt vermutlich nicht einmal ein aktuelles Passfoto von ihm. Dann müssen wir Susanna Eriksson eben zu einer Gegenüberstellung ins Präsidium bestellen – sobald wir ihn gefasst haben.»

Jodie nickte.

«Und Fadi Sora?», fuhr Carl fort. «Wie alt ist das Bild?»

«Nur ein paar Jahre», erwiderte Jodie.

Carl nahm einen Stift und ließ ihn zwischen den Fingern rotieren.

«Und Überwachungskameras?», fragte er. «Haben wir schon überprüft, ob es im Tanto welche gibt?»

Jodie nickte und stand auf.

«Gibt es dort nicht», sagte sie.

Carl murmelte etwas Unverständliches vor sich hin.

«Ich habe Susanna Eriksson versprochen, sie nach Hause zu fahren», sagte Jodie. «Sie ist der Meinung, dass wir ihre Zeit verschwendet haben, bla, bla, bla ... Trotzdem tut sie mir leid, wegen der Sache mit ihrer ...»

Sie schluckte.

«... Mutter.»

Carl nickte geistesabwesend.

«In Ordnung ... Mach das.»

Als Jodie gegangen war, blieb Carl an seinem Schreibtisch sitzen und betrachtete ihren verwaisten Stuhl. Er dachte an Anton Loeff. Und an Fadi Sora. Wie verlor man einen Autoschlüssel, *nachdem* man sich hinters Steuer gesetzt und den Motor angelassen hatte? Und warum war Holst an die Wand genagelt worden?

Carl verschränkte die Hände im Nacken und lehnte sich in seinem Stuhl zurück. Irgendetwas stimmte nicht, dachte er. Sie übersahen etwas.

Im selben Moment begab sich sein Stuhl auf Talfahrt. Fluchend stand Carl auf und tauschte ihn gegen Jodies aus. Dann überlegte er es sich anders, blickte sich im Raum um, als fühlte er sich ertappt – und stellte Jodies Stuhl schnell wieder an ihren Platz zurück.

22

Es war kalt. Sobald die Sonne unterging, verschwand die Wärme. Ein typischer kühler Frühlingsabend, kurz nach halb zehn. Alexandra Bengtsson fröstelte. Sie befand sich in einem fremden Auto und fragte sich, was sie eigentlich tat. Neben ihr, auf dem Fahrersitz, saß ein maskierter Mann. Er trug eine Sturmhaube mit Augen- und Mundschlitzen und dunkle Kleidung, eine schwarze Lederjacke, dunkle Jeans. Er sah aus wie ein Terrorist, war aber offensichtlich Polizeibeamter.

«Bror Dupont» hatte ihr heute Vormittag eine E-Mail geschickt und ein Treffen vorgeschlagen.

Jetzt saßen sie in einem roten BMW in dem alten L. M. Ericsson-Parkhaus am Telefonplan. Der BMW war das einzige Auto. Wenn man in dieser Gegend abends seinen Wagen abstellte, wählte man den öffentlichen Parkplatz, nicht das alte, marode Parkhaus. Es war zur selben Zeit gebaut worden wie das Bürogebäude von L. M. Ericsson, seitdem aber zusehends verfallen und nachts beunruhigend still.

Der Polizeibeamte hatte darauf bestanden, sich hier zu treffen.

«Sie sind keine Kriminalreporterin, oder?», fragte er mit heiserer Stimme unter seiner Maske, ohne sie anzusehen.

«Nein», erwiderte Alexandra knapp. «Bin ich nicht. Ich bin Allround-Journalistin. Aber ich habe als Erste über diese Story berichtet.»

Der Mann nickte und warf einen wachsamen Blick durch die Frontscheibe und in den Rückspiegel.

«Was haben Sie für mich?», fragte Alexandra.

«Was bekomme ich?»

«Unser übliches Honorar für Informationen beträgt fünfhundert Kronen, sofern sie veröffentlicht werden.»

«Das reicht nicht. Bei weitem nicht ...»

Er hielt inne und sah sich alarmiert um. Alexandra hatte es ebenfalls gehört: Ein metallisches Scheppern hallte von den Betonwänden wider. Dann wurde es wieder still.

Sie warteten. Das Geräusch wiederholte sich nicht. Niemand war zu sehen. Alexandra vermutete, dass es irgendwelche Jugendlichen gewesen waren, die auf der Straße gegen irgendetwas getreten hatten.

«Ich kann Ihnen mehr anbieten», sagte sie. «Aber wir sprechen hier nicht von Unsummen, und dafür müssen Sie mir schon etwas richtig Gutes liefern.»

Der Mann antwortete nicht.

«Warum haben Sie mich kontaktiert?», fragte Alexandra.

«Was meinen Sie?»

«Warum wollten Sie mit mir reden? Wegen des Geldes?»

Der Mann starrte unverwandt durch die Windschutzscheibe:

«Sagen wir mal, dass mir einige Dinge gegen den Strich gehen ...»

«Okay», sagte Alexandra.

Der Mann zögerte, dann fuhr er fort:

«Carl Edson untersucht auch den Fall einer ermordeten Frau in Hökarängen.»

Alexandra dachte nach.

«Darüber haben wir schon berichtet», sagte sie. «Tot aufgefunden, Ermittlungsverfahren, Mordverdacht. Was ist daran neu?»

«Die Polizei vermutet einen Zusammenhang mit Marco Holst.»

«Warum? Gibt es Hinweise, dass es derselbe Täter war?»

Der Polizeibeamte lachte auf.

«Es *ist* derselbe Täter.»

«Woher wissen Sie das?», fragte Alexandra, zog einen Schreibblock aus ihrer Handtasche und fing an, sich Notizen zu machen.

«Wir ... Die Polizei hat ihn quasi auf frischer Tat ertappt, als er die Frau in Hökarängen getötet hat.»

«Okay? Und was ist die Verbindung zu Marco Holst?»

Der Polizeibeamte umklammerte das Lenkrad, bewegte es hin und her, als würde er fahren. Dann begann er zu reden.

***

Fünfzehn Minuten später stieg Alexandra Bengtsson aus dem roten BMW. Der Polizeibeamte fuhr augenblicklich los. Mit quietschenden Reifen verschwand der Wagen die Rampe hinunter.

Sie wartete fünf Minuten, bevor sie das Parkhaus verließ. Dieses alberne Affentheater war «Bror Duponts» Bedingung gewesen. Sie hatte insgeheim gedacht, dass er zu viele Krimis gesehen hatte, hatte ihn jedoch nicht verärgern wollen.

Sie hatte Hunger und fuhr Richtung Palmyra Kebab in Årsta, die Autoheizung auf höchste Stufe gestellt. Es wurde gerade angenehm warm, als sie vor dem Imbiss parkte, hineinging und einen Kebab-Wrap zum Mitnehmen bestellte.

«Noch etwas?», fragte der dicke Typ hinter der Theke, dessen weißes T-Shirt für seinen Bauchumfang viel zu klein war.

«Eine Cola», sagte Alexandra und steckte ihre Kreditkarte in das Lesegerät.

Sie bezahlte und nahm die Plastiktüte mit ihrem in Alu-Folie verpackten Wrap entgegen.

Im Auto rutschte sie auf den Beifahrersitz, legte den Kebab neben sich auf die Mittelkonsole und holte ihren Laptop heraus. Marvin hatte sie bereits telefonisch Bericht erstattet. Ausnahmsweise war er mal enthusiastisch gewesen. «Gute Arbeit, Bengtsson!», hatte er am Ende des Gesprächs gesagt.

Alexandra biss in ihren Kebab und fing kauend an zu schreiben.

Eine Stunde später war der Artikel fertig. Außerdem hatte sie Carl Edson angerufen und ihn um eine offizielle Stellungnahme gebeten. Sie mailte ihren Artikel an die Redaktion, lehnte sich im Sitz zurück und dehnte ihre Muskulatur, die sich durch das lange Sitzen verkrampft hatte.

Im Wagen war es inzwischen kalt geworden, und als sie hinaus auf die Straße sehen wollte, bemerkte sie, dass die Scheiben beschlagen waren. Alexandra rieb ein kleines Guckloch frei. Der Bürgersteig war leer. Der Imbiss hatte geschlossen. Sie schaute auf die Uhr. Gleich halb zwölf.

Ein paar Minuten später stand ihr Artikel ganz oben auf der Titelseite:

AKTUELL: POLIZEI JAGT BEKANNTEN SADISTEN

Die Polizei fahndet nach einem bekannten Sadisten, der verdächtigt wird, die circa 20-jährige Frau ermordet zu haben, die tot im Stockholmer Stadtteil Hökarängen aufgefunden wurde.

Das *Aftonbladet* verfügt über Exklusiv-Informationen, denen zufolge die Polizei einen möglichen Zusammenhang mit dem bestialischen Folterfall prüft, der sich Anfang der Woche in Rimbo ereignete.

«Der mutmaßliche Täter befindet sich auf freiem Fuß und muss als extrem gewaltbereit eingestuft werden», so eine polizeiinterne Quelle.

Laut den dem *Aftonbladet* vorliegenden Informationen fahndet die Polizei nach einem 43-jährigen Mann, der mit den Verbrechen in Verbindung zu stehen scheint. Kriminalhauptkommissar Carl Edson, der die Ermittlungen leitet, wollte dazu keine Stellungnahme abgeben.

«Alles, was ich zum jetzigen Zeitpunkt sagen kann, ist, dass wir mehrere Verdächtige haben, die wir überprüfen», teilte er mit.

POLIZEIVERSAGEN

Als Polizeibeamte den zur Fahndung ausgeschriebenen 43-Jährigen am Dienstag zum Folterfall in Rimbo verhören wollten, entdeckten sie die Leiche einer circa 20-jährigen Frau. Inzwischen wurde bestätigt, dass die Frau zu Tode gefoltert und mit einem Messer verstümmelt wurde. Die fehlenden Körperteile der Frau konnten bei der Tatortuntersuchung nicht sichergestellt werden.

Laut der Quelle des *Aftonbladet* hielt sich der tatverdächtige 43-Jährige in der Wohnung auf, als die Polizei eintraf, konnte jedoch fliehen. Trotz einer Großfahndung wurde der Mann bisher nicht gefasst.

BEKANNTER SADIST

Der 43-Jährige, der bereits eine Haftstrafe wegen sadistischer Körperverletzung verbüßt hat, wurde dem *Aftonbladet* gegenüber als extrem gefährlich beschrieben. Die Polizei gleicht derzeit die DNA des Verdächtigen mit DNA-Spuren aus früheren, ungelösten Gewaltdelikten ab.

«Das ist ein reiner Routinevorgang, den wir in solchen Fällen immer durchführen», so Carl Edson, der die Information, von dem Mann könne eine Gefahr für die Öffentlichkeit ausgehen, bestreitet:

«Wir sind nicht zu dieser Einschätzung gelangt und haben daher auch keine entsprechende Warnung herausgegeben», sagt er.

ENTFÜHRUNG: ZEUGIN MELDET SICH

Die Polizei hat darüber hinaus mit einer Zeugin gesprochen, die beobachtet hat, wie in der Nacht zu Montag im Tantolunden ein bewusstloser Mann in ein Auto gezerrt wurde. Die Polizei vermutet, dass es sich bei dem Opfer um den 47-jährigen Mann handelt, der später in Rimbo brutal gefoltert wurde.

Die Identität der ermordeten Frau ist noch unklar.

Meine Schwester hat wieder angerufen. Und geatmet.

Ich denke nicht gern an sie, aber ich kann die Erinnerungen nicht abschalten.

Ein anderes unserer Spiele ging so: Einer von uns musste sich auf den Rücken legen, der andere bäuchlings mit einem Messer in der Hand auf die Brust des anderen. Lag ich oben, zwang ich das Messer mit aller Gewalt auf die Brust meiner Schwester, während sie versuchte, es abzuwehren. Gelang es dem Untenliegenden, die Situation zu seinen Gunsten zu wenden, das Messer zur Seite zu drücken und den Gegner von sich zu stoßen, hatte man gewonnen. Wir wechselten uns ab, wer oben und wer unten lag.

Merkwürdigerweise haben wir uns dabei nie verletzt. Ich glaube nicht, dass wir vorsichtig waren. Wir hatten keine Angst vor dem, was passieren könnte. Dass jemand dabei sterben könnte. Es spielte keine Rolle.

Unsere Spiele hatten erst ein Ende, als Vater entdeckte, was wir taten.

Eines Nachmittags kam er früher als sonst aus dem Militärhauptquartier nach Hause. Wir hörten ihn nicht. Bis er die Tür zu unserem Kinderzimmer mit seinem typischen «Aha!» aufriss. Das war seine Auffassung von einem Scherz, in unser Zimmer zu platzen und so zu tun, als würde er uns bei etwas Verbotenem ertappen. An jenem Tag tat er es.

Meine Schwester presste mir gerade das Messer an die Kehle, während ich mit zitternden Armen versuchte, es abzuwehren.

Vater starrte uns nur an. Eine Weile verharrten wir drei so, wie in einem bizarren Stillleben. Dann streckte Vater die Hand aus. Meine Schwester stand auf und gab ihm ihr Messer. «Das andere», sagte er. Ich holte meins vom Schreibtisch und reichte es ihm. Danach vertraute er uns keine Messer mehr an.

Weder Vater noch Mutter verloren ein Wort darüber. Es schien, als fehlten ihnen die gängigen Bezeichnungen für das, was nicht normal war: «krank», «gewalttätig», «überbordend», «gestört», «sadistisch» ... Jedenfalls waren sie unfähig, sie auszusprechen.

Manchmal kommt mir das Ganze wie ein Traum vor, und ich bin mir nicht sicher, ob diese Dinge tatsächlich passiert sind oder ob sie ausnahmslos meiner Phantasie entspringen. Aber wenn ich meine Schwester am Telefon atmen höre, fällt mir alles wieder ein. Dann weiß ich es.

23

Donnerstag, 8. Mai

«Guten Morgen!», ertönte eine laute weibliche Stimme im selben Augenblick, in dem die Tür des Einsatzraumes geräuschvoll aufgerissen wurde.

Carl zuckte zusammen und verschüttete seinen Kaffee auf dem Schreibtisch. Im Türrahmen stand eine dunkelhaarige Frau und betrachtete ihn amüsiert. Er kannte sie.

Sie hieß Agneta Caretti, war Mitte, Ende dreißig und hatte ein schmales, attraktives Gesicht.

Carl mochte sie nicht. Agneta Caretti besaß ein außergewöhnliches Gedächtnis, mit dem sie ihnen schon bei mancher Ermittlung tatkräftig zur Seite gestanden hatte – er war sich sicher, dass Simon mit ihrer Hilfe auf Anton Loeff gestoßen war –, aber sie setzte ihre Fähigkeiten auch ein, um ihre Überlegenheit gegenüber anderen Kollegen zu demonstrieren. Alles, was je über ihren Schreibtisch gewandert war, konnte sie mühelos bis ins kleinste Detail wiedergeben. Wenn sie ihn ansah, hatte er immer das Gefühl, sie würde sich an ein zurückliegendes Ereignis erinnern, das er schon längst vergessen hatte, das aber ein wenig vorteilhaftes Licht auf ihn warf.

Agneta Caretti arbeitete bei der Kriminalpolizei als zivile Verwaltungsangestellte. Trotzdem war sie die militärischste Person, der Carl je begegnet war.

«Hallo», begrüßte sie ihn in einer etwas gemäßigteren Lautstärke und blickte sich um. «*Hierhin* hat man euch also verfrachtet?»

«Ja», erwiderte Carl so freundlich wie möglich, während er versuchte, den verschütteten Kaffee mit der aktuellen Ausgabe der *Dagens Nyheter* aufzuwischen.

«Vorübergehend», fügte er hinzu.

«Gut! Ich habe dich gesucht», sagte Agneta und kam auf ihn zu.

Carl rutschte mit seinem Stuhl zurück.

«Das ist mit der Post gekommen, adressiert an ‹Carl Edson, Ermittlung Serienmorde›. Soweit ich weiß, gibt es so eine Ermittlung nicht. Aber ich dachte, ich übergebe es dir trotzdem persönlich ...»

Sie reichte ihm einen weißen gepolsterten Umschlag.

«Danke», sagte er zögernd. «Was ist dadrin?»

Agneta verzog das Gesicht:

«Ich darf die Post anderer Leute nicht öffnen, wie du vielleicht weißt.»

Carl wog den Umschlag in der Hand und betrachtete ihn neugierig. Ein größerer Gegenstand konnte es nicht sein, dafür war die Versandtasche zu leicht. Er tastete sie ab und spürte eine kleine Beule in der Größe eines Radiergummis.

«Wo sind deine Kollegen?», erkundigte sich Agneta und blickte auf Jodies und Simons verwaiste Stühle.

«Arbeiten», antwortete Carl kurz angebunden.

Am Morgen hatte er Jodie und Simon wegen der Informationen, die an die Presse durchgesickert waren, einen heftigen Anschiss erteilt. Simon hatte wütend und gekränkt gewirkt, doch irgendetwas an seinem Verhalten hatte Carl dazu gebracht, ihn zu verdächtigen. Er spielte mit dem Gedanken, die Sache mit Gert Uwe zu besprechen, wusste aber, dass es nichts bringen würde.

«Willst du den Umschlag nicht öffnen?», fragte Agneta.

Sie machte keinerlei Anstalten zu gehen, und Carl griff seufzend nach einer Schere. Vorsichtig schnitt er die obere Lasche des Umschlags auf und sah hinein. Agneta schaute ihm über die Schulter. Der Umschlag schien leer zu sein, doch ganz unten entdeckte Carl einen kleinen schwarzen Gegenstand.

«Ein USB-Stick!», sagte Agneta und richtete sich auf.

Carl nahm ein Blatt Papier, legte es auf den Schreibtisch und leerte den Inhalt darauf aus. Er betrachtete den kleinen Datenträger.

Auf einer Seite stand «SanDisk».

«Das sollen sich die Techniker ansehen», sagte er. Auf Agnetas Gesicht breitete sich Enttäuschung aus.

«Dabei bin ich so neugierig. Okay, ich bringe den Stick sofort rüber», sagte sie und streckte die Hand aus.

«Nein, ich bringe ihn selbst hin. Ich fahre sowieso in die Richtung», erwiderte Carl.

24

Im Treppenhaus des Wohnhauses in Hägersten roch es nach Braten und Tabak, aber es wirkte hell und gepflegt: hellgrüne Wände, ein schwarzes Eisengeländer und grau melierter Beton. Auf Alexandra Bengtsson machte es einen heimeligen Eindruck. Sie studierte die Tafel mit den Namen der Mieter, entdeckte die Person, die sie suchte, ging zum Fahrstuhl und drückte auf den Knopf für den vierten Stock, bis ganz nach oben.

Auf der Etage gab es drei Wohnungen. Alexandra blieb vor Susanna Erikssons Tür stehen. Doch als sie klingeln wollte, zögerte sie. Aus der Wohnung drangen Geräusche, jemand wusch Geschirr ab, ein Radio lief …

Abrupt drehte sie sich um und fuhr mit dem Aufzug wieder nach unten.

Sie überlegte, was sie Marvin erzählen sollte. Dass es zu aufdringlich war, unangemeldet zu klingeln, ein zu großes Risiko, dass Susanna sich weigern würde, mit ihr zu sprechen. Das würde funktionieren. Er würde zwar *Bullshit* sagen, aber es akzeptieren.

Schnell ging sie zu ihrem Wagen, den sie ein Stück weiter unten im Sedelvägen geparkt hatte. Vom Fahrersitz aus konnte sie die Fenster im obersten Stock sehen, die zu Susanna Erikssons Wohnung gehören mussten.

Alexandra nahm ihr Telefon aus ihrer Handtasche, das Headset und einen Notizblock. Susannas Handynummer stand ganz oben auf der Seite. Sie wählte und wartete.

Nach dem fünften Klingeln meldete sich eine heisere Frauenstimme, die auf jahrelangen Zigarettenkonsum schließen ließ.

«Guten Tag, mein Name ist Alexandra Bengtsson. Ich bin Journalistin beim *Aftonbladet*. Spreche ich mit Susanna Eriksson?»

Sie wartete gespannt.

«Warum wollen Sie das wissen?», erkundigte sich die Frau.

«Ich hätte ein paar Fragen. Haben Sie einen Moment Zeit?»

«Ich weiß nicht ... Was wollen Sie von mir?»

Sie hatte also recht. Die Frau am anderen Ende der Leitung war Susanna Eriksson, die laut Melderegister im September sechsunddreißig wurde und im Sedelvägen wohnte.

«Sie haben am Wochenende eine Entführung im Tantolunden beobachtet?»

«Was ... Woher wissen Sie das?»

Alexandra hatte mit dieser Frage gerechnet.

«Ich habe meine Kontakte. Aber ist das richtig?»

Ein misstrauisches Schweigen, dann:

«Ja ...»

«Und Sie haben gestern mit der Polizei gesprochen?»

Die Frau zögerte erneut, dann sagte sie schließlich:

«Ja.»

Alexandra griff nach einem Stift und machte sich Notizen.

«Was haben Sie erzählt?», fragte sie und behielt den Hauseingang im Auge. «Also den Polizeibeamten, bei der Befragung.»

«Ich glaube nicht, dass ich Ihnen das sagen darf ... Und ich ... Was zum Teufel haben Sie eigentlich damit zu tun?»

Alexandra wusste aus Erfahrung, dass sie darauf nicht eingehen und sich auf eine Diskussion einlassen durfte. Stattdessen fuhr sie einfach fort:

«Aber Sie haben gesehen, wie die Person entführt wurde?»

Wieder eine zögerliche Pause.

«Ja.»

«Wo haben Sie gestanden?», fragte Alexandra.

«Ein Stück vom Parkplatz entfernt. Hinter ein paar Büschen ...»

Alexandra schrieb mit. Gut, dachte sie. Einfache Faktenfragen, die leicht zu beantworten waren und Susanna Eriksson ablenkten.

«Die beiden Personen haben Sie also nicht gesehen?»

«Nein.»

«Aber Sie haben die beiden gesehen?»

«Ja, deswegen hab ich doch die Polizei angerufen. Was wollen Sie eigentlich?»

«Könnten Sie die Personen identifizieren?», fuhr Alexandra fort, ohne auf Susannas Frage einzugehen.

«Ich weiß nicht.»

«Aber die Polizei hat Ihnen Fotos gezeigt?»

«Ja, woher wissen Sie ...»

«Haben Sie jemanden auf den Fotos erkannt?»

«Ja, den Typen, der weggeschleppt wurde ... Den habe ich erkannt.»

«Okay, wer war der Mann?»

«Marco ... irgendwer. So 'n komischer Name.»

«Holst?»

«Ja.»

«Und der andere Mann?»

«Sie meinen den, der den großen Typen geschleppt hat?»

«Ja?»

«Nein, der war auf keinem der Fotos, die ich mir angucken sollte …»

«Auf keinem?»

«Nein …»

«Sind Sie sicher?»

«Keine Ahnung. Das haben mich die Polizisten auch in einer Tour gefragt. ‹Sind Sie ganz sicher?› und ‹Nehmen Sie sich Zeit.› … Haben mir die Fotos immer wieder unter die Nase gehalten.»

«Und?»

«Nein, wie oft soll ich das denn noch sagen? Der Typ, der den Mann weggeschleppt hat, war nicht dabei.»

Alexandra blickte zu den Fenstern im obersten Stock hoch und schrieb.

«Aber Sie haben sein Gesicht gesehen?»

«Was heißt schon gesehen … Es war dunkel, und der Typ war ein ganzes Stück entfernt.»

«Aber?»

«In dem Moment, als er wegfahren wollte, ging das Deckenlicht im Auto an, und ich konnte ihn kurz sehen …»

Alexandra sah die Szene vor sich, die Autotür, die geöffnet wurde, das Licht, das auf das Gesicht des Täters fiel.

«Und der Mann trug keine Maske oder hatte sein Gesicht auf eine andere Art unkenntlich gemacht?»

«Also, er hat sie abgenommen, die Maske, als er sich ins Auto gesetzt hat.»

«Würden Sie den Mann wiedererkennen?», fragte Alexandra.

«Ich glaube schon. Aber er war nicht auf den Bildern ...»

«Nein, das sagten Sie bereits. Wie haben Sie sich gefühlt, als Sie beobachtet haben, was passierte?»

«Also, als mir klarwurde, was da abging, bekam ich Angst.»

«Warum?»

«Ich weiß nicht ... Sie hätten mir was antun können ...»

«Sollen Sie noch mal ins Präsidium kommen und sich weitere Fotos ansehen?»

«Fotos? Glaub nicht, aber sie hatten irgendeinen Typen im Verdacht, und den soll ich mir ansehen ... wenn sie ihn geschnappt haben.»

Alexandra schaute wieder zu der Wohnung hoch.

«Vielen Dank, das war's schon. Susanna Eriksson, Eriksson mit zwei s, richtig?»

«Ja.»

«Was machen Sie beruflich?»

«Ich bin Kassiererin. In einem Coop-Supermarkt in Bandhagen.»

«Müssen Sie heute noch zur Arbeit?»

«Ja, in ein paar Stunden. Ich habe diese Woche Spätschicht.»

«Sind Sie gerade zu Hause?»

«Ja ... Warum fragen Sie?»

Das Misstrauen in ihrer Stimme war zurück.

«Wäre es in Ordnung, wenn wir einen Fotografen vorbeischicken, der ein paar Bilder von Ihnen macht, bevor Sie zur Arbeit fahren?»

«Wollen Sie über diese Sache in Ihrer Zeitung schreiben?»

«Ja, das hatte ich vor. Ist es in Ordnung, wenn wir ein Bild von Ihnen machen?»

Schweigen.

«Jetzt?»

«Ja.»

«Okay, ich glaub schon ...», willigte Susanna zögerlich ein.

«Vielen Dank!»

Alexandra beendete das Gespräch und legte auf, überlegte einen Moment, dann wählte sie Marvins Nummer.

«Ich habe mit der Zeugin gesprochen», sagte sie, als ihr Chef sich meldete. «Schick einen Fotografen zu ihr nach Hägersten, der ein paar Bilder von ihr macht. Ihre Schicht beginnt gleich.»

Sie gab ihm die Adresse.

«Gute Arbeit, Bengtsson!», sagte Marvin und legte auf.

25

Kriminaltechniker Anders Pousne war um die dreißig, hatte regelmäßige Gesichtszüge und schwarze, gelockte Haare. Rasch tippte er seine Zugangsdaten in den Laptop ein, der vor ihm auf dem Konferenztisch stand, und rief einige Programme auf.

«Okay», begann er und ließ seinen Blick durch den länglichen Raum schweifen, in dem sie sich versammelt hatten.

Simon Jern und Jodie Söderberg saßen jeder auf einer Längsseite des Tisches und blickten so erwartungsvoll auf den schwarzen Bildschirm, als würden sie einen spannenden Kinofilm zu sehen bekommen. Carl Edson und Lars-Erik Wallquist hatten ein Stück weiter auf Stühlen Platz genommen.

«Auf dem USB-Stick befindet sich ein Film, ungefähr eine Minute lang», begann Anders. «Das ist alles.»

Carl und seine Kollegen nickten.

«Okay, wir haben's kapiert. Können wir uns das jetzt endlich ansehen?», erwiderte Simon brüsk.

Carl begriff nicht, warum er so ungeduldig war. Wie ein Kind im Körper eines erwachsenen Mannes.

«Natürlich», sagte Anders. «Ich will euch nur vorwarnen, dass es kein schöner Anblick ist.»

Simon beugte sich vor, während Jodie sich leicht abwandte. Carl konnte sie verstehen. Er kannte den Film bereits, und er hätte ihn am liebsten kein zweites Mal gesehen. Niemand wollte so etwas zweimal sehen.

«Danke für die Warnung», sagte er. «Lass ihn laufen, am besten bringen wir es hinter uns.»

Anders drückte eine Taste, und der Film begann.

«Das Ganze wurde mit einem Handy aufgenommen», erläuterte er, als müsste er sich für die körnige Auflösung, die schlechte Qualität entschuldigen.

Auf dem Monitor erschien die Nahaufnahme einer männlichen Brustwarze, umrahmt von schwarzen Haaren. Eine behandschuhte Hand kam ins Bild, mit einer brennenden Zigarette. Langsam, wie einstudiert, näherte sich die glühende Zigarettenspitze der Brustwarze und grub sich in die Haut. Der Mann schrie und wand sich heftig hin und her, versuchte vergeblich, sich zu befreien. Das Bild wackelte und verschwamm, dann fokussierte die Einstellung erneut, diesmal auf männliche Genitalien. Wieder die Hand mit der Zigarette. Mit derselben Langsamkeit näherte sie sich dem Penis des Mannes. Diesmal schrie das Opfer, noch bevor die glühende Spitze ihr Ziel erreicht hatte. Der Film brach ab, als die Schreie des Mannes abrupt verstummten.

«Wie gesagt, kein schöner Anblick», kommentierte Anders. «Vermutlich ist das Opfer vor Schmerzen bewusstlos geworden.»

Jodie wirkte zutiefst schockiert, Simon außer sich vor Wut. Er sprang auf und drehte sich fluchend um.

«Fuck! Das ist das Widerlichste, was ich je gesehen habe! Wer zum Teufel macht so was?»

«Beruhige dich!», sagte Carl. «Setz dich.»

Simon ließ sich auf einen Stuhl fallen, fuhr mit den Händen durch sein kurzes Haar und blickte sich im Raum um.

«Könnt ihr irgendetwas über den Film sagen?», wandte sich Carl an Anders.

«Nein», erwiderte der Kriminaltechniker. «Wir haben nichts gefunden. Ich habe ihn genau analysiert, aber es gibt keine Geodaten oder Urheber-Tags. Er muss am Computer nachbearbeitet worden sein. Der Täter oder irgendjemand anderes hat sämtliche digitalen Spuren, die man hätte sicherstellen können, gelöscht. Leider.»

«Auch der Körper des Mannes weist keine spezifischen Erkennungsmerkmale auf», meldete Lars-Erik sich zu Wort. «Keine Tätowierungen, Narben oder Muttermale.»

«Können wir ausschließen, dass es sich bei dem Mann um Marco Holst handelt?», fragte Jodie.

«Zur Hölle», murmelte Simon und blickte auf.

Carl ignorierte ihn.

«Gute Frage», erwiderte er. «Aber diese Verbrennungen hätten sichtbare Narben hinterlassen, auch Jahre später noch. Und Holst hat keine. Aber ich werde sicherheitshalber noch mal mit Cecilia sprechen.»

«Also haben wir möglicherweise ein drittes Opfer?», schlussfolgerte Jodie.

Carl nickte.

«Aber warum schickt uns der Täter diese kranke Scheiße?», fragte Simon. «Was zum Teufel will er?»

Carl setzte sich in seinem Konferenzstuhl zurecht, der zwar stilvoll, aber erstaunlich unbequem war.

«Wer weiß?», überlegte er. «Vielleicht will er uns zeigen, dass er klüger ist als wir ...»

Jodie nickte.

«Ich habe über die Zigarettenschachteln nachgedacht, die wir in Fadi Soras Wohnung gefunden haben», sagte sie. «Da muss es einen Zusammenhang mit dem Film geben.»

Alle im Raum wandten sich ihr zu. Jodie sah Simon an:

«Du dachtest, er würde die Schachteln horten wie Sammelbilder. Vielleicht hast du recht. Sie könnten Trophäen für ihn sein, etwas, das ihn an die Folter erinnert, damit er sie im Kopf immer wieder abspielen kann.»

Simon schien etwas erwidern zu wollen, doch Carl kam ihm zuvor, indem er aufstand.

«Gut», sagte er. «Falls zwischen den leeren Schachteln in Soras Wohnung und den Zigaretten im Film ein Zusammenhang besteht, erhärtet das natürlich den Verdacht gegen Sora. Aber bis wir ihn verhören können – oder das dritte Opfer finden –, ändert das nichts an unserem gegenwärtigen Ermittlungsansatz. Und jetzt arbeiten wir weiter.»

Jodie und Simon standen auf und verließen den Raum. Carl drehte sich in der Tür noch einmal zu Anders Pousne um:

«Kümmerst du dich darum, dass der Film als Beweismittel katalogisiert wird?»

Anders nickte.

26

Stefan Berg ging langsam die Tulegatan in der Stockholmer Innenstadt entlang und ließ seinen Blick über die geparkten Autos schweifen. Er arbeitete als Parkwächter. Kein Job, auf den er stolz war, aber er war auch nicht unzufrieden damit. Er hatte schon schlechtere Jobs gehabt. Küchenhilfe, Lkw-Fahrer, Reinigungskraft ... Er brauchte fast all seine Finger, um sie aufzuzählen, und er hatte jedes Mal das Handtuch geworfen. Aber der Job als Parkwächter gefiel ihm. Er ließ sich problemlos mit seiner Kunst vereinbaren. Und die Kunst war sein eigentlicher Beruf.

Er hatte ein kleines Atelier im Industriegebiet von Västberga angemietet, in dem er Selbstporträts in abstrakten, kubistischen Formen malte. Bisher hatte er drei Ausstellungen gehabt. In einem Schlosscafé am Stadtrand, in einer Bibliothek in Katrineholm und im Kulturhaus von Grängesberg, doch das verschwieg er lieber.

Zwei seiner Bilder hatte er verkaufen können, der Gesamterlös: 2340 Kronen. Wenn sich jemand nach seinem Beruf erkundigte, antwortete er: *Ich arbeite als Parkwächter, aber in meiner Freizeit male ich sehr viel.*

Vor einem Monat war er vierunddreißig geworden, und bisher hatte er es nie gewagt, sich selbst als Künstler zu betrachten.

Doch binnen fünf Minuten würde seine Kunst die Richtung wechseln. Künftig würde er sich in seinen Bildern mit Tod, Folter und verwesenden Körpern auseinandersetzen und innerhalb eines Jahres einen späten Durchbruch als Künstler feiern. Wenn ihn in Zukunft jemand nach seinem Beruf fragte, würde er sagen, er sei Künstler, arbeite aber nebenher als Parkwächter.

Von alldem ahnte Stefan Berg in jenem Moment noch nichts, als er wie immer rechts in die Odengatan einbog, die den äußeren Rand seines Bezirks markierte. Wie üblich würde er die Autos im Sveavägen kontrollieren und dann nach Norden in Richtung Sveaplan gehen. Stefan pfiff vor sich hin, während er die Straße hinunterschlenderte. Es war frisch, um die elf Grad, und es dämmerte allmählich. Er warf einen Blick auf die Uhr. Fast neun. Vor einem Restaurant saß ein Pärchen mit dem Rücken zur Hauswand an einem Tisch, die beiden hielten Kaffeebecher in den Händen und hatten ihre Gesichter dem Heizstrahler zugewandt. Der Mann zündete sich eine Zigarette an und blies den Rauch genüsslich in die Luft. Trotz der kühlen Temperaturen wirkte es gemütlich. Ein paar Spatzen hüpften auf der Jagd nach Krümeln zwischen den Tischen umher.

Drei Minuten später erreichte Stefan den Sveavägen. Er schlenderte gemächlich weiter, kontrollierte die Autos am Straßenrand, studierte die Parkscheine gründlich und systematisch.

Das Auto, das seine Kunst von Grund auf verändern sollte, stand auf Höhe der Frejgatan. Hinter den Scheibenwischern steckten bereits zahlreiche Knöllchen. Der älteste Strafzettel war durch Regen und Sonnenschein aufgeweicht, zerknittert und verblasst.

Stefan wollte sich gerade über die Windschutzscheibe beugen, um die Strafzettel genauer zu begutachten und nachzusehen, ob es an der Zeit war, den Fahrzeughalter vor der drohenden Abschleppung zu warnen, als er den Geruch bemerkte.

Ein schwacher Gestank drang durch die Lüftungsschlitze nach draußen. Stefan kannte diesen Geruch. Als Kind hatte er mit seinem Vater ein totes, verwesendes Reh im Wald gefunden. Der Gestank war unerträglich gewesen, blassweiße Maden hatten sich unter der Haut des Tieres eingenistet und quollen aus den Nasenlöchern und dem halb geöffneten Maul hervor. Bei dem Gedanken daran wurde ihm immer noch schlecht.

Stefan umrundete das Fahrzeug und roch an Ritzen und Belüftungsschlitzen. Dann stellte er sich auf den Bürgersteig und betrachtete das Auto. Der erste Strafzettel war vor neun Tagen ausgestellt worden. Er zögerte einen Moment, dann griff er nach seinem Handy und rief die Polizei.

Er war sich sicher.

Es war Leichengeruch.

27

Susanna Eriksson setzte sich in ihr Auto, ohne ein konkretes Ziel vor Augen zu haben. Es war elf Uhr abends. Eigentlich sollte sie ins Bett gehen, doch seit ihre Mutter an Krebs erkrankt war, wurde sie von einer unbezwingbaren Unruhe getrieben.

Mit schlafwandlerischer Sicherheit ließ sie den Motor an und fuhr in Richtung Innenstadt. Fiebrige Gedanken gingen ihr durch den Kopf, eigenartig und ungewohnt, als wären es gar nicht ihre. Kindheitserinnerungen, die aus dem Nichts auftauchten: Ihre Mutter, die ihr eine Ohrfeige gab, weil sie Geld aus ihrem Portemonnaie gestohlen hatte, um sich Süßigkeiten zu kaufen. Ihre Mutter, die ihr mit dem Zeigefinger die Stirn streichelte, weil sie sich weh getan hatte …

Susanna fluchte, erkannte sich selbst nicht wieder. Und sie bemerkte das Auto nicht, das ihr hinterherfuhr.

Als sie das Schild mit der Aufschrift «Liljeholmen» las, wusste sie plötzlich, wohin sie unterwegs war: zu dem kleinen Hafen in Gröndal. Dort lag das Boot ihres Großvaters, ein altes Holzboot, das Susannas Mutter geliebt und von ihrem Vater geerbt hatte. Bald würde es in neue Hände übergehen.

Der Krebs hatte sich rasend schnell ausgebreitet. Innerhalb weniger Monate hatte er im immer magerer werdenden Körper ihrer Mutter gestreut. Die Ärzte hatten ihn viel zu spät entdeckt.

Susanna hielt an einer roten Ampel. Während sie auf Grün wartete, kniff sie sich in den Arm, damit der Schmerz ihre Trauer überdeckte. Früher war ihr gar nicht bewusst gewesen, dass sie ihre Mutter liebte. Doch jetzt raubte ihr der Gedanke, dass sie in ein paar Monaten sterben würde, buchstäblich den Atem.

Sie zuckte zusammen, als das Auto hinter ihr hupte. Die Ampel war umgesprungen, ohne dass sie es bemerkt hatte. Hastig legte Susanna den ersten Gang ein und fuhr los.

Im Hafen parkte sie am Wasser, öffnete die Autotür und stieg aus. Es war stockfinster. Inzwischen war es kurz vor Mitternacht. Der Wind hatte deutlich aufgefrischt, und dunkle Wolken zogen über den Himmel.

Auf der anderen Straßenseite lagen der Kai und der lange Holzsteg mit Anlegeplätzen. Viele Schiffe befanden sich noch im Trockendock hinter dem Klubhaus, noch immer im Winterschlaf.

Eine einsame Laterne beleuchtete den Steg, der nach wenigen Metern in der Dunkelheit verschwand. Susanna hörte, wie das Wasser gegen Steine und Poller schwappte, wie der Wind an den Vertäuungen zerrte und schluchzte unwillkürlich auf. Das Boot ihrer Mutter würde diesen Sommer ganz sicher nicht ins Wasser kommen.

Sie spürte, dass sie das Boot wiedersehen, sich an ihre missglückten Ausflüge in den Schärengarten erinnern wollte, als der Motor kaputtging, als es aus heiterem Himmel wie aus Eimern zu schütten begann oder als ihre Eltern wegen irgendetwas in Streit gerieten, umdrehten und schweigend wieder in den Hafen zurückfuhren. Sie erinnerte sich an das traurige Gesicht ihrer Mutter, und zum ersten Mal verstand Susanna, wie gut sie es gemeint hatte. Und wie schief alles gelaufen war.

Susanna schlug die Autotür zu und wollte abschließen.

Als sie im Seitenfenster eine Bewegung wahrnahm, reagierte sie instinktiv, wirbelte herum und machte einen

Schritt zur Seite. Im selben Moment hörte sie ein gedämpftes Klicken und ein zischendes Geräusch. Auf dem Boden vor ihren Füßen lagen Drähte. Susanna starrte verständnislos auf sie hinab.

Dann schaute sie hoch und blickte in die Mündung einer Elektroschockpistole, die ein Mann in ungefähr zwei Meter Entfernung auf sie gerichtet hielt. Daher kamen die Drähte. Der Mann trug eine Maske und Tarnkleidung.

Sie starrten sich an.

Dann erkannte sie ihn wieder, den schlanken Körper, die Bewegungen.

«Du», brachte Susanna hervor. «*Du* bist das!»

Es war der Typ, den sie im Tantolunden gesehen hatte. Aber wie um alles in der Welt hatte er sie gefunden?

Dann verstand sie: der Artikel. Das Interview im *Aftonbladet*.

Susanna wirbelte herum und rannte los. Weg von dem verlassenen Hafen, hoch zum Gröndalsvägen, wo Leute und Geschäfte waren. Sicherheit. Sie atmete keuchend, ihr Mund schmeckte nach Blut. Ihre Beine waren schwer wie Blei, wie in einem Traum, in dem man sich keinen Zentimeter von der Stelle bewegt, obwohl man läuft.

Hinter sich hörte sie Schritte, die ihr mühelos und schnell folgten. Jeden Augenblick rechnete sie damit, eine Hand auf ihrer Schulter zu spüren oder ein erneutes Zischen der Elektroschockpistole zu hören.

Sie versuchte zu beschleunigen, ihre Beine zu zwingen, schneller zu laufen. Sie rannte die Straße hoch, am Klubhaus vorbei. Sie stolperte. Panik stieg in ihr auf, doch in letzter Sekunde gelang es ihr, das Gleichgewicht zu halten. Einen Moment erwog sie, in Richtung Coop-Supermarkt und Straßenbahnhaltestelle zu laufen. Wenn sie Glück hatte, waren dort Menschen, aber es war ein weiter Weg ...

Stattdessen entschied sie sich für das Trockendock.

Ohne sich umzusehen, überquerte sie die Straße, erreichte den Vorplatz und verschwand zwischen den Abdeckplanen und Booten, die wie gestrandete Wale in ihren Docks lagen. Als sie die Lichtkegel der Straßenlaternen hinter sich gelassen hatte, hüllte sie die Dunkelheit ein. Im selben Moment prasselten schwere Regentropfen auf sie nieder. Die Abdeckplanen knallten und blähten sich im Wind. Bei jedem Knall zuckte sie zusammen, widerstand dem Impuls, sich umzudrehen und nachzusehen, ob ihr Verfolger ihr auf den Fersen war, und zwang sich weiterzulaufen. Ziellos schlug sie einen Haken nach rechts, dann wieder nach links, verirrte sich in dem Labyrinth aus Motor- und Segelbooten.

Irgendwann kroch sie unter eine Plane, presste sich im Kiel eines Segelbootes flach auf den Boden und zog ihre Beine so dicht wie möglich an, damit sie nicht zu sehen waren. Dann lag sie einfach still da und versuchte so leise zu atmen, wie sie konnte.

Ich gehe in aller Seelenruhe hinter ihr her, über die Straße, Richtung Trockendock. Ein niedriger Schlagbaum verhindert, dass Fahrzeuge auf das Gelände gelangen und Diebesgut abtransportieren können. Doch für Fußgänger gibt es keine Hindernisse.

Das Gelände ist verlassen. Als mich der Lichtschein der Straßenlaternen nicht mehr erreicht, verstaue ich den Elektroschocker in meinem Rucksack, nehme stattdessen Fadi Soras Glock heraus und verberge sie in meiner rechten Jackentasche.

Mit einem letzten schnellen Blick Richtung Straße verschwinde ich zwischen den Booten. Die Planen knattern rhythmisch im Wind. Einen Moment lang verharre ich und betrachte das schwach erleuchtete Labyrinth aus selbstgezimmerten Holzdocks und Booten. Ich versuche mir vorzustellen, welchen Weg sie gewählt hat, versuche, so zu denken wie sie. Direkt vor mir liegt ein breiter Durchgang. Der ist zu offensichtlich. Links und rechts verlaufen zwei schmalere Gänge. Ich entscheide mich für den rechten. Irgendetwas sagt mir, dass sie sich für diese Option entschieden hat. Langsam, wachsam gehe ich den dunklen Weg entlang. An den Seiten ragen hohe Segelschiffmasten empor. Hier gibt es zahlreiche Verstecke.

Plötzlich sehe ich, wie sich eine Plane bewegt. Nicht wie die anderen im Wind, sondern unten auf dem Boden, neben einem Bootsbock. Ein kurzer, unförmiger Schatten rührt sich unter der Plane. Ich bleibe stehen, hebe die Pistole und gehe auf die Wölbung zu.

28

Es regnete, als Carl, Jodie und Simon im Sveavägen eintrafen. Im Scheinwerferlicht sahen die Regentropfen wie weiße Linien aus, dachte Carl. Jenseits der Lichtkegel war es dunkel. Dennoch war der abgeriegelte Bereich schon von weitem sichtbar. Vor der Absperrung parkten zwei Streifenwagen mit eingeschaltetem Blaulicht, daneben ein Abschleppfahrzeug, auf dessen Dach sich eine gelbe Warnleuchte drehte. Aus irgendeinem Grund war auch ein Krankenwagen vor Ort.

In der Mitte des abgesperrten Areals stand ein BWM, über dessen Kofferraum ein weißes Kunststoffzelt gespannt worden war, damit die Kriminaltechniker ungestört im Regen arbeiten konnten. Die Beamten hatten den Parkplatz mit blau-weißem Trassierband abgeriegelt, und der BMW wurde von Scheinwerfern angestrahlt.

Simon fuhr an der Absperrung vorbei und parkte ein Stück weiter den Sveavägen hinunter im Halteverbot. Dort stand bereits ein diskreter grauer Kastenwagen, in dem zwei Männer saßen und warteten. Carl nickte ihnen zu. Der Fahrer grüßte zurück. Die beiden Männer übernahmen schon seit Jahren Leichentransporte für Polizei und Krankenhäuser.

«Kommt schon, das Wetter wird nicht besser», sagte Simon und stieg aus.

Jodie sprang aus dem Wagen und beeilte sich, ihn einzuholen, während Carl hinterherschlenderte, ungerührt vom Regen, der ihm augenblicklich den Nacken hinunterlief und seinen dunklen Anzug durchnässte.

Bevor sie die Absperrung erreichten, wurde das Blaulicht

des Krankenwagens ausgeschaltet, der nun auf die Straße bog und langsam davonfuhr. Carl war klar, dass man ihn aus Versehen gerufen hatte. Eine kleine Gruppe Schaulustiger, die sich trotz des strömenden Regens eingefunden hatte, löste sich auf, es würde nichts geben, was man bei Facebook- oder Instagram posten konnte.

Parkwächter Stefan Berg war immer noch vor Ort. Er wurde gerade von einer Polizeibeamtin vernommen. Sie hatten sich in einem Hauseingang untergestellt. Berg sah trotzdem durchnässt aus und deutete widerwillig auf den BWM, während die Polizistin seine Aussage zu Protokoll nahm.

Jodie und Simon mussten einem uniformierten Polizeibeamten an der Absperrung ihre Dienstausweise zeigen. Carl wurde mit einem Nicken durchgelassen.

Im nächsten Moment erstarrten sie alle drei mitten in der Bewegung.

Der Geruch schlug ihnen so unvermittelt entgegen, dass Carl ins Straucheln geriet. Es gelang ihm, den aufsteigenden Brechreiz zu unterdrücken, aber er hielt sich schnell die Nase zu. Neben sich hörte er Jodie krampfhaft schlucken.

«Scheiße!», sagte Simon mit der Hand vor dem Mund. «Was zur Hölle ist in dem Auto?»

«Eine Leiche», erwiderte eine weibliche Stimme. «Im Verwesungsstadium.»

Cecilia Abrahamsson kam unter dem Zeltdach hervor und ging auf sie zu, allem Anschein nach völlig unbeeindruckt von Gestank und Regen. Gehört zu ihrem Beruf, dachte Carl. Ihr blauer Plastikoverall diente ihr gleichzeitig als Regenschutz.

«Ein Mann», sagte sie sachlich. «Grausam entstellt. Er ist

schon eine ganze Weile tot. Genauere Angaben zum Todeszeitpunkt kann ich noch nicht machen. Dafür müssen wir ihn erst obduzieren.»

«Kannst du schon etwas über die Todesursache sagen?»

Cecilia schüttelte missbilligend den Kopf.

«Nein, noch nicht. Aber aller Wahrscheinlichkeit nach ist der Fundort nicht der Tatort.»

Sie drehte sich um und bedeutete Carl mit einer Geste, unter das Zelt zu treten. Er betrachtete den verwesenden Leichnam, der im Kofferraum lag. Körperflüssigkeiten waren aus der Leiche ausgetreten und in den Bodenbelag gesickert. Der Mann war nackt, seine Haut merkwürdig dunkel und fleckig.

«Was ist das?», fragte Carl, mit der Hand vor dem Mund. «Was sind das für Flecken?»

Die Rechtsmedizinerin folgte seinem Blick.

«Verbrennungen», sagte sie, doch dann fügte sie hinzu: «Möglicherweise.»

Carl nickte, trat unter dem Zeltdach hervor und genoss den Regen, der ihm den Leichengeruch vom Gesicht wusch. Cecilia folgte ihm und stellte sich neben ihn.

«Wie schnell?», fragte sie und zog ihren blauen Plastikoverall aus.

«So schnell wie möglich.»

Die Rechtsmedizinerin seufzte.

«In Ordnung. Ich sehe ihn mir direkt morgen früh an.»

Mit raschen Schritten eilte sie durch den Regen zu den beiden Männern in dem grauen Kastenwagen. Carl wusste, dass Cecilia sie darum bat, die Leiche ins Rechtsmedizinische Institut zu bringen.

«Wer ist er?», fragte Simon.

Carl drehte sich zu ihm um. Jodie stand hinter Simon und sah mitgenommen aus.

«Das wissen wir nicht», erwiderte Carl. «Noch nicht.»

«Glaubst du, es ist Fadi Sora?», fragte Jodie leise.

«Meinst du den Mann im Auto – oder den Mann, den wir suchen?», entgegnete Carl.

Simon murmelte irgendetwas Unverständliches. Carl hörte nur «Loeff», doch bevor er etwas sagen konnte, tauchte Lars-Erik Wallquist neben dem Zelt auf.

«Okay», rief er seinen Leuten zu, «sind wir fürs Erste fertig?»

Ein untersetzter, kräftiger Mann nickte. Lars-Erik wandte sich an die beiden Bestattungsunternehmer, die inzwischen mit einer Bahre vor dem Zelt standen und geduldig warteten.

«Er gehört euch», sagte der Kriminaltechniker und nickte ihnen zu.

Dann posaunte er so laut in das Zelt hinein, dass seine Worte noch auf der anderen Straßenseite zu hören waren:

«Sobald der Mann weg ist, wird der Wagen abtransportiert. Sagt dem Trottel von Fahrer, dass der BMW auf die Ladefläche soll. Keine verdammte Abschleppstange wie beim letzten Mal.»

Er wandte sich an Carl.

«Hast du das Nummernschild gesehen?»

Carl schüttelte den Kopf.

«Dachte ich mir. Es ist der BMW von Fadi Sora. Du weißt schon, der blutbefleckte Autoschlüssel, den diese Idioten von der Zeitung gefunden haben – der Schlüssel gehört zu diesem BMW.»

«Ich verstehe.»

«Es gibt noch was.»

Carl wartete schweigend.

«Wir haben auf dem Boden des Kofferraums ein Kaugummi gefunden. Irgendjemand hat es dort ausgespuckt. Oder genauer gesagt: seitlich neben der Leiche festgedrückt.»

«Der Täter?»

Lars-Erik seufzte.

«Woher soll ich das wissen? Wir werden es auf DNA-Spuren untersuchen. Als Erstes machen wir einen Abgleich mit Soras DNA oder wer auch immer da im Kofferraum gelegen hat. Und wir überprüfen, ob es dieselbe Kaugummisorte ist, die wir bei Marco Holst in der Scheune gefunden haben, Nicorette 2 Milligramm.»

«Gut. Und wir wissen immer noch nicht, von wem das Kaugummi aus der Scheune stammt?»

«Nein», erwiderte der Kriminaltechniker. «Die sichergestellte DNA stimmt weder mit dem Bauern noch mit Marco Holst überein.»

«Okay ... Es *könnte* also die DNA des Täters sein?»

Lars-Erik schwieg. Schließlich sagte er:

«Ich habe es schon einmal gesagt: Ich glaube nicht, dass dieser Täter erst die Tatorte blitzblank scheuert und dann Kaugummis in der Gegend herumspuckt.»

«Sondern?»

«Dieses Kaugummi stammt vermutlich von Fadi Sora. Sobald wir DNA-Material von ihm haben, nehmen wir einen Abgleich vor.»

«Oder?», hakte Carl nach.

«Ich habe nichts von einem Oder gesagt.»

«Nein, aber ...»

«*Oder* irgendein anderer Idiot hat das Kaugummi dorthin geklebt», sagte Lars-Erik. «Irgendwer, der mit dem BMW gefahren ist. Dasselbe gilt für das Kaugummi aus der Scheune. Sie müssen rein gar nichts bedeuten.»

Oder aber – sie bedeuten alles, dachte Carl.

«Jedenfalls dachte ich, es würde dich interessieren», sagte Lars-Erik Wallquist und ließ Carl stehen.

«Danke!», rief Carl ihm hinterher.

Aber der Kriminaltechniker hörte es nicht – oder scherte sich nicht darum.

29

Susanna Eriksson lag vollkommen reglos da und bewegte sich nicht. Sie horchte auf die Geräusche in ihrer Umgebung. Planen, die sich im Wind wölbten und gegen die Bootswände schlugen. Knarrende Stützvorrichtungen. Und dann das, wovor sie sich gefürchtet hatte: Schritte, die näher kamen, schnell und zielstrebig. Sie erstarrte. Ihr Verfolger hatte sie gefunden, er war auf dem Weg zu ihr. Die Schritte verstummten direkt vor ihrem Versteck.

Dann ging alles ganz schnell.

Sie spürte einen Tritt, und die Plane wurde zur Seite gerissen. Der grelle Strahl einer Taschenlampe blendete sie. Schützend hob sie die Arme vors Gesicht. Als sie versuchte aufzustehen, verhedderte sie sich zwischen Plane und Seilen und stürzte zu Boden. Eine Hand packte sie am Arm und zerrte sie auf die Füße.

Nein!, dachte sie, während sie vergeblich versuchte, das Wort in ihrem Mund zu formen. Zu guter Letzt flüsterte sie:

«Töte mich nicht!»

«Was?», fragte eine kräftige dunkle Stimme.

Sie schaute auf und sah einen hochgewachsenen Mann vor sich stehen. Er trug keine Maske und sah wütend aus.

«Bitte töte mich nicht!», flehte sie erneut.

«Was faseln Sie da? Und was machen Sie in meinem Boot?», erwiderte der Mann und hielt sie weiter am Arm fest.

«Dein Boot ...?»

Sie schaute ihn verwirrt an, während er versuchte zu begreifen, wovon sie redete.

«Wenn Sie etwas gestohlen haben, her damit!»

Susanna sah den Mann verständnislos an.

«Nein, nein ...», stotterte sie schließlich. «Ich habe nichts ... Jemand hat mich verfolgt. Ich glaube, er wollte mich ... Ich habe mich hier versteckt. In Ihrem Boot. Ich habe nichts gestohlen.»

Der Mann musterte sie skeptisch. Er schwieg, doch dann spürte sie, wie sein Griff sich lockerte.

«Was, glauben Sie, wollte er?»

«Mich umbringen ...», flüsterte sie.

Der Mann lachte auf.

«Ist das Ihr Ernst? Hier?»

Der Mann wies mit einer weit ausholenden Geste auf die umliegenden Boote und lachte wieder.

Susanna nickte und spürte, dass sie rot wurde. Mit einem Mal kam ihr das Ganze absurd und unwirklich vor. Es zu erzählen war peinlich.

«Ich habe eine Zeugenaussage gemacht», versuchte sie zu erklären. «Wegen dieser Foltergeschichte in Rimbo. Vielleicht haben Sie davon gelesen ...»

Der Gesichtsausdruck des Mannes veränderte sich. Plötzlich wirkte er ernst.

«Was? Das waren Sie? Sie haben dieses Interview gegeben? Im *Aftonbladet* oder im *Expressen*?»

Susanna nickte.

«Ja, das war ich.»

Der Mann spuckte aufgebracht auf den Boden.

«Idiotisch!», sagte er. «Wie dumm kann man nur sein?»

«Was?», entfuhr es Susanna.

«Einen verdammten Mordversuch zu beobachten – und

dann in der Zeitung darüber zu plaudern, während der Typ noch frei herumläuft ... Wie soll man das denn sonst nennen?»

Susanna schluckte.

«Kommen Sie», sagte der Mann barsch. «Sie können hier nicht rumstehen.»

Er begann, die Plane wieder über das Boot zu ziehen.

«Was machen Sie?»

«Das Boot abdecken. Ich wollte nur nach dem Rechten sehen. Letzte Woche wurde mir Werkzeug geklaut. Und Sie können nicht allein nach Hause gehen. Ich begleite Sie.»

«Sie glauben mir also?»

Der Mann hielt mitten in der Bewegung inne, drehte sich um und sah sie an.

«Glauben?», fragte er und schüttelte den Kopf. «Sie haben ein Interview gegeben!»

Er machte sich wieder an der Plane zu schaffen. Susanna musterte ihn, während er sich abmühte, betrachtete seinen breiten Körper und die kräftigen Hände – mit einem Mal löste sich ihre Anspannung. Sie fing an zu weinen. Der Mann drehte sich um und schaute sie schweigend an, bevor er das Boot weiter abdeckte.

«Wie heißen Sie?», fragte er, als sie gemeinsam zurückgingen.

«Susanna», antwortete sie. «Susanna Eriksson.»

Er nickte.

«Peter», sagte er. «Peter Carlsson.»

Sie laufen an den Bootsstegen vorbei und verschwinden im Eingang des Hauses, das am dichtesten am Wasser liegt, direkt oberhalb des Hafens. Vermutlich wohnt der Mann dort.

Nachdem die Tür hinter ihnen ins Schloss gefallen ist, warte ich noch einen Moment, dann gehe ich mit schnellen Schritten zu meinem Auto zurück.

Es gibt nichts, was ich tun kann, nicht jetzt. Nicht heute Nacht.

Als ich davonfahre, verspüre ich Erleichterung. Als hätte ich unter großer Anspannung gestanden und etwas Unangenehmes abgewendet. Wie einen Zahnarztbesuch.

Ich sehe sie immer noch vor mir, ihre aufgerissenen Augen.

«Du! Du bist das!» Aber sie hat mich nicht gesehen, nur meine Maske, meine Sturmhaube.

Ohne genau zu wissen, weshalb, beschließe ich auf dem Nachhauseweg, dass von der Frau keine Gefahr ausgeht. Dass ich sicher bin. Dass ich sie nicht umbringen muss.

Im Nachhinein bin ich mir auch nicht sicher, ob ich sie überhaupt hätte töten können. Ich glaube nicht.

Ich bin kein böser Mensch. Die Dinge, die ich tue, tue ich nicht aus Böswilligkeit.

30

Freitag, 9. Mai

Der Raum war kalt, als hätte die Kälte der Toten die weiß gekachelten Wände und den blauen Linoleumboden infiziert. Die Leichen wurden in Kühlzellen aufbewahrt, und obwohl sie überwiegend unsichtbar waren, dominierte der Tod den ganzen Raum.

In der Mitte standen vier Obduktionstische aus Edelstahl, jeder mit eigener Ablaufrinne. Durch die großen Fenster fiel graues, regenschweres Morgenlicht, das von der Neonbeleuchtung verschluckt wurde. Ein scharfer Desinfektionsmittelgeruch hing in der Luft, vermischt mit einem unangenehmen Geruch – Carl vermutete, dass er von den Leichen stammte. Er hatte das absurde Gefühl, dass die Luft irgendwie verseucht war.

Dann nahm er den Verwesungsgestank aus dem Wagen im Sveavägen wahr.

Am hintersten Obduktionstisch stand Cecilia Abrahamsson mit einem blauen Plastikoverall bekleidet und beugte sich über einen dünnen, fleckigen Leichnam, der auf dem großen Tisch klein wirkte, beinahe wie der Körper eines Kindes. Die Rechtsmedizinerin bemerkte seine Anwesenheit und richtete sich auf.

«Ich bin noch nicht so weit», sagte sie, als hätte Carl allein durch sein Erscheinen etwas Unpassendes getan.

Er warf einen Blick auf seine Armbanduhr. Kurz nach acht.

«Tut mir leid, wenn ich zu früh bin, aber falls zwischen den

Fällen eine Verbindung besteht, brauche ich so schnell wie möglich alle Fakten, die ich kriegen kann.»

Die Rechtsmedizinerin antwortete nicht, stattdessen entnahm sie aus dem geöffneten Brust- und Bauchraum ein weiteres Organ. Carl trat näher und betrachtete die Leiche. Fadi Sora, sofern es sich bei dem Mann tatsächlich um ihn handelte, war auffällig klein gewesen. Seine Gesichtszüge waren bis zur Unkenntlichkeit entstellt, die Wangen eingetrocknet, die Augenhöhlen mehr oder weniger leer. Das Gesicht wies mehr Verbrennungen auf als der Rest des Körpers. Dort fügten sich die Flecken zu einem Gebilde zusammen, das einem großen braunen Feuermal ähnelte.

Optisch werden wir ihn nicht identifizieren können, dachte Carl und kämpfte gegen den Brechreiz an.

«Was hat man mit ihm gemacht?», sagte er heiser.

«Ist schlecht für ihn ausgegangen», erwiderte Cecilia, ohne von der Waage aufzublicken, auf deren Schale ein Organ lag, das die Leber sein musste.

«Hepar, 1354 Gramm», diktierte sie in das Aufnahmegerät, das in ihrer Brusttasche rot blinkte.

Sie setzte einen Schnitt.

«Beginnende Verfettung.»

«Todesursache?», fragte Carl.

«Für einen endgültigen Befund ist es noch zu früh, aber er ist wahrscheinlich an den Folgen der Verbrennungen gestorben.»

Carl nickte. Die Brandmale erstreckten sich über den gesamten Körper. Es sah aus, als hätte der kleine Mann an einer ansteckenden Krankheit gelitten.

«Vermutlich durch Zigaretten verursacht», sagte Cecilia,

als hätte sie seine nächste Frage vorausgeahnt. «Wir haben in mehreren Wunden Tabakreste gefunden.»

Carl spürte, wie sich sein Magen erneut umdrehte und wich einen Schritt zurück.

«Wir haben einen Film bekommen», sagte er zögernd. «Auf einem USB-Stick. Zu sehen ist ein Mann, dem mit Zigaretten Verbrennungen zugefügt werden, an den Brustwarzen und Genitalien ... Ich wollte dir den Film schicken, bin aber noch nicht dazu gekommen ...»

Er stockte. Die Rechtsmedizinerin musterte ihn, als wartete sie auf eine Fortsetzung. Carl fühlte sich extrem unbehaglich und räusperte sich.

«Könnte es dieser Mann sein?»

«Ja, sofern du nicht davon ausgehst, dass es mehrere Leichen mit ähnlichen Brandverletzungen gibt. Dieser Mann weist an den genannten Körperteilen solche Verbrennungen auf», sagte Cecilia.

«Du meinst also, dass jemand mit einer Zigarette dasaß ... und das alles gemacht hat?»

«Ich glaube nicht, dass *eine* Zigarette gereicht hat», erwiderte die Rechtsmedizinerin ohne jede Ironie. «Eher eine ganze Stange. Ich habe die Brandwunden gezählt. Es sind 745. Die meisten sind vier Millimeter tief und sechs Millimeter breit.»

Carl dachte an die zahlreichen leeren Zigarettenschachteln, die sie in Fadi Soras Wohnung gefunden hatten.

«Das muss einige Zeit in Anspruch genommen haben», sagte er.

Cecilia nickte, wandte sich vom Obduktionstisch ab, nahm den Mundschutz ab und zog ihre Handschuhe aus.

«Wir müssen noch einige Proben analysieren, aber wie

gesagt, wahrscheinlich sind die Verbrennungen die unmittelbare Todesursache. Möglicherweise haben sie zu multiplem Organversagen geführt.»

Carl machte einen Schritt auf sie zu.

«Wer ist der Mann?», fragte er.

«Du hast selbst gesagt, dass es Fadi Sora sein könnte. Es gibt nichts, was dagegenspricht. Aber um die Identität festzustellen, musst du dich an eure Experten wenden. Das ist nicht mein Gebiet.»

«Gut», erwiderte Carl. «Hast du noch was?»

Sie nickte. «Wie bereits gesagt hat der Mann am ganzen Körper 745 Brandwunden. Wobei auffällig ist, dass sich die meisten im Gesicht und an den Genitalien befinden. Auf dem Rücken sind relativ wenige.»

«Was schließt du daraus?», fragte Carl. «Dass er gefesselt auf dem Rücken lag?»

Die Rechtsmedizinerin sah ihn aufmerksam an.

«Na ja», erwiderte sie. «Er hat erkennbare Fesselspuren. Aber darüber hinaus wurde er festgenagelt, wahrscheinlich auf dem Boden. Sowohl Hand- als auch Fußgelenke weisen deutliche prämortale Verletzungen auf, die durch Nägel verursacht wurden.»

«Man hat ihn also nicht gekreuzigt wie Marco Holst?», hakte Carl nach.

«Er kann gekreuzigt worden sein, aber gestorben ist er auf dem Rücken liegend und mit nach oben gewandten Handflächen, also wurde er aller Wahrscheinlichkeit nach auf dem Fußboden festgenagelt.»

Carl wollte sich gar nicht vorstellen, welche Qualen der Mann erlitten haben musste.

«Die menschliche Haut ist am Rücken weniger schmerzempfindlich», fuhr Cecilia fort. «Vielleicht ist das purer Zufall – oder der Täter besitzt so viel medizinisches Fachwissen, dass er das weiß und seine Zeit nicht an diesen Stellen verschwendet hat.»

Carl schluckte und schwieg. Er bemerkte, dass Cecilia ihn musterte, als wollte sie abwägen, wie viel er verkraftete.

«Es gibt übrigens noch was, das ich dir zeigen möchte», sagte sie. «Ich denke, es wird dich interessieren.»

Sie ging an den Obduktionstisch zurück, wo ihr Assistent gerade dabei war, den Leichnam auf eine Rollbahre zu heben, um ihn wieder in die Kühlzelle zu schieben.

«Dreh ihn auf die Seite», sagte Cecilia. «Nein, nach links.»

Sie beugte sich über die linke Körperhälfte des Mannes und deutete mit einem Stift auf eine handflächengroße Stelle. Abgesehen von einem lilafarbenen Leichenfleck konnte Carl nichts Auffälliges erkennen.

«Was soll da sein?», fragte er.

«Da», erwiderte sie, «dieselbe Art von Verletzung, die ich auch bei dem anderen Mann festgestellt habe. Bei Marco Holst. Von einem Elektroschocker.»

Fadi Sora schrie wie von Sinnen. Er besaß absolut keine Würde. Ich kann seine Schreie immer noch hören, dort in der ländlichen, abgeschiedenen Idylle, und den Geruch von Zigaretten und verbranntem Fleisch riechen.

Es war unerträglich.

Nach einer halben Stunde habe ich mir Ohrenstöpsel reingesteckt. Es gab keinen Grund, weshalb ich mir sein Gewinsel hätte anhören sollen.

Das Sommerhaus, das ich ausgewählt hatte, lag eine gute Autostunde entfernt in südlicher Richtung. Ich habe während der Fahrt keinen Ton gesagt. Sora dafür umso mehr.

«Lassen Sie mich gehen, verflucht noch mal!», krächzte er vom Rücksitz, als die Wirkung des Elektroschockers nachließ. «Ich schwöre, ich geb Ihnen, was Sie wollen. Scheiße, ich hab Sie nie gesehen, ich schwöre. Sie machen gerade einen großen Fehler. Sie haben den Falschen, ich bin nicht Ihr Mann, okay? Okay?»

Diese Leier setzte er in einer Tour fort, auch als ich schon lange nicht mehr zuhörte, er redete wie ein Wasserfall, geiferte und stammelte. Ich antwortete nicht. Es gab nichts zu sagen. Außerdem hatte ich Schwierigkeiten, sein Gefasel zu verstehen.

Das letzte Stück fuhren wir über schmale Schotterwege. Als ich schließlich auf dem Hof hielt und den Motor abstellte, schrie er wieder:

«Wo sind wir? Was zum Teufel soll das?»

Ich zerrte ihn aus dem Auto und schleppte ihn ins Haus, wo ich ihn auf eine Plane legte. Dann holte ich meinen Werkzeugkasten. Er bekam gar nicht mit, was ich tat, als ich sein rechtes Handgelenk schnell mit einer Nagelpistole am Boden festtackerte. Nachdem ich auch sein linkes Handgelenk fixiert hatte, fiel er in eine Art Schockzustand. Er rollte mit den Augen, warf den Kopf hin und her und murmelte vor sich hin.

Als ich fertig war, legte ich die Nagelpistole sorgfältig in den Werkzeugkasten zurück.

Dann nahm ich eine Zigarettenschachtel in die Hand. Als ich die erste Zigarette herausnahm und anzündete, folgte er meinen Bewegungen mit dem Blick.

Aber erst als ich ihm die glühende Spitze direkt vors Gesicht hielt, begann er zu verstehen – wirklich zu verstehen.

Er starrte mich an. Dann starrte er die Zigarette an.

«Du?»

Er erinnert sich.

«Nein!», schrie er. «Nein, nein, nein, nein ...»

Ich fing mit der Wange an. Ich packte ihn an den Haaren und presste seinen Kopf hart auf den Boden, während ich die glühende Zigarettenspitze in seine stoppelige Wange drückte. Sein Körper bäumte sich auf, er versuchte, das Gesicht zur Seite zu drehen, aber ich folgte ihm mit der Zigarettenspitze, versenkte die Glut in seiner Haut, drückte, bis die Zigarette durchbrach und zu Boden fiel.

Ich machte weiter, Zigarette um Zigarette, durchgebrochene steckte ich erneut an, ich machte weiter, bis die ganze Stange aufgebraucht war. Hin und wieder verlor er das Bewusstsein. Diese Momente nutzte ich für eine Pause und ging nach draußen, um frische Luft zu schnappen.

Erst nach fünf Stunden gab er auf. Für seine Ausdauer muss ich ihn loben. Das hätte ich ihm nicht zugetraut.

Anschließend schleppte ich ihn zu seinem Auto. In Anbetracht meiner Körpergröße habe ich erstaunlich viel Kraft, vor allem, wenn ich konzentriert bin. Doch als ich ihn in den Kofferraum *hievte, war ich trotzdem überrascht, wie schwer er war. Fadi Sora war zeit seines Lebens ein sehr kleiner Mann, in jeder Hinsicht.*

Hinterher ist mir eingefallen, dass der Tod den Körper schwer werden lässt. Ich weiß, für gewöhnlich heißt es, dass der Körper im Augenblick des Todes leichter wird, befreit vom Gewicht der Seele, die ihn verlässt. Aber das stimmt nicht. Meiner Erfahrung nach sind Leichen schwerer als Lebende.

Nachdem ich sämtliche Spuren beseitigt hatte, kehrte ich in seinem Auto auf demselben Weg in die Stadt zurück, parkte den Wagen mitten im Zentrum, verschloss ihn und fuhr mit der U-Bahn nach Hause.

Es wundert mich, dass es so leicht ist. Dass ich mich so schnell daran gewöhnt habe.

Ich hätte es schon viel früher tun sollen.

31

Alexandra Bengtsson hielt ihre Schlüsselkarte vor das Lesegerät und betrat die Redaktion. Es war kurz vor neun. Die Nachrichtenchefs hatten gerade ihre allmorgendliche Besprechung beendet. Alexandra ging zu ihrem Platz, loggte sich ein und begann die aktuellen Pressemitteilungen und die Webseiten der großen Tageszeitungen durchzusehen.

«Hey, was machst du? Was Lustiges?»

Marvin ließ sich neben Alexandra auf einen Stuhl fallen.

«Ich wollte die Geschichte von Jens Falk weiterverfolgen, diesem Pädophilen, über den wir letzten Herbst berichtet haben. Heute soll das Urteil gefällt werden …»

«Okay», erwiderte Marvin enttäuscht.

«Ich hatte überlegt, mir das anzusehen. Das Urteil könnte eine Menge Leute ziemlich aufregen.»

«Nein», erwiderte Marvin mit gerunzelter Stirn. «Dafür musst du nicht extra ins Gericht fahren. Es reicht, wenn du über das Urteil schreibst, sobald es vorliegt. TT bringt bestimmt etwas darüber, das können wir aufgreifen. Scheiß auf Falk.»

Er lehnte sich zurück und lächelte.

«Ich habe etwas anderes für dich. Einen neuen Polizeitipp.»

«Worum geht's?»

«Lies deine Mails. Wir haben doch über diese Leiche berichtet, die die Polizei in einem Auto im Sveavägen gefunden hat.»

Alexandra nickte zögernd.

«Es scheint, als könnte da ein Zusammenhang mit den anderen Fällen bestehen, über die du geschrieben hast. Prüf das. Möglicherweise haben wir es mit einem Serienmörder zu tun.»

«Ich werde sehen, was ich herausbekomme», sagte sie.

Marvin beugte sich zu ihr vor, als wollte er ihr ein Geheimnis anvertrauen. Stattdessen fragte er:

«Wie steht es mit deinem Polizeikontakt?»

Seit «Bror Dupont» ihr Material für den Artikel über Anton Loeff geliefert hatte, hüllte er sich in Schweigen. Sein Handy war aus, jedenfalls wenn sie anrief.

«Ich weiß nicht», antwortete Alexandra. «Ich habe seit dem letzten Mal nicht mehr versucht, ihn zu erreichen.»

«Dann mach es jetzt.»

Alexandra nickte und beschloss, es über die Telefonzentrale der Polizei zu versuchen.

Marvin war bereits wieder auf dem Weg zu seinem Schreibtisch, drehte aber plötzlich noch mal um und setzte sich wieder neben sie. Er sprach leise, damit die anderen es nicht hören konnten:

«Du, über eine Sache habe ich nachgedacht. Der Mörder könnte versuchen, Kontakt zu dir aufzunehmen. Ich möchte, dass du vorsichtig bist. Okay?»

«Danke, aber ... warum sollte er mich kontaktieren?»

«Du hast ziemlich viel über die Morde geschrieben. Und Menschen machen merkwürdige Dinge. Kontakt zu dir aufzunehmen ist weit weniger merkwürdig, als jemanden an eine Wand zu nageln und ihm den Schwanz abzuschneiden.»

Marvin grinste und stand auf.

«Zumindest wenn du mich fragst», fügte er hinzu. «Sei vorsichtig, ja?»

Er kehrte an das Newsdesk zurück, und Alexandra wandte sich wieder ihrem Computer zu.

Sie öffnete Marvins E-Mail, in der ein Link zu dem angekündigten Tipp führte. Die Nachricht war kurz, enthielt aber eine Handynummer.

Alexandra lehnte sich zurück, dann wählte sie die Nummer.

Ein junger Mann meldete sich. Seine Stimme klang unsicher.

«Mein Name ist Alexandra Bengtsson. Ich rufe vom *Aftonbladet* an.»

«Oh, so schnell», flüsterte der Mann. «Warten Sie einen Moment ...»

Kurz darauf meldete er sich wieder.

«Ich musste nur schnell rausgehen», erklärte er.

«Sie haben uns eine Information über eine männliche Leiche geschickt, die gestern in einem Auto gefunden wurde ...»

«Ja», fiel er ihr ins Wort, mit einem Mal eifrig. «Wie viel bekomme ich dafür?»

«Wenn wir das für einen Artikel nutzen, zahlen wir fünfhundert Kronen.»

«Was? Mehr nicht?»

«Das ist eine symbolische Summe. Als Dank für die Mühe. Sofern wir tatsächlich Informationen bekommen, die nicht in allen Zeitungen stehen ...»

Der Mann schwieg. Alexandra war klar, dass er mit einem ganz anderen Betrag gerechnet hatte, und vermutete, dass er einen Rückzieher machen würde.

«Okay», sagte er schließlich. «Spielt keine Rolle. Vielleicht ist es auch gar keine so große Sache ... Ich meine, nicht mehr wert als fünfhundert Kronen.»

«Was wollten Sie uns erzählen?»

«Der Typ, über den ihr berichtet habt, der im Sveavägen gefunden wurde: Ihr habt nichts darüber geschrieben, dass er zu Tode gefoltert wurde, nur ‹misshandelt›.»

«Und?»

«Man hat ihn zu Tode gefoltert. Mit Zigaretten. Wahnsinnig brutal. Hunderte Verbrennungen. Ich habe noch nie so etwas Schlimmes gesehen.»

Alexandra schwieg.

«Ja, also ... das war mein Tipp.»

«Woher haben Sie die Information?»

«Ich arbeite im Rechtsmedizinischen Institut. Als Assistent.»

Alexandra notierte seinen Namen und seine Daten, um ihm sein Honorar zukommen lassen zu können, und bedankte sich. Dann rief sie bei der Pressestelle der Polizei an.

«Wer leitet die Ermittlungen im Fall des Leichenfunds im Sveavägen?»

«Einen Moment, bitte ...»

In der Leitung blieb es ein paar Sekunden still.

«Carl Edson», sagte der Mitarbeiter schließlich. «Von der Reichsmordkommission. Möchten Sie seine Durchwahl?»

«Danke, die habe ich.»

Alexandra legte auf und ließ ihren Blick nachdenklich durch die Redaktion schweifen. Wenn Edson auch in diesem Fall die Ermittlungen leitete, schien die Polizei einen Zusammenhang zwischen den Morden zu vermuten. Edson würde nicht gleichzeitig an verschiedenen Fällen arbeiten, die nichts miteinander zu tun hatten.

Die «Foltermorde», dachte sie. Marvin wäre entzückt. Vielleicht würde sie ihrem Kontaktmann bei der Polizei doch nicht hinterhertelefonieren müssen.

Sie wählte Edsons Nummer.

«Alexandra Bengtsson hier, vom *Aftonbladet*», sagte sie hastig, aus Angst, er könnte auflegen.

Am anderen Ende der Leitung erklang ein Brummen.

«Was können Sie über die Leiche sagen, die Sie gestern im Sveavägen gefunden haben?»

32

Es war kurz nach zehn Uhr morgens. Es regnete noch immer, und in ihrem kleinen Einsatzraum roch es nach feuchter Kleidung und Kaffee. Der Geruch erinnerte Carl an die Schulausflüge in seiner Kindheit: jedes Mal Regen, jedes Mal durchweichte Lunchpakete, jedes Mal der obligatorische Kaffee in den Thermoskannen der Lehrer.

«Jetzt ist klar, was auf den Zigarettenschachteln der Warnhinweis ‹Rauchen ist tödlich› bedeutet», sagte Simon und lachte über seinen eigenen Witz.

Carl verzog keine Miene. Er sah Simon streng an.

«Letzte Nacht wurde Susanna Eriksson angegriffen», begann er. «Sie hatte Glück, ihr ist nichts passiert. Aber beim nächsten Mal kommt sie vielleicht nicht so glimpflich davon. Wie ich gestern bereits sagte, darf nichts von dieser Ermittlung nach draußen dringen, unter anderem genau aus diesem Grund. Die Schuld für den Angriff trägt allein die Person, die Susanna Erikssons Namen der Presse zugespielt hat.»

Jodie wirkte bestürzt, und auch Simons Grinsen erstarb, er starrte auf die Tischplatte. Carl sah, dass sein linkes Auge zuckte, wie immer, wenn er gestresst war.

«Wir haben bis auf weiteres ein paar Beamte zu ihrem Schutz abgestellt», fuhr er fort. «Aber kein Wort mehr zur Presse, ist das klar?»

Carl trank einen Schluck Kaffee.

«Gut, dann zum nächsten Punkt. Bei dem Toten aus dem BMW handelt es sich um Fadi Sora. Lars-Erik hat es heute Morgen bestätigt.»

Carl trat an das neue Whiteboard, das der Hausmeister an einer Stirnseite des Raums angebracht hatte. Sämtliche Fotos und Karten des Falls hingen bereits dort. Er entfernte Fadi Soras Bild von seinem Platz ganz oben neben Anton Loeff und heftete es weiter unten in die Reihe der Mordopfer. Dort befanden sich bereits die Fotos von Marco Holst und der unbekannten Frau in der Badewanne. Carl nahm einen schwarzen Edding und schrieb unter ihr Foto: «Amelia Zhelov, 27».

«Wir konnten die Frau inzwischen identifizieren», sagte er. «Sie stammt aus Bulgarien und hat vermutlich seit einigen Jahren in Stockholm als Prostituierte gearbeitet. Die Kollegen von der Sitte hatten nicht viel Material über sie.»

Carl zog einen Verbindungsstrich zwischen Amelia Zhelov und Anton Loeff. Simon betrachtete das Whiteboard, die Arme vor der Brust verschränkt, doch er schien mit seinen Gedanken ganz woanders zu sein.

«Okay», fuhr Carl fort. «Alle Opfer wurden gefoltert. Holst und Sora weisen Verletzungen auf, die höchstwahrscheinlich von einem Elektroschocker stammen. Beide wurden festgetackert, vermutlich mit einer Nagelpistole. Holst wurde an einer Wand gekreuzigt, Sora lag allem Anschein nach auf dem Fußboden.»

Unter beide Bilder schrieb er ELEKTROSCHOCKER und NÄGEL.

«Außerdem haben wir den Autoschlüssel von Soras Wagen in der Nähe der Scheune gefunden, in der Holst gefoltert wurde.»

Carl zog einen Verbindungsstrich zwischen Marco Holst und Fadi Sora und schrieb darunter BMW.

«Holst hat Anton Loeff vor dreiundzwanzig Jahren schwer misshandelt.»

Nachdem er die Fotos von Loeff und Holst mit einem Strich verbunden und MISSHANDLUNG 23 JAHRE daruntergesetzt hatte, trat er einen Schritt zurück.

«Haben wir noch weitere Gemeinsamkeiten?», fragte er.

«Die Kaugummis», erinnerte Jodie.

«Ja, richtig», erwiderte Carl und ging ans Whiteboard zurück. «Das Kaugummi, das in Soras BMW gefunden wurde, ist dieselbe Sorte, die Wallquist in der Scheune sichergestellt hat. Nicorette 2 Milligramm.»

Er schrieb NIC. KAUGUMMI unter die Fotos von Marco Holst und Fadi Sora.

«Haben die Techniker in Loeffs Wohnung ein Kaugummi gefunden?», fragte Jodie.

«Nein», erwiderte Carl. «Haben sie nicht.»

Simon betrachtete die Bilder skeptisch. Dann lehnte er sich auf seinem Stuhl zurück.

«Wisst ihr, was nicht zusammenpasst?», sagte er. «Die Motive. Warum schickt der Täter Holsts Körperteile an lauter Justiztypen? Warum filetiert er eine Prostituierte aus Bulgarien wie ein Stück Fleisch? Warum foltert er Sora mit Zigaretten und lässt ihn dann in seinem Auto verrotten? Das passt null zusammen!»

Carl nickte.

«Wir sind von der Hypothese ausgegangen, dass es sich um Rache handelt, womöglich wegen eines geplatzten Drogen- oder Waffendeals. Dass wir es mit organisierter Kriminalität zu tun haben ...»

Er schrieb WAFFEN- UND DROGENDEAL an das Whiteboard und ergänzte anschließend PERSÖNLICHE RACHE.

«Das sollten wir vielleicht nicht als gemeinsamen Nenner

betrachten», wandte Jodie ein. «Jedenfalls nicht in Bezug auf die Vergewaltigung. Die Eltern des Mädchens haben wir ja als Tatverdächtige bereits ausgeschlossen.»

«Ich weiß, aber wir lassen ‹Rache› trotzdem erst einmal stehen», erwiderte Carl. «Simon, hast du mit den Personen gesprochen, die in Holsts Ermittlungsakten auftauchen?»

«Zum Teil. Hat aber nichts ergeben. Entweder saßen die zum fraglichen Zeitpunkt im Knast, oder sie waren mit irgendwelchen Kumpels zusammen ...»

«Hat Wallquist nicht gesagt, dass Sora wegen Drogenbesitz verhaftet wurde?», fragte Jodie.

«Ja, wurde er. Kannst du eine neue Personenliste erstellen und sie mit der von Holst abgleichen?», sagte Carl und nickte Simon zu.

Alle drei schauten wieder auf das Whiteboard.

«Es gibt noch was zu Fadi Sora», fuhr Carl nach einer Weile fort. «Genau wie du gesagt hast, Jodie, wurde er wegen einem Drogendelikt festgenommen. Nichts Ernstes, er hatte nur ein bisschen zu viel Marihuana in der Tasche und musste daher auch keine Gefängnisstrafe absitzen. Aber er war Mitglied in einer Gang aus Södertälje, die einige Jahre lang von der Polizei überwacht wurde.»

«Solche Kids gibt es da draußen haufenweise», sagte Simon und trank einen Schluck Kaffee. Angewidert spuckte er die beigebraune Brühe in seinen Becher zurück.

«Scheißkalt», fluchte er.

Carl hasste es, wenn man ihn unterbrach, und Leute ohne Tischmanieren waren ihm grundsätzlich unangenehm. In dem neutralen Tonfall, den er immer dann anschlug, wenn ihm etwas missfiel, fuhr er fort:

«Als Fadi Sora bei dieser Drogenrazzia festgenommen wurde, haben die Kollegen auch sein Handy ausgewertet. Auf der Speicherkarte befand sich ein Film, in dem er und zwei weitere Männer ein Mädchen foltern.»

Carl machte eine Pause. Jodie und Simon sahen ihn ungeduldig an.

«Fast zehn Minuten lang verbrennen sie abwechselnd die Brustwarzen und Genitalien des Mädchens mit Zigaretten und beschimpfen es dabei als Hure. Das Mädchen ist höchstens vierzehn, fünfzehn Jahre alt, vermutlich Migrationshintergrund.»

Eine Weile war es still im Raum.

«Mein Gott!», sagte Jodie schließlich. «Wie kann jemand so etwas tun …?»

Simon fuchtelte aufgebracht mit den Händen und stieß dabei seinen Kaffeebecher um:

«Fuck! Was sind das für kranke Fälle!»

«Der Film wurde mitten am Tag in irgendeiner Wohnsiedlung aufgenommen», fuhr Carl fort. «Es war hauptsächlich Fadi Sora, der das Mädchen gequält hat, auch wenn die beiden anderen mitgemacht haben.»

«Aber du hast doch gesagt, dass Sora nicht zu einer Gefängnisstrafe verurteilt wurde?», warf Jodie ein.

Carl nickte.

«Richtig. Wurde er auch nicht. Weil man das Mädchen nicht gefunden hat. Obwohl in der Presse ziemlich viel darüber berichtet wurde, hat sie sich nie bei der Polizei gemeldet. Also hat man die Anklage fallenlassen. Weder Sora noch die beiden anderen wurden strafrechtlich belangt – trotz des Films.»

Wieder herrschte Stille. Simons Stuhl knarrte, als er sich

zurechtsetzte. Jodie klickte unaufhörlich mit ihrem Kugelschreiber.

«Du glaubst also, dass Sora aus Rache mit Zigaretten zu Tode gefoltert wurde?», fragte sie schließlich.

Carl kreiste das Wort RACHE auf dem Whiteboard ein und zog einen Verbindungsstrich zu Fadi Soras Foto.

«Das kann kein Zufall sein», sagte er und drehte sich zu seinen beiden Kollegen um. «Wir haben sogar einen ähnlichen Film bekommen. Fast so, als würde unser Täter das Ganze eins zu eins wiederholen wollen.»

Simon starrte ihn an.

«Genau wie bei Marco Holst», sagte er angewidert. «Dieser Baseballschläger, der in seinem Arsch steckte, als Rache für ...»

Carl hob fragend die Augenbrauen.

«Ich meine, der Täter hat ihn reingerammt ... Ihr wisst schon ...», sagte Simon.

Ausnahmsweise konnte Carl Simon verstehen. Ihm gefiel es auch nicht, die Bilder von Marco Holsts verstümmeltem Körper plötzlich wieder in seinem Kopf zu haben. Er nickte.

«Ich habe dasselbe gedacht», pflichtete er Simon bei.

Eine Weile sagte niemand ein Wort.

«Trotzdem passt es nicht zusammen», warf Jodie plötzlich ein.

Simon sah sie irritiert an.

«Die Frau. Amelia Zhelov. Sie passt nicht ins Muster. Holst und Sora haben eine kriminelle Vergangenheit. Sie haben abscheuliche Dinge getan. Aber Amelia Zhelov hat nichts getan, außer, dass sie ihren Körper für Geld verkauft hat ... Sie ist ein Opfer. Die anderen sind Täter.»

«Soweit wir wissen, ja», erwiderte Carl sachlich. «Aber an

dem, was du sagst, ist etwas dran. Sie fällt auch hinsichtlich der Vorgehensweise aus dem Rahmen. Keine Nägel, kein Elektroschocker ...»

«Ja und?», protestierte Simon. «Hier passt doch ohnehin nichts zusammen!»

«Nein», sagte Jodie. «Aber aus welchem Grund hätte Anton Loeff denn Holst und Sora foltern sollen? Wenn er wirklich der Täter ist, hat er Amelia Zhelov jedenfalls aus einem anderen Motiv getötet.»

«Du kannst recht haben», sagte Carl rasch, bevor Simon einen weiteren spöttischen Kommentar von sich geben konnte. «Aber solange wir Loeff nicht gefunden haben, haben wir nicht viel mehr in der Hand.»

«Wie sieht es mit den anderen beiden Typen in dem Film aus?», fragte Simon.

«Was meinst du?», erwiderte Carl.

«Du hast gesagt, dass außer Sora noch zwei Männer das Mädchen gequält haben. Wenn sich jemand deswegen an Sora gerächt hat, wird er sich doch bestimmt auch die beiden vornehmen.»

«Ja», pflichtete Carl bei. «Wir müssen sie überprüfen.»

«Das kann ich machen», sagte Simon.

33

Simon Jern hatte als Fünfzehnjähriger beschlossen, Polizist zu werden, nachdem er bei dem Versuch, einen Roller zu klauen, erwischt worden war. Der Polizeibeamte, der ihn verhaftet hatte, ein älterer, routinierter Inspektor, hatte ihn zur Seite genommen und gesagt, dass es ihm scheißegal sei, was Simon aus seinem Leben machen würde. Es sei seine Entscheidung, ob er ein Idiot werden wolle, der sein halbes Leben im Gefängnis sitzen würde – oder ob er sich zusammenreißen und etwas anderes tun würde.

Simon hatte sich für das andere entschieden. Aber er dachte häufig, dass es purer Zufall gewesen war, dass er genauso gut einer dieser Idioten hätte werden können, die er heute jagte und verhaftete.

Er wusste, dass er kein schlechter Polizist war. Er war clever und schnell. Aber er war auch hitzig und impulsiv, konnte von einer Sekunde auf die andere die Beherrschung verlieren. Obendrein war er groß und kräftig gebaut. Simon merkte, dass die Leute häufig Angst vor ihm hatten. Es machte ihm nichts aus. Wenn er es für richtig hielt, nutzte er seine äußere Erscheinung gegenüber Kollegen oder dem kriminellen Pack auf der Straße.

Jetzt saß er in einem Zivilwagen der Polizei und war auf dem Weg in den Lokes väg draußen in Norsborg. Mittlerweile war es halb eins, aber die Autoschlangen krochen genauso langsam voran wie während des morgendlichen Berufsverkehrs. Vom Zentrum bis in den Vorort brauchte er über eine Stunde. Er fluchte, als er erneut bremsen musste und der Verkehr völlig zum Erliegen kam.

Als er den Lokes väg endlich erreichte, war es zwanzig vor zwei. Die graue Wohnsiedlung machte einen schäbigen Eindruck, überall sah man deutliche Anzeichen von Verfall, der immer weiter voranschreiten würde, wenn nicht bald entsprechende Sanierungsmaßnahmen ergriffen wurden. Auf dem Parkplatz standen Autos, die schon vor Jahren reif für die Schrottpresse gewesen wären. In eine der Parkbuchten hatte jemand ein braunes Dreiersofa gestellt, die Straßenlaterne daneben wirkte wie eine bizarre Wohnzimmerstehlampe.

«Warum lässt man das so verkommen?», fragte sich Simon laut, während er den Wagen verriegelte.

Die schwarze Lederjacke und die derben Doc-Martens-Stiefel, die er heute Morgen zufällig gewählt hatte, passten zur Gegend. Als er über den Parkplatz auf die Wohnblöcke zuging, fühlte er sich auf sicherem Terrain, in gewisser Weise zurückversetzt in die Mietskaserne, in der er aufgewachsen war. Ein Kinderfahrrad lag mitten auf dem Gehweg. Er hob es auf, lehnte es ordentlich an die Hauswand und ging weiter.

Einige Männer um die zwanzig drehten sich zu ihm um und blickten ihm nach. Simon ignorierte sie.

Er war als Bergarbeiterkind in Kiruna aufgewachsen und hatte früh gelernt, seine Fäuste einzusetzen. Später hatte er seine Kampftechniken verfeinert, zuerst als Gebirgsjäger beim Militär, dann auf der Polizeihochschule. Er hatte keine Angst.

Simon ging an den Hauseingängen entlang, bis er die richtige Nummer fand. Auf der Tafel mit den Namen der Mieter war kein Ibrahim Eslar verzeichnet. Er entschied sich gegen den mit Graffiti besprayten Fahrstuhl und nahm die graue

Betontreppe. Beim Hinaufgehen überprüfte er die Namensschilder an den Wohnungstüren. Es roch nach Frittierfett und Gewürzen, so wie es im Treppenhaus seiner Kindheit nach gebratenem Fleisch und Schweiß gerochen hatte. Auf den Etagen versperrten Fahrräder, Kinderwagen und Umzugskartons den Durchgang, über die er vorsichtig hinwegstieg.

Im dritten Stock entdeckte er einen handgeschriebenen Zettel an der Tür: «Eslar». Simon klopfte entschlossen an und wartete. Nach einer Weile öffnete eine ältere Frau.

«Hallo», sagte er. «Mein Name ist Simon Jern, ich bin von der Polizei.»

Als er den erschrockenen Blick der Frau sah, fügte er schnell hinzu:

«Niemand hat etwas verbrochen.»

Er versuchte zu lächeln.

«Ich bin nur hier, um mit Ibrahim Eslar zu sprechen. Ist er zu Hause?»

Die ältere Frau sah ihn einen Moment lang entsetzt an, dann schlug sie die Hände vors Gesicht und verschwand schluchzend in der Wohnung. Simon blickte ihr verwirrt nach. Was hatte er falsch gemacht?

Eine jüngere Frau in Jeans und Pullover erschien in der Tür.

«Wer sind Sie? Was wollen Sie?», fragte sie abweisend.

Simon wiederholte sein Anliegen. Sie starrte ihn an.

«Nein», erwiderte sie. «Ibrahim ist tot. Als er gestorben ist, war kein Polizist da, um ihn zu beschützen. Aber jetzt ... jetzt kommt ihr auf einmal wie ... wie die Hunde.»

«Was?», fragte Simon perplex. «Was sagen Sie da? Ich ...»

Ehe er den Satz beenden konnte, schlug ihm die Frau die Tür vor der Nase zu.

Einen Moment verharrte er mit erhobener Hand, wollte erneut anklopfen. Dann überlegte er es sich anders und ging die Treppe hinunter.

Im Auto rief er Carl an.

«Hast du nicht gehört?», sagte Simon irritiert. «Eslar ist tot.»

«Ich habe es gehört», antwortete Carl ruhig. «Markus Ingvarsson, der dritte Mann in dem Film, ist ebenfalls tot.»

«Was? Woher weißt du das?»

«Ich habe gerade mit Österholm gesprochen, dem leitenden Ermittler in dem Fall oder in den Fällen. Beide wurden vor gut einer Woche aus nächster Nähe erschossen. Die Art und Weise erinnert an Hinrichtungen, aber sie wurden nicht gefoltert. Trotzdem gehen wir bis auf weiteres davon aus, dass unser Mann der Täter ist. Ich habe schon alle Unterlagen angefordert.»

«Hölle, was ist eigentlich los? Wie viele Tote haben wir inzwischen ... vier oder fünf, wenn man Holst mitzählt? Und wo verdammt ist Loeff? Wir müssen den Kerl kriegen! Jetzt!»

«Wenn er der Täter ist ...», sagte Carl.

«Wer sonst sollte so krank sein?»

«Hoffentlich niemand. Komm ins Präsidium. Ich habe die Ermittlungsakten der beiden Männer vorliegen. Du kannst sie mit den Personenlisten abgleichen, die du zu Holst und Sora erstellt hast.»

Carl legte auf. Simon warf sein Handy auf den Beifahrersitz, wo es abprallte, die Tür traf und dann in der Ritze neben dem Sitz verschwand.

«Scheiße!», fluchte er und hämmerte aufs Lenkrad.

Und dann, ohne dass er etwas dagegen tun konnte, stiegen ihm Tränen in die Augen.

Diese plötzlichen Weinattacken hatten vor drei Jahren begonnen, nach der Scheidung von seiner Frau, als er in das graue, sterile Ein-Zimmer-Apartment in Farsta gezogen war, in dem er immer noch wohnte. Anfangs hatten ihm die Anfälle nichts ausgemacht, er hatte angenommen, er sei wütend wegen der Scheidung, hatte gedacht, dass er sich daran gewöhnen würde, allein zu leben, dass sie wieder verschwinden würden ...

Aber in der letzten Zeit kamen die Attacken immer häufiger. Als würde in seinem Inneren etwas zerbrechen. Er hasste dieses Gefühl, war öfter ins Fitnessstudio gegangen, hatte härter trainiert, angekämpft gegen seine Schwäche, seine Unzulänglichkeit. Er hatte panische Angst, dass jemand ihn wie ein Kleinkind heulen sehen könnte. Das durfte nicht passieren.

Als er aufblickte, fuhr er direkt auf einen Stau zu.

«Scheiße!», fluchte er laut und machte eine Vollbremsung.

34

Der Artikel war kurz. Ihre Anfrage bei Carl Edson hatte nicht mehr ergeben, als dass die Zeugin, die sie interviewt hatte, am Abend zuvor angegriffen worden war.

«Diesmal ist sie mit einem Schrecken davongekommen, aber das ist nicht Ihr Verdienst. Wir stufen das als Mordversuch ein», hatte Carl Edson geblafft und aufgelegt.

Immerhin genügend Stoff für die Schlagzeile: «Zeugin entgeht Mordversuch». Marvin hatte der Artikel gefallen.

«Und der Leichenfund im Sveavägen? Hast du nachgehakt?»

«Dazu bin ich nicht gekommen», erwiderte Alexandra und sah auf ihren Notizblock. «Edson war stinksauer, hat einfach aufgelegt.»

«Okay, schade. Versuch, den zuständigen Rechtsmediziner ans Telefon zu kriegen. Vielleicht kann er was Interessantes beisteuern», sagte Marvin und setzte sich neben sie.

«Warum?»

«Er kann bestätigen, ob es Verletzungen gibt, die von Folter herrühren.»

«Nein», erwiderte Alexandra ungewöhnlich brüsk.

Marvin blickte sie erstaunt an.

«Das bringt in der Regel nichts», wiegelte Alexandra ab. «Ich hab's schon mal bei einem anderen Fall versucht. Die Sache ist unter Verschluss. Von der Seite kommt kein Wort. Ich wurde schon dafür runtergemacht, dass ich es überhaupt versucht habe. Aasgeier hat er mich genannt.»

«Okay, dann versuch was anderes.»

«Ich hänge mich ans Telefon, mal schauen ...»

Marvin wirkte unzufrieden, aber er nickte.

«Du, was anderes», sagte Alexandra. «Ich muss heute zum Arzt.»

«Wieso denn? Du siehst doch total frisch aus.»

«Na ja, es ist ein bisschen ... intim», erwiderte sie. «Ich bin zwischendurch mal für eine Stunde weg. Ich hoffe, das ist okay.»

Marvin erhob sich.

«Tu, was du nicht lassen kannst ...»

Sein Telefon klingelte, und er verschwand mit dem Handy am Ohr, während er mit der anderen Hand wild gestikulierte.

Schnell verstaute sie Notizblock und Diktiergerät in ihrer Handtasche und zog ihre Strickjacke an.

«Tschüs, bis später», sagte sie zu dem Reporter, der ihr gegenübersaß.

Zerstreut blickte der Kollege von seinem Bildschirm auf und hob die Hand zu etwas, das man als Winken deuten konnte.

35

Jens Falk hielt sein Gesicht in die Frühlingssonne und blinzelte. Er war frei. Nach seiner Festnahme war er endlich frei. Freigesprochen. Die Hölle hatte ein Ende. Zufällig auch noch an seinem Geburtstag, dem zweiundsechzigsten.

In der Bergsgatan vor dem Untersuchungsgefängnis roch es nach Hundescheiße, und unter seinen Schuhen knirschte der Splitt, der nach den Wintermonaten immer noch auf den Gehwegen lag. Er stieß mit dem Fuß in die Steinchen. Niemand war gekommen, um ihn abzuholen. Er musste allein nach Hause fahren. Erst sperrten sie ihn eine Ewigkeit ein, dann öffneten sie einfach die Tür und ließen ihn gehen. Nicht mal «Entschuldigung» hatten sie gesagt. Einer der Wärter hatte ihm «viel Glück» gewünscht, das war alles. Wieder stieß er mit dem Fuß in die spitzen Steinchen und ging Richtung U-Bahn-Station «Rådhuset», die ein paar hundert Meter entfernt lag.

Als er daran dachte, dass seine eigene Familie ihn ans Messer geliefert hatte, trat er so heftig in den Kies, dass eine kleine Staubwolke aufwirbelte. Er würde es ihnen schon zeigen. Nicht sofort, aber später. Er hatte darüber nachgedacht. In der U-Haft hatte er viel Zeit zum Nachdenken gehabt. Er würde mit ihnen in die Berge fahren, zum Angeln an einen See. *Ein Versöhnungsurlaub.* Er kannte eine kleine Blockhütte am Rapans Strand. *Sie würden schon sehen, was passiert, wenn man ihm in den Rücken fiel.*

Allein schon wenn er an sie dachte, spannten sich seine Muskeln an, verkrampfte sich sein Magen.

Sie hatten die Polizei gerufen. *Sie hatten verflucht noch mal die Bullen gerufen.*

Das war im Herbst gewesen. Draußen hatte es geregnet und gestürmt, es war stockdunkel gewesen. Ein Wetter, bei dem man nicht mal einen Hund vor die Tür jagte. Trotzdem hatte es plötzlich an der Tür geklingelt.

«Aufmachen!», hatte eine Stimme gerufen.

Aber weder seine Frau noch seine Tochter waren an die Tür gegangen. Als er schließlich selbst geöffnet hatte, standen dort zwei uniformierte Polizisten.

«Sind Sie Jens Falk?», hatte einer von ihnen gefragt.

«Was wollt ihr?»

«Wir möchten mit Ihnen sprechen. Dürfen wir reinkommen?»

«Und wenn ich nein sage?»

«Dann nehmen wir Sie mit ins Präsidium und unterhalten uns dort.»

Es waren zwei, ein Mann und eine Frau. Die Polizistin stand schräg hinter ihrem Kollegen. Wortlos hatte er die beiden angestarrt und dann gesagt:

«Kommt verflucht noch mal rein!»

Er hatte versucht, sich nichts anmerken zu lassen, aber gespürt, dass seine Bewegungen ruckartiger wurden, fahriger. Er hatte nichts dagegen tun können.

Sie setzten sich ins Wohnzimmer. Auf *sein* Sofa!

«Was wollt ihr? Ich habe nichts verbrochen!»

Dann fingen sie an, von sexuellem Missbrauch zu sprechen. Die Polizisten saßen in seinem Wohnzimmer und behaupteten, er habe seine Tochter vergewaltigt. Er! Und sie hatten die Unverschämtheit, das in seinem Haus zu sagen! Seine eigene Tochter!

«Maria, Olga! Kommt her!», hatte er gebrüllt.

Kurz darauf war seine Frau im Wohnzimmer erschienen. Hinter ihr tauchte sein Flittchen von Tochter auf, Olga.

«Wart ihr das?», hatte er gefragt und auf die beiden Polizisten gedeutet.

Die Beamtin war vom Sofa aufgestanden – wer hatte sie eigentlich aufgefordert, sich zu setzen, er jedenfalls nicht – und auf Olga und Maria zugegangen.

«Können wir uns irgendwo anders unterhalten?», hatte sie gefragt und war, ohne eine Antwort abzuwarten, in die Küche gegangen.

Als die drei kurz darauf zurückkamen, nickte die Beamtin ihrem Kollegen zu.

«Wir müssen Sie bitten, uns zu begleiten», sagte der Polizist.

«Ich gehe nirgendwohin!», hatte er gebrüllt.

«Machen Sie es nicht unnötig kompliziert. Sie sind vorläufig festgenommen.»

«Warum, verflucht noch mal?»

«Wegen mehrfachen sexuellen Missbrauchs Ihrer Tochter.»

Er erinnerte sich nicht daran, was er geschrien hatte, nur dass er sich von den Polizeibeamten losgerissen, sich auf Maria gestürzt und sie geschlagen hatte. Eine harte rechte Gerade mitten ins Gesicht.

Er erinnerte sich daran, wie sie zu Boden gesackt war. An Olgas Schreien. Wie die Polizisten ihn überwältigt, ihm Handschellen angelegt und sein Gesicht auf den Boden gedrückt hatten.

«Das werdet ihr büßen!», hatte er halb erstickt gestöhnt. «Glaubt ja nicht, dass ihr mir so davonkommt!»

Sie sahen ihm nach, als er von den beiden Polizisten abgeführt wurde, wirkten schockiert. Aber er wusste: Sie hatten ihn angezeigt, sie hatten sich gegen ihn gestellt. Seine eigene Familie.

Was hatte er sich für sie abgerackert, auf all diesen kalten, zugigen verfluchten Scheißbaustellen. Er hatte es nur für sie getan. Aber statt Dankbarkeit und Loyalität zu zeigen ... nein, verfluchte Scheiße ...

«Ihr Schweine», hatte er gebrüllt, als ihn die Polizisten auf den Rücksitz des Streifenwagens verfrachteten.

Seine sich überschlagende Stimme. Die anschließende Stille. Der Streifenwagen. Die U-Haft. Der Prozess. Die Berufung. Und ein neuer Prozess.

Doch jetzt war er frei. Sie hatten sich geirrt. Er hatte nichts getan, wofür sie ihn belangen konnten.

«Sie können für die Zeit, die Sie in Untersuchungshaft verbracht haben, Entschädigung verlangen», hatte sein Anwalt gesagt.

Vor dem Eingang zur U-Bahn trat plötzlich eine Frau auf ihn zu. Er hatte sie nicht bemerkt, war zu sehr in Gedanken versunken gewesen. Aber sie musste auf ihn gewartet haben oder ihm vom Untersuchungsgefängnis gefolgt sein. Sie war hübsch, dachte er, lange dunkle Haare, blaue Augen, volle Lippen.

«Hallo, ich komme vom *Aftonbladet*», sagte sie. «Dürfte ich Ihnen ein paar Fragen stellen?»

«Über was?», erwiderte er.

«Wie fühlt es sich an, wieder frei zu sein? Sie wurden vor einem halben Jahr verhaftet, nicht wahr?»

Die Frau trug eine dünne grüne Strickjacke und hielt ein kleines Aufnahmegerät in der Hand, das sie ihm entgegenstreckte. Im ersten Moment wollte er es wegstoßen, doch dann straffte er die Schultern und musterte sie.

«Endlich!», sagte er. «So fühlt es sich an. Endlich! Ich wusste es die ganze Zeit. Die würden mir nichts anhängen können.»

«Ich war bei der Urteilsverkündung dabei», sagte die *Aftonbladet*-Reporterin. «Ihre Tochter sah bestürzt aus, als das Gericht Sie freigesprochen hat …?»

«Das …»

Er hatte *das kleine Flittchen* sagen wollen, sich aber rechtzeitig gebremst. Stattdessen sagte er:

«Vielleicht bereut sie, dass sie gelogen hat, zum Teufel, was weiß ich …»

«So sah es aber nicht aus.»

«Was wissen Sie schon darüber? Ich wurde freigesprochen. Okay? Der Richter hat gesagt, ich bin unschuldig. Der Richter! Für wen halten Sie sich, Sie verdammte …?»

«So hat der Richter es aber nicht ausgedrückt, seine Formulierung lautete, dass man Ihnen keine Schuld *nachweisen* kann …»

«Wie heißt du?»

Er fuchtelte mit der Hand vor ihrem Gesicht herum.

«Alexandra», antwortete die Frau. «Ich heiße Alexandra Bengtsson.»

«Du hinterfotzige Presseschlampe, fahr zur Hölle! Ich bin frei! Und egal, was du sagst, du kannst daran nichts ändern!»

Er schlug ihr das Aufnahmegerät aus der Hand, das auf den Boden flog.

«Geh mir aus dem Weg», schrie er sie an. «Ich muss jetzt zur U-Bahn.»

Alexandra trat einen Schritt zur Seite und ließ ihn vorbei. Mit schnellen, ruckartigen Bewegungen ging er die Treppe hinunter und verschwand.

Sie sah ihm nach. Drei Passanten, die auf dem Bürgersteig nebeneinandergingen, rempelten sie an. Idioten, dachte sie wütend. Sie hätte nicht herkommen sollen. Marvin hatte recht gehabt: Das reichte nicht für einen Artikel, lieferte nicht genügend Zündstoff für eine Story.

Aber sie hatte Falk fragen wollen, wie er sich fühlte, sein Gesicht sehen wollen, ob eine Spur von Reue darin lag.

Alexandra warf einen Blick auf die Uhr. Jens Falk war später aus der U-Haft entlassen worden, als sie erwartet hatte. So lange dauerte kein Arztbesuch. Marvin würde fragen, wo sie gewesen war, und sie würde sich etwas einfallen lassen müssen. Er würde niemals billigen, dass sie während ihrer Arbeitszeit den Fall «Jens Falk» verfolgte, nachdem er ihr das ausdrücklich untersagt hatte.

Mit schnellen Schritten ging sie die Scheelegatan hinunter zur Redaktion.

36

Carl lehnte sich in seinem Bürostuhl zurück, einen Kaffeebecher in der Hand, während er Simon ansah, der gerade den Einsatzraum betrat.

«Wo hast du so lange gesteckt?»

«Was glaubst du?», erwiderte Simon und warf seine Jacke so schwungvoll auf den Schreibtisch, dass einige Unterlagen auf den Boden fielen.

«Nicht so stürmisch», sagte Jodie und hob sie auf.

«Stau!», schimpfte Simon. «Das ist einfach lächerlich. Immer diese gottverdammten Staus! Man sollte den Leuten verbieten, mit dem Auto in der Stadt zu fahren.»

«Nur du allein hättest die Erlaubnis ...», sagte Carl.

«Was?»

«Nichts», antwortete Carl und nippte an seinem Kaffee.

Er blätterte in der Ermittlungsakte, die vor ihm auf dem Tisch lag.

«Die beiden Männer wurden vor acht beziehungsweise neun Tagen erschossen. Erst Ibrahim Eslar. Dann Markus Ingvarsson. Eslar mit zwei Schüssen, Ingvarsson mit drei. Beide wurden in der Nähe ihrer Wohnungen ermordet. Eslar in einer Unterführung, die niemand benutzt, weil sie an einem Ende abgeriegelt ist. Ingvarsson in einem Park. Keine Zeugen.»

Er blickte auf.

«Wenn Cecilia mit ihrer Einschätzung des Todeszeitpunkts von Fadi Sora recht hat, sind die beiden ein bis zwei Tage nach ihm ermordet worden.»

«Irgendeine Verbindung zu Loeff?», fragte Jodie.

Carl schüttelte den Kopf und schlug die Ermittlungsakte zu.

«Nein», antwortete er. «Nicht soweit wir wissen. Außerdem ist der Täter anders vorgegangen. Wenn es nicht so auffällig wäre, dass die beiden Männer nur zwei Tage nach dem Mord an Sora erschossen wurden, würde ich sagen, dass wir es mit einem anderen Täter zu tun haben.»

Eine Weile lang sagte niemand etwas.

«Wir sind auf der Suche nach einem Drogen- oder Waffendeal, an dem Loeff, Holst, Sora und jetzt auch noch Ibrahim Eslar und Markus Ingvarsson in irgendeiner Form beteiligt waren», sagte Carl schließlich.

Simon trommelte mit den Fingern auf dem Tisch.

«Ich habe alle Namen überprüft, die in den Ermittlungen gegen Holst auftauchen», sagte er. «Ich habe nichts gefunden. Was Holst angeht, sind die alle sauber. Ich habe auch bei den Kollegen der Drogenfahndung nachgefragt, aber die sind genau so schlau wie wir.»

«Und was ist mit Eslar und Ingvarsson?»

«Nichts.»

Erneut breitete sich Schweigen aus.

Simon trommelte wieder auf dem Tisch, bis ein Blick von Carl ihn dazu brachte, damit aufzuhören.

«Anton Loeff», sagte Jodie. «Ich habe seine Akte gelesen. Er hatte eine furchtbare Kindheit. Sein Vater war ein Säufer, der die ganze Familie grün und blau geprügelt hat.»

«Das tun viele ...», warf Simon ein.

«Ja, sicher», erwiderte Jodie, «aber ... Loeffs Vater musste sich vor Gericht verantworten, weil er seine eigene Tochter an Männer verkauft hat. Er wurde dafür nie verurteilt, aber Loeffs Schwester starb unter ziemlich merkwürdigen Umständen.

Ihre Leiche wurde 1985 im Granpark in Södertälje gefunden, sie wurde sexuell missbraucht und so schwer misshandelt, dass sie an den Folgen starb. Für die Tat wurde niemand zur Rechenschaft gezogen. Loeff war damals zwölf Jahre alt.»

«Ja, das habe ich auch gelesen», sagte Carl. «Aber was denkst du, hängt das mit Fadi Sora und seinen Kumpels zusammen?»

«Es ist nur eine Theorie», erwiderte Jodie und ging zum Whiteboard.

Sie strich sich eine Strähne aus dem Gesicht und griff nach einem roten Marker.

«Marco Holst wurde wegen der Vergewaltigung eines minderjährigen Mädchens verurteilt.»

Jodie schrieb SEX unter Holsts Bild.

«Fadi Sora, Ibrahim Eslar und Markus Ingvarsson filmten sich dabei, wie sie ein junges Mädchen sexuell missbrauchten.»

Auch unter die Fotos der drei schrieb Jodie SEX.

«Und Anton Loeffs Schwester wurde sexuell missbraucht.»

Carl fuhr sich mit den Händen über das Gesicht, wie immer, wenn er frustriert war.

«Du meinst also ...», sagte er.

«... dass sexuell missbrauchte Frauen ein verbindendes Element sind», erklärte Jodie. «Und das Motiv ist, sie zu rächen.»

«Warum?», fragte Simon.

«Vielleicht wegen der Schwester. Es könnte doch gut möglich sein, dass Loeff Männer hasst, die wie sein Vater sind. Und die tötet, die das tun, was er getan hat. Wie das Münchhausen-Stellvertretersyndrom. Opfer anstelle des Vaters ... Wir sollten überprüfen, ob der Vater noch lebt ...»

«Schon erledigt», fiel Simon ihr ins Wort. «Er ist vor vier Jahren gestorben. Keine Anzeichen für ein Verbrechen. Ist an seiner eigenen Kotze erstickt. Er war abhängig. Die Mutter hat sich aus dem Staub gemacht, als die Kinder noch klein waren. Sie ist nach Finnland zurückgegangen und scheint sich seitdem nicht mehr gemeldet zu haben. Ich habe mit unseren finnischen Kollegen gesprochen. Sie ist letztes Jahr verstorben.»

Jodie sah ihn fragend an.

«An Brustkrebs», fügte er hinzu. «Sie ist im Krankenhaus gestorben. Aber dein Gedankengang stimmt trotzdem nicht ...»

«Warum?», sagte Jodie. «Was stimmt nicht?»

«Amelia Zhelov. Wir haben ihre verstümmelte Leiche in Loeffs Badewanne gefunden. Wenn Loeff seine Schwester rächen wollte – warum sollte er eine Prostituierte töten, die selbst ausgenutzt wird? Wenn man deine Theorie weiterführt, hätte er ihre Freier filetieren müssen ...»

Sie schwiegen eine Weile.

«Das war trotzdem hilfreich, Jodie», sagte Carl schließlich und sammelte seine Unterlagen ein. «Wir werden sehen, was Loeff dazu zu sagen hat, wenn wir ihn haben. Wo auch immer er jetzt ist ...»

«Vermutlich ist er gerade dabei, sein nächstes Opfer zu töten», bemerkte Simon.

Er trommelte wieder mit den Fingern. Carl ignorierte Simons Bemerkung, befürchtete jedoch, dass er recht haben könnte.

«Hat die Fahndung irgendwas ergeben?», fragte er stattdessen.

Jodie schüttelte den Kopf.

«Nein», erwiderte sie. «Es sind circa fünfzig Hinweise eingegangen, aber keiner hatte wirklich etwas mit Loeff zu tun.»

Carl warf einen Blick auf seine Armbanduhr, ein altes Omega-Modell. Er hatte sie zum Schulabschluss bekommen und seitdem nur zweimal reparieren lassen müssen. Die Zeiger unter dem zerkratzten Gehäuse zeigten kurz nach achtzehn Uhr.

«Wir machen Schluss für heute, morgen ist ein neuer Tag.»

«Morgen ist Samstag», wandte Simon ein.

«Ich weiß ...», sagte Carl. «Aber leider ...»

Simon schnaubte, schnappte sich seine Jacke und verließ den Raum.

37

Es war kurz vor Mitternacht. Der Sandkasten und die Schaukeln lagen verlassen da, kein Windhauch bewegte die Zweige der Fliederbüsche, keine Menschenseele war im Innenhof zu sehen – und trotzdem beschlich Sid Trewer das Gefühl, das er schon seit Wochen hatte: Jemand beobachtete ihn. Und er war niemand, der so ein Gefühl mit einem Schulterzucken abtat.

Er wohnte seit vier Jahren hier. Nun blickte er an den roten Backsteinfassaden der Häuser empor, die den Innenhof in der Pilvingegatan in Skarpnäck umgaben. Die meisten Fenster waren dunkel, doch Sid blieb stehen, lange, wartete. Auf der gegenüberliegenden Seite ging plötzlich eine Tür auf, und ein Typ mit Kapuze und Hund bog um die Ecke und verschwand. Sid hatte ihn schon öfter hier gesehen, er war es nicht, dessen Gegenwart er spürte.

Sids Blick schweifte über den Innenhof: die Rasenfläche, die asphaltierten Gehwege, den Spielplatz und die Fliederbüsche. Mit festem Griff umklammerte er das Messer, das er ständig bei sich trug. Er war sehr geschickt damit, hatte Messer schon immer bevorzugt. Eine leise Waffe, sie verringerte die Gefahr von Zeugen.

Schließlich drehte er sich um und verließ den Innenhof durch einen der gewölbten Torbögen. Denselben, durch den auch der Typ mit dem Hund verschwunden war.

Sein Auto, ein großer Audi Q7, ausgestattet mit dem leistungsstärksten Dieselmotor, den es derzeit gab, stand draußen auf der Straße. Er hatte den Audi eigenhändig aus Deutschland importiert, weil der Motor in Schweden nicht erhältlich war. Eigentlich parkte er den Wagen nie draußen. Das war zu unsicher. Aber nachdem er ihn gestern im Innenhof abgestellt hatte – was er trotz etlicher Strafzettel und Nachbarschaftsbeschwerden grundsätzlich tat –, hatten ihm ein paar Rotzgören die Seite zerkratzt, vom Kofferraum bis zum Frontscheinwerfer. Mit einem Stein. Wenn er den Übeltäter erwischte, wusste er genau, was er mit einem Stein tun würde.

Die Pilvingegatan lag am Rand von Skarpnäck, an der Grenze zum Naherholungsgebiet von Bagarmossen. Außer dem Bereich, der vom Schein der Straßenlaternen erfasst wurde, lagen die weiten Rasenflächen und Wälder im Dunkeln.

Sid steckte die Hände in die Hosentaschen, spürte das Messer in seiner Hand, das Gefühl von Sicherheit, und ging die wenigen Schritte zu seinem Wagen, während er überlegte, wer es auf ihn abgesehen haben könnte.

Kim, dieses Dreckschwein, dachte er. Okay, er schuldete ihm die Kohle für das Auto – aber verdammt, jeder konnte mal mit einer Zahlung in Verzug sein.

Der Audi! Auf einmal war Sid alles klar. Der Gedanke überkam ihn mit solcher Wucht, dass er fast gestolpert wäre.

Kim, dieser miese, schwanzlutschende Scheißkerl ... Er hat das Auto zerkratzt! Er war hier!

Sid hastete zu seinem Audi. Unter dem Fahrersitz lag eine Pistole, ein Colt M1911, eine klassische amerikanische Armeewaffe. Er brauchte jetzt mehr als ein Messer.

Ein Bild flimmerte über seine Netzhaut: Kim lag auf dem Boden, flehte um sein Leben. Sid stand mit der Pistole in der Hand über ihm.

Nächstes Bild: Kim gefesselt auf einem Stuhl. Sid war drauf und dran, ihm den Mund aufzuschlitzen, ihm für alle Zeiten ein makabres Clownsgrinsen zu verpassen. Er würde Kim nicht töten, sondern ihn die Geschichte verbreiten lassen, was passierte, wenn man sich mit Sid Trewer anlegte.

Sid wurde in diesem Frühjahr neunundvierzig und war in Topform. Er ging viermal die Woche ins Fitnessstudio und trainierte Kickboxen. Er war groß, aber nicht zu groß. Er durfte nicht zu massig werden. Als er sich das letzte Mal auf die Waage gestellt hatte, hatte sie 91,5 Kilo angezeigt. Sid tastete seinen Bauch ab. Kein Fett. Nur Muskeln. 1 Meter 88 reine Muskelmasse.

Keinen Meter von seinem Audi entfernt drehte er sich jäh um. Da *war* jemand.

«Kim, du verfluchter Schweinehund, zeig dich!», rief er in die nächtliche Dunkelheit. Doch niemand antwortete.

«Ich krieg dich! Verlass dich drauf, ich werde ...»

Er hatte es nicht kommen sehen: In dem Moment, in dem er die Fahrertür öffnete, um die Pistole unter dem Sitz hervorzuholen, flackerte ein Blitz auf. Der Schmerz, den er spürte, zerriss ihn von innen, und er hätte unkontrolliert geschrien, hätten ihm seine Muskeln noch gehorcht. Doch sein Körper krümmte sich zusammen, seine Beine zuckten spastisch, und er stürzte hilflos zu Boden.

Sid spürte, wie jemand seine Arme packte, ihn auf den Rücken drehte und seine Hände fesselte. Er versuchte sich loszureißen, doch seine Arme versagten und zitterten unkontrolliert, seine Beine gaben ebenfalls nach. Er konnte nur tatenlos hinnehmen, dass jemand ihn fesselte.

Einen Moment später wurde er auf den Rücksitz seines Audis gewuchtet. Unfähig, sich zu bewegen, lag er zwischen Rückbank und Fußraum.

Trotzdem gelang es ihm, seinen Kopf so weit zu drehen, dass er seinen Angreifer sehen konnte. Doch dessen Gesicht war unter einer Sturmhaube verborgen.

«Kim?», presste er hervor.

Dann wurden ihm Augen und Mund mit silberfarbenem Klebeband verschlossen. Alles um ihn herum wurde schwarz.

38

Samstag, 10. Mai

Die Wohnung hatte seit über einem halben Jahr leergestanden, als Oskar Brindman plötzlich auffiel, dass dort ein Mann eingezogen war. Oskar war zweiundsiebzig Jahre alt und mochte den neuen Mieter nicht. Er vermisste die vorherige Bewohnerin, die junge Frau, die direkt am Tag ihres Einzugs bei ihm geklingelt hatte. Sie hatte sich als Marie Mattsson vorgestellt, gesagt, dass sie von nun an Nachbarn seien – und ihn gebeten, ihr Bescheid zu sagen, falls er Hilfe benötigte oder sie zu laut sei. Seit dem Tag hatten sie nachbarschaftlichen Kontakt gepflegt. Er hatte sie ab und zu zum Kaffeetrinken eingeladen, und wenn seine Beine mal wieder nicht so wollten wie er, war sie für ihn einkaufen gegangen.

Doch dann war sie ausgezogen. Oder besser gesagt: verschwunden. Sie hatte sich nicht verabschiedet, war von heute auf morgen nicht mehr aufgetaucht. Und die Wohnung hatte leergestanden.

Bis vor einigen Tagen.

Er war dem neuen Mieter nur ein einziges Mal begegnet – als er die Wohnung verließ, um den Müll rauszubringen. Oskar, hatte er sich vorgestellt, ihm die Hand gereicht und ihn im Haus willkommen geheißen. Nervös und zögernd hatte der Mann die Begrüßung erwidert und mit abgewandtem Blick seinen Namen gemurmelt: *Anton.*

Der Mann war gut gekleidet, doch sein Gesicht hatte ihn verraten. Es wirkte erschöpft, mitgenommen, tiefe Falten, verschlagene Augen. Wie ein Verbrecher, hatte Oskar gedacht.

Seitdem hatte er ihn kaum gesehen. Anton, sofern das überhaupt sein richtiger Name war, schien zu unchristlichen Zeiten zu kommen und zu gehen, wenn niemand außer ihm auf den Beinen war.

Aber Oskar litt des Öfteren unter Schlafproblemen, wachte häufig frühmorgens auf. Wegen seiner Knieschmerzen. Manchmal versuchte er, noch liegen zu bleiben und wieder einzuschlafen, doch für gewöhnlich stand er auf, kochte sich eine Tasse Kaffee und las die Zeitung. Vielleicht war es auch der Zeitungsbote, der ihn weckte, Oskar wusste es nicht. Aber immer, wenn er die Zeitung aufhob, war sie klamm, als haftete an ihr noch die morgendliche Kälte aus der Tasche des Boten.

An diesem Morgen setzte sich Oskar an den Küchentisch und faltete die Zeitung auseinander, die Kaffeetasse neben sich. Aber als er im Treppenhaus ein Geräusch hörte, ging er in den Flur und sah durch den Türspion.

Es war dieser Mann, Anton, der nach Hause kam. Er blickte sich im Treppenhaus um, bevor er in der Wohnung verschwand und die Tür hinter sich schloss. Oskar wollte gerade zu Zeitung und Kaffee zurückkehren, als die gegenüberliegende Tür erneut geöffnet wurde. Der Mann kam mit einer Abfalltüte in der Hand aus der Wohnung und ging rasch zum Müllschacht am anderen Ende des Stockwerks. Die Tür ließ er offen, sodass Oskar in den Flur hineinsehen konnte.

Er schnappte nach Luft.

Flur und Badezimmer wirkten aufgeräumt. An den Garderobehaken hingen Jacken, Schuhe standen ordentlich aufgereiht im Schuhregal. An der Badezimmertür entdeckte er einen Bademantel.

Aber alle Sachen gehörten einer Frau. An der Garderobe hingen Damenjacken, im Schuhregal standen Damenschuhe. Und er kannte diese Kleidungsstücke – sie gehörten ausnahmslos seiner ehemaligen Nachbarin, Marie.

39

Es war bereits nach zehn, als Simon Jern den Einsatzraum betrat. Carl und Jodie waren schon seit einer Stunde da.

«Wo bist du gewesen?», fragte Carl.

Simon schüttelte nur den Kopf.

«Was glaubst du? Der Verkehr, immer dieser verfluchte Verkehr, sogar an einem Samstag. Ich glaube, ich zieh wieder nach Kiruna», schimpfte er und ließ sich auf seinen Stuhl fallen.

Im selben Moment klingelte Carls Handy. Er ging ran und hörte eine Weile zu, ohne etwas zu sagen.

Dann angelte er sich einen Notizblock von Jodies Schreibtisch. Sie reichte ihm einen Kugelschreiber.

«Spät? Es ist doch erst ... Aha. Gut. Wie heißen Sie? Oskar Brindman ...»

Er schrieb mit, während er redete. Simon starrte gelangweilt auf das Whiteboard und kaute auf einem Stift, aber Jodie lehnte sich neugierig zu Carl hinüber.

«Im Treppenhaus ...? Belästigt er Sie? Nein? Aber warum rufen Sie mich an ...? Aha, das tut mir leid, es ist nicht immer ganz leicht, einen Anruf in die richtige Abteilung durchzustellen ... Wie genau ...? Okay ... Woher wissen Sie das? Sie haben ihn durch den Türspion beobachtet ... Die Kleidungsstücke einer Frau, trug er Frauenkleider? Nein, ich verstehe ... Der ganze Flur ist voller Frauenkleider. Aber das ist nicht verboten ... Nicht seine. Okay ... Ja, wir überprüfen das ... Natürlich! Vielen Dank für Ihren Anruf. Ja, das könnte eine große Hilfe gewesen sein ... Einen Moment noch! Wo wohnen Sie? Gut.

Nein, verlassen Sie Ihre Wohnung nicht. Ja, schließen Sie die Tür ab, das ist vernünftig ...»

Dann legte er auf.

Jodie sah ihn erwartungsvoll an.

«Ehrlich gesagt weiß ich nicht, warum man diesen Anruf zu uns durchgestellt hat ...», sagte Carl.

«Aber ...?», fragte Jodie.

«Möglicherweise haben wir gerade einen Durchbruch erzielt. Der Zeitpunkt und die Personenbeschreibung stimmen. Und der Mann nennt sich Anton.»

40

Schlaftrunken sah Anton Loeff sich in dem dunklen Schlafzimmer um. Die Uhr neben dem Bett zeigte halb elf. Vormittags. Für gewöhnlich schlief er tagsüber, und er fragte sich, was ihn geweckt hatte. Die Jalousien waren heruntergelassen, er konnte kaum etwas erkennen. Aber im Traum hatte er Geräusche gehört, beunruhigende Geräusche.

Er stützte sich im Bett auf, um besser hören zu können. Wahrscheinlich war nur jemand durchs Treppenhaus gelaufen, doch er war nervös, wachsam. Und er hatte gelernt, sich auf seine Intuition zu verlassen.

Er wollte gerade die Bettdecke zur Seite schlagen, um der Sache auf den Grund zu gehen, als die Schlafzimmertür unvermittelt aufflog.

Ein greller Lichtkegel richtete sich auf ihn. Eine Stimme rief: «Polizei! Keine Bewegung!»

Er rollte sich aus dem Bett. Seine Pistole lag auf dem Nachttisch, in Reichweite. Doch als er sich nach der Waffe streckte, warf sich der Polizist auf ihn.

Der Mann landete mit den Knien auf seinem Brustkorb und schleuderte ihn zu Boden. Anton Loeff ergab sich, als er keine Luft mehr bekam.

Während er dem Mann verzweifelt signalisierte, von seiner Brust zu steigen, fragte er sich, wie ihn die Polizei gefunden hatte. Er war extrem vorsichtig gewesen, hatte die Wohnung nur frühmorgens verlassen.

Wie konnte ihn jemand gesehen haben? Dann fiel es ihm ein: dieser Nachbar.

Ein Polizeibeamter zog ihn auf die Füße und presste ihn gegen die Wand. Loeff trug nichts außer Boxershorts und rang nach Atem.

«Macht verflucht noch mal das Licht an!», brüllte der Polizist.

Im nächsten Moment flackerte die Deckenlampe auf. Zwei uniformierte Polizeibeamte standen mit Automatikpistolen im Anschlag in der Tür. Loeffs dürrer Körper wirkte in dem Licht beinahe durchsichtig.

«Ziehen Sie sich an!», befahl der Polizist.

Anton versuchte, die Striemen zu verbergen, doch er wusste, dass das feine Narbengeflecht auf seinem Rücken deutlich zu sehen war, ein Gewirr aus weißen Striemen, die kreuz und quer über seinen Rücken verliefen, ein Andenken an die Peitschenhiebe, mit denen er aufgewachsen war.

«Ich habe nichts getan», keuchte er und rang nach Luft. «Ich komme mit. Sagen Sie mir nur, worum es geht.»

Der Polizist folgte ihm zum Schrank und untersuchte jedes Kleidungsstück, bevor er es ihm weiterreichte.

Als er sich angezogen hatte, drehte ihm der Polizist die Arme auf den Rücken, drückte ihn erneut gegen die Wand und legte ihm Handschellen an. Er leistete keinen Widerstand.

«Sie sind vorläufig festgenommen, wegen mehrfachen Mordverdachts.»

«Ich verstehe nicht», erwiderte Loeff ruhig, als er wieder normal atmen konnte. «Welche Morde?»

«Unter anderem an Amelia Zhelov.»

«Wer?»

«Die Frau, die Sie in Ihrer Badewanne wie ein Stück Fleisch filetiert haben!», schrie der Polizist.

«Ach», erwiderte Anton Loeff. «So hieß sie also. Das wusste ich nicht.»

* * *

Drei Stunden später hatte Anton Loeff nach wie vor lediglich drei Dinge gestanden: dass er die Frau in der Badewanne getötet hatte, dass sein Name Anton Loeff war und dass er in Marie Mattssons Wohnung illegal zur Untermiete wohnte. Ihm das zu entlocken hatte insgesamt eine Viertelstunde gedauert.

Die restliche Zeit war pure Verschwendung gewesen. Carl Edson hatte Fragen gestellt und Anton Loeff im Prinzip zwei Antworten wiederholt: «Das war ich nicht» und «Ich habe keine Ahnung, wovon Sie reden».

Als Carl ihn zum fünften Mal nach Fadi Sora fragte, entgegnete er mit derselben gleichgültigen Gelassenheit, dass er keine Ahnung habe, wer der Mann sei.

«Aber Marco Holst kennen Sie?»

«Marco …?»

«Vormals Robert Jensen, er hat seinen Namen im Gefängnis geändert.»

Anton Loeff nickte bedächtig, als ließe ihn die Situation völlig kalt, und erwiderte mit einem sanften, korrekten Tonfall:

«Ja, ich kenne Robert. Er hat versucht, mich umzubringen. Ich habe mich verteidigt.»

«Warum hat er versucht, Sie umzubringen?»

Loeff starrte auf den Tisch und schien über die Antwort nachzudenken.

«Es ging um eine Frau», sagte er schließlich. «Roberts Freundin.»

«Was war mit ihr?»

«Sie hieß Lisa. Glaube ich. Das ist lange her.»

«Ja?»

«Wir hatten … eine Affäre.»

«Und?»

«Robert hat sie erwischt. Oder besser gesagt uns. Oder … *mich.*»

Loeff betrachtete seine Hände.

«In welcher Beziehung standen Sie zueinander, Sie und Lisa?», fragte Carl.

Loeff blickte überrascht auf.

«Wir … zwischen uns lief was», sagte er.

«Das habe ich verstanden. Was ich meinte, ist, haben Sie sie *geliebt?*», verdeutlichte Carl.

Anton Loeff dachte über die Frage nach.

«Nein», antwortete er nach einer Weile. «Wir haben miteinander geschlafen. Sie war hübsch. Irgendwie attraktiv. Das war alles.»

«Ich verstehe. Und was ist passiert?»

«Ich …»

Loeff stockte, das Thema machte ihm offensichtlich zu schaffen.

«Ich hatte sie gefesselt und wollte sie gerade …»

«… schneiden?», fragte Carl und bereute sofort, nicht den Mund gehalten zu haben.

Loeff nickte langsam, Carl beugte sich über den Tisch:

«Der Verhörte Anton Loeff beantwortet die Frage mit einem Nicken», sagte er.

Loeff schaute ihn verblüfft an, dann nickte er in Richtung des Aufnahmegeräts und des Mikrophons, die auf dem Tisch standen.

«Ja, aber ich bin nicht dazu gekommen», sagte er. «Robert hat uns erwischt ... *mich*. Er hat mich fast totgeschlagen. Mit einem Baseballschläger.»

«Trotzdem haben Sie damals behauptet, die Treppe heruntergefallen zu sein. Warum?»

«Ich habe schon schlimmere Dinge erlebt. Und außerdem wollte ich nicht, dass er jemandem von der Sache mit seiner Freundin erzählt ... Von meinen Vorlieben. Ich fand, wir waren quitt.»

«Ich verstehe. Aber Sie sind schon einmal festgenommen worden, weil Sie eine Frau gefoltert haben ...»

Loeff nickte.

«Das war davor. Bevor ich Robert kennengelernt habe. Also Marco ... Ich war jung, wusste es nicht besser ...»

«Aber seitdem haben Sie dazugelernt, wollen Sie das sagen?»

Wieder nickte Loeff.

«Ja, ihr habt mich ja auch erst jetzt erwischt ...»

Er grinste. Carl hob fragend die Augenbrauen.

«Haben Sie noch weitere Frauen gefoltert und umgebracht?», sagte er.

«Ich habe niemanden umgebracht. Oder gefoltert. Nur diese eine Frau ...»

«Amelia Zhelov? Die Bulgarin?»

«Ja, nur sie.»

«Wo sind Sie ihr begegnet?»

«Die Frage haben Sie schon gestellt.»

«Ja, und jetzt stelle ich sie wieder.»

«Ich erinnere mich nicht. Meine Erinnerung setzt in dem Moment ein, wo sie in der Badewanne liegt und die Polizei an der Tür klingelt.»

«Was davor war, wissen Sie nicht?», fragte Carl zweifelnd.

«Nein. Ich muss geistig verwirrt gewesen sein. Ich leide unter psychotischen Schüben. Jedenfalls sind sie in der Vergangenheit gelegentlich aufgetreten.»

Carl seufzte. Er wäre schon froh, wenn sie Anton Loeff den Mord an Amelia Zhelov zweifelsfrei nachweisen könnten.

«Und Fadi Sora, Ibrahim Eslar und Markus Ingvarsson?»

Loeff schüttelte langsam den Kopf.

«Nein, die Namen habe ich nie gehört», sagte er sanft. «Wer soll das sein?»

Carl gab fürs Erste auf.

«Wir brauchen eine Speichelprobe von Ihnen, für einen DNA-Abgleich.»

Zum ersten Mal seit Beginn des Verhörs sah ihn Loeff beunruhigt an.

«Tut das weh?», fragte er.

«Nein», antwortete Carl und erhob sich.

«Gut ...»

«Wir unterbrechen hier. Das Verhör mit Anton Loeff wurde um 13:57 Uhr, am Samstag, den 10. Mai, beendet.»

* * *

«Das passt nicht», sagte Carl und sank auf seinen Schreibtischstuhl, der sich augenblicklich auf Talfahrt begab.

«Was?», fragte Simon.

«Ich glaube nicht, dass Loeff unser Mann ist. Ich bin mir

sogar ziemlich sicher, dass er nicht der Täter ist», erklärte Carl und streckte die Beine aus, als der Stuhl in niedrigster Position zum Stillstand kam.

Er fixierte einen rotbraunen Fleck an der Wand zwischen Simon und Jodie.

«Warum?», fragte Jodie.

«Weil ich ihm glaube», erwiderte Carl.

«Einem verrückten Sadistenschwein?», entfuhr es Simon, der die Arme vor der Brust verschränkte.

«Ja», sagte Carl. «Er ist vermutlich verrückt, aber er hat sich nie in einschlägigen kriminellen Kreisen bewegt. Er ist kein Gangster oder Drogendealer. Ich glaube ihm, wenn er sagt, dass er die Namen Fadi Sora, Markus Ingvarsson und Co. nie gehört hat. Er ist ihnen vermutlich auch nie begegnet.»

Simon schüttelte den Kopf.

«Der Typ blufft!»

Carl machte eine vage Geste.

«Wir haben eine Speichelprobe von ihm genommen. Jetzt müssen wir auf die Ergebnisse der DNA-Analyse warten. Bei den Fingerabdrücken gab es keinerlei Übereinstimmung. Keine einzige. Nichts.»

«Das erscheint mir logisch», sagte Jodie.

Sie stand auf und trat an das Whiteboard, an dem sie ihre gegenwärtigen Ermittlungsergebnisse mitsamt den Bildern der Opfer und Verdächtigen zusammengetragen hatten.

«Wenn wir Loeff und Zhelov ausklammern, gibt es einen Zusammenhang zwischen den übrigen Fällen – zumindest sind die Berührungspunkte offensichtlicher.»

Jodie zog mit einem roten Marker einen Kreis um Loeff und Zhelov.

«In den anderen Fällen wurden Kriminelle gefoltert. Vieles deutet darauf hin, dass jemand ein Exempel statuieren wollte, um sich zu rächen. Die Vorgehensweise ähnelt sich. Elektroschocker, Nagelpistolen ... Die fehlen bei Loeff-Zhelov – das war ein sadistischer Akt, verübt an einem wehrlosen, unschuldigen Opfer ...»

Simon vergrub die Hände in den Hosentaschen und wirkte angesäuert. Carl nickte.

«Anton Loeff ist ein Psychopath», sagte er. «Er sollte vermutlich für den Rest seines Lebens weggesperrt werden. Ich will nicht mal daran denken, was er mit den Körperteilen der Frau gemacht hat ...»

Simon schüttelte sich.

«Ich warte nur darauf, dass sie in irgendeinem Briefumschlag wieder auftauchen», sagte er.

Carl fuhr fort:

«Wir sollten stolz darauf sein, dass wir ihn gefasst haben. Gute Arbeit! Aber wahrscheinlich ist es reiner Zufall, dass zwischen ihm und Marco Holst eine alte Verbindung existiert. Ich denke, wir überlassen Loeff den Kollegen. Sie kümmern sich um Zhelov und forschen nach, wo Marie Matsson abgeblieben ist. Jedenfalls bis wir die Ergebnisse des DNA-Abgleichs vorliegen haben.»

«So eine Scheiße!», fluchte Simon und sprang auf.

Er riss seine Lederjacke von der Stuhllehne und stürmte aus dem Zimmer.

«Was hat er denn?», fragte Carl.

«Er ist enttäuscht», sagte Jodie. «Ich glaube, er mag es nicht, wenn Sachen kompliziert werden. Er ist eher ein Schwarz-Weiß-Typ.»

Carl sah sie an, erwiderte aber nichts.

«Und was machen wir jetzt?», fragte Jodie.

«Warten», antwortete Carl.

«Worauf?»

«Das nächste Opfer.»

Jodie zuckte zusammen.

«Ist das nicht ein bisschen sehr pessimistisch?»

Carl griff nach seinem Jackett, das er über die Lehne seines Bürostuhls gehängt hatte.

«Vermutlich», gab er zu. «Aber es ist Samstag. Und jetzt machen wir Wochenende. Das hast du dir verdient. Wir haben gute Arbeit geleistet.»

Er lächelte, als er ihre zweifelnde Miene sah.

«Heute kommen wir hier nicht mehr weiter», fügte er hinzu. «Und eine Pause wird uns guttun.»

«Okay», sagte Jodie, aber ihre Schultern sackten ein wenig nach unten.

«Wir sehen uns Montag. Ausgeruht und in neuer Frische», sagte Carl und gab sich Mühe, optimistisch zu klingen, merkte jedoch selbst, wie aufgesetzt das klang.

Eilig verließ er den Raum, ehe er noch weitere alberne Redensarten von sich geben konnte.

41

Alexandra Bengtsson erhob sich von der Hantelbank des Fitnessstudios. Ihre kräftigen, sehnigen Arme zitterten vor Anstrengung, ihr Atem ging schnell.

«Danke», sagte sie zu dem Mitarbeiter, der hinter ihr gestanden und ihr bei den letzten Wiederholungen Hilfestellung geleistet hatte, fünfzig Kilo.

Sie trank einen Schluck aus ihrer Wasserflasche und ging zu den freien Gewichten. Ein Typ, der gerade seinen Bizeps trainierte, musterte sie. Alexandra ignorierte ihn, nahm sich Zwei-Kilo-Hanteln und begann mit Schulterübungen. Sie biss die Zähne zusammen und atmete angestrengt durch die Nase, inhalierte den Geruch von Schweiß, Eisen und Gummi.

Wenn Johanna nicht bei ihr war, trainierte sie fast täglich. Entweder im Fitnessstudio oder auf dem Lauf- und Wanderweg um den Årstaviken. Es gefiel ihr, dieses Gefühl, innerlich leer zu werden, die Ruhe, die sich in ihrem Körper ausbreitete, wenn sie hinterher unter der Dusche stand.

Seit der Trennung von Erik hatte es keinen neuen Mann in ihrem Leben gegeben. Dafür gab es zu viele andere Dinge, für eine Beziehung blieb da keine Energie mehr übrig.

An diesem Abend versuchte sie den Gedanken zu verdrängen, dass Samstag war. Sie aß vor dem Fernseher. Tortellini mit Parmesan aus der Mikrowelle. Aber immerhin hatte sie die Nudeln auf einen Teller getan, mit ein bisschen Salat und ein paar Tomaten als Beilage.

Der Fernseher lief ohne Ton, nur die stummen Bilder flimmerten über den Bildschirm. Als sie aufgegessen hatte, legte sie das Besteck beiseite und lehnte sich zurück. Sie schloss die Augen und ließ die Müdigkeit durch ihren Körper fließen, hoffte, dass sie erschöpft genug war, um einschlafen zu können.

Doch die Müdigkeit verflüchtigte sich im selben Moment, in dem sie die Augen zumachte.

Nach zehn Minuten gab sie auf. Sie griff nach der Fernbedienung und schaltete den Ton an, versuchte, sich stattdessen auf die Sendung zu konzentrieren: Sing meinen Song – das Tauschkonzert.

42

Carl achtete nicht auf die Musiksendung, die im Fernsehen lief. Er hatte einen Notizblock vor sich und versuchte, die Vorfälle der letzten Zeit in eine logische Reihenfolge zu bringen. Die Lieder kamen ihm bekannt vor. Aber er konnte sich nicht daran erinnern, von wem die Originale stammten.

«Gott, Papa», stöhnte seine Tochter Linda, als er fragte. «Die Interpreten sind doch dabei, das ist der Sinn der Show. Guckst du nicht hin?»

Carl antwortete nicht. Linda saß mit ihrem Freund Tomas auf dem Sofa. Beiden schien die Situation unangenehm zu sein. Tomas beugte sich zu Linda vor und sagte etwas, das Carl nicht verstand.

«Hör auf», kicherte Linda und verdrehte die Augen, offensichtlich verlegen.

Karin hatte Kekse und Tee serviert, sich bemüht, eine entspannte Atmosphäre zu schaffen. Jetzt saß sie in dem anderen Sessel und blickte ein wenig besorgt Richtung Sofa. Carl betrachtete die zwei ebenfalls.

Es war das erste Mal, das sie Tomas trafen. Carl war sich nicht sicher, ob ihm das, was er sah, gefiel. Tomas war älter als Linda. Einer seiner Arme war komplett tätowiert, und seinen Kleidungsstil empfand Carl als jugendlich-provokant: kaputte Jeans, ein löchriges T-Shirt mit einer Gitarre und der Aufschrift «Bad & Bold». Zudem hatte er etliche Piercings im Gesicht.

Carl schaute seine Tochter an. Er fand, dass sie sich in der letzten Zeit verändert hatte, introvertierter war, aggressiv und abweisend. Er hatte seine Exfrau darauf angesprochen. Aber sie hatte ihn nur ausgelacht.

«So sind Teenager, Carl. Du bist alt geworden. Erinnerst du dich nicht, wie das bei uns damals war? In diesem Alter muss man Dinge ausprobieren ...»

Und ob er sich erinnerte – aber so war es nicht gewesen. Nicht so. Er war nicht mit einem Mädchen zusammen gewesen und durch sie in die falschen Kreise geraten.

Jetzt versuchte er, seine Kiefermuskulatur zu entspannen. Sein Zahnarzt hatte gesagt, dass seine Backenzähne immer deutlichere Verschleißerscheinungen aufwiesen. Doch als sein Blick wieder auf den tätowierten Freund seiner Tochter fiel, verspannte sich sein Kiefer erneut.

Carl verstand, warum Tomas dort saß, warum Linda mit ihm zusammen war. Es war die perfekte Teenagerrebellion, er war das absolute Gegenteil von ihm selbst. Er hörte die Stimme seiner Exfrau: «Sie muss sich von uns lösen, Carl. Du musst es akzeptieren, Carl.»

Warum?, dachte er. Er legte den Notizblock zur Seite und sagte so laut, dass er die Musik im Fernsehen übertönte:

«Und was machst du, wenn du nicht gerade bei uns auf dem Sofa hockst?»

Tomas blickte erstaunt auf und lächelte Carl unsicher an.

«Papa!», sagte Linda, ehe Tomas antworten konnte.

«Ich spiele Gitarre ... Also, in meiner Freizeit ...»

«In einer Band?»

«Äh ... Na ja, ich bin nicht gut genug. Zumindest noch nicht.»

Carl nickte.

«Aber du übst, machst Fortschritte ...?»

Tomas zuckte mit den Schultern.

«Tja, ich glaub schon ...»

Carl glaubte es nicht. Der Kerl war über zwanzig. Was bis jetzt noch nicht passiert war, würde nie passieren. Jedenfalls nicht mit so einer Einstellung.

«Studierst du?»

«Mensch, Papa!», meldete sich seine Tochter wieder zu Wort.

«Nee, ich jobbe.»

«Als was?»

«Paketfahrer.»

Carl nickte wieder. Er widerstand dem Impuls, dem Kerl zu sagen, er solle aus seiner Wohnung verschwinden und niemals wiederkommen.

«Was soll das, Papa?», protestierte Linda.

«Was denn?», erwiderte Carl. «Ich unterhalte mich nur ein bisschen mit Tomas. Warum bist du so wütend?»

«Du *unterhältst* dich nicht, du *verhörst* ihn! Musst du immer diese verdammte Bullen-Nummer abziehen?»

«Nicht in diesem Ton, junge Dame!», sagte Carl. «So redest du bitte nicht mit mir.»

Linda sprang vom Sofa auf.

«Welchen Ton meinst du? Den, den du jedem gegenüber anschlägst? Deinen überheblichen Bullen-Ton? Stört er dich? Na dann, willkommen in meiner Welt!»

Sie starrte ihn an. Blitzte da Hass in ihren Augen? Wo kam der her?, überlegte Carl. War er gerade erst aufgetaucht oder schon immer dort gewesen?

«Wenn du wenigstens ehrlich sagen würdest, was du denkst!», rief Linda. «Sauer werden würdest! Aber du sitzt einfach nur da, verhörst und verurteilst. Das war schon immer so. Du bringst jeden dazu, sich schuldig zu fühlen!»

Plötzlich wurde es still im Wohnzimmer. Tomas starrte auf seine Knie. Karin hatte die Hand vor den Mund geschlagen. Linda stand nach wie vor an derselben Stelle und starrte ihn an. Sie zitterte am ganzen Körper. Wütend wischte sie sich die Tränen aus dem Gesicht.

«Hör zu, Papa! Ich bin unschuldig! Ich habe nichts getan. Nichts Ungesetzliches. Oder was auch immer es ist, das dir nicht passt.»

Carl sagte nichts. Die Musik der Fernsehshow und Karins unterdrücktes Schluchzen waren die einzigen Geräusche.

Linda drehte sich abrupt um.

«Komm, Tomas, wir hauen ab!»

«Was?», erwiderte ihr Freund.

«Komm! Wir gehen zu dir. Hier können wir nicht bleiben.»

Carl saß in seinem Sessel und sah, wie die beiden das Wohnzimmer verließen. Er hörte, wie sie sich im Flur die Jacken anzogen, einen Augenblick später fiel die Wohnungstür mit einem lauten Knall ins Schloss. Danach war es still.

Er dachte, dass er ihr hinterhergehen sollte. Dass er versuchen sollte, die Situation zu klären, Linda sagen, dass er sie liebte, sie daran erinnern, wie es gewesen war, als sie sich gut verstanden hatten, als sie Spaziergänge im Wald gemacht, miteinander geredet hatten, zusammen ins Kino gegangen waren.

Aber er verstand nicht, was schiefgelaufen war. Er dachte, dass er zu Karin gehen und sie trösten sollte, den Arm um sie legen und ihr versichern, es sei nicht ihre Schuld. Aber er schaffte es nicht.

Er verspürte den Wunsch, sich ins Auto zu setzen und ins

Niemandsland zu verschwinden, das er für sich geschaffen hatte. Doch im selben Moment klingelte sein Handy. Er meldete sich, hörte zu und beendete das Gespräch mit einem «Ich komme!».

Dann stand er auf.

«Ich muss noch mal los», sagte er zu Karin, die mit geröteten Augen in ihrem Sessel saß. «Es ist was passiert.»

«Kann sich nicht jemand anderes darum kümmern?», erwiderte sie mit belegter Stimme und sah ihn an. «Es ist Samstagabend ...»

Carl schüttelte den Kopf, blieb einen Augenblick unschlüssig stehen, unsicher, was er sagen oder tun sollte. Als ihm nichts einfiel, ging er in den Flur und zog sich an.

«Tschüs!», rief er. «Es kann spät werden, warte nicht auf mich.»

Er bekam keine Antwort.

43

«Und was haben wir hier wieder?»

Carl Edson stieg aus seinem Volvo und ging zu Simon Jern, der bisher die Verantwortung für den Tatort getragen hatte. Der Park-&-Ride-Parkplatz am Bahnhof von Spånga nördlich von Stockholm war mit blau-weißem Absperrband abgeriegelt. Der eigentliche Tatort befand sich im hinteren Teil des Parkplatzgeländes unter einem Betonviadukt. Dort wurde ein Auto von Schweinwerfern angestrahlt, die die Kriminaltechniker in einem Halbkreis aufgestellt hatten. Carl sah, wie sie den Wagen auf Spuren untersuchten.

«Eine Leiche im Kofferraum», erwiderte Simon. «Ein Mann, dem Führerschein zufolge zweiundsechzig Jahre alt, scheint erst vor kurzem ermordet worden zu sein ... Laut der ersten Einschätzung des Rechtsmediziners ist das Opfer nicht länger als vierundzwanzig Stunden tot.»

«Wer hat ihn gefunden?»

«Ein paar Idioten haben versucht, das Auto zu klauen. Haben einen Riesenschock bekommen, als sie im Kofferraum eine Leiche mit einem Eispickel im Auge entdeckt haben. Also haben sie die Polizei gerufen ... ‹Anonym›.»

Simon malte mit den Fingern Anführungszeichen in die Luft.

«Wie meinst du das?»

«Der Vollpfosten wollte seinen Namen nicht nennen, hat aber offensichtlich nicht daran gedacht, dass das Handy registriert ist.»

Carl nickte.

«Wer ist der Mann? Also das Opfer?»

«Jens Falk, gerade erst freigesprochen. Man hat ihm vorgeworfen, seine Tochter sexuell missbraucht zu haben, er saß deswegen ein halbes Jahr lang in Untersuchungshaft.»

«Und warum hat man uns gerufen?»

«Irgendein cleverer Streifenpolizist fand den Anblick wohl so grauenhaft, dass er meinte, das sei unsere Baustelle. Was weiß ich ...»

«Okay, was war die Todesursache? Der Eispickel?»

Simon zuckte mit den Schultern.

«Sieht ganz so aus, aber wir müssen abwarten, was der abschließende Befund aus der Rechtsmedizin ergibt.»

Carl ließ seinen Blick über die Einsatzfahrzeuge schweifen, die die Einfahrt zum Parkplatz blockierten, und suchte nach Cecilia Abrahamssons schwarzem Mercedes, doch er konnte ihn nirgends entdecken. Simon folgte seinem Blick.

«Du bist zu spät», sagte er trocken.

Carl schaute auf die Uhr. 23:15. Auf der anderen Straßenseite lungerte eine Gruppe Jugendlicher herum, ansonsten hielt sich niemand auf dem Parkplatz oder an der Bushaltestelle vor dem Bahnhofsgebäude auf. Ein ruhiger Vorort, nicht viel los, dachte Carl. Dann fiel ihm die Leiche im Kofferraum ein.

«Wir müssen mit den Personen sprechen, die ihn gefunden haben», sagte er.

«Ich habe sie schon befragt, aber nichts aus ihnen herausbekommen», sagte Simon. «Außer dass die Gang gehörig Dreck am Stecken hat ... Man sollte die sofort einbuchten, ihnen einen heilsamen Schock versetzen, dann müssen wir uns in Zukunft vielleicht nicht mehr mit ihnen beschäftigen ...»

Carl sah Simon verblüfft an.

«Warum hat man mich nicht schon früher informiert?»

«Ich wollte dich an einem Samstagabend nicht anrufen, bevor ich mir sicher war, dass diese Scheiße wirklich mit unserem Fall zu tun hat.»

«Und du glaubst, dass das hier mit unserem Fall zusammenhängt?»

«Die Vorgehensweise ... Ein verstümmelter Pädophiler in einem Kofferraum ... Hallo? Wenn das nicht an unsere anderen Morde erinnert ...»

Carl spürte, wie sich sein Magen zusammenzog. Er hatte gesagt, dass sie auf das nächste Opfer warten würden – und jetzt schienen sie es bekommen zu haben. Zögernd ging er zu dem Wagen, an dem die Kriminaltechniker die Spuren sicherten. Lars-Erik Wallquist blickte Carl irritiert entgegen, als er auf ihn zuging.

«Wie schön, du auch noch», murrte er.

«Guten Abend», erwiderte Carl.

«Was willst du? Abgesehen davon, dass du einen Tatort zerstörst?»

«Ist dies ein Tatort?»

«Nein. Die Leiche wurde hier lediglich entsorgt.»

«Gibt es Anzeichen für Folter?»

Lars-Erik richtete sich mühsam zu seiner vollen Körpergröße auf und schaute Carl an.

«Tja, keine Ahnung, ob Folter das richtige Wort ist. Von seinem Gesicht ist jedenfalls nicht mehr viel übrig. Und von seinem ‹Paket› auch nicht.»

Der Kriminaltechniker schnitt eine Grimasse.

«Hat der Täter den Eispickel benutzt?»

«Verflucht, Carl», blaffte Wallquist. «Das musst du mit den Kollegen in der Rechtsmedizin besprechen.»

«Das werde ich», erwiderte Carl ruhig. «Ich habe mich nur gefragt, ob das vielleicht besonders offensichtlich ist.»

Er schaute Lars-Erik an, der zornig den Kopf schüttelte.

«Nein.»

«Noch etwas anderes?»

«Nicht soweit wir bisher wissen. Aber wie gesagt: Darüber musst du mit Sebastian sprechen.»

«Mit wem?»

«Dem Rechtsmediziner. Ein Neuzugang. Sebastian Lantz. War hier und hat nur Chaos verursacht. Hätte besser noch eine Weile die Schulbank drücken sollen, wenn du mich fragst», sagte Lars-Erik.

«Gibt es sonst noch was?»

«Keine Spuren, wenn es das ist, was du wissen willst. Kein Fitzelchen bisher.»

Der Kriminaltechniker sah Carl abweisend an. Carl öffnete den Mund, um etwas zu sagen, wurde jedoch direkt abgewürgt.

«Verflucht noch mal, rede mit diesem Sebastian! Oder jemand anderem. Wem auch immer! Ich muss jetzt meine Arbeit machen. Du bekommst einen Bericht, sobald es etwas zu berichten gibt.»

Carl kehrte zu Simon zurück, der an der Einfahrt zum Parkplatz stand und telefonierte. Als er bei ihm ankam, beendete Simon hastig das Gespräch:

«... ja, gut, danke ...»

«Worum ging's?», fragte Carl und deutete auf Simons Handy.

«Ich habe mit dem Kollegen gesprochen, der die Ehefrau vom Tod ihres Mannes informiert hat.»

«Gab es dafür einen besonderen Grund?»

«Er hat mich angerufen. Ehefrau und Tochter haben die Todesnachricht gut aufgenommen.»

«Hat er deswegen angerufen? Um zu sagen, dass die Angehörigen die Nachricht gut aufgenommen haben?»

Simon schüttelte den Kopf.

«Nein, nur um über den Verlauf des Verhörs zu berichten, das er mit ihnen geführt hat. Wir können sie als Tatverdächtige ausschließen.»

«Wie bitte?»

«Es gibt mehrere Personen, die bezeugen können, wo die beiden gestern Abend gewesen sind. Sie waren es nicht – auch wenn man ihnen keinen Vorwurf machen könnte, dass sie ihn lieber tot sehen.»

Carl holte tief Luft und blickte in Richtung Bushaltestelle und Bahnhofsgebäude rund hundert Meter entfernt. Der Platz war optimal. Der Täter konnte den Wagen einfach in der Nähe des Bahnhofseingangs abstellen und anschließend in aller Ruhe mit dem Zug oder Bus in die Stadt zurückfahren, ohne dass ihn jemand bemerkte.

Es wird noch mehr Leichen geben, dachte er.

44

Sonntag, 11. Mai

Die Absperrung war entfernt und der Wagen abtransportiert und für die kriminaltechnische Untersuchung sichergestellt worden. Jodie Söderberg fuhr auf den Parkplatz und stellte sich in eine freie Bucht neben dem Parkscheinautomaten. Auf dem länglichen asphaltierten Gelände standen nur wenige Autos. Die meisten Leute waren zu Hause, schätzte sie, tranken Kaffee und frühstückten mit ihren Familien. Als sie daran dachte, an das Rascheln der Zeitung, das Radio, das im Hintergrund lief, breitete sich ein warmes Gefühl in ihr aus. Sie erinnerte sich an die frühen Morgenstunden, die sie an den Wochenenden immer mit ihrem Vater verbracht hatte, während ihre Mutter noch schlief, nur er und sie. Er hatte American pancakes für sie gebacken und sie mit so viel Ahornsirup übergossen, dass die süße Masse bei jedem Bissen von den Pfannkuchen tropfte. «Now, that's real pancakes ...», hatte er mit einem verschmitzten Grinsen gesagt, es war seine Art, Jodie ein Stück amerikanischer Kultur näherzubringen. Ihre Mutter hatte ihn tadelnd zurechtgewiesen: «Nur Zucker und weißes Mehl!» Ihr Vater hatte nichts erwidert, Jodie aber hinter dem Rücken ihrer Mutter verschwörerisch zugezwinkert.

Sie lächelte. Dann verbannte sie die Erinnerung, verscheuchte die Gedanken an Dick Sherman, ehe sich die Bilder wie eine alte Filmrolle in einem kaputten Projektor verheddern konnten.

Sie stieg aus, vermied geschickt die breiten, mit Wasser

gefüllten Schlaglöcher im Asphalt und ging zu dem zwanzig Meter entfernten Viadukt. Nichts deutete mehr auf den Wagen und die Leiche hin, die sie erst vor einigen Stunden im Kofferraum gefunden hatten.

Als Jodie die Stelle erreichte, wo der Wagen gestanden hatte, blickte sie sich um. Das kleine Vorortcenter keine dreihundert Meter entfernt war von hier kaum zu sehen. Dies war die am wenigsten einsehbare Stelle des ganzen Geländes.

Ob der Täter wohl selbst hier geparkt hatte? Stellte er sein Auto unter der Woche an diesem Ort ab und fuhr mit dem Pendlerzug in die Stadt? Sie glaubte es nicht. Zu nah, viel zu privat. Aber irgendwann in der Vergangenheit musste er es getan haben. Vielleicht hatte er früher hier gewohnt.

Jodie trat aus dem Schatten des Viadukts und spürte, wie die Sonne ihren Nacken wärmte.

Simon hatte eine Nachtschicht eingelegt und sich sämtliche Bänder aus den Überwachungskameras der Bahn angesehen, jedoch nichts Auffälliges entdeckt. In dem Auto hatte kein Parkschein gelegen, sie hatten also auch kein Zeitfenster, mit dem sie arbeiten konnten, abgesehen davon, dass Jens Falk am Freitag aus der U-Haft entlassen worden war und sie den Wagen am Samstagabend gefunden hatten. Was hatte Falk gemacht, nachdem er das Untersuchungsgefängnis verlassen hatte?

Was übersahen sie?

Die gemeinsamen Nenner zwischen den Opfern waren Vergewaltigung und Misshandlung. Das sprach für Rache. Persönliche und brutale Rache. Aber Jens Falks Tochter und Ehefrau, die ein Motiv gehabt hätten, konnten ein Alibi vorweisen und kamen als Täter nicht in Frage.

Jodie seufzte.

Das wahrscheinlichste Szenario war nach wie vor, dass es sich um eine Abrechnung im kriminellen Milieu handelte, dachte sie, dass sie nach einem Täter suchten, der in der Vergangenheit bereits getötet hatte. Viele Male.

Aber weshalb? Was hatten diese Männer getan, um so bestialisch gefoltert zu werden?

Simon und sie hatten die Namen aller Opfer durch sämtliche Datenbanken laufen lassen, hatten Namenslisten erstellt, sie im Einsatzraum aufgehängt und miteinander verglichen. Doch Fehlanzeige. Es gab keine Person, die mit Marco Holst, Fadi Sora, Markus Ingvarsson, Ibrahim Eslar und Jens Falk in Verbindung gebracht werden konnte.

Der Täter schien seine Opfer willkürlich ausgewählt zu haben.

Jodie blieb abrupt stehen. *Willkürlich.* Sie wiederholte das Wort im Kopf. Konnte der Täter seine Opfer zufällig gewählt haben, allein aus dem Grund, weil sie mit dem Gesetz in Konflikt geraten waren? Ein Rechtsextremist, der aus Wut über zu milde Urteile Selbstjustiz übte?

Sie spürte, wie sich ihr Magen verkrampfte, als wäre sie etwas Entscheidendem auf der Spur.

Dann schüttelte sie den Kopf, hinterfragte ihre eigene Theorie. Niemand tötete, ohne in einer persönlichen Beziehung zum Opfer zu stehen, nicht so. Die Vorgehensweise war zu ... *emotionsgeladen.* Zu nah. Unbekannte tötete man aus der Distanz, mit einer Schusswaffe, wie John Ausonius, der sogenannte Lasermann.

Es sei denn, sie hatten es mit einem Profi zu tun, ging es Jodie im nächsten Moment durch den Kopf. Mit jemandem, der nahkampferprobt war, der das Töten aus nächster Nähe erlebt und selbst getötet hatte. Einem Soldaten, der aktiven Dienst an der Waffe geleistet hatte.

Jodie griff nach ihrem Handy, während sie langsam zum Auto zurückging. Sie wollte Carl anrufen, zögerte aber. Was sollte sie sagen? Dass sie ein Gefühl hatte …?

Sie steckte das Handy wieder in die Tasche. Sie konnten morgen darüber reden.

In einer Stunde war sie zum Mittagessen mit Sofia verabredet, einer alten Freundin aus der Zeit, als sie noch Psychologie studiert hatte. Sie wollten sich in der Villa Källhagen treffen, würden Tee trinken und gesunde Sandwiches mit Salat und nährstoffreichen Nüssen essen. Und sie würden über Sofias zwei Kinder reden, darüber, warum Jodie ihr Psychologiestudium abgebrochen hatte, über Männer und schließlich wieder über Sofias Kinder. Das machten sie jedes Mal, wenn sie sich sahen. Und zwei Stunden später würde Jodie nach Hause fahren, sich im Fernsehen eine Liebeskomödie anschauen, Pizza essen und es dabei belassen.

45

Montag, 12. Mai

«Wie ist der Mann gestorben?», fragte Alexandra Bengtsson, kaum dass sie ihren Namen am Telefon genannt hatte.

Es war kurz nach zehn Uhr, und sie war immer noch bei ihrer ersten Tasse Kaffee. Die Wochenendschicht hatte einen kurzen Artikel über die männliche Leiche verfasst, die in einem Auto in Spånga aufgefunden worden war. Inzwischen lagen ihnen Informationen vor, denen zufolge der Mann gefoltert worden war. Der Reporter, der den ersten Artikel geschrieben hatte, beschäftigte sich gerade mit einem Reihenhausbrand in der Nähe von Karlskoga. Und Alexandra hatte die Anweisung erhalten, dem Leichenfund nachzugehen.

«Ich habe keine Zeit, um mit Ihnen zu sprechen», sagte Carl Edson am anderen Ende der Leitung.

«Ich mache nur meine Arbeit ...»

Schweigen.

«Und es geht ganz schnell», fügte sie hinzu. «Ich habe nur ein paar Fragen. Können Sie sagen, wer der Mann ist und wie er getötet wurde?»

Carl Edson seufzte.

«Der Mann ist am Vortag freigesprochen worden ...»

«Weshalb stand er vor Gericht?»

«Die Anklage lautete sexueller Missbrauch der eigenen Tochter.»

Alexandra fiel fast der Stift aus der Hand.

«Jens Falk ...?», flüsterte sie.

«Wir haben die Identität des Mannes bislang zurückgehalten, aber ja ... Woher wissen Sie das?»

Alexandra schluckte. Sie wollte nicht zugeben, dass sie Jens Falk am Tag seiner Freilassung begegnet war, für den Fall, dass Marvin von der Sache Wind bekam.

«Ich ... Ich habe zu Beginn der Gerichtsverhandlung einen Artikel über ihn geschrieben und den Prozess verfolgt», sagte sie. «Wie ist er gestorben?»

«Er wurde zu Tode misshandelt», erwiderte Carl.

«Wie?»

Carl Edson seufzte erneut.

«Dazu kann ich mich zum gegenwärtigen Zeitpunkt nicht äußern.»

«Wir haben Informationen vorliegen, dass der Mann gefoltert wurde. Was können Sie dazu sagen?»

«Auch hier gilt: Kein Kommentar.»

Alexandra sah sich in der Redaktion um. Einige Kollegen tauschten sich über ihre Wochenenderlebnisse und eine Wohnungsbesichtigung am Mariatorget aus. Sie kritzelte «Täter?» auf den Notizblock, der vor ihr lag.

«Haben Sie noch weitere Fragen?», meldete Edson sich zu Wort.

«Bringen Sie diesen Mord mit den anderen Mordfällen in Verbindung?»

«Dazu kann ich mich nicht äußern.»

«Okay, lassen Sie mich die Frage so formulieren: Können Sie ausschließen, dass dieser Mord etwas mit den anderen Mordfällen zu tun hat?»

Wieder eine Pause. Dann sagte Carl leise:

«Nein ...»

«Dieser Mord könnte also vom selben Täter verübt worden sein wie die vorherigen Morde?»

«Ja.»

«Warum glauben Sie das?»

Ein weiterer Seufzer.

«Wir glauben gar nichts. Aber *eine* der Hypothesen, der wir zurzeit nachgehen, ist, dass es sich um denselben Täter handeln könnte.»

«Okay», sagte Alexandra. «Und warum?»

«Es gibt bestimmte Merkmale, die die Morde miteinander verbinden. Auf nähere Details kann ich nicht eingehen.»

«Die Vorgehensweise?»

«Es tut mir leid. Dazu kann ich mich wirklich nicht äußern, bitte haben Sie Verständnis. Das ist ermittlungsrelevant.»

«Gibt es außer der Vorgehensweise etwas, das die Morde miteinander in Zusammenhang bringt?»

«Wie ich bereits sagte, dazu kann ich mich zum gegenwärtigen Zeitpunkt nicht äußern», erwiderte Carl genervt. «Ich muss jetzt Schluss machen. Ich habe gleich eine Besprechung ...»

«Nur noch eine letzte Frage: Nach Angaben Ihrer Pressestelle haben Sie den Mann gefasst, nach dem Sie im Zusammenhang mit dem Mord an Amelia Zhelov gefahndet haben – gilt er nach wie vor als tatverdächtig?»

«Bis auf weiteres, ja.»

«Wie meinen Sie das?»

«Wir warten noch auf die Ergebnisse der DNA-Analyse, ehe wir ihn als Täter ausschließen können. Jetzt muss ich aber wirklich ...»

Alexandra hörte, wie er sie wegdrückte, in der Leitung wurde es still. Sie begann zu schreiben. Über den Bildschirm hinweg sah sie Marvin, der gerade den Gang entlangschlenderte. Schnell duckte sie sich, damit er nicht auf die Idee kam, sich hinter sie zu setzen, und sein albernes «Dann hau in die Tasten!» ertönen ließ.

46

Carl Edson blickte irritiert auf sein Handy und ärgerte sich über das Gespräch. Warum hatte er überhaupt mit dieser Journalistin geredet? Nachdem er eine Weile in den Einstellungen seines Handys herumgesucht hatte, fand er schließlich die Funktion «Nicht stören». Dann machte er sich auf den Weg nach Solna. Er parkte direkt vor dem flachen roten Backsteinkomplex und wurde kurz darauf von einem Mitarbeiter hereingelassen, der ihm erkennend zunickte. Carl war ihm schon häufiger begegnet, konnte sich jedoch nicht an seinen Namen erinnern. Deshalb nickte er nur und ging zum Obduktionsraum.

Obwohl warmes Vormittagslicht durch die großen Fenster fiel, überkam ihn wie immer ein unbehagliches Gefühl. Die weißen Kacheln, die blanken Edelstahltische, die Ablaufrinnen, die Werkzeuge. Wie eine morbide Hightech-Tischlerwerkstatt. *Der Raum der Toten. Der Raum der unseligen Toten*, dachte er. Laut sagte er:

«Haben Sie die Todesursache festgestellt?»

Diesmal war nicht Cecilia Abrahamsson anwesend, die er trotz ihrer überheblichen Art bevorzugt hätte, sondern dieser junge Rechtsmediziner, Sebastian irgendwas. Der Mann lächelte ihn an und wedelte mit seinen Schutzhandschuhen in der Luft, als wollte er sich entschuldigen, dass er Carl nicht die Hand gab.

«Sebastian Lantz», stellte er sich vor. «Wir sind uns noch nicht begegnet.»

Carl nickte und betrachtete die Finger des Mannes. Trotz der Schutzhandschuhe wirkten sie ungewöhnlich lang. Die gängige Bezeichnung lautete wohl Künstlerhände, aber in einem Obduktionsraum erinnerten ihn die Finger des Mannes eher an die Gebeine eines Skeletts.

«Carl Edson», sagte er.

Sebastian Lantz lächelte erneut. Klare blaue Augen. Naiv.

«Der Eispickel im Auge», sagte er. «Das war die Todesursache. Die Spitze ist durch die Augenhöhle tief ins Gehirn gestoßen worden, bis ins verlängerte Mark und ins Kleinhirn. Der Tod ist vermutlich unmittelbar oder sehr schnell eingetreten.»

Carl nickte.

«Anschließend hat der Täter oder irgendjemand anderes den Eispickel so weit wieder herausgezogen, dass nur noch die Spitze in der Augenhöhle steckte.»

«Mmh ... Haben Sie noch mehr? Was können Sie über den Mann sagen?»

Sebastian trat an den Obduktionstisch, auf dem der Leichnam des Mannes lag. Die Schädeldecke war aufgesägt und das Gehirn entfernt worden. Das halbe Kranium ließ den Mann wie eine bizarre Puppe aussehen. Aber Carl konnte dennoch erkennen, dass sein Gesicht völlig entstellt war, als hätte jemand ganze Hautpartien und Fleisch mit einem spitzen Gegenstand herausgerissen.

«Ein älterer Mann», sagte Lantz, «schätzungsweise um die sechzig.»

«Zweiundsechzig», sagte Carl.

Sebastian Lantz nickte bestätigend.

«Das könnte stimmen ... Die Leiche ist brutal entstellt. Die Verletzungen im Gesicht und im Genitalbereich wurden prämortal zugefügt, also als der Mann noch am Leben war. Vermutlich mit dem Eispickel.»

Carl nickte wieder und sah, dass der junge Rechtsmediziner mit seinen langen Fingern auf die Bauch- und Schrittpartie der Leiche deutete.

«Gibt es Verletzungen, die von einem Elektroschocker stammen können?», fragte Carl.

Lantz sah ihn erstaunt an.

«Nein», sagte er zögernd. «Solche Verletzungen sind mir nicht aufgefallen.»

«Schauen Sie bitte noch einmal nach», bat Carl.

Lantz wirkte gekränkt.

«Was noch?», fuhr Carl fort.

«Der Mann hat zahlreiche ältere Narben. Vermutlich von Messerstichen. Ich habe elf Stichwunden am Rumpf und im Brustbereich gezählt. Seine Arme weisen vernarbte Abwehrverletzungen auf. Vermutlich war er vor etlichen Jahren in eine Messerstecherei verwickelt. Den Verletzungen nach zu urteilen, ist es ein Wunder, dass er überlebt hat. Aber wie gesagt, sie sind alt.»

«Wie alt?»

Lantz wog unschlüssig den Kopf.

«Schwer zu sagen. Der Beschaffenheit des Narbengewebes nach, schätzungsweise über zwanzig Jahre. Dreißig vielleicht.»

Carl nickte.

«Wie hat der Täter ihn ruhiggestellt? Haben Sie irgendwelche Vermutungen?»

«Wie bitte?»

Lantz blickte ihn zum zweiten Mal erstaunt an.

«Weisen seine Hand- oder Fußgelenke irgendwelche Fesselspuren auf, Verletzungen, die von Nägeln herrühren oder Klebeband, hat er blaue Flecke, Wunden ...»

Sebastian Lantz schüttelte den Kopf.

«Nein, allerdings konnte ich ein frisches Blutgerinnsel am Hinterkopf feststellen. Keine Fraktur des Schädelknochens, aber ausreichend, um das Bewusstsein zu verlieren. Ich nehme an, dass der Täter einen weichen Gegenstand benutzt hat.»

«Erklären Sie mir das», bat Carl.

«Ich bin kein Waffenexperte, aber ich denke an einen mit Sand gefüllten Strumpf oder etwas Ähnliches.»

Wieder nickte Carl.

«Und Sie sind sich sicher, dass es keinerlei Verletzungen gibt, die darauf hindeuten, dass er gefesselt oder auf eine andere Art fixiert wurde?»

«Ganz sicher.»

«Gut, vielen Dank. Schicken Sie uns Ihren vollständigen Bericht?»

«Selbstverständlich.»

Carl fror und wollte den Obduktionsraum gerade verlassen, als Lantz ihn aufhielt.

«Eine Sache wäre da noch ...», bemerkte er.

Carl drehte sich um und sah den Rechtsmediziner mit hochgezogenen Augenbrauen an.

«Es ist vielleicht nicht relevant, aber ich dachte, ich sollte es Ihnen trotzdem sagen.»

«Ja?», sagte Carl und verbarg seine Irritation, dass es Lantz offensichtlich Schwierigkeiten bereitete, zur Sache zu kommen. Er hatte fast das Gefühl, mit Linda zu reden, der er für gewöhnlich jedes Wort einzeln aus der Nase ziehen musste.

«Der Mann hatte ein Kaugummi im Mund. Das ist ein bisschen ...»

«Was?!», entfuhr es Carl, und er ging zurück zu Lantz und

dem aufgeschnittenen, von seinen Innereien befreiten Leichnam auf dem Obduktionstisch.

Lantz wirkte verlegen.

«Ja ... Es ist natürlich sein eigenes, auf dem er zum Zeitpunkt des Angriffs kaute. Aber ich finde es etwas sonderbar, dass es ihm nicht aus dem Mund gefallen ist. Entweder das oder warum er es nicht aus Versehen hinuntergeschluckt hat. Wie ich bereits sagte, war er aller Wahrscheinlichkeit nach bewusstlos, als er ermordet wurde.»

Carl hörte nicht mehr zu. Er spürte, wie sich alle Muskeln in seinem Körper anspannten, er wachsam wurde, als wäre er im Begriff, die Attacke eines unbekannten Angreifers abzuwehren, der ihm in den Fluren außerhalb des Obduktionsraumes auflauerte.

«Haben Sie das Kaugummi noch?»

Lantz nickte.

«Ja, ich wollte es zuerst wegwerfen, doch dann dachte ich ...»

«Gut! Wo ist es?»

Der junge Rechtsmediziner ging zu einem Pappkarton, der auf einem Tisch an der Wand stand. Er griff hinein und nahm eine verschlossene bläuliche Plastiktüte heraus.

«Hier!»

«Schicken Sie das ins Kriminaltechnische ... Oder warten Sie! Ich mache es selbst.»

«Gut, aber warum ...?»

Carl sah den Rechtsmediziner an, als zweifele er an dessen Geisteszustand.

«Um es auf DNA-Spuren untersuchen zu lassen, was glauben Sie denn?», blaffte er und bereute es sofort; es gab keinen Grund, unhöflich zu sein.

«Aber wir haben die DNA des Mannes bereits gesichert ...»

«Wir suchen nicht nach seiner DNA.»

Lantz blickte ihn verständnislos an.

«Also ... Sie glauben, dass ihm jemand das Kaugummi in den Mund geschoben hat?»

Carl nickte, griff nach der Tüte und verließ den Obduktionsraum. Er hatte das Gefühl, dem Täter endlich näher gekommen zu sein – und ihnen nicht mehr viel Zeit blieb.

NEIN!

Das ist eine Lüge. Ich habe Jens Falk nicht umgebracht. Ihn nicht. Wie kann das jemand glauben, ihn mit mir in Verbindung bringen, mit meinen Opfern?

Ich schreie vor Wut, ein hoher, schriller Schrei, ehe es mir gelingt, mich wieder zu beherrschen. Ich sitze reglos da, die Hände auf dem Küchentisch, schließe die Augen und hole tief Luft. Es spielt keine Rolle, rede ich mir ein. Das macht nichts. Es könnte sogar von Vorteil sein.

Auch wenn ich meine Zweifel nicht völlig ausräumen kann, werde ich schließlich wieder ich selbst, mein normales Ich.

Meine Schwester hat heute Nacht angerufen. Diesmal sagte sie etwas, drei Worte: «Ich bin es.»

Für einen flüchtigen Moment flackerte ihr Gesicht vor meinem inneren Auge auf, das schwarze Haar mit grauen Strähnen durchzogen, Falten um Augen und Mund. Nicht so, wie ich sie in Erinnerung habe. Sondern gealtert. Dann legte sie auf.

Ich hasse sie.

Schon als Kinder haben wir einander gequält. Psychisch und physisch. Sie war die Liebe, Fleißige, ich alles andere. Streitsüchtig, anstrengend, unordentlich. Unsere Eltern mochten sie. Was mich anging, fiel ihr Urteil zwiespältig aus.

Ich will nicht sagen, dass ich ungeliebt war. In unserer Familie wurde niemand geliebt, nicht in dem Sinne, in dem andere Menschen das für gewöhnlich verstehen. Wir wurden versorgt. Das Jugendamt hätte uns als privilegiert eingestuft, als Kinder, die sich glücklich schätzen durften, behütet aufzuwachsen.

Doch abgesehen von dem gigantischen Haus, den teuren Autos, den Putzfrauen, dem Gärtner, unseren Markenklamotten, den Spielsachen, den Urlaubsreisen in die Provence, all diesen nach außen hin sichtbaren, eben äußerlichen Dingen – abgesehen von alldem waren wir … unterernährt.

Ich erinnere mich daran, wie unwohl ich mich immer fühlte, wenn ich mit meinem Vater allein war. Wir wussten nicht, was wir zueinander sagen sollten. Als wäre ich ein Kind, das er einsam und verlassen weinend auf dem Bürgersteig aufgelesen hätte und nun versuchte, der Polizei behilflich zu sein.

Jedenfalls wurden wir, wie wir wurden, meine Schwester und ich.

Einmal habe ich sie niedergerungen. Sie lag auf dem Rücken, ich saß auf ihrem Bauch, die Knie auf ihren Armen. Sie konnte sich nicht bewegen. Ich hielt eine Schere in der Hand und versuchte, ihr ein paar Strähnen von ihrem dunklen Haar abzuschneiden. Sie schrie, ich solle aufhören. Da schnitt ich stattdessen ganz leicht in ihr linkes Ohrläppchen. Es wurde tatsächlich ein richtiger Schnitt, aber er blutete nur ein bisschen. Ich weiß noch, dass mich das enttäuschte, beinahe wütend machte. Und dass ich von einem Gefühl innerer Leere erfasst wurde.

Meine Mutter fragte mich hinterher, weshalb ich das getan hätte. Aber ich wusste nicht, was ich darauf antworten sollte. Ich wusste es einfach nicht. Später habe ich darüber nachgedacht. Ich glaube, ich wollte testen, ob wir wirklich existierten. Ich wollte sehen, ob wir wirklich bluteten. Ob meine Schwester und ich wirklich aus Fleisch und Blut waren.

Meine Schwester rächte sich, indem sie mir einige Tage später, als ich mich am Abendbrottisch nach der Schüssel mit dem Gemüse streckte, mit voller Wucht ihre Gabel in die rechte Hand rammte. Die Zinken bohrten sich tief in meinen Handrücken. Als ich meine Hand reflexartig zurückzog, stieß ich dabei eine Milchpackung um, und die Milch floss über den Tisch. Das Blut, das von meinem Handrücken tropfte, bildete rote Schlieren in der weißen Lache. Dann zog ich wortlos die Gabel aus meiner Hand. Ich erinnere mich nicht, geweint zu haben. Vielleicht stand ich unter Schock. Oder ich spürte, dass das die Verhaltensweise war, die von mir erwartet wurde. Unsere Eltern reagierten mit ihrem üblichen unheimlichen Schweigen. Wischten Blut und Milch vom Tisch, brachten mich in die Notaufnahme, aber sie sagten nichts. Nicht an jenem Abend.

Mein Vater vertrat die Ansicht, dass man seine Gefühle «lüften» müsse. So drückte er es aus. Das war eines der beiden Prinzipien, nach denen er als Militärangehöriger lebte. Das zweite war Disziplin. Ich glaube, dass er sein Leben grundsätzlich nach Regeln und Gesetzen ausrichtete, auf dem Kasernenhof jedoch gelernt hatte, dass es nicht möglich war, Gesetze aufzustellen, wenn man den «Jungs nicht hin und wieder gestattete, Druck abzulassen», wie er es formulierte.

Nachdem er uns bestraft hatte – meine Schwester musste zu unserer Großmutter fahren und den ganzen Sommer allein mit ihr verbringen, «damit wir eine Zeitlang getrennt voneinander wären» –, brachte er uns Kampftechniken und den Umgang mit Waffen bei. Er war allen Ernstes der Meinung, dass wir unsere Aggressionen abbauten, indem wir ein ganzes Pistolenmagazin auf eine Pappfigur abfeuerten, die einen Soldaten darstellte.

An dieser Stelle, glaube ich, wäre das Jugendamt ausnahmsweise einmal eingeschritten, wenn den Mitarbeitern zu Ohren gekommen wäre, dass wir als Zehnjährige mit der Dienstwaffe unseres Vaters schießen durften. Wir übten auf einer abgelegenen Waldlichtung auf dem Land. Außer uns war niemand dort, und unser Vater, der Oberst, führte strenge Aufsicht über uns – aber trotzdem. Ich erinnere mich, dass es mir gefiel. Dass ich mich mit dem kalten Gewicht der Pistole in der Hand sicher fühlte. Dass mir das Gefühl von Stärke gefiel, wenn ich die Löcher in der Pappfigur sah, wenn ich den Rückstoß der Waffe spürte.

Ironischerweise spielte das eingeschnittene Ohrläppchen meiner Schwester keine Rolle. Ein paar Jahre später zerfetzte ein Hund ihr Gesicht.

Aber ich habe nach wie vor vier weiße Punkte auf dem Handrücken.

47

Dienstag, 13. Mai

Claes Kullberg war einundfünfzig Jahre alt und hysterisch. Er schrie ins Telefon. Seine Stimme überschlug sich. Was er sagte, war kaum zu verstehen, obwohl er dieselben Worte ein ums andere Mal wiederholte.

«Er ist zerquetscht ... Er ist zerquetscht ...»

Der Mitarbeiter der Notrufzentrale brauchte mehrere Minuten, um herauszufinden, weshalb der Mann anrief.

«Ist jemand verletzt?», fragte er

«Nein! Nein, das sage ich doch die ganze Zeit. Er ist tot. Tot!»

«Ist jemand in Ihrem Umfeld gestorben?»

«Nein! Er war tot!»

«Sie haben also einen toten Mann gefunden?»

«Nein!», rief Claes Kullberg. «Buster hat ihn gefunden.»

«Wer ist Buster?»

«Mein Hund. Er lief ins Gebüsch und fing an zu bellen ...»

«Okay. Wo sind Sie gerade?»

«In meinem Radlader.»

«Und wo ist der?»

«Am Kalksteinbruch.»

«Wo?»

«In Forsby.»

«Ach da», sagte der Mitarbeiter, als würde er den Ort besonders gut kennen. «Und dort haben Sie die Leiche entdeckt?»

«Ja!», rief Claes Kullberg ungeduldig.

«In Ordnung, beruhigen Sie sich.»

«Ich bin ganz ruhig.»

«Und wo genau liegt der Mann?»

«Hier. Am Fuß der Abbruchkante.»

«Können Sie das genauer beschreiben?»

«Das habe ich doch! In Forsby. Im Kalksteinbruch in Forsby! Unterhalb der Aussichtsplattform!»

In der Leitung wurde es still. Claes Kullberg hörte das Geklapper einer Computertastatur.

«Ja, ich habe die Stelle. Ich werde es an die Kollegen weiterleiten.»

«Danke!»

«Bleiben Sie bitte vor Ort, bis Polizei und Rettungswagen eintreffen.»

«Ja ... Ja, aber ich steige nicht aus meinem Radlader. Nicht noch einmal.»

***

Die erste Polizeistreife benötigte fünfunddreißig Minuten von Katrineholm bis in die breite Schotterstraße zum Kalksteinbruch. Weiße Steilwände ragten zu beiden Seiten zwanzig, dreißig Meter in die Höhe. Hier und da öffneten sich blaugrüne Seen und große, mit Wasser gefüllte Krater.

Als der Streifenwagen schließlich auf den riesigen asphaltierten Platz einbog, ohne Blaulicht oder Sirene, starrte Claes Kullberg ihn aus der Fahrerkabine seines Radladers, wo er gesessen und gewartet hatte, ungläubig an.

«Meine Güte!», rief er erneut mit sich überschlagender Stimme, während er aus der Fahrerkabine kletterte und auf den Wagen zulief. «Warum hat das so lange gedauert?»

Auf der Beifahrerseite stieg ein Polizeibeamter aus und setzte vorschriftsmäßig seine Dienstmütze auf. Dann wandte er sich an Claes.

«Sind Sie Claes Kullberg?»

«Ja, wer sonst?»

«Haben Sie die Notrufzentrale alarmiert?»

«Ja!», rief Kullberg.

Der Polizist zog einen Block hervor und machte sich Notizen. Claes starrte ihn an. Der Polizeibeamte fuhr fort:

«Arbeiten Sie hier?»

Kullberg schaute ihn verblüfft an und strich mit den Händen über seine neongelbe Arbeitsweste.

«Ja, aber was spielt das für eine Rolle?»

Der Polizist ignorierte seine Frage.

«Was tun Sie genau?»

«Ich ... Ich bin Radladerfahrer. Unter anderem. Wir schichten hier unten die Kalksteinblöcke auf.»

Der Beamte nickte und notierte etwas.

«In dem Bericht der Notrufzentrale steht, dass Sie eine männliche Leiche gefunden haben?»

«Ja, das habe ich doch schon am Telefon gesagt ...»

«Die Kollegen aus der Notrufzentrale übermitteln uns nicht immer alle relevanten Informationen, deshalb müssen wir draußen im Feld noch einmal nachfragen», erklärte der Polizist.

«Im Feld?», wiederholte Claes verständnislos.

Jetzt stieg auch der Fahrer des Streifenwagens aus und kam langsam auf sie zu, es war eine Frau.

«Wo befindet sich die Leiche?», fragte sie.

Kullberg sah sie an.

«Wer sind Sie?»

«Polizeiassistentin Camilla Nord.»

Mit einer unbestimmten Kopfbewegung wies Claes in Richtung des Unterholzes am Rand der Asphaltfläche, hinter dem sich die Wände des Steinbruchs senkrecht erhoben.

«Am Fuß der Abbruchkante», sagte er und erschauerte unwillkürlich beim Gedanken an den Anblick, der sich ihm vor fast einer Stunde geboten hatte.

«Würden Sie uns die Stelle bitte zeigen?», bat die Polizeibeamtin.

Claes schluckte und ging über den asphaltierten Platz. Sein Hund Buster, ein Flat Coated Retriever, kläffte in der Fahrerkabine des Radladers. Aber Claes wollte ihn nicht rauslassen, wollte nicht, dass er noch einmal in die Nähe der Leiche kam.

Kullberg betrat vor Camilla Nord das Birkengehölz. Er ging zügig voran und ließ die Äste, die er zur Seite bog, zurückschnellen, ohne daran zu denken, dass sie der Polizistin ins Gesicht und an die Beine schlugen.

«Hier», sagte er.

Zehn, fünfzehn Meter vor ihm erhob sich die Steilwand des Steinbruchs. Kullberg deutete ins Unterholz.

«Dort drüben», sagte er, ohne hinzusehen. «Er liegt dort drüben am Abhang.»

Einen Augenblick standen sie schweigend da. Der Maschinenlärm vom anderen Ende des Steinbruchs, wo ein Lastwagen mit zerkleinertem Kalkstein beladen wurde, war unnatürlich laut, als würden die Geräusche von den steilen Wänden zurückgeworfen und verstärkt.

«Haben Sie die Leiche angefasst? Sie bewegt oder dergleichen?», fragte die Polizeibeamtin.

Claes schüttelte heftig den Kopf.

«Nein, nein, das habe ich nicht ... Ich habe nichts angefasst. Buster ist in das Unterholz gelaufen. Ich habe ihn zurückgerufen, aber er kam nicht. Ich dachte, er hätte ein Reh oder irgendein anderes Tier aufgestöbert, das den Abhang heruntergefallen ist. Also bin ich ihm nachgegangen. Dann habe ich den Mann gesehen ...»

Er schluckte erneut, versuchte, die Erinnerung zu verscheuchen.

«Ich dachte, er wäre abgerutscht, da oben an der Abbruchkante liegen lauter lose Steine ... Ich habe gerufen, aber als er nicht antwortete, bin ich hingegangen, um ...»

Er sah Camilla Nord flehend an.

«Da habe ich gesehen, dass er ...»

Kullberg schüttelte den Kopf.

«Er ist zerquetscht, als wäre er von einem Radlader überfahren worden.»

Camilla Nord blickte den Abhang empor.

«Der Sturz muss ...»

«Nein, nein!», fiel Claes ihr ins Wort. «Nicht so. Er war zerquetscht ... platt gewalzt.»

Die Polizistin sah ihn fragend an, streifte sich jedoch ein Paar Latexhandschuhe über und zwängte sich vorsichtig durch das Gebüsch. Der Mann lag auf der Seite, Arme und Beine in einem unnatürlichen Winkel vom Körper abgespreizt. Sie beugte sich weiter vor, um sein Gesicht sehen zu können, als wollte sie sich vergewissern, dass der Mann wirklich tot war.

Dann wich sie unwillkürlich zurück, stolperte über einen Stein und fiel rücklings ins Unterholz, während sie mit den Beinen strampelte, um so weit wie möglich von der Leiche wegzukommen. Als sie wieder den Asphaltplatz erreicht hatte, drehte sie sich zur Seite und übergab sich.

Ihr Kollege warf ihr einen erstaunten Blick zu und ging auf das Birkengehölz zu. Sie fuchtelte abwehrend mit der einen Hand und wischte sich mit der anderen den Mund ab.

«Nein, Anders, geh nicht dahin!», rief sie und schüttelte heftig den Kopf. «Ruf die Reichsmordkommission.»

Ihr Kollege blieb stehen.

«Jetzt!», schrie sie mit heiserer Stimme. «Jetzt sofort!»

48

«Großer Gott!», entfuhr es Carl Edson, als er die Leiche zwei Stunden später betrachtete.

Der Mann hatte sich im Unterholz verkeilt. Er lag so, dass er Carl die Überreste seines Gesichts zuwandte und ihn direkt anschaute. Sein Gesicht war bis zur Unkenntlichkeit entstellt. Es war zerdrückt, zu einem Gebilde deformiert, das entfernt an einen Plattfisch erinnerte. Als die Skelettmuskulatur nachgegeben hatte, war einer der Augäpfel aus seiner Höhle hervorgequollen und hing jetzt über der Nase, die als Einziges noch ihre ursprüngliche Form aufwies. Am Augapfel und in den Wunden hafteten Dreck und Tannennadeln.

Zwei Kriminaltechniker knieten vor der Leiche und arbeiteten konzentriert.

«Seine Jacke ist zerrissen, Rücken und Hinterkopf weisen Schürfwunden auf», sagte Lars-Erik Wallquist, während er Leichnam und Jacke fotografierte.

Er blickte den Steilhang empor.

«Arme und Fußgelenke sind mit Kabelbindern und Seilen gefesselt. Die Seilenden wurden mit einem scharfen Werkzeug durchtrennt. Vermutlich wurde die Leiche ein kurzes Stück über einen Schotterweg geschleift, ehe sie den Abhang hinuntergestoßen wurde.»

Wallquists Kollege pflückte mit einer Pinzette etwas von der Jeans des Mannes.

«Sichere eine Haarsträhne vom Jeansstoff am rechten Knie», sagte er.

«Abgesehen vom Blut, das aus Mund und Nase ausgetreten

ist, und ein wenig Hirnsubstanz befinden sich auf dem Hemd keine weiteren Blutspuren», fuhr Lars-Erik fort. «Offenbar hat der Täter das Opfer nicht mit einem Schlagwerkzeug attackiert. Dadurch wären Schnittwunden und Blutspritzer entstanden.»

«Der Druck wurde langsam ausgeübt», bestätigte Wallquists Kollege. «Wie mit einer Hydraulikpresse.»

«Oder einem Schraubstock …»

Carl räusperte sich. Die beiden Kriminaltechniker drehten sich missbilligend zu ihm um.

«Was machst du hier?», fragte Lars-Erik.

Carl riss seinen Blick von dem entstellten Gesicht des Toten los, nur um im nächsten Moment zu entdecken, dass der Körper wirkte, als besäße er gar kein Skelett. Das Wort *Schraubstock* hallte in seinem Kopf nach, und er kämpfte gegen einen Brechreiz an.

«Der Mann war also schon vor dem Sturz tot?», fragte er.

Lars-Erik Wallquist schaute ihn irritiert an.

«Das beantworten deine Kollegen in der Rechtsmedizin. Und ja, weil du schon fragst: Auf dem Boden um die Leiche herum ist kein Blut. Also war der Mann wahrscheinlich schon tot, als er den Abhang hinunterstürzte. Mausetot, wenn du mich fragst.»

Er deutete auf den Kopf des Mannes.

«Diese Verletzungen wurden nicht durch den Sturz verursacht.»

«Könnte es der Versuch sein, das Ganze wie einen Unfall aussehen zu lassen?», fragte Carl.

Lars-Erik verdrehte die Augen.

«Frag den Täter!»

Carl ließ sich nicht provozieren.

«Gibt es irgendwelche Spuren vom Täter?», fuhr er in dem höflichen Tonfall fort, den er Lars-Erik gegenüber grundsätzlich anschlug.

«Du bekommst einen Bericht, aber nein, bisher konnten wir keine erkennbaren Spuren sicherstellen. Wir haben den Bereich oberhalb der Abbruchkante abgesperrt. Dort könnte möglicherweise der Tatort sein. Aber wir sind noch nicht dazu gekommen, uns die Stelle anzusehen, wenn's recht ist. Wir sind erst seit zwanzig Minuten hier.»

Lars-Erik sah Carl herausfordernd an, der nur resigniert nickte.

«Irgendwelche Ähnlichkeiten?», fragte er leise, als hoffte er, Lars-Erik würde die Frage nicht hören.

Doch das tat er.

«Mit dem Kerl, den wir am Samstag mit einem Eispickel im Auge gefunden haben, oder mit den anderen Morden?»

«Jede Ähnlichkeit, die du feststellen kannst», erwiderte Carl.

«Zwei Dinge», sagte Lars-Erik. «Erstens: Es ist die grausamste Form von Folter, die ich in meinen dreißig Dienstjahren jemals gesehen habe. Und zweitens: Wir konnten keine Spuren vom Täter sichern. Jedenfalls bisher nicht. Ansonsten nichts weiter.»

Carl nickte.

«Wissen wir schon, wer er ist?»

Lars-Erik zuckte mit den Schultern.

«Laut Führerschein heißt er Sid Trewer. Aber schwer zu sagen, ob es wirklich seiner ist, die Leiche bietet nicht mehr viele Vergleichsmöglichkeiten.»

Carl schwieg.

«Darüber hinaus wissen wir nichts», fuhr Lars-Erik fort. «Rein gar nichts. Du musst dich gedulden, bis wir hier fertig sind.»

Carls Blick war wieder zu dem entstellten Gesicht des Mannes hinübergewandert, hastig wandte er sich ab und machte sich auf den Weg zurück durchs Untergehölz.

Auf der Asphaltfläche standen fünf Fahrzeuge. Der graue Van der Kriminaltechniker mit geöffneten Hintertüren. Der Streifenwagen der beiden Polizeibeamten, die als Erste vor Ort gewesen waren, sein eigenes Auto, ein Leichentransporter, aus dem zwei Männer gerade eine Bahre luden, und Cecilia Abrahamssons schwarzer Mercedes-Kombi. Carl ging darauf zu. Er hatte persönlich darum gebeten, dass ihr der Fall übertragen wurde.

Sie saß auf dem Fahrersitz und sprach in ein Diktiergerät. Zum ersten Mal fiel Carl auf, dass die Rechtsmedizinerin keine Ringe an den Händen trug. Das erstaunte ihn, für ihn wirkte sie wie jemand, der verheiratet war. Dann erinnerte er sich. Ärzte durften wegen Infektionsgefahr bei der Arbeit keine Ringe tragen.

Er klopfte an das Seitenfenster und deutete fragend auf den Beifahrersitz. Cecilia schaute ihn ausdruckslos an und nickte nach kurzem Zögern. Carl ging um den Wagen herum und setzte sich neben sie.

«Was willst du wissen?», kam sie direkt zur Sache und schaltete ihr Diktiergerät aus.

«Ähnlichkeiten», erwiderte Carl.

«Die vorläufige Todesursache ist ein zertrümmerter Schädelknochen, damit verbunden starke Blutungen und Hirnschäden. Einen definitiven Befund kann ich dir erst nach der

Obduktion liefern. Möglicherweise war der Mann bereits tot, als ihm die Verletzungen zugefügt wurden.»

Die Rechtsmedizinerin machte eine Pause.

«Schätzungsweise ist er seit zwei bis sechs Tagen tot. Aber ich werde den Todeszeitpunkt noch genauer bestimmen. Dass der Leichnam im Freien gelegen hat, erschwert eine exakte Eingrenzung. Allerdings kann ich sagen, dass der Mann woanders ermordet und die Leiche nach der Tat bewegt wurde.»

«Kannst du irgendwelche Parallelen zu unseren anderen Mordfällen feststellen?», fragte Carl.

Cecilia schwieg einen Moment, als hätte sie sich das Beste bis zum Schluss aufheben wollen.

«Der Mann hat Verletzungen, die von einem Elektroschocker herrühren. Auf der linken Brust. Wie die anderen Opfer.»

«Gilt das auch für Jens Falk?», fragte Carl. «Hast du ihn dir schon angesehen? Ich hatte dich ja darum gebeten.»

Die Rechtsmedizinerin nickte, wirkte aber ein wenig verlegen. Wahrscheinlich weil er sie gebeten hatte, sich in die Arbeit eines Kollegen einzumischen, vermutete Carl.

«Nein», antwortete Cecilia. «Die Leiche von Jens Falk weist keinerlei Verletzungen von einem Elektroschocker auf.»

«Bist du dir sicher?»

«Ja, ich habe Tests gemacht. Die anderen Leichen haben Verletzungen, die eindeutig von Elektroschockern stammen. Aber an den Leichen von Jens Falk und Amelia Zhelov habe ich nichts dergleichen festgestellt.»

Carl warf ihr einen unbehaglichen Seitenblick zu.

«Davon abgesehen: nichts», fuhr sie fort. «Die Verletzungen, die dieser Mann aufweist, wurden durch eine andere Art von Gewalteinwirkung verursacht als bei Holst, Sora und Amelia

Zhelov. Was das Ausmaß und ... die Dauer der Gewalteinwirkung angeht, ist das vergleichbar. Aber bei Jens Falk erfolgte sie ... anders. Wie soll ich es erklären, *effektiver*.»

«Effektiver ...?», wiederholte Carl.

«Ja ... die Foltermethoden sind weniger durchdacht und kalkuliert. Jens Falk wurden mit dem Eispickel zwar zahlreiche Schnittverletzungen im Gesicht und an den Genitalien zugefügt, aber der Stoß durch das linke Auge hat ihn ziemlich schnell getötet. Der Zeitraum, bis er starb, war wesentlich kürzer. Von der Dauer her kann man die Tortur, der Jens Falk ausgesetzt war, nicht mit den Qualen vergleichen, die Holst, Sora, Zehlov und jetzt dieser Mann erleiden mussten.»

«Amelia Zhelov ist nicht mehr Teil dieser Ermittlung», sagte Carl.

Cecilia nickte.

«Aber deiner Einschätzung nach», fuhr Carl fort, «könnten Holst, Sora, Falk und jetzt dieser Mann vom selben Täter ermordet worden sein?»

Die Rechtsmedizinerin zögerte einen Augenblick, dann sagte sie:

«Ja, das wäre möglich.»

«Okay», sagte Carl gedämpft und öffnete die Beifahrertür. «Danke!»

Er kehrte auf den Asphaltplatz zurück. Die Polizeibeamtin und der Zeuge aus dem Radlader standen ein wenig abseits. Simon und Jodie befragten die beiden gerade.

Vom Abhang rief Wallquist:

«Carl! Carl Edson, herkommen, sofort!»

Carl drehte sich um und überquerte den Platz. Er warf einen Blick auf die Uhr. Schon zwanzig vor drei. Ihm war klar, dass er es auch heute nicht zum Abendessen nach Hause schaffen würde. Er fluchte innerlich, während er sein Handy aus der Tasche zog, um Karin anzurufen.

Im selben Moment rief eine weibliche Stimme ebenfalls seinen Namen:

«Carl!»

Er blickte auf und hörte das klickende Geräusch einer Kamera. Ein Fotograf mit einem großen Teleobjektiv grinste ihn an. Neben ihm stand eine Frau. Carl erkannte sie wieder. Alexandra Bengtsson, die Journalistin vom *Aftonbladet*. Sie hatte ihn wegen der Mordfälle mehrfach angerufen.

«Was können Sie über den Leichenfund sagen?», fragte sie.

Carl hob abwehrend eine Hand, doch sie schien die Geste als Begrüßung zu interpretieren, denn sie eilte mit raschen Schritten auf ihn zu. Der Fotograf folgte ihr und angelte im Laufen eine andere Kamera mit kurzem, kompaktem Objektiv aus der Tasche.

«Das ist ein Tatort, Sie dürfen sich hier nicht aufhalten», sagte Carl.

Alexandra ignorierte seinen Einwand.

«Wurde das Opfer gefoltert?», fragte sie.

«Dazu kann ich mich nicht äußern», erwiderte Carl.

«Hat der Serienmörder ein weiteres Mal zugeschlagen? Das wäre dann das … fünfte Opfer?»

Diese Schlussfolgerung verpackte sie als Frage. Carl fühlte sich plötzlich müde.

«Wir haben eine männliche Leiche gefunden», sagte er. «Es besteht der Verdacht, dass der Mann ermordet wurde, und wir haben Ermittlungen eingeleitet, das ist alles, was ich gegenwärtig sagen kann. Warum sind Sie hier?»

«Aus demselben Grund wie Sie. Weil ein Verbrechen begangen wurde.»

Alexandra lächelte ihn an. Carl erwiderte es nicht.

«Dies ist ein Tatort», wiederholte er. «Sie haben hier keinen Zutritt. Ich muss Sie bitten, das Gelände zu verlassen und sich außerhalb der Absperrung aufzuhalten.»

Alexandra blickte sich um.

«Welche Absperrung?»

Das hat gerade noch gefehlt!, dachte Carl verärgert.

«Simon!», rief er. «Schnapp dir einen Kollegen und riegel den Steinbruch bitte weiträumig ab.»

Simon zuckte zusammen und warf der Polizeibeamtin einen auffordernden Blick zu.

«Und sei so gut, sorge dafür, dass diese beiden hier das Gelände verlassen», fügte Carl hinzu und wies mit dem Kopf auf Alexandra und ihren Fotografen.

In diesem Augenblick traten die Bestatter mit einer Bahre aus dem Unterholz. Sie hatten den Toten in einen Leichensack gelegt. Ohne sich um den Fotografen zu kümmern, schoben sie die Bahre in den grauen Transporter und schlugen die Hecktüren zu. Carl ging denselben Weg, den sie gerade gekommen waren. In seinem Rücken hörte er das Klicken der Kamera und Simons Stimme, der die beiden Zeitungsreporter barsch verscheuchte, wesentlich erfolgreicher, als er selbst das getan hatte.

Wie hatten sie nur so schnell Wind von der Sache bekommen?, überlegte Carl. Wer war der Maulwurf? Dann wurde ihm bewusst, dass er diese Frage nicht einmal laut stellen durfte, ohne gegen das Gesetz zu verstoßen. Zum Teufel mit dem Schutz von Informanten!

49

«Was machst du gerade Schönes?», fragte Lars-Erik Wallquist.

«Ich ...», begann Carl, verspürte jedoch keine Lust, darauf einzugehen. «Was gibt es?»

Der Leichnam war abtransportiert worden, doch dunkle, von Leichenflüssigkeit verursachte Flecken auf dem Boden verrieten, wo er gelegen hatte.

«Als wir den Mann hochgehoben haben, haben wir etwas entdeckt, das dich vielleicht interessieren könnte.»

Lars-Erik wies mit dem Kopf auf seinen Kollegen, der etwas auf dem Boden fotografierte.

«Und freundlich, wie ich nun mal bin, dachte ich, dass du es sofort erfahren willst. Guck dir das an!»

Der Kriminaltechniker deutete auf einen kleinen Klumpen am Fundort der Leiche. Carl nickte, die Arme vor der Brust verschränkt.

«Was soll damit sein?», fragte er.

«Ist das dein Ernst?», blaffte Lars-Erik. «Bück dich gefälligst und schau genauer hin!»

Carl gehorchte, ging in die Hocke, wobei er penibel darauf achtete, keine Spuren zu zerstören.

«Da!», sagte Lars-Erik. «Siehst du?»

«Ja», erwiderte Carl und spürte einen leichten Schwindelanfall. «Sieht aus wie ein ... Kaugummi.»

«Bingo! Es lag unter dem Kopf des Opfers. Als hätte er es im Ohr gehabt.»

«Scheiße ...», entfuhr es Carl.

Wallquist nickte zufrieden.

«Als hätte es jemand absichtlich dort platziert.»

Carl erhob sich und spürte, wie seine Knie bei der Bewegung schmerzten. Er versuchte, es sich nicht anmerken zu lassen.

«Aber warum? Was hat das zu bedeuten?»

Lars-Erik schüttelte den Kopf.

«Dazu kann ich nichts sagen, aber bisher weisen sämtliche Kaugummis dieselbe DNA auf.»

«Auch das aus Jens Falks Mund?»

«Weiß ich nicht», erwiderte er. «Das Ergebnis der Laboranalyse steht noch aus. Aber so viel kann ich sagen: Die übrigen stammen nicht von Anton Loeff.»

«Okay», erwiderte Carl und verlagerte sein Gewicht, um bequemer zu stehen.

«Ist doch aber merkwürdig», fuhr Lars-Erik fort, «dass ein Täter, der bis jetzt kein einziges Haar an den Tatorten verloren hat, überall Kaugummis hinterlässt ... Das ist wie eine Signatur ... eine Visitenkarte.»

«Warte», hakte Carl nach. «Was hast du gerade gesagt?»

«Dass es wie eine Art Signatur ist.»

«Nein, dass der Täter bis jetzt kein einziges Haar verloren hat. Vielleicht haben wir es mit einem Täter zu tun, der keine Haare hat. Er könnte sich rasieren oder an einer Krankheit leiden, durch die ihm die Haare ausfallen.»

Lars-Erik sah ihn mit verächtlich hochgezogenen Augenbrauen an.

«Ich kann verstehen, dass das eine verlockende Theorie ist», sagte er. «Aber wir haben auch keine Hautschuppe oder andere Partikel sichern können, die man normalerweise absondert. Wenn du mich fragst, hat der Täter dieselbe Art Schutzkleidung getragen wie wir.»

«Ein Profi also», sagte Carl.

«Ja», gab Lars-Erik zurück.

Sein Mitarbeiter war inzwischen dabei, die Stelle zu fotografieren, an der die Füße des Opfers gelegen hatten.

Carl drehte sich um, und während er zu seinem Auto zurückging, überlegte er, was wohl diese Journalistin schreiben würde, wenn sie davon erfuhr. Er sah die nächste fettgedruckte Schlagzeile vor sich: «Weiteres Opfer des Kaugummimörders».

Jodie stand neben seinem Wagen und wartete auf ihn.

«Schlechte Neuigkeiten?», fragte sie.

«Wir haben sechs Morde», sagte er resigniert. «Amelia Zhelov nicht mitgerechnet. Und keinen Verdächtigen.»

Jodie zählte nach.

«Aber Markus Ingvarsson und Ibrahim Eslar schließt du mit ein?»

«Ja», bestätigte Carl. «Allerdings bin ich nicht sicher, ob wir das tun sollten. Sie wurden erschossen, hingerichtet. Keine Anzeichen von Folter. Keine Kaugummis. Kein Elektroschocker.»

«Darüber habe ich auch schon nachgedacht. Vielleicht sollten wir die Ermittlungen in diesen beiden Fällen an ein anderes Team übergeben ...»

Carl nickte.

«Cecilia ist außerdem der Ansicht, dass sich der Mord an Jens Falk von den übrigen unterscheidet», sagte er.

Jodie hob die Augenbrauen.

«Gehst du von drei verschiedenen Tätern aus?»

Carl schnitt eine Grimasse.

«Ich weiß nicht.»

«Tja», sagte Jodie. «Bandenkriminalität ist nicht auszuschließen ... Und sowohl Ingvarsson als auch Eslar scheinen sich im Bandenmilieu bewegt zu haben.»

«Ja, das ist eine Möglichkeit.»

«Ich habe auch noch über eine andere Sache nachgedacht», sagte Jodie und lächelte verlegen.

«Ja?»

«Der Täter könnte ein Dogmatiker sein. Jemand, der beschlossen hat, das Gesetz in die eigenen Hände zu nehmen.»

«Ein Verrückter?»

«Ein Rechtsextremist, ein Fanatiker», erläuterte Jodie. «Jemand, der der Meinung ist, dass die Gesellschaft nicht fähig ist, Kriminalität zu bekämpfen. Dass *wir* nicht fähig sind, unsere Arbeit zu tun ...»

Carl runzelte die Stirn. Jodie erzählte ihm, was ihr am Vortag auf dem Parkplatz, wo sie Falks Leiche gefunden hatten, durch den Kopf gegangen war. Von der Willkür, der Zufälligkeit der Opfer. Carl schaute sie an, ohne etwas zu erwidern.

«Ich denke an einen Soldaten», sagte Jodie. «Jemand, mit Nahkampferfahrung, der getötet hat ...»

«Da könnte was dran sein», stimmte Carl zu. «Ich habe auch schon an einen Dogmatiker gedacht, aber der Gedanke gefällt mir nicht. Ein einsamer Fanatiker ist fast unmöglich aufzuspüren – wenn man ihn nicht auf frischer Tat ertappt. Und ein Militär ... Hoffentlich irrst du dich, aber hör dich weiter um.»

Jodie lächelte und nickte.

«Ich fahre in die Stadt zurück», sagte Carl.

«Ich muss auf Simon warten.»

Carl öffnete die Fahrertür und versuchte, nicht weiter an den «Kaugummimörder» zu denken, doch es fiel ihm schwer.

An der Absperrung in Höhe der Landstraße warteten Alexandra Bengtsson und ihr Fotograf. Carl hielt an, vor allem weil der Fotograf mitten auf der Straße stand und keinerlei Anstalten machte, zur Seite zu gehen, obwohl Carl das Fernlicht aufgeblendet hatte. Alexandra eilte rasch zu seinem Wagen, klopfte an die Seitenscheibe und bedeutete ihm, das Fenster herunterzulassen.

Als er ihrer Bitte nachkam, lächelte sie ihn an.

«Können Sie nicht bestätigen, dass es sich um das fünfte Opfer eines Serienmörders handelt?», fragte sie in fast beiläufigem Tonfall.

Carl biss sich auf die Zunge. Er war kurz davor gewesen, *das sechste* zu sagen, hatte sich aber in letzter Sekunde daran erinnert, dass die Presse Ingvarsson und Eslar bisher noch nicht mit ihren Ermittlungen in Zusammenhang brachte. Und es vielleicht auch besser nicht tun sollte.

«Kommen Sie! Warum sollten Sie sonst hier sein?», sagte Alexandra Bengtsson lachend.

Carl wusste, dass sie ihn durch kollegiales Auftreten zu manipulieren versuchte. Er lehnte sich aus dem Autofenster und begegnete dem Blick ihrer hellblauen Augen.

«Okay», sagte er.

Als er ein paar Minuten später davonfuhr, winkte sie ihm nach.

***

Aftonbladet, 13. Mai

POLIZEI VERMUTET: WEITERES OPFER DES SERIENKILLERS

In einem Kalksteinbruch in Sörmland wurde heute Vormittag die Leiche eines etwa 50-jährigen Mannes entdeckt. Der Mann wurde zu Tode gefoltert und könnte das jüngste Opfer des Rimbo-Mörders sein. «Das ist eine der Hypothesen, der wir derzeit nachgehen», sagt Carl Edson, Leiter der Mordkommission.

Dem *Aftonbladet* liegen unbestätigte Angaben darüber vor, dass das Opfer mit einem Schraubstock oder einer ähnlichen Vorrichtung zu Tode gefoltert wurde.

Wie lange sich die Leiche im Steinbruch befunden hat, möchte die Polizei zum derzeitigen Zeitpunkt der Ermittlungen nicht kommentieren.

TATVERDÄCHTIGER AUSGESCHLOSSEN

Es könnte womöglich das vierte Opfer des Serienkillers sein, seit die Polizei den Mord an der jungen Frau in Hökarängen aus dem laufenden Ermittlungsverfahren ausgeschlossen hat. Der 43-jährige Mann, der zuvor in den Foltermorden als dringend tatverdächtig galt, ging der Polizei am Wochenende ins Netz.

«Der Mann befindet sich derzeit in Untersuchungshaft und steht unter dringendem Tatverdacht, den Mord an der jungen Frau begangen zu haben. In den anderen Mordfällen gilt er hingegen nicht mehr als tatverdächtig», sagt Carl Edson.

Die Polizei teilt mit, es gebe zum gegenwärtigen Zeitpunkt keinen neuen Verdächtigen.

Timeline der Ereignisse:

5. Mai: Marco Holst wird schwer misshandelt in einer Scheune in der Nähe von Norrtälje nördlich von Stockholm gefunden. Erst während der Untersuchung des Tatorts entdecken die Kriminaltechniker der Polizei, dass er noch lebt. Einen Tag später stirbt Marco Holst im Krankenhaus an einer Morphium-Überdosis. Das Krankenhaus hat Selbstanzeige wegen Behandlungsfehler mit Todesfolge erstattet.

7. Mai: Die Überreste eines weiteren Opfers, Fadi Sora, werden im Kofferraum von Soras eigenem Pkw mitten in der Stockholmer Innenstadt gefunden. Auch er wurde gefoltert. Nach den dieser Zeitung vorliegenden Informationen wurde Fadi Sora mit brennenden Zigaretten zu Tode gequält.

11. Mai: Ein weiteres mutmaßliches Opfer desselben Serienkillers wird im Kofferraum seines eigenen Pkw in Spånga nördlich von Stockholm entdeckt.

In den letzten Augenblicken seines Lebens hat Sid Trewer nur noch geschrien. Unartikuliert. Primitiv. Wenn ich genau hinhörte, meinte ich, ein «Vergib mir» zu hören.

Aber er kann auch «Hör auf» gesagt haben, er sprach sehr undeutlich, und es spielt keine Rolle. Ich vergebe nicht – das werde ich niemals tun.

Als er dann tot und endlich still war, habe ich den Schraubstock trotzdem immer weiter angezogen.

Natürlich wusste ich, dass er längst tot war. Ich bin ja nicht blöd. Aber ich wollte sehen, was in seinem Körper war.

Ich wollte sein Innerstes sehen.

Leider gab es in Sid Trewer nichts, was mich überrascht hätte. Seltsamerweise hat mich das enttäuscht. Als wäre alles nur ein Spiel gewesen. Wie damals, als ich in das Ohrläppchen meiner Schwester schnitt: Als würden wir in einer Scheinwelt leben.

Es gibt keine authentischere Empfindung als starken physischen Schmerz. Man kann ihn nicht leugnen oder verfälschen. Nicht wie andere Empfindungen. Man kann sich nicht selbst belügen und sich weismachen, starken Schmerz nicht zu spüren.

An sonnigen Tagen sind meine Schwester und ich mit dem riesigen Vergrößerungsglas unseres Vaters in den Garten gegangen. Wir sagten, dass wir Gerechtigkeit schufen, Worte, die wir von ihm übernahmen. Aber ich glaube, dass wir uns durch den Schmerz auch befreit fühlten, als würde uns die Strafe wahrhaftig, wirklich machen.

Meine Schwester hatte meine Süßigkeiten geklaut und sollte dafür büßen. Zehn Sekunden mit dem Vergrößerungsglas. Ich packte ihre linke Hand und drückte sie mit der Handfläche nach unten ins Gras. Dann hielt ich das Brennglas über die zarte Haut auf ihrem Handrücken. Nach nur zwei, drei Sekunden schnapp-

te sie vor Schmerzen nach Luft, nach zehn war ihre Haut hellrot. Sie schrie nicht, stöhnte nicht einmal, aber als ich ihre Hand losließ, hatte sie ihre Augen weit aufgerissen. Ich konnte tief in ihr Innerstes sehen. Wir wandten das alttestamentarische Strafprinzip an: Auge um Auge, Zahn um Zahn. Unsere Strafskala hatten wir sorgfältig erprobt. Zehn Sekunden für das Klauen von Süßigkeiten oder Limonade. Zwanzig Sekunden für das Entwenden von Sachen. Dreißig Sekunden für unfaire Gewalt, wie zum Beispiel den anderen von hinten anzugreifen, wenn er noch nicht bereit war. Eine Minute für Petzen oder Verrat.

Das war die härteste Strafe. Wir wandten sie nie an. Auch wenn ich es hätte tun sollen. Meine Schwester hat mich verraten, hat alles verraten, was uns einte. Sie hat mich im Stich gelassen. Ich hätte ihre Hand eine Minute, mehrere Minuten lang unter dem Vergrößerungsglas verbrennen lassen sollen, bis Brandblasen auf ihrer Haut aufgeplatzt wären.

50

Mittwoch, 14. Mai

Der Parkplatzwächter hieß Joachim Steen, war Anfang zwanzig, hatte ungewöhnlich rote Haare und wirkte ausgesprochen engagiert. Er führte Carl Edson und Jodie Söderberg zu einem Wagen in der hintersten Parkreihe. Immer wieder drehte er sich um und vergewisserte sich, dass sie ihm folgten, während er ihnen erzählte, er wolle später selbst Polizist werden.

Carl sah zu Jodie hinüber. Sie sah müde aus. Genau das macht der Polizeiberuf mit einem, dachte Carl. Erst ist man müde und erschöpft und dann, nach ein paar Jahren: ausgelaugt.

Immerhin hatten sie früh am Morgen einen Hinweis auf Sid Trewers Auto bekommen – ein kleiner Erfolg.

Die Vormittagssonne stand bereits hoch am Himmel, und es wurde zusehends wärmer. Über den Autos, die in langen Reihen auf dem Langzeitparkplatz am Flughafen Arlanda standen, flimmerte die Luft. Das Gelände bestand aus einem gigantischen Areal mit Hunderten Parkplätzen und einem Bussteig in der Mitte, von dem die Shuttlebusse zu den Terminals abfuhren.

Carl schätzte, dass der Parkplatz ungefähr fünfhundert Meter lang und fast ebenso breit war. Er hatte hier selbst einmal seinen Wagen abgestellt – vor einer Mallorca-Reise mit Karin –, und als sie eine Woche später zurückkamen, hatten sie ihr Auto nur mit größter Mühe wiedergefunden. Damals hatte er sich vorgenommen, in Zukunft zu notieren, wo er seinen Wagen geparkt hatte.

«Hier ist es!»

Der Pkw, auf den Joachim Steen zeigte, stand im Abschnitt «K». Ein Audi Q7.

Jodie streifte sich ein Paar Latexhandschuhe über, umrundete den großen Jeep mit langsamen Schritten und musterte ihn. Dann tastete sie mit der Hand über den rechten Hinterreifen, und schon im nächsten Moment schwenkte sie einen Autoschlüssel in der Luft.

«Volltreffer!»

«Glaubst du ...», begann Carl, beendete die Frage aber nicht.

Als Jodie den Wagen aufschloss, blinkte er kurz. Vorsichtig öffnete sie die Beifahrertür und schnupperte.

«Nichts», sagte sie.

Carl atmete auf. Keine Leiche. Nicht wie bei den anderen Wagen.

«Brauchen Sie mich noch?», fragte Joachim Steen.

Carl schüttelte den Kopf.

«Nein danke. Sie können gehen. Wir kommen zurecht.»

Enttäuscht wandte Steen sich um.

«Moment. Vielleicht gibt es doch noch etwas!», rief Carl.

Steen drehte sich um und kam mit schnellen Schritten zurück.

«An der Einfahrt steht, der Parkplatz ist videoüberwacht.»

«Ja.»

«Heben Sie die Bänder auf?»

«Es sind keine Bänder, sondern Festplatten.»

«Ich verstehe», sagte Carl. «Und heben Sie die Dateien auf?»

«Eine Woche, danach werden sie automatisch gelöscht.»

«Können Sie nachsehen, ob die Person aufgenommen wurde, die den Wagen hier abgestellt hat? Dürfte ein paar Tage her sein.»

Steen strahlte.

«Natürlich. Jetzt sofort?»

«Gern.»

«Wird sofort erledigt!»

Carl lächelte und nickte dem jungen Mann dankbar zu, ehe der im Laufschritt davoneilte. Jodie sah ihm nachdenklich nach.

«Glaubst du, der Täter hat den Wagen hier geparkt?»

Sie schloss die Autotür und ging zu Carl zurück.

«Das würde heißen ... dass er vielleicht von hier weitergereist ist», fuhr sie fort.

«Du meinst, er hat das Land verlassen?»

Jodie nickte.

«Ich weiß nicht», sagte Carl und ließ seinen Blick über die Autodächer wandern. «Hoffen wir mal, dass es nicht so ist.»

«Oder er hat den Wagen hier abgestellt, um uns zu verwirren», sagte Jodie. «Das ist der perfekte Platz, um ein Auto unbemerkt länger zu parken. Ungefähr so, wie in Spånga. Wahrscheinlich hat er den Wagen hier abgestellt, ist in den Shuttlebus gestiegen und vom Terminal mit dem Arlanda-Express in die Stadt zurückgefahren.»

«Vielleicht», erwiderte Carl.

«Oder mit dem Flughafenbus, um Geld zu sparen», ergänzte Jodie und sah Carl mit einem schiefen Lächeln an.

Carl schüttelte den Kopf.

«Da stimmt was nicht», sagte er. «Hier hätten ihn viel zu viele Menschen gesehen. Im Bus, im Terminal, im Arlanda-Express – und fast überall gibt es Überwachungskameras. Warum hat er das Auto nicht einfach wieder in Spånga abgestellt? Oder auf irgendeinem x-beliebigen Park-&-Ride-Parkplatz?»

«Damit kein Muster entsteht. Er will Verwirrung stiften. Wir sollen uns genau diese Fragen stellen.»

Jodie lächelte wieder.

«Dass er so clever ist, wollen wir mal nicht hoffen», sagte Carl.

Jodie zuckte mit den Schultern.

«Ich mein ja nur ... rein theoretisch.»

«Wie auch immer», erwiderte Carl. «Wir müssen jetzt erst mal den Audi sicherstellen. Ruf Wallquist an. Allerdings kann ich mir nicht vorstellen, dass wir hier mehr finden als in dem anderen Wagen.»

Jodie schaute ihn verblüfft an.

«Was meinst du? Da haben wir immerhin eine Leiche gefunden.»

«Ja, ja, das meine ich nicht ... Lass uns noch mal mit diesem Steen sprechen. Vielleicht hat er das Videoband inzwischen gefunden ... die Aufnahme ... also die Festplatte – na, du weißt schon.»

51

«Hier ist es!», rief Joachim Steen enthusiastisch, als sie sein Häuschen neben der Ausfahrt betraten.

Er deutete auf einen kleinen Computerbildschirm. Carl und Jodie beugten sich über einen winzigen Schreibtisch, auf dem sich halbvolle McDonald's-Schachteln, Pizzakartons und Coladosen stapelten, als wollte jemand verhindern, dass hier gearbeitet wurde.

Nur eine klitzekleine Fläche vor der Tastatur hatte Joachim Steen freigeräumt. Als er auf eine Taste drückte, erschien auf dem Bildschirm eine körnige Aufnahme des Parkgeländes.

«Gleich kommt es», sagte Steen.

«Von wann ist die Aufnahme?», fragte Jodie.

Steen deutete auf die Datumsanzeige in der rechten oberen Ecke.

«Vom 10. Mai. 5:15 Uhr.»

Carl dachte nach.

«Fünf Tage nachdem wir Holst gefunden haben», sagte er leise.

«Was?», fragte Steen.

«Nichts», erwiderte Carl.

«So früh am Tag ist es immer ruhig, aber eine Stunde später, wenn die ersten Flüge starten, geht der Trubel los ... da!»

Ein Auto erschien im Bild. Carl und Jodie beugten sich vor. Sie erkannten Sid Trewers Audi Q7. Der Wagen wurde langsamer, vermutlich hielt der Fahrer Ausschau nach einer freien Parklücke.

«Drücken Sie auf Stopp!», sagte Carl.

Steen gehorchte. Carl beugte sich näher zum Bildschirm. Der Oberkörper des Fahrers ließ sich vage erkennen, aber sein Gesicht wurde durch die heruntergeklappte Sonnenblende verdeckt, obwohl die Sonne so früh am Morgen wohl kaum besonders kräftig gewesen war. Für eine Phantomzeichnung würde das Material nicht einmal ansatzweise reichen.

«Okay, lassen Sie weiterlaufen», sagte Carl.

Das Auto fuhr langsam über den Parkplatz und steuerte die hinterste Reihe an, wo der Fahrer mit dem Heck zur Kamera parkte. Die Bremslichter leuchteten auf wie die Glutpunkte einer Zigarette, ehe sie nach ungefähr einer Minute erloschen. Dann wurde die Fahrertür geöffnet, und eine schwarz gekleidete, nicht besonders große Gestalt mit tief in die Stirn gezogener Baseballkappe stieg aus. Der Mann stellte sich mit dem Rücken zur Kamera, schlug die Autotür zu und hielt den Kopf gesenkt. Dann ging er zum Heck, bückte sich und schob die Hand unter den Radkasten. Die Bewegung dauerte kaum eine Sekunde, ehe der Mann sich wieder aufrichtete, mit nach wie vor gesenktem Kopf weiterging und aus dem Sichtfeld verschwand.

«Wo ist er hin?», fragte Carl.

«Zum Bus», erwiderte Steen. «Haltestelle ‹K› liegt außerhalb des Kamerawinkels.»

«Gibt es eine andere Kamera, die den Bereich einfängt?», fragte Carl.

Steen schüttelte bekümmert den Kopf, als hätte er Angst, Carl zu enttäuschen.

«An den Bushaltestellen gibt es keine Kameras. Sie sollen ja die Parkfläche filmen, falls jemand einen Wagen aufbricht …»

Carl nickte. Typisch, dachte er.

«Wir würden die Aufnahme gerne mitnehmen. Können Sie uns das Band geben ... oder die Festplatte?»

«Ich kann Ihnen eine Kopie auf einen USB-Stick ziehen. In Ordnung?»

«Ja danke», sagte Carl. «Aber ich fürchte, wir müssen auch die Festplatte mitnehmen. Vorübergehend.»

Steen blickte ihn unsicher an.

«Hat mit dem Beweiswert zu tun», fügte Carl lächelnd hinzu. «Wenn Sie mir die Nummer geben, kläre ich das mit Ihrem Vorgesetzten.»

52

Donnerstag, 15. Mai

Gert Uwe beugte sich auf seinem Stuhl vor und blickte erwartungsfroh in die Runde. Carl kam es so vor, als wäre Gert Uwe der Einzige, der aufrichtig motiviert war, und ließ seinen Blick durch den Raum schweifen. Cecilia Abrahamsson blätterte geistesabwesend in ihren Unterlagen und schien mit ihren Gedanken ganz woanders zu sein, während Lars-Erik Wallquist in seinem Becher rührte und versuchte, die Unmengen an Zucker aufzulösen, mit denen er seinen Kaffee trank. Jodie und Simon beschäftigten sich mit ihren Handys. Am hinteren Ende des Besprechungsraums saß ein Mann, auf dessen Anwesenheit Carl lieber verzichtet hätte.

«Bevor wir anfangen», begann Gert Uwe und räusperte sich. «Diese Mordfälle ... haben die Presse ganz schön in Aufruhr versetzt. Wir müssen mit den Ermittlungen schneller vorankommen. Das ist keine Kritik an dir, Carl, aber um den Prozess zu beschleunigen, haben wir eine Sonderkommission gebildet. Du ...» – er nickte in Carls Richtung – «... führst die Ermittlung ab heute gemeinsam mit Einsatzleiter Axel Björkström.»

Gert Uwe drehte sich zu dem Mann in der hinteren Reihe um und nickte steif.

«Außerdem kommen zu deinen beiden Leuten noch vier Ermittler aus Axels Team hinzu. Sie werden euch so schnell wie möglich verstärken.»

Carl nickte müde. Insgeheim hatte er schon viel früher mit einer Sonderkommission gerechnet. Trotzdem gefiel ihm die

Entwicklung nicht. Er arbeitete lieber in kleinen Gruppen, in Abstimmung mit den lokalen Polizeibehörden, und zu allem Übel war ihm niemand mehr verhasst als dieser einfältige Axel Björkström, der nicht nur dumm, sondern obendrein ein Großkotz war.

«Ausgezeichnet», sagte Gert Uwe. «Dann fangen wir an, bitte, Carl!»

Carl räusperte sich.

«Den Mann, der im Steinbruch gefunden wurde, konnten wir mit Sicherheit identifizieren: Sid Trewer, neunundvierzig und genau wie die anderen Opfer kein unbeschriebenes Blatt.»

Carl warf einen Blick in seine Aufzeichnungen.

«Als Vierzehnjähriger wurde er zum ersten Mal straffällig. Diebstahl und Einbruch. Dann das Übliche: Erziehungsanstalten, Pflegefamilien, weitere Straftaten. Mit neunzehn ist er wegen schweren Diebstahls und Raubs zum ersten Mal für drei Jahre in den Knast gewandert. Danach ging es weiter: Autodiebstähle, Körperverletzung, Drogenhandel auf kleinem Niveau.»

Carl blätterte in seinen Unterlagen.

«Kurzum, sein Vorstrafenregister kann sich sehen lassen.»

«Wurde er wegen Vergewaltigung angezeigt oder verurteilt?», fragte Jodie.

«Nein», antwortete Carl. «Nichts in der Richtung.»

Jodie seufzte.

«Fest steht doch, dass es irgendeinen alten Fall geben muss, der erklärt, warum Trewer zerquetscht wurde?», schaltete Simon Jern sich ein. «Ich meine ... Fadi Sora hat einem Mädchen mit Zigaretten die Muschi verbrannt und wurde mit Zigaretten zu Tode gefoltert, Holst hat ein Mädchen vergewaltigt und –»

«Danke, Simon, das reicht!», unterbrach ihn Gert Uwe.

Simon zuckte mit den Schultern.

«Ich mein ja nur ...»

«Vielleicht geht es bei diesen Morden um etwas völlig anderes», fuhr Gert Uwe fort. «Vielleicht wollen sich irgendwelche kriminellen Gruppierungen gegenseitig eins auswischen, wenn auch auf ungewöhnlich brutale Weise.»

Simon schien etwas entgegnen zu wollen, aber Carl kam ihm zuvor:

«Ich stimme Gert zu. Die Art der Gewalt legt den Verdacht nahe, dass wir es hier mit Tätern aus dem kriminellen Milieu zu tun haben. Bei Sid Trewer habe ich allerdings eine andere Theorie, was das Motiv angeht. Aber erst mal sollten wir über die Todesursache sprechen. Cecilia?»

Cecilia Abrahamsson stand auf.

«Eigentlich habe ich nicht viel Neues zu berichten. Die Todesursache ist eine Fraktur des Schädelknochens, vermutlich verursacht durch einen Schraubstock. Einen plötzlichen Schlag können wir ausschließen, da die Krafteinwirkung langsam und symmetrisch erfolgt ist. Bevor Trewer starb, wurden fast alle Gliedmaßen auf dieselbe Art zerquetscht. Wenn ihm nicht der Schädel zertrümmert worden wäre, wäre er früher oder später an inneren Blutungen gestorben. Es gibt deutliche Leichenflecken am Rücken, der Rückseite der Oberschenkel und im Bereich des Gluteus maximus, also am Gesäß. Zum Todeszeitpunkt hat er auf dem Rücken gelegen. Wenn man die Umgebungstemperaturen und Witterungsverhältnisse am Leichenfundort berücksichtigt, muss der Tod vor vier bis fünf Tagen eingetreten sein.»

Sie machte eine Pause und trank einen Schluck Wasser.

«Und noch ein paar Anmerkungen: Wie einige der anderen Opfer weist Sid Trewer Verletzungen auf, die ihm mit einem Elektroschocker zugefügt wurden. Im Blut konnten wir keine Gifte nachweisen, abgesehen von einer sehr geringen Menge Alkohol. Das ist alles.»

Carl nickte, und Cecilia nahm wieder Platz.

«Danke, Cecilia», sagte Carl. «Lars-Erik, was gibt's vom Tatort?»

Anstatt aufzustehen, lehnte Lars-Erik sich gemächlich auf seinem Stuhl zurück.

«Der Fundplatz scheint sauber. Wir haben ein paar Fasern gesichert, allerdings nur vom Opfer. Keine Finger- oder Schuhabdrücke, die nicht vom Fahrer des Radladers oder von Polizeibeamten stammen. Beim sichergestellten DNA-Material sieht es ähnlich aus, es stammt ausnahmslos von Trewer oder dem Mann, der ihn gefunden hat. Und einem unserer Kollegen.»

Wallquist bedachte sämtliche Anwesenden mit einem irritierten Blick.

«Außerdem haben wir ein Nikotinkaugummi gefunden», fuhr er monoton fort. «Es lag auf dem Boden, unter dem Kopf des Opfers. Dieselbe Sorte wie bei Holst, Sora und Falk. Nicorette 2 mg. Und dieselbe DNA.»

«Wie bitte?», entfuhr es Carl. «Heißt das, Falk ist vom selben Täter ermordet worden?»

«Sieht ganz danach aus», bestätigte Lars-Erik.

Gert Uwe sah auf und wirkte für seine Verhältnisse ungewöhnlich zufrieden.

«Das heißt, wir müssen unsere Tatverdächtigen bloß um eine kleine DNA-Probe bitten, und schon haben wir den Täter.»

Carl räusperte sich verlegen.

«Nur dass wir keine Tatverdächtigen haben», sagte er. «Nicht seit wir Anton Loeff ausschließen konnten.»

«Wie auch immer», sagte Gert Uwe, als machte ihm der Einwand nichts aus. «Wir haben einen Tatort und DNA-Material, das den Täter mit sämtlichen Opfern in Verbindung bringt. Wenn wir das kriminelle Umfeld der Männer nicht bereits durchleuchtet haben, müssen wir es schleunigst tun. Axel, kannst du das organisieren?»

«Wir haben den Hintergrund der Opfer bereits geprüft», warf Jodie ein. «Sie scheinen sich nicht mal gekannt zu haben …»

«Ja, ja, sehr schön», fuhr Gert Uwe unbeeindruckt fort. «Axel, du hast doch sicher Möglichkeiten für eine umfassendere Untersuchung, nicht wahr?»

Axel Björkström nickte steif.

«Lars, du warst fertig, oder?», fragte Gert Uwe.

«Nein», erwiderte Lars-Erik irritiert. «Wir haben Sid Trewers Auto untersucht. Einen Audi Q7, Baujahr 2011. Aus Deutschland importiert, seit elf Monaten in Schweden zugelassen.»

Er räusperte sich.

«Wir konnten jede Menge Fingerabdrücke sicherstellen. Außerdem haben wir einige Fasern und biologisches Material gefunden. Aber bisher war nichts dabei, was wir einem möglichen Täter zuordnen könnten.»

«Und der Überwachungsfilm vom Parkplatz in Arlanda?»

«Fehlanzeige. Kein Gesicht oder andere Erkennungsmerkmale. Aber er ist zwischen 1,75 Meter und 1,80 Meter groß.»

«Oder *sie*», murmelte Carl leise.

«Was hast du gesagt?», fragte Gert Uwe.

«Nichts», wiegelte Carl ab und wandte sich an Wallquist: «Entschuldige, mach weiter.»

Lars-Erik warf ihm einen finsteren Blick zu, ehe er fortfuhr.

«Wir haben auch das GPS-Gerät ausgewertet. Die letzte gespeicherte Fahrt führte von Trewers Wohnung in Skarpnäck zum Aussichtsplatz in Forsby. Wir sind dabei, die anderen Zielorte durchzugehen, aber bis jetzt ist nichts Auffälliges dabei. Es gibt allerdings eine Adresse, die als Favorit gespeichert ist. Eine einzige. Mit dem Kürzel ‹S. A.›.»

Lars-Erik machte eine dramatische Pause.

«Das Ziel ist ein Sommerhaus außerhalb von Norrtälje.»

«Und was ist da?», fragte Gert Uwe.

Lars-Erik wandte sich zu ihm um.

«Was zum Teufel weiß ich? Ich bin Kriminaltechniker. Ist doch nicht meine Aufgabe, irgendwelchen GPS-Adressen nachzugehen.»

Carl sammelte seine Unterlagen ein.

«Ausgezeichnete Arbeit, Lars-Erik! Fassen wir zusammen: Bisher ist der einzige gemeinsame Nenner, dass die Opfer einen kriminellen Hintergrund haben und dass wir an sämtlichen Tatorten Nikotinkaugummis sicherstellen konnten, die der Täter höchstwahrscheinlich absichtlich dort platziert hat. Jodie meint, dass wir es hier mit einer Form von Selbstjustiz zu tun haben könnten. Möglicherweise ist der Täter Militärangehöriger. Allerdings ist das bisher nur eine Theorie …»

Jodie starrte auf ihre Hände.

«Wie Gert Uwe schon gesagt hat, müssen wir den kriminellen Hintergrund der Opfer noch gründlicher durchleuchten. Aber ich glaube, wir sollten uns auch die ehemaligen Opfer der Ermordeten anschauen. Die Opfer der Opfer.»

Gert Uwe räusperte sich.

«Natürlich. Aber wir wissen alle, dass es sich in solchen Fällen fast immer um Vergeltungstaten handelt. Kriminelle, die sich an Kriminellen rächen.»

Carl nickte seinem Chef zu:

«Danke, Gert Uwe. Also, fangen wir an. Jodie, wir kümmern uns um diese Adresse in Norrtälje. Simon, du hältst dich an Axel und –»

«Warte!», schnitt Simon ihm das Wort ab. «Du hast gesagt, dass du bei Trewer ein anderes mögliches Motiv siehst …»

«Ja, das stimmt. Es gibt da einen alten Fall, in den Trewer verwickelt ist – auch wenn die Verbindung schwach ist. Folgendes: Vor fünf Jahren war Trewer an einem Raubüberfall in einem Juweliergeschäft in Södertälje beteiligt. Zusammen mit den drei Mittätern ist er in einem Lieferwagen, einem weißen Ford Transit, geflüchtet. Das Ganze führte zu einer regelrechten Verfolgungsjagd. Irgendwann verloren Trewer und seine Komplizen die Nerven, und als sie eine Straßensperrung umgehen wollten, sind sie auf einen Fahrradweg gebrettert und haben dabei einen sechsjährigen Jungen erfasst. Der Junge ist an den Verletzungen gestorben. Vermutlich hätten die Männer es bei dem hohen Tempo gar nicht geschafft zu bremsen – oder es war ihnen einfach egal, es gab jedenfalls keine Bremsspuren. Im Obduktionsbericht steht: ‹Fraktur des Schädelknochens mit schweren Gehirnverletzungen. Es ist jedoch davon auszugehen, dass der Junge auch ohne Schädelfraktur an schweren inneren Blutungen gestorben wäre.› Die Formulierung deckt sich fast eins zu eins mit Cecilias Befund zu Sid Trewers Todesursache.»

Gert Uwe schüttelte den Kopf. Simon schaute Carl skeptisch an.

«Du meinst also, mit diesen Morden soll der Tod des Jungen gerächt werden? Fünf Jahre später?», wandte Gert Uwe ein.

«Viel früher hätte der Täter nicht handeln können. Einige Kilometer später landeten Trewer und seine Kumpane mit dem Lieferwagen nämlich in einem Straßengraben und wurden festgenommen. Trewer wurde erst vor knapp einem Jahr wieder entlassen. Ja, ich gebe zu, dass das Ganze weit hergeholt ist. Es könnte reiner Zufall sein. Trotzdem ... du solltest dir das genauer ansehen und eine Personenliste erstellen, Simon.»

«Was ist mit den zwei Kompagnons?», fragte Simon.

«Drei ... sind vor einem halben Jahr ebenfalls aus dem Gefängnis entlassen worden. Einer von ihnen, ein Sonny Andersson, wurde von seiner Freundin als vermisst gemeldet. Aber laut Zeugenaussagen aus Anderssons Bekanntenkreis ist er wohl gerade ‹auf einem Trip›.»

«Einem Trip?», fragte Gert Uwe.

«Einem Drogen*trip*», verdeutlichte Simon.

Carl schwieg einen Moment. Er hörte selbst, wie vage die Theorie klang.

«Das war alles», schloss er. «An die Arbeit.»

Als alle nacheinander den Raum verließen, holte Carl Cecilia Abrahamsson an der Tür ein und legte ihr vorsichtig die Hand auf den Arm.

«Hast du fünf Minuten?»

Cecilia blieb stehen und sah ihn gleichermaßen abweisend wie fragend an.

«Gutes Meeting, Carl», sagte Gert Uwe im Hinausgehen und klopfte Carl auf die Schulter.

«Danke.»

«Jetzt holen wir sie uns», sagte er und hob die Hand zum

High Five, als wäre er der Trainer einer amerikanischen College-Mannschaft.

Carl nickte verlegen, schlug aber nicht ein.

«Setz dich», bat er Cecilia und deutete auf einen der Stühle, während er die Tür schloss. Dann setzte er sich ihr gegenüber.

«Ich würde dich gern etwas fragen ... off the record. Ist das in Ordnung?»

Cecilia nickte und sah ihn skeptisch an. Carl spürte, dass sie bereits bereute, dem Gespräch zugestimmt zu haben.

«Es gibt da etwas, was ich seit einiger Zeit mit mir herumtrage. Mit meinem Team kann ich nicht darüber sprechen. Ich brauche eine objektive Meinung. Von jemandem wie dir.»

Er rang sich ein Lächeln ab.

«Worauf willst du hinaus?»

«Ich würde gern deine professionelle – und private – Meinung zu der Sache hören», erklärte Carl.

«Ja ...?», erwiderte sie ungeduldig.

«Glaubst du, jemand ... aus unseren Reihen könnte die Morde begangen haben?»

Cecilia blickte ihn verständnislos an.

«Also, ein Polizist», verdeutlichte Carl. «Jemand innerhalb der Organisation oder ein ... ein ...»

Er machte eine unbestimmte Geste mit den Händen.

«... ein Rechtsmediziner?», beendete Cecilia den Satz.

Carl nickte dankbar.

«Ja», bestätigte er.

«Das ist natürlich möglich. Jemand aus unseren Reihen hätte Hintergrundwissen über Kriminelle und könnte sich problemlos potenzielle Opfer aus der Kartei rauspicken.»

«Aber?», hakte Carl nach. «Es gibt doch ein Aber, oder?»

«Ja, es gibt ein Aber. Warum? Was wäre das Motiv?»

«Vielleicht», sagte Carl nachdenklich, «ist es jemand leid, Kriminelle dingfest zu machen und dabei zusehen zu müssen, wie sie Jahre, Monate oder manchmal auch nur wenige Tage später wieder frei herumlaufen. Ein Fanatiker, so, wie Jodie vorgeschlagen hat.»

«Ich verstehe, was du meinst. Möglich wäre es», erwiderte Cecilia steif. «Wie gesagt, die Vorgehensweise lässt auf ein gewisses Fachwissen schließen. Außerdem würde das den Elektroschocker erklären, ein Polizist käme leichter an so eine Waffe ran.»

«Danke», sagte Carl. «Ich werde die Spur weiterverfolgen. Allerdings möchte ich Gert Uwe da nicht hineinziehen. Oder Simon und Jodie. Tu mir bitte den Gefallen und behalte unser Gespräch für dich, ja?»

«Natürlich. Wenn du willst, gehe ich die Fälle unter diesem Gesichtspunkt noch mal durch.»

«Danke, gern.»

Cecilia stand auf und ging zur Tür.

«Wolltest du noch etwas?», fragte sie, als sie die Klinke hinunterdrückte.

«Deine persönliche Meinung?», sagte Carl.

Cecilia sah Carl zögernd an. Dann schüttelte sie langsam den Kopf.

«Nein, ich glaube nicht an deine Theorie. Das ist zu abwegig. Selbst wenn man, wie du sagst, mit dem Rechtssystem hadert, hat man als Polizist doch sein Leben der Aufgabe gewidmet, das Gesetz zu achten. Es geht einem in Fleisch und Blut über. Ich kann mir nicht vorstellen, dass jemand alles über den Haufen wirft, um einer von *den anderen* zu werden ...»

Carl nickte.

«Vielen Dank. Ich hoffe, du hast recht.»

Carl blieb sitzen und sah zu, wie Cecilia den Raum verließ. Er fragte sich, ob es ein Fehler gewesen war, sie in seine Theorie einzuweihen.

53

Die Landschaft kam ihr sonderbar vertraut war, als wäre sie schon öfter hier gewesen. Rechts und links erstreckten sich grün schimmernde Winterweizenfelder, und ein strenger Jauchegeruch wehte ins Auto. Allmählich gingen die Felder in einen Wald über. An den Bäumen waren die ersten Knospen zu sehen, zarte hellgrüne Tupfen im Geäst. Der Jauchegestank wich dem Geruch von staubigem Asphalt. Das gleichmäßige Fahren und die leeren Landstraßen entspannten sie. Als sie auf einem Schild den Ortsnamen «Hjälmaresund» las, folgte sie einem spontanen Impuls und hielt an einem Rastplatz. Obwohl sie nichts zu essen oder zu trinken dabeihatte, setzte sie sich auf eine Bank und blickte auf das Wasser, das sie von beiden Seiten umgab. Es sah blau und kalt aus. Warum war Wasser blau? Irgendwo hatte sie einmal eine Erklärung gelesen, aber sie fiel ihr nicht mehr ein. Irgendein trivialer Sachverhalt, wissenschaftlich und phantasielos.

Als sie weiterfuhr, passierte sie einen Campingplatz, auf dem bereits etliche Wohnwagen standen, Zelte oder Menschen waren allerdings nicht zu sehen. Vermutlich hatte die Saison noch nicht richtig begonnen.

Nach der Scheidung von Erik hatte sie versucht, ihre Tage mit Johanna auf ihren Schichtplan abzustimmen, aber Erik hatte auf einem festen Turnus bestanden. Deshalb wohnte Johanna jede zweite Woche bei ihr, egal, ob sie arbeitete oder nicht.

Heute hatte sie frei, und Johanna war bei ihrem Vater. Alexandra genoss das Alleinsein im Auto und schob die Gedanken an ihren Exmann beiseite. Für einen kurzen Moment schloss sie die Augen, atmete tief durch und entspannte sich.

Vor Bie bog sie links ab und passierte eine kleine Ortschaft. Rote und gelbe Holzhäuser mit weißen Giebeln, gepflegten Gärten und verwaisten Auffahrten. Die Bewohner waren vermutlich bei der Arbeit. Sie fuhr an einem leerstehenden Landhandel vorbei, an dessen Fassade die Spuren eines vor langer Zeit abmontierten ICA-Supermarktschilds zu sehen waren. Daneben befand sich ein altes Bushäuschen, an dem das Haltestellenschild entfernt worden war.

Alexandra bog ab, ließ die Ortschaft hinter sich und fuhr an Gestüten, Feldern und Waldstücken vorbei. Die asphaltierte Straße ging in einen Schotterweg über. Die Steine knirschten unter den Reifen und spritzten gegen das Bodenblech. Ein Geräusch aus ihrer Kindheit. Sie erinnerte sich daran, wie sie früher mit ihrem Vater im Auto gesessen hatte – damals waren die meisten Straßen unbefestigt gewesen.

Sie warf einen Blick auf ihre Armbanduhr. Kurz nach zehn, also hatte sie noch genug Zeit. Sie begegnete keinen anderen Autos und fuhr gemächlich weiter. Nach einer Weile hatte sie auch die letzte spärliche Bebauung hinter sich gelassen.

Als sie die Parkbucht entdeckte, hielt sie an, stellte den Motor ab und justierte den Rückspiegel, sodass sie den Weg hinter sich beobachten konnte.

Fünfundzwanzig Minuten später tauchte er auf. Aus der Entfernung wirkte das Fahrzeug nicht viel größer als ein normaler Pkw, doch als er näher kam, erkannte sie den Lastwagen. An den Seiten ließ sich das K-Express-Logo erahnen.

Alexandra ließ den Motor an, blieb aber in der Parkbucht stehen. Erst als der Lastwagen so nah war, dass sie das Nummernschild entziffern konnte, legte sie den ersten Gang ein und fuhr los.

Der Lastwagen kam schnell näher. Unbewusst spannte sie sich an und umklammerte das Lenkrad so fest, dass ihre Knöchel weiß hervortraten. Trotzdem war sie innerlich vollkommen ruhig.

Als sie das nächste Mal in den Rückspiegel sah, war der Lastwagen nur noch wenige Meter entfernt. Der Fahrer ließ das Fernlicht aufblinken, und Alexandra warf einen Blick auf den Tacho. Dreißig km/h. Sie machte keine Anstalten, die Geschwindigkeit zu erhöhen.

Ab und zu schaute sie in den Rückspiegel. Der Lkw fuhr immer dichter auf, hupte und betätigte das Fernlicht erneut. Alexandra kümmerte sich nicht darum.

Plötzlich ging ein Stoß durch das Auto. Im Rückspiegel sah sie, wie der Lastwagen beschleunigte, um sie ein zweites Mal zu rammen. Ein neuerlicher Stoß erschütterte den Wagen, und der Lkw-Fahrer hupte wild. *Herr im Himmel! Was für ein Idiot!*

Alexandra schaute nach vorn. Der Weg war zu schmal. Der Lastwagen hatte keine Möglichkeit, sie zu überholen, und es gab keine Parkbucht, in die sie hätte ausweichen können.

Da rammte der Lkw sie ein drittes Mal.

Gleich, dachte sie. Als sich der Schotterweg durch ein Waldstück schlängelte, nahm sie den Fuß vom Gas und ließ das Auto ausrollen, bis es zum Stillstand kam. Der Lkw-Fahrer legte eine Vollbremsung hin und hupte, aber Alexandra ignorierte ihn.

Sie nahm eine kleine Tasche vom Beifahrersitz, stieg aus und ging zu dem Lastwagen. Der Fahrer gestikulierte und fluchte und schimpfte in seiner Kabine, und als sie sich davorstellte, ließ er das Fenster herunter.

«Was zum Teufel soll das? Machen Sie gefälligst den Weg frei!»

Alexandra würdigte ihn keines Blickes und sah sich um. Weit und breit keine Menschenseele, und die Wahrscheinlichkeit, dass auf einem so abgeschiedenen Waldweg jemand vorbeikam, war äußerst gering.

«Dasselbe könnte ich Sie fragen», sagte sie schließlich und wandte sich dem Fahrer zu. «Was, wenn plötzlich ein Reh auf den Weg gelaufen wäre und ich hätte bremsen müssen?»

«Das interessiert mich einen Scheißdreck!»

Der Mann spuckte aus dem Fenster. Alexandra starrte einen Moment auf den zähen Rotzklumpen, der direkt vor ihren Füßen gelandet war, ehe sie den Mann erneut ansprach.

«Wie viel wiegt so ein Lastwagen? Fünfzehn Tonnen? Kommt das hin? Und trotzdem fahren Sie so dicht auf?»

«Ich hab mehr als genug Abstand gehalten. Und außerdem sind Sie selbst schuld, wenn Sie wie eine Hundertjährige fahren!»

Alexandra hob die Augenbrauen.

«Ihnen war schon klar, was alles hätte passieren können, als Sie mich gerammt haben?»

«Machen Sie endlich den verdammten Weg frei! Ich scheiß auf Sie und Ihr dämliches Auto. Verschwinden Sie! Ich habe Lieferzeiten, die ich ...»

«Scheißen Sie auf alle Verkehrsteilnehmer? Alte, Kinder ...?»

Der Mann schnaubte.

«Was zum Teufel reden Sie da? Hören Sie nicht, was ich sage? Fahren Sie endlich zur Seite, sonst garantiere ich für nichts ...»

Er ließ den Dieselmotor aufdröhnen und beugte sich dabei aus dem Fenster.

«Verfluchte Schlampe, bist du schwer von Be…»

Er kam nicht dazu, seinen Satz zu beenden. Das Letzte, was er hörte, war ein leises Zischen. Dann wurde sein Körper steif, und mit spastischen, ruckartigen Bewegungen kippte er zur Seite.

54

Das Sommerhäuschen war rot mit weißen Giebeln und vermutlich um die vorige Jahrhundertwende gebaut worden. Als Carl Edson auf dem Hof parkte, überkam ihn unwillkürlich ein mulmiges Gefühl. Obwohl er sich im Moment nicht sicher war, ob er sich das Unbehagen womöglich nur einbildete, blieb er mit den Händen am Lenkrand sitzen und richtete den Blick auf die Vordertür.

Der Eingangsbereich bestand aus einer gepflegten Glasveranda. Durch die Fenster konnte er Holzbänke und altmodische Stickereien mit Sinnsprüchen erkennen. Vor dem Haus erstreckte sich eine etwa zehn mal fünfzehn Meter große Rasenfläche, an die ein Schuppen und ein weiteres Nebengebäude grenzten. In der Hofmitte befand sich ein gemauerter Brunnen mit schöner grüner Gusseisenpumpe. Nirgends waren Reifenspuren zu erkennen, nichts deutete darauf hin, dass in der letzten Zeit jemand hier gewesen war. Zwischen dem welken, plattgedrückten Vorjahresgras zwängten sich frische, junge Halme ans Tageslicht.

Der Hof sah idyllisch aus. Wie aus einem Astrid-Lindgren-Buch.

«Sollen wir?», fragte Jodie Söderberg vorsichtig.

Carl zuckte zusammen, nickte und ließ das Lenkrad los. Als er die Autotür öffnete, fröstelte er. Der Wind hatte gedreht, und das sommerliche Gefühl der letzten Tage mit Temperaturen über zwanzig Grad war verflogen. Am Himmel hing eine dichte Wolkendecke.

«Also los», sagte er zu Jodie und reichte ihr ein Paar Latexhandschuhe. «Wenn es tatsächlich ein Tatort ist, dürfen wir keine Spuren zerstören.»

Jodie sah ihn gekränkt an, und Carl begriff, wie unnötig seine Ermahnung gewesen war.

«Was, glaubst du, ist dadrinnen?», fragte Jodie.

«Der Täter hat uns die Adresse praktisch auf dem Silbertablett serviert. Irgendwas sollen wir hier finden. Ich gehe vor.»

Jodie nickte.

Eine niedrige Steintreppe führte zur Eingangstür hoch. Carl suchte die Rasenfläche nach Fußspuren ab, konnte aber nichts entdecken. Auch die Haustür sah nicht so aus, als wäre sie gewaltsam geöffnet worden, doch als Carl die Klinke herunterdrückte, glitt sie ohne Widerstand auf. Die Scharniere quietschten leise.

Carl und Jodie rochen es gleichzeitig. Carl wandte sich instinktiv ab, während Jodie sich die Hand vor den Mund presste.

«Pfui Teufel!», rief sie. «Ist das ...»

Er schaute sie stumm an. Der Verwesungsgestank war betäubend. Kurz überlegte Carl, ob er Wallquist und sein Team rufen und nicht ins Haus gehen sollte, um keine Spuren zu zerstören, doch dann verwarf er den Gedanken wieder. Falls dort drinnen nur ein totes Tier lag, würde Wallquist ihn bis in alle Ewigkeit damit aufziehen.

Mit dem Jackettärmel vor dem Mund arbeitete er sich langsam vor. Von der Glasveranda gelangte er in einen schmalen Flur, wo der Gestank noch zehnmal schlimmer war. Nur mit größter Mühe konnte er seinen Brechreiz unterdrücken.

Vom Flur gingen zwei Türen ab. Die hintere stand offen und gab den Blick auf einen Kühlschrank und eine Küchenzeile frei.

Die vordere Tür war geschlossen. Plötzlich nahm Carl ein sonderbares Geräusch wahr. Vorsichtig presste er ein Ohr an die Tür und vernahm ein dumpfes Surren wie von einem Motor oder einem Ventilator.

Langsam drückte er die Klinke hinunter.

Die Bewegung kam so plötzlich und unerwartet, dass er ruckartig zurückwich und sich den Kopf an einer Hutablage stieß.

Aus der Tür stob eine so dichte Wolke aus Fliegen, dass sie für einen Moment das Licht, das durch die geöffnete Eingangstür hereinfiel, vollkommen verdeckte. Die Fliegen verfingen sich in Carls Haaren, surrten ihm ins Gesicht, ins Jackett, in den Hemdkragen, krabbelten auf ihm herum ...

Verzweifelt fuchtelte er mit den Händen und versuchte, die Tiere zu verscheuchen. Gleichzeitig hörte er, wie Jodie hinter ihm aus dem Haus stürzte. Wahrscheinlich musste sie sich übergeben. Schnell ging er den Flur hinunter und in die Küche. Durch ein kleines Fenster und eine Glastür, die auf eine Holzterrasse führte, fiel graues Tageslicht herein. Carl zupfte sich ein paar Fliegen aus dem Haar, zog sein Jackett aus und schüttelte es aus. Einige Tiere krochen benommen über den Boden, ehe sie ihren Orientierungssinn zurückerlangten und surrend gegen die Fensterscheiben flogen.

Nachdem er sein Jackett wieder angezogen hatte, öffnete er die Terrassentür und wartete darauf, dass die Fliegen den Weg nach draußen fanden. Jetzt, da die Tür zum anderen Zimmer offen stand, war der Verwesungsgeruch noch penetranter. Trotz aufsteigender Übelkeit wappnete Carl sich für den Anblick, der ihn erwartete, presste sich den Jackettärmel vor den Mund und steuerte auf die Türöffnung zu.

Die Leiche oder das, was noch davon übrig war, lag auf dem Boden. Die Arme waren zur Seite gestreckt und die Beine weit gespreizt. Aus der aufgeplatzten Haut an den Handgelenken ragten robuste Nägel, die durch das Fleisch bis in die Bodendielen getrieben worden waren. Das Gleiche an den Knöcheln. Immer noch schwirrte ein Fliegenschwarm um den Leichnam. Als Carl näher trat, konnte er sehen, dass sich im verwesenden Fleisch bereits die nächste Generation Schmeißfliegen eingenistet hatte und es vor Larven nur so wimmelte.

Die Gesichtshaut war eingetrocknet, die Wangen eingefallen und die Augen tief in die Augenhöhlen eingesunken.

Der Schädelknochen war an beiden Seiten eingedrückt. Carl beugte sich vorsichtig nach unten und betrachtete die Leiche. Der erstickende Gestank brannte ihm in den Augen, aber sein Geruchssinn schien wie betäubt. Der linke Ellbogen des Mannes sowie Knie und Hüfte lagen in einem unnatürlichen Winkel. Carl ahnte bereits, was passiert war. Die Leiche erinnerte stark an Sid Trewers zermalmten Körper.

Plötzlich klingelte sein Handy. Umgeben von der kompakten Stille und dem Gestank, klang das Geräusch unnatürlich laut. Carl zuckte zusammen, verlor das Gleichgewicht und stolperte. Reflexhaft streckte er die Hand aus und stützte sich auf dem Bauch des Leichnams ab. Das Hemd des Mannes riss entzwei, und im nächsten Moment spürte Carl, wie seine Finger widerstandslos in einen weichen Brei aus Haut, Fleisch und Fliegenlarven glitten.

Wieder klingelte sein Handy.

«Verfluchte Scheiße!», brüllte Carl.

Angewidert zog er seine Hand aus der Leiche, streckte sie weit von sich und stürzte nach draußen.

«Was ist in dem ...?», fragte Jodie, stockte aber, als sie Carls Gesicht und seine ausgestreckte Hand sah.

Im selben Moment klingelte das Handy zum dritten Mal.

«Verdammte Scheiße!», fluchte Carl laut und blickte sich verzweifelt um.

An einer Hausecke stand eine blaue Regenwassertonne. Ohne zu zögern, rannte er darauf zu und versenkte seinen Arm im Wasser. Auf seinem Ärmel hatte die Leichenflüssigkeit dunkle Flecken hinterlassen.

«Zur Hölle!»

Carl versuchte, gleichzeitig sein Jackett auszuziehen und das Handy aus der Innentasche zu fischen. Als er sich meldete, hatte der Anrufer bereits aufgelegt.

Carl schaute auf das Display. Simon Jern. Irritiert drückte er die Wiederwahltaste.

«Was ist?», blaffte er wütend, als Simon ranging.

«Hier ist Simon.»

«Das weiß ich. Was willst du?»

«Es ist wieder passiert!»

«Was ist passiert?»

«Das kranke Schwein hat wieder zuge...»

«Moment. Wo bist du?», unterbrach ihn Carl.

«In der Nähe von Bie auf dem Land. Irgendwo in südlicher Richtung.»

«Und woher weißt du, dass *er* es war?»

«Scheiße, Carl, wenn du hier wärst, Scheiße, Mann ... Du würdest keine Sekunde daran zweifeln, dass er –»

«Verdammt! Ich komme.»

Carl beendete das Gespräch und hob sein Jackett vom Rasen auf, hielt es aber weit von sich gestreckt.

Zwei Leichen an einem Tag überstiegen seine Kräfte. Auch heute würde er es nicht pünktlich nach Hause zu Karin schaffen. Wieder einmal.

Karin.

«Wann kommst du nach Hause?», hatte sie gefragt, als er am Morgen zur Arbeit gefahren war.

Auch wenn ihre Stimme neutral geklungen hatte, wusste Carl, dass sie traurig war. Er konnte es in ihren Augen sehen. Ihr trauriger Blick war einer der Gründe gewesen, warum er sich in sie verliebt hatte, damals, nach Karins Scheidung. Der Blick hatte in ihm den Wunsch geweckt, sie zum Lachen zu bringen.

Seit einiger Zeit hatte er das Gefühl, dass sie mit dem Gedanken spielte, auszuziehen, ihn zu verlassen. Scheiden lassen konnte sie sich nicht, sie waren ja nicht verheiratet.

Schon seit Wochen nahm er sich vor, früh nach Hause zu kommen und sie mit einer kleinen Aufmerksamkeit zu überraschen. Schokolade, Blumen, Kinokarten ...

«Alles in Ordnung?», fragte Jodie und sah ihn zweifelnd an.

Carl begriff, was für einen merkwürdigen Anblick er bieten musste, mit dem Jackett in der Hand, so weit wie möglich von sich gestreckt.

«Jodie, du bleibst hier und rufst Wallquist, damit er sich das Haus vornimmt. Er liegt dadrin.»

«Wer?»

«Sonny Andersson, schätze ich.»

«Hast du ihn erkannt?»

Carl schüttelte den Kopf.

«Nein, da ist nicht mehr viel übrig, was man erkennen könnte. Aber mir sind die Initialen im GPS eingefallen: ‹S. A.› ... Sonny Andersson ... hoffe ich jedenfalls.»

«Du hoffst, dass Andersson tot ist?»

«Nein, aber wenn er es ist, existiert zwischen zwei Opfern ein logischer Zusammenhang. Lars-Erik und sein Team sollen sich drum kümmern. Und versuch, Cecilia Abrahamsson zu erreichen, sie soll auch herkommen. Bitte sie, den Todeszeitpunkt so genau wie möglich einzugrenzen. Er muss schon eine ganze Weile hier gelegen haben, vielleicht ein paar Wochen. Ich will wissen, ob er vor Fadi Sora gestorben ist. Und falls Lars-Erik sich beschwert, dass jemand ... den Tatort verunreinigt hat, sag ihm, dass ich der Trottel war.»

Jodie nickte.

«Und wohin willst du?»

«Das war gerade Simon. Wir haben noch eine Leiche ... eine frische.»

Er schüttelte den Kopf und steuerte auf das Auto zu.

«Du musst mit Lars-Erik zurückfahren», sagte er, ohne sich umzudrehen. «Oder mit einem der anderen. Ach, ruf auch Axel Björkström an und bitte ihn, ein paar seiner Leute herzuschicken. Sie können schon mal damit anfangen, die Anwohner in der Umgebung zu befragen.»

55

Trotz Blaulicht und Geschwindigkeitsübertretung brauchte Carl fast zwei Stunden für die Strecke. Als er endlich sein Ziel erreichte, blockierte ein Rettungswagen den schmalen Schotterweg. Direkt dahinter parkten eine Polizeistreife und einige Zivilfahrzeuge. Ein Stück den Weg hinunter, zwischen zwei hohen Bäumen, stand ein Lastwagen. Carl fuhr an den Seitenrand und stellte sich hinter Simon Jerns Privatwagen. Er hatte kaum die Autotür geöffnet, als Simon ihm bereits entgegenkam.

«Weißt du, wie spät es ist, Carl? Was zum Teufel hast du so lange gemacht?»

Carl antwortete nicht. Vor seinem geistigen Auge sah er die breiige Masse, die ihm vor gut zwei Stunden an der Hand geklebt hatte.

«Der ist auch hier?»

Carl wies mit dem Kopf auf Axel Björkström, der sich ein Stück entfernt mit zwei Polizisten unterhielt. Carl nahm an, dass sie vom Polizeibezirk Södermanland kamen.

«Ja, warum?»

«Nichts», erwiderte Carl. «Also, was ist hier los?»

«Komm mit», erwiderte Simon und steuerte auf den Lastwagen zu.

Die Fahrertür stand offen. Auf dem Boden davor waren zwei Kriminaltechniker damit beschäftigt, Spuren zu sichern. Carl nickte Lars-Erik Wallquist zu.

«Und?», fragte Carl und stellte sich neben Simon, der auf den Lastwagen deutete.

Carl folgte Simons Blick. Da erkannte er, womit die Techniker beschäftigt waren. Unter dem Vorderrad des Lkws klemmte jemand. Kleidung und Körperbau nach zu urteilen, handelte es sich um einen Mann.

«Wer ...?»

«Wahrscheinlich der Fahrer», sagte Simon. «Jemand hat ihn aus dem Führerhaus gezerrt und ist ihm dann über den Kopf gefahren.»

Carl musterte die Leiche. Ein zu kurzes T-Shirt über einem ziemlich korpulenten Bauch, graue Jogginghose und Clogs. Die groben Hände und kräftigen Arme seitlich ausgestreckt am Körper. Tätowierungen vom Handgelenk bis zum T-Shirt-Saum und vermutlich darüber hinaus. Gang-Tattoos konnte er jedoch nicht erkennen.

«Haben wir ihn schon identifiziert?», fragte er.

Simon nickte

«Vorläufig jedenfalls. Mårten Rask, Lkw-Fahrer.»

«Mårten ...», wiederholte Carl.

«Gefängnisstrafe wegen minderschwerer Vergehen: Alkohol am Steuer, Körperverletzung, kleinere Drogendelikte ...» Simon zögerte einen Moment. «Aber dann ist da noch eine andere Sache –»

«Warte», unterbrach ihn Carl. «*Der* Mårten Rask?»

«Genau. Er war zusammen mit Sid Trewer an diesem Juwelierraub in Södertälje beteiligt.»

Carl fuhr sich über die Lippen.

«Das könnte das Puzzlestück sein, nach dem wir gesucht haben.»

«Was meinst du?», fragte Simon.

Carl erzählte von der Leiche, die Jodie und er in dem Sommerhaus in Norrtälje gefunden hatten, und von den Initialen, unter denen die Adresse im GPS gespeichert war. Simon verschränkte ablehnend die Arme vor der Brust, hörte jedoch aufmerksam zu.

«Wenn es tatsächlich Sonny Andersson ist, dann bleibt nur noch Bernt Andersen», schloss Carl.

Simon dachte einen Moment nach.

«Also», fuhr er dann fort, «gehen wir jetzt davon aus, dass *das* der gemeinsame Nenner ist ... der Raub in Södertälje? Oder wie soll ich das verstehen?»

«Möglicherweise», erwiderte Carl, den Blick auf den Lastwagen gerichtet.

«Aber wenn das der Zusammenhang ist, was ist dann mit Fadi Sora? Und Jens Falk? Und Marco Holst? Die hatten doch nichts mit dem Raub zu tun.»

«Ich weiß nicht. Vielleicht gibt es da keinen Zusammenhang?», sagte Carl nachdenklich.

«Wie bitte?»

Carl schob den Gedanken beiseite und sah Simon an.

«Wir reden später darüber. Eins nach dem anderen. Also, was haben wir?»

Simon kickte entnervt gegen einen Stein, der in hohem Bogen ins Gebüsch flog.

«Du meinst, abgesehen davon, dass dem Mann der Kopf zermatscht wurde? Zum Beispiel das hier ...»

Er zog sein Handy aus der Tasche, rief ein Bild auf und hielt es Carl hin. Es dauerte einen Moment, bis Carl erkannte, dass es sich um eine Großaufnahme von Rasks Oberkörper handelte.

«Siehst du die Verletzungen?»

Carl nickte.

«Und hier!»

Simon zeigte ihm ein weiteres Bild.

«Ich hab die Techniker gebeten, das T-Shirt anzuheben.»

Carl erkannte zwei rote Stellen in der schlaffen weißen Haut.

«Von einem Elektroschocker», erklärte Simon. «Wie bei den anderen … es muss derselbe Täter sein.»

Carl blickte zu der Leiche hinüber, die unter dem Vorderrad des Lastwagens klemmte, als würde sie darauf warten, dass ein Rechtsmediziner seine Arbeit begann.

Simon stellte sich neben ihn.

«Ich meine, welches kranke Arschloch sollte das sonst getan haben?»

TEIL ZWEI

Donnerstag, 15. Mai

Hallo, mein Name ist Alexandra Bengtsson, und ich bin eine Mörderin!

Ich wünschte, ich könnte das sagen wie bei einem Treffen der Anonymen Alkoholiker. Schnell ein Geständnis ablegen und das Ganze abhaken. Aber so funktioniert das nicht.

Ich lasse das Seitenfenster runter und spüre den Luftzug im Gesicht, im Haar. Ich fahre auf der Autobahn, auf dem Rückweg von Bie. Der Wind pfeift durchs Fenster. Flüsternd wiederhole ich es, nur für mich selbst: Ich bin eine Mörderin!

Jedes Mal, wenn ich diese Worte ausspreche oder wenn ich auch nur daran denke, wird mir ganz schwindelig. Was habe ich getan? Aber dann denke ich daran, was ich wirklich getan habe, und versuche, das Ganze nicht aus der Perspektive der Polizei zu betrachten. Dann verspüre ich fast so etwas wie Erleichterung. Vielleicht sogar Stolz.

Mårten Rask hat nicht geschrien. Er kam gar nicht dazu. Als mein Taser, meine amerikanische Elektroschockpistole, ihn traf, ist er in seiner Fahrerkabine wehrlos zusammengesackt. Ich habe ihn nach draußen gezerrt und ihn neben dem Vorderrad auf den Boden fallen lassen. Als er dort lag, sah ich die Ohnmacht in seinen Augen, die Panik, als er begriff und vergeblich versuchte, seinen gelähmten Gliedmaßen Befehle zu erteilen …

Danach fuhr ich in aller Seelenruhe weg.

***

Meine Schwester hat heute Nacht wieder angerufen. Und geatmet. Als wären wir wieder Kinder und würden zusammen in einem Bett liegen, auf die Atemzüge der anderen lauschend, wenn wir nicht einschlafen konnten. Damals war sie die Einzige, die mich verstand, mit der ich alles teilte.

Dann verlor sie ihr Gesicht, und alles wurde anders.

Wir waren dreizehn, als es passiert ist. Wir fuhren mit den Rädern an den Badesee. Ich weiß noch, wie wir herumalberten und pausenlos kicherten. Wir hatten lauter Dinge im Kopf, die in diesem Alter so wichtig sind und später nichts mehr bedeuten. Als wären wir ganz gewöhnliche Mädchen.

Das letzte Stück zur Badestelle mussten wir zu Fuß zurücklegen. Wir schlossen unsere Fahrräder ab und hängten uns die Strandtaschen über die Schultern.

Da tauchte der Hund auf. Wie aus dem Nichts. Er brach durch die Blaubeersträucher, Zweige knackten. Er war nicht groß, zwischen den Sträuchern wirkte er beinahe klein, doch als er näher kam, sah ich, wie kräftig er war, fast genauso breit wie hoch. Braunes, glattes Fell, massiver Kopf, kraftvolle Kiefer. Er stürmte direkt auf uns zu. Starr vor Angst blieben wir stehen. Ich drückte mich an meine Schwester, aber sie stellte sich schützend vor mich.

«Sitz!», schrie sie.

Meine selbstbewusste Schwester, immer fest davon überzeugt, das Richtige zu tun. Der Hund knurrte, dann fiel er sie frontal an und biss zu. Meine Schwester stürzte zu Boden, schrie, der Hund biss sich an ihrer Wange fest. Sie versuchte, sich zu wehren, das Tier wegzudrücken, doch es gelang ihr nicht. Der Hund war zu stark, zu aggressiv. Ich glaube, dass ich geschrien habe, aber es ging alles so schnell. Dann zog ich das Armeemesser, das ich unserem Vater geklaut hatte, aus der Strandtasche.

Leise pirschte ich mich an den Hund heran, versuchte, die feuchten Schmatzlaute auszublenden, als er das Gesicht meiner Schwester zerfetzte. Dann schnitt ich ihm von hinten die Kehle durch. Die Klinge war rasiermesserscharf. Wenn es um Waffen ging, kannte unser Vater kein Pardon. Ich spürte, wie die Klinge tief ins Fleisch drang, wie das warme, klebrige Blut über meine Hände rann. Trotzdem ließ der Hund nicht von meiner Schwester ab. Erst als er das Bewusstsein verlor, konnte ich sein Maul aufstemmen und den Kadaver wegstoßen.

Meine Schwester sah schrecklich aus. Ihr Gesicht war nicht viel mehr als eine blutige Fleischmasse, aus der weiße Knochen, Zähne und Sehnenansätze hervorschimmerten.

In dem Moment tauchte der Hundebesitzer auf, ein Mann um die dreißig in schwarzer Lederweste mit aufgesticktem Adler und zerschlissener Jeans. Seine Schultern waren tätowiert.

«Was habt ihr mit meinem Hund gemacht?», brüllte er heiser, als er den leblosen Tierkörper entdeckte.

Das zerfetzte, blutige Gesicht meiner Schwester bemerkte er nicht einmal.

«Ihr habt Rambo getötet!», sagte er schleppend. Er war offensichtlich bekifft.

Dann drehte er sich um und kam auf uns zu. In der Hand hielt er einen dicken Ast mit deutlichen Hundebissspuren. Er hob den Arm und starrte mich mit seinen unnatürlich geweiteten Pupillen an. Ohne zu zögern, griff ich nach einem Stein und stürzte auf den Mann zu. Er grinste nur und stellte sich wie ein Baseballspieler in Positur, bereit, mir mit dem Ast den Schädel zu zertrümmern. Noch im Laufen schleuderte ich den Stein in seine Richtung. Es war ein schlechter Wurf, ich hatte den Stein in der linken Hand gehalten, aber der Mann duckte sich reflexartig, so wie alle Menschen es in dieser Situation tun würden, das hatte unser Vater mir beigebracht. Und diesen kurzen Moment der Unaufmerksamkeit nutzte ich aus. Ich machte einen Satz nach vorn, rammte dem Mann das Armeemesser in den Oberschenkel, drehte blitzschnell die Klinge herum, um Muskeln und Sehnen zu verletzen, und rannte sofort weiter, um aus der Reichweite des Knüppels zu kommen. Der Mann schrie vor Schmerzen, und als er sich zu mir umwandte, knickten seine Beine weg. Der verletzte Oberschenkelmuskel konnte sein Körpergewicht nicht mehr tragen.

«Ihr verdammten Flittchen! Ich bring euch um!», keuchte er gepresst.

Dann schrie meine Schwester mit seltsam gurgelnder, unartikulierter Stimme: «Nein! Nein, Alexandra! Tu es nicht!»

Aber ich hatte bereits Anlauf genommen, um meinen Angriff zu vollenden. Ich war bereit, ihm die Klinge in die Brust zu rammen, ihm die Kehle aufzuschlitzen. Mein Kopf war vollkommen leer. Alles, was ich hörte, war die Stimme unseres Vaters: *Bring die Dinge zu Ende, die du angefangen hast! Lass niemals etwas unbeendet!*

Aber irgendetwas in dem Aufschrei meiner Schwester brachte mich zur Besinnung. Mitten in der Bewegung hielt ich inne. Das Messer lag lose in meiner Hand. Blut tropfte auf meine weißen Turnschuhe.

«Lauf nach Hause», nuschelte meine Schwester. Ihre Stimme sickerte durch das Loch, das einmal ihre Wange gewesen war. «Hol Hilfe!»

***

Sie lag lange im Krankenhaus. Die Ärzte mussten sie mehrmals operieren, um ihr Gesicht zu rekonstruieren. Aber es gelang ihnen nicht besonders gut. Als man den Verband entfernte, der ihr Gesicht wochenlang bedeckt hatte, sah sie grotesk aus. Ein Hautlappen aus der Arminnenseite war zu einem Gebilde zusammengeflickt worden, das eine Wange darstellen sollte.

Der Vorfall hat meine Schwester verändert. In den ersten Wochen war sie still und in sich gekehrt, verbrachte mehr Zeit mit unseren Eltern als mit mir. Wenn ich mit ihr im Garten spielen wollte, schüttelte sie nur ihren entstellten Kopf. Sie müsse Hausaufgaben machen, sagte sie.

Danach wurde sie boshaft. Sie petzte unseren Eltern all die Dinge, die wir zusammen gemacht hatten. Sie erzählte von unseren Spielen, vom Vergrößerungsglas, von den Messern – sie habe nur mitgemacht, weil ich sie dazu gezwungen hätte. Dass sie das alles nie gewollt hätte.

Sie log.

Aber unsere Eltern glaubten ihr. Sie verboten mir, mit ihr zu spielen. Am ersten Weihnachtsfest nach dem «Unfall» durfte ich nicht in die Provence mitfahren, wo wir immer feierten. Stattdessen kam unsere Großmutter und passte auf mich auf. Großvater war da schon lange tot, deshalb waren wir nur zu zweit.

Unsere Großmutter war eine schweigsame Frau. Nachdem wir uns an Heiligabend frohe Weihnachten gewünscht und uns je ein albernes Geschenk überreicht hatten, saßen wir stumm vor dem Fernseher. Wenn sie redete, dann nur über Benimmregeln, wie zum Beispiel, dass man seinen Teller nach dem Essen abzuräumen und die Ellbogen vom Esstisch zu nehmen habe ... Ihre Sätze formulierte sie grundsätzlich im Imperativ. *Sitz gerade!*

Als meine Eltern und meine Schwester eine Woche später zurückkamen, hatte ich während der gesamten Feiertage kaum mehr als eine Handvoll Worte gesprochen.

Meine Schwester ging mir immer häufiger aus dem Weg. Ich merkte, dass unsere Eltern mich nie mit ihr allein ließen, nicht mal für einen kurzen Moment.

Aber eines Sonntags fuhren sie einkaufen. Ich war ebenfalls in die Stadt gefahren, um ins Kino zu gehen. Allein. Nachdem meine Schwester in der Schule einen Haufen Lügen über mich verbreitet hatte, wollte niemand mehr mit mir befreundet sein. Als ich beim Kino ankam, überlegte ich es mir anders. Ich hatte keine Lust, im dunklen Kinosaal zwischen lauter Menschen zu sitzen, die zu zweit waren.

Also fuhr ich wieder nach Hause. Meine Schwester war allein. Offensichtlich hatte sie keine Lust gehabt, zum Einkaufen mitzufahren.

«Hau ab», sagte sie, als ich an ihre Zimmertür klopfte.

«Ich will bloß reden ...», erwiderte ich.

Aber sie antwortete nicht.

Wütend lief ich zu meinem Zimmer und riss die Tür auf, knallte sie aber sofort wieder zu.

Dann schlich ich nach unten ins Wohnzimmer. Von dort aus hatte ich den Eingangsbereich sowie die Tür zur Küche im Blick. Seit dem Hundeangriff stahl sich meine Schwester oft heimlich in die Küche und kramte in den Schränken nach Süßigkeiten, schmierte sich Brote oder aß Leberpastete direkt aus dem Glas. Heute weiß ich, dass sie sich mit dem Essen getröstet hat, doch damals fand ich es einfach nur abstoßend.

Es dauerte eine knappe halbe Stunde, bis sie nach unten kam. Sie ging in die Küche, und ich hörte, wie sie die Kühlschranktür öffnete und eine Schublade aufzog. Ich schlich zur Tür und schaute ihr beim Essen zu.

«Warum?», fragte ich. «Warum machst du das?»

Sie drehte sich um und starrte mich an. Ich sah ihr an, dass sie Angst hatte.

«Was denn?» Sie wich einen Schritt zurück, sodass sie mit dem Rücken zur Spüle stand.

«Du petzt. Verbreitest Lügen über mich.»

«Und? Was spielt das für eine Rolle? Du bist durchgeknallt, dir glaubt sowieso keiner ...»

Ich starrte sie an. Fassungslos. Unser ganzes Leben waren wir zusammen gewesen. Immer.

«Seit wann hast du Angst vor mir?»

Meine Schwester stand reglos da, schaute mich an, das Gesicht halb abgewandt.

«Seit du diesen Mann umbringen wolltest. Wir haben früher viele ... seltsame Sachen gemacht. Aber das waren nur Spiele. Jetzt ... Du hättest es getan. Ich habe es dir angesehen. Du wolltest ihn umbringen.»

Sie drängte sich an mir vorbei, ging hoch in ihr Zimmer und schloss hinter sich ab.

Ich habe nie wieder mit ihr geredet. Nicht wirklich. Und nach einer Weile hörte sie auf, meine Schwester zu sein.

Sie wurde mehrmals plastisch operiert, fast jedes Jahr, und nach jeder Operation sah ihr Gesicht normaler aus. Gleichzeitig veränderte sie sich innerlich, als würden die Ärzte auch ihre Seele operieren. Sie wurde immer braver, folgsamer. Sie integrierte sich in das Fassadenleben unserer Eltern. Oh, *wie nett! Wunderbar!* Als wäre sie ganz hingerissen von versnobten Dinnerpartys und Schickimicki-Kreuzfahrten.

Als wir von zu Hause auszogen, brach der Kontakt endgültig ab. Zweiundzwanzig Jahre Schweigen. Und jetzt: diese Anrufe.

Ich habe sie heute Nacht weggedrückt. Ich wollte ihr stummes, vorwurfsvolles Atmen nicht hören.

***

Ich nehme den Zeitungsausschnitt aus meinem Tagebuch und lese ihn zum x-ten Mal:

Expressen, 28. August:

Gestern Abend kam bei einer Verfolgungsjagd zwischen Polizei und einer mutmaßlichen Einbrecherbande in Stockholm ein sechsjähriger Junge ums Leben.

Laut Polizei ist es möglich, dass die Täter den Jungen vorsätzlich überfahren haben.

«Wir haben keine Bremsspuren auf dem Radweg gefunden», so Sören Tapio von der Polizei Stockholm-Süd.

Am Nachmittag gegen drei Uhr überfielen vier maskierte Männer ein Juweliergeschäft in Södertälje und flüchteten anschließend in einem gestohlenen weißen Lieferwagen. Es kam zu einer dramatischen Verfolgungsjagd. Mehrere Polizeistreifen waren an dem Einsatz beteiligt, und zahlreiche Straßensperren wurden eingerichtet.

Vor einer Absperrung in Älvsjö scherten die Täter auf einen kombinierten Rad- und Gehweg aus.

Der sechsjährige Junge, der sich zu diesem Zeitpunkt auf dem Radweg befand, konnte dem Lieferwagen nicht mehr ausweichen. Noch bevor der Notarzt eintraf, erlag er den schweren Verletzungen.

Die Täter setzten ihre Flucht mit unvermindertem Tempo in südlicher Richtung fort. Die Polizei brach die Verfolgungsjagd ab. Kurze Zeit später kam das Fahrzeug jedoch von der Fahrbahn ab und landete in einem Straßengraben. Die Diebe konnten festgenommen werden.

Die Täter sitzen wegen schweren Raubes, grober Fahrlässigkeit im Straßenverkehr sowie Totschlags bzw. fahrlässiger Tötung in Untersuchungshaft.

Alle vier Männer sind polizeibekannt.

Ich bewahre den Artikel seit fünf Jahren auf. Zwischen den Seiten meines Tagebuchs.

Der sechsjährige Junge heißt David.

Er ist mein Sohn.

***

Vor Gericht haben sie sich gegenseitig die Schuld zugeschoben.

Sonny Andersson, Sid Trewer, Mårten Rask und Bernt Andersen. Ich habe ihre Namen aufgeschrieben. Für mich sind sie alle gleich schuldig.

Sonny war der Erste, dessen Namen ich von der Liste gestrichen habe. Ich habe ihm fast sämtliche Knochen mit einem einfachen Schraubstock zertrümmert, den ich in einem Baumarkt im Einkaufszentrum Kungens kurva gekauft habe (bar bezahlt, sicherheitshalber).

Als ich dann seinen Kopf in den Schraubstock eingespannt und immer fester angezogen habe, hat er nur noch geschrien.

Davids Kopf war an zwei Stellen zertrümmert. An der linken Seite und am Hinterkopf. Vermutlich weil er gegen eine der breiten Dachstreben des Lieferwagens geprallt und anschließend mit dem Hinterkopf auf dem Boden aufgeschlagen ist.

David war so schnell tot, dass er seine Verletzungen vermutlich kaum gespürt hat. Aber der Mann, der da vor mir auf dem Boden lag, sollte Schmerzen haben, sollte begreifen, was er getan hatte. Ich versuchte, es ihm zu erklären, aber er winselte nur unzusammenhängendes Zeug, schrie und wimmerte. Erst als sein Schädelknochen mit einem erstaunlich lauten Knacken nachgab, verstummte er. Sein Körper zuckte ein letztes Mal. Dann wurde es ruhig und unnatürlich still. Ich beseitigte meine Spuren, so gut ich konnte, den Mann ließ ich einfach so liegen.

Es war April und bereits ungewöhnlich warm. Im Sommerhäuschen schwirrten ein paar überwinternde Fliegen in den Fenstern. Bestimmt wussten sie eine frische Leiche nach ihrer nahrungslosen Winterruhe zu schätzen. In einer Naturdoku habe ich mal gesehen, wie ein toter Elch in weniger als einer Woche von Millionen Maden aufgefressen wurde und komplett verschwand.

Danach habe ich mich in Sonny Anderssons hässlichen schwarzen BMW mit diesen lächerlichen breiten Reifen gesetzt und bin weggefahren.

Was danach passiert ist, weiß ich nicht mehr. Meine Erinnerung setzt erst wieder ein, als ich unter der Dusche stand und sah, wie das blutige Wasser über die weißen Bodenfliesen floss und im Abfluss verschwand.

Freitag, 16. Mai

Als es an der Tür klingelt, weiß ich sofort, dass etwas nicht stimmt. Ich spüre es im Magen, wie einen Krampf. Der Magen hat ein eigenes Nervensystem, lebt sein eigenes Leben. Ich vertraue ihm.

Als ich aufmache, steht Erik vor der Tür. Mein Exmann. Er sieht besorgt aus. Sein dunkles Haar ist dünn und strähnig, und er hat sich einen Bart stehen lassen, der fast komplett grau ist.

«Ist was passiert?», frage ich. «Ist was mit Johanna? Geht es ihr gut?»

Er nickt. «Ja, ihr geht es gut.»

«Was ist dann los?»

«Kann ich reinkommen?»

«Ja», erwidere ich zögernd.

Eigentlich will ich ihn nicht reinlassen, und vermutlich hört er, dass ich es nicht will. Fragend blickt er mich an. Ich sage nichts, bedeute ihm nur hereinzukommen. Er war schon öfter hier, um Johanna abzuholen oder um mir mit den Computern oder dem Fernseher zu helfen. Jetzt geht er vor mir her ins Wohnzimmer. Er ist kleiner, als ich ihn in Erinnerung habe. Oder bin ich größer? Seelisch bin ich definitiv gewachsen, aber ich hätte nicht gedacht, dass sich das auch physisch äußert. Vielleicht hängt es mit der Körperhaltung zusammen?

Erik setzt sich aufs Sofa und sieht mich an. Ich bleibe stehen.

«Möchtest du was trinken? Tee? Kaffee?»

Er schüttelt den Kopf.

«Nein danke.»

Er wirkt ungewöhnlich zerbrechlich, wie er so dasitzt. Als könnte er jeden Moment kaputtgehen und in Tränen ausbrechen.

«Die Polizei war heute bei mir.»

Ich gebe mir größte Mühe, schockiert auszusehen. Was mir nicht weiter schwerfällt. Ich spüre, wie sich mein Magen augenblicklich verkrampft.

«Was? Warum?»

Dann wird mir klar, dass ich mich um ein Haar verraten hätte, und füge schnell hinzu: «Was hast du gemacht?»

Erik blickt mich verständnislos an. Als könnte er nicht fassen, dass ich ihn das frage.

«Bist du verrückt? Nichts, natürlich!», ruft er. «Sie wollten wissen, wo ich letzte Woche war. Und vor zwei Wochen.»

«Und?»

«Ich war zu Hause. Vor dem Fernseher, glaube ich. Ich hatte keine Ahnung ... ich musste erst mal im Kalender nachsehen. Aber ich hatte nichts notiert, also ...»

«Also?»

«Die Polizeibeamten meinten, sie würden auch mit dir sprechen.»

«Haben sie denn gesagt, warum sie mit dir sprechen wollten?»

Erik zögert einen Moment, dann sagt er leise:

«Es ging um die Männer, die David überfahren haben.»

Er blickt mich beunruhigt an. Ich umklammere die Rückenlehne des Sofas so fest, dass meine Fingerknöchel weiß hervortreten. Nur mit äußerster Willensanstrengung gelingt es mir schließlich, den Griff zu lockern und die Arme vor der Brust zu verschränken.

«Sie wurden ermordet», sagt Erik, ohne mich aus den Augen zu lassen.

Meine Gedanken überschlagen sich. Ich versuche, mich zu beherrschen, mir einzureden, dass ich nichts weiß.

«Alle?», frage ich nach einer Weile.

«Nein. Einer ist noch am Leben.»

Wieder gebe ich mir Mühe, schockiert zu wirken, aber ich kann an Eriks Blick ablesen, dass er zweifelt. Als würde er etwas ahnen

«Wie sind sie gestorben?», frage ich.

«Dazu haben sich die Polizisten nicht geäußert. Ich habe auch nicht gefragt.»

Ich nicke.

«Danke, dass du es mir erzählst», sage ich, den Blick zu Boden gerichtet. «David wäre froh.»

Erik erhebt sich vom Sofa und geht zur Wohnungstür.

«Glaubst du das?», fragt er unvermittelt. «Dass David froh darüber wäre? Der Tod dieser Männer macht ihn auch nicht wieder lebendig.»

Im Flur dreht er sich noch einmal um. Ich mustere sein Gesicht, entdecke aber nichts Beunruhigendes. Er sieht aus wie immer, ein bisschen besorgt – und ein bisschen verärgert.

Plötzlich kommt er auf mich zu und umarmt mich.

«Alexandra, lass dich nicht wieder von der Vergangenheit einholen!», sagt er sanft an meinem Ohr. «Du musst David loslassen. Ich wollte dich nur vorwarnen ... ich weiß, wie aufgewühlt du bist, wenn es um David geht.»

Ich höre nicht hin. Nach einer Weile lässt er mich los, und ich schiebe ihn von mir weg. Erst da wird mir bewusst, dass ich seine Umarmung nicht erwidert habe. Als wäre ich tot.

Als er fort ist, sitze ich lange auf dem Sofa. Versuche, mich zu sammeln. Mir bleibt nicht mehr viel Zeit.

***

Erik und ich haben in «unserem» Wochenendhäuschen geheiratet. Eigentlich hat es seiner Familie gehört, aber als wir noch zusammen waren, fuhren wir ständig dorthin und machten es zu «unserem» Haus.

Ein rotes Holzhaus mit weißen Giebeln und ungewöhnlich hohen Decken, sodass es viel geräumiger war als die meisten Sommerhäuser. Im Wohnzimmer gab es eine große Feuerstelle, und in der Küche stand ein alter gusseiserner Herd. Erik hat mir einmal erzählt, eines Tages sei ein Mann vorbeigekommen, der wohl in dem Haus aufgewachsen war. Er habe gemeint, das Anwesen sei in seiner Kindheit ein kleiner Hof mit Stall, Vorratshaus und ein paar umliegenden Feldern gewesen. Inzwischen war das Haus von wildwuchernden Fliederbüschen und ungepflegten Rasenflächen umgeben. Von Stall und Vorratshaus existierten nur noch die Grundmauern.

Dass das Haus vollkommen abgeschieden lag, gefiel mir am besten. Man konnte dort die Stille hören. Sie rauschte einem in den Ohren, dass es beinahe weh tat. Ich weiß noch, wie ich an einem Augustabend nach draußen ging und sich die Milchstraße über mir am schwarzen Nachthimmel ausbreitete, während mir die Stille regelrecht in den Ohren klang. Ich hatte das Gefühl, im Universum zu schweben, vereint mit Milliarden von Sternen.

Das Haus war ein Ort, an dem ich ich selbst sein konnte. Vielleicht gefiel es mir deshalb so gut.

Es war meine Idee gewesen, dort zu heiraten. Den ganzen Sommer über waren wir mit Hochzeitsvorbereitungen beschäftigt, verschoben Tische und Möbel, bis wir das ganze Wohnzimmer mit Gästen füllen konnten. Dreiundzwanzig Personen fanden darin Platz. Erik war es unangenehm, nicht alle Freunde und Bekannte einladen zu können, aber ich hatte damit kein Problem. Meine Eltern kamen. Meine Schwester nicht. Sie war verreist, Neuseeland, glaube ich. Und darüber hinaus gab es ohnehin nicht viele Kandidaten. Ich hatte noch nie einen großen Freundeskreis.

Die Trauung fand in der Dorfkirche statt. Der Pfarrer war jung und ungezwungen, er hatte eine Zeitlang auf Södermalm in Stockholm gearbeitet. Zum Traugespräch erschien er auf dem Motorrad, in voller Ledermontur.

Als wir ein paar Tage später den Mittelgang entlangschritten, konnte ich sehen, wie viele Gäste vor Rührung weinten. Ich war schön in meinem Kleid mit kurzer Schleppe und einem Diadem in meinen dunklen Haaren. Das Kleid schmeichelte meiner schlanken Figur, und ich weiß, dass ich Eindruck machte.

Wir sagten an der richtigen Stelle «Ja» und küssten uns. Erik weinte und umklammerte meine Hand, an die er mir gerade den Ring gesteckt hatte. Als wir die Kirche verließen, bewarfen uns alle mit Reis. Sogar das Wetter spielte mit. Es war ein warmer, sonniger Julitag.

Auch die anschließende Feier ließ keine Wünsche offen. Wir hatten literweise Wein gekauft, alle waren bester Laune, hielten Reden, lachten und überhäuften uns mit Glückwünschen.

Ich glaube, sogar ich hatte zwischendurch ein paar Tränen in den Augen.

Als Erik sich in der Hochzeitsnacht an einer besonders innovativen Verführungstechnik versuchte und mich mit auf dem Bett verstreuten Rosenblättern überraschte, konnte ich mich kaum beherrschen. Ich biss mir auf die Zunge, um ihm nicht zu sagen, er solle ihn einfach reinstecken und das Ganze hinter sich bringen.

Es war eine Hochzeit, ein Fest, mehr nicht. Aber genau wie die Scheinwelt meiner Eltern geriet sie zu einer ausstaffierten Inszenierung, die allen sentimental-romantischen Wunschvorstellungen gerecht wurde.

Ich war viel zu abgehärtet, um mich davon berühren zu lassen.

Als ich zwei Jahre später Johanna zur Welt brachte, spürte ich es zum ersten Mal. Sie war nur ein winziges Bündel, brachte gerade mal 3,2 Kilo auf die Waage. Trotzdem war ich diesem kleinen Wesen schutzlos ausgeliefert. Ein Gefühl, das mich ängstigte wie nichts zuvor in meinem Leben.

Dann kam David.

Mein David. Mein Sohn. Ich habe ihn so geliebt. Mit Worten kann ich es kaum beschreiben. Er war mein Ein und Alles. Als Elternteil soll man kein Lieblingskind haben, das weiß ich. Aber David war mein Lieblingskind.

Ich erinnere mich noch genau an die Fahrt ins Krankenhaus. An den dunklen, regnerischen Herbstabend. Ich erinnere mich an Davids ersten Schrei. Ich erinnere mich, wie er nach meinen Brustwarzen tastete und zum allerersten Mal an meiner Brust trank.

Ich erinnere mich, wie er roch.

David machte mich ganz. Vom ersten Moment an.

Und ohne ihn ging ich kaputt.

Samstag, 17. Mai

Das gelbe Haus liegt vollkommen abgeschieden und idyllisch auf einer kleinen Anhöhe am Waldrand, einige Kilometer außerhalb von Katrineholm. Ringsherum nur Pferdekoppeln und Bäume, eine pittoreske Hügellandschaft. Der Garten und das Wohngebäude erinnern dagegen eher an einen amerikanischen Trailerpark. Auf dem Hof stehen zwei Autos, die so abgewrackt sind, dass man nicht mal mehr das Fabrikat erkennt. Der Rasen scheint seit Jahren sich selbst überlassen. Überall wuchern Gestrüpp, Birken- und Erlentriebe. Im hohen Gras neben der Eingangstreppe stehen ein ausrangiertes WC und eine verrostete Badewanne, vermutlich Überbleibsel einer etliche Jahre zurückliegenden Renovierung. Aus der Toilettenschüssel sprießt welkes Vorjahresgras.

In einem Beet liegt ein rostiges Dreirad. Hat er etwa Kinder? Aber es scheint schon länger nicht benutzt worden zu sein. Vielleicht stammt es ja von einem früheren Hausbesitzer oder vom Kind einer Exfreundin.

Unter dem abblätternden Anstrich kommt ein hellblauer Farbton zum Vorschein, den das Haus vor vielen, vielen Jahren gehabt haben muss. In den Ecken der verwitterten dunkelgrauen Holzfenster haben sich um die Eisenbeschläge Rostflecken gebildet. Das Wohnzimmerfenster ist mit einer Spanplatte vernagelt.

Das Haus macht einen dermaßen verfallenen Eindruck, dass man sich kaum vorstellen kann, dass dort tatsächlich jemand wohnt. Aber ich habe ihn gesehen. Dies ist sein Zuhause.

Ich hocke ungefähr hundert Meter entfernt im Schutz eines Gebüschs auf einer Anhöhe auf der anderen Straßenseite. Das nächste Gebäude ist ein großes, etwa einen Kilometer entferntes Gestüt, und die schmale, sich schlängelnde Landstraße wird vermutlich nur von Anwohnern benutzt.

Den Mietwagen habe ich ein bisschen tiefer im Wald auf einem Forstweg abgestellt, sodass er von der Straße aus nicht zu sehen ist. Ich trage grüne Outdoor-Kleidung, liege bäuchlings auf dem Boden und beobachte das Haus durch ein Leica-Fernglas. Vom Hügel aus habe ich die Vorderseite perfekt im Blick, bin aber selbst unmöglich zu entdecken.

Die Stelle, an der ich Mårten Rask getötet habe, ist nur wenige Meilen entfernt. Eine Weile hat mich die geographische Nähe beunruhigt, aber dann habe ich entschieden, dass es purer Zufall war.

Und es spielt ohnehin keine Rolle. Ich habe nur noch einen einzigen Namen, den ich von meiner Liste streichen muss: Bernt Andersen, der in dem gelben Haus auf der anderen Straßenseite wohnt.

***

Ich schaue auf die Uhr: 18:27. Bis 21:00 Uhr werde ich warten. Wenn er bis dahin nicht auftaucht, breche ich ab und fahre nach Hause.

Für beide Eventualitäten bin ich gerüstet. Ich habe mich gründlich vorbereitet. Das ist die Journalistin in mir. Mein Plan muss bis ins kleinste Detail stehen.

Ich werde Bernt Andersen jeden einzelnen Knochen brechen, einen nach dem anderen. Genau wie den anderen Männern, die David getötet haben. Aber Andersen ist ein Sonderfall. Auch wenn sie sich vor Gericht gegenseitig die Schuld in die Schuhe geschoben haben, weiß ich, dass er der Fahrer war. Dass er derjenige war, der nicht mal versucht hat zu bremsen. Der sich bewusst dazu entschied, dass es wichtiger war, der Polizei zu entkommen, als meinem Sohn das Leben zu retten. In den ersten Vernehmungen legte er sogar ein Geständnis ab, das er vor Gericht widerrief.

Und jetzt bin ich hier. Das Einzige, was ich noch tun muss, ist, mich zu entscheiden, *wie* ich es mache, *wie* ich ihn «einfange».

In der Umgebung gibt es zahlreiche Scheunen. Ich könnte ihn an eine Wand nageln, so wie Marco Holst.

Von den Feldern weht Jauchegeruch herüber. In einer Baumkrone zwitschert eine Amsel. Die späte Nachmittagssonne wärmt mir den Rücken. Schon bald wird die Natur in voller Blüte stehen, stark und frisch.

Ich nehme das als Zeichen.

Zwei Stunden später ist die Sonne hinter Wolken verschwunden, und es wird schlagartig kühl. Ich spüre, dass es bald regnen wird. Es riecht nach Regen.

Gerade als ich aufstehe und gehen will, kommt er, und ich lege mich schnell wieder flach hin. Es ist 20:57 Uhr.

Ich höre das Auto, lange bevor ich es sehe. Ein dumpfes Brummen, wie von einem starken Motor. Er fährt schnell. Als er auf den Hof einbiegt, flammt am Hausgiebel ein greller Scheinwerfer auf. Vermutlich ausgelöst durch einen Bewegungsmelder. Er fährt einen Mercedes. Das Modell kann ich nicht erkennen, wahrscheinlich ein Sportwagen. Silberfarben. Das Nummernschild glänzt am Heck.

Zu Hause werde ich das Kennzeichen durch die Datenbank

des Straßenverkehrsamts laufen lassen. Vermutlich ist der Wagen auf irgendeinen Strohmann zugelassen, der jede Menge unbezahlte Strafzettel und Bußgeldbescheide angesammelt hat.

Ich blicke durch mein Fernglas und beobachte ihn. Er sitzt immer noch im Auto. Wartet er auf jemanden? Ich lasse das Fernglas sinken und spähe auf die Straße – niemand in Sicht. Als ich erneut durchs Fernglas schaue, ist er ausgestiegen und geht auf das Haus zu. Im Scheinwerferlicht kann ich ihn deutlich sehen.

Er ist groß und muskulös, hat einen federnden, sportlichen Gang. Er wirkt bedrohlich mit seiner Bomberjacke, die die breite Schulter- und Nackenpartie betont. Durch das Fernglas kann ich ohne Schwierigkeiten die Tätowierungen erkennen, die sich an seinem Hals emporranken.

Er blickt sich kein einziges Mal um, doch als er die Vordertür öffnet und im Begriff ist, ins Haus zu gehen, dreht er sich ruckartig um und schaut in den Hof. Vielleicht ein Reflex, vielleicht hat er sich angewöhnt, regelmäßig über die Schulter zu blicken und zu kontrollieren, ob hinter ihm jemand lauert. Ich kann sein Gesicht deutlich erkennen. Es ist grob, vernarbt und brutal. Vom Gerichtsprozess weiß ich, dass er unnatürlich hellblaue Augen hat. Damals hatte er noch lange Haare, jetzt trägt er sie kurz, fast geschoren. Aber immer noch blond. Ich erkenne ihn sofort. Er ist es. Bernt Andersen.

Im nächsten Moment ist er im Haus verschwunden. Ich höre, wie die Tür hinter ihm ins Schloss fällt, bleibe aber in meinem Versteck, bis die Fassadenbeleuchtung erloschen ist. Es dauert ungefähr zwei Minuten. Vermutlich ist der Bewegungsmelder auf diese Zeitspanne programmiert. Gut zu wissen.

Bernt Andersen wird nicht so leicht zu handhaben sein wie die anderen. Das ist mir klar. Er verhält sich nicht so ahnungslos, so naiv selbstsicher.

Aber Bernt Andersen hat meinen Sohn auf dem Gewissen. Er darf nicht davonkommen.

Sonntag, 18. Mai

Ich wache auf, als es an der Wohnungstür klingelt. Erik, schießt es mir durch den Kopf. Doch dann ändere ich meine Meinung. So schnell würde er nicht wiederkommen. Seit der Scheidung treffen wir uns nur selten. Es ist besser so.

Während ich mir rasch Jeans und T-Shirt anziehe, werfe ich einen Blick auf den Wecker: 8:20 Uhr.

Es klingelt wieder. Ein beharrlicher, schriller Ton. Irgendetwas an der Intensität jagt mir Angst ein.

Ehe ich die Tür öffne, lege ich die Sicherheitskette vor. *Habe ich Angst?* Offensichtlich. Durch den Spalt sehe ich einen Mann. Er steht mit dem Rücken zur Tür. Hellgrauer Anzug, zurückgekämmtes dunkles Haar. Als er sich umdreht, fällt mir sein fein geschnittenes Gesicht auf. Ich schätze ihn auf circa fünfzig.

Dann erkenne ich ihn wieder. Es ist dieser Polizist, Carl Edson. Er lächelt mich an. Ich kann nicht verhindern, dass mein Puls in die Höhe schnellt.

«Guten Morgen, mein Name ist Carl ...»

Ehe er den Satz beendet, schließe ich unwillkürlich die Tür. *Was zum Teufel tue ich?* Ich schlucke hart, reibe mir mit den Händen übers Gesicht, um wach zu werden. Dann entferne ich die Sicherheitskette und öffne die Tür wieder.

«Ja?», frage ich und sehe den Mann an, der vor mir im Treppenhaus steht und auf den Fußsohlen wippt.

«Entschuldigen Sie die Störung», sagt er höflich. «Mein Name ist Carl Edson.»

Im nächsten Moment scheint er mich wiederzuerkennen.

«... aber wir sind uns schon begegnet.»

Er lächelt.

«Sie sind Alexandra Bengtsson. Sie arbeiten beim ...»

Er denkt nach.

«... *Aftonbladet*, habe ich recht?»

Ich nicke.

«Worum geht es?», frage ich mit meiner Journalistenstimme, abwartend, neutral.

«Darf ich reinkommen?»

Ich trete zur Seite. Ein kurzer Blick ins Treppenhaus – er ist allein –, dann schließe ich die Tür hinter ihm und gehe ins Wohnzimmer voraus. Mit einem Nicken bitte ich ihn, auf dem Sofa Platz zu nehmen. Er setzt sich auf den äußersten Rand.

Eine Weile ist es still, dann räuspert er sich.

«Ich weiß nicht, ob Sie wissen, warum ich hier bin?»

Ich schüttele den Kopf.

«Ich dachte, Sie hätten vielleicht mit Ihrem Mann gesprochen ... Ihrem *Ex*mann.»

Er lächelt freundlich, als würde er sich für seinen Versprecher entschuldigen. Ich mustere ihn schweigend. Dank meiner Erfahrung als Journalistin weiß ich: Je weniger man selbst sagt, desto mehr redet der andere.

«Es geht um die vier Männer, die an dem Unfalltod Ihres Sohnes vor fünf Jahren beteiligt waren ...»

«Das war kein Unfall», antworte ich ungewollt heftig.

Er nickt.

«Nein, selbstverständlich. Es deutet einiges darauf hin, dass die Männer Ihren Sohn vorsätzlich überfahren haben, nicht wahr?»

Ich sage nichts.

Er räuspert sich leise und fährt fort:

«Und jetzt sind einige von ihnen tot.»

Er beobachtet mich. Ich weiß, warum. Er will sehen, ob meine Miene oder mein Blick irgendetwas verraten. Aber kein Muskel in meinem Gesicht regt sich. Ich schaue ihn einfach an.

«Wir vermuten, dass sie ermordet wurden. Was haben Sie dazu zu sagen?»

Ich runzele die Stirn und muss unwillkürlich schlucken.

«Warum fragen Sie?»

«Es interessiert mich. Schließlich haben Sie über diese Morde berichtet ...»

«Wie Sie wissen, habe ich über die Mordfälle geschrieben, in denen Sie ermitteln», sage ich. «Und soweit ich informiert bin, war nur eines der Opfer am Tod meines Sohnes beteiligt ...»

Er lächelt. Als wüsste er etwas, das ich nicht weiß. Aber das tut er nicht.

«Aber über Sid Trewer *haben* Sie geschrieben», sagt er.

Ich sehe ihn irritiert an.

«Habe ich in einem meiner Artikel irgendetwas Falsches geschrieben? Sind Sie deshalb hier? Wenn das so ist, können Sie ...»

Er macht eine abwehrende Handbewegung.

«Nein, nein», versichert er, «es geht nicht um Ihre Artikel.»

«Sondern?», frage ich und gebe mir Mühe, verwirrter zu wirken, als ich bin.

«Ich wollte mit Ihnen über die ... Mörder Ihres Sohnes sprechen.»

Er lächelt entschuldigend. Dann angelt er ein Notizbuch aus der Innentasche seines Jacketts und blättert darin.

«Wie Sie vielleicht wissen, gibt es inzwischen weitere Todesopfer», fährt er fort.

«Ich bin nicht unbedingt auf dem neusten Stand. Ich hatte frei», antworte ich.

«Ich verstehe. Jedenfalls deutet inzwischen einiges darauf hin, dass Sie – beziehungsweise der Raubüberfall, der zum Tod Ihres Sohnes führte – ein verbindendes Element zwischen einigen der Morde sind.»

Wieder lässt er mich nicht aus den Augen. Er will meine Reaktion sehen. Aber mein Gesicht ist ausdruckslos.

«Ja?», erwidere ich.

«Ich würde gerne wissen, was Sie darüber denken.»

«Warten Sie», sage ich. «Wollen Sie andeuten, dass es sich um zwei verschiedene Täter handelt? Dass die Morde an den drei Södertälje-Männern von einem Täter begangen wurden und die übrigen Morde von einem anderen Täter?»

Noch während ich das sage, geht mir auf, dass ich einen Fehler gemacht habe. Woher soll ich wissen, dass *drei* der Männer tot sind?

Edson sieht mich nachdenklich an, während ich mich rasch hinter meiner Journalistenrolle verschanze. Ich beuge mich über den Tisch und ziehe unter dem Stapel aus Zeitungen und Papieren einen Notizblock hervor.

«Wenn das so ist, würde ich gern darüber schreiben. Darf ich Ihnen ein paar Fragen stellen?»

«Nein!», widerspricht Edson unerwartet scharf, erlangt aber sofort die Fassung wieder.

«Nein», sagt er mit seinem üblichen sanften Tonfall. «Ich bin nicht hier, um interviewt zu werden, sondern um *Ihnen* ein paar Fragen zu stellen.»

«Okay. Und was genau möchten Sie wissen?» Ich versuche, seinen durchdringenden Blick zu erwidern.

«Was sagen Sie zum Beispiel dazu, dass mehrere Mordopfer in direkter Verbindung zu Ihnen und Ihrem Exmann stehen?»

«Sie sprechen von den Södertälje-Einbrechern?»

Er nickt.

«Dazu habe ich gar nichts zu sagen.»

Er zögert einen Moment.

«Was wissen Sie darüber, *wie* die Männer ermordet wurden?», fragt er dann.

Mir ist klar, dass er die Södertälje-Einbrecher meint. Aber ein zweites Mal tappe ich nicht in seine Falle.

«Das, was ich in meinen Artikeln geschrieben habe. Holst wurde verstümmelt, Sora mit Zigaretten zu Tode gefoltert, Trewer mit irgendeiner Gerätschaft zerquetscht ... Wie die anderen Opfer gestorben sind, weiß ich nicht. Darüber stand nichts in der Presse. Sie und Ihre Kollegen waren nicht gerade auskunftsfreudig.»

Der letzte Satz entlockt Edson ein zufriedenes Lächeln.

«Sie sollten nicht mal die Dinge wissen, die Sie wissen.»

Ich schnaube.

«Ich mache nur meine Arbeit. Ihre Leute haben das Recht, Informationen ...»

Wieder hebt er abwehrend die Hände.

«Ich kenne die Gesetzeslage», sagt er. «Ich bin nicht hier, um über Ihre Quellen zu diskutieren.»

Ich spüre, wie sich Schweiß unter meinen Achseln und zwischen meinen Brüsten sammelt. Im Zimmer ist es unerträglich heiß. Aber ich kann nicht nachsehen, ob sich irgendwo Schweißflecken abzeichnen. Carl Edson würde es sofort als Anzeichen für Nervosität deuten. Ihm selbst scheint die Hitze nichts auszumachen.

«Wann haben Sie die Södertälje-Einbrecher das letzte Mal gesehen?», fragt er. «Sid Trewer ... oder einen seiner Komplizen?»

«Bei der Verhandlung. Vor fünf Jahren ...»

«Seitdem sind Sie keinem der Männer begegnet?»

Ich schüttele den Kopf.

«Und als Sie über Sid Trewer geschrieben haben, war Ihnen nicht klar, wer er ist?»

«Doch», erwidere ich und wende hastig den Blick ab. Eine bewusste Bewegung. Ich will ihn in die Irre führen.

«Aber ich wollte unbedingt an der Story dranbleiben. Wenn mein Chefredakteur herausfindet, dass ich eine Verbindung zu einem der Opfer habe, zieht er mich sofort ab. Dann darf ich wieder über Verkehrsunfälle auf der E4, Bandenschießereien in Malmö und dergleichen schreiben ...»

Edson wartet darauf, dass ich weiterrede.

«Also habe ich nichts gesagt. Und erst recht nichts darüber geschrieben.»

Er nickt. Dem Anschein nach verständnisvoll.

«Aber was haben Sie wirklich darüber gedacht? Das alles muss Sie doch sehr mitgenommen haben?»

«Ich kann nicht behaupten, dass ich die Opfer schmerzlich vermissen werde», erwidere ich sarkastisch.

Edson verzieht keine Miene. Durch sein Schweigen will er mich zum Reden bringen. So, wie ich es bei ihm versucht habe.

«Warum vermuten Sie überhaupt einen Zusammenhang ... Und von wie vielen Morden sprechen wir? Fünf, sechs ...?», frage ich und bemühe mich um einen neutralen Tonfall. «Zwischen den Opfern existiert keine Verbindung. Laut Aussagen meiner Kontakte jedenfalls – warum glauben Sie, dass es sich um ein und denselben Mörder handelt?»

Edson schaut auf seinen Notizblock, als stünde dort die Antwort.

«Darauf kann ich nicht näher eingehen», erwidert er.

«Ermitteln Sie allen Ernstes in die Richtung, dass es sich um *einen* Täter handelt?», beharre ich. «Soll ein einziger Täter diese Männer ermordet haben? Marco Holst, Fadi Sora, Jens Falk, Sid Trewer und wie die anderen Opfer heißen …»

Edson wendet den Blick ab, blättert in seinem Notizblock und steckt ihn anschließend in seine Jacketttasche zurück.

«*Off the record …?*», sagt er.

Ich zögere. Eine alte Journalistenregel lautet: Nimm niemals ein *off the record*-Angebot an, denn sonst sind dir die Hände gebunden. Du darfst die Informationen nicht verwenden, selbst wenn du sie später anderweitig bestätigst.

Trotzdem nicke ich.

«Es gibt kein verbindendes Element», sagt er. «Wir haben nichts gefunden, was alle Morde miteinander verknüpft. Es scheint fast so, als wäre es Absicht. Als würde es sich bewusst um willkürliche Morde handeln. Der Tod Ihres Sohnes ist bisher der einzige gemeinsame Nenner.»

Ich zeige keine Reaktion. Beobachte nur. Jetzt habe ich wieder die Führung übernommen.

«Und Sie glauben trotzdem, dass es sich um *einen* Mörder handelt?», frage ich.

Er nickt.

«Wir wissen sogar, dass es sich um *einen* Mörder handelt.»

«Und woher?»

Edson zögert einen Moment.

«Wir konnten Spuren an den Tatorten sichern.»

«DNA-Spuren?»

«Darauf kann ich nicht näher eingehen.»

Ich weiß, dass er die Kaugummis meint. Diese Nikotinkaugummis. «Bror Dupont» hat mir bei unserem ersten und letzten Treffen davon erzählt. In meinen Artikeln habe ich die Kaugummis jedoch nicht erwähnt. Sie beunruhigen mich, ehrlich gesagt, jagen sie mir eine Heidenangst ein. Woher kommen diese verfluchten Kaugummis? Ich kaue keine Nikotinkaugummis. Ich habe in meinem Leben keine einzige Zigarette geraucht.

Ich presse meine Fingernägel in die Handinnenfläche, zwinge mich dazu, mich nicht aus dem Konzept bringen zu lassen:

«Aber warum?», frage ich. «Warum macht der Mörder das?»

«Welchen Motiven wir im Einzelnen nachgehen, darüber kann ich keine Auskunft geben. Aber ein mögliches Motiv ist Ihr Sohn. Deshalb wollte ich mit Ihnen über die Opfer reden. Über die Männer, die Ihren Sohn getötet haben.»

«Leider kann ich Ihnen nicht viel über die Männer sagen», erwidere ich mit einer abwehrenden Handbewegung. «Außer dass sie mir nicht besonders leidtun.»

«Dann möchte ich Sie nicht länger belästigen.»

Edson steht auf und geht in den Flur hinaus. An der Tür angekommen, lege ich ihm eine Hand auf den Arm und halte ihn kurz zurück.

«Wenn Sie Informationen haben, mit denen Sie an die Öffentlichkeit gehen wollen, können Sie mich jederzeit kontaktieren», sage ich. «Ich bin eine gute Journalistin. Sie können mir vertrauen.»

Einen Moment lang schaut er mich verständnislos an. Schließlich nickt er wortlos und öffnet die Tür. Ich sehe ihm noch einen Moment nach, wie er die Treppe hinuntergeht. Erst dann schließe ich die Tür.

Kurz stehe ich reglos da und atme tief durch. Dann sinke ich mit dem Rücken an der Wohnungstür zu Boden und kauere mich zusammen. Mir ist speiübel.

Nach fünf Minuten gebe ich mir selbst eine Ohrfeige, zwinge mich aufzustehen. Meine Beine sind weich wie Pudding, ich wanke ins Wohnzimmer und setze mich aufs Sofa, wo eben noch Carl Edson gesessen hat.

Ich strecke den Arm über die Sofalehne und berühre meine Tasche, die auf dem Boden liegt. Ich öffne den Reißverschluss, greife mit der Hand hinein und ziehe meinen Elektroschocker heraus.

***

Am Abend kommt Johanna. Es ist meine Woche. Schon bevor sie über die Türschwelle tritt, hat sie schlechte Laune. Was hat sie denn nun schon wieder? Als ich Erik, der im Auto sitzen bleibt, einen fragenden Blick zuwerfe, zuckt er nur mit den Schultern.

«Was ist los?», frage ich sie etwas später, nachdem ich Johanna genötigt habe, mit mir fernzusehen, und sie mit Tee und Vollkornkeksen bestochen habe.

Ohne aufzusehen, zuckt sie irritiert mit den Schultern, völlig von ihrem Handy in Anspruch genommen. *Snapchat*.

«Bist du wütend auf Papa?»

Unvermittelt hebt sie den Blick und sieht mich verblüfft an.

«Ich bin auf alle wütend», sagt sie, als wäre das völlig offensichtlich.

«Und warum?», frage ich, so sanft ich kann.

Sie zuckt erneut mit den Schultern, längst wieder mit ihrem Handy beschäftigt.

Ich unterdrücke den Impuls, es ihr aus der Hand zu reißen, sie zum Reden zu zwingen. Das würde nichts bringen. Das weiß ich. In der Beziehung sind wir uns sehr ähnlich.

Montag, 19. Mai

In der Redaktion wurde eine Personalversammlung einberufen. Die gesamte Belegschaft soll in der Kantine zusammenkommen. Ein riesiger Raum mit Platz für bestimmt zweihundert Personen. Als ich eintreffe, ist die Kantine trotzdem so überfüllt, dass ich nur von draußen zuhören kann.

Der Verlag muss Einsparungen vornehmen. Vierzig Stellen werden gestrichen. Unser Vorstandsvorsitzender schildert die Lage. Alle, die bleiben dürfen, müssen sich auf neue Aufgaben einstellen. Wir müssen uns an die Zukunft anpassen.

Dann übernimmt der Leiter der Personalabteilung. Man werde uns eine Abfindung anbieten und hoffe, das Ganze auf «natürlichem Weg» (was für ein merkwürdiger Ausdruck!) lösen zu können, ohne jemanden entlassen zu müssen.

Anschließend setzen sich die Leute in Grüppchen zusammen oder reden im Pausenraum. Alle sind aufgebracht. Mich hingegen lässt die Neuigkeit kalt. Es ist, als würde mich jemand fragen, was es heute Abend zu essen gibt. Selbst wenn ich noch nicht weiß, was es geben wird, steht doch eines fest: Ich bekomme etwas zu essen.

Ich weiß, was meine Stärke ist: dass ich jederzeit in der Lage bin aufzubrechen. Alles hinter mir zu lassen und neu anzufangen. Wasserdichte Schotten zwischen der Vergangenheit und dem Jetzt zu errichten. So wie nach der Scheidung. Ich habe die Tür zu Erik geschlossen. Zu allem, was uns verband. Zu dem Landhaus, in dem wir geheiratet haben, zu unseren Abendessen zu zweit, zu unseren gemeinsamen Freunden – die eigentlich Eriks Freunde waren –, zu seinen Eltern. Alles ist verblasst. Verschwunden. Wie unter Hypnose.

Ich bin frei.

Vielleicht bin ich deshalb so gut im Töten. Das ist nur eine weitere Tür, die ich hinter mir schließe. Danach kann ich weiterziehen.

Die einzige Tür, die ich nicht schließen kann, ist die zu David. Egal, was ich versuche, sie steht sperrangelweit offen.

***

In meiner Erinnerung taucht ein Bild auf. Die Zahnärztin. Fast hätte ich sie vergessen.

Als ich sieben war, hatte ich zum ersten Mal Karies. Für eine Frau war die Zahnärztin ungewöhnlich kräftig und hart. Mit strenger Miene starrte sie in meinen Mund, nahm eins ihrer scharfen Instrumente zur Hand und kratzte an meinen Zähnen. «Das hier», sagte sie vorwurfsvoll und hielt mir ihr Instrument, an dem jetzt eine zähe weiße Masse haftete, vors Gesicht, «das ist Plaque! Du musst deine Zähne besser putzen!» Sie strich das weiße Zeug auf meiner Zunge ab. «Damit du es bis zum nächsten Mal nicht vergisst!», sagte sie mit verkniffenem Lächeln.

Mein Vater saß mit durchgedrücktem Rücken auf einem Stuhl und sah mich an. Ohne ein Wort zu sagen. Die Zahnärztin erklärte, dass ich Füllungen in beiden oberen Backenzähnen bräuchte.

«Normalerweise würde ich so einen Eingriff ohne Betäubung durchführen», sagte sie, «aber Ihre Tochter ist vielleicht ... etwas empfindlich.» Sie lächelte meinen Vater nachsichtig an. Der schüttelte den Kopf:

«Wir können es ruhig ohne Betäubung versuchen, wenn das weniger Umstände bereitet ...»

Die Zahnärztin wandte sich mir zu. Ich hatte den Absauger im Mund und konnte nicht sprechen.

«Gut», sagte sie langsam. Zum ersten Mal, seit ich das Behandlungszimmer betreten hatte, hörte ich so etwas wie Anerkennung in ihrer Stimme.

Dann bohrte sie. Das pfeifende Surren des veralteten Bohrers schnitt mir durch den Kopf. Nach einer Weile roch es verbrannt, weil das Gerät keine Wasserkühlung hatte.

Die Schmerzen waren fürchterlich.

Es tat so weh, dass sich mein kleiner Körper auf dem Behandlungsstuhl wand. Ich wartete darauf, dass mein Vater begriff, wie sehr ich litt, dass er sagen würde, ich müsse eine örtliche Betäubung bekommen. Aber er schwieg. Seine einzige Reaktion bestand darin, seine Hände um die Stuhllehne zu krampfen. Ich dachte, er würde eine Art Mitgefühl empfinden. Aber an seinem Gesicht konnte ich ablesen, dass er nur eine einzige Sorge hatte: dass ich eine Betäubungsspritze verlangen und ihn enttäuschen könnte. Dass ich nicht *stark* sein würde.

Am Abend lag ich neben meiner Schwester im Bett und erzählte ihr flüsternd von dem Zahnarztbesuch. Sie nahm mich in den Arm, strich mir übers Haar und versuchte, mich zu trösten. Wir gehörten zusammen, waren eins.

Ich habe es nie jemand anderem erzählt. Nicht bis zu diesem Moment, in dem ich es aufschreibe.

In unserer Familie erfüllten Worte einen rein informativen Zweck. Sie dienten der Organisation des Alltags: *Kannst du Eier einkaufen? Wann kommst du nach Hause? Ich muss am Wochenende arbeiten.*

Abends, wenn alle praktischen Belange erledigt waren –

Hausaufgaben, der Klavierunterricht meiner Schwester, die beruflichen Verpflichtungen meiner Eltern, das Abendessen –, kam die Leere. Während andere Familien sich darüber austauschten, was sie am Tag erlebt hatten, wie es ihnen ging, worüber sie sich gefreut hatten, blieben wir stumm. Ein *Gut* als Antwort auf die höflich gestellte Frage *Wie war dein Tag?* war das höchste der Gefühle.

Das Einzige, was uns vor dem Sturz in den seelischen Abgrund, der uns zu verschlucken drohte, rettete, war der Fernseher. Es gab keinen Abend, an dem er nicht lief. Es war egal, welche Sendungen auf den zwei Kanälen, die es damals gab, gezeigt wurden. Die flimmernden Bilder waren unser Rettungsanker, der es ermöglichte, dass wir als Familie funktionierten.

Ich bezweifle, dass meine Eltern das so empfanden. Heute bin ich überzeugt, dass sie emotional gestört waren.

Und meine Schwester? Und ich?

Sich selbst kann man natürlich kaum objektiv beurteilen.

Wenn ich eines bin, dann praktisch und unsentimental. Und schmerzresistent. Bei Davids Geburt habe ich die PDA, ohne zu zögern, abgelehnt. Ich wollte ihn *natürlich* zur Welt bringen. Der Schmerz flutete in unverminderter Intensität durch meinen Körper. Aber ich blendete ihn aus. Zwei Stunden später lag David an meiner Brust. Immer noch voller Blut.

* * *

David war dunkel, sein Haar schwarz. Er hatte braune Augen, die ebenfalls fast schwarz schimmerten, wenn sein Gesicht vor Begeisterung glühte. Er war auffallend schön, aber feingliedrig, ein bisschen zu schmächtig für sein Alter.

Ich betrachte das Foto. David lacht mich an. Er trägt eine Badehose und steht an einem Sandstrand. Hinter ihm rollen große Wellen heran und brechen sich am Ufer. Er sieht glücklich aus.

Ich kann mich noch genau erinnern.

Urlaub an der Riviera. Erik war auch dabei. Und Johanna. Zu der Zeit waren wir noch eine Familie. Uns war nichts Böses widerfahren. Ich habe mich angestrengt, die glückliche Mutter zu sein, die attraktive und geliebte Ehefrau.

Und ein bisschen war ich es sogar.

Wir hatten uns eine Wohnung in einem Apartmenthotel in Saint-Raphaël gemietet. Das letzte Stück fuhren wir mit dem Zug. Auf dem Weg von Nizza, wo wir gelandet waren, bis zu unserem Urlaubsort erstreckte sich die Küste vor unserem Abteilfenster.

«Guck mal, Mama! Das Haus da!»

«Guck mal, das Meer! Können wir da baden?»

Es duftete nach Sommer. Nach exotischem Sommer mit einem Hauch von Lavendel, Rosmarin, trockener roter Erde und der Metallimprägnierung der Eisenbahnschienen in der Luft. Eine wunderbare Mischung. Wir waren voller Erwartung und ... frei, glaube ich.

Am ersten Abend gingen wir zum Strand. Erik und die Kinder badeten im Meer. Ich schaute zu. Es war Mai. Das Wasser war kühl, wie ein schwedischer See im Sommer, und ich genoss die Wärme der untergehenden Sonne auf der Haut.

Ich hörte, wie die Kinder und Erik sich gegenseitig nass spritzten, schrien und lachten. Dann jagte Erik David über den Strand. Ich sah Davids Gesicht. Wie viel Spaß er hatte. Wie glücklich er zu sein schien.

Und ich lachte mit ihm. Ich schlug die Hände vors Gesicht

und lachte. Es war, als würde sein kleines Herz auch in meiner Brust schlagen. Ich fühlte, was er fühlte.

Wenn er glücklich war, war ich glücklich. Wenn er traurig war, war ich traurig. Wir waren eins.

Anschließend gingen wir essen. An den übrigen Tagen kochten wir in unserem Apartment, mehr konnten wir uns damals nicht leisten, aber am ersten Abend gönnten wir uns ein Restaurant. David wollte Pasta. Ich wollte ihn überreden, die Pasta mit Meeresfrüchten zu probieren, aber er bestand partout auf Hackfleischsoße. Wie zu Hause in Schweden.

Ich bestellte Fischsuppe. Erik nahm ... ich erinnere mich nicht, was er aß. Sogar sein Gesicht verschwimmt in meiner Erinnerung. Johanna hingegen sehe ich vor mir. Sie saß David gegenüber, aber Erik ... er ist in diesem Erinnerungsfragment nur ein unscharfer heller Fleck.

Aber die Erinnerung an David ist so lebendig, als würde er in diesem Moment neben mir sitzen, über das ganze Gesicht strahlend, seine Pasta essen und ein Glas Cola trinken, was er zu Hause nie durfte.

Wir waren im Urlaub. Wir waren glücklich. Wir waren eine Familie. Alle waren am Leben.

Eine ganze Woche waren wir glücklich. Eine Woche lang jagte David jubelnd den Wellen hinterher, während der Wind seine schwarzen Locken zerzauste.

Wir gingen jeden Tag an den Strand und zogen uns bis auf die Badesachen aus, während die Franzosen uns kopfschüttelnd und in Daunenwesten von der Strandpromenade aus zusahen. Doch wir kümmerten uns nicht darum. Jauchzend stürzten wir uns in die kalten Wellen. Das Wasser schmeckte salzig, roch aber nicht nach Seetang. Es war frisch und rein.

David kannte keine Angst. Ohne zu zögern, warf er sich mit seinen Schwimmflügeln in die Brandung. Dann paddelte er wie ein Hund, mit kleinen, ungelenken Bewegungen. Ab und zu verschwand er zwischen den Wellen. Wenn er Wasser schluckte, machte ihm das nichts aus. Erik stand ein Stück weiter draußen und fing David mit offenen Armen auf. Ich saß am Strand und klatschte.

Während wir anderen uns in der Sonne aufwärmten, setzte David sein Spiel mit den Wellen fort. Er hatte einen Stock gefunden, und wenn die Wellen sich zurückzogen, rannte er mit dem Stock in der Hand so weit ins Wasser hinein, wie er konnte, um im nächsten Moment zurückzuflitzen und vor der nächsten Welle zu fliehen, die schäumend an den Strand schwappte.

Erik legte den Arm um mich und versuchte, mich zu küssen, doch ich schob ihn weg. Ich wollte David sehen. Jede Minute seines Glücks wollte ich sehen.

Als hätte ich damals schon gewusst, dass es nicht von Dauer sein würde. Dass es zu vollkommen war, um wirklich zu sein.

Ich spüre den Herbst im Frühling.

Auf dem Heimweg von der Arbeit habe ich zwei Frauen gesehen, die sich zum Abschied geküsst haben mitten auf der Drottninggatan. Sie waren noch jung, eine der beiden sah richtig süß aus. Sie trug eine Baseballkappe, kaputte Jeans und eine Lederjacke, die ihr viel zu groß war. Als die beiden sich trennten, brach sie in Tränen aus.

«Ich liebe dich», hörte ich sie sagen.

Ohne darauf zu achten, was dann passierte, bin ich weiter in Richtung U-Bahn gegangen.

Liebe? Ich frage mich, ob ich je eine solche Liebe für jemanden empfunden habe, dass ich beim Abschied geweint hätte. Anziehung? Ja, aber Liebe ... Mutterliebe, sicher. Aber abgesehen von den Kindern? Mir fällt niemand ein.

Übrigens: Johanna wohnt lieber bei ihrem Vater. Sie hat es zwar nicht gesagt, aber ich sehe es ihr an. Die Enttäuschung, wenn sie mit dem Handy auf dem Sofa sitzt.

Es ist merkwürdig. Außer ihr bindet mich nichts mehr ans Leben.

Wenn ich an den Tod denke, stelle ich mir ein langes Ausatmen vor. Einen letzten Seufzer der Erleichterung.

***

Ich bin der Mensch, der ich bin. Ich streite meine Fehler oder Unzulänglichkeiten nicht ab. Ich weiß, dass mich andere abstoßend finden. Krank.

Aber ich habe kein schlechtes Gewissen.

Ich hatte nie vor, noch mehr Menschen zu töten als die vier Männer, die meinen Sohn überfahren haben. Aber sie mussten weg. Ich wollte nicht mehr jede Nacht um drei panisch aus dem Schlaf hochschrecken, weil David tot ist – und sie am Leben sind.

Aber schon vor meinem ersten Opfer wusste ich, dass die Polizei mir auf die Schliche kommen würde, bevor ich alle vier getötet hätte. Also musste ich mir Zeit verschaffen. Ich brauchte weitere Opfer. Willkürliche Opfer. Ohne Verbindung zueinander – und vor allem ohne Verbindung zu mir.

Ich habe irgendwo gelesen, ohne Motiv, ohne Logik habe die Polizei so gut wie keine Chance, ein Verbrechen aufzuklären. Pick dir einfach einen x-beliebigen Menschen aus einem x-beliebigen Personenkreis heraus und töte ihn oder sie (ohne Zeugen). Das Risiko, dass du geschnappt wirst, ist gleich null.

Alles Weitere ergab sich plötzlich wie von selbst.

Ich weiß noch, dass ich in einem Café ganz oben auf der Götgatan saß, Zeitung las und einen Caffè Latte trank – wie jeder dämliche City-Hipster. Da schoss mir der Gedanke so unerwartet und mit solcher Wucht durch den Kopf, dass ich mit meinem Glas auf halbem Weg zum Mund sitzen blieb und ins Leere starrte.

«Alles in Ordnung?», fragte jemand am Nebentisch. Ich erwachte aus meiner Erstarrung, rang mir ein Lächeln ab und stellte mein Glas auf die Untertasse zurück.

All die Jahre hatte ich Zeitungsartikel über Straftäter gesammelt. Fälle, die mich wütend gemacht haben, Täter, die nicht bestraft worden waren, die mit grausamen Verbrechen ungeschoren davonkamen. Plötzlich fügte sich alles zusammen. Fast als sollte es so sein.

Ich stand auf und fuhr nach Hause. Meinen halb ausgetrunkenen Caffè Latte und die Zeitung ließ ich dort. Ich spürte die verwunderten Blicke der Bedienung im Rücken. Aber es war mir egal. In meinem Inneren hörte ich die Stimme meines Vaters: *Bring zu Ende, was du angefangen hast. Mach es ordentlich.*

Zu Hause setzte ich mich an meinen Computer und klickte auf den Ordner «Straftaten». Darin habe ich alle Zeitungsartikel gespeichert.

Die Wahl fiel mir leicht. Ich hatte mich bereits entschieden, wer meine ersten *willkürlichen* Opfer sein sollten.

Fadi Sora und Marco Holst.

Ich weiß noch, wann ich das erste Mal von Holst las. Auf

dem Bild über dem Artikel streckte er dem Fotografen den Mittelfinger entgegen, während er in den Gerichtssaal geführt wurde, angeklagt, ein vierzehnjähriges Mädchen in einem Park in der Stockholmer Innenstadt brutal vergewaltigt zu haben. Im Verlauf des Verfahrens stritt er alles ab, obwohl man seine Spermaspuren auf der Unterhose des Mädchens gefunden hatte. Natürlich wurde Holst verurteilt. Aber das Strafmaß ...

Dafür, dass Holst ein vierzehnjähriges Mädchen vergewaltigt hatte, vaginal und anal, es für alle Zeiten innerlich zerstört hatte, wurde er zu vier Jahren Gefängnis verurteilt. Vier Jahre! Das war alles.

Ihn mit dem Flaschenzug hochzuziehen und mit der Nagelpistole an die Wand zu tackern bereitete mir keinerlei Probleme.

Er schrie, flehte mich an, ich möge aufhören: «Papa, bitte, Papa, hör auf.»

Papa? Seine Kindheit will ich mir gar nicht erst ausmalen. Und ich hörte nicht auf. So bin ich nicht.

Als ich ihm den Baseballschläger in den Darm rammte, verstummte er. In meiner Naivität hielt ich die spastischen Bewegungen seines Körpers für letzte Todeszuckungen. Ich war fest überzeugt, dass ich ihn getötet hatte.

Als ich erfuhr, dass er überlebt hatte, war ich ... wie drücke ich das aus ... bestürzt? Als ich ihn in der Scheune zurückließ, war ich mir zu hundert Prozent sicher, dass er tot war. Ich hatte das Blut mit einer Decke aufgefangen, die ich anschließend in sein Auto, einen Volvo XC 90, legte. Zwei Stunden später stellte ich den Wagen in der Nähe der U-Bahn-Station Norsborg ab, den Schlüssel hatte ich auf den Sitz gelegt. Dann fuhr ich mit der Bahn nach Hause.

Die Decke mit Holsts Blut habe ich unterwegs in einen Bach geworfen.

Ich fühlte mich sicher. Hatte keine Erinnerungslücken. Bekam keine Anrufe von meiner Schwester.

Doch als ich am nächsten Morgen in die Redaktion kam und von dem anonymen Tipp über einen Fall von schwerer Körperverletzung bei Norrtälje hörte, wurde mir flau im Magen. Wie um alles in der Welt hatte er überlebt? Nach allem, was ich mit ihm gemacht hatte? Sicher, ich hatte versucht, den Tod so lange wie möglich hinauszuzögern. Schließlich sollte der Kerl leiden. Das Messer hatte ich mit einem einfachen Gasbrenner erhitzt. Sonst wäre er auf der Stelle verblutet. Er sollte begreifen, dass er die gleichen Qualen erlitt, die er anderen zugefügt hatte. Ich habe ihn sogar mit Cyklo-F vollgepumpt, damit er nicht zu stark blutete.

Aber ganz ehrlich: Ich bin keine Expertin. Ich habe mein Medizinstudium abgebrochen. Ich muss es mit den «lebenserhaltenden Maßnahmen» übertrieben haben.

Doch ich hatte Glück. Er starb trotzdem. Dass er zwei Tage länger leben durfte, hat seine Qualen nur verlängert.

Dienstag, 20. Mai

Abendessen bei Alice, einer meiner wenigen Freundinnen. Am Tisch sitzen drei Ehepaare. Die Frauen sind das personifizierte Facebook-Glück, perfekte Strähnchen im Haar, schlank, frisch gevögelt, frisch aus dem Fitnessstudio. Alle drei *liiieben* es, von ihren Kindern eigenhändig gepflückte Erdbeeren zu essen und von ihren durchtrainierten, erfolgreichen Göttergatten das Frühstück ans Bett gebracht zu bekommen.

Und dazwischen ich. Geschieden und einsam. Und offensichtlich Psychopathin. So lautet jedenfalls meine Selbstdiagnose.

«Wie geht es dir?», erkundigt sich Bodil, eine der Facebook-Ehefrauen.

«Womit soll ich anfangen?», frage ich. «Mit der Kündigungswelle bei der Zeitung, dem Anwalt, den ich mir gegen meinen Exmann nehmen musste, den Todesfällen ...?»

Ein paar verunsicherte Lacher.

«Oder sollen wir uns lieber später darüber unterhalten ...?»

Ich lächele, lache aber nicht. Nichts daran ist lustig. Ich mache keine Scherze. Ich *habe* mir einen Anwalt genommen. Ich will die Zeiten ändern, zu denen Johanna bei mir ist. Eigentlich keine große Sache, aber Erik, dieser sture Idiot, weigert sich, auch nur darüber zu reden, also muss ich etwas unternehmen.

Keiner der Anwesenden stellt mir Fragen zu den «Todesfällen». Vermutlich bin ich niemand, dem man Fragen stellt. Niemand, dem man zuhört. Niemand, der Platz in einem Raum einnimmt.

Irgendwann kommt Alice auf Helge Fossmo und die Knutby-Morde zu sprechen.

«Das Kindermädchen wurde in die geschlossene Psychiatrie eingewiesen. Aber sie blieb nur sieben Jahre dort, weil es vor Gericht hieß, sie wäre von einem Mann manipuliert worden», sagt einer der Ehemänner, ich glaube, er heißt Axel.

Mir ist es egal, mit welcher der Facebook-Frauen er verheiratet ist, aber was er sagt, interessiert mich.

«Worauf willst du hinaus?», frage ich.

«Na, wenn diese Frau mit ihrer Geschichte durchgekommen ist, hätte man auch diesen Matthias Flink früher auf freien Fuß setzen müssen. Aber er bekam lebenslänglich, seine Begnadigungsgesuche wurden allesamt abgelehnt. Obwohl er erwiesenermaßen unter Drogen stand und geistig verwirrt war, als er die Menschen in Falun erschossen hat. Flink blieb zwanzig Jahre hinter Gittern.»

Ich werde wütend.

«Du meinst allen Ernstes, man hätte Flink früher entlassen müssen?»

«Ja», bestätigt der Mann.

Am liebsten würde ich ihm seine dämliche Visage polieren, ihm den Handballen direkt unter die Nase rammen und ihn außer Gefecht setzen, so, wie mein Vater es mir beigebracht hat. Aber ich beherrsche mich.

Da schaltet sich Bodils Mann ein. Keine Ahnung, wie er heißt.

«In den USA verhängen die Richter deutlich härtere Strafen als bei uns. Ohne dass sich das auf die Kriminalitätsrate auswirkt», bemerkt er.

Idiot!

«Angenommen, deine Tochter wird von einer Gruppe Jugendlicher vergewaltigt. Sollen die Täter mildere Strafen bekommen, weil sie betrunken waren? Weil sie ‹erst› siebzehn sind? Findest du, dass sie es verdienen, nach ein, zwei Jahren wieder entlassen zu werden, damit sie eine zweite Chance bekommen? Sofern sie überhaupt verurteilt wurden ...»

Ich habe die Frage zu ernst, zu aggressiv gestellt. Das höre ich selbst. Aber zu spät. Einen Moment lang herrscht Schweigen am Tisch.

Dann sagt Bodil:

«Ach, so ein schreckliches Thema. Können wir nicht über etwas anderes reden? Wie läuft es bei der Arbeit, Axel? Bist du nicht gerade befördert worden?»

Axel lehnt sich mit einer selbstzufriedenen Miene zurück und erzählt lang und breit. Ich schalte ab, als er seinen neuen Titel nennt: *Product Owner*. Doch die anderen beugen sich interessiert vor.

Sinnentleerte Worte wie «Qualitätssicherung», «Vision», «Prozesse» hallen durch den Raum.

Dann dreht sich das Gespräch urplötzlich um den Tsunami in Thailand. Keine Ahnung, wie sie jetzt darauf kommen.

Mich hat das alles nie berührt. Warum soll ich wegen ein paar Schweden, die gestorben sind, ohne dass irgendjemand Schuld daran hat, in Tränen ausbrechen? Warum werden die Überlebenden dargestellt, als hätten sie in irgendeiner Form klüger und umsichtiger gehandelt als die Opfer? Tagtäglich überleben Menschen – ohne auch nur eine Spur klüger zu werden.

Vielleicht klingt das zynisch. Aber der Tod stört mich nicht. Der Gedanke, dass ich selbst sterben werde, spendet mir Trost und Geborgenheit. Daran kann ich nichts Verwerfliches erkennen. Was kann ich dafür, wenn andere den Tod nicht so empfinden?

Ich habe einmal einen Mann mit einem Hirntumor interviewt. Er konnte nicht operiert werden, oder zumindest hätte er bei dem Eingriff höchstwahrscheinlich sein Gedächtnis verloren. Mit dem Tumor im Kopf konnte er sechzig, möglicherweise siebzig Jahre alt werden – oder auch nächstes Jahr sterben. Der Tumor war inaktiv, konnte aber jeden Moment zu wachsen beginnen. Dann betrug die Lebenserwartung des Mannes nur noch sechs Monate. Höchstens.

«Mir geht es also wie allen anderen auch», hat der Mann im Interview gesagt. «Ich weiß nicht, wann ich sterben werde.»

Wir haben alle unsere «Gehirntumore».

Natürlich sage ich das nicht laut. Einen winzigen Funken Selbsterhaltungstrieb besitze ich dann doch noch. Ich werfe nur ab und zu Floskeln ein – «ach, wie tragisch», «die arme Familie» –, damit die anderen nicht merken, dass mich das völlig kaltlässt.

Zum Abschied umarmen sich alle.

«Es war so schön, euch hierzuhaben und miteinander zu reden!», sagt Alice.

«Ja, wirklich. Vielen Dank für die Einladung.»

Worte wie französische Wangenküsse. Formalisiert. Bedeutungslos.

Was wir gegessen haben? Ich erinnere mich nicht. Bestimmt Lachs. Bei solchen Einladungen gibt es immer Lachs. Ein fader Fisch, der mit anderen Fischen gefüttert wird und fünfundsiebzig Prozent seiner Nahrung wieder ausscheidet – ein Beitrag zur Überfischung der Meere, zum allgemeinen Sterben um uns herum. Während wir den Lachs mit Hilfe eines Thermometers bei exakt achtundvierzig Grad garen und ihn anschließend mit Feta-Chili-Soße verzehren.

Schon in der U-Bahn tauchen auf meinem Handy die ersten Fotos auf, die auf Facebook gepostet wurden. Ich wurde getaggt. «Gutes Essen, guter Wein, gute Freunde – was könnte schöner sein?», lautet ein Kommentar.

Alle auf dem Bild sehen überbordend fröhlich aus. Sogar ich.

Ich klicke auf «Like», schon weil ich keine Aufmerksamkeit auf mich ziehen will. Dass ich die Todesfälle erwähnt habe, macht mir immer noch zu schaffen. Es war keine Absicht, es ist mir einfach so rausgerutscht. Ich hätte genauso gut sagen können: «Ach ja, übrigens habe ich ziemlich viele Menschen ermordet.»

Aber hätte mir jemand zugehört? Ich glaube nicht. Wahrscheinlich hätten die anderen nur gelacht. Höflich. Sie hätten es für einen Witz gehalten. Und damit wäre die Sache abgehakt gewesen. *Sie ist eben ein bisschen speziell. Hat einen sonderbaren Humor.*

Aber trotzdem: ein unnötiges Risiko.

***

Bisher war jedes meiner Opfer bei vollem Bewusstsein, wenn ich es getötet habe. Sie sollten dieselben Schmerzen spüren wie David, dieselben Schmerzen wie ich.

Die landläufige Meinung lautet, Rechtsprechung müsse schmerzfrei, human und fürsorglich erfolgen. Mörder, Einbrecher, Vergewaltiger, prügelnde Ehemänner – offenbar steht allen der Schutz und die Fürsorge der Gesellschaft zu.

Als wäre es schade um sie.

Herrgott!

Seht euch die Kinder an, Kinder haben ein unverfälschtes Gerechtigkeitsgefühl: *Schlägst du mich, schlag ich dich.* Bis es ausgeglichen ist. Wie du mir, so ich dir. Gerecht.

Für den Einbruch in ein Juweliergeschäft und das Überfahren eines sechsjährigen Jungen auf dem Radweg direkt neben einem Spielplatz wurden die Männer zu vier beziehungsweise fünf Jahren Gefängnis verurteilt. «Grobe Fahrlässigkeit im Straßenverkehr» und «Beihilfe zur fahrlässigen Tötung» lautete die Anklage.

Nach der Urteilsverkündung raunte mein Anwalt mir zu: «Sie müssen diese Sache hinter sich lassen, auch wenn es schwerfällt. Sie müssen mit Ihrem Leben weitermachen.»

Er war jung, vielleicht fünfunddreißig, gut gekleidet, Anzug, weißes Hemd, hellblaue Krawatte, zurückgekämmtes dunkles Haar. Was wusste der Schnösel schon?

«Ich will aber nicht», erwiderte ich.

«Zu Ihrem eigenen Besten. Ich habe gesehen, was aus Menschen wie Ihnen werden kann. Schließen Sie mit der Vergangenheit ab. Das ist der beste Rat, den ich Ihnen geben kann …»

Dieser kleine Lackaffe besaß auch noch die Unverschämtheit, dabei zu lächeln.

Ich bin froh, dass ich nicht wie er bin. Ich werde David niemals hinter mir lassen. Und ich mache auf meine Art mit meinem Leben weiter.

Als ich Sonny Andersson in dem Sommerhäuschen an den Fußboden nagelte und ihn damit konfrontierte, dass er meinen Sohn getötet hat und dass ich ihn auf dieselbe Art töten würde, bettelte er um Vergebung, ihn treffe keine Schuld, er habe den Wagen nicht gefahren, er sei unschuldig …

Als ich seinen Kopf in den Schraubstock einspannte, schrie

er panisch und versuchte, die Zwingen abzuschütteln, aber ich hörte gar nicht hin. Ich zog den Schraubstock fester und versuchte mit jeder Umdrehung, die Trauer zu lindern, die ich nicht mehr ertrage.

Sonny Andersson war mein erstes Opfer. Das erste Mal einen Menschen zu töten ist ein beklemmendes Erlebnis. Vor Nervosität war mir ganz schlecht. Der Gedanke, dass ich nun für alle Zeiten eine Mörderin sein würde, machte mir Angst. Als hätte ich die Grenze zu einer anderen Welt überschritten, aus der es kein Zurück mehr gab. Einer Welt, in der ich bis in alle Ewigkeit eine Mörderin sein würde.

Als ich später unter der Dusche stand, ohne mich daran erinnern zu können, wie ich nach Hause gekommen war, und die warmen Wasserstrahlen auf meinem nackten Körper spürte, schrillten mir seine Todesschreie immer noch im Ohr. Das dumpfe Knacken seines Schädelknochens. Ich musste mich übergeben, immer wieder, bis irgendwann nichts mehr kam.

Beim zweiten Mal, bei Fadi Sora, war alles anders. Ich habe ihn mit glühenden Zigaretten zu Tode gefoltert, aber für mich war es ungefähr so, als würde ich einem Fisch das Genick brechen. Oder einem Hund die Kehle durchtrennen.

Natürlich bin ich mir bewusst, dass andere Menschen mich für verrückt halten. Für eine Kriminelle. Ich bin nicht dumm. Aber ich bin auch kein schlechter Mensch. So sehe ich mich nicht. Diejenigen, die ich töte, sind keine unschuldigen Opfer. Sie sind Täter. Böse Männer, die es verdient haben zu sterben.

Übrigens: Nicht der Tötungsakt an sich hat mich davon abgehalten, Soras Freunde – Ibrahim Eslar und Markus Ingvarsson – ebenfalls mit glühenden Zigaretten zu Tode zu quälen. Aber ... ich konnte mich einfach nicht überwinden. Der Zigarettenqualm, der Geruch von verbranntem Fleisch – es war mir einfach zu viel. Außerdem fühle ich mich wohl, wenn ich eine Pistole in der Hand halte, das habe ich immer schon getan, seit dem Tag, an dem Vater meiner Schwester und mir das Schießen beigebracht hat.

***

Ich liege im Bett und komme nicht zur Ruhe, starre an die gegenüberliegende Schlafzimmerwand, folge den hellen Lichtstreifen, wenn draußen ein Auto vorbeifährt. Meine Gedanken folgen, irren umher, wie sie es schon seit geraumer Zeit tun. Aus dem Nichts steigt eine Erinnerung auf:

Ein warmer Herbsttag. Blätter, die gelb, braun, orange und rot leuchten. Es ist ein Dienstag. Das weiß ich, weil ich dienstags immer David aus dem Kindergarten abgeholt habe. Doch an diesem Dienstag konnte ich nicht. Marvin hatte mich zu Überstunden verdonnert.

Erik war ebenfalls verhindert, also rief ich unsere Nachbarin Ebba an, ob sie David abholen könne. Ebba war Mitte sechzig, früh verwitwet und besserte ihre kleine Rente auf, indem sie regelmäßig auf Fredrik aufpasste, einen von Davids besten Freunden, eigentlich sein einziger Freund. Sie waren damals fünf. Seit sie zwei waren, gingen sie in denselben Kindergarten. Ich entschuldigte mich für die Unannehmlichkeiten, die Jungs könnten auch gern bei uns zu Hause spielen, David hätte einen eigenen Schlüssel. Nachmittags wären sie sowieso meistens bei uns. Ebba erwiderte höflich, das sei kein Problem, aber ich hörte ihr an, dass es ihr nicht recht war.

Als ich von der Arbeit kam, war es kurz nach sechs. Ich klingelte bei Ebba, aber niemand machte auf. Also ging ich zu uns.

Als ich die Tür aufschloss, stürzte Johanna auf mich zu, doch Ebba schob sich dazwischen.

«Endlich!» Sie schrie förmlich und packte mich so fest am Arm, dass es weh tat. «Das ist alles Davids Schuld. Und die Verantwortung trägst du!»

Ich war völlig perplex. Wovon redete sie? Es war mir unangenehm, dass Ebba in unserem Haus war, sagte aber nichts. Schließlich hatte ich selbst angeboten, dass die Kinder bei uns bleiben könnten.

«Was ist passiert?», fragte ich, so ruhig ich konnte, während ich Johanna mit meinem freien Arm umarmte.

Ich war todmüde, hatte Kopfschmerzen und war immer noch sauer auf Marvin.

«Sie sind weg!»

«Was meinst du? Wer ist weg?»

«David und Fredrik», sagte Johanna.

«Die Kinder?»

«Ja!», rief Ebba aufgebracht. «Hast du nicht gehört? Das ist David! Bestimmt hat er Fredrik dazu angestiftet! Von allein würde Fredrik nie einfach so weglaufen!»

Sie atmete heftig. Auf ihren Wangen erschienen hektische rote Flecken. Ich gab mir größte Mühe, die Verachtung zu verbergen, die ihre Hysterie in mir hervorrief.

«Was willst du damit sagen? Dass David Fredrik entführt hat?»

Ich lachte. Das Ganze war vollkommen lächerlich.

«Wag es nicht, dich über mich lustig zu machen!», empörte sich Ebba. «Den ganzen Nachmittag habe ich die beiden gesucht! Was soll ich Fredriks Eltern sagen? Sie kommen jeden Moment nach Hause!»

«Sag ihnen die Wahrheit», erwiderte ich scharf. «Dass Fredrik weg ist, weil du nicht aufgepasst hast.»

Ich wies auf die Haustür.

«Geh nach Hause. Ich schicke Fredrik zu dir, sobald ich die beiden gefunden habe.»

Ebba blieb reglos vor mir stehen, ohne etwas zu sagen. Dann sank sie in sich zusammen.

«Entschuldige ...», flüsterte sie. «Ich mache mir nur solche Sorgen. Ich kann nicht nach Hause gehen, nicht ohne Fredrik ...»

Die alte Frau war den Tränen nahe. Ohne etwas zu erwidern, wandte ich mich an Johanna und fragte, ob sie die Jungen gesehen hatte.

«Die haben sich versteckt», antwortete sie. «Da oben.»

Sie zeigte in Richtung Obergeschoss.

«Na, dann sehen wir doch mal nach.»

Zusammen mit Johanna ging ich die Treppe hoch und rief nach David und Fredrik. Keine Antwort.

«Das ist nicht mehr lustig, hört ihr? Tante Ebba ist außer sich vor Sorge, und Fredrik, deine Eltern kommen gleich nach Hause. Kommt jetzt sofort aus eurem Versteck!»

Hinter der Wand, vor der wir unsere Fernsehecke eingerichtet hatten, hörte man ein Rascheln.

«Was war das?», fragte Ebba ängstlich.

Ich wusste es genau. In der Mitte der Wand befand sich eine tapezierte «Geheimtür», die zu einer Abseite führte, die wir als Rumpelkammer nutzten.

Ich öffnete die Tür, knipste das Licht an und blickte hinein. Zwischen Koffern und Umzugskartons lagen zwei kleine Jungs und blinzelten in das ungewohnt grelle Licht.

«Hallo», sagte ich. «Versteckt ihr euch hier im Dunkeln?»

«Wir bleiben hier», sagte David. «Das ist unser Zuhause.»

Sie hatten Saft, Kekse und eine Taschenlampe mitgenommen.

«Warum wollt ihr nicht rauskommen?», fragte ich.

«Weil ...», sagte David zögernd, «weil ihr blöd seid!»

Unterdessen krabbelte Fredrik aus der Kammer und lief zu Ebba, die ihn kurz drückte und dann schnell die Treppe hinunterzog.

«So was darfst du nie wieder machen. Ich habe mir solche Sorgen gemacht!»

Ich hörte, wie sie das Haus verließen und die Tür hinter sich zuschlugen, ohne sich zu verabschieden.

«David, ihr könnt euch doch nicht vor Tante Ebba verstecken», sagte ich sanft. «Ich hatte sie gebeten, auf dich aufzupassen ...»

Er saß nach wie vor in der Rumpelkammer auf den groben Holzdielen und starrte auf seine Hände.

«Was ist denn los, mein Schatz?», fragte ich. «Warum wolltet ihr euch verstecken?»

«Fredrik wollte sich nicht verstecken, ich wollte es», antwortete er leise. «Ich wollte nicht rauskommen. Nie wieder!»

«Aber warum?»

«Weil ich nicht wollte», sagte er trotzig.

«Okay, verstehe. Aber kommst du jetzt raus? Dann gehen wir nach unten und kochen uns was Leckeres zum Abendessen.»

Johanna stand neben mir und sah ihren kleinen Bruder erwartungsvoll an.

«Was denn?», fragte David. «Lasagne?»

«Nein, das dauert zu lange. Aber vielleicht Nudeln mit Hackfleischsoße? Oder Pfannkuchen?»

«Pfannkuchen!», rief Johanna und hüpfte jubelnd auf und ab.

David schwieg. Er rührte sich nicht vom Fleck und starrte weiter auf seine Hände. Dann begann er, seinen Oberkörper vor und zurück zu wiegen und sich eine Haarsträhne um den Finger zu wickeln.

«Lass das, David», sagte ich. «Wir haben darüber geredet!»

Er schwieg weiterhin, hob jedoch ganz langsam den Kopf. Wie in Trance drehte er die Haarlocke um seinen Finger. So konnte er stundenlang dasitzen, mit entrücktem Blick ins Leere starren und manisch mit seinen Haaren spielen. Sein Verhalten machte mir Angst.

«Jetzt gehen wir nach unten und kochen etwas», sagte ich angestrengt.

David saß da, als hätte er mich nicht gehört. Ich duckte mich und kroch zu ihm. Als ich ihn zu mir heranzog, hing sein schmächtiger Körper schlaff in meinen Armen. Danach setzte ich mich mit ihm aufs Sofa.

«Was ist los, David? Warum machst du das?»

Er antwortete nicht. Ich spürte, dass er sich immer noch die Strähne um den Finger wickelte.

«Mama», sagte Johanna. «David macht wieder das mit seinen Haaren. Das darf er nicht.»

«Ich weiß», erwiderte ich. Aber innerlich fühlte ich mich machtlos, hilflos.

Wie David.

***

Der Gedanke kommt ganz unvermittelt: Alice hat ihren Dialekt nicht abgelegt. Sie spricht immer noch so, wie wir als Kinder geredet haben. Ein akzentuierter, harter Stockholmer Dialekt. Bei mir ist der Dialekt verschwunden, hat sich ausgedünnt, abgeschliffen, ist zu einer verwässerten Hochschwedisch-Variante geworden. Manchmal werde ich sogar gefragt, wo ich ursprünglich herkomme.

Alice wird das nicht gefragt. Ich glaube, dass sie ihre Kindheit mit sehr viel schöneren Erinnerungen verbindet als ich. Dass die Erinnerungen für sie lebendig sind. Dass sie sich deshalb ihren Dialekt bewahrt hat.

Ich möchte nicht falsch verstanden werden: Mir gefällt meine Art zu reden. Ich betrachte es als eine Form von Unsichtbarkeit. Als Ausdruck dessen, wie ich bin.

Aber hin und wieder wünsche ich mir, jemand anderes zu sein, ein anderes Leben zu leben.

Mittwoch, 21. Mai

Ich liege bäuchlings auf der Anhöhe gegenüber von Bernt Andersens Hof und blicke durchs Fernglas, aber meine Gedanken schweifen ab. Zum vierten Mal bin ich jetzt hier. Irgendjemand hat mal gesagt, das Risiko entdeckt zu werden, steige exponentiell, wenn man seine Taktik wiederholt. Wenn das stimmt, habe ich das Risiko, dass mir jemand auf die Schliche kommt, inzwischen versechzehnfacht.

Aber egal. Ich muss es tun.

Es ist 8:35 Uhr. Im Haus rührt sich immer noch nichts. Abgesehen von den Vögeln, die aus Leibeskräften zwitschern, ist nichts zu hören. Andersens Auto, der glänzende Mercedes, steht vor der Tür.

Erst um neun Uhr kommt er aus dem Haus. In der Morgensonne kann ich sein Gesicht deutlich erkennen. Er hat eine Narbe, die quer über seine Wange zum linken Mundwinkel verläuft und ihm ein chronisch schiefes Grinsen verleiht.

Andersen strahlt etwas aus, das ich nicht genau benennen kann. Etwas Furchteinflößendes. Er scheint aus einem anderen Holz geschnitzt zu sein als die anderen Männer.

Er geht nicht direkt zum Auto, sondern um das Haus herum und schlendert über den Hof, als wollte er etwas kontrollieren. Als hätte ihn etwas beunruhigt. Als würde er etwas ahnen.

Ich robbe den kleinen Hügel hinunter und gehe schnell zurück Richtung Wagen. Als ich eine Pferdekoppel überquere, erstarre ich abrupt. Von der Straße und Andersens Hof aus bin ich nicht zu sehen, aber vom Gestüt weiter oben auf dem Hügel. Zeugen kann ich nicht gebrauchen.

Ich beobachte das Gestüt durch das Fernglas. Das gepflegte Wohnhaus, die Seitenflügel, die Außengebäude. Ich vermute, der Kies ist geharkt und die Beete sind ordentlich gejätet. Das Gestüt ist das genaue Gegenteil von Andersens schäbigem Haus.

Da kommt ein Mann aus dem Stall. Ich warte, bis er wieder in einem der Außengebäude verschwunden ist. Als alles ruhig scheint, sprinte ich über die Koppel. Drei Pferde heben neugierig die Köpfe, beschließen jedoch, dass ich nicht interessant bin, und grasen weiter.

Ich folge dem schmalen Waldweg, auf dem ich mein Auto abgestellt habe. Offensichtlich wird er kaum benutzt, er ist fast komplett zugewachsen. Mein Mietwagen – ein anderer als beim letzten Mal – steht gut versteckt. Ich schließe auf, setze mich hinters Lenkrad, lasse aber den Motor nicht an. Noch nicht. Wenn ich jetzt losfahre, könnte Andersen mich entdecken.

Ich habe die Seitenfenster halb geöffnet und höre seinen Mercedes, noch bevor ich ihn sehe. Ein dumpfes Motorengeräusch, das schnell lauter wird. Das bedeutet, er fährt nicht Richtung Eskilstuna und wird gleich an der Einfahrt zum Waldweg vorbeikommen. Unwillkürlich rutsche ich auf dem Fahrersitz nach unten, auch wenn das vermutlich übertrieben ist. In einem Jagd- und Forstgebiet sind die Leute an geparkte Autos auf verlassenen Waldwegen vermutlich gewöhnt.

Als ich auf die Landstraße biege, sehe ich gerade noch, wie Andersens Mercedes hinter einem Hügelkamm verschwindet. Der Abstand bereitet mir jedoch keine Sorgen. Die Straße verläuft mehr oder weniger schnurgerade, und die nächsten zehn Kilometer gibt es keine Kreuzungen oder Abzweigungen – ich werde ihn nicht verlieren.

Dafür, dass das Verfolgen von Autos neu für mich ist, mache ich meine Sache ziemlich gut.

Andersen fährt immer weiter aufs Land, mitten in die Pampa. Irgendwann biegt er in einen Schotterweg ein, der links und rechts von blühenden Saatfeldern gesäumt ist. In der Ferne kann man ein Silo erkennen, die Giebelspitzen eines Bauernhofs. Ansonsten nichts als Felder.

Plötzlich ist Andersen weg. Ich kann seinen silberfarbenen Mercedes nirgends entdecken. Vor mir liegt eine Einfahrt, daneben ein Schild mit der Aufschrift *Johnsons Gemüsehof*. Dahinter schlängelt sich eine lange Allee über eine Anhöhe.

Ohne zu bremsen, fahre ich an der Einfahrt vorbei und weiter den Schotterweg entlang, bis ich von der Allee aus nicht mehr zu sehen bin. Keine Gebäude weit und breit.

Nach ein paar hundert Metern gelange ich in ein Waldstück und setze rückwärts in einen Forstwirtschaftsweg. Als ich aus dem Wagen steige, ist es bis auf das Zwitschern der Vögel vollkommen still. Ich greife nach meinem Handy, stelle aber fest, dass ich keinen Empfang habe. Ein beängstigendes Gefühl, zumal ich jetzt keine Umgebungskarte aufrufen kann.

Mein Vater besaß einen hervorragenden Orientierungssinn, der sich durch nahezu militärische Präzision auszeichnete, aber leider habe ich nichts davon geerbt. Ich stehe unschlüssig da und versuche, logisch zu denken. Wenn ich durch den Wald zurückgehe und mich leicht rechts halte, sollte ich irgendwann zu Johnsons Gemüse-Dings kommen. Ich öffne den Handykompass, um mich zumindest an einer Himmelsrichtung orientieren zu können, ziehe meine grüne Outdoor-Jacke an, setze eine Baseballkappe auf, verriegele das Auto und marschiere los.

Der Tannenwald ist dicht. Äste zerkratzen mir Hände und Gesicht, während ich mir einen Weg durch das Unterholz bahne. Immer wieder stolpere ich über moosbewachsene Steine. Ab und zu trete ich auf einen Zweig, der mit einem lauten Knacken zerbricht. Ich wünschte, ich könnte mich leiser vorwärtsbewegen.

Nach einer Viertelstunde lichten sich die Tannen, hier wurde der Wald gerodet. Überall Baumstumpfreihen und zurückgelassene, verdorrte Äste. Ich folge den tiefen Reifenspuren einer Forstmaschine, werfe hin und wieder einen Blick auf den Handykompass und kontrolliere die Richtung. Kurz darauf kommt der Waldrand: Vor mir erstreckt sich eine schmale, ungepflegte Rasenfläche, an deren Ende sich mehrere Gewächshäuser befinden. Zehn zähle ich im Schutz der Tannen, jedes einzelne mindestens fünfundzwanzig Meter lang. Der Hof ist heruntergekommen, an einem der Gewächshäuser hängt ein verwittertes Schild, dessen Aufschrift kaum noch zu entziffern ist, aber ich tippe, dass dort ursprünglich *Johnsons Gemüsehof* stand. Die übrigen Gebäude sehen nicht weniger schäbig und verwahrlost aus. Ungefähr sechzig Meter von den Gewächshäusern entfernt steht ein Wohngebäude. An der Fassade blättert die gelbe Farbe ab, und die umliegenden Beete sind genauso zugewuchert wie die Rasenfläche.

Vor dem Haus parkt ein funkelnagelneuer Ford Pick-up. Daneben steht Bernt Andersens Mercedes. Ich greife nach dem Fernglas und stelle es scharf – von den Fahrern keine Spur.

Trotz des verwahrlosten Zustands scheint der Hof in Betrieb zu sein. Hinter den schmutzigen, mit weißen Flecken übersäten Scheiben der Gewächshäuser sind verschwommen grüne Pflanzbeete zu erkennen. Als ich näher heranpirsche und mein Fernglas erneut justiere, erkenne ich die spitze Form der Blätter: Cannabis. Oder Marihuana.

Plötzlich höre ich ein knarrendes Geräusch. Ich lasse mein Fernglas über die Anlage schweifen. Aus einem der Gewächshäuser tritt Andersen, gefolgt von einem grobschlächtigen Mann mit Pferdeschwanz und Bart und dem vielleicht größten Bierbauch, den ich je gesehen habe. Er trägt eine zerschlissene Jeansjacke, eine Zigarette hängt ihm aus dem Mundwinkel. Bevor er die Tür schließt, zieht er seine Hose hoch.

«Sieht gut aus», sagt Bernt Andersen so laut, dass ich ihn problemlos höre, und spuckt auf den Boden. «Wann sind die Pflanzen so weit?»

Der Typ wirft seine Kippe weg und tritt sie aus.

«In einer Woche vielleicht. Dann müssen sie noch getrocknet und gehäckselt werden. Also … sagen wir in zwei Wochen.»

Bernt Andersen nickt zufrieden. Dann dreht er sich unvermittelt um und schaut genau in meine Richtung. Ich erkenne seine unnatürlich hellen Augen, die Narbe an seiner Wange. Unsere Blicke begegnen sich.

Unwillkürlich weiche ich tiefer in den Wald zurück. Ein Zweig knackt unter meinen Füßen.

«Was zum Teufel war das?», fragt Andersen laut.

Der grobschlächtige Typ dreht sich um und sieht ebenfalls in meine Richtung.

«Ein Reh oder ein Dachs, was weiß ich», antwortet er. «Wir sind hier mitten im Wald.»

Andersen zieht eine Pistole unter seiner Jacke hervor, zielt in meine Richtung und drückt ab. Alles geht so schnell, dass mir keine Zeit bleibt zu reagieren. Noch bevor ich den Schuss höre, spüre ich, wie die Kugel meine Schulter streift. Ich kann den Aufschrei nicht unterdrücken. Er ist kurz, aber vernehmlich.

«Hast du das gehört?», fragt Andersen. «Ich hab jemanden getroffen! Verflucht, ich hab den Mistkerl erwischt! Komm!»

Er hastet über die Rasenfläche Richtung Wald, direkt auf mich zu. Ich drehe mich um und versuche, mich so lautlos und so schnell wie möglich durch das Unterholz zu bewegen. Mein Arm pocht schmerzhaft, und als ich eine Hand auf die Wunde presse, spüre ich, wie etwas Warmes, Klebriges durch meine Finger rinnt.

Davids Arm stand in einem unnatürlichen Winkel vom Körper ab. Er lag am hinteren Ende unseres Gartens im Gras, vor dem hohen Findling, der mir schon immer ein Dorn im Auge gewesen ist. Aus irgendeinem Grund hatte Erik sich partout dagegen gesträubt, ihn entfernen zu lassen.

«Mama!», rief David hilflos.

Ich habe nicht gesehen, wie er heruntergesprungen ist, nur gehört, wie er plötzlich herzzerreißend weinte und nach mir schrie.

«David, David …!», rief ich und stürzte über den Rasen zu ihm hin.

Es war Sommer, Juni, vielleicht auch Juli. Ich hatte frei und war gerade dabei gewesen, einige Sachen für ein abendliches Picknick an unserem Badeplatz zu packen. Wir wollten fahren, sobald Erik von der Arbeit nach Hause kam.

«Mama!», schrie David erneut.

Ihm war anzusehen, dass er unter Schock stand. Seine Augen waren weit aufgerissen, als würde er nicht verstehen, was passiert war.

Vorsichtig hob ich ihn hoch, fragte, ob ihm etwas weh tat. Sein Arm hing verdreht an der Seite.

«Mama, ich bin runtergefallen», schluchzte er und sah auf seinen verrenkten Arm.

Der Schmerz war offensichtlich noch nicht bei ihm angekommen.

«Es hat so komisch geknackt», sagte er.

«Du hast dir den Arm gebrochen», erklärte ich. «Wir müssen ins Krankenhaus, damit der Arzt dir einen Gips macht.»

Der verängstigte Ausdruck kehrte in sein Gesicht zurück. David mochte Krankenhäuser nicht.

«Kriege ich eine Spritze?», fragte er beunruhigt.

Ich nickte.

«Der Arzt wird dir wohl eine Spritze geben, damit du keine Schmerzen hast.»

«Aber ich habe keine Schmerzen.»

Mit einem Mal wurde sein kleiner, schmächtiger Körper ganz starr. David riss die Augen auf und fing an zu weinen, während der Schmerz in sein Bewusstsein drang.

«Mama, mein Arm tut weh», wimmerte er.

«Ich weiß, er wird weh tun, bis der Arzt dir einen Gips gemacht hat. Danach wird es besser.»

Wenige Minuten später saßen wir im Auto und fuhren zum Krankenhaus. David schrie bei jeder kleinsten Unebenheit, in jeder Kurve. Als wir endlich ankamen, konnte er sich vor lauter Schmerzen kaum auf den Beinen halten.

Ich hielt ihn an der Hand – der unversehrten Hand – und führte ihn durch die Krankenhausflure. Die ganze Zeit spürte ich, wie meine Beine zitterten.

Als Erwachsene habe ich mir einmal das Bein gebrochen, ein vermeidbarer Skiunfall auf der Transportstrecke zwischen zwei Pisten. Ich hatte kaum einen Laut von mir gegeben, sondern die Zähne zusammengebissen, bis mir jemand eine Tablette besorgte und mich in die Notaufnahme brachte.

So ist es mein ganzes Leben gewesen, solange ich denken kann: Ich habe den Schmerz ausgeblendet, meinen Körper verlassen. Ich kann mir, ohne zu zögern, den Finger aufschneiden und einen Splitter herausziehen, egal, wie tief er sich ins Fleisch gebohrt hat. Erik hat sich einmal übergeben, als er gesehen hat, wie ich die Reste eines Schneckenhauses aus meinem Fuß schnitt, auf das ich getreten und das in der Wunde zerbrochen war.

Nur, dass eines klar ist: Ich spüre Schmerz, ich habe keinen Defekt oder dergleichen, aber ich nehme Schmerz eher zur Kenntnis, als ihn zu empfinden. Schmerz macht mir keine Angst. Nicht mein eigener.

Aber als ich im Wartezimmer Davids verdrehten Arm sah, ihn vor Schmerzen schluchzen und wimmern hörte, konnte ich mich nicht dagegen wehren, konnte meinen Körper nicht verlassen, den Schmerz nicht ausblenden. Davids Schmerz war ich ausgeliefert, er schnitt mir tief in die Seele. All die Jahre, in denen ich keine Schmerzen gespürt hatte, schienen mit einem Mal über mich hereinzubrechen und drohten mich zu ersticken. Als eine Krankenschwester uns aufrief, weinte ich. Sie blickte mich erstaunt an. Hastig wischte ich die Tränen weg, versuchte, mich zusammenzunehmen, wieder ich selbst zu werden, eine reife Mutter, aber Davids gebrochener Arm tat mir so weh, dass ich zur nächstgelegenen Toilette stürzte und mich übergab. Als ich zurückkam, sah David mich verblüfft an.

Anschließend, auf der Heimfahrt im Auto: David saß mit eingegipstem Arm neben mir. Er hatte eine Tablette bekommen, und die Schmerzen waren inzwischen abgeklungen. Seine Augen glänzten glasig, er war kurz davor einzuschlafen. Plötzlich drehte er sich zu mir und fragte:

«Was ist passiert, Mama? Im Krankenhaus? Bist du krank geworden?»

Ich konnte nichts sagen, ich nickte nur.

Ich höre Andersen, wie er hinter mir durch den dichten Wald bricht. Ich zwinge mich, schneller zu laufen. Äste peitschen mir ins Gesicht, ich schmecke Blut im Mund. Ich registriere, dass die Schusswunde schmerzt, dass von meinen Fingerspitzen Blut tropft, aber mehr nehme ich nicht wahr.

Ich versuche, denselben Weg zurückzulaufen, den ich gekommen bin, bin mir aber nicht sicher, ob ich die richtige Richtung eingeschlagen habe. Trotzdem stürze ich weiter geradeaus. Andersens Schritte sind immer deutlicher zu vernehmen, kommen näher. Jedes Mal, wenn ihm ein Ast ins Gesicht schlägt, stößt er einen Fluch aus. Ich höre die Entschlossenheit in seiner Stimme, der Stimme des Raubtiers. Seinen keuchenden Atem, sein Schnauben.

Wo ist das Auto? Auf dem Hinweg habe ich bis zu den Gewächshäusern zwanzig Minuten gebraucht. Da bin ich gegangen, jetzt laufe ich. Der Wagen muss hier irgendwo stehen ... habe ich mich doch in der Richtung vertan?

«Scheiße!», fluche ich laut.

In dem Moment stolpere ich. Mein Fuß verfängt sich unter einer Wurzel, und ich stürze zu Boden. Ein scharfer Zweig bohrt sich in meine Hand. Der Schmerz breitet sich explosionsartig in meinem Arm aus. Gleichzeitig höre ich Andersen hinter mir im Unterholz. Ich rappele mich auf, laufe weiter. Andersen stößt ein heiseres Triumphgeheul aus wie ein kläffender Jagdhund, der sich seiner Beute nähert. Verzweifelt zwinge ich mich, das Tempo zu erhöhen, ziehe im Laufen den Zweig aus der Hand und werfe ihn weg. Andersen ist nur noch wenige Schritte entfernt. Ich drehe mich nicht um, schätze meinen Vorsprung auf zehn, maximal fünfzehn Meter. Und er hat freie Sicht. Ich warte darauf, dass mich eine weitere

Kugel trifft, dass ich einen weiteren Schuss höre, doch nichts passiert.

In dem Moment sehe ich das Auto. Die weiße Lackierung blitzt wie ein Leuchtturm zwischen den Bäumen auf. Ich renne schneller. Mein Puls hämmert in den Schläfen, meine Lungen brennen, der Blutgeschmack wird intensiver, doch ich zwinge meine Beine, sich schneller zu bewegen. Andersen hat meinen Wagen ebenfalls entdeckt. Ich höre sein Fluchen.

Dann habe ich den Wagen erreicht. Ich reiße die Fahrertür auf und betätige die Zentralverriegelung. Im selben Augenblick prallt Andersen gegen das Heck, und es fühlt sich an wie eine Kollision. Wie wild hämmert er gegen die Karosserie und die hintere Scheibe, als wollte er sie zertrümmern, um ins Wageninnere zu gelangen. Vielleicht ist es aber auch nur der pure Frust.

Ich starte den Motor – *spring an, spring an, spring an.* Schon nach der ersten Umdrehung des Anlassers erwacht der Motor zum Leben. Ich trete das Gaspedal durch und lasse die Kupplung los. Die Vorderräder geraten ins Schleudern, schlittern über den grasbewachsenen Waldweg. Andersen klammert sich ans Heck und wird über den holprigen Pfad mitgeschleift. Ohne nach rechts oder links zu sehen, fahre ich auf den Schotterweg. Das Heck bricht aus, Schotter spritzt von den Vorderreifen auf, als ich beschleunige. Endlich verliert Andersen den Halt und rutscht vom Heck.

Im Rückspiegel sehe ich ihn einen Moment lang am Boden liegen. Dann springt er ruckartig wieder auf und sieht mir nach. Er brüllt etwas. Kurz darauf passiere ich die Einfahrt zu Johnsons Gemüsehof. Was, wenn Andersens Kompagnon in seinem riesigen Pick-up auftaucht und sich an meine Fersen heftet?

Aber niemand kommt.

***

Als ich den Weg entlangrase, habe ich nur einen Gedanken: Ich muss meinen Vorsprung so weit wie möglich ausbauen, ehe sie die Verfolgung aufnehmen.

Doch zehn Minuten später ist immer noch kein Auto im Rückspiegel zu sehen. Ich atme auf, nehme den Fuß vom Gas. Ich habe es geschafft! In dem Moment, in dem die Anspannung von mir abfällt, spüre ich, wie mich der Schmerz und eine unnatürliche Müdigkeit mit voller Wucht übermannen.

Nur mit äußerster Anstrengung gelingt es mir, mich aufs Fahren zu konzentrieren. Meine Hände zittern so stark, dass ich Schlangenlinien fahre.

Warum hat Andersen kein zweites Mal geschossen? Er hatte doch eine Pistole. Dass er mich verschonen will oder der moralischen Überzeugung ist, Töten sei falsch, kann ich wohl ausschließen. Wahrscheinlich hat ihn der Nervenkitzel angestachelt. Er wollte mich jagen, als wäre es eine Art Sport. Vielleicht war es aber auch die Ungewissheit, wer ich bin.

Ganz gleich, was seine Gründe waren, es war dumm und naiv, keine Waffe mitzunehmen, nicht einmal meinen Taser.

Aber viel schlimmer: Andersen hat mich gesehen. Und er hat das Auto gesehen. Wenn er auch nur die geringste Geistesgegenwart besitzt, hat er sich das Kennzeichen gemerkt.

Ein Glück, dass ihn das zu einer Mietwagenfirma führen wird. Wobei, vermutlich wird es ihm kaum Schwierigkeiten bereiten herauszufinden, wer das Auto gemietet hat. Er braucht nur zu behaupten, dass sich der Wagen widerrechtlich auf seinem Grund und Boden befunden und der Fahrer sich aus dem Staub gemacht hat, und schon gibt die Firma meinen Namen und meine Adresse heraus.

Ich muss also damit rechnen, dass er bald weiß, wer ich bin.

In Eskilstuna fahre ich auf den großen Parkplatz eines Einkaufszentrums. Ich muss mich beruhigen und meine Verletzungen verarzten. Um keine Aufmerksamkeit zu erregen, parke ich in der hintersten Ecke, wo keine anderen Autos stehen. Auf der Rückbank liegt meine große schwarze Tasche. Wenn ich den Fahrersitz zurückklappe und mich weit genug strecke, kann ich sie öffnen und etwas herausnehmen, ohne dass ich aussteigen muss. Ich will meine Schulter nicht zeigen. Die Kugel hat meine Jacke aufgerissen, und der Ärmel ist voller Blutflecken.

Auch die Wunde an meiner Hand pocht. Sie müsste dringend desinfiziert werden, aber ich habe nichts Geeignetes dabei. Stattdessen ziehe ich den Lappen aus der Tasche, in den ich meine Werkzeuge eingewickelt habe. Er ist ölverschmiert, erfüllt aber seinen Zweck. Ich ziehe Jacke und Pullover aus, knöpfe meine Bluse auf und streife sie von der Schulter. Zum Glück ist die Schusswunde nicht sehr tief, die Kugel hat keine Knochen, keine wichtigen Arterien durchschlagen. Der Muskel ist verletzt, doch ich kann den Arm noch bewegen. Die Schulter wird heilen. Nur eine große Narbe wird mir als Andenken bleiben, weil ich in kein Krankenhaus gehen kann. Schussverletzungen werden grundsätzlich der Polizei gemeldet. Das Risiko kann ich nicht eingehen.

Mit den Zähnen zerreiße ich den Lappen in zwei lange Streifen. Einen wickele ich mir, so gut ich kann, um die Schulter, den anderen fest um die verletzte Hand.

Ich betrachte mein Gesicht im Rückspiegel. Im ersten Moment erkenne ich mich kaum wieder. In meinen zerzausten Haaren hängen Tannennadeln und kleine Zweige, auf der Wange habe ich einen Blutfleck und mehrere Kratzer. Aber was ich nicht wiedererkenne, sind meine Augen

Sie sind weit aufgerissen und sehen fremd aus, ängstlich, wie die Augen eines Beutetiers.

Ich zupfe mir die Tannennadeln aus dem Haar und versuche, meine normale Frisur wiederherzustellen. Die blutigen Schrammen säubere ich notdürftig mit ein bisschen Spucke.

Dann winkele ich den Rückspiegel hastig zur Seite. Ich will mich nicht sehen. Das bin nicht ich.

Vorsichtig ziehe ich Pullover und Jacke wieder an und drehe den Zündschlüssel herum.

Als ich vom Parkplatz fahre, halte ich Ausschau nach Andersens Mercedes und dem Pick-up seines Kompagnons, doch ich kann sie nirgendwo entdecken. Vielleicht halten sie es für überflüssig, auf gut Glück durch die Gegend zu fahren und nach einem Pkw zu suchen, wenn sie ohnehin das Autokennzeichen haben.

Hundert Kilometer bis nach Hause. Auf der Autobahn schalte ich den Tempomat ein und lehne mich zurück, immer noch am ganzen Körper zitternd. Ich stehe unter Schock.

Zu Hause angekommen, kann ich mich nicht daran erinnern, wie ich die letzten achtzig Kilometer zurückgelegt habe. Ich komme erst wieder zu mir, als das Wasser in der Dusche in blutigen Rinnsalen an den Kacheln herunterläuft und im Abfluss verschwindet.

Diese wiederkehrenden Gedächtnislücken machen mir Angst.

***

Nachts ruft meine Schwester an. Sie atmet, sagt kein einziges Wort. Es ist wie eine Erinnerung, ich weiß nur nicht, woran.

Ein Glück, dass ich Erik gebeten habe, sich heute um Johanna zu kümmern. Als Grund habe ich ein Interview für die Zeitung vorgeschoben …

Als ich in den frühen Morgenstunden endlich einschlafe, träume ich von David. Im Traum ist er so wirklich. Als wäre er am Leben. Als ich nach ein paar Stunden fiebrig und verschwitzt und mit höllischen Schmerzen in der Schulter aufwache, erinnere ich mich ganz deutlich an ihn. Daran, wie wir mit dem Auto zu Eriks Eltern gefahren sind, wie glücklich er zu sein schien.

Wir schwiegen. Das Radio lief nicht. Die einzigen Geräusche waren das Motorsummen und das monotone Surren der Reifen auf dem Asphalt. Johanna schlief an die Scheibe gelehnt, mit einem Kissen unter dem Kopf. Ab und zu bewegte sie sich, und ihr Kinn fiel nach vorne.

David hingegen war wach. Er saß aufrecht da und blickte durch die Windschutzscheibe nach draußen. Lächelnd. Aber nicht mit dem Mund, sondern mit den Augen. Als ich mich zu ihm umwandte, sah ich es: das Glück, das in ihm aufkeimte, die Ruhe, die Geborgenheit. Seine Augen bewegten sich hin und her, während er die Landschaft beobachtete.

David liebte es, im Auto unterwegs zu sein.

Und er liebte es, Eriks Eltern in Ångermanland zu besuchen.

Für die Strecke benötigten wir den ganzen Tag. Erst unterhielten wir uns, aßen Süßigkeiten und spielten Spiele, *Wer bin ich?* oder *Ich sehe was, was du nicht siehst*.

Dann erstarben unsere Gespräche nach und nach, und die Spiele wurden langweilig. Also blickten wir aus dem Fenster und hörten Radio. Irgendwann wurde aber auch das Radio langweilig, und die Aussicht bot auch nicht viel Abwechslung. Wir fuhren durch Fichtenwälder, die so undurchdringlich, so unendlich schienen wie das Meer. Hin und wieder tauchte eine Lichtung auf, ein See, vereinzelte Häuser, eine Ortschaft. Doch genauso plötzlich, wie sie aufgetaucht waren, wurden sie auch schon wieder vom dichten Meer der Bäume verschluckt.

Die rötliche Fahrbahn – deren Farbe von Granitkies herrührte – zog sich wie ein langes, schimmerndes Band durch die dunkelgrüne Waldlandschaft, die sich zu beiden Seiten erstreckte.

Diese letzten Stunden mochte ich am liebsten. David auch,

glaube ich. Ab und zu trafen sich unsere Blicke, und wir waren beide von einer geheimnisvollen Hoffnung erfüllt. Es war, als hätten wir kein Zuhause, als würden wir uns nur frei und lebendig fühlen, wenn wir unterwegs waren. Als befänden wir uns an Bord eines Raumschiffs, das unterwegs in die Ewigkeit war, weg von dem Schmerz, der uns auf der Erde umgab.

Wir kamen erst nach zehn Uhr abends an, aber es war immer noch hell, es muss also Sommer gewesen sein. Mit steifen Gliedern kletterten wir aus dem Auto. Die runden Seekiessteinchen, mit denen die Einfahrt bestreut war, knirschten unter unseren Füßen. Im nächsten Moment erschienen Eriks Eltern auf der Vordertreppe und begrüßten uns überschwänglich. «Ihr Ärmsten, was für eine lange Fahrt ihr hinter euch habt!»

Sie wirkten aufrichtig erfreut, uns zu sehen. Ganz anders als meine Eltern. Ich weiß noch, dass mich das immer fasziniert hat. Wie anders sie waren.

Erik war auf einem kleinen Bauernhof am Ångermanfluss aufgewachsen, der aber schon lange nicht mehr bewirtschaftet wurde. Früher hatte die Familie Fjäll-Rinder, Ziegen, Schweine und Hühner gehalten. Es habe sich nicht mehr gelohnt, meinte Alma, Eriks Mutter. «Es waren nicht genug. Will man Ertrag erwirtschaften, muss man möglichst viele Tiere haben», erklärte sie jedes Mal, wenn wir sie besuchten.

Die Stallungen standen noch genauso da wie früher. Als wären die Tiere über Nacht verschwunden.

David begrüßte seine Großeltern, dann rannte er an ihnen vorbei ins Haus und lief die Treppe hoch bis ganz nach oben. Der Dachboden war nur teilweise ausgebaut, es gab einen kleinen Flur, ein Schlafzimmer und ein Badezimmer. Der Rest war ein großer Bodenraum. Im vorderen Teil, wo Johanna und David im Sommer immer schliefen, hatten Eriks Eltern einen Fußboden eingezogen und ein Bett und eine Schlafcouch aufgestellt. Hinter dem Wohnbereich hörte der Fußboden auf, stattdessen verlief dort eine Art Steg, lange Bretter, die über Sägespäne und Bodenbalken gelegt worden waren.

David liebte den Dachboden. Es gab jede Menge altes Gerümpel zu entdecken, ausrangiertes Zeug, das er stundenlang durchstöberte. Eriks Eltern hatten nichts dagegen. Es waren keine Dinge, an denen ihr Herz hing. Einmal schleppte David eine Axt an. Seine schwarzen Locken waren voller Sägespäne, und er strahlte über das ganze Gesicht.

«Oma, was ist das?», fragte er und zeigte auf ein paar dunkle Flecken auf der Schneide.

Eriks Mutter beugte sich vor und sah genauer hin.

«Du lieber Himmel, wo hast du die denn gefunden?», fragte sie in ihrem gemütlichen Ångerman-Dialekt.

«Auf dem Dachboden. Was ist das?»

«Das ist mein altes Hühnerbeil. Damit habe ich den Hühnern die Köpfe abgeschlagen. Die Flecken sind Blut. Altes Hühnerblut.»

Davids Augen leuchteten.

Waren wir bei Eriks Eltern auf dem Bauernhof, bekamen wir die Kinder kaum zu Gesicht. David erkundete die Ställe und Scheunen und war in seiner eigenen kleinen Abenteuerwelt versunken. Johanna hatte eine Freundin gefunden, die direkt gegenüber wohnte und in ihrem Alter war. Die beiden fuhren auf ihren Rädern umher, gingen schwimmen, pflückten Beeren oder sammelten leere Pfandflaschen und kauften sich von dem Geld Süßigkeiten.

Erik und ich unterhielten uns mit seinen Eltern und bekamen ausschweifende und langatmige Geschichten über alte Zeiten zu hören. Jede einzelne hatte ich schon zigmal gehört, aber Eriks Eltern waren nicht zu bremsen.

Oder wir machten lange Spaziergänge über die Felder zum Fluss, der durch das Dorf floss. Es waren entschleunigte, angenehme Tage. Wer weiß, vielleicht bin ich ja in einem früheren Leben Bäuerin gewesen, auf dem Hof fühlte ich mich jedenfalls immer zu Hause und war von einer tiefen inneren Ruhe erfüllt.

Wenn die Kinder zum Essen ins Haus kamen, umgab sie ein besonderer Glanz. Vor allem David.

Ich glaube, dass er dort glücklich war. Er durfte tun und lassen, was er wollte, niemand überwachte mit Argusaugen, was er tat, niemand wies ihn zurecht. Der Bauernhof war eine Oase der Freiheit, in der David aufblühte.

Sobald wir wieder in der Stadt waren, verwelkte er und fiel zurück in seine entrückte, traurige Einsamkeit. Wenn ich ein paar Tage später nachts nach ihm sah, lag er mit offenen Augen im Bett, starrte an die Zimmerdecke und wickelte sich eine Haarsträhne um den Finger, versunken in eine Art Wachtraumwelt und nahezu unerreichbar.

Oder wenn er schrie.

***

Mit einem Ruck wachte ich auf. Als hätte ich im Bett unterbewusst darauf gewartet, dass er schreien würde. Es war ein beinahe unmenschlicher Schrei, wie der Schrei eines Tieres, der jäh in meine Träume fuhr. Ich weiß noch, wie ich beim ersten Mal meine Decke zur Seite schlug und durch den dunklen

Flur in Davids Zimmer stürzte. Wie der Schrei durch meinen Körper schnitt. Als ich das Licht anknipste, saß David stocksteif in seinem Bett, inmitten von Kuscheltieren, Dutzenden Kuscheltieren – Giraffen, Dinosauriern, Affen, Bären, Pinguinen, Drachen –, und schrie vor Angst. Seine Augen waren weit aufgerissen und starrten ins Leere.

«Was ist los, Schatz?», fragte ich besorgt und beugte mich zu ihm hinunter.

Ich berührte ihn, doch er reagierte nicht. Als ich ihn schüttelte, schaukelte sein Kopf hin und her wie der einer Puppe, als würde er tief schlafen. Ich versuchte, ihn in den Arm zu nehmen, um ihn zu beruhigen, aber er stieß mich weg. Er schrie unaufhörlich, nur wenn er nach Atem rang, verstummte er kurz.

«Was ist los?», murmelte Erik plötzlich verschlafen hinter mir. «Ist etwas passiert?»

«Nein», erwiderte ich. «Er hat nur einen Albtraum.»

«Dann weck ihn auf! Bei diesem Lärm kann ich nicht schlafen, und ich muss morgen früh raus.»

Ich sah ihn erstaunt an.

«Wie kannst du so was sagen? Hörst du nicht, dass er Angst hat?»

«Es ist doch nur ein Albtraum, verflucht noch mal! Warum weckst du ihn nicht einfach auf? Ich habe morgen eine verdammt wichtige Präsentation.»

«Ja, das hast du erzählt. Aber er wacht nicht auf. Was soll ich denn machen? Ihm den Mund zuhalten?»

«Ja», erwiderte Erik und sah David irritiert an, doch schon im nächsten Moment packte ihn das schlechte Gewissen.

«Nein, das habe ich nicht so gemeint ... Ich will einfach nur schlafen!»

Ich schaute ihn wortlos an und schüttelte den Kopf.

«Herrgott», begann Erik wieder zu fluchen. «Ich halte das nicht aus! Ich muss schlafen!»

«Dann brüll hier nicht rum. Geh und leg dich ins Bett!»

Erst nach einer halben Stunde hatte David sich beruhigt und war wieder eingeschlafen. Heute weiß ich, dass man dieses Phänomen als «Nachtschreck» bezeichnet, eine Art Übergangsstadium zwischen Schlafen und Wachen, das durch Schlafmangel verursacht werden kann. Um das Risiko einzudämmen, so heißt es, soll man feste abendliche Routinen entwickeln.

Aber ich weiß, dass bei David noch mehr dahintersteckte.

Ich habe ihn oft gefragt, was ihm solche Angst machte. An eine Situation erinnere ich mich ganz genau, das muss gewesen sein, nachdem er sich den Arm gebrochen hatte.

«Ich habe keine Angst», antwortete er.

«Aber ich höre doch, dass du Angst hast. Du schreist ...»

«Nein, ich schreie nicht», erwiderte er verblüfft.

Er lag schweigend in seinem Bett und starrte in die Dunkelheit.

«Mama, darf ich das Licht anlassen?», fragte er.

Ich sah ihn zögernd an. Dann stand ich auf und knipste die Deckenlampe an.

«Ich bleibe hier bei dir sitzen, bis du eingeschlafen bist», versprach ich.

Ich streichelte seinen gebrochenen Arm. Die Ärzte hatten inzwischen den Gips abgenommen, aber der Arm war immer noch ein bisschen dünner als der andere. Es dauerte nicht lange, bis David die Augen zufielen und sein Atem ruhiger wurde.

Ich stand auf und verließ leise das Zimmer. Als ich das Licht ausschaltete, hörte ich, dass er sich bewegte. Ich konnte nur seine schemenhaften Umrisse unter der Bettdecke erkennen, ein paar wilde Locken auf dem Kopfkissen, doch ich wusste, dass er nicht schlief, sondern mit ängstlich aufgerissenen Augen in die Dunkelheit starrte.

Ich schloss die Tür hinter mir und ging ins Schlafzimmer. Vielleicht hatte ich nicht die Kraft. Vielleicht war ich einfach nur müde. Ich will es glauben. Ich muss es glauben.

Donnerstag, 22. Mai

Bevor ich heute Morgen aus dem Haus gegangen bin, habe ich die Bandage vorsorglich fest um meinen Arm gewickelt. Trotzdem mache ich mir Sorgen, sie könnte durchgeblutet sein, als ich die Redaktion betrete. Die Wunde schmerzt, ich nehme an, dass ich Fieber habe. Ich hoffe inständig, dass im Laufe des Tages nichts Spektakuläres passiert und ich nicht für eine Recherche die Redaktion verlassen muss.

Meine Verletzungen und Schrammen im Gesicht sind bestmöglich mit Concealer abgedeckt. Die Wunde an der Hand habe ich gesäubert, mit Wundnahtstreifen verschlossen und ein großes Pflaster darübergeklebt. Ein Verband wäre zu auffällig, die Kollegen würden Fragen stellen, und das Pochen hat ohnehin aufgehört.

Am Newsdesk begrüße ich ein paar Kollegen und setze mich an meinen Platz. Marvin bewegt sich unförmig auf mich zu und zieht sich einen Schreibtischstuhl heran.

«Was zum Teufel ist denn mit dir passiert? Du siehst furchtbar aus!»

Ich starre auf den Bildschirm und versuche, ungerührt zu wirken.

«Ich war im Wald joggen. Ein Elch hat mich gejagt.»

Die Geschichte habe ich mir zu Hause zurechtgelegt, aber mit einem Mal erscheint sie mir längst nicht mehr so glaubwürdig wie in der Einsamkeit meiner vier Wände.

«Ich musste durchs Gestrüpp laufen. Hat höllisch weh getan», füge ich unsicher hinzu.

Marvin sieht mich skeptisch an.

«Und der Elch?», fragt er.

Ich schüttele den Kopf.

«Der ist irgendwann verschwunden. Wollte wohl nur sein Revier markieren. Elche sind ja keine richtigen Raubtiere.»

Ich ringe mir ein Lächeln ab, doch es ähnelt eher einer Grimasse. Marvin blickt mich immer noch forschend an. Dann zuckt er mit den Schultern.

«Was hältst du von dem Mord an dem Lkw-Fahrer? Glaubst du, der geht auch auf das Konto des Serienmörders?»

Es dauert einen Moment, bis ich begreife, wovon er redet. Eine Woche ist vergangen, seit ich Mårten Rask getötet habe. Inzwischen sollte die Polizei die Morde miteinander in Verbindung gebracht haben, aber ich habe in den letzten Tagen keine Zeitung gelesen.

«Der Lkw-Fahrer? Ein Opfer des Serienmörders?», frage ich gespielt verwirrt.

Marvin nickt.

«Die Vorgehensweise ist brutal genug», sage ich langsam. «Es könnte durchaus derselbe ...»

«Unbestätigten Quellen des *Expressen* zufolge geht die Polizei davon aus, dass es sich um ein und denselben Täter handelt.»

Ich nicke zögernd.

«Okay. Willst du, dass ich darüber schreibe?»

«Lass dir das Ganze bestätigen. Dieser Serienmörder ist eine Riesenstory. Wenn wir die mit einer neuen Perspektive aufbauschen, ist das ein verdammt guter Aufhänger.»

«Hat die Polizei irgendwas darüber gesagt, ob es sich um Vergeltung im kriminellen Milieu handelt? Oder über ein anderes Motiv?»

«Keinen Ton», erwidert Marvin. «Die Polizei ist nicht gerade redselig. Aber hak noch mal nach.»

Er macht eine kurze Pause.

«‹Polizei bestätigt: Fünftes Opfer des Serienkillers›», sagt er feierlich und trommelt mit den Zeigefingern auf der Tischplatte. Sein übliches Ritual, wenn er eine imaginäre Schlagzeile oder irgendeinen Aufhänger formuliert.

«Es sind fünf?», frage ich.

Marvin nickt selbstsicher. Zweifel kennt er nicht.

«Ja.» Er hält mir die Hand vors Gesicht und zählt an den Fingern ab:

«Marco Holst, eins, Fadi Sora, zwei, Sid Trewer im Steinbruch, drei, Jens Falk in Spånga, vier – der Lkw-Fahrer, fünf.»

Triumphierend sieht er mich an. Also hat auch die Presse mein erstes Opfer, Sonny Andersson, noch nicht mit den anderen Morden in Verbindung gebracht hat. Womöglich ist das meine Aufgabe für die nächsten Tage.

Dann fällt es mir wie Schuppen von den Augen. Wie hat *Marvin* von dem ermordeten Lkw-Fahrer erfahren? Da ich die Artikel über die Tat nicht kenne, habe ich keine Ahnung, was ich wissen *sollte*. Habe ich zu viel gesagt, als ich meinte, dass die Vorgehensweise brutal war?

Panik steigt in mir auf. Eine Kältewelle jagt mir durch den Körper. *Du dämliche Kuh. Du verlierst die Kontrolle.*

«Ich klemm mich dahinter», sage ich rasch und beiße mir in die Wange, damit der Schmerz mich wachsam macht.

«Was sagt dein Kontakt?», fährt Marvin fort.

«Bei der Polizei?»

«Na, dieser Typ, mit dem du dich getroffen hast. Er scheint doch Zugang zu Insiderinformationen zu haben.»

Ich nicke.

«Ich versuche, ihn zu erreichen ...»

In Wahrheit hat meine vertrauliche Quelle, «Bror Dupont», seit unserer ersten Begegnung im Parkhaus keinen Mucks von sich gegeben. Ich habe ihn mehrmals kontaktiert, aber er ist entweder nicht ans Telefon gegangen oder hat behauptet, er könne nicht reden.

Ich war meine eigene Quelle. Das war meine einzige Chance, an der Story dranzubleiben.

Marvin nickt, nicht aufmunternd, sondern auffordernd. So führt er seine Mitarbeiter: Sind sie gut, gibt er ihnen das Gefühl, sie wären nicht gut genug, enttäuschen sie ihn, sind sie wertlos.

«Vielleicht kriege ich ja was aus ihm heraus ...»

«Tu das!», erwidert Marvin und steht auf. «Und frag ihn nach den Kaugummis.»

Ich erstarre.

«Welche Kaugummis?»

«Das stand in dem *Expressen*-Artikel. Die Polizei hat offenbar an den Tatorten Kaugummis sichergestellt. Nikotinkaugummis. Vielleicht eine Signatur des Täters: ‹Der Kaugummi-Mörder›.»

Ich nicke angestrengt. Seit «Bror Dupont» die Kaugummis erwähnt hat, verdränge ich sie. *Woher kommen diese verdammten Kaugummis?* Eines weiß ich mit Sicherheit, *ich* habe keine Kaugummis zurückgelassen.

«An allen Tatorten?», hake ich nach

Marvin zuckt mit den Schultern.

«Gute Frage. Lies den Artikel. Und frag deinen Polizisten. Aber ja, ich glaube, an allen Tatorten. Bei dem Lkw-Fahrer haben sie jedenfalls eins gefunden. Ach, stell am besten eine

Übersicht aller Leichenfundorte zusammen und gib sie dem Zeichner. Er soll eine Graphik anfertigen.»

Ich nicke und mache mir Notizen.

«Gut», sagt Marvin und klopft mir freundschaftlich auf die Schulter.

Natürlich soll es eine aufmunternde Geste sein, doch der Schmerz, der von meiner Schulter ausstrahlt, lässt mich leise aufstöhnen.

«Was ist?», fragt Marvin. «Habe ich dir weh getan?»

«Der Elch», erwidere ich mit einem verkrampften Lächeln. «Ich hab mir die Schulter geprellt.»

«Entschuldige», sagt er.

Marvin macht Anstalten, an seinen Platz zurückzugehen, aber nach ein paar Schritten hält er inne.

«Ach übrigens, gibt es nach diesem Sadisten, den die Polizei als Täter ausgeschlossen hat, einen neuen Verdächtigen?»

«Soweit ich weiß nicht», antworte ich. Vermutlich führen Erik und ich jetzt die Liste der Verdächtigen an, schießt es mir durch den Kopf.

«Okay», erwidert Marvin. «Überprüf das!»

Einen Moment lang sitze ich reglos da, starre geradeaus und konzentriere mich darauf, dass der Schmerz abklingt. Dann greife ich zum Telefon und wähle Carl Edsons Nummer.

Dieses Mal habe ich eine konkrete Frage: Die Nikotinkaugummis, über die der *Expressen* schreibt. Sie machen mir Angst. Ich muss wissen, was es damit auf sich hat.

Edson meldet sich nach dem sechsten Klingelzeichen, gerade als ich auflegen will. Er klingt kurz angebunden, vielleicht weil er mich auf seine Verdächtigenliste gesetzt hat. Ohne Umschweife komme ich zur Sache, ich will ihm keine Gelegenheit geben, mich wieder ins Kreuzverhör zu nehmen.

«Ist der Lastwagenfahrer vom selben Täter ermordet worden wie die anderen Männer?», frage ich.

«Um dazu etwas zu sagen, ist es noch zu früh.»

«Aber Sie ziehen diese Möglichkeit in Betracht?»

«Das ist eine der Spuren, die wir verfolgen ...»

«Gibt es Verdächtige?»

«Derzeit nicht.»

«Bisher hat der Täter ausschließlich Kriminelle getötet. Hat sich der Lastwagenfahrer ebenfalls in kriminellen Kreisen bewegt?»

«Er war der Polizei bekannt, falls Sie darauf hinauswollen.»

«Und wie ist der Mann ermordet worden?»

«Darauf kann ich nicht eingehen.»

«Laut *Expressen* wurden an mehreren Tatorten Nikotinkaugummis gefunden. Was können Sie darüber sagen?»

Stille.

«Hallo? Sind Sie noch da?»

«Dazu kann ich mich nicht äußern.»

«Aber können Sie bestätigen, dass Sie an mehreren Tatorten Kaugummis sichergestellt haben, die vom Mörder stammen?»

Wieder Schweigen. Die Frage scheint brisant zu sein.

«Wir haben an sämtlichen Tatorten Kaugummis sichergestellt», sagt Edson schließlich. «Von wem sie stammen, wissen wir nicht. Eigentlich möchte ich das gar nicht kommentieren, aber da Ihre Kollegen bereits darüber geschrieben haben ...»

«*Glauben* Sie denn, dass der Mörder die Kaugummis hinterlassen hat?», frage ich.

«Das ist eine Möglichkeit.»

«Sind die Kaugummis so etwas wie die Visitenkarte des Täters?»

«Darüber möchte ich nicht spekulieren.»

«Gibt es Zeugen?»

«Wir befragen derzeit mehrere Personen, die zum Tatzeitpunkt etwas beobachtet haben.»

«Können Sie Genaueres dazu sagen?», hake ich nach.

«Nein, aus ermittlungstechnischen Gründen kann ich nicht weiter darauf eingehen.»

«Gut, das genügt mir. Vielen Dank, dass Sie sich Zeit genommen haben.»

Ich lege auf, starre auf meinen Notizblock und lasse das Gespräch Revue passieren.

Zwei Dinge bereiten mir Unbehagen. Erstens: Diese Kaugummis existieren tatsächlich. Zweitens: Die Polizei vernimmt Zeugen. Es sollte keine Zeugen geben.

Ich schließe die Augen und versuche, mich zu erinnern. Der Lastwagen auf dem Schotterweg. Der tote Fahrer. Ich bin mir sicher, dass ich allein war. Das Waldstück hat mich vor Einblicken geschützt.

Ist mir auf dem Rückweg jemand begegnet? Nein, da bin ich mir hundertprozentig sicher. Allerdings bin ich an mehreren Häusern vorbeigekommen …

Irgendwer muss am Fenster gestanden und hinausgeschaut haben. Allerdings kann dieser jemand unmöglich mein Gesicht erkannt haben, das Autokennzeichen vermutlich auch nicht.

Die Zeugen dürften also keine Gefahr sein.

Als ich aufblicke, merke ich, dass ich krampfhaft mein Handy umklammere. Es klebt förmlich an meiner schweißnassen Hand.

Ich lasse den Blick durch die Redaktion schweifen. Niemand achtet auf mich. Rasch verfasse ich einen kurzen Artikel, ausschmücken kann ich ihn später, wenn ich mit meiner «Quelle» gesprochen habe. Bevor ich ihn Marvin zu lesen gebe, rufe ich die Webseite des *Katrineholm Kurier* auf, aber dort gibt es auch keine weiteren Informationen.

Marvin ist nicht an seinem Platz, deshalb maile ich ihm den Entwurf und mache mich an eine Übersicht über die Tatorte für den Zeichner. Es geht schnell, schließlich kann ich die Plätze im Schlaf runterbeten.

Dann gehe ich zur Toilette. Bisher habe ich Schmerztabletten vermieden, um einen klaren Kopf zu behalten, doch jetzt schlucke ich gleich mehrere auf einmal. Ich zittere am ganzen Körper und befürchte, dass ich jeden Moment einen Krampf bekomme.

Ich lasse mich auf den Toilettendeckel sinken und warte darauf, dass die Tabletten wirken und das Zittern aufhört.

Meine Gedanken kreisen wieder um diese Zeugen. Was, wenn mich doch jemand beobachtet und das Kennzeichen notiert hat? Wenn die Polizei längst über mich Bescheid weiß?

Ich kneife mir in den Arm, damit meine überspannten Nerven nicht mit mir durchgehen.

Die Wahrscheinlichkeit, dass sich tatsächlich jemand das Kennzeichen notiert hat, ist minimal. Geringer als minimal. Schließlich bin ich gefahren wie jeder beliebige Verkehrsteilnehmer. Niemand merkt sich ein Kennzeichen, wenn die Situation nichts Ungewöhnliches an sich hat, und selbst dann nur selten. Irgendwo habe ich gelesen, sogar bei Fällen von Fahrerflucht kann sich kaum ein Zeuge an das Nummernschild des betreffenden Fahrzeugs erinnern.

Als ich an den Häusern vorbeigefahren bin, hatten die Bewohner ja noch keine Ahnung, dass wenige Kilometer entfernt ein ermordeter Lastwagenfahrer auf der Straße lag. Erst als die Polizei sie befragt hat, dürften die Leute sich darüber Gedanken gemacht haben, ob und was für ein Auto sie gesehen haben.

Kurzum, vonseiten der Polizei habe ich nichts zu befürchten. Noch nicht.

Von Bernt Andersen hingegen schon.

Wahrscheinlich nimmt er an, dass ich wegen der Marihuana-Plantage bei den Gewächshäusern war. Er wird kaum damit rechnen, dass mein eigentliches Motiv fünf Jahre zurückliegt.

Das ist mein Vorteil. Mein einziger Vorteil.

Heute Nacht habe ich in meiner Wohnung geschlafen, aber jetzt muss ich mir etwas anderes überlegen. Inzwischen hat Andersen sicher meine Adresse herausgefunden. Zumindest muss ich mit dieser Möglichkeit rechnen.

Als ich von der Toilette zurückkomme – wie lange habe ich eigentlich dort gesessen? –, ist mein Artikel bereits online. Marvin hat die Schlagzeile gebracht: «Polizei vermutet: das fünfte Opfer des Serienkillers».

***

Als ich die Redaktion verlasse, steht Carl Edson draußen auf dem Bürgersteig. Instinktiv blicke ich mich nach einem Fluchtweg um, doch ich kann mich nirgendwo verstecken, und außerdem hat er mich bereits entdeckt.

Für Ende Mai ist es ein ungewöhnlich warmer Abend. Edson trägt Anzug und einen dünnen Frühlingsmantel. Er wirkt elegant, auf eine Art, die ihn sofort aus der Masse herausstechen lässt.

Er kommt auf mich zu und nickt zur Begrüßung.

«Darf ich Sie kurz stören?», fragt er höflich.

Am liebsten würde ich laut nein schreien.

«Ja, natürlich.»

Wir gehen zu einem schwarzen Volvo, der am Straßenrand steht. Edson hält mir die Beifahrertür auf. Die Scheiben sind getönt, ich kann keinen Blick in den Wagen werfen. Als ich einsteige, habe ich das Gefühl, in eine Falle zu tappen, aber mir bleibt keine andere Wahl. Mit einem leisen Klicken schlägt die Tür zu. Als Edson den Wagen umrundet, drehe ich mich rasch um. Der Rücksitz ist leer. Im selben Moment geht die Fahrertür auf, Edson rutscht auf den Sitz, knipst das Deckenlicht an und lächelt.

«Danke, dass Sie sich Zeit nehmen.»

«Danke, dass Sie am Telefon mit mir gesprochen haben. Worum geht es?»

Innerlich bin ich panisch und erschöpft. Trotz der Tabletten breitet sich ein pulsierender Schmerz in meiner Schulter aus. Ich will einfach nur hier weg.

«Als ich vor ein paar Tagen bei Ihnen war, haben Sie etwas gesagt, das mir nicht aus dem Kopf gehen will …»

Ich warte schweigend, den Oberkörper halb zu ihm gewandt.

«Sie meinten, drei der Männer, die Ihren Sohn überfahren haben, seien tot.»

«Habe ich das gesagt?»

«Ja, Sie sprachen von ‹den Morden an den drei Södertälje-Männern›.»

Er lächelt verlegen.

«Ich habe unser Gespräch aufgenommen. Sie müssen verzeihen, ich habe ein wahnsinnig schlechtes Gedächtnis. Aber als Journalistin haben Sie dafür sicher Verständnis ...»

Er hebt entschuldigend die Hände.

«Ja, und ...?», entgegne ich und versuche, ungerührt zu wirken.

«Es stimmt. Drei der Männer, die Ihren Sohn überfahren haben, sind tot. Der vierte lebt. Aber woher wussten Sie das? In den Zeitungen stand nichts über die Identität der Männer, und wir haben an die Medien so gut wie keine Informationen herausgegeben ...»

Er lässt den Satz in der Luft hängen. Ich versuche, mich zu beherrschen, mich zu entspannen, keine Miene zu verziehen, damit kein Zucken mich verrät. Dabei würde ich am liebsten erwidern: *Auch der vierte wird sterben! Bald!*

«Wahrscheinlich haben Sie es erwähnt ...»

«Ich habe nichts von drei Männern gesagt, und Namen habe ich auch nicht genannt. Um ganz sicher zu sein, habe ich mir unsere Unterhaltung zweimal angehört.»

Ich zucke mit den Schultern.

«Dann weiß ich es auch nicht», sage ich so selbstsicher, wie ich kann.

«Außerdem», fährt Edson fort, «hatten Sie und Ihre Kollegen zum Zeitpunkt unseres Gesprächs nur ein Tötungsdelikt mit den Serienmorden in Verbindung gebracht, und zwar den Mord an Sid Trewer. Über die anderen Opfer, Sonny Andersson und Mårten Rask, den Lastwagenfahrer, haben Sie wie über Einzelmorde berichtet.»

Ich schweige und wende mich von ihm ab. Versuche, einen

klaren Gedanken zu fassen, während ich aus dem Fenster starre. Meine Schulter schmerzt so stark, dass ich die Augen schließen muss.

«Das wurde mir klar, als Sie mich vorhin angerufen und gefragt haben, ob wir den Mord an Mårten Rask mit den Serienmorden in Verbindung bringen. Sie konnten nicht wissen, dass es drei Opfer sind ...»

Darauf fällt mir keine Antwort ein. Edson sitzt schweigend neben mir und wartet geduldig. Ich höre ihn atmen. Er hat nicht vor, etwas zu sagen, egal, wie lange ich schweige.

Ich öffne die Augen und wende mich ihm zu.

«Meine Quelle kann ich Ihnen nicht nennen», sage ich so ruhig, wie ich kann, «das verbietet der Informantenschutz.»

Edson sieht mich enttäuscht an. Er hat wohl eine andere, bessere Antwort erwartet.

«Der Mord war nur einem kleinen polizeiinternen Personenkreis bekannt», erwidert er mit leicht drohendem Unterton in der Stimme.

Ich schüttele den Kopf.

«Wer sagt etwas von der Polizei? Es waren auch noch andere Personen involviert», entgegne ich ruhig.

Die Übelkeit kehrt zurück. Vielleicht liegt es an meiner Schulter. Vielleicht aber auch an der Nervosität, die ich krampfhaft zu verbergen versuche.

«Die Fahrer des Leichenwagens, Mitarbeiter des Rechtsmedizinischen Instituts, Sekretärinnen, Kriminaltechniker, Anwohner, lokale Polizeikräfte ... Soll ich weitermachen?»

Ich hoffe, dass er meinen Bluff nicht durchschaut. Er sagt nichts, nickt nur.

«Und», füge ich hinzu, «Sie dürfen über meine Quelle keine

Nachforschungen anstellen. Auch das verbietet der Informantenschutz ...»

Edson hebt eine Hand, um meinen Redefluss zu stoppen. Ich verstumme.

«Gut», sagt er. «Mal angenommen, ich glaube Ihnen ... Wenn Sie tatsächlich wussten, dass wir beispielsweise Sonny Andersson als mögliches Opfer des Serienmörders in Betracht ziehen ... warum haben Sie nichts darüber geschrieben? Ich habe den Artikel Ihres Kollegen gelesen. Darin steht, dass die Polizei in einem Sommerhaus bei Norrtälje eine männliche Leiche gefunden hat, dass ein Mordverdacht vorliegt und ein Ermittlungsverfahren eingeleitet wurde. Kein Wort darüber, dass ich der leitende Ermittler bin oder dass die Tat womöglich in Zusammenhang mit den Serienmorden steht. Wenn Sie es die ganze Zeit wussten, warum haben Sie nicht selbst darüber geschrieben?»

Ich bemerke, dass er mich mustert.

«Ich hatte frei ...», sage ich und höre selbst, wie dünn das klingt. Sogar meine Stimme klingt dünn und unsicher.

«Das hat noch keine ehrgeizige Journalistin mit wasserdichten Insiderinformationen vom Schreiben abgehalten.»

Eine Weile sagt keiner von uns ein Wort.

«Und bei Mårten Rask ist es dasselbe», fährt Edson schließlich fort. «Warum haben Sie mich erst heute gebeten, zu bestätigen, dass er ein weiteres Opfer des Serienmörders ist? Wenn Sie doch Hinweise darauf hatten? Sie sind doch mit Leib und Seele Journalistin?»

«Ich musste meine Quelle schützen», erwidere ich. «Und ich brauchte noch eine Bestätigung für die Richtigkeit der Angaben.»

«Sie hätten mich doch anrufen können. Damit haben Sie doch sonst auch kein Problem ...»

Er weiß, dass ich lüge! Offensichtlich habe ich ihn unterschätzt. Er ist clever. Cleverer als ich, das muss ich zugeben. Es ist, als würden wir Schach spielen – noch ein Zug, und ich bin schachmatt.

«Ich konnte nicht», sage ich leise. «Meine Quelle hat darauf bestanden, dass ich die Informationen noch nicht rausgebe ...»

Er lächelt. Sein Lächeln jagt mir mehr Angst ein als sein drohender Unterton.

«Außerdem», füge ich hinzu, «habe ich versucht, Einblick in die Ermittlungsakten zu bekommen.»

«Und?»

«Die sind unter Verschluss ...»

«Was Sie von vornherein wussten.»

Ich nicke, hole tief Luft. *Reiß dich zusammen!*

«Im Übrigen gilt der Informantenschutz auch für Sie», wechsele ich das Thema, um mich aus der Falle zu befreien. «*Sie* können mit mir reden. Ich höre zu. Sie können mir vertrauen. Wie Sie sehen, gebe ich meine Quellen nicht preis.»

Ohne zu antworten, starrt Edson durch die Windschutzscheibe.

«Sind wir dann fertig?», sage ich. «Oder haben Sie noch weitere Fragen?»

Immer noch keine Antwort. Als ich die Autotür öffne, mache ich eine unglückliche Bewegung und stoße mir den verletzten Arm. Der Schmerz strahlt in jeden Winkel meines Körpers, mir entfährt ein leiser Aufschrei.

«Was ist?», fragt Edson und sieht mich an.

Fast könnte man meinen, er sei aufrichtig besorgt.

«Ach, meine Schulter tut nur ein bisschen weh», erkläre ich mit einem matten Lächeln. «Ich bin beim Joggen gestolpert und habe sie mir geprellt.»

Er nickt mitfühlend.

«Brauchen Sie Hilfe?»

Ich schüttele den Kopf.

«Nein, geht schon, danke. Ich habe nur nicht aufgepasst.»

Ich ringe mir ein Lächeln ab und quäle mich mit dem linken Arm voran aus dem Wagen.

«Damit sollten Sie zum Arzt gehen!», ruft er mir nach.

Ich nicke.

«Mein Angebot bleibt bestehen», sage ich. «Rufen Sie mich an, falls Sie Ihre Meinung ändern.»

Ich schlage die Autotür zu und gehe steif Richtung Hauptbahnhof. Versuche, die Schmerzwelle, die mir bei jedem Schritt durch den Körper flutet, unter Kontrolle zu bekommen. Ich kann spüren, dass die Schulterwunde aufgeplatzt ist und etwas Warmes an meinem Arm hinunterläuft. Zum Glück trage ich eine dunkle Jeansjacke. Durch den Stoff ist das Blut nicht allzu deutlich zu sehen. Vor Schmerz rinnt mir der Schweiß von der Stirn. Ich wische ihn weg.

«Entschuldigung!», sagte David schnell. *Zu* schnell.

Sein Glas rollte über den braunen Küchentisch, während die Milch langsam auf den Boden tropfte. Die Tischdecke, einige Scheiben Brot und Eriks Zeitungen waren bereits feucht.

Beim Frühstück war David fröhlich gewesen. Er hatte gelacht, seine große Schwester geneckt und versucht, Erik zu kitzeln.

Jetzt duckte er sich in Erwartung des drohenden Donnerwetters und starrte auf die Tischplatte. Obwohl ich seinen Schmerz fast körperlich spürte, konnte ich mich nicht beherrschen.

«David! Ich habe doch gesagt, dass du aufpassen sollst!»

Erik sah ihn irritiert an, sagte aber kein Wort.

«Kannst du nicht einmal zuhören?»

Keine Antwort.

«Wisch wenigstens die Milch auf!»

David gab immer noch keine Antwort.

Als ich enttäuscht mit den Lippen schnalzte, stand er widerstrebend auf und holte das Spültuch.

«Hörst du, was ich sage?», fauchte ich. «Das kann doch nicht so schwer sein!»

«Lass ihn in Ruhe, Mama!», verteidigte Johanna ihren Bruder auf ihre typische Große-Schwester-Manier. «Er hat doch Geburtstag!»

«Aber ...»

Ich verstummte. David wischte nachlässig den Tisch ab und legte den Lappen zurück in die Spüle. Dann setzte er sich wieder auf seinen Platz und stocherte in den Haferflocken herum, die in der Milch matschig geworden waren. Sein Lieblingstoast mit Käse und Marmelade lag unangetastet daneben, völlig durchweicht. Dass von der Tischkante immer noch Milch auf seinen Schoß tropfte, schien David nichts auszumachen.

Ich sah ihm an, dass er traurig war.

«Es tut mir leid», sagte ich und bemühte mich vergebens um einen sanften Tonfall. «Aber auch wenn du Geburtstag hast, musst du ein bisschen ...»

«Bist du jetzt fertig?», fiel Erik mir ins Wort.

Er stand auf, wischte den Rest der verschütteten Milch auf und nahm Davids durchweichten Toast vom Tisch.

«Ich mach dir einen neuen», sagte er.

Ich saß schweigend da und sah zu.

An der Decke hingen die blauen, grünen und orangefarbenen Luftballons, die wir am Abend zuvor aufgepustet hatten. Inzwischen war ihnen fast die Luft ausgegangen, aber auf einem war immer noch der Schriftzug *Herzlichen Glückwunsch zum 6. Geburtstag!* zu lesen

«Es tut mir leid, David», sagte ich. «Es ist dein Geburtstag, entschuldige ...»

David schien mich nicht zu hören.

«Willst du nicht deine Geschenke auspacken?», fragte ich sanft und deutete auf den Geschenkestapel.

David starrte unverwandt auf die Tischplatte und schüttelte den Kopf.

«Es tut mir leid», wiederholte ich, auch wenn meine Entschuldigung zu spät kam. «Es tut mir wirklich leid, David.»

Für einen kurzen Augenblick betrachtete ich die Szene von außen, wie in einer Blitzlichtaufnahme: Weil ich mich nicht zusammenreißen konnte, hatte ich dem einzigen Menschen, den ich bedingungslos und ohne Wenn und Aber liebte, weh getan.

Aus einem Reflex heraus. Einem Reflex, den mir mein Vater eingedrillt hat. Ein Reflex, der mir in Fleisch und Blut übergegangen ist, den ich nicht abschütteln kann. Als wäre ich ein Soldat. Ordnung vor Wohlbefinden, materielle Dinge vor Menschen.

***

Am Nachmittag hatte David die Kinder aus seiner Vorschulgruppe eingeladen. Ich ging früher von der Arbeit nach Hause, um genug Zeit für die Vorbereitungen zu haben. Es sollte Würstchen mit Ketchup und Senf geben, als Spiel hatten wir uns eine Freiluft-Variante von «Fische angeln» im Planschbecken ausgedacht. Die Torte stand bereits fix und fertig im Kühlschrank. Ich nahm die verschrumpelten Luftballons ab und hängte neue auf, verteilte überall Luftschlangen, setzte Wasser für die Würstchen auf und packte Süßigkeitentüten als Preis fürs Angelspiel. Sogar eine spezielle Angel hatte ich dafür gekauft.

«Das wird bestimmt schön mit der Angel und den ganzen Süßigkeiten, meinst du nicht?», fragte ich, als ich David vom Vorschulkindergarten abholte.

«Ja», antwortete er und sah glücklich aus.

Als wir nach Hause gingen, nahm ich ihn an der Hand. Er zog sie nicht weg, sie fühlte sich warm und weich an. Der Vormittag war vergessen. Aber heute weiß ich, dass er sich tief in David festgesetzt hatte, wie Bodenschlamm, dunkle Erinnerungsfragmente, die jederzeit aufwirbeln und sein Leben verdüstern konnten.

«Wann geht die Party los?», fragte er, als wir zu Hause waren.

«In einer Stunde», antwortete ich. «Du kannst dich noch umziehen, wenn du willst. Und deine Geschenke auspacken.»

David rannte in sein Zimmer und schlüpfte in das Party-Outfit, das er sich schon vor Tagen ausgesucht hatte. Schwarze Jeans und ein schwarzes T-Shirt mit der Aufschrift *I'm a pirate* auf der Brust und einer Piratenflagge am Rücken.

Danach setzten wir uns an den Küchentisch, um die Geschenke aufzumachen. Als David sich durch den halben Stapel gearbeitet hatte, kam Johanna nach Hause.

«Packt ihr etwa Geschenke aus?»

David nickte.

«Guck mal, ich hab ein Lego-Schiff bekommen. Ein Piratenschiff.»

Johanna gesellte sich zu uns und sah dabei zu, wie David seine restlichen Geschenke öffnete. Dann klingelte es an der Tür. Die Geburtstagsfeier ging los.

***

Nein.

So war es nicht. Meine Erinnerungsbilder entsprechen nicht der Wahrheit.

Ich mache mir selbst etwas vor.

Das kleine Foto, das ich betrachte, ist schon ganz abgegriffen. Ich habe es mir unzählige Male angesehen. Bald ist es völlig zerfleddert. Aber das macht nichts, ich habe das Original auf meinem Computer gespeichert.

Auf dem Bild sitzt David am Abendbrottisch. Neben ihm liegen schlaffe, verschrumpelte Luftballons und zerrissenes Geschenkpapier.

Obwohl er versucht, in die Kamera zu lächeln, sieht er traurig aus. Er gibt sich Mühe, damit wir uns keine Sorgen machen, ihn nicht tausendmal fragen, wie es ihm gehe, ob etwas passiert sei, ob ihn jemand im Kindergarten geärgert habe …

Ich erinnere mich, obwohl ich mich nicht erinnern will.

Wir haben am Küchentisch gesessen und gewartet. Um fünf hätte die Party losgehen sollen. Um Viertel nach war immer noch kein Kind da. Um zwanzig nach klingelte Fredrik an der Tür. Glücklicherweise waren er und David nach dem Vorfall mit Ebba Freunde geblieben.

«Tut mir leid, dass ich so spät komme», sagte er, als ich ihm öffnete.

Dann blickte er sich erstaunt in der Küche um.

«Bin ich der Erste?»

Um halb sechs klingelte es zum zweiten Mal. David stürmte in den Flur, um aufzumachen, doch als er die Tür aufriss, hörte ich Eriks Stimme.

«Herzlichen Glückwunsch! Hat die Party schon angefangen?»

David schlurfte in die Küche zurück, ohne Erik eine Antwort zu geben.

«Hallo, Fredrik», sagte Erik und schaute sich um. «Wo sind die anderen?»

«Nicht da», sagte ich rasch, um David die Antwort zu ersparen. «Dann feiern wir eben eine Party für zwei. Das macht auch Spaß. Außerdem bleiben so mehr Torte und Süßigkeiten für euch!»

Ich versuchte zu lächeln, doch das Lächeln gefror.

Erik stand schweigend da. Sein Blick ging zwischen David, Fredrik und mir hin und her.

«Okay», sagte er schließlich. «Dann ist es jetzt Zeit für ein paar Würstchen. Und wie wäre es mit einem Film? Oder wollt ihr lieber mit den Geschenken spielen?»

Wir vertilgten Würstchen und Torte, tranken Saft und spielten Fische angeln, aber die ganze Zeit spürte ich, wie angestrengt und aufgesetzt unsere Fröhlichkeit war. Wie bei einem offiziellen Empfang oder den Dinner-Partys meiner Eltern.

Zwei Stunden später wurde Fredrik von seiner Mutter abgeholt. Als sie zum Auto gingen, hörte ich ihn sagen: «Weißt du was, Mama? Außer mir waren keine anderen Kinder da ...»

Seine Mutter fragte erstaunt: «War denn sonst niemand eingeladen?»

Und dann die kindlich-ehrliche Antwort: «Doch, aber sie sind nicht gekommen.»

Es war eine neutrale Feststellung. Kinder werten selten. «Oh, wie schade! Warum denn das?», fragte Fredriks Mutter.

Ich wusste, warum.

Im Jahr zuvor hatte David die gesamte Kita-Gruppe zu seinem fünften Geburtstag eingeladen. Die Kinder tobten kreischend durchs Haus, es herrschte das reinste Chaos – so, wie es an Kindergeburtstagen eben ist. Da wurde es David plötzlich zu viel. Er weinte und schrie: «Seid ruhig! Ihr macht meine Spielsachen noch kaputt!» (Hatte ich ihn ermahnt, dass kein Teil aus dem Lego-Bausatz verloren gehen dürfe?)

Die Kinder erstarrten. Alle verstummten und saßen da wie versteinert. Als hätte jemand den Stecker gezogen.

Damit war die Feier beendet. Die Kinder gingen nach Hause. Und heute, ein Jahr später, waren sie nicht wiedergekommen.

Natürlich hatten wir nicht «u. A. w. g.» auf die Einladungen geschrieben. Oder besser gesagt: *Ich* hatte es nicht getan. Erik war beruflich eingespannt gewesen und hatte sich kaum an den Vorbereitungen beteiligt. Für mich war «u.A.w.g.» eine Floskel, die meine Mutter verwendete. Ich nicht. Nicht auf Einladungskarten für einen Kindergeburtstag.

«Was ist los, Schätzchen?», fragte ich David besorgt, als Fredrik gegangen war.

David schüttelte den Kopf. Dann fing er an zu weinen. Ich nahm ihn in die Arme. Erik stand neben mir und streichelte ihm über den Kopf. Sogar Johanna versuchte, David zu trösten.

War es wirklich so? Ich wünschte, es wäre anders gewesen. Aber ich erinnere mich ganz deutlich. Die Erinnerung bereitet mir körperliche Schmerzen.

Wir haben häufig mit David geschimpft, ihn getadelt und ermahnt: *Klecker den Tisch nicht voll, sei vorsichtig mit dem Matchbox-Auto, so darf man den Eisenbahnzug nicht anfassen, mach die Fernbedienung nicht kaputt, pass auf deine Hose auf …*

Ich höre mich selbst. Ich höre meinen Vater.

Trotzdem wollte ich nur eins: dass David glücklich war. Ich liebte ihn mehr als mein Leben. Doch am Ende war nicht ich diejenige, die starb. Es war David.

Die Leute in der U-Bahn sehen mich an. Ich weiche ihren Blicken aus, mustere sie aber verstohlen. Junge, Alte, Männer, Frauen, auf dem Heimweg von der Arbeit, müde, erleichtert. Manche halten ein kurzes Nickerchen.

Ich stehe in der Mitte des Abteils und halte mich an einer Stange fest. Die Wunde an meiner Schulter blutet nicht mehr so stark, aber ich bin nassgeschwitzt und meine Haare kleben feucht im Nacken. Ab und zu fahre ich mir mit dem Ärmel über die Stirn, um die Schweißperlen wegzuwischen.

Ein Bettler geht durch den Zug. «Ein paar Kronen für einen Obdachlosen. Ich nehme keine Drogen und trinke keinen Alkohol.» Es ist ein älterer Mann. Niemand gibt ihm etwas. Ich auch nicht. Kurz überlege ich, was ihm widerfahren sein mag. Aber ich weiß, dass einem gar nicht viel widerfahren muss, ein paar Schritte über eine unsichtbare Linie, und plötzlich ist man obdachlos.

Oder: *eine Mörderin.*

An der Haltestelle Slussen steige ich aus. Normalerweise fahre ich das letzte Stück mit dem Bus den Katarinavägen hoch, aber heute entscheide ich mich zu laufen. Ich will nicht dicht an dicht mit anderen Leuten im Bus sitzen, da könnte jemand meine blutende Schulter bemerken.

Mein Körper ist ganz steif vor Schmerzen, doch ich zwinge mich, so normal wie möglich zu gehen.

Auf Höhe der Seemannskirche fällt es mir wie Schuppen von den Augen: Ich kann doch gar nicht nach Hause! In meiner Wohnung bin ich nicht mehr sicher. Wie konnte ich das vergessen? Dann schießt mir der nächste Gedanke durch den Kopf:

Johanna!

Sie ist diese Woche bei mir. Sofort hole ich mein Telefon aus der Tasche und rufe sie an.

Sie kommt nur dazu, «Ach, hallo» zu sagen, ehe ich ihr mit meiner militärischen Kommandostimme das Wort abschneide:

«Johanna, geh nicht in die Wohnung!»

«Aber Mama, also echt, ich bin längst da!»

«Dann schließ die Tür ab!», befehle ich.

Eine Passantin dreht sich zu mir um und sieht mich verwundert an. Automatisch wende ich das Gesicht ab, damit sie mich nicht identifizieren kann. Allmählich nimmt mein Verhalten paranoide Züge an.

«Mach kein Licht an!», zische ich ins Handy.

«Wovon redest du eigentlich?», erwidert Johanna mit ihrer lustlos-trägen Teenagerstimme.

«Tu einfach, was ich dir sage!», blaffe ich und lege auf.

Rasch sehe ich mich um, kann aber weit und breit kein Taxi entdecken. Egal, in spätestens zehn Minuten bin ich ohnehin zu Hause. Ich beschleunige meine Schritte. Leichter Nieselregen setzt ein. Vom Saltsjön her ziehen dicke graue Regenwolken auf. Im Licht der Straßenlaternen wirken die entgegenkommenden Passanten wie Schatten, gesichtslose Schatten. Jeder von ihnen könnte Bernt Andersen sein.

***

An der Kreuzung Renstiernas gata und Folkungagatan bleibe ich stehen. Bis zu meiner Wohnung in der Kocksgatan sind es nur noch fünfzig Meter den Hügel hinauf. Ich kann bereits die Wohnzimmerfenster im zweiten Stock ausmachen. In beiden brennt Licht. Johanna hat nicht auf mich gehört. Ich bin drauf und dran, sie noch einmal anzurufen und ihr den Kopf zu waschen, bleibe aber stattdessen stehen und lasse meinen Blick die Straße hinaufschweifen. Falls Andersen meine Adresse herausgefunden hat, könnten er oder sein Kompagnon irgendwo Stellung bezogen haben und das Haus beobachten.

Ich versuche, den Schmerz in meiner Schulter auszublenden. Der Regen kühlt angenehm und kaschiert die Schweißbäche, die an meinen Schläfen hinabrinnen. Ich beschließe, zielstrebig am Haus vorbeizugehen und erst einmal nur einen kurzen Kontrollblick in den Eingangsbereich zu werfen. Gerade als ich die Haustür passiere, nehme ich im Augenwinkel einen Mann wahr, der schräg gegenüber in einem Auto auf der anderen Straßenseite sitzt.

Es kann irgendjemand sein, aus der Entfernung erkenne ich sein Gesicht nicht, aber genauso gut könnten es Andersen oder sein Komplize sein.

Dank der Drogen im Wert von mehreren Millionen Kronen sollten sie keinerlei Probleme haben, jemanden anzuheuern, der mich aufspürt.

Als ich außer Sichtweite des Autos bin, beschleunige ich meine Schritte. Der Wohnblock umfasst mehrere Straßenzüge und ist als Karree angelegt. Ein Stück die Renstiernas gata hoch gibt es einen Eingang, durch den man in den gemeinsamen Innenhof gelangt. Gut möglich, dass Andersen das noch nicht bemerkt hat.

Ohne mich umzusehen, tippe ich rasch den Türcode ein – derselbe wie für mein Haus – und drücke die massive Holztür auf. Hinter einer kleinen Treppe erstreckt sich eine feudale Lobby mit dunkler Holzvertäfelung und Marmorböden. Ich gehe rasch an Fahrstuhl und Treppenaufgang vorbei. Bevor ich den Innenhof betrete, bleibe ich kurz an der Tür stehen und vergewissere mich, dass mir niemand im Schatten auflauert. Als ich nichts Verdächtiges entdecke, sprinte ich los.

Zwei Minuten später schließe ich die Wohnungstür auf.

Johanna stürzt auf mich zu.

«Was ziehst du für eine Nummer ab, Mama? Du hast mir eine Megaangst eingejagt. So was kannst du doch nicht sagen und dann einfach auflegen. Weißt du, was für eine Panik ich geschoben hab?»

Als sie mein Gesicht sieht, erstarrt sie.

«Was ist passiert?», ruft sie erschrocken und schlägt die Hand vor den Mund.

«Hast du gemacht, worum ich dich gebeten habe?», frage ich, ohne mich um ihre entsetzte Reaktion zu kümmern.

«Ja ... Ich hab die Tür abgeschlossen ... Was ist denn los, Mama? Ohne Scheiß?»

«Warum hast du das Licht nicht ausgeschaltet?»

«Es war schon an. Ich dachte, es wäre merkwürdig, es plötzlich auszumachen, also hab ich es angelassen ...»

«Gut», wiederhole ich. «Gut!»

Johanna starrt mich mit einer Mischung aus Wut und Erstaunen an, die Hände in die Seiten gestemmt.

«Hallo?! Hast du vielleicht mal vor, mir zu erklären, welchen Film du hier fährst?»

«Nein», erwidere ich schroff. «Komm jetzt. Hast du deine Sachen gepackt?»

«Was? Davon hast du nichts gesagt. Wovon redest du? Was ist los?»

«Frag nicht so viel! Pack alles, was du für eine Woche brauchst, als würdest du zu Papa fahren. Beeil dich!»

Ehe Johanna weitere Fragen stellen kann, lasse ich sie stehen und fange schnell an, meine eigenen Sachen zu packen. Einige darf Johanna auf keinen Fall sehen, den Taser zum Beispiel, den ich unter der niedrigen Kommode in meinem Schlafzimmer verstecke. Oder Fadi Soras Glock. Die große schwarze Tasche mit dem Schraubstock und der Nagelpistole muss ich hierlassen, Johanna würde misstrauisch werden. Misstrauischer, als sie ohnehin schon ist.

«Bist du fertig?», rufe ich laut.

«Gleich», erwidert sie.

Als ich in ihr Zimmer gehe, sitzt sie an ihrem Schreibtisch und kramt in ihren Schminksachen.

«Herrgott noch mal!», fahre ich sie mit meiner Kommandostimme an. «Fang an zu packen. Jetzt!»

Sie sieht mich erschrocken an und gehorcht. Mit dem Arm schiebt sie verschiedene Make-up-Utensilien in eine Tasche und steht auf.

«Fertig», flüstert sie, als könnte uns jemand hören.

«Gut! Dann los!»

Sie wirft mir einen ängstlichen Blick zu.

«Es ist schon fast elf! Wo willst du denn um die Zeit noch hin?»

«Das erzähle ich dir später», antworte ich und steuere auf die Wohnungstür zu.

«Sollen wir das Licht nicht ausmachen?»

«Nein, lass es an.»

Johanna schüttelt den Kopf – vermutlich denkt sie an meine unzähligen Gardinenpredigten zum Thema Lichtausschalten –, stellt aber keine Fragen mehr.

Im Treppenhaus ist es stockdunkel. Ich mache das Flurlicht aus und gebe Johanna ein Zeichen, leise zu sein.

Wir verlassen die Wohnung und schließen die Tür hinter uns ab. Aus dem Treppenhausfenster werfe ich einen Blick in den Innenhof. Niemand zu sehen.

Ich habe meine Sachen in einen Rucksack gepackt. Jedes Mal, wenn der Schulterriemen auf die Schussverletzung drückt, durchzuckt mich ein Stechen, aber mit der rechten Hand, die wieder schmerzhaft pocht, hätte ich keine schwere Tasche tragen können. Der Taser und Fadi Soras Pistole liegen in meiner Handtasche, die ich in der linken Hand halte.

Langsam überqueren wir den Innenhof. Johanna gibt keinen Ton von sich, aber ich sehe ihr an, dass sie Angst hat. Kinder spüren instinktiv, wenn eine Situation ernst ist, wenn ihre Eltern nervös sind.

Auf der Renstiernas gata gehen wir rasch nach links. Mein Auto steht um die Ecke in der Borgmästargatan. Wir laufen zielstrebig, ohne uns umzusehen. Wie ganz gewöhnliche Anwohner.

Es ist spät. Die Neonschilder der Geschäfte und die beleuchteten Schaufensterfronten erhellen die Straße. Es sind kaum Leute unterwegs. Dann höre ich, wie ein Motor angelassen wird. Als ich mich umdrehe, blenden mich Autoscheinwerfer. Sie kommen auf uns zu. Meine Nerven sind zum Zerreißen gespannt, ich gehe aber ruhig weiter und halte Johanna fest am Arm. Als das Auto auf unserer Höhe ist, werfe ich einen raschen Blick ins Wageninnere. Am Steuer sitzt ein älterer

Mann. Im Schneckentempo fährt er die Renstiernas gata hinunter. Erleichtert atme ich auf und biege in die Åsögatan ein.

Ich umklammere Johannas Arm, mustere die Autos am Straßenrand, kann aber niemand entdecken, der uns auflauert.

An unserem Ford in der Borgmästargatan bleibt Johanna automatisch stehen. Ich packe sie noch fester am Arm und ziehe sie hinter mir her. Sie blickt mich fragend an, sagt aber nichts. Im Vorbeigehen versuche ich, den Wagen so unauffällig wie möglich zu kontrollieren.

«Aber wie sollen wir denn von hier wegkommen?», fragt Johanna erstaunt.

«Mit dem Auto», erwidere ich und drehe uns abrupt in die entgegengesetzte Richtung. «Ich wollte nur auf Nummer sicher gehen ...»

Die Straße ist immer noch verlassen. Ich *muss das Risiko eingehen, der Wagen ist bestimmt in Ordnung.* Ich ziehe die Autoschlüssel aus der Tasche und schließe auf.

Da passiert es.

In dem Moment, in dem ich die Türen entriegele, springt ein Motor an. Ich drehe mich rasch um. Ein Stück die Straße hinunter fährt ein Pkw aus einer Parklücke. Ich *weiß*, dass sie es sind. Dass sie mein Auto beobachtet und gewartet haben.

Ich zerre mir den Rucksack vom Rücken und schleudere ihn auf den Rücksitz, ignoriere den Schmerz, den die Bewegung verursacht.

«Schnell! Ins Auto!», schreie ich Johanna an.

Sie sieht mich an.

«Jetzt!», befehle ich und schlage die Hintertür zu.

Hastig rutsche ich auf den Fahrersitz. Johanna setzt sich mit enervierender Langsamkeit neben mich.

«Schnall dich an», sage ich, so ruhig ich kann.

Im Rückspiegel sehe ich, wie der Pkw rasch näher kommt. Ich weiß, dass sie versuchen werden, uns den Weg aus der Parklücke zu versperren. Mit zitternden Fingern drehe ich den Zündschlüssel um und schicke ein Stoßgebet zum Himmel.

Der Motor springt an.

Ich lege den Gang ein und versuche, aus der Parklücke zu kommen, aber sie ist zu eng, und ich ramme das Auto vor uns. Fluchend schalte ich in den Rückwärtsgang, lenke gegen und drücke das Gaspedal durch. Das Heck bricht aus und kollidiert mit dem Wagen hinter uns.

Mit einem lauten Knirschen schalte ich wieder in den ersten Gang und schlittere aus der Parklücke auf die Straße. Ein flüchtiger Blick in den Rückspiegel – sie sind nur noch wenige Meter von uns entfernt. Der Abstand verringert sich. Der Motor heult bedrohlich auf.

«Halt dich fest!», sage ich zu Johanna und presse mich tief in den Sitz.

Im nächsten Moment rammt uns der Pkw von hinten. Der Aufprall ist hart. Wir werden nach vorn geschleudert. Ich umklammere das Lenkrad und drücke das Gaspedal weiter durch. Die Reifen quietschen auf dem Asphalt. Ich trete die Kupplung, schalte und gebe Gas. Als ich das nächste Mal in den Rückspiegel sehe, ist das Auto fast hundert Meter zurückgefallen. Uns hat der Zusammenstoß einen Vorteil verschafft, unsere Verfolger hat er ausgebremst.

«Was passiert hier, Mama?», kreischt Johanna hysterisch. «Warum machen die das? Was sind das für Leute?»

«Ich erkläre es dir später», erwidere ich, auch wenn ich genau weiß, dass ich ihr das nicht erklären kann.

Ohne einen Blick nach rechts oder links biege ich in die Folkungagatan und nehme einem Taxi die Vorfahrt. Der Fahrer macht eine Vollbremsung und schert aus.

Johanna schreit auf. Ich drehe das Lenkrad bis zum Anschlag nach rechts. Der Wagen bricht aus und gerät ins Schlingern, die Reifen quietschen schrill auf dem Asphalt. Ein entgegenkommender Pkw kann in letzter Sekunde ausweichen und einen Zusammenstoß verhindern. Der Taxifahrer hinter uns hupt aufgebracht, doch im nächsten Augenblick ertönt ein lautes Scheppern, woraufhin das Hupen verstummt. Ich werfe einen Blick in den Rückspiegel. Unsere Verfolger sind seitlich mit dem Taxi zusammengestoßen, das durch den Aufprall herumgeschleudert wurde und jetzt quer auf der Fahrbahn steht.

Einen Moment lang durchströmt mich eine Woge der Erleichterung, aber dann sehe ich, dass unsere Verfolger uns nach wie vor auf den Fersen sind. Einer der vorderen Scheinwerfer hängt an den Kabeln aus der Halterung und pendelt hin und her. Ich trete aufs Gas und rase die abschüssige Straße Richtung Lodonviadukten hinunter. Im Rückspiegel sehe ich, dass bei unseren Verfolgern der Kühler qualmt. Sie werden langsamer. Als ich nach links zum Stadsgårdskajen abbiege, schlagen Flammen aus ihrer Motorhaube. Dann sind sie verschwunden.

Als die Ampel am Fotografiska Museet auf Rot springt, gebe ich Gas.

«Halt an!», kreischt Johanna hysterisch.

«Nein, wir dürfen nicht anhalten. Vielleicht haben sie mehrere Autos. Wir können kein Risiko eingehen.»

«Mama!», schreit Johanna mit sich überschlagender Stimme. «Was geht hier vor? Wer sind die Leute? Antworte! Was wollen die von uns?»

Erst als wir auf die Centralbron fahren und ich keine Verfolger mehr entdecken kann, antworte ich:

«Ich habe über Drogenkartelle recherchiert ... für eine Reportage», sage ich, ohne den Blick von der Straße abzuwenden.

Das ist noch nicht mal gelogen, denke ich.

«Dabei bin ich durch Zufall auf eine große Marihuana-Plantage gestoßen. Und diese Leute haben mich dabei erwischt.»

Ich schaue Johanna an. Sie lässt die Erklärung sacken, Wort für Wort. Der Schock blockiert ihr Gehirn.

Aber dann hat sie die Information verarbeitet. Sie scheint mir zu glauben.

«Was?», kreischt sie, ihre Stimme überschlägt sich wieder. «Du schreibst über Drogenkartelle? Hast du sie nicht mehr alle? Hast du dabei mal an mich gedacht? Daran, dass es auch noch andere Menschen in deiner Umgebung gibt? An Papa?»

Ich antworte nicht. Es gibt nichts zu sagen. Näher kann ich der Wahrheit nicht kommen. Den Rest der Fahrt über starrt Johanna schweigend aus dem Fenster und weigert sich, mit mir zu reden.

***

Als ich in der Auffahrt zur Villa meiner Eltern auf Lidingö parke, atme ich auf. In jeder Faser meines zerschundenen Körpers spüre ich die Erschöpfung. Ich muss mich ausruhen. Mich auskurieren.

Die Villa ist riesig. Drei Stockwerke mit mehreren Terrassen, Salons, Balkonen und Zimmerfluchten. Der Garten hat die Ausmaße eines kleinen Parks, grenzt direkt ans Wasser und erinnert mit seinen Steinmauern und Beeten an die Außenanlage eines französischen Schlosses. Der Landschaftsarchitekt muss eindeutig unter Größenwahnsinn gelitten haben.

In Schuss gehalten wird das Anwesen von Raul, dem alten Gärtner, der seit meiner Kindheit zweimal die Woche kommt, auch wenn sich inzwischen niemand mehr an seiner Arbeit erfreut. Jedes Frühjahr reisen meine Eltern in ihr kleines idyllisches Steinhaus in der Provence und verbringen den ganzen Sommer am Ufer eines Flüsschens, zwischen Lavendelfeldern, Sonnenblumen und Weinbergen.

Ein einziges Mal habe ich sie mit den Kindern dort besucht. Da hat David noch gelebt. Erik blieb zu Hause, er musste arbeiten. Wir fuhren mit dem Auto durch Deutschland, ich und die Kinder. Nach zwei Tagen kamen wir spätabends an.

«Um Himmels willen, seid ihr schon da!», rief meine Mutter vorwurfsvoll, als sie die Tür öffnete und uns auf der Schwelle entdeckte.

«Ja ...», sagte ich unsicher. «Ich habe doch gesagt, dass wir heute Abend kommen ...»

«Davon weiß ich nichts! Wir haben noch gar nichts vorbereitet!», erwiderte sie. Ihre Stimme stieg ins Falsett, wie immer, wenn sie gestresst war.

Und wie immer, wenn eine Situation sie überforderte, wandte sie sich an meinen Vater:

«Gustaf, was sollen wir denn jetzt machen? Hier können sie nicht bleiben! Du weißt, wie unangenehm es mir ist, wenn ich nicht vorbereitet bin!»

Nach einstündiger Suche fanden wir schließlich ein Hotel

am Dorfrand. Die Laken waren klamm, und im Bad huschten Kakerlaken über den Boden. Wir verbrachten zwei Nächte im Hotel, bis meine Mutter alles «vorbereitet» hatte und wir umziehen konnten. Bis zur Heimreise blieben uns noch drei Urlaubstage.

Wir sind nie wieder in die Provence gefahren.

Und meine Eltern haben uns auch nie wieder eingeladen. Meine Schwester und ihre Familie fahren hingegen jedes Jahr nach Frankreich. Jedenfalls haben unsere Eltern so etwas angedeutet.

Vor ein, zwei Jahren hat sich mein Neffe Oskar verplappert. «Wir bekommen das Provence-Haus», meinte er.

«Wie bitte?», fragte ich.

Er nickte eifrig.

Meine Mutter sollte auf die Kinder meiner Schwester aufpassen und hatte mich eingeladen, um ihr Gesellschaft zu leisten.

«Haha, jetzt geht aber die Phantasie mit dir durch», lachte sie verlegen und kniff Oskar in die Wange.

Vermutlich war es als liebevolle Geste gemeint, aber wie das mit der Liebe funktioniert, hat sie ja noch nie so richtig verstanden. Oskar brach in Tränen aus. Auf seiner Wange bildete sich ein roter Fleck. Als hätte meine Mutter ihn bestraft.

Hat sie das bei uns auch gemacht, bei mir und meiner Schwester? Obwohl ich mich nicht daran erinnere?

Ich stand vom Kaffeetisch auf, entschuldigte mich und gab mir Mühe, meine Enttäuschung zu verbergen.

«Es wird Zeit für mich», sagte ich. «Ich muss noch einen Artikel zu Ende schreiben.»

«Ich wünschte, du würdest diese Journaillenschreiberei an

den Nagel hängen», sagte meine Mutter. «Kannst du nicht dein Medizinstudium wiederaufnehmen ... dir einen anständigen Beruf suchen? Nimm dir doch ein Beispiel an deiner Schwester, sie macht nicht so ...»

«Hör auf, Mama!», schnitt ich ihr das Wort ab. «Ich bin Journalistin. Was sie macht, ist mir egal!»

Im Hinausgehen stieß ich eine Vase um. Obwohl sie auf den dicken, echten Teppich fiel und nicht zerbrach, war dieses Missgeschick ein weiterer Beleg für meine gescheiterte Existenz. Jedenfalls in den Augen meiner Mutter. Kurz überlegte ich, ob ich die Vase wieder an ihren Platz stellen sollte, doch dann besann ich mich und ging ins Foyer hinaus. Hinter mir hörte ich die Stimme meiner Mutter:

«Aber Alexandra, Schätzchen ...»

Nach diesem Vorfall habe ich das Haus meiner Eltern monatelang nicht betreten. Irgendwann rief meine Mutter an und fragte, warum ich nicht mehr vorbeikäme. Als wäre nichts geschehen. Im Hintergrund hörte ich die Stimme meines Vaters:

«Sag ihr, dass sie den Schlüssel abholen soll!»

Er formulierte es nicht als freundliche Bitte, sondern als Befehl.

Jedes Frühjahr drückt er mir den Schlüssel für ihre Villa auf Lidingö in die Hand und fordert ihn im Herbst wieder zurück.

«Sieh nach dem Rechten», sagt er dann, als würde er einem seiner Gefreiten einen Befehl erteilen. «Mindestens einmal pro Woche!»

Und jedes Frühjahr nicke ich, nehme den Haustürschlüssel entgegen und verwahre ihn an einem sicheren Ort. Im Herbst gebe ich ihn zurück, ohne ein einziges Mal in Lidingö gewesen zu sein. Es fällt ihnen nie auf.

Doch jetzt ziehe ich den Schlüssel aus der Tasche und schließe die Haustür auf. Die Luft in dem pseudoantiken Marmorfoyer ist abgestanden. Schlagartig wird mir bewusst, dass ich seit dem Tag meines Auszugs das erste Mal allein dort bin.

Die Garderobenbügel aus Goldimitat (die übertriebene und teure Geschmacklosigkeit meiner Mutter) sind leer. Der Eingangsbereich ist klinisch rein.

Johanna und ich gehen in die Küche. Die marmornen Arbeitsflächen sind ebenfalls leer, Herd und Spüle blitzblank, glänzende Kupfertöpfe hängen über der Kochinsel, die sie sich seit meinem letzten Besuch zugelegt haben. Der Raum hat die Ausmaße einer Restaurantküche.

An der Raumaufteilung des Wohnzimmers hat sich seit meiner Kindheit nichts geändert. Es ist genauso steril wie die Küche, als sei das Wohnzimmer nicht dafür gedacht, dass hier Menschen *wohnen*. Die hellgraue Bruno-Mattsson-Couchgarnitur (neu), der klinisch reine Glastisch (alt) und am anderen Ende des Raums der imposante Esstisch aus glänzendem dunklem Holz mit den zu beiden Seiten akkurat aufgereihten Stühlen (uralt, von einem dänischen Designer, glaube ich).

Meine Mutter hat schon immer Wert auf opulente Dinner-Partys gelegt. Als Kind habe ich diese Abende immer verabscheut. Die geheuchelten Schmeicheleien der Gäste, die überschäumende Freundlichkeit meiner Eltern. Es war wie in einem Kammerspiel: Meine Eltern schlüpften in ihre Rollen als gute, erfolgreiche und lebendige Menschen und taten so, als wäre ihre Leben rundherum perfekt. Das überbordende Design war einzig und allein für die Gäste da. Nicht für uns, die Bewohner des Hauses.

Und auch jetzt wirken sämtliche Räume noch unpersönlicher als die Ausstellungsflächen in einem Möbelhaus.

«Müssen wir hierbleiben?», fragt Johanna.

«Ja, müssen wir. Wir können nirgendwo anders hin. Nur für ein paar Tage, dann bist du wieder bei Papa.»

Sie sieht mich wütend an.

«Es geht immer nur um dich, dich, dich! Kannst du nicht einmal an andere denken? Meine Freunde wohnen doch alle in der Stadt! Warum ...»

«Hör auf! Du weißt genau, warum!», unterbreche ich sie barsch.

Schweigend und verletzt stürmt sie ins Wohnzimmer und wirft sich so heftig auf eines der Mattsson-Sofas, dass sie abfedert. Sie schnappt sich die Fernbedienung vom Couchtisch, schaltet den Fernseher an und stellt ihn auf höchste Lautstärke.

«Muss das sein?», frage ich, obwohl ich die Antwort kenne.

«Ja!»

Ich habe Kopfschmerzen. Die Verfolgungsjagd im Auto, die Schussverletzung an meiner Schulter, das alles geht mir an die Substanz.

«Bitte, kannst du den Fernseher nicht ein bisschen leiser machen?»

Johanna antwortet nicht.

«Hörst du, was ich sage? Nimm ein bisschen Rücksicht!»

Keine Antwort.

Ich gehe zu ihr und packe sie mit meiner gesunden Hand an der Schulter.

«Antworte, wenn ich mit dir rede!»

Sie reißt sich los und springt auf.

«Warum? Warum soll ich Rücksicht auf dich nehmen? Du

nimmst doch auch nie Rücksicht auf mich. Oder auf Papa! Oder irgendjemand! Alle sollen immer nach deiner Pfeife tanzen!»

Sie verstummt. Kurze Pause.

«Das ist nicht wahr», widerspreche ich schließlich.

«Willst du mich verarschen?», erwidert Johanna. «Warum sind wir denn hier und nicht zu Hause? Weil du unbedingt über beschissene Drogenkartelle schreiben musst! Du kannst nicht mal sagen: *Nein, ich habe eine Familie, auf die ich Rücksicht nehmen muss.* Du nicht! Und erzähl mir jetzt nicht, du hättest keine Wahl, dass *es dein Job ist.* Das ist doch ausgemachte Scheiße!»

«Es ist schwer für mich, seit David ...», sage ich leise.

Johanna lacht auf.

«Das war schon vor Davids Tod so», schnaubt sie. «Er sollte sich immer nach dir richten. So sein, wie du ihn haben wolltest! Er sollte immer nur funktionieren ...»

Sie bricht ab. Ich sage kein Wort, stehe schweigend und mit herabhängenden Armen da und starre auf die Fernbedienung, die auf den Boden gefallen ist. Mein erster Impuls ist, sie aufzuheben, aber ich beherrsche mich. Ich will nicht wie meine Mutter sein.

«Lass David aus dem Spiel», sage ich leise.

Johanna schüttelt den Kopf. Ich sehe, dass sie weint. Wütend wischt sie die Tränen weg.

«Warum? Es ist mein gutes Recht, über ihn zu reden! David, David, David! Ich *will* über ihn reden. David war nicht nur dein Sohn! Er war auch mein Bruder! Aber du kannst nie ... Du erinnerst dich nie an die anderen Dinge!»

Jetzt weint sie laut und ungehemmt, schlägt die Hände

vors Gesicht und stürzt aus dem Zimmer. Dann bleibt sie abrupt stehen, als hätte sie urplötzlich gemerkt, dass sie nicht zu Hause ist. Dann läuft sie die Treppe hoch. Ich höre, wie im dritten Stock eine der Schlafzimmertüren zuknallt.

Als ich kurz darauf vorsichtig die Tür zu meinem alten Zimmer öffne, liegt Johanna auf dem Bett, den Kopf im Kissen vergraben, und schluchzt leise. Ich setze mich neben sie und streiche ihr über den Kopf und den Rücken. David hat das immer geliebt, denke ich und schäme mich im selben Atemzug für den Gedanken.

«Es stimmt», sagt Johanna ins Kissen, «das, was ich gesagt habe. David ist mein Bruder! Ich habe auch das Recht, mich an ihn zu erinnern und über ihn zu reden.»

«Ich weiß», erwidere ich. «Es tut mir leid, entschuldige.»

Plötzlich richtet sie sich mit einem Ruck auf. Ihre Augen sind gerötet, das Gesicht verquollen. Sie starrt mich an.

«Was schreibst du eigentlich immer, wenn du abends am Schreibtisch sitzt?», fragt sie.

Ich zucke unwillkürlich zusammen. Das sollte mein Geheimnis bleiben.

«Nichts», sage ich, begreife aber, dass ich mit der Antwort nicht weit komme. Zögernd füge ich hinzu:

«Einen Entwurf ... für ein Buch.»

Johanna sieht mich durch ihre Tränen an. Überrascht, positiv überrascht.

«Du schreibst ein Buch? Darf ich's lesen?»

Lächelnd schüttele ich den Kopf.

«Nein, das geht nicht. Noch nicht. Vielleicht wenn es fertig ist ...»

Sie nickt.

«Versprochen!»

«Versprochen.»

Das ist eine Lüge. Sie wird ihn niemals lesen. Meinen ... Bericht.

Johanna lehnt sich an mich, und ich nehme sie in den Arm. Drücke sie fest an mich. So, wie ich es immer bei David gemacht habe.

Nachts wurde ich häufig wach, weil David ins Schlafzimmer kam. Aber immer an meine Bettseite. Nie zu Erik.

Ich sehe ihn ganz deutlich vor mir. In einer Nacht stand er zitternd neben mir. Es war Mai, so wie jetzt. Draußen wurde es allmählich hell.

«Ich kann nicht schlafen», sagte er ängstlich.

Ich sah auf die Uhr. Viertel nach drei.

«Was ist los?», fragte ich und gähnte.

Er antwortete nicht.

«Hast du schlecht geträumt?»

«Ich kann einfach nicht schlafen», erwiderte er leise.

Ich schlug meine Decke zur Seite und stand auf, spürte den kalten Fußboden unter meinen nackten Füßen.

«Komm, ich setz mich zu dir», sagte ich und brachte ihn zurück in sein Zimmer.

Er legte sich ins Bett, und ich deckte ihn zu. Dann setzte ich mich zu ihm auf die Bettkante und strich ihm über den Kopf. Das beruhigte ihn immer.

Irgendwann nickte ich ein und fuhr mit einem Ruck wieder hoch, als mein Kopf nach vorn fiel. David lag da, sah mich an und wickelte sich eine Haarsträhne um den Finger.

«Ich kann nicht schlafen.»

«Versuch es.»

«Es geht nicht», entgegnete er. In seiner Stimme schwang unterdrückte Panik mit.

«Du musst die Augen zumachen, sonst kannst du nicht einschlafen.»

Ich gab mir Mühe, nicht wütend zu klingen, doch die Müdigkeit nagte an mir. David gehorchte und schloss die Augen, hörte aber nicht damit auf, mit seinen Haaren zu spielen. Ich strich ihm über die schmalen Schultern und summte ein Lied. Nach zwanzig Minuten spürte ich, wie sein Körper sich entspannte. Leise stand ich auf und ging Richtung Tür.

«Mama», hörte ich ihn hinter mir sagen. «Wohin gehst du?»

«David, ich dachte, du schläfst endlich!»

Er schüttelte den Kopf.

«Nein, ich bin wach. Ich habe nicht geschlafen ...»

«Aber du musst schlafen!»

Unwillkürlich hob ich die Stimme. Ich hörte selbst, wie wütend ich klang.

«Ich versuche es doch», antwortete er. Tränen schossen ihm in die Augen.

«Dann versuch es noch mal! Bitte, David, du musst versuchen, dich zu entspannen. Und hör auf, mit deinen Haaren zu spielen.»

Ich spürte die Wut in mir aufsteigen. Meine Geduld war am Ende. Ich war so unendlich müde.

«Ich versuche es doch ...», schluchzte er leise.

Ich nahm ihn erneut in die Arme und versuchte, ihn zu trösten, aber innerlich fluchte ich: *Warum schläfst du nicht einfach ein? Das kann doch nicht so schwer sein!*

«Bist du sehr böse, Mama?», murmelte er in meine Schulter.

«Ich bin nicht böse», erwiderte ich und strich ihm über den Rücken. Ich hörte selbst, dass ich log.

Ich war wütend. Wünschte mir, er wäre ein anderes Kind, ein einfacheres Kind, ein normales Kind.

Freitag, 23. Mai

Als ich aufwache, weiß ich im ersten Moment nicht, wo ich bin. Erschrocken blicke ich mich um.

Dann fällt es mir ein: Ich bin im Haus meiner Eltern.

Ich habe in einem der Gästezimmer geschlafen, und Johanna ist in meinem alten Zimmer, das meine Mutter in ein Näh-Schrägstrich-Gästezimmer umfunktioniert hat. Am Zimmer meiner Schwester hat sie nichts verändert. Es sieht genauso aus wie damals. «Da hängen doch so viele schöne Erinnerungen dran ...», hat meine Mutter einmal erklärt, als ich sie darauf ansprach. Über mein Zimmer sagte sie hingegen keine Silbe.

Johanna antwortet nicht, als ich sie wecke, aber immerhin kommt sie zum Frühstück nach unten. Wir essen schweigend. Sitzen da wie zwei Fremde. Johanna hat sich unter ihren Kopfhörern verschanzt und schaut auf ihr Handy. Als ich sie schließlich frage, was sie sich ansieht, murrt sie nur: «YouTube», und als ich mich erkundige, wie es ihr geht, antwortet sie knapp: «Bin müde.»

Nach dem Frühstück steht sie auf und geht ins Wohnzimmer. Sie setzt sich an den Flügel, den mein Vater für meine Schwester, das *Naturtalent*, gekauft hat, und beginnt zu spielen.

Zu Hause habe ich nur ein Digitalpiano, an dem sie meistens mit Kopfhörern spielt, sodass ich nur den gedämpften Anschlag der Tasten höre. Jetzt erfüllen die Töne den ganzen Raum. Ich stehe auf und will sie ermahnen, nicht zu laut zu spielen, aber da fällt mir ein, dass es hier keine Nachbarn gibt, die sich gestört fühlen können. Also stelle ich mich in den Türrahmen und höre zu. Sie spielt gut. Eine wehmütige, schöne

Melodie, die ich nicht kenne. Johanna ist vollkommen in die Musik versunken und merkt nicht, dass ich sie beobachte. Erst als das Stück zu Ende ist, blickt sie auf.

«Was ist?», fragt sie.

«Nichts, ich schaue dir einfach nur zu», antworte ich lächelnd.

Sie erwidert mein Lächeln. Für einen kurzen Moment sind wir wieder Mutter und Tochter. Dann knallt sie den Klavierdeckel zu und widmet sich ihrem Handy.

Ich sage nichts, doch in meinem Kopf ertönt die Stimme meines Vaters: *Nicht so fest! Sei gefälligst vorsichtig. Der Flügel war sündhaft teuer!*

Kurz darauf bringe ich Johanna zur Schule. Sie weigert sich, den Bus zu nehmen. Nachdem wir geschlagene fünfundvierzig Minuten im Schneckentempo durch den morgendlichen Berufsverkehr gekrochen sind, ohne ein Wort miteinander zu reden, hat sie genug.

«Halt an!», schreit sie. «Von hier aus kann ich die U-Bahn nehmen!»

Ich lasse sie am Sveavägen am U-Bahn-Eingang Hötorget raus.

«So ein Scheiß!», meckert sie im Aussteigen. «Jetzt komme ich auch noch zu spät!»

Sie knallt die Autotür zu und läuft die Treppen zur U-Bahn hinunter.

Ich werfe einen Blick auf die Uhr. Ich muss erst in zwei Stunden in der Redaktion sein. Das sollte reichen.

Für die fünf Kilometer in südlicher Richtung bis zur Rensstiernas gata benötige ich eine halbe Stunde. Zwei Straßenzüge von meiner Wohnung entfernt parke ich den Wagen. Ich stecke mir die Haare zu einem Dutt hoch, setze eine Sonnenbrille auf und schicke ein Stoßgebet zum Himmel, dass sie mich so nicht erkennen werden. Die letzten fünfhundert Meter gehe ich zu Fuß und laufe sicherheitshalber am Hauseingang vorbei. Kein Auto, kein abschussbereiter Torpedo. Ich biege in die Åsögatan und umrunde das Karree. Als ich wieder am Hauseingang ankomme, entdecke ich immer noch nichts Verdächtiges. Niemand ist zu sehen, niemand geht aufs Haus zu, niemand öffnet eine Autotür. Rasch tippe ich den Türcode ein und gehe ins Haus.

Ich steige die Treppe in den zweiten Stock hoch. Die Wohnungstür sieht unversehrt aus. Als wir gestern Abend gegangen sind, habe ich zwei Streichhölzer zwischen Tür und Rahmen geklemmt. Sie sitzen unverändert an Ort und Stelle. Schnell schließe ich auf und betrete die Wohnung. Das Licht brennt immer noch. Ich lasse es an. Viel Zeit bleibt mir nicht. Auch wenn sie gesehen haben, wie wir die Wohnung fluchtartig verließen, rechnen sie sicher damit, dass ich früher oder später zurückkomme.

Egal. Mir bleibt keine andere Wahl. Ich brauche meine schwarze Tasche, all die Dinge, die ich gestern nicht mitnehmen konnte. Die Tasche ist so schwer, dass der Trageriemen in meine Schulter schneidet. Augenblicklich meldet sich meine Schusswunde.

Ehe ich die Wohnung wieder verlasse, werfe ich einen kurzen Blick durch den Spion. Das Treppenhaus ist leer. Dann setze ich die Sonnenbrille wieder auf, öffne die Tür und klemme die Streichhölzer in den Spalt. Auf der Treppe schlägt mir die schwere Tasche bei jedem Schritt gegen die Hüfte. Fast verliere ich das Gleichgewicht.

Auf der Straße wirkt alles unverändert. Ich bleibe einen Moment lang im Hauseingang stehen. Ein paar Autos fahren vorbei, aber keines macht den Anschein, als würde es *ihnen* gehören. Dann beschließe ich, alles auf eine Karte zu setzen. Entschlossen stoße ich die Tür auf und gehe schnellen Schrittes die Renstiernas gata hinunter in Richtung Auto. In einem Schaufenster kontrolliere ich den Bürgersteig hinter mir. Niemand scheint mir zu folgen.

Am Wagen angekommen, wuchte ich die Tasche auf die Rückbank, setzte mich hinters Steuer und werfe einen Blick in den Rückspiegel. Keine verdächtigen Bewegungen.

Dann drehe ich den Zündschlüssel um und fahre los.

Ich denke an David. Ich denke immer häufiger an ihn, lasse die Erinnerungen wie einen Film vor meinem inneren Auge ablaufen. Als könnte ich ihn dadurch ins Leben zurückholen. Ihn lebendig machen.

Von der Schulkrankenschwester hatten wir einen Fragebogen bekommen. Was nicht weiter ungewöhnlich war. Alle neuen Schüler mussten das Formular nach den ersten Wochen ausfüllen: Angaben zum allgemeinen Gesundheitszustand, Allergien, mit wem man befreundet war ... solche Dinge.

Erik und ich beantworteten die Fragen zusammen mit David. Wir saßen in der Küche, an dem braunen Teakholztisch, den Erik von seinen Eltern bekommen hatte, als er von zu Hause ausgezogen war. Bei der Frage, mit wem David in den Pausen spielte, schwieg er.

«Es gibt doch bestimmt jemanden, mit dem du spielst?», fragte Erik.

David gab keine Antwort.

«David?», sagte ich.

«Die anderen spielen Fußball ... Und ich bin nicht gut im Fußball ...», erwiderte er leise und starrte auf die Tischplatte.

«Kannst du nicht trotzdem mitspielen?», fragte Erik.

Ich nickte aufmunternd.

David schüttelte den Kopf und fuhr mit der Hand über den Tisch.

«Was machst du denn in den Pausen?», wollte ich wissen.

Er antwortete nicht.

«David?»

«Nichts.»

«Wie, du machst nichts?», sagte Erik.

«Nichts Besonderes. Ich ...»

«Ja?»

«Ich stehe auf dem Schulhof und gucke ...»

Davids Hand kreiste nervös über den Tisch.

«Was würdest du denn gerne machen?»

Er zuckte mit den Schultern.

«Spielen», murmelte er leise, als würde er uns etwas gestehen. «Im Sandkasten ...»

«Aber kannst du das denn nicht?», fragte ich aufrichtig verblüfft.

David schüttelte den Kopf.

«Alleine macht es keinen Spaß. Und außerdem ...»

«Und was ist mit Fredrik? Könnt ihr nicht zusammen spielen?», fragte Erik.

Erneutes Kopfschütteln.

«Er geht doch gar nicht mehr auf meine Schule ...»

«Stimmt das?», sagte Erik erstaunt.

Ich nickte.

«Er geht jetzt auf eine Montessori-Schule. Aber was wolltest du uns erzählen, David?»

«Erzählen?»

«Ja, du sagtest ‹und außerdem›.»

David schwieg.

«Willst du es uns nicht sagen?»

«Doch, es ist nur, dass ... also ... ich ...»

Er verstummte wieder. Keiner sagte etwas. David fixierte weiterhin die Tischplatte. Schließlich murmelte er leise:

«Im Sandkasten spielen ist was für Babys. In der Schule spielt niemand im Sandkasten. Alle spielen Fußball. Oder Hockey.»

«Und du machst dann einfach nichts?»

David nickte. Seine Hände fuhren immer hektischer über den Tisch. Sein schmächtiger Körper rutschte auf dem Stuhl hin und her.

«Ganz ruhig, David», sagte ich. «Wir sind hier.»

«Aber was hast du denn mit dem Küchentisch gemacht?», rief Erik plötzlich.

«Nichts», sagte David rasch und verdeckte hastig etwas mit der Hand.

«Lass mich mal sehen!»

Erik schob Davids Hand zur Seite. Auf der Tischplatte erstreckte sich ein Netz aus Einkerbungen und tiefen Kratzern. Da sah ich, dass David einen kleinen Stein in der Hand hielt.

«Was hast du jetzt wieder angestellt?», rief Erik.

David duckte sich. Erik legte ihm eine Hand auf den Kopf.

«Dir ist doch klar, dass man so etwas nicht macht?» Zu meiner Überraschung klang seine Stimme ganz sanft. «Warum tust du so etwas, David?»

Die letzten Worte sagte er liebevoll, ganz anders, als ich sie gesagt hätte. David grinste verlegen. Und sichtlich erleichtert.

«Das kann doch nicht dein Ernst sein!», mischte ich mich aufgebracht ein. Ich hörte selbst, dass ich wie mein Vater klang. «Du kannst doch nicht mit einem Stein auf dem Esstisch rummalen! Bist du nicht ganz gescheit?»

David zuckte zusammen. Sein Gesichtsausdruck veränderte sich.

«Alexandra!», sagte Erik scharf.

Er blickte mich wütend an und richtete sich auf.

«Manchmal frage ich mich wirklich, was in deinem Kopf vorgeht», sagte er. «Was hat dein Vater eigentlich mit dir gemacht?»

«Lass meinen Vater aus dem Spiel!», fauchte ich.

«Dann führ dich nicht so auf!»

«*Ich* soll mich nicht so aufführen? Natürlich. Gib mir die Schuld. Soll David tun und lassen, was er will! Du findest sein

Verhalten wohl völlig in Ordnung? Und ich bin die Dumme, die ihm sagt, dass er den Küchentisch nicht zerkratzen darf!»

«Ich habe es ihm auch gesagt», sagte Erik. «Aber ein zerkratzter Küchentisch ist kein Weltuntergang. Du führst dich auf wie deine Eltern.»

Ich sah die beiden stumm an. David, der jetzt weinte, und Erik, der mich zornig anstarrte.

Dann verließ ich die Küche. Im Hinausgehen hörte ich, wie Erik David tröstete.

* * *

Nein, ich erinnere mich falsch. So darf es nicht gewesen sein. So war ich nicht.

Aber ich weiß, dass es die Wahrheit ist. Dass ich so gewesen bin.

David wollte keine Freunde zu uns nach Hause einladen. Er hat es mir selbst gesagt. Mitten ins Gesicht. Und ich war der Grund.

Wir saßen an diesem gottverdammten Küchentisch. Ich glaube, David saß auf meinem Schoß. Draußen schien die Sonne, es muss im Frühling gewesen sein. Goldenes, warmes Licht fiel durch das Fenster auf Davids Gesicht und ließ es vor Schönheit erstrahlen. Wie konnte er so schön sein?

Erik war noch bei der Arbeit. Es muss gegen fünf, halb sechs gewesen sein. Als ich David fragte, warum er keine Freunde zu uns einlud, gab er erst keine Antwort. Aber ich ließ nicht locker. Und dann kam es:

«Wegen dir. Ich habe Angst, dass du mit ihnen schimpfst oder komisch zu ihnen bist.»

«Wie bitte?», fragte ich.

Ich war nicht komisch. Er irrte sich.

«Manchmal», murmelte er leise, «bist du lieb, und manchmal …»

«Ja?»

«… machst du mir Angst.»

«Wenn ich mit dir schimpfe, weil du etwas angestellt hast?»

«Ja. Und wenn …»

«Wenn?»

«… du komisch bist.»

Er lächelte verlegen.

War es wirklich so?

Unmöglich. Ich habe mir doch immer Mühe gegeben, normal zu sein. Eine gute Mutter zu sein. Eine gute Ehefrau.

Ich habe kaum die Redaktion betreten, mich an meinen Platz gesetzt und den Computer hochgefahren, da steht Marvin auch schon neben mir.

«Was hast du für mich?», fragt er. Natürlich meint er den Aufmacher.

Ich blicke ihn finster an.

«Eine Tasse Kaffee?», erwidere ich sarkastisch.

Er lacht, als hätte ich einen Witz gemacht. Ich mache niemals Witze.

«Hast du deinen Kontakt erreicht?», fragt er.

Habe ich nicht. Trotzdem sage ich:

«Ja, ich treffe mich heute Nachmittag mit ihm.»

«Gute Arbeit, Bengtsson!»

Marvin macht Anstalten, mir auf den Rücken zu klopfen, erinnert sich aber offenbar an meine verletzte Schulter und lässt die Hand wieder sinken.

«Glaubst du, er bestätigt die Serienmorde?», fragt er.

«Ich hoffe es ... Gibt's neue Informationen?»

«Die Polizei vermutet, dass der Serienmörder ein weiteres Mal zugeschlagen hat. Allerdings liegt der Mord schon eine Weile zurück. Du hast doch von dieser verwesten Leiche gehört, die sie letzte Woche gefunden haben?»

Dieses Mal bin ich auf der Hut.

«Neeein?»

«In einem Sommerhaus, irgendwo bei Norrtälje. Wir haben darüber berichtet. Hast du den Artikel nicht gelesen?»

«Wahrscheinlich hatte ich da frei ...», antworte ich schulterzuckend.

Marvin schaut mich an. Ich sehe ihm an, was er denkt: *Liest sie etwa keine Zeitung, wenn sie freihat?*

Tut sie nicht.

«Wie auch immer. *Dagens Nyheter* zufolge hält die Polizei es für möglich, dass die Leiche ebenfalls auf das Konto des Serienmörders geht. Auf diesen Zug müssen wir aufspringen. Die Story ist der Knaller.»

«Der Sommerhausmörder ...», sage ich halb im Scherz.

Marvin lächelt und lauscht dem Klang der Schlagzeile. Dann erlischt sein Lächeln schlagartig.

«Der Lastwagenfahrer wurde in keinem Sommerhaus ermordet ... und den dritten Kerl haben sie in einem Steinbruch entdeckt.»

Er wirkt enttäuscht. Als hätte er erwartet, dass ich besser informiert bin. Und *wie* informiert ich bin. Aus erster Hand sogar.

«Stimmt, du hast recht», stimme ich zu. «Dann eben: ‹Sechstes Opfer des Serienkillers›.»

Marvin macht eine abfällige Geste.

«Soll ich den Artikel sofort schreiben oder noch warten, bis ich mit meinem Informanten gesprochen habe?», frage ich.

Marvin legt den Kopf schief.

«Fang schon mal an. Wir können den Artikel hinterher noch aufpeppen.»

Er vollführt seinen üblichen Trommelwirbel auf der Schreibtischplatte.

«Ran an die Arbeit!»

Damit dreht er sich um und verschwindet an seinen Platz.

Ich mache mich an die Arbeit. In den nächsten Stunden muss ich meine anonyme Quelle treffen (die nicht existiert) und Polizeibeamte kontaktieren (die sehr wohl existieren), damit sie mir Informationen kommentieren, die ich selbst gestreut habe.

Ich fange mit den realen Polizeibeamten an.

«Ich weiß nicht, ob ich mit Ihnen sprechen soll ...», sagt Carl Edson zögernd, als er meine Stimme erkennt.

Ich ignoriere seinen Einwand.

«Gehen Sie tatsächlich davon aus, dass der Serienmörder ein sechstes Opfer getötet hat?»

«Ja», bestätigt er.

Er klingt erschöpft.

«Wann wurde der Mord begangen?»

«Dazu kann ich mich nicht äußern.»

«Die Leiche wurde vergangene Woche gefunden, in stark verwestem Zustand. Heißt das, die Tat wurde bereits vor dem Mord an Marco Holst begangen?»

«Marco Holst wurde nicht ermordet.»

«Dann eben, bevor Marco Holst gefoltert wurde.»

Edson schweigt einen Moment.

«Ja», bestätigt er schließlich.

Ich brauche fast vier Stunden, um den Artikel ins Reine zu schreiben. Jedes einzelne Wort muss ich auf die Goldwaage legen, entscheiden, welche Fakten ein anonymer Informant über meine Morde ausplaudern würde. Eigentlich benötige ich jedoch aus einem ganz anderen Grund so viel Zeit für den Artikel. Immer wieder steigen die Erinnerungen an David in mir hoch. Ich kriege sie einfach nicht aus dem Kopf.

***

Meine Erinnerungen gefallen mir nicht. Sie liefern kein gerechtes Bild von uns, von mir. So ist es nicht gewesen. Es gab andere Momente, Situationen, in denen ich eine gute Mutter war, in denen wir lachten, in denen David glücklich war, in denen er seine Familie geliebt hat …

An diese Situationen will ich mich erinnern, doch sie entgleiten mir, verschwimmen zu einer grauen Alltagsmasse aus Kochen, Putzen, Fahrten zum Kindergarten und geistlosen Fernsehabenden.

Als hätte es sie nie gegeben.

Die anderen Erinnerungen, die, an die ich mich nicht erinnern will, ragen wie spitze Felsen aus dem trüben grauen Alltagsfluss empor. Ich kann sie einfach nicht mehr ausblenden. Ob die Morde daran schuld sind? Das, was ich tue? Das, was ich beinahe vollendet habe?

So hatte ich es mir nicht vorgestellt. Ich hatte mir Frieden erhofft, ich hatte wieder ich selbst werden wollen, keinen Hass mehr spüren wollen … die Morde sollten mich befreien. Ich wollte diese Männer leiden sehen, so wie David gelitten hat – so wie all ihre Opfer gelitten haben. Auf diese Weise wollte ich wieder der Mensch werden, der ich vor Davids Tod gewesen war. Aber es ist anders gekommen.

Meine Trauer um David ist unverändert, der Hass, den ich für Bernt Andersen empfinde, ist unverändert.

Es gibt keine Linderung.

Stattdessen steigen diese Erinnerungen in mir hoch. Und sie gefallen mir nicht.

Davids Nachtschreck-Anfälle kamen zurück. Aber er schrie nicht mehr. Stattdessen saß er stumm und mit weit aufgerissenen Augen im Bett, regungslos und mit einer unendlichen Verzweiflung im Blick. Ich erinnere mich, sehe ihn vor mir. Es war in einer Nacht von Sonntag auf Montag. Erik und ich mussten am nächsten Tag arbeiten.

«David», flüsterte ich. Ich war aufgewacht, weil ich zur Toilette musste und hatte bei der Gelegenheit nach ihm gesehen.

Keine Reaktion.

«David!», rief ich lauter.

Immer noch keine Reaktion. Ich beugte mich über ihn.

«Was ist mit dir?»

Ich schüttelte ihn. Sein Kopf schaukelte hin und her. Schließlich schaute er mich an. Seine Lippen bewegten sich, ich sah, dass er etwas zu sagen versuchte: Seine Stimme klang schleppend, kraftlos.

«Ich ... kann mich nicht bewegen ...»

Sein Blick: schwarz, als wollte er um Hilfe flehen, könnte aber keinen Laut über die Lippen bringen. Ich schüttelte ihn stärker. Irgendwann zuckte sein schmächtiger Körper zusammen. Mit einem Ruck setzte er sich auf und rang nach Luft, wie jemand, der zu lange unter Wasser war. Wie jemand, der fast ertrunken wäre.

Dann begann er zu weinen. Ein verzweifeltes Schluchzen, das in kurzen, heftigen Stößen aus ihm herausbrach, während er gleichzeitig nach Luft schnappte.

«David, was ist los? Antworte mir, David!»

Aber er konnte nicht antworten. Ich wollte ihn in den Arm nehmen, aber er wehrte sich und rang weiter nach Atem.

Als er endlich wieder zu sich kam, konnte er sich an nichts erinnern.

«Ich habe geträumt, dass ich mich nicht bewegen kann», sagte er nur. «Ich habe keine Luft bekommen.»

Das war alles. Als hätte er keinen Einblick in die Welt, die ihn beherrschte, wenn er schlief.

Abends hatte er Angst, ins Bett zu gehen. Er versuchte, so lange wie möglich wach zu bleiben. Oft schlief er auf dem Boden vor dem Fernseher oder am Küchentisch ein. Erik trug ihn dann vorsichtig ins Bett. David wog nicht viel. Erik war jedes Mal erstaunt, wie leicht der kleine, schmächtige Jungenkörper war. Aber sobald Erik ihn hingelegt hatte, wachte David auf und starrte mit leerem Blick an die Zimmerdecke und wickelte sich sein schwarzes Haar um den Finger, verloren in seiner inneren Unruhe.

Samstag, 24. Mai

Als ich sie zum Frühstück rufe, verschwindet Johanna im Badezimmer. Ich warte fünf Minuten, zehn Minuten. Dann klopfe ich an die Tür.

«Was machst du so lange?»

Ich versuche, freundlich zu klingen, obwohl ich längst ungehalten bin. Samstags frühstücken wir immer zusammen, das ist unsere gemeinsame Zeit. Für den Rest des Tages taucht sie dann unter ihren Kopfhörern ab, beschäftigt sich mit ihrem Handy oder fährt in die Stadt und trifft sich mit Freunden. Johanna ist die einzige Familie, die ich noch habe. Dass sie nicht zum Frühstück kommt, obwohl ich mir Mühe gegeben habe, enttäuscht mich.

«Ich wasche mir die Hände», erwidert sie.

Sie klingt sauer. Als wollte sie sagen: «Forder mich doch heraus!»

Und ich tappe ihr direkt in die Falle.

«Das Frühstück ist fertig. Kannst du deine Schönheitspflege nicht *nach* dem Frühstück betreiben?»

«Spinnst du?», schreit sie. «Ich wasche mir die Hände. Das wird ja wohl noch erlaubt sein, oder?»

Und schon streiten wir uns, dass die Fetzen fliegen. Werfen uns gegenseitig Unverschämtheiten an den Kopf.

Sie: «Ich will nicht in diesem abscheulichen Haus wohnen.»

Ich: «Du bist verflucht undankbar, weißt du das?»

Sie: «Du bist so eine Tyrannin, du willst immer über alles und jeden bestimmen.»

Ich: «Und du bist eine verzogene Göre.»

Sie: «Du bist ständig wütend. Was zum Teufel hab ich dir eigentlich getan?»

Ich: «Du solltest langsam lernen, Respekt zu zeigen!»

Und so geht es weiter. Wir finden kein Ende.

Johanna schreit so heftig, dass ihr Speichel aus den Mundwinkeln fliegt. Gott sei Dank hört uns niemand.

«Ich will nie wieder bei dir wohnen. Ich will bei Papa bleiben!»

Dann verstummt sie. Ihr ist klar, dass sie zu weit gegangen ist. Ich lasse die Arme sinken.

Anschließend sitzen wir am Küchentisch. Das Brot, das ich für sie gemacht habe, rührt sie nicht an. Ich stochere lustlos in meinem Porridge herum. Wir starren stumm auf den Tisch.

«Darf ich aufstehen?», fragt sie schließlich.

Ich nicke. Ich habe Blumen auf den Tisch gestellt, gelbe und rote Tulpen aus dem Garten. Sie sind schon fast verblüht. Die Leinenservietten liegen gefaltet neben unseren Platztellern, das Besteck, die Unterteller, die Toastscheiben, alles ist unangetastet, als hätten wir uns noch gar nicht an den Tisch gesetzt.

Bevor sie die Küche verlässt, dreht Johanna sich noch einmal um.

«Was ist los mit dir?», fragt sie. «Du bist in letzter Zeit immer so wütend. Warum?»

Ich starre sie an. *Ich? Wütend? Wenn du wüsstest!*

«Und was ist mit dir?», erwidere ich.

Johanna verdreht die Augen. Als wäre *ich* das anstrengende Kind. Ich schweige einen Moment, versuche, mich zu beruhigen.

«Hast du das ernst gemeint, das mit Papa?», frage ich.

«Keine Ahnung», antwortet sie und verschwindet.

Ab Morgen ist Johanna wieder bei Erik. Ich weiß, dass ich dabei bin, sie zu verlieren, aber was ich tun soll, um sie zu halten, weiß ich nicht. Es ist, als würde sie über einem Abgrund hängen. Ich habe ihre Hände gepackt, muss aber machtlos dabei zusehen, wie sie meinem Griff entgleitet und in die Tiefe stürzt.

Falsch: Ich bin diejenige, die über dem Abgrund hängt. Ich allein.

Und vor Angst bin ich wie gelähmt.

Sonntag, 25. Mai

David sitzt auf dem Rasen und ist mit irgendwas beschäftigt. Es ist Frühling, die Sonne scheint, Vögel zwitschern. Die Kamera schwenkt einen Moment lang auf «unser» Landhaus, dann wieder auf David. Man sieht nicht, was er tut, nur seinen Rücken und den gesenkten Kopf. Seine schwarzen Locken wehen im Wind.

«Was machst du?», frage ich neugierig hinter der Kamera.

Ich filme, zoome ihn heran. David antwortet nicht. Ich gehe mit der Kamera um ihn herum, schwenke über seinen Rücken und fokussiere seine Hände. Er hat kleine Zweige in den Rasen gesteckt und damit eine Art Gehege gebaut. Ein Frosch hüpft gegen den Zaun aus Zweigen und fällt zurück ins Gras. Ich – und die Kamera – zucken zusammen.

«Was machst du denn da?», frage ich.

David lächelt unsicher in die Kamera. Er sagt nichts, steht aber auf, senkt den Blick und dreht sich nervös eine Locke um den Finger.

«Warum machst du so was?», frage ich.

Ich versuche, auf der Aufnahme freundlich zu klingen, aber es gelingt mir nicht besonders gut. David läuft weg.

«David, komm zurück!», rufe ich und folge ihm.

Eine wackelige Aufnahme von Rasen, Bäumen, Haus und Himmel. Dann meine Hand, die David an der Schulter packt, damit er sich umdreht.

«Warum machst du so was?», wiederhole ich.

Die Kamera ist auf ein kahles Blumenbeet gerichtet, aber ich weiß, dass David mit den Schultern zuckt und verlegen lächelt. Ich erinnere mich daran.

«Du darfst keine Tiere quälen!», sage ich ungewollt heftig.

«Das habe ich nicht ...», flüstert David. «Ich habe dem Frosch ein Haus gebaut.»

Ich hebe die Kamera, merke, dass sie immer noch läuft, und schalte sie aus.

Neue Einstellung: Ich lächele in die Kamera.

«Zeit für Zimtschnecken und heißen Kakao», sage ich.

Wir picknicken vor dem Holzschuppen. Die Sonne scheint, es ist der erste warme Tag des Jahres. Jedenfalls erinnere ich es so.

David lächelt.

«Ich will eine Zimtschnecke», sagt er ungeduldig und lässt sich neben mich ins Gras fallen.

«Ja, ja, immer mit der Ruhe», erklingt Eriks Stimme. «Pass auf die Becher auf!»

Erik ist nicht zu sehen, weil er filmt.

«Mann, David!», protestiert Johanna, als er über sie hinweggreift.

Aber daran stört David sich nicht. Er greift nach den Zimtschnecken, nimmt jede einzelne in die Hand und vergleicht sie miteinander.

«Lass das!», sagt Erik. «Du kannst doch nicht alles anfassen!»

David hört nicht zu und entscheidet sich für die größte Zimtschnecke. Er ist fröhlich und aufgekratzt. Als er nach einem Kakaobecher greift, stößt er zwei andere um. Kakao fließt ins Gras. Erik schreit nicht, hebt nicht mal die Stimme, und trotzdem ist sie abweisend: «Hab doch mal ein bisschen Geduld! Niemand nimmt dir was weg!»

Dann wird es einen Moment still. Ich hebe die umgefallenen Becher auf und versuche, den letzten Rest Kakao zu retten.

Die nächste Einstellung: David beißt in seine Zimtschnecke. Er lässt die Schultern hängen und dreht sich von der Kamera weg.

«Schmeckt es dir?», frage ich, als wäre nichts geschehen.

David nickt, ohne aufzusehen.

Dann wackelt die Kamera und wird abgeschaltet.

Aber ich erinnere mich, wie es weiterging.

Erik setzte sich zu uns. Er war immer noch wütend. Ich strich David über das Haar. Ich wollte, dass es ein schöner Familientag wird. Ein Tag, an den man gern zurückdenkt.

«Was ist los?», fragte ich David und strich ihm wieder über den Kopf, als wollte ich etwas reparieren.

Plötzlich schaute er auf. Seine Augen waren verweint.

«Ihr habt mich nicht lieb», sagte er.

Einfach so. Aus heiterem Himmel.

«Was? Natürlich haben wir dich lieb!», protestierte ich.

Unbewusst hatte ich die Hand von seinem Kopf genommen. Davids Blick wanderte vorwurfsvoll zwischen Erik und mir hin und her.

«Ihr wollt, dass ich anders bin. Dass ich wie Johanna bin. Ihr schimpft mit mir, damit ich anders werde. Ihr habt mich nicht lieb ...»

***

Ich bin allein im Haus meiner Eltern. Johanna ist wieder bei Erik. Ich habe mich ein bisschen umgesehen und dabei den Film in einem Schrank gefunden. Und es war nicht der einzige.

Wir müssen meinen Eltern die Filme zu Weihnachten und zu Geburtstagen geschenkt haben (ich bin mir ziemlich sicher, dass sie kein einziges Mal angeschaut wurden). Aber warum haben wir das überhaupt getan?

Ich erinnere mich nicht.

Fast wie in Trance stehe ich auf und lege die nächste DVD in den Player. Der Fernseher flackert.

Ein weiteres Familienpicknick, diesmal am Meer. Kahle Klippen, niedrige, windgepeitschte Kiefern, ein Kieselsteinstrand. Und die Ostsee, die sich grau und nahezu unwirklich ruhig vor uns ausbreitet. Hier und da ein paar Inseln. Es ist Herbst. Außer uns ist niemand dort. Die Luft ist eisig, aber wir sind mit Sandwiches und warmem Kakao ausgerüstet.

Erik hat gute Laune. Die Kinder lassen Steine übers Wasser springen, die kräuselnde Ringe auf der Oberfläche hinterlassen.

«Toll!», ruft Erik, als Johannas Stein viermal über das Wasser hüpft.

Davids Stein hüpft zweimal. Niemand kommentiert es. Ich auch nicht. Wir schauen nur schweigend zu. Johanna läuft ein Stück den Strand entlang, und wir folgen ihr. Die Kamera läuft. Die Kieselsteine knirschen unter unseren Schuhen.

«Wartet auf mich!», ruft David.

Dann bricht die Aufnahme ab.

Ich schaue mir weitere Filme an. Wir fahren in den Bergen Ski, machen eine Radtour, sitzen zu Hause in der Küche und spielen Karten …

Und immer ist es dasselbe. Wenn wir die Möglichkeit gehabt hätten, David mit einem «Toll!» oder «Gut gemacht!» zu loben, schweigen wir und lassen den Moment kommentarlos verstreichen. Als wären wir erleichtert, nichts Negatives sagen zu müssen, aber nicht in der Lage, ihn zu ermuntern.

Er hatte recht. Wir haben ihn nicht geliebt.

Und trotzdem liebe ich ihn jetzt mehr als alles andere.

Montag, 26. Mai

Seit ich angeschossen wurde, war ich nicht mehr bei Bernt Andersens Haus oder bei den Gewächshäusern. Aber jetzt bin ich dorthin unterwegs.

Es ist ein schwüler Nachmittag. Als ich durch die Innenstadt fahre, fällt mir auf, dass die Leute, die auf dem Weg nach Hause oder zu einem abendlichen Picknick im Humlegården oder auf Djurgården sind, bereits leichte Sommerkleidung tragen.

Ich habe mir das «Shoppingauto» meiner Mutter ausgeliehen. Es ist rot und hässlich – hat aber keinerlei Ähnlichkeit mit meinem weißen Ford.

Im Kopf gehe ich noch einmal die Karte durch. Ich habe mir die Lage des Gemüsehofs sowie die umliegenden Waldwege und Pfade im Internet angesehen und eine Karten-App heruntergeladen, die auch offline funktioniert. Diesmal bin ich vorbereitet.

Johnsons Gemüsehof ist an drei Seiten von Bäumen umgeben und von der Landstraße kaum einsehbar. Aber es gibt noch einen weiteren Weg, der durch den Wald zur Rückseite der Gewächshäuser führt. Wobei, die Bezeichnung Weg ist im Grunde übertrieben, es handelt sich eher um zwei Reifenspuren mit einem Grasstreifen in der Mitte.

Links und rechts grenzt dichter Fichtenwald an. Kein Haus weit und breit. Vermutlich ist der Weg angelegt worden, um Holz aus dem Wald zu transportieren. Nach etwa zwei Kilometern mündet er in einem großen, zugewucherten Wendeplatz. An einer Seite liegen Baumstämme, die vermutlich dort vergessen wurden. Laut meiner App bin ich auf dem richtigen Weg.

Ich folge dem blauen Punkt auf der Karte, der meinen Standort markiert. Der Pfad ist kaum erkennbar und wird immer schmaler. Jedes Mal, wenn Äste meine Schulter streifen, durchzuckt mich der Schmerz, als wollte er mich an meinen letzten Besuch erinnern.

Nach zwanzig Minuten sehe ich endlich die Dächer der Gewächshäuser. Vorsichtig pirsche ich näher heran und achte genau darauf, wo ich hintrete, damit kein knackender Ast mich verrät.

Als ich im Schutz der letzten Baumreihe stehen bleibe, kann ich den Hof und die Gewächshäuser überblicken. Der Pick-up und Andersens Mercedes sind nirgendwo zu sehen.

Irgendetwas ist anders. Irgendetwas hat sich verändert. Die zwei nächstgelegenen Gewächshäuser scheinen leer zu sein. Als ich durch mein Fernglas schaue, erkenne ich, dass die Pflanzenbeete nur noch mit dunkler Erde gefüllt sind. Der Reihe nach lasse ich das Fernglas über die Gewächshäuser schweifen. Überall dasselbe: Die Pflanzen sind weg.

Andersen und der andere Kerl sind weg. Geflüchtet.

Verflucht!

Ich haste zum Auto zurück, stürze durchs Gebüsch und stolpere etliche Male. Als ich losfahre, gebe ich so stark Gas, dass das Auto auf dem Wendeplatz ins Schleudern gerät.

Als ich schließlich Andersens hässliches gelbes Haus passiere, blitzt am Ende der Auffahrt zwischen den Birken, die den Hof säumen, der silberfarbene Mercedes auf.

Andersen ist noch da.

Ich atme auf. Kurz hatte ich befürchtet, alles wäre umsonst gewesen. Und trotzdem: Ich muss mich beeilen.

Eine Erinnerung: Meine Mutter sitzt am Küchentisch, vor ihr stehen eine Tasse Kaffee und ein kleiner Teller mit einem halb aufgegessenen Stück Kuchen. Mille-feuille, ihr Lieblingsgebäck. Der Karton der Konditorei steht ebenfalls auf dem Tisch, mit *meinem* Stück Kuchen, einer identischen Mille-feuille. Ich sitze meiner Mutter gegenüber, aber sie ist in eine Illustrierte vertieft, die sie sich auf dem Rückweg gekauft hat, und sieht mich nicht an. Als ich etwas sage – ich weiß nicht mehr, was, wahrscheinlich irgendetwas Triviales –, scheint sie mich nicht mal zu hören.

Eigentlich sollte ich aufstehen und gehen, sie am Küchentisch sitzenlassen, aber ich kann es nicht. Ich will, dass sie mit mir redet.

«Mama ...», sage ich.

Keine Antwort.

«Mama!», sage ich lauter.

Jetzt blickt sie erstaunt auf.

«Willst du deinen Kuchen gar nicht essen?», fragt sie. «Papa kommt gleich nach Hause. Dann gibt's schon Abendbrot.»

Sie lächelt mir aufmunternd zu. Dann widmet sie sich wieder ihrer Zeitschrift. Ich kann das Papier und die Druckerschwärze riechen. Ein süßlicher, spezieller Geruch.

Ich verabscheue ihn. Und ich rühre meinen Kuchen nicht an.

«Wie war's in der Schule?», fragt sie, ohne von der Zeitschrift aufzusehen.

«Gut», erwidere ich und wünschte, ich könnte etwas anderes antworten.

Sie nickt, schweigt und blättert interessiert in der Illustrierten.

In der Schule war es überhaupt nicht gut. Nie. Seit meine Schwester – meine *böse* Schwester – diese Lügen über mich verbreitet hat, will niemand mit mir befreundet sein. In den Pausen stehe ich allein auf dem Hof. Es ist, als hätten die anderen Angst vor mir. Als hielten sie mich für verrückt und gefährlich. Wenn meine Schwester mit den anderen Mädchen in einer Ecke des Schulhofs steht, schaut sie manchmal verstohlen zu mir herüber. Ihre Miene ist starr. Ich konnte mich nie entscheiden, ob in ihrem Blick Verachtung oder Mitleid lag.

Ich tat dann so, als wäre ich mit irgendwas beschäftigt, zeichnete im Sand, beobachtete eine Ameise und band mir immer wieder die Schnürsenkel neu. Insgeheim wartete ich jedoch nur darauf, dass es endlich klingelte und die nächste Stunde begann.

Ich wünschte, ich hätte meine Schwester und die anderen Mädchen einfach ignorieren, ein Buch lesen oder Tagebuch schreiben können, was auch immer. Aber das konnte ich nicht.

Als ich meiner Mutter am Küchentisch gegenübersitze und sie weiter in ihre Zeitschrift blickt, überkommt mich die Einsamkeit wie ein körperlicher Schmerz. Ich sehne mich danach zu reden, mich zu unterhalten. Zu erzählen.

«Mama», sage ich wieder.

«Ja?», antwortet sie, ohne aufzusehen.

Ich weiß nicht, was ich sagen soll.

«Was gibt es zum Abendessen?»

«Fisch und Butterkartoffeln.»

Stille.

«Mama ... mir ist langweilig.»

Sie blickt auf, diesmal irritiert.

«Warum gehst du nicht draußen spielen?»

Ich schüttele den Kopf.

«Ich bin zu alt, um zu spielen.»

«Dann triff dich doch mit einer Freundin. Wo ist deine Schwester?»

«Weg», antworte ich.

Meine Schwester sagt mir nicht mehr, wo sie hingeht. Vermutlich ist sie beim Training oder bei einer Freundin. Und wäre sie zu Hause, würde sie ohnehin nicht mit mir reden.

Ich versuche, meiner Mutter die Illustrierte aus der Hand zu reißen.

«Lass das, Alexandra! Was soll denn das?»

Ich antworte nicht. Ich weiß selbst nicht, warum, doch als meine Mutter sich wieder in ihren Artikel vertieft, ziehe ich ihr die Zeitschrift erneut weg. Ich kann nichts dagegen tun.

«Hör jetzt bitte auf damit!»

Ich versuche zu lachen, höre aber selbst, wie künstlich es klingt. Ich schleudere die Illustrierte durch die Küche.

«Alexandra!», schimpft meine Mutter. «Was soll der Unsinn?»

Ich kann nicht aufhören. Zielstrebig umrunde ich den Küchentisch, und als meine Mutter aufsteht, um die Zeitschrift zu holen, stoße ich sie.

Entgeistert blickt sie mich an.

«Alexandra, was ist denn in dich gefahren?»

Statt zu antworten, boxe ich sie gegen die Schulter.

«Alexandra!»

Ich schlage immer weiter, schlage, schlage, schlage …

Meine Schläge sind verzweifelt und hart, und es ist mir egal, wo ich meine Mutter treffe, ich schlage wie in Trance und höre erst auf, als meine Mutter vom Stuhl fällt und wimmernd vor mir am Boden liegt.

Da breche ich in Tränen aus. Aber nicht vor Wut oder Schmerz, sondern weil ich nicht weiß, was mit mir los ist.

Angst steigt in mir auf. Ich konnte nicht aufhören, hatte die Kontrolle verloren. Am Ende liege ich neben meiner Mutter am Boden und weine krampfhaft, während sie mir besorgt zuflüstert, dass sie mich zum Arzt bringen muss.

***

Eine Woche später hatte meine Mutter für mich einen Termin in einer Klinik für Kinder- und Jugendpsychiatrie vereinbart. Ich wurde in einen großen Raum gebracht und sollte Bilder malen, während mir eine Frau dabei zusah. Zwischendurch stellte sie Fragen wie: «Wie fühlst du dich jetzt?», «Bist du wütend?», «Will das Mädchen auf dem Bild die blaue Figur schlagen?», «Willst du mich schlagen?»

Auf keine ihrer Fragen gab ich eine Antwort. Ich stufte die Situation intuitiv als Falle ein, als Versuch, mich reinzulegen. Später hörte ich, wie sich meine Eltern über «autistische Züge» unterhielten.

Aber das war es nicht. Ich hatte keine autistischen Züge. Ich fühlte mich einsam, hatte mich schon immer einsam gefühlt. Nur wenn ich mit meiner Schwester zusammen war, war es anders gewesen. Jedenfalls bevor dieser Hund sie angefallen und ihr Gesicht zerfleischt hat.

Da ich keinen weiteren «Anfall» hatte – so nannten meine Eltern den Angriff auf meine Mutter –, vereinbarten sie keine weiteren Termine in der Klinik, kehrten zu ihren Dienstreisen, ihren Zeitschriften und illustren Dinner-Partys zurück und ließen mich in Ruhe.

Die Einsamkeit, die Traurigkeit oder was auch immer steckte nach wie vor in mir, aber ich hielt das Gefühl auf Abstand. Es war, als befände ich mich die ganze Zeit neben einem steilen Abgrund; irgendwann gewöhnte ich mich an den Zustand, lernte, nicht zu nah an die Kante zu treten, um nicht ins Verderben zu stürzen.

Und dann kam David.

Er war wie ich. Ich war wie er. Wir litten auf dieselbe Art.

***

Es war sonderbar mit David. Wenn wir mit ihm schimpften, wurde er nie traurig. Er lächelte nur. Manchmal lachte er sogar. Zumindest am Anfang.

Also schimpften wir noch mehr. Ich sagte Dinge wie ...

Ich schäme mich, wenn ich daran denke.

Im Nachhinein habe ich verstanden, dass er nicht wirklich gelacht hat.

Er war verlegen. Er wusste nicht, wie er reagieren, was er tun oder sagen sollte. Er war wie in die Enge getrieben, und vor ihm standen zwei große, wütende Eltern und schrien ihn an. Also lächelte er. Oder lachte. Vielleicht wollte er uns damit ebenfalls zum Lachen bringen, dazu, ihn liebzuhaben.

***

Heute Nacht hat mein Handy wieder geklingelt. Im ersten Moment bin ich panisch zusammengezuckt. Ich wusste nicht, wo ich war, und einen Augenblick lang war ich fest überzeugt, es wäre die Polizei.

«Ja», keuchte ich schließlich in den Hörer. «Hier ist Alexandra ...»

Keine Antwort. Dann hörte ich sie atmen. Meine Schwester. Hörte ihre regelmäßigen, vorwurfsvollen Atemzüge.

«Was willst du?», fragte ich. «Was willst du von mir?»

Keine Antwort. Immer nur dieselben gleichmäßigen Atemzüge.

«Verflucht! Ich weiß, dass du es bist! Was willst du von mir?»

Immer noch keine Antwort. Nach einer Weile legte sie auf, und in der Leitung wurde es still. Ich stellte mein Handy auf lautlos, für den Fall, dass sie wieder anrief. Danach lag ich stundenlang wach, starrte in die Dunkelheit und wickelte mir eine Haarsträhne um den Finger.

***

Ich habe ganz vergessen, von der Schussverletzung zu erzählen. Sie verheilt gut. Meine Schulter ist zwar immer noch etwas steif, ich kann den Arm nicht richtig bewegen, aber ich fühle mich besser. Die Wunde hat sich nicht entzündet. Morgens und abends reinige ich sie mit Chlorhexidin und lege eine Bandage an.

Manchmal habe ich Angst, mein Pullover oder meine Bluse könnten Blutflecken haben, wenn ich in der Redaktion bin. Ich kann Marvins barsche Stimme hören: *Was zum Teufel hast du gemacht, Alexandra!*

Für alle Fälle habe ich mir eine Erklärung zurechtgelegt: *Ich habe mir doch neulich beim Joggen im Wald die Schulter geprellt, als der Elch mich gejagt hat und ich gestolpert bin ... Ich bin vorhin gegen einen Stuhl gestoßen und ...*

... und dann verlegen lachen.

Ich versuche, mir die Situation vorzustellen, aber jedes Mal sieht Marvin mich kopfschüttelnd an – sogar in meiner Phantasie.

In der Realität würde er darauf bestehen, die Wahrheit zu erfahren:

Raus mit der Sprache! Warum ist die Wunde nicht genäht worden?

Dienstag, 27. Mai

Nach der Arbeit fahre ich mit der U-Bahn nach Hause, steige in Slussen aus und laufe den Katarinavägen hoch, aber auf Höhe der Folkungagatan biege ich in die Borgmästargatan und gehe die Kocksgatan entlang, damit ich mich meinem Haus von der Rückseite nähere. Der Eingang liegt fünfzig Meter die Straße hoch.

Es ist ein warmer Tag. Der Sommer ist endgültig da. Als ich die Renstiernas gata hinunterschaue, flimmert die Luft über dem Asphalt.

Es ist fast eine Woche her, dass Bernt Andersen mich angeschossen hat, und ich will herausfinden, ob sie mich immer noch beobachten oder ob sie mich vergessen haben.

Ich trage ein dünnes Träger-Top und eine Strickjacke, um meine Schulterverletzung zu verdecken. Ein leichter Wind weht und kühlt die Haut ein wenig. Ich überquere die Straße und laufe im Schatten weiter. Über meiner Schulter hängt meine Handtasche mit dem Taser und Fadi Soras Glock.

Fünfundzwanzig Meter von meinem Hauseingang entfernt entdecke ich ihn. Es ist der grobschlächtige Typ, den ich bei den Gewächshäusern gesehen habe. Er lehnt an der Wand, trägt eine schwarze Lederweste, und die hochgekrempelten Ärmel seines karierten Hemds entblößen seine tätowierten Arme. Jeans, klobige Lederboots, roter Bart und Pferdeschwanz, dunkle Sonnenbrille. Er scheint zu schwitzen.

Als ich näher komme, dreht er mir sein rundes Gesicht zu. Wegen der Sonnenbrille kann ich nicht erkennen, ob er mich ansieht, aber ich nehme es an.

Ohne einen Blick auf meine Eingangstür zu werfen, gehe

ich an ihm vorbei. Ich bin weniger als zehn Meter von ihm entfernt. Wenn ich wollte, könnte ich die Hand heben und ihm ins Gesicht schlagen. Ich höre, wie das Leder seiner Weste knarrt, als er sich umdreht und mir nachsieht.

Ruhig gehe ich die Renstiernas gata entlang, aber als ich in die Folkungagatan einbiege, fange ich an zu laufen. Ein Stück die Straße hinunter liegt eine Videothek, die vor fünf, sechs Jahren noch gut besucht war, aber inzwischen leihen sich dort nur noch Filmfreaks und Hipster Videos aus.

Als ich den Laden betrete, klingelt eine Glocke über der Tür, und der junge Mann hinter der Kassentheke nickt mir freundlich zu. Ich erwidere sein Nicken und sehe mich um, ich bin die einzige Kundin. Schnell stelle ich mich an ein Regal, von dem aus ich die Straße überblicken kann, und ziehe willkürlich ein Video heraus.

«Der Himmel über Berlin». Der Titel sagt mir nichts. Unkonzentriert überfliege ich die Beschreibung auf der Hülle und schaue gleichzeitig auf die Straße. Ein paar Fußgänger kommen vorbei, einige Radfahrer, etliche Autos – aber kein tätowierter Motorradrocker in Lederweste.

Er hat mich nicht erkannt.

Aber sie sind immer noch hinter mir her. Sie haben mich nicht vergessen.

An einem Abend bat ich die Kinder, sich schon mal fürs Bett fertig zu machen, während ich die Küche aufräumte. Wir waren allein, Erik musste länger arbeiten.

«Oben ist es unheimlich», sagte Johanna.

«Und wenn David mitkommt?», schlug ich vor.

Sie nickte wortlos.

«David, geh mit Johanna nach oben, dann könnt ihr schon mal eure Schlafanzüge anziehen.»

David blieb auf der untersten Treppenstufe sitzen. Er wollte nicht.

«David! Geh mit deiner Schwester nach oben!»

«Komm, David! Alleine ist es hier oben unheimlich!», rief Johanna.

Aber David steckte sich die Finger in die Ohren und begann vor sich hin zu summen.

Da verlor ich die Kontrolle. Ich konnte die Explosion nicht unterdrücken:

«Du willst immer, dass man dir hilft! Wir sollen kommen, wenn du Angst hast! Aber du gibst nichts zurück. Es geht immer nur um dich, dich, dich! Wir sind dir völlig egal. Deine Familie ist dir völlig egal. Du denkst immer nur an dich!»

Die Worte brachen aus mir heraus. Ich wusste nicht, woher sie kamen. Ich hatte nicht vorgehabt, das zu sagen.

David sah mich mit einem unsicheren Lächeln an. Dann weinte er. Ich packte ihn am Arm und zog ihn die Treppe hinauf.

«Wenn du heute Nacht Angst bekommst, darfst du nicht zu mir kommen», erklärte ich.

Ich weiß, warum ich das sagte. Es war das Gerechtigkeitsverständnis meines Vaters, das aus mir sprach: Auge um Auge, Zahn um Zahn.

Ich half David, seinen Schlafanzug anzuziehen und war beim Zähneputzen unsanfter als üblich.

«Aua, Mama, hör auf, das tut weh!», protestierte er.

Ich spülte seine Zahnbürste aus und schickte ihn in sein Zimmer. Dann ging ich zu Johanna und gab ihr einen Gutenachtkuss auf die Stirn.

«Soll ich das Licht ausmachen?»

Sie nickte.

Als ich Davids Zimmer betrat, lag er unter der blauen Decke mit den Sternen in seinem Bett, das viel zu groß für ihn war.

«Schlaf gut», sagte ich.

Zunächst gab er keine Antwort. Dann drehte er sich auf die Seite und sah mich verängstigt an.

«Darf ich heute Nacht wirklich nicht zu dir kommen, wenn ich aufwache …?»

Ich schaute ihn an. Er sollte verstehen, dass sein Verhalten Konsequenzen hatte:

«Entscheide selbst. Wäre das deiner Meinung nach gerecht? Denk mal darüber nach, wie du dich Johanna gegenüber verhalten hast.»

Statt zu antworten, wandte er mir den Rücken zu. Als ich mich kurz darauf über ihn beugte, sah ich, dass er schlief.

Obwohl mich später am Abend Schuldgefühle plagten, war ich nicht imstande, mich bei ihm zu entschuldigen. Ich saß vor dem Fernseher und knetete die Hände.

Ich hasse diese Erinnerungen. Ich will sie nicht, doch sobald ich die Augen schließe, kommen sie an die Oberfläche. Als ich mich hinsetze, um zu schreiben, schießt mir unvermittelt die Frage in den Kopf:

Wer bin ich?

* * *

Ich hasste meine Mutter. Ich war dreizehn, und es erschien mir völlig logisch.

Heute fällt mir die Erklärung schwerer.

Vielleicht war es wegen der Zeitschriften, weil sie nicht mit mir redete, weil sie meine Schwester lieber mochte als mich oder wegen ihrer Art, mich zu ersticken …

Ich erinnere mich an einen Herbstabend in dem Jahr, als meine Schwester von dem Hund angefallen wurde. Lisbeth aus unserer Klasse klingelte bei uns. Ich ging fest davon aus, dass sie zu meiner Schwester wollte. Lisbeth gehörte zu den beliebtesten Mädchen in unserem Jahrgang. Zu den Mädchen, die nichts mehr mit mir zu tun haben wollten.

«Warte, ich hole sie», sagte ich.

Lisbeth schüttelte den Kopf.

«Kommst du mit zum Kiosk?», fragte sie und ließ eine riesige Kaugummiblase platzen.

«Ich?»

Sie nickte und sah ein bisschen verlegen aus.

Der Kiosk lag einen Kilometer von unserem Haus entfernt und war der Treffpunkt der coolen Kids. Die meisten waren älter. Viele wohnten in der Hochhaussiedlung, fuhren Roller, rauchten und machten bestimmt noch ganz andere Dinge, von denen ich keine Ahnung hatte.

Auf dem Weg sagte Lisbeth kaum ein Wort. Irgendwas schien sie verärgert zu haben, aber ich traute mich nicht zu fragen, was los war oder warum sie nicht meine Schwester, sondern mich gebeten hatte mitzukommen. Stattdessen kickte ich einen Stein vor mir her, so wie sie, und vergrub die Hände in den Jackentaschen, so wie sie.

Ich versuchte sogar, ihren lässigen und ein bisschen provozierenden Gang nachzuahmen. Abends war es inzwischen kühl, ich fröstelte. Aber da Lisbeth keinen Pullover unter der Jacke trug, hatte ich auch keinen angezogen.

Als wir beim Kiosk ankamen, erlosch die magische Aura, die Lisbeth umgab.

Die älteren Jungs und Mädchen sahen sie abfällig an, als wäre sie bloß eine Rotzgöre.

«Was wollt ihr denn hier, ihr Zwerge? Ab nach Hause zu Mama!», sagte einer der Jungs.

Lisbeth antwortete nicht, sondern wich zurück. Ich warf ihr einen verblüfften Blick zu. Dass sie anstandslos kuschte, ohne dem Jungen die Stirn zu bieten, sah ihr überhaupt nicht ähnlich.

Heute weiß ich, warum Lisbeth sich so verhielt. Sie war genauso verzweifelt wie ich. Sie brachte es nur anders zum Ausdruck. Wir standen da, zurückgewiesen von der coolen Clique, die uns den Weg zum Kiosk versperrte. Irgendwer ließ seinen Roller an, spielte mit dem Gas und stellte den Motor wieder ab. So verstrichen die Minuten.

«Hast du Geld dabei?», fragte Lisbeth schließlich.

Ich schüttelte den Kopf.

«So ein Mist.»

Wir standen nur da. Lisbeth kaute immer noch ihr Riesenkaugummi. Ich starrte auf meine Schuhe und zeichnete mit den Sohlen imaginäre Muster auf den Asphalt.

«Warum hast du das gemacht?», fragte Lisbeth plötzlich.

«Was?», erwiderte ich verständnislos.

«Das, was deine Schwester erzählt hat. Die Sache mit dem Messer …»

Ich wusste nicht, was ich sagen sollte. Ich hatte dem Hund die Kehle durchgeschnitten und dem Mann das Messer in den Oberschenkel gerammt, um meine Schwester zu retten. Was hatte sie den anderen erzählt?

Ich zuckte mit den Schultern und konzentrierte mich auf meine Asphaltmuster. Und kam ohnehin nicht zum Antworten. Im nächsten Moment schlenderte einer der Roller-Jungs auf uns zu. Er hatte lange blonde Haare, die ihm strähnig ins Gesicht fielen, und eine undefinierbare, verwaschene Augenfarbe. Sein Blick wirkte leer, weggetreten. Mir war klar, dass er entweder betrunken oder bekifft war.

Er baute sich vor Lisbeth auf und betrachtete sie abschätzig. Dann nickte er und wandte sich mir zu.

«Und wer zum Teufel bist du?», fragte er heiser. «In deinen Spießerklamotten könntest du glatt auf die Klosterschule gehen!»

Dann machte er einen Schritt auf mich zu und riss meine Bluse so heftig auf, dass der oberste Knopf absprang und über den Boden rollte. Die Bluse hatte meine Mutter gekauft. Eine altmodische Spitzenbluse. Teuer. Genau ihr Geschmack.

«So gefällst du mir schon besser», sagte der Typ und grinste, trat einen Schritt zurück und musterte die Ansätze meiner Teenagerbrüste.

«Spinnst du, Berra? Du kannst doch nicht …», rief Lisbeth.

«Halt die Schnauze!»

Er scheuchte sie zur Seite und konzentrierte sein Spatzenhirn voll und ganz auf mich.

«Wenn du hier abhängen willst, musst du mir deine Muschi zeigen», sagte er. «Das müssen alle Mädchen.»

Sein Grinsen wurde breiter. Seine Zähne waren klein und gelb. *Junkie*, schoss es mir durch den Kopf. Ich kannte ihn nicht. Er wohnte nicht in unserem Viertel. Ich umklammerte meinen Haustürschlüssel und ließ die scharfkantigen Bartzacken zwischen meinen Fingern hervorragen.

Ich wusste, dass es gefährlich war, aber mein Vater hatte es mir genau erklärt: Hals, Augen, Nase. Darauf musste man zielen. Das waren die empfindlichsten Körperstellen.

«Na los, zeig deine Muschi! Runter mit der Hose!»

Er kam näher und starrte auf meine Jeans. Seine heisere Stimme klang bedrohlich. Ich spürte, wie sich jeder Muskel in mir anspannte. Meine Hand war schweißnass, und meine Finger krampften sich noch fester um den Schlüssel.

«Mach schon, du kleine Nutte!»

Er beugte sich vor und versuchte mich anzufassen.

Ich peilte seinen Hals an und legte meine ganze Kraft in den Stoß. Aber ich verfehlte mein Ziel. Ich hatte nicht damit gerechnet, dass er sich in dem Moment nach vorn beugen würde, und statt in seinen Hals bohrte sich der Schlüssel in seine linke Wange. Ich spürte, wie das Metall im Mund gegen seine Zähne stieß. Aus dem Loch drang Blut, das ihm in einem schmalen Rinnsal über die Wange lief.

«Bist du nicht mehr ganz dicht?»

Seine Stimme überschlug sich. Er fuhr sich über die Wange. Noch schien er keinen Schmerz zu spüren, doch als er seine rot gefärbte Hand sah, rastete er aus.

«Du verdammte kleine Hure!», brüllte er.

Er machte einen Schritt auf mich zu. Wieder umklammerte ich den Schüssel. Beim ersten Mal hatte ich mein Ziel verfehlt, ein zweites Mal würde mir das sicher nicht passieren. Jetzt würde ich auf sein Auge zielen.

«Alexandra!»

Die Stimme war streng und tief, und ich erkannte sie sofort. Berra hörte sie auch, er drehte sich um und machte ein paar Schritte rückwärts. Mein Vater hatte diese Wirkung auf Menschen. Sobald sie ihn bemerkten, wichen sie instinktiv zurück.

Er stand auf dem Bürgersteig, neben unserem Auto.

«Komm auf der Stelle her!», befahl er.

«Geh nach Hause, schnell!», flüsterte ich Lisbeth im Vorbeigehen zu.

Hastig rutschte ich auf den Rücksitz, schlug die Wagentür zu, und mein Vater fuhr los.

«Was hast du gemacht?», fragte er beunruhigt und musterte mich im Rückspiegel.

Ich schüttelte den Kopf.

«Ich kann nichts dafür. Er hat versucht, mir die Hose runterzuziehen. Ich habe mich nur verteidigt. So, wie du es mir beigebracht hast.»

Samstag, 31. Mai

Als ich in der Ferne das Gestüt erkenne, ist es zehn Uhr abends. Es dämmert. Über die Felder und Baumwipfel, die sich als dunkle Schatten vor dem Himmel abzeichnen, hat sich ein bläulicher Schleier gelegt.

Es ist Frühsommer und noch angenehm warm.

Ich versuche, nicht an die anderen Male zu denken, die ich hier gestanden habe. Trotzdem holt es mich unwillkürlich ein: das Gefühl, versagt zu haben. Die Stimme meines Vaters: *Das schaffst du nie …*

Die letzten Tage war in der Redaktion so viel los gewesen, dass ich es nicht geschafft hatte, wieder herzukommen. Ich hatte jede Menge Artikel schreiben müssen, Routineartikel. Über Verkehrsunfälle, ein merkwürdiges Wetterphänomen in Südschweden, über den chronischen Lehrermangel. Aber nichts über den *Serienkiller*.

Jetzt fahre ich an der kleinen Anhöhe vorbei, auf der Andersens schäbiges Haus steht, und parke an der üblichen Stelle. Ich rede mir ein, dass das Risiko nicht höher ist als die Male davor. Meinen Wagen hat Andersen schließlich nie gesehen. Er weiß nicht, dass ich ihn ausspioniere. Das Einzige, was er und sein Kompagnon wissen, ist, dass ich in der Nähe ihrer Marihuana-Plantage war.

Ich steige die kleine Anhöhe gegenüber von Andersens Grundstück hinauf und lege mich im Gebüsch auf die Lauer. In seinem Haus brennt kein Licht.

Ich hole mein Fernglas hervor und beobachte die Auffahrt. Im Dämmerlicht kann ich die Umrisse von zwei Autos erkennen. Andersens Mercedes und der große Pick-up seines

Komplizen. Aber nichts regt sich. Außer den leise im Wind raschelnden Blättern der Birken ist nichts zu hören.

Ich lasse das Fernglas über Auffahrt, Hof, Giebelseite und die Fenster im ersten Stock schweifen. Kein Licht. Keine Bewegung.

Vielleicht sollte ich für heute abbrechen. Wenn Andersen nicht allein ist, kann ich meinen Plan unmöglich in die Tat umsetzen. Doch irgendetwas hält mich zurück.

Ich blicke erneut durchs Fernglas und kontrolliere jedes einzelne Fenster.

Da entdecke ich es. Durch ein Kellerfenster sickert ein schmaler Lichtstreifen. Es sieht aus, als hätte jemand das Fenster verdunkelt und versehentlich einen klitzekleinen Spalt offen gelassen. Vermutlich habe ich ihn im ersten Moment übersehen.

Sie sind also da. Was machen sie im Keller?

Ich versuche, logisch zu denken. Eine Drogenküche in den eigenen vier Wänden wäre viel zu riskant. Ein Partyraum, ein Billardtisch ...? Ich kann mir nicht vorstellen, dass Andersen der Typ dafür ist. Und warum brennt in keinem anderen Raum Licht? Soll niemand bemerken, dass jemand zu Hause ist?

Blödsinn. Auf dem Hof stehen zwei Autos. Wenn sie ihre Anwesenheit verheimlichen wollten, hätten sie wohl kaum dort geparkt.

Ich harre weiter im Gebüsch aus. Minuten und Stunden verstreichen. In der Ferne erklingt der sonderbare glucksende Ruf einer Nachtschwalbe. Die Kälte legt sich um mich wie feuchter Tau. Ich fröstele und schaue auf meine Armbanduhr. Inzwischen ist es halb eins. Im Haus rührt sich immer noch nichts.

Eine halbe Stunde später, als ich kurz davor bin aufzugeben, passiert es.

Im Erdgeschoss flackert Licht auf. Es muss im Flur sein. Der goldgelbe Schein fällt auf die Veranda und wirft einen schmalen Lichtkegel auf den Hof. Dann geht in einem weiteren Raum das Licht an.

Die Haustür wird geöffnet. Schwere Schritte und gedämpfte Männerstimmen sind zu hören.

Andersens grobschlächtiger Kumpan kommt als Erster aus dem Haus. Einen Moment lang bleibt er auf der Veranda stehen, zieht sich den Hosenbund über den Wanst und schnallt den Gürtel enger. Durch mein Fernglas kann ich ihn gut erkennen, es sieht fast so aus, als wäre er nur einige Meter entfernt.

Jetzt erscheint auch Andersen auf der Veranda. Er sagt irgendetwas. Ich wünschte, ich könnte die beiden verstehen.

Andersens starrer Gesichtsausdruck ist schwer zu deuten, aber er sieht verärgert aus. Der andere Typ nickt. Andersen sieht ihn einen Moment lang mit abwartender Miene an, dann entspannt er sich. Sie verabschieden sich, aber nicht mit einem normalen Handschlag, sondern mit einer Ghettofaust, als wollten sie eine Szene aus einem amerikanischen Gangsterfilm nachstellen.

Der grobschlächtige Typ geht die Vordertreppe hinunter. In dem Moment, als er den Fuß auf den Boden setzt, flammt der Scheinwerfer an der Fassade auf, und der ganze Hof badet in grellem Licht. Geblendet lege ich das Fernglas zur Seite. Punkte tanzen auf meiner Netzhaut, und ich blinzele, um wieder klar zu sehen. Erst als ich höre, dass ein Motor angelassen wird, greife ich erneut nach meinem Fernglas. Ich sehe gerade noch, wie Andersens Kumpan die Hand zum Gruß aus dem Seitenfenster streckt, ehe er vom Hof fährt. Am Ende der Straße brettert er nach rechts, Richtung Marihuana-Plantage. Vielleicht wohnt er in dem Gebäude neben den Gewächshäusern.

Die Scheinwerfer seines Pick-ups streifen über den Pfad, auf dem mein Auto steht. Kurz befürchte ich, er könnte es entdecken und halte unwillkürlich die Luft an. Als er den Pfad passiert hat, atme ich erleichtert auf und richte das Fernglas wieder auf Andersens Haus. Die Vordertür ist geschlossen und die Hofbeleuchtung erloschen. Jetzt brennt in mehreren Fenstern Licht. Für einen kurzen Moment spiele ich mit dem Gedanken, Andersen zu überrumpeln. Einfach zu klingeln und ihn in dem Augenblick, in dem er die Tür öffnet, mit dem Taser zu betäuben.

Aber vermutlich würde er mich schon lange davor entdecken, spätestens wenn die Hofbeleuchtung anspringt. Das Risiko ist zu groß.

Außerdem: Ich habe mir meinen Plan bereits bis ins kleinste Detail zurechtgelegt, und so wird es nicht ablaufen.

Vorsichtig robbe ich den Hügel hinunter, hole meine Tasche aus dem Versteck, wo ich sie deponiert habe, und gehe zurück zum Auto. Einen Moment lang bleibe ich stehen und lausche. Kein Motorengeräusch von der Landstraße, kein Laut von Andersens Haus. Als ich die Heckklappe öffne, um meine Tasche hineinzuwerfen, springt die Innenbeleuchtung an. Schnell schleudere ich die Tasche in den Kofferraum und schlage die Klappe zu. Die Innenbeleuchtung brennt immer noch. Ich rutsche auf den Fahrersitz, ziehe die Tür zu und lasse den Motor an. Endlich geht das Licht aus.

Auf verlassenen Straßen fahre ich Richtung Lidingö, in die Villa meiner Eltern.

***

Ich kann nicht einschlafen. Die Gedanken rasen wirr durch meinen Kopf, unliebsame Erinnerungen, die ich verdrängen will, lösen einander ab wie nicht enden wollende Albträume ...

Wir hatten damals wegen David einen Termin in der kinder- und jugendpsychiatrischen Klinik vereinbart. Erik und ich gingen allein hin. Wir hatten mit einer Psychiaterin telefoniert, die meinte, sie wolle als Erstes mit uns sprechen. Sie empfing uns in einem schlichten Raum: ein Sofa, ein eleganter, elliptisch geformter Eichentisch, ein großes Bücherregal, ein paar Kinderzeichnungen an den Wänden. Lächelnd bat sie uns, auf dem Sofa Platz zu nehmen, und nickte dabei so heftig, dass ihre dunkle Pagenfrisur wippte. Auf dem Tisch stand eine Box mit Papiertaschentüchern. Erik und ich setzten uns, jeder an ein Ende des Sofas, und schlugen die Beine übereinander, aber bezeichnenderweise nicht zueinander hin, sondern in die entgegengesetzte Richtung. Die Psychologin machte es sich auf einem Drehstuhl bequem. Der Tisch stand wie eine Barriere zwischen uns.

Sie stellte sich mit sanfter, neutral-professioneller Stimme vor, und ich fühlte mich sofort provoziert.

«Ich wollte zunächst mit Ihnen allein sprechen, um mir ein Bild zu machen», sagte sie sanft.

Erik nickte verständnisvoll. Idiot. Natürlich wollte er vor der Psychologin in einem vorteilhaften Licht erscheinen, ihr zeigen, dass wir gute Eltern waren. Und obendrein trug die Frau keinen mausgrauen Schlabberlook, wie ich vermutet hatte, sondern ein elegantes Kleid von Ralph Lauren. Kein tiefer Ausschnitt, aber figurbetont, wodurch ihre auffallend großen Brüste perfekt zur Geltung kamen. Klar, dass Erik ihr in allem zustimmen würde.

Sie erkundigte sich nach unserer Beziehung, nach unseren Wohnverhältnissen, nach den Gründen für das Gespräch. Die ganze Zeit sah ich demonstrativ aus dem Fenster.

Als wir ihr erzählten, dass wir keinen richtigen Kontakt zu David bekämen, dass er sich abkapselte und in seine eigene Welt zurückzog, sagte sie in typischem Psychologentonfall, ruhig, aber zweifelnd: «So ein Rückzug in sich selbst ist häufig eine Schutzmaßnahme vor der Umwelt.»

«Ah», sagte Erik dämlich, ehe ich etwas erwidern konnte.

«Wie ist die Atmosphäre bei Ihnen zu Hause? Stellen Sie hohe Erwartungen an David?»

«Nein», antwortete ich rasch. «Er ist sechs, was sollten wir da von ihm verlangen ...»

Sie lächelte mich nachsichtig an.

«Ich spreche nicht von leistungsorientierten Dingen wie Schulerfolgen und dergleichen, dafür ist es natürlich noch zu früh. Ich denke eher an sein Verhalten. Verlangen Sie von ihm, stark zu sein, nicht zu weinen, nachts allein zu schlafen, keine Angst zu haben ... solche Dinge. Wie würden Sie das beschreiben?»

Am liebsten wäre ich sofort gegangen. Erik hingegen saß da und dachte konzentriert nach.

«Wir schimpfen oft mit ihm», sagte er nach einer Weile.

Die Psychologin nickte Erik aufmunternd zu, aber er redete nicht weiter. Schließlich fuhr sie fort:

«Könnte man es so formulieren, dass in Ihrer Familie kein Verständnis für Schwäche und Fehlschläge existiert?»

Erik blickte sie fragend an.

«Schimpfen Sie mit David, wenn ihm etwas nicht gelingt, wenn er etwas kaputt macht? Wenn er Schwierigkeiten hat, das Fahrradfahren zu lernen, oder Schwäche zeigt, weil er sich vor der Dunkelheit fürchtet oder nicht einschlafen kann?»

Sie lächelte wieder. Jemand anders hätte ihr Lächeln vermutlich als schön bezeichnet, aber ich empfand es als verurteilend.

«Ja», gestand Erik. «Wahrscheinlich schon.»

«Wenn David sich von Ihnen abkapselt, haben Sie da mal versucht, Ihr Verhalten zu ändern? Toleranter zu sein?»

Erik zuckte mit den Schultern.

«Wir haben das noch nie so betrachtet. Wir dachten ...»

Er hielt inne und sah mich flehend an, doch ich sagte kein Wort. Erik schluckte krampfhaft, dann fuhr er fort:

«... dass es seine Schuld war. Nicht unsere.»

Die Psychologin nickte verständnisvoll, aber ihr Blick war mitleidig, als wären wir nur ein weiteres Elternpaar, das versagt hatte.

«Wie würden Sie Ihre Beziehung zueinander beschreiben?»

Erik und ich schauten uns an. Wir schienen beide nicht auf die Frage antworten zu wollen. Doch schließlich sagte ich:

«So wie die meisten Beziehungen, nehme ich an. Mit Höhen und Tiefen.»

«Schlafen Sie noch miteinander?»

«Wie bitte?»

Jetzt lächelte sie nicht mehr, sondern sah mich ernst und geduldig an, als wäre es ungemein wichtig, dass ich die Frage beantwortete.

«Ja», erwiderte ich irritiert. «Aber ich verstehe nicht, was ...»

«Wie oft?»

«Ich muss doch sehr bitten!»

Ihr Blick ging zwischen Erik und mir hin und her. Meinte sie das wirklich ernst?

«Das Sexleben ist ein guter Indikator für den Zustand einer Beziehung …»

Kein verlegenes Lachen, nicht mal ein Lächeln. Nur leicht gehobene Augenbrauen, als würde sie geduldig unsere Antwort abwarten.

«Na ja», sagte Erik peinlich berührt, «ab und zu. Nicht so oft wie früher, aber das ist wohl ganz normal.»

«Wie oft, so über den Daumen gepeilt?»

Erik zuckte mit den Schultern.

«Vielleicht einmal im Monat. Manchmal öfter und manchmal …»

«Seltener?», beendete sie den Satz und machte sich Notizen.

«Ja …», erwiderte Erik betreten.

Ich wurde wütend.

«Was bitte hat unser Sexleben mit David zu tun?», fragte ich.

«Ich versuche nur herauszufinden, wie intim Ihre Partnerschaft ist. Wie liebevoll. Sex sagt einiges über die Beziehung der Eltern aus. Ob sie sich nahestehen oder voneinander distanziert haben.»

Ich schwieg.

«Haben Sie schon einmal daran gedacht, sich scheiden zu lassen?»

«Jetzt reicht es aber!», fauchte ich.

«Ich frage, weil Kinder solche Dinge spüren, natürlich nicht den Entschluss an sich, aber die Anzeichen, die einer Scheidung vorausgehen. Schlechte Stimmung, mangelnde Liebe zwischen den Eltern, Berührungen, die ausbleiben … Kinder merken so was.»

Weder Erik noch ich erwiderten etwas. Es war nicht nötig. Wir wussten es beide: Ich hatte die Ehe meiner Eltern wiederholt.

***

Mein Vater war hart, «hart wie Stahl», sagte meine Tante Inga, die Schwester meiner Mutter, immer.

Wenn sie alleine waren und glaubten, ich würde sie nicht hören, fragte Inga meine Mutter häufig, warum sie meinen Vater geheiratet hatte. Meine Mutter gab nie eine Antwort, ging stattdessen mit irgendeiner nichtssagenden Floskel darüber hinweg und versuchte, das Ganze wegzulächeln.

Einmal hatte ich mich im Putzschrank in der Küche versteckt. Das tat ich immer, wenn ich meine Ruhe haben wollte. Niemand suchte dort nach mir. Es war mein Rückzugsort. Mir gefiel die Dunkelheit, der Geruch von Reinigungsmitteln und die Möglichkeit, Dinge mitzubekommen, die nicht für meine Ohren bestimmt waren. So auch dieses Mal.

«Schlägt er dich?», fragte Inga.

Stille. Meine Mutter saß am Küchentisch und schwieg. Ich konnte sie nicht sehen, aber die Stille war Antwort genug. Mein Körper versteifte sich. Mit einem Mal war der Schrank kein sicherer Rückzugsort mehr, sondern ein klaustrophobisch enger Raum. Ich war wie gelähmt.

Und genau in dem Moment, als ich es nicht mehr aushielt, blitzte sie auf: eine Erinnerung.

Ich hatte es gesehen, aber nicht verstanden.

In der Dunkelheit sah ich sie wieder vor mir, wie sie im Wohnzimmer auf dem Boden lag, neben dem Sofa. Sie blutete im Gesicht. Ihre Lippe war aufgeplatzt, und sie weinte. Mein Vater stand über ihr, regungslos, schweigend. Er starrte mich an.

«Was ist passiert?», fragte ich. «Hast du dir weh getan?»

Meine Mutter lächelte unter Tränen, während das Blut von ihrer Lippe tropfte.

«Alles in Ordnung, Schätzchen, ich bin nur hingefallen. Ich bin über den Teppich gestolpert und gegen die Tischkante gestoßen. Ich war nur ungeschickt!»

Sie versuchte zu lachen.

Mein Vater rührte sich nicht, aber ich konnte sehen, dass allmählich die Anspannung aus seinem Körper wich.

«Hilf mir auf, Gustaf!»

Zögernd streckte mein Vater die Hand aus und zog sie hoch.

«Es ist alles in Ordnung, Schätzchen», wiederholte meine Mutter. «Geh wieder ins Bett. Es ist schon spät.»

In der Dunkelheit des Putzschranks fiel es mir wieder ein. In den Geruch von Reinigungsmitteln mischten sich der Tabakqualm meines Vaters und eine leichte Schweißnote – ich hasste diesen Geruch.

«Ist es schlimm?», fragte Tante Inga in der Küche.

Meine Mutter schwieg weiterhin, aber ich nahm an, dass sie nickte, denn Inga gab einen bedauernden, mitleidigen Laut von sich.

«Warum zeigst du ihn nicht an?»

Endlich sagte meine Mutter:

«Ich kann nicht» – ich hörte, dass sie weinte –, «wegen der Kinder. Wo sollte ich denn hin? Wie soll ich uns versorgen?

Und Alexandra … ist nun mal, wie sie ist … wir würden auf der Straße sitzen. Hier ist ihr Zuhause …»

Ihre Stimme ging in lautem Schluchzen unter. Tante Inga tröstete sie, so, wie meine Mutter mich immer tröstete.

«Sch, Sch, Sch …»

Aber es gab keinen Trost. Nicht wirklich.

Die Erkenntnis trifft mich wie ein Schlag: Bernt Andersen ist wie mein Vater. Die gleiche Härte, die gleiche Brutalität.

Sonntag, 1. Juni

Ich bin immer noch in der Villa meiner Eltern. In den letzten Tagen habe ich Bernt Andersens Haus zweimal observiert – ohne zu handeln. Ohne handeln zu *können*. Heute Nachmittag kommt Johanna zurück, und das bedeutet, dass ich bis zur nächsten Gelegenheit eine weitere Woche warten muss.

Als Johanna mich angerufen und gefragt hat, ob ich immer noch auf Lidingö bin, und ich mit Ja geantwortet habe, hat sie aufgelegt. Ich hatte ihr anbieten wollen, sie mit dem Auto in der Stadt abzuholen, aber dazu bin ich gar nicht gekommen.

Im ersten Moment habe ich mich über ihr Benehmen geärgert, aber dann habe ich beschlossen, ihr stattdessen eine Freude zu machen, sie mit etwas zu überraschen und ihr zu zeigen, dass ich sie liebe.

Jetzt sitze ich mit zwei Pizzakartons und einer großen Flasche Cola an dem unpraktischen weiß lackierten Hochglanz-Küchentisch.

Ich bin mir bewusst, dass ich meine Liebe auf dieselbe Art zeige wie meine Mutter, mit Leckereien und materiellen Dingen, statt es ihr direkt zu sagen.

War ich immer schon so? Habe ich mich David gegenüber auch so verhalten?

Nein, versuche ich mir einzureden, aber ohne Erfolg. Schließlich tue ich es bei Johanna.

Ich werfe einen Blick auf die Küchenuhr. Inzwischen ist es schon sieben, und die Pizzas sind kalt, obwohl ich sie nicht aus den Kartons genommen habe. Ich rufe Johanna auf ihrem Handy an. Es klingelt und klingelt, dann werde ich zur Mailbox weitergeleitet. Ich hinterlasse eine weitere Nachricht, dass sie sich bitte melden soll, dass ich mir Sorgen mache. Als ich es fünf Minuten später erneut versuche, springt direkt die Mailbox an.

Mechanisch schneide ich eine Pizza in Stücke und fange an zu essen. Sie schmeckt auch kalt, obwohl das geronnene Fett eine merkwürdig feste Konsistenz angenommen hat. Als ich mir ein Glas Cola eingieße, summt mein Telefon.

Aber es ist nicht Johanna. Es ist Erik.

«Ich wollte nur hören, ob Johanna bei dir ist. Ich habe versucht, sie zu erreichen, sie hat ihre Tasche zu Hause vergessen, aber sie geht nicht ans Handy. Ist sie bei dir?»

«Nein», antworte ich und höre, wie Erik besorgt nach Luft schnappt.

«Als mein Telefon geklingelt hat, dachte ich, sie würde anrufen», erkläre ich.

Erik atmet flach, wie immer, wenn er gestresst ist.

«Wo bist du?», fragt er irritiert.

«Auf Lidingö. Ich wohne ein paar Tage hier.»

«Ja, das hat Johanna erzählt. Irgendwas mit einem Artikel über ein Drogenkartell ... Glaubst du, dass ihr etwas passiert ist ...?»

«Nein», antworte ich hastig. «Mach dir keine Sorgen. Johanna hat bestimmt übertrieben. So dramatisch ist das alles nicht.»

«Aber immerhin wohnst du im Haus deiner Eltern ...»

«Nur eine zusätzliche Sicherheitsmaßnahme», wiegele ich ab und frage mich, wie viel Johanna Erik erzählt hat.

Nach fünf Minuten ist es mir immer noch nicht gelungen, ihn zu beruhigen, aber wir beenden das Gespräch. Eine Stunde später ruft Erik erneut an. Er habe die Polizei alarmiert und die Beamten würden auch mit mir sprechen wollen.

«Um sich ein klares Bild zu machen», erklärt er. Sein besserwisserischer Tonfall treibt mich zur Weißglut.

«Sie gehen erst mal von keinem Verbrechen aus. Achtzig Prozent aller als vermisst gemeldeten Personen tauchen innerhalb von vierundzwanzig Stunden wieder auf.»

Er klingt, als wäre er auf einmal Experte auf diesem Gebiet.

Trotzdem stimme ich zu. Die Polizei habe sicher recht. Bestimmt gebe es eine ganz natürliche Erklärung für Johannas Verschwinden.

«Vielleicht ist sie bei einer Freundin und hat vergessen, uns Bescheid zu sagen ...»

«Ich habe ihre Freundinnen angerufen», entgegnet Erik. «Sie wissen auch nicht, wo Johanna ist. Was genau *ist* das für ein Artikel, für den du recherchierst?»

Die zusätzliche Betonung auf «ist» stimmt mich nachdenklich. Bis eben hatte ich die Ereignisse der letzten Tage nicht mit Johannas Verschwinden in Zusammenhang gebracht. Ich hatte mir eingeredet, Johanna wäre einfach nur sauer und würde uns einen Denkzettel verpassen wollen. Erst jetzt springt Eriks Besorgnis auf mich über.

«Ein ganz normaler Artikel», sage ich leise. «Ich kann mir nicht vorstellen, dass er irgendwas damit zu tun hat.»

Plötzlich wird mir klar, dass ich mich irre. Der «Artikel» ist der Grund für Johannas Verschwinden. Ich *weiß*, was geschehen ist.

Andersen und sein Kumpel haben Johanna entführt. Sie haben meine Familienverhältnisse ausspioniert, um mich an meiner verwundbarsten Stelle zu treffen: meine Tochter.

Plötzlich taucht vor meinem inneren Auge der Lichtstrahl auf, der durch Andersens Kellerfenster gesickert ist. Die Erkenntnis trifft mich mit voller Wucht: Dorthin haben sie Johanna verschleppt. In Andersens Keller.

***

Erik und ich haben uns vor fünf Jahren scheiden lassen, und zwar nicht nur wegen David. Sein Tod stieß uns nur über den Rand.

Wir schliefen schon lange nicht mehr miteinander, in diesem Punkt hatte die Psychologin recht gehabt. Nicht mal mehr sporadisch, wie wir es ihr gegenüber behauptet hatten. Als wir das Wort Scheidung endlich aussprachen, hatten wir seit fast einem Jahr keinen Sex mehr gehabt. Nicht weil ich nicht gewollt hätte. Ab und zu hätte ich schon Lust gehabt. Vor dem Einschlafen, im Badezimmer, von hinten beim Spülen ... nicht aus Liebe, sondern einfach nur um ein körperliches Bedürfnis zu stillen. Aber Erik ergriff nie die Initiative und ich ebenfalls nicht.

Nachts, wenn er glaubte, ich wäre eingeschlafen, onanierte er manchmal. Ich sprach es nie an. Wahrscheinlich wollte ich ihn nicht in Verlegenheit bringen.

Hin und wieder spielte ich mit dem Gedanken, mir einen Liebhaber zuzulegen. Jeder hätte den Zweck erfüllt. Ich fing einen Facebook-Flirt an, aber Erik wurde misstrauisch und stellte einen Haufen Fragen. Ich wiegelte ab, es sei nichts Ernstes, ich würde den Mann aus meiner Freundesliste löschen, doch Erik glaubte mir nicht. Eines Abends kontrollierte er dann mein Handy. Ich war gerade dabei, David und Johanna ins Bett zu bringen, als er plötzlich ins Zimmer stürmte und mir mein Handy unter die Nase hielt.

«Was hat das zu bedeuten?», fragte er.

Ich las die Nachricht auf dem Display. Sie war von Thomas, meinem Facebook-Flirt. *So etwas würde ich dir nie antun!*, stand da.

«Tut mir leid», sagte ich. «Das hat nichts zu bedeuten. Ich habe die Sache längst beendet ...»

Erik schleuderte mir das Handy entgegen und stürmte aus dem Zimmer.

Er hatte seltsamerweise nie eine Affäre, auch wenn ich es ein paarmal vermutete. Vielleicht fehlte ihm die Energie. Vielleicht hatte er mit zwei Kindern und einer launischen, frustrierten Ehefrau genug um die Ohren.

Nach unserer Scheidung ging er eine Weile mit irgendeiner Frau aus. Victoria, glaube ich. Es war schnell wieder vorbei, aber eine Zeitlang schienen die beiden glücklich miteinander gewesen zu sein. So was lässt sich natürlich schwer beurteilen. Die Menschen verstellen sich, tragen ihre perfekten Facebook-Fassaden zur Schau. Nach außen hatten wir sicher auch glücklich gewirkt – bis David starb. Da brach alles zusammen.

Die Psychologin hatte recht. Wir wollten es uns nicht eingestehen, wollten unsere Schuld nicht annehmen. Nach dem Gespräch machten wir deshalb andere Dinge für unsere Versäumnisse David gegenüber verantwortlich: unsere beengten Wohnverhältnisse, Stress bei der Arbeit, Krankheiten, die Freizeitaktivitäten der Kinder, Schlafmangel – alles Mögliche.

Nur nicht uns selbst.

Auf allen Fotos, die wir von ihm haben, sieht David aus wie ein Prinz. Ein wunderschöner kleiner stiller Prinz.

Dann kam der Unfall – und alles, was uns an ihm gestört hatte, verschwand.

Heute vermisse ich all das, was ich damals als störend empfunden habe: Davids Kichern, seine leise, flüsternde Stimme, sein nach innen gekehrtes Lächeln, wenn er auf einfache Fragen keine Antwort geben wollte. Dass er sich ständig eine Strähne um den Finger wickelte, wenn er schlafen sollte. Dass er nachts urplötzlich neben meinem Bett stand und mich aufweckte.

Ich will nicht noch ein Kind verlieren.

Montag, 2. Juni

Dunkelheit. Ich mag die Dunkelheit. Sie hüllt mich ein wie eine Decke. Wenn es dunkel ist, fühle ich mich geborgen. Ich versuche, ruhig und gleichmäßig zu atmen.

Es ist 00:45 Uhr. Ich stehe am Rand von Andersens Hof. Das Auto habe ich an derselben Stelle abgestellt wie immer, auf dem Waldweg in der Nähe der Landstraße. Ich trage Tarnkleidung, der Taser liegt in meiner Hand, und als ich mein Gewicht verlagere, spüre ich das Holster, in dem Fadi Soras Glock steckt.

Johanna ist immer noch verschwunden. Am frühen Abend habe ich mit einem Polizisten gesprochen und sämtliche Fragen beantwortet. Wo Johanna hingegangen sein könnte, ob wir uns gestritten hätten, was sie angehabt habe, ob sie früher schon einmal weggelaufen sei ... Der Polizeibeamte beendete das Gespräch mit einem beruhigenden «Sie kommt ganz sicher zurück».

Seitdem ruft Erik ununterbrochen an. Er will, dass wir mit dem Auto durch die Stadt fahren und nach Johanna suchen. Ich habe mein Handy ausgeschaltet, damit ich nicht rangehen muss.

Ich *weiß*, wo Johanna ist. Sie ist hier.

Ich stehe hinter einem maroden Geräteschuppen, wo ich beinahe unsichtbar bin, und warte darauf, dass Andersen nach Hause kommt.

Wenn er das Auto auf dem Hof parkt und aussteigt, wird er einen Blick auf die Straße werfen und sich vergewissern, dass ihm niemand gefolgt ist. Das hat er die letzten Male immer gemacht. Sobald er mir den Rücken zuwendet, werde ich mich von hinten anschleichen und ihn mit dem Elektroschocker attackieren. Anschließend bleibt mir genug Zeit, um ihn nach Johanna auszufragen. Ich weiß, dass ich Antworten bekommen werde. Mit dem Schraubstock werde ich sie buchstäblich aus ihm herauspressen.

Alles, was ich tun muss, ist warten.

Ich schaue erneut auf die Uhr. Im Wald ist es still, nicht ein Vogel ist zu hören. Es ist, als würde der Wald auf etwas warten. So wie ich.

Dann kommt er.

Zuerst höre ich nur das Motorengeräusch, dann tauchen Scheinwerfer auf der Landstraße auf, und schließlich biegt der Mercedes in die Hofeinfahrt. Während er die Anhöhe zum Haus hinauffährt, gleitet das Scheinwerferlicht über die Bäume und blendet mich für einen Moment.

Als Andersen den Motor abstellt, liegt der Hof wieder im Dunkeln.

Im ersten Moment ist es nur ein unbestimmtes Bauchgefühl, die diffuse Ahnung, dass etwas nicht stimmt.

Dann wird mir klar, was es ist. Die Fassadenbeleuchtung ist nicht angesprungen. Warum fällt mir das erst jetzt auf? Und in Andersens Wagen brennt auch kein Licht.

Ich presse mich an die verwitterte Wand des Geräteschuppens und spüre einen bitteren Metallgeschmack im Mund. Jede Faser meines Körpers ist angespannt, ich bin bereit, lasse die dunkle Silhouette des Mercedes keine Sekunde aus den Augen und warte auf den richtigen Moment. Langsam wird die Fahrertür geöffnet. Ein kräftig gebauter Mann steigt schwerfällig aus dem Wagen, bleibt stehen und wirft einen Blick auf die Straße.

Mit dem Taser in der Hand schleiche ich mich an ihn heran. Als ich nahe genug bin, dass ich jeden Moment meine Waffe einsetzen könnte, dreht er sich unvermittelt um.

Noch während ich abdrücke, erkenne ich meinen Irrtum: Der Mann, der unter spastischen Zuckungen vor mir zusammensackt, ist nicht Andersen, sondern der andere Typ.

Sie haben mir eine Falle gestellt! Ich fahre herum, aber es ist zu spät.

Der Schlag kommt aus dem Nichts.

Dann wird alles schwarz.

Am 25. September wäre David sieben Jahre alt geworden. Doch da war er seit fast einem Monat tot. Am Abend des 28. August ist er an schweren inneren Blutungen gestorben, überfahren von einem Lieferwagen. Zeugenaussagen zufolge war er zehn, zwanzig Meter durch die Luft geschleudert worden. Als er auf dem Boden aufschlug, wurden nahezu alle lebenswichtigen Organe verletzt. Er war fast sofort tot. Und er war allein. Er lag auf der Seite, auf einer Rasenfläche neben einem Beet mit dornigen Sträuchern. Die Ärzte meinten, er habe vermutlich kaum etwas gespürt.

Als der Polizeibeamte eine Stunde später bei uns klingelte, wollte ich gerade Fredrik anrufen, Davids Freund, und David daran erinnern, dass es Zeit war, nach Hause zu kommen.

«Sind Sie Alexandra Bengtsson, die Mutter von David Bengtsson?»

«Ja», erwiderte ich und spürte unmittelbar, wie sich mir die Kehle zuschnürte.

«Darf ich reinkommen?», fragte der Polizist.

Er war älter, um die sechzig, mit einem offenen, sympathischen Gesicht und blauen Augen, die mich unverwandt ansahen. Er wirkte vertrauenswürdig, das weiß ich noch.

«Ich habe leider eine schlimme Nachricht, es geht um Ihren Sohn.»

Ich sagte keinen Ton, schmeckte Blut im Mund. Vermutlich hatte ich mir in die Wange gebissen.

«Es hat einen Unfall gegeben. Ihr Sohn wurde schwer verletzt. Er hat nicht überlebt.»

Mit einem Aufschrei brach ich zusammen. Ich fiel nicht in Ohnmacht, aber ich brach zusammen. Die Welt entglitt mir, ich konnte nicht mehr aufrecht stehen, spürte keinen Boden mehr unter den Füßen.

Dann wurde alles schwarz.

Ich komme zu mir, als mir jemand Wasser ins Gesicht schüttet. Es dringt mir in den Mund, und ich ringe verzweifelt nach Luft, wie eine Ertrinkende. Ein dumpfer, tierischer Laut entfährt meiner Kehle, aber ich atme. Als ich mühsam den Kopf hebe, um herauszufinden, wo ich bin, explodiert ein höllischer Schmerz in meinem Kopf. Da fällt es mir wieder ein: Ich wurde niedergeschlagen. Von der Decke baumelt eine nackte Glühbirne. Das grelle Licht sticht mir unbarmherzig in die Augen. Instinktiv will ich es mit der Hand abschirmen, aber ich kann meinen Arm nicht bewegen.

Ich drehe den Kopf zur Seite. Die Bewegung schmerzt, aber nicht so sehr wie das grelle Licht der Glühbirne. Der Raum ist groß. Kahle Betonwände. Es riecht modrig und feucht.

Es muss Andersens Keller sein. Der Raum, aus dem der schmale Lichtstrahl kam.

Als ich mit größter Anstrengung erneut den Kopf hebe, sehe ich, dass ich nackt und mit Händen und Füßen an eine Art Stuhl oder Liege gefesselt bin, mit gespreizten Beinen. Wie lange war ich bewusstlos?

Im nächsten Moment beugt sich Andersens Kumpan über mich. Er grinst mich an. Er steht so dicht neben mir, dass ich ihm mit der linken Hand fast in den Schritt greifen und ihm die Eier zerquetschen könnte, wären die Fesseln an meinen Handgelenken nicht so stark angezogen. Als er sich zu mir herabbeugt, streift sein langer, ungepflegter Bart meinen nackten Arm.

Sein Grinsen wird breiter, und ich kann seine braunen, fleckigen Zähne sehen. Er streicht sich seine fettigen Haare aus dem rotfleckigen Gesicht. Das grelle Licht der Glühbirne bringt sein abstoßendes Äußeres voll zur Geltung. Als ich an ihm herunterschaue, kann ich die Aufschrift auf dem schwarzen T-Shirt lesen, das sich über seinem fetten Bierbauch spannt: «If you can't fuck'em, rap'em».

Als er meinen Blick bemerkt, lacht er heiser. Im selben Moment explodiert die nächste Schmerzwelle in meinem Kopf. Mir wird schlecht. Noch ehe der Typ zurückweichen kann, erbreche ich mich auf sein T-Shirt.

«Du verdammte Hure! Bist du nicht mehr ganz dicht? Ich mach dich kalt, du kleine Journalistenschlampe!»

Dann dreht er sich um und geht zur gegenüberliegenden Wand. Ich folge ihm mit dem Blick. Als ich sehe, wonach er greift, schnappe ich unwillkürlich nach Luft.

Deshalb haben sie das Kellerfenster abgedunkelt. Die ganze Wand ist mit Sexspielzeugen und Folterinstrumenten bestückt, die dort in ordentlichen Reihen hängen, wie Werkzeuge in einer Kfz-Werkstatt. Hundehalsbänder mit glänzenden messerscharfen Nieten an beiden Seiten, riesige Dildos, schwarze, nietenbesetzte Lederpeitschen, Kettenpeitschen mit mehreren Strängen, Schlachtmasken, ein Stahlhelm mit nach innen gewandten Schrauben ...

Eines steht fest: Ich bin nicht die Erste, die sie hier unten festhalten. Für sie ist das Routine.

Der nächste Gedanke trifft mich wie ein Schlag: *Johanna!*

Ich schreie. Zerre an meinen Fesseln, aber sie geben kaum nach. Als ich mühsam den Kopf hebe, erkenne ich, dass ich an einem altmodischen Gynäkologenstuhl fixiert bin.

Die Seile sind dick, viel zu dick, als dass ich mich losreißen könnte. Ich versuche zu schreien, bringe aber nur ein heiseres Krächzen hervor. Meine Kehle ist rau wie Schleifpapier, meine Zunge pelzig.

Als ich ein Geräusch höre, drehe ich mich wieder zu Andersens Kumpan um. Er hält jetzt eine Peitsche in der Hand und lässt sie spielerisch kreisen, sodass die drei Lederriemen durch die Luft wirbeln.

«Weißt du, was das hier ist?»

Seine Stimme klingt heiser und irgendwie träge, wahrscheinlich eine Folge jahrelangen Drogenkonsums.

Ich starre ihn an. Plötzlich blitzt eine flüchtige Erinnerung in meinem Bewusstsein auf: der Mann, dessen Hund das Gesicht meiner Schwester zerfleischt hat. Er hatte auch so eine Stimme. Einen Moment lang sehe ich ihn vor mir, auf der Lichtung im Wald. Dann reißt Andersens Kumpan mich aus meiner Erinnerung:

«Eine Ochsenpeitsche. Zehn Hiebe – und man ist tot.»

Die Enden der Lederstränge sind mit scharfen Metallnieten besetzt, die im Licht der Glühbirne aufblitzen. Plötzlich schmecke ich eine nie gekannte Angst im Mund, als hätte Angst ein Aroma.

Im nächsten Moment übergebe ich mich ein zweites Mal. Mein Mageninhalt landet direkt vor seinen Füßen.

«Du widerliche kleine Hure, dir bringe ich bei, wie ...»

Er ist besinnungslos vor Wut, als hätte ich ihn tödlich gedemütigt.

Dann schwingt er die Peitsche durch die Luft. Ein scharfer, knallender Laut. Die Lederriemen verfehlen mich knapp und durchschneiden die Luft zwischen meinen Beinen. Vielleicht wollte er mir nur Angst einjagen. Oder die Wut hat ihn blind gemacht. Als er die Peitsche zurückzieht, streift einer der Stränge meinen Fuß. Der Schmerz ist brutal, als würde der Riemen bis zu meinen Knochen vordringen. Ich schreie auf.

«Was zum Teufel machst du da, Krille? Übertreib es nicht gleich!»

Die Stimme klingt dunkel und hart, befehlend. Ich öffne die Augen. Im Halbschatten steht Andersen.

«Die Schlampe hat mich angekotzt», rechtfertigt sich sein Kumpan wie ein beleidigtes Kind. «Die braucht eine Lektion!»

Andersen schüttelt langsam den Kopf, reißt dem Typen, der Krille heißt, die Peitsche aus der Hand und hängt sie zurück an die Wand.

«Noch nicht», sagt er ruhig.

Dann dreht er sich um und kommt lächelnd auf mich zu. Seine Hand gleitet an der Innenseite meines Oberschenkels hoch. Ich schließe die Augen, wappne mich gegen das, was gleich geschehen wird, aber dann zieht Andersen die Hand wieder zurück.

Als ich die Augen öffne, steht er dicht neben mir und beugt sich über mich. Ich starre in seine unnormal hellen Augen, seine schwarzen Pupillen. Am liebsten würde ich ihn anspucken. Ihm zeigen, wie sehr ich ihn hasse. Aber ich tue es nicht. Ich bin wie gelähmt. Sein stinkender Atem, ein Gemisch aus Kaffee und Zigaretten, und sein billiges Aftershave verursachen mir Übelkeit. Doch diesmal übergebe ich mich nicht.

«Glaub nicht, ich hätte dich nicht erkannt! Du warst bei den Gewächshäusern. Ich hab dich mit einer Kugel erwischt.»

Er streckt seinen rechten Zeigefinger aus und bohrt ihn in die Schusswunde an meiner Schulter.

Wieder schreie ich auf. Der Schmerz breitet sich wie Feuer in mir aus und schießt mir in den Kopf. Vielleicht liegt es an der Gehirnerschütterung, aber diesmal schaffe ich es nicht, den Schmerz auszublenden.

Andersen zieht seinen Finger aus der Wunde, doch der pulsierende Schmerz lässt nicht nach. Ich atme stoßweise.

«Wer bist du?», fragt er. «Was willst du?»

Als ich keine Antwort gebe, brüllt er:

«Warum zum Teufel bist du hier?»

Als ich ihn wortlos anstarre, schlägt er mir mit der flachen Hand ins Gesicht. Gleich werden sie sagen, dass sie Johanna in ihrer Gewalt haben, schießt es mir durch den Kopf. Und ich kann nichts tun.

«Bist du taub? Was hast du hier verloren?!»

Als ich immer noch keine Antwort gebe, schlägt er mir ein zweites Mal ins Gesicht. Meine Lippe platzt auf. Ich schmecke Blut.

«Warum hast du bei den Gewächshäusern rumgeschnüffelt?»

Ich starre ihn weiter wortlos an.

Andersen streckt sich und weicht einen Schritt zurück. Sein schiefes, unbehagliches Lächeln jagt mir mehr Angst ein als sein Gebrüll.

«Es spielt ohnehin keine Rolle», sagt er, plötzlich wieder ganz gelassen.

Er schnallt seinen Gürtel ab, knöpft langsam die Hose auf und lässt sie bis zu den Knöcheln nach unten gleiten. Dann zieht er die Unterhose runter, betätigt einen Hebel und bringt mich in eine aufrechte Position. Ich mache die Augen zu, aber sein Keuchen kann ich nicht ausblenden. Dann spüre ich, wie er in mich eindringt.

«Nein!», schreie ich, obwohl ich weiß, dass mich niemand hört. «Nein!»

Er lacht, seine Hände fahren grob über meine Brüste. Er

stößt, kneift mir in die Brustwarzen und reibt sie zwischen Daumen und Zeigefinger. Wieder durchfährt mich eine Schmerzwelle. Ich presse die Augen mit aller Kraft zusammen, als könnte ich so meinen Körper verlassen.

Nach ein paar Minuten kommt er, leise und kontrolliert. Ich spüre, wie er sich in mir bewegt.

Jetzt ist sein Sperma in meinem Körper, denke ich.

Mir ist klar, was das bedeutet: Sie werden mich töten.

«Jetzt bin ich an der Reihe!», höre ich Krille sagen.

Ich halte die Augen geschlossen. Ich will weder sein aufgedunsenes Gesicht noch seinen fetten Körper sehen, wenn er sich an mich presst.

Plötzlich spüre ich, wie er etwas in meinen Unterleib rammt, etwas Kaltes, vermutlich einen dieser Riesendildos von der Wand. Ich winde mich vor Schmerzen, versuche, an etwas anderes zu denken, an Johanna, an David, aber mein Gehirn ist wie gelähmt.

«Schön, oder?», keucht Krille.

Dann zieht er den Dildo wieder heraus und dringt in mich ein.

«O ja», stöhnt er. «Jetzt bist du richtig ...»

Ich nehme den Geruch von Alkohol, Hasch, seinen stinkenden Atem wahr. Höre sein Stöhnen und Keuchen. Dann fängt er an, mich zu schlagen. Im ersten Moment denke ich, es wäre die Ochsenpeitsche, aber als ich die Augen öffne, sehe ich, dass er eine Gummiklatsche in der Hand hält.

Er schlägt mich auf den Bauch, auf die Brust, ins Gesicht ...

Ich presse die Zähne aufeinander, gebe keinen Laut von mir und versuche, mich gegen jede Bewegung, jeden neuen Schlag zu wappnen, indem ich mich auf meinen Abscheu für Bernt Andersen konzentriere, auf sein Gesicht, die blassen Augen …

Dann wird alles schwarz.

***

Im Traum sehe ich David vor mir. Er schaut mich an, sein Blick geht durch mich hindurch, als könnte er sehen, was ich getan habe, als würde er meine Gedanken und Gefühle verstehen.

Es ist ein Traum, oder eine Halluzination, ich kann es nicht erklären. Aber plötzlich verstehe ich, verstehe alles.

Verzeih mir, David!

Ich weiß, dass dein Tod nicht das Schlimmste für dich war. Den größten Schmerz haben wir dir zugefügt, Erik und ich, deine eigenen Eltern.

Mein geliebter Sohn, du warst nie glücklich bei uns. Ständig haben wir an dir herumgenörgelt, damit du wirst, wie wir dich haben wollten, wir waren unfähig, den Sohn zu lieben, den wir hatten, dich. Wir haben dir das Leben unerträglich gemacht und nicht die psychopathischen Verbrecher, die dich auf der Flucht vor der Polizei überfahren haben.

Mein Leben haben sie zur Hölle gemacht, nicht deins.

Die Ärzte sagten, dass du nichts gespürt hast. Ich möchte daran glauben. Daran glauben, dass du ohne Schmerzen gestorben bist. Dass du Ruhe und Frieden gefunden hast und dir das ewige Genörgel und Geschimpfe von mir und Papa jetzt nicht mehr anhören musst.

Die Erkenntnis tut so unendlich weh. Die Erkenntnis, dass ich dich nicht rächen kann, dass ich nichts ändern kann. Bei allem, was ich getan habe, ging es eigentlich um etwas anderes – um mich, mei-

ne Eltern, meine Schwester, meine Kindheit, um alles Mögliche – nur nicht um dich, mein geliebter Sohn. Verzeih mir …

***

Als ich wieder zu Bewusstsein komme, höre ich, wie sie sich gedämpft unterhalten.

«Du kannst sie verflucht noch mal nicht umbringen», sagt Andersen.

«Komm schon, die Schlampe hat's nicht anders verdient», erwidert Krille. Seine heisere Stimme überschlägt sich vor Aufregung.

Dann ein lautes Klatschen.

«Hör mir zu! Du kannst sie nicht umbringen! Noch nicht. Nicht so.»

«Okay, okay …»

«Es ist zu gefährlich!», schnaubt Andersen. «Geht das nicht in deinen Schädel? Wir wissen nicht, mit wem sie zusammenarbeitet. Du kannst sie nicht behandeln wie die anderen, du Idiot!»

Krille lacht, doch sein Lachen geht sofort in einen Hustenanfall über.

«Wir müssen sie am Leben halten, kapier das endlich!», fährt Andersen fort.

Plötzlich höre ich ein Klingeln. Im ersten Moment begreife ich nicht, woher das Geräusch kommt. Es ist ganz deutlich. Wahrscheinlich hat Andersen eine Leitung von der Haustür in den Keller gelegt, damit er das Klingeln hier unten hören kann. Eine Art Sicherheitsmaßnahme.

Vorsichtig drehe ich den Kopf zur Seite. Bernt und Krille stehen im Schatten. Ich kann sie nur schemenhaft erkennen.

Sie rühren sich nicht vom Fleck.

Bitte klingel noch mal, flehe ich.

Und mein Gebet wird erhört. Es klingelt ein zweites Mal. Laut und deutlich.

Andersen geht zur Kellertür und öffnet sie. Sie scheint schwer zu sein, sein ganzer Körper spannt sich, als er sie aufdrückt.

«Wer ist das?», flüstert Krille Andersen zu.

«Woher zum Teufel soll ich das wissen? Kann ich vielleicht hellsehen?», zischt Andersen und verlässt den Kellerraum.

Einen Moment lang höre ich Andersens Schritte auf der Treppe und entferntes Vogelgezwitscher. Dann schreie ich so laut ich kann.

«Schnauze, Schlampe!», blafft Krille, aber ich schreie weiter.

Im nächsten Moment fällt die Kellertür mit einem dumpfen Knall ins Schloss, und obwohl ich immer noch schreie, umgibt uns wieder kompakte Stille.

«Du kannst schreien, so viel du willst. Hier unten hört dich keiner», feixt Krille.

Dann geht alles ganz schnell.

Die Tür wird geöffnet, und Andersen kommt zurück.

«Da draußen ist jemand», flüstert er nervös. «Sieht aus wie ein Bulle ...»

Ich schreie wieder. Ich darf nicht aufgeben. Andersen zieht rasch die Tür zu.

«Halt dein Maul!», brüllt er. «Zu deinem eigenen Besten!»

Ich höre an seiner Stimme, dass es keine leere Drohung ist. Als ich verstumme, wendet er sich wieder an Krille:

«Geh ins Gästezimmer und halte dich bereit!»

Dann verlassen beide den Keller. Durch die geöffnete Tür sehe ich, wie Krille eine Pistole von einem Tisch nimmt und sie mit ungeschickten, fahrigen Handgriffen entsichert. Ist es meine Pistole? Andersen ist schon verschwunden. Dann schaltet Krille das Licht aus und schlägt die Tür zu.

***

Ich habe aufgegeben. In meinem Kopf erklingt die höhnische Stimme meines Vaters: *Du strengst dich nicht genug an. Du hast kein Durchhaltevermögen.*

Aber sie macht mir nichts aus. Nicht mehr. Ich kann hier sterben. Der Schmerz, mein Versagen, Johanna, David … dafür habe ich keine Kraft mehr.

Trotzdem schreie ich. Oder: Ich höre, wie mein Körper schreit, so laut er kann. Aber die Schreie prallen an den Betonwänden ab und verebben, als hätten sie nie existiert.

Vermutlich ist der Keller schallisoliert. In der kompakten Dunkelheit habe ich das Gefühl, in einer unendlichen Stille zu treiben.

Meine Hände sind taub. Ich spüre sie nicht mehr. Auch in meinen Beinen stirbt allmählich jedes Gefühl ab. Wenn ich versuche, sie zu bewegen, fühlt es sich an, als würden sie nicht mehr zu meinem Körper gehören.

Aber die Schmerzen in meinem Unterleib sind so stark, dass ich nicht stillliegen kann. Immer wieder verlagere ich mein Gewicht und verschiebe das Gesäß, so gut es geht, um den Druckpunkt zu entlasten. Ich spüre, dass ich aus dem Unterleib blute. Teile meines Körpers sind kaputtgegangen, ich bin kaputtgegangen. Ich bin schon vor langer Zeit kaputtgegangen.

Ich schließe die Augen, auch wenn es keinen Unterschied

macht. Mit offenen Augen ist die Dunkelheit genauso kompakt wie mit geschlossenen. Nach einer Weile merke ich, wie sich meine Augen mit Tränen füllen. Aber innerlich fühle ich nichts. Absolut nichts.

Plötzlich dringt aus einer Ecke des Raums ein Rascheln zu mir herüber. Ratten. Winzige Pfoten, die flink über den Zementboden huschen.

Schlagartig bin ich zurück im Keller. Die Wirklichkeit stürzt über mich herein.

Was ist das für ein Rascheln? Liegt dort eine andere Frau? Jemand wie ich? Haben die beiden sie in die Ecke geschleift, damit sie dort verreckt? Werde ich auch dort sterben, wenn sie mit mir fertig sind?

Dann trifft mich die Einsicht mit voller Wucht: *Johanna!*

Ich flüstere ihren Namen. Keine Antwort. Ich rufe lauter. Schreie:

«Johanna! Bist du das, Johanna?»

Um mich herum ist es still. Das Rascheln hat aufgehört. Mit größter Mühe hebe ich den Kopf und starre in die Dunkelheit. Jeder einzelne Muskel in meinem Körper schreit vor Schmerzen auf, und langsam sinke ich in den Stuhl zurück.

***

Als die Tür geöffnet wird, bemerke ich als Erstes den Lichtschein, der in den Raum fällt. Erst dann erkenne ich die breite, unförmige Gestalt. Krille. Die Glühbirne flackert auf. Das Licht brennt so schmerzhaft in meinen Augen, dass ich sie unwillkürlich zusammenpresse.

«Wach auf, Schlampe», zischt Krille heiser. Sein Gesicht ist so dicht an meinem, dass ich seinen widerlichen Atem rieche und seine Bartstoppeln an meiner Wange spüre.

Dann schlägt er mich mit der Gummiklatsche. Ich zwinge mich, die Augen zu öffnen und ihm ins Gesicht zu blicken. Er grinst bösartig. Seine kleinen blauen Schweinsaugen verschwinden fast in seiner fleischigen Visage.

«Glaub bloß nicht, wir lassen dich jetzt schon sterben! Wir entscheiden, wann es so weit ist. Wir sind noch nicht fertig mit dir.»

Er atmet schwer.

«Hast du gehofft, die Polizei rettet dich?», fragt er mit gepresster Stimme, als wolle er ein Lachen unterdrücken. «Tja, das war tatsächlich ein Polizist ...»

Er sieht mich mit einem höhnischen Grinsen an.

«Aber leider ist er schon wieder weg. Dachtest du, er kommt, um dich zu befreien? Aber weißt du was: Der Bulle hat überhaupt nicht nach dir gefragt. Er wollte nachsehen, ob bei *uns* alles in Ordnung ist.»

Krille wiehert vor Lachen.

«Verstehst du? Er hat sich erkundigt, wie es *uns* geht. Und dann ist er sofort wieder abgezogen. Er hat sich um *uns* Sorgen gemacht!»

Mit schlurfenden Schritten geht er zu der Wand mit den Folterinstrumenten.

«Und jetzt sind wir zwei Hübschen hier unten ganz allein.»

Er nimmt einen Gegenstand von der Wand.

«Aber wenn du gut bist, lasse ich dich vielleicht ein bisschen länger am Leben ...»

Er lacht wieder.

«Vielleicht aber auch nicht ...»

In dem Moment tritt Andersen in den Keller.

«Vergiss es!», schnauzt er Krille an.

Ich drehe den Kopf zur Seite, versuche zu verstehen, was hier vor sich geht. Andersen sieht mich abfällig an, als wäre ich ein defekter Gegenstand, für den er keine Verwendung mehr hat.

«Die Sache ist zu gefährlich geworden», sagt er schließlich.

«Hä?», macht Krille.

«Kapierst du's nicht? Wir müssen die Schlampe loswerden. Und danach ist Schluss mit allem. Zumindest eine Weile.»

«Jetzt sofort?»

Die Enttäuschung in Krilles Stimme ist nicht zu überhören. Er klingt wie ein Kind, dem seine Süßigkeiten weggenommen werden.

«Jetzt!», bestätigt Andersen. «Ist das endlich in deinem Spatzenhirn angekommen?»

«Aber kann ich nicht erst ...»

«Hast du eigentlich einen einzigen Funken Verstand in deiner Birne? Ein Bulle war hier. Er hat Fragen gestellt. Wir müssen die beiden schleunigst verschwinden lassen. Spurlos.»

Die beiden? Mich und Johanna?

«Jetzt ist erst mal Schluss mit dem kranken Scheiß, den du immer abziehst!»

«Aber ...»

«Ich sag's jetzt zum letzten Mal: Diesmal machen wir es auf meine Art!»

Krille nickt langsam, als würde er über etwas nachdenken.

«Ich kann sie ... präsentabel lassen», sagt er leise. «Ich mach auch keine ... Spielchen. Ich mach es auf deine Art. Ehrenwort.»

Andersen zögert.

«Okay», stimmt er schließlich zu.

Dann verschwindet er. Ich höre, wie die Tür hinter ihm ins Schloss fällt.

Schon im nächsten Moment beugt Krille sich über mich.

«Jetzt gibt's nur noch dich und mich», zischt er.

Er grinst und entblößt dabei seine fauligen gelben Zähne.

«Dir wird nicht gefallen, was jetzt passiert», sagt er. «Die Schmerzen werden dich um den Verstand bringen, und dann wirst du sterben ... ganz langsam ...»

Er sieht mich an. In seinen kleinen Schweinsaugen weiten sich die Pupillen vor Erregung.

Er sucht die Angst in meinem Blick. Wahrscheinlich bereitet ihm das die größte Befriedigung. Er will sehen, dass die Frauen Angst haben. Der Sex dient lediglich als symbolische Bestätigung.

Nach einer Weile sehe ich ihm die Enttäuschung an, den Frust darüber, dass irgendetwas nicht so läuft, wie er es gewohnt ist.

Denn ich habe keine Angst. Es gibt nichts mehr, wovor ich Angst haben müsste.

Als er mir mit einem Messer in die Brust ritzt, spüre ich es kaum. Ich denke an meine Schwester und erinnere mich an unsere Spiele, als wir klein waren.

«Mach die Augen auf, du verdammte Schlampe!»

Ich tue, was er sagt. Er hält mir das Messer vors Gesicht. Von der Spitze tropft Blut auf mich herab. Wieder sucht er nach Anzeichen von Panik, nach etwas, das ihm das Gefühl von Stärke gibt.

Ich lächele ihn an.

«Wenn ich mit dir fertig bin, werden wir dich mit Chlor

übergießen», sagt er. «Wir werden alle Spuren beseitigen. Keiner wird je erfahren, wie du gestorben bist. Man wird dich nicht mal finden.»

«Du machst mir keine Angst», erwidere ich ruhig.

Plötzlich werden seine Augen schwarz. Er hebt den Arm und schlägt mir hart ins Gesicht.

Ich gebe keinen Laut von mir, reagiere kaum. Ich weiß, dass ich in diesem Keller sterben werde. Wie, spielt keine Rolle mehr. Sie haben gewonnen. Ich habe verloren. Mich selbst, David und Johanna ... Mit jedem weiteren Schlag, der auf mich niederprasselt, versinke ich tiefer in die Dunkelheit und verlasse meinen geschundenen Körper – ich bin befreit.

Jetzt sterbe ich.

Dienstag, 3. Juni

Im ersten Moment weiß ich nicht, wo ich bin. Erst als ich mich umblicke, kommen die Erinnerungen zurück. Ich schnappe nach Luft.

Ich bin nicht tot.

Wie ist das möglich?

Mühsam hebe ich den Kopf und suche Andersen und Krille, kann sie aber nirgends entdecken.

Dann drehe ich mich zur Tür. Vielleicht stehen sie an der Wand mit den Folterinstrumenten, im Schatten, und beobachten mich. Vielleicht denken sie sich bereits die nächste perfide Art aus, wie sie mich «töten» wollen.

Aber auch dort sind sie nicht.

Eine Weile starre ich die abstoßende Wand an. Es dauert einen Moment, bis ich realisiert habe, dass irgendetwas anders ist. Ich betrachte meine verletzte Hand und bewege sie vorsichtig. Dann hat mein Gehirn die Information verarbeitet: Ich bin frei.

Ich bin nicht mehr gefesselt, kann meine Beine bewegen. Ich nehme sie von den Stützen und richte mich im Stuhl auf.

Im grellen Licht der Glühbirne sieht mein Körper blass und weiß aus. Ich bin immer noch nackt, aber dann merke ich, dass sich jemand um meine Fesselmarken an Knöcheln und Händen gekümmert hat. Die Wunden sind gewaschen und gereinigt, und meine Brust ist bandagiert.

Die Schmerzen, die mir zuvor den Verstand geraubt haben, sind beinahe abgeklungen, ich spüre sie nur gedämpft, als wären mir Schmerzmittel verabreicht worden.

Ich begreife das nicht.

Ich begreife überhaupt nichts.

Zitternd stehe ich auf und blicke mich um. Ich rechne damit, dass mich jeden Moment jemand von hinten angreift, mich aufschlitzt, mich vergewaltigt. Unwillkürlich zucke ich zusammen und fahre herum.

Ich bin allein. Kein Laut ist zu hören. Die schwere Stahltür ist nur angelehnt. Durch den Spalt fällt ein Lichtstreifen in den Raum. Ich rühre mich nicht und lausche in die Stille. Keine Stimmen, keine knarrenden Schritte auf der Treppe, kein Motorengeräusch von draußen. Nichts. Nichts als Stille.

Johanna!

Erneut fährt mir der Schreck durch die Glieder. Ich wanke in die Ecke, aus der ich vorhin das Rascheln vernommen habe. Neben der Tür befindet sich eine Art Nische. Der Schein der Glühbirne und das Licht, das durch den Türspalt fällt, reichen nicht bis dorthin, und ich kann kaum etwas erkennen.

Zögerlich arbeite ich mich Schritt für Schritt in den kleinen Verschlag vor, ganz vorsichtig, aus Angst, auf etwas zu treten. Als ich die Arme ausstrecke, ertaste ich über meinem Kopf die Unterseite von Treppenstufen.

«Johanna!», flüstere ich.

Keine Antwort.

Ich ducke mich und gehe tiefer in die Nische hinein. Plötzlich stoße ich gegen etwas, etwas Weiches, Kaltes …

Im ersten Moment weiche ich instinktiv zurück, dann beuge ich mich vor und lasse meine Hände über den Boden gleiten. Als ich Haare und weiche, kalte Haut unter den Fingerspitzen fühle, zucke ich erneut zurück und stolpere rückwärts aus dem Verschlag.

Johanna!

Ich bin mir nicht sicher, ob ich ihren Namen laut gerufen habe. Kurz halte ich inne und lausche, aber um mich herum herrscht immer noch Stille.

Dann krieche ich auf allen vieren zurück in den Verschlag und taste mich vor, bis ich die Haare und die kalte, weiche Haut unter meinen Händen fühle. Das Licht ist zu schwach, um Gesichtszüge zu erkennen. Mit den Fingerspitzen folge ich der Kontur der Nase bis zum Mund hinunter und weiter über Ohren und Hals.

Es ist eine Frau. Aber sie ist älter als Johanna. Ihr Haar ist länger und dünner. Der Bauch fühlt sich schlaff an. Das kann unmöglich Johannas straffer, flacher Teenagerbauch sein. Als ich mit den Fingern noch einmal über ihre Lippen fahre, merke ich, dass ihr mehrere Zähne fehlen.

Verzweifelt taste ich die gesamte Nische ab, auf der Suche nach Johanna.

Plötzlich dringt ein Geräusch in mein Bewusstsein. Ich erstarre mitten in der Bewegung. *Sie sind zurück!*

Aber dann begreife ich, dass ich mein eigenes Schluchzen gehört habe. Ohne es zu merken, habe ich angefangen zu weinen. Ich will weg von hier. Nach Hause. Zu Johanna, zu meinem Kind.

Blind vor Tränen, krieche ich aus dem Verschlag. Ich sehe mich ein weiteres Mal im Keller um, halte Ausschau nach Krille und Andersen. Ich will sie zur Rede stellen. Sie zu einer Antwort zwingen, wo Johanna ist und was sie mit ihr gemacht haben.

Da entdecke ich vor der Wand mit den Folterinstrumenten einen unförmigen Kleiderhaufen am Boden.

Als ich näher herangehe, sehe ich, dass es ein Mann ist. Als ich mich vorbeuge, erkenne ich ihn. Es ist Krille. Er liegt in einer dunklen, geronnenen Blutlache. Seine Kehle ist durchtrennt, direkt unterhalb des Adamsapfels erstreckt sich ein breiter Schnitt, der aussieht wie ein grinsender Mund.

Krille ist tot.

Aber wer hat ihn umgebracht?

Ruckartig drehe ich mich um und lasse meinen Blick durch den Raum schweifen.

Keine Spur von Andersen. *Hat Andersen Krille umgebracht? Ist er geflohen?*

Ich gehe zu der angelehnten Stahltür, greife nach der Klinke und stemme mich dagegen. Die Tür ist so schwer, dass ich meine ganze Kraft aufbringen muss, um sie Millimeter für Millimeter aufzudrücken. Kurz streift mich der Gedanke, dass mir jemand auf der anderen Seite auflauern könnte, aber als ich die Tür endlich aufgewuchtet habe, ist da niemand.

Stattdessen betrete ich einen kleinen Flur, von dem eine Treppe ins Erdgeschoss führt. Am Fuß der Treppe liegt eine Gestalt. Ein Mann. Mit einer Hand auf der untersten Stufe, als hätte er mit letzter Kraft versucht, nach oben zu fliehen.

Ich beuge mich über ihn. Sein Rumpf ist aufgeschlitzt. Die andere Hand liegt auf dem Bauch, als hätte er versucht, die Gedärme am Hervorquellen zu hindern. Sein Gesicht ist verzerrt, aber dann erkenne ich ihn.

Es ist Andersen.

Plötzlich stöhnt er auf. Als ich unwillkürlich zurückweiche, stoße ich mir den Kopf an einer Hutablage. Ein Karton fällt herunter, und ein Sammelsurium aus Schrauben und Nägeln ergießt sich über den Boden. Ich atme tief durch und versuche, mich zu beruhigen. Dann gehe ich zurück zu Andersen. Er hat die Augen geschlossen und stöhnt vor Schmerzen. Ich drehe ihn auf den Rücken und trete ihn mit meinem Fuß in die Seite, um ihn zu Bewusstsein zu bringen.

Als er mich mit seinen unnatürlich hellen Augen ansieht, sage ich nur ein Wort: «Johanna?»

Er murmelt etwas Unverständliches.

«Wo ist Johanna?», schreie ich.

Er starrt mich an. Sein Blick ist matt und leer. Der Blick eines Sterbenden.

«Was habt ihr mit Johanna gemacht?», brülle ich.

Kaum merklich schüttelt er den Kopf.

«Wer?», presst er hervor.

«Johanna! Meine Tochter! Ihr habt sie entführt!»

Andersen lächelt. «Deine Tochter ...»

Er schließt die Augen. Kurz denke ich, dass er bewusstlos ist, aber dann sieht er mich wieder an.

«Hilf mir, dann sag ich dir, wo wir sie hingebracht haben ... hilf mir ...»

Noch bevor er den Satz beendet hat, verliert er das Bewusstsein.

Er lügt. Ich weiß es. Ich höre es an seiner Stimme. Er versucht, seine eigene Haut zu retten. Er hat Johanna nicht entführt. Er weiß nicht mal, wer sie ist.

***

Ich stehe reglos im Flur. Betrachte den bewusstlosen Andersen, die dunkle Blutlache, die sich um ihn herum ausbreitet, die massive Stahltür der Folterkammer, die Treppe, die hinauf ins Erdgeschoss führt, in die Freiheit.

«Was ist passiert?», murmele ich leise.

Andersen atmet flach. Er ist so gut wie tot. Vorsichtig steige ich über ihn hinweg, gehe die Treppe hoch und höre mich selbst sagen: *Wer hat mir geholfen? Wer hat mich befreit?*

Die Polizei? Unmöglich. Sie wären vor Ort geblieben und hätten einen Notarzt gerufen …

Langsam kehren die Schmerzen in meinen Körper zurück. Mein Unterleib brennt, ein tiefes Stechen, wie bei Geburtswehen. Und das ist nur der Anfang, der Schmerz wird noch zunehmen. Einen Moment lang bleibe ich auf der Treppe stehen, unschlüssig, was ich tun soll. Dann steige ich die letzten Stufen hinauf.

Hinter mir höre ich Andersen stöhnen. Ohne mich noch einmal umzudrehen, betrete ich den Flur im Erdgeschoss. Fünf Jahre lang habe ich mir seinen Tod ausgemalt, aber mit einem Mal spielt es keine Rolle mehr, ob er lebt oder stirbt. Als würde ich plötzlich etwas verstehen, das allen anderen schon lange klar ist: Sein Tod ändert nichts. Was geschehen ist, lässt sich nicht rückgängig machen.

Ich durchsuche das gesamte Erdgeschoss nach meiner Kleidung, bis ich in einem der Schlafzimmer fündig werde. Andersen und Krille haben sie weder versteckt noch beseitigt. Entweder hatten sie keine Zeit dazu gehabt, oder ihnen ist gar nicht in den Sinn gekommen, dass meine Kleidung sie mit meinem Verschwinden in Verbindung bringen könnte. Ich zerre ein Laken vom Bett und knote es zu einer Art Windel, um meine Unterleibsblutungen aufzufangen. Die Schmerzen sind jetzt so stark, dass sie mich zeitweise lähmen. Mitten in einer Bewegung erstarre ich und kann nichts anderes tun, als darauf zu warten, dass sie wieder abklingen. Ich beiße die Zähne zusammen, zwinge mich dazu, mich zu konzentrieren und mich nach meinen anderen Sachen umzusehen. Auf dem Nachttisch entdecke ich den Taser. Als ich danach greife, fällt eine kleine Medikamentenschachtel zu Boden. Ich hebe sie auf und lese die Aufschrift: Morphium.

Wer hat sie hiergelassen? Ist sie für mich bestimmt?

Mit dem mulmigen Gefühl, beobachtet zu werden, gehe ich in die Küche, schlucke eine Tablette und spüle sie mit Wasser direkt aus dem Hahn hinunter. Dann verlasse ich rasch das Haus.

Die Sonne steht hoch am Himmel. Das grelle Licht brennt mir in den Augen. Mein Handy steckt zum Glück noch in der Hosentasche. Ich schalte es ein und werfe einen Blick auf die Uhr: 10:43. Ich war mehr als vierundzwanzig Stunden in dem Keller gefangen.

Ich hole meinen Rucksack aus dem Gebüsch, wo ich ihn versteckt habe, setze ihn auf und mache mich auf den Weg zum Auto. Bei jeder Bewegung schreit mein Körper vor Schmerzen. Das Morphium hat seine Wirkung noch nicht entfaltet. Ich komme nur in kleinen Schritten voran und gehe leicht gekrümmt.

Das Auto steht an seinem Platz. Vielleicht haben Andersen und Krille nicht einmal danach gesucht.

Dann fahre ich nach Hause. Es ist vorbei. Alles ist vorbei. Ich werde mich einige Tage krankmelden, bis meine Verletzungen verheilt sind, einen Arzt werde ich aber nicht aufsuchen. Das würde zu viele Fragen aufwerfen. Zu viele Fragen, die ich nicht beantworten kann.

Das Wasser fließt über meinen Körper. Meine Schulter, meine Brust und die Innenseiten meiner Oberschenkel sind mit blauen Flecken übersät. An Handgelenken und Knöcheln habe ich blutige Schürfwunden. Mein Unterleib schmerzt so heftig, dass ich mich an der Wand abstützen muss, um mich auf den Beinen zu halten. Trotz der Morphiumtablette habe ich mich mehrmals übergeben, auf der Rückfahrt im Auto und auch hier unter der Dusche. Die ganze Zeit schwirren mir zwei Fragen durch den Kopf: *Wer hat mich befreit? Wer hat Andersen und diesen Krille umgebracht?*

Als ich im Bett liege, sehe ich alles doppelt. Vermutlich habe ich eine Gehirnerschütterung, doch mir fehlt die Kraft, weiter darüber nachzudenken. Ich schließe die Augen, versuche, den Schmerz auszublenden, und überlasse mich der erlösenden Müdigkeit, die mir das Morphium beschert.

Gedämpftes Licht fällt durch die Jalousien und die vorgezogenen weißen Gardinen. Die Welt existiert noch. Trotz allem, was mir widerfahren ist, geht das Leben ganz normal weiter. Nichts hat sich verändert. Bevor ich endgültig im Morphiumnebel versinke, greife ich nach meinem Handy und wähle Eriks Nummer.

«Hallo», meldet er sich. «Wo hast du …?»

«Johanna!», schneide ich ihm das Wort ab. «Wo ist sie? Hast du sie gefunden?»

«Sie ist hier.»

«Was?»

«Ich habe die ganze Zeit versucht, dich zu erreichen, aber du bist nicht rangegangen.»

Ich schlucke hart.

«Ich war … beschäftigt.»

«Sie war bei einer Freundin. Sie war sauer auf dich und wollte dir einen Denkzettel verpassen … und mir wohl auch.»

«Johanna!», rufe ich. Aber nicht wütend, eher erleichtert.

«Ich habe schon mit ihr geredet», sagt Erik. «Sie weiß, dass sie Mist gebaut hat.»

«Danke», erwidere ich und lege auf, bevor Erik noch etwas sagen kann.

Ich lasse das Handy auf den Boden fallen und drehe mich auf die Seite. Dann drifte ich in die Bewusstlosigkeit ab. In den künstlich herbeigeführten Morphiumschlaf.

Mittwoch, 4. Juni

Ich wache auf, als jemand gegen die Wohnungstür hämmert. Wie lange habe ich geschlafen? Ein paar Stunden? Einen Tag? Die Zeit kommt mir vor wie ein bodenloses schwarzes Loch.

Ich setze mich auf und sehe auf mein Handy. Halb zehn. Als mein Blick auf die Datumsanzeige fällt, wird mir bewusst, dass ich sechzehn Stunden geschlafen habe.

Der Raum dreht sich. Ich strecke mich, damit das Blut in meinen Kopf zurückfließt. Als ich an mir hinunterschaue, entdecke ich Blutflecken in meinem Slip und auf dem Laken. Eingetrocknete dunkle Blutflecken.

Dann klopft es wieder, laut und fordernd.

Ich zwinge mich aufzustehen, schleppe mich ins Badezimmer und werfe den Slip in den Wäschekorb.

«Ich komme!», rufe ich in Richtung Wohnungstür, als es ein weiteres Mal klopft.

Am Waschbecken wasche ich mir das Gesicht mit kaltem Wasser, das sich sofort rot färbt. Ich wiederhole den Vorgang so lange, bis das Wasser einigermaßen klar ist. Dann tupfe ich mein Gesicht mit einem Handtuch trocken, ganz behutsam, damit die Kopfschmerzen nicht noch schlimmer werden, und binde mir die Haare zu einem Pferdeschwanz.

Die ganze Zeit klopft es an der Tür.

Erst als ich ins Schlafzimmer zurückgehe, um mich anzuziehen, kommt mir der Gedanke: Was, wenn es einer von Andersens Kumpanen ist? Jemand, den ich nicht gesehen habe?

Schnell schlüpfe ich in eine Jeans und ein langärmeliges Sweatshirt, gehe in den Flur und spähe durch den Spion.

Der Mann, der im Hausflur steht, gehört definitiv nicht zu Andersens Leuten.

Ich hole tief Luft und öffne die Tür.

«Carl Edson», sage ich so unbeschwert wie möglich. «Was kann ich für Sie tun?»

TEIL DREI

56

Mittwoch, 4. Juni

«Alexandra Bengtsson», sagte Carl und sah sie einen Moment lang an, ehe er auf die beiden Beamten hinter sich zeigte:

«Das sind meine Kollegen Jodie Söderberg und Simon Jern.»

Alexandra nickte. Sie trug eine Jeans und ein grünes Sweatshirt. Carl musterte ihr Gesicht. Es war geschwollen, voller Wunden und blauer Flecke.

«Was verschafft mir die Ehre?», fragte sie.

«Wir würden gerne mit Ihnen reden», erwiderte Carl. «Im Präsidium.»

Er wartete auf eine Reaktion, doch Alexandra wirkte völlig ruhig.

«Und worum geht es diesmal?»

«Ich glaube, das wissen Sie», sagte er lächelnd.

Sie zog die Augenbrauen hoch.

«Ich wüsste nicht, welche Fragen ich Ihnen mittlerweile noch nicht beantwortet habe. »

«Ziehen Sie sich eine Jacke über und kommen Sie bitte mit», sagte Carl.

«Ich hole nur meine Handtasche», seufzte Alexandra und ging Richtung Schlafzimmer.

Carl folgte ihr, während Jodie und Simon schweigend vor der Tür warteten.

«Sie humpeln», bemerkte Carl. «Haben Sie sich verletzt?»

Alexandra gab keine Antwort.

Als sie ihm eine Viertelstunde später in dem fensterlosen Verhörraum gegenübersaß, stellte Carl die Frage erneut.

«Ich bin beim Joggen über eine Baumwurzel gestolpert», erklärte sie.

«Schon wieder? Vor unserer letzten Unterhaltung sind Sie doch auch beim Joggen gestolpert?», erwiderte Carl.

Jodie saß schweigend neben ihm und beobachtete Alexandra, die nur mit den Schultern zuckte.

«Und?»

Vor Alexandra auf dem Tisch stand ein Mikrophon. Dass sie außerdem gefilmt wurde, konnte sie sich denken. Die Wirkung des Morphiums war längst abgeklungen, und ihr Unterleib pulsierte schmerzhaft. Dennoch gab sie sich größte Mühe, sich nichts anmerken zu lassen und die Schweißflecke zu verbergen, die sich unter ihren Armen und zwischen ihren Brüsten gebildet hatten.

«Entschuldigung», presste sie hervor, «aber würden Sie mir bitte erklären, warum ich hier bin?»

Carl seufzte.

«Für die Morde an Sonny Andersson, Sid Trewer und Mårten Rask haben Sie durch den Unfalltod Ihres Sohnes ein eindeutiges Motiv», sagte er. «Bisher sind Sie der einzige gemeinsame Nenner.»

«Mein Sohn ist aber von *vier* Männern überfahren worden», entgegnete Alexandra.

Carl nickte.

«Was ist, wenn wir dem vierten Mann gleich einen Besuch abstatten würden?»

«Woher soll ich das wissen?»

«Finden Sie es denn gar nicht seltsam, dass zwischen Ihnen

und drei Opfern des mutmaßlichen Serienmörders eine Verbindung besteht?»

«Soweit ich informiert bin, ermitteln Sie in drei weiteren Morden, die offenbar vom selben Serientäter verübt wurden. Worin besteht da die *Verbindung*?»

Carl lächelte.

«Wissen Sie, was ich glaube?»

Alexandra sah ihn desinteressiert an.

«Ich glaube», fuhr Carl ungerührt fort, «dass Sie die anderen Männer umgebracht haben, um von Ihrem wahren Motiv abzulenken. Sie haben willkürlich weitere Opfer ausgewählt, Menschen, die es Ihrer Ansicht nach verdient haben zu sterben und bei denen Sie den Mord für moralisch gerechtfertigt hielten.»

Carl zog eine Zigarettenschachtel aus der Jacketttasche und hielt sie Alexandra hin.

«Zigarette?»

Sie blickte ihn verständnislos an.

«Ich rauche nicht.»

«Entschuldigung, das wusste ich nicht. Versuchen Sie aufzuhören?»

«Nein, ich habe noch nie geraucht.»

Alexandra blickte auf ihre Handgelenke und zog rasch die Ärmel ihres Sweatshirts nach unten, um die Verletzungen zu verbergen. Edsons überlegene, arrogante Art war ihr zuwider. Seine Höflichkeit war gespielt, ein Mittel zum Zweck. Damit er ihren Abscheu nicht bemerkte, starrte sie weiter auf ihre Hände:

«Sie behaupten also, ich hätte ... sechs Menschen ermordet?»

Einen Moment lang war es still im Raum. Dann räusperte sich Carl: «Ja.»

«Ich verstehe wirklich nicht, wovon Sie da reden.» Alexandra blickte auf.

«Für jemand, der nichts mit den Morden zu tun hat, wissen Sie erstaunlich viel über die Tathergänge», sagte Carl.

Alexandra versuchte, ungerührt zu wirken.

«Zum hundertsten Mal: Ich bin Journalistin, ich habe meine Quellen. Das ist mein Job.»

«Ich glaube Ihnen nicht.»

«Nein, das haben Sie bereits gesagt. Sie glauben, ich bin der Serienkiller von Rimbo. Der ‹Kaugummimörder›.»

Alexandra lachte. Es sollte leicht und unbeschwert klingen, aber der Versuch missglückte.

«Ich habe Ihnen alles erzählt, was ich weiß», fuhr sie fort. «Was Sie sich da zusammengereimt haben, ist blanker Unsinn! Sie können genauso gut behaupten, ich wäre der erste Mensch auf dem Mond gewesen oder ... suchen Sie sich was aus! Das ist einfach absurd!»

Sie schüttelte den Kopf.

«Mein Sohn David ist tot. Als er sechs war, ist er von rücksichtslosen, eiskalten Verbrechern überfahren worden, aber das macht mich noch lange nicht zur Mörderin.»

Carl nickte.

«Was ist eigentlich mit Ihrem Gesicht passiert? Sieht aus, als hätte Sie jemand misshandelt.»

«Das haben Sie mich bereits gefragt. Ich bin hingefallen. Beim Joggen im Wald. Und ich humpele, weil ich mir dabei die Hüfte geprellt habe, falls Sie diese Frage auch wiederholen wollen. Soll ich Ihnen die Prellung zeigen?»

Carl schüttelte den Kopf.

«Nein, nicht nötig», erwiderte er.

Alexandra starrte ihn an.

«Das alles ist völlig absurd», sagte sie resigniert. «Ich kann die Taten gar nicht begangen haben ... ich habe Alibis. Ich war verreist, bei der Arbeit ... eine Zeitlang hat meine Tochter Johanna bei mir gewohnt. Sie kann es bestätigen.»

Carl nickte.

«Gut», erwiderte er. «Wir werden mit Johanna sprechen. Und mit Ihrem Exmann. Gibt es weitere Personen, die bezeugen können, wo Sie sich zu den Tatzeitpunkten aufgehalten haben?»

Alexandra dachte einen Moment nach. Dann schüttelte sie den Kopf.

«Nein. Ich habe keinen besonders großen Bekanntenkreis.»

Sie suchte in seinem Gesichtsausdruck nach einer Regung, einem Hinweis, dass er ihr glaubte, aber da war nichts.

«Sie bleiben also dabei, dass Sie mit diesen Morden nichts zu tun haben?», fragte Carl.

«Ja ...», erwiderte sie. «Ich war nicht mal in der Nähe der Tatorte. Außer für Recherchezwecke.»

«Wir würden trotzdem gerne eine DNA-Probe von Ihnen nehmen. Sind Sie damit einverstanden?»

«Warum wollen Sie eine DNA-Probe?»

«Damit wir Sie als Tatverdächtige ausschließen können.»

«Das leuchtet mir ein», sagte Alexandra. «Beim letzten Mal wollten Sie nicht darauf eingehen, weshalb Sie die Morde miteinander in Verbindung bringen ... Welche Spur verfolgen Sie?»

«Sie haben die Kaugummis in Ihren Artikeln selbst erwähnt.»

Alexandra nickte. *Wo zum Teufel kamen diese verfluchten Kaugummis her?*

«Na schön, nehmen Sie eine DNA-Probe, wenn Sie das für nötig halten», sagte sie möglichst unbekümmert.

«Außerdem würden wir uns gerne in Ihrer Wohnung umsehen.»

Er lächelte, aber in seiner Stimme schwang eher eine Drohung mit.

«Dafür brauchen Sie einen Durchsuchungsbeschluss», erwiderte sie. «Und den kriegen Sie nicht so leicht. Ich bin Journalistin. Wenn Sie meine Wohnung durchsuchen, verstoßen Sie gegen das Informanten- und Presseschutzgesetz.»

Carl erhob sich, ohne auf den Einwand einzugehen.

«Schreiben Sie uns bitte eine Liste mit den Personen, mit denen Sie zu den Tatzeitpunkten zusammen waren.»

Alexandra war kurz davor zu erwidern, dass sie bereits gesagt hatte, dass nur ihr Exmann und ihre Tochter in Frage kämen, aber dann besann sie sich und nickte.

Edson streckte ihr die Hand hin. Als Alexandra sie ergreifen wollte, rutschte ihr Ärmel hoch und entblößte dic Fesselmarken an ihrem Handgelenk. Schnell zog sie die Hand zurück.

«Entschuldigen Sie bitte», sagte Carl, ohne die Verletzung zu kommentieren, «ich muss jetzt leider gehen. Die Liste können Sie Jodie geben. Sie wird auch die DNA-Probe nehmen.»

Er warf einen Blick auf die Uhr.

«Es dauert nicht lange.»

***

Carl schloss leise die Tür hinter sich und ging ins Nebenzimmer, einen engen Raum, der von einer einseitig verspiegelten Wand und einem kleinen Mischpult mit Videobildschirm und Aufnahmegeräten dominiert wurde. Es war dunkel und ein wenig stickig. Drei Personen blickten ihn fragend an: Staatsanwalt Daniel Sandén, Simon Jern und Gert Uwe, die das Verhör von hier aus verfolgt hatten.

Leise zog Carl die Tür zu. Als er Daniel Sandéns Blick begegnete, machte er seinerseits eine fragende Geste. Sandén schüttelte langsam den Kopf.

«Nichts? Gar nichts?», fragte Carl.

«Das reicht nicht mal für Untersuchungshaft. Bevor wir nicht an den Tatorten DNA-Material von ihr sichergestellt haben, müssen wir sie laufenlassen.»

«Was ist mit dem Durchsuchungsbeschluss?»

Sandén schüttelte erneut den Kopf.

«Keine Chance. Bengtsson hat recht. Das wäre ein Verstoß gegen das Presseschutzgesetz. Solange wir keinen DNA-Treffer haben, sind uns die Hände gebunden.»

Carl seufzte, auch wenn er nichts anderes erwartet hatte.

* * *

«Wie geht's jetzt weiter?»

Jodie Söderberg holte ihren Chef kurz vor dem Einsatzraum ein. Carl zuckte mit den Schultern.

«Wir sprechen noch mal mit allen, die ihr Alibi bestätigt haben. Auch wenn dabei vermutlich nicht viel rumkommt.»

Carl betrat den Einsatzraum. Er hatte gehofft, dass es dort angenehm kühl sein würde, schließlich lag der fensterlose

Raum mitten im Gebäude. Doch auch hier war es unerträglich warm. Als wäre die Hitzewelle, die das Land überrollt hatte, bis in den letzten Winkel des Präsidiums vorgedrungen.

Jodie und Carl setzten sich an ihre Schreibtische, auf denen sich Akten, Fotos, Karten, Notizblöcke und Kaffeebecher häuften. Die mit Abstand meisten Kaffeebecher hatte Simon angesammelt, als wollte er dem Klischee des schlampigen Junggesellen alle Ehre machen.

«Wir teilen die Personen unter uns auf –», sagte Carl.

«Nicht nötig», unterbrach ihn Jodie. «Es sind nur zwei. Ihr Exmann und ihre Tochter.»

Carl erhob sich von seinem ramponierten Bürostuhl, trat ans Whiteboard und wischte die Ermittlungsergebnisse weg, die sie bisher zusammengetragen hatten.

«Wir müssen uns Zutritt zu ihrer Wohnung verschaffen», murmelte er vor sich hin.

«Was sagst du?», fragte Jodie.

Carl drehte sich um.

«Ich will ihre Wohnung durchsuchen.»

«Du glaubst tatsächlich, dass sie es ist?»

Er nickte.

«Und was ist mit ihrem Mann? Er hätte dasselbe Motiv. Und die meisten Opfer waren in Drogengeschäfte und weiß Gott was noch alles verwickelt ... unbescholtene Bürger waren das jedenfalls nicht», gab Jodie zu bedenken.

Carl wedelte irritiert mit der Hand.

«Abgesehen von den vier Södertälje-Einbrechern gibt es zwischen den Mordopfern keinerlei Verbindungen. Und wir ... du und Simon, meine ich ... ihr habt das Umfeld der Männer gründlich durchleuchtet.»

«Und Bengtssons Exmann?»

Carl schüttelte den Kopf.

«Ich glaube nicht, dass er der Täter ist. Du warst doch dabei, als wir ihn befragt haben. Hat er irgendwas Auffälliges gesagt?»

«Nur dass wir nicht ganz bei Trost wären oder so was in der Art. Ich erinnere mich nicht mehr genau. Du hast doch Notizen gemacht ...»

Carl lächelte verlegen.

«Ich habe nur ein bisschen vor mich hin gekritzelt. Alte Angewohnheit ...»

Bevor Jodie etwas sagen konnte, polterte Simon in den Raum und ließ sich stöhnend auf seinen Bürostuhl plumpsen.

«Was ist los?», fragte Carl irritiert.

Simon grinste.

«Lange Nacht. Ging ziemlich heiß her», sagte er und zwinkerte Carl zu.

Carl schüttelte nur den Kopf und trat wieder ans Whiteboard.

«Das erste Opfer war ...», sagte er halb zu sich selbst.

Simon zuckte mit den Schultern und stellte seinen Kaffeebecher auf den letzten freien Fleck auf seinem Schreibtisch.

«... Marco Holst.»

«Nein», widersprach Carl. «Holst war nur das erste Opfer, das *wir* gefunden haben. Fadi Sora ist *vor* Holst ermordet worden. Und vor Sora wurde Sonny Andersson ermordet. Die Obduktion von Anderssons ... Überresten hat ergeben, dass er mindestens eine Woche vor Sora gestorben ist.»

Carl verspürte immer noch eine leichte Übelkeit, wenn er an den Fund im Sommerhaus dachte.

«Und …?», fragte Jodie.

«Wenn wir davon ausgehen, dass der erste Mord eine Art Auslöser war, dann ist die Theorie stimmig …»

«Du meinst, weil Andersson einer der Männer war, die Bengtssons Sohn auf dem Gewissen haben?»

«Genau», bestätigte Carl und wandte sich um. « Den Schritt, tatsächlich jemanden zu töten … den macht man nicht einfach so. Die erste Tat hat daher häufig eine Art symbolischen Charakter. Und diese *extremen* Morde … so etwas erfordert Entschlossenheit, Kraft … Emotion.»

Carl sah Jodie und Simon eindringlich an.

«Du glaubst also, Alexandra Bengtsson ist unsere heißeste Spur?», fragte Jodie.

«Ja.»

«Okay», meldete sich Simon zu Wort und lehnte sich in seinem Stuhl zurück. «Eine ziemlich beschissene Spur, wenn ihr mich fragt.»

«Bis wir einen DNA-Treffer haben, der das Gegenteil beweist», sagte Carl angestrengt neutral, zog seinen Schreibtischstuhl heran und setzte sich.

«Du hast vorhin im Verhör gefragt», erwiderte Jodie, «was passieren würde, wenn wir dem vierten der Södertälje-Männer einen Besuch abstatten …»

«Das habe ich längst getan», antwortete Carl. «Am Montag. Da wirkte er noch ganz lebendig. Na ja, wie man's nimmt.»

«Wie man's nimmt?», hakte Simon nach.

«Der Kerl ist ein drogensüchtiger Berufskrimineller. Wie das blühende Leben sah er nicht gerade aus.»

«Trotzdem …», sagte Jodie nachdenklich. «Ihre Reaktion, als du sie auf den Mann angesprochen hast, war … sagen wir, auffällig. Als würde sie mit aller Macht versuchen, unbeteiligt zu wirken.»

«Du meinst, wir sollten noch einmal zu ihm fahren?», fragte Carl.

«Ja», erwiderte Jodie. «Das sollten wir ...»

57

«Was haben wir diesmal?»

Carl drehte sich um. Lars-Erik kam über Andersens Hof auf ihn zu. Statt des üblichen blauen Ganzkörperoveralls trug er einen weißen Schutzanzug, in dem er aufgrund seiner Leibesfülle wie ein riesiger Pandabär aussah. Das Plastikmaterial raschelte im warmen Wind. Es herrschte eine drückende Hitze. Die wenigen Wolken, die am Vormittag zumindest ein wenig Schatten gespendet hatten, waren inzwischen verschwunden. Simon und Jodie hatten sich in den Schatten einer Birke zurückgezogen. Carl hingegen stand in Anzug und weißem Hemd in der prallen Sonne und genoss die Temperaturen.

Lars-Erik stellte sich neben ihn. Aus seinem Plastikoverall drang bereits eine leichte Schweißnote.

«Wie sieht's dadrinnen aus? Schlimm?», fragte er.

Carl nickte.

«Wie bei den anderen?»

«So ungefähr. Zwei männliche Leichen. Grausam zugerichtet. Sie liegen im Keller. Es gibt da unten sogar eine voll ausgestattete Folterkammer.»

«Pfui Teufel!»

«Beide Opfer wurden aufgeschlitzt. Sieh es dir am besten selbst an. Ist aber kein schöner Anblick.»

Lars-Erik nickte.

«Natürlich sehe ich's mir selber an. Dachtest du, ich mache eine Tatortanalyse, indem ich mit dir ein Schwätzchen in der Sonne halte?»

Carl kniff die Augen zusammen und überhörte den Kommentar.

«Ich glaube, diesmal wirst du Spuren finden», erwiderte er stattdessen.

Lars-Erik nickte und rief seinem Team zu:

«An die Arbeit, wir gehen rein!»

Sofort eilten drei ebenfalls in weiße Plastikoveralls gekleidete Männer herbei, jeder mit einem schweren Aluminiumkoffer in der Hand. Sie sackten unter dem Gewicht förmlich zusammen, während ihr Chef unbeschwert vor ihnen herging.

«Wir fangen im Erdgeschoss an und arbeiten uns nach unten durch», erklärte Lars-Erik und verschwand im Haus.

Carl überquerte den Hof und steuerte auf Cecilia Abrahamssons schwarzen Mercedes zu. Der Motor lief. Als Carl an das Seitenfenster klopfte, zuckte die Rechtsmedizinerin zusammen, dann beugte sie sich über den Beifahrersitz und öffnete die Tür. Im Wagen war es eiskalt. Die Klimaanlage lief auf Hochtouren.

«Grauenhaft!», sagte Cecilia unvermittelt.

Carl sah sie erstaunt an. Sie klang nicht so unterkühlt und überheblich wie sonst, sondern aufrichtig schockiert.

«Was haben diese Männer da unten getrieben?», fragte sie. «Das ... das ist eine voll ausgestattete Folterkammer!»

Carl antwortete nicht. Die Antwort war offensichtlich.

«Wissen wir, wer die Männer sind?», fragte Cecilia.

«Einer von ihnen ist Bernt Andersen. Ich habe ihn selbst vor zwei Tagen hier gesehen. Und ich erkenne ihn anhand alter Fotos wieder. Der zweite ist vermutlich ein gewisser Kristian Samuelsson. Er wohnt ... wohnte ... ungefähr fünfzehn Kilometer entfernt auf einem ehemaligen Gemüsehof, wo er offenbar Cannabis in großem Stil angebaut hat. Die Pflanzen scheinen erst kürzlich weggeschafft worden zu sein.»

Cecilia nickte.

«Und das Opfer?»

«Wen meinst du?», fragte Carl.

«Die Frau …?»

Carl schaute die Rechtsmedizinerin fragend an. Er hatte keine Frau gesehen. Allerdings hatte er sich dort unten so wenig wie möglich aufgehalten, um den Tatort nicht zu verunreinigen.

«Sie liegt in der Nische unter der Kellertreppe», erklärte Cecilia. «Sieht aus, als wäre sie zu Tode misshandelt worden. Grobe äußere Gewalteinwirkung nach brutalen sexuellen Übergriffen. Würde mich nicht wundern, wenn es noch weitere Leichen gibt. Frauen, vielleicht auch Männer, die von diesen Kerlen gequält wurden. Die Kriminaltechniker sollten sich den Garten genauer ansehen und vermutlich auch diesen Gemüsehof.»

«Ich spreche mit Lars-Erik, sobald er mit dem Keller fertig ist», sagte Carl. «War es derselbe Täter? *Unser* Täter?»

«Wäre möglich», antwortete Cecilia. «Die Brutalität, die Folterkammer … Es gibt etliche Parallelen … Aber ich –»

«Ja, ich weiß», fiel Carl ihr ins Wort, «Du musst erst die endgültigen Obduktionsergebnisse abwarten.»

Die Rechtsmedizinerin nickte.

«Und deine *vorläufige* Einschätzung?»

Sie schüttelte den Kopf.

«Wahrscheinlich möchtest du das nicht hören, aber …»

«Aber?»

«Die beiden Männer sind zwar brutal ermordet worden,

aber im Unterschied zu den anderen Opfern konnte ich keine Anzeichen von Folter entdecken. Jedenfalls nicht bei der ersten äußeren Totenschau. Die anderen Opfer wurden über einen längeren Zeitraum gequält, und die Gewalt war ... wie soll ich es formulieren ... *emotional aufgeladen.*»

«Weiter?»

«Die beiden Männer ...»

«Bernt Andersen und Kristian Samuelsson.»

«... bei ihnen hat der Täter eine andere, effektivere Art von Gewalt angewendet.»

«Du glaubst also, dass es nicht derselbe Täter war?»

Cecilia schien ihre Antwort gründlich abzuwägen.

«So würde ich das auch nicht sagen», sagte sie schließlich. «Der Täter könnte seine Vorgehensweise geändert haben. Aber an deiner Stelle würde ich über die Motive nachdenken. Bei Andersen und Samuelsson ging es nicht darum, sie möglichst lange leiden zu lassen. Der Täter hätte sie ebenso gut erschießen können.»

Cecilia zögerte einen Augenblick.

«Bei der Frau ist es anders. Ihre Leiche weist deutliche Spuren von sexueller Folter auf», fuhr sie fort.

«Wie Sid Trewer, Marco Holst, Fadi Sora ...?»

Cecilia blickte Carl fragend an.

«Von *sexueller* Folter würde ich da nicht sprechen, aber ich kann mich natürlich irren, was die Motive angeht. Sadistische Züge sind jedenfalls in allen Fällen erkennbar.»

Carl nickte.

«Nach der Obduktion kann ich dir Genaueres sagen.»

Die Rechtsmedizinerin schwieg einen Moment und fügte dann hinzu:

«Auch wenn ich diesmal fast hoffe, dass die Schuldige davonkommt ...»

Carl wandte sich ihr zu. Der Lederbezug knarrte.

«Du glaubst, dass es eine Frau ist?», fragte er.

Cecilia zog die Augenbrauen hoch.

«Wie kommst du darauf?»

«Du sagtest ‹die Schuldige›.»

«Ach, das war mir gar nicht bewusst», erwiderte Cecilia. «Aber es ist durchaus möglich, dass wir es mit einer Täterin zu tun haben. Einer Frau, die sich rächen will ...»

«Ja, vielleicht ...»

Carl öffnete die Beifahrertür und stieg aus.

«Ich schicke dir den Obduktionsbericht, so schnell ich kann», rief Cecilia ihm nach.

Er nickte und schloss die Autotür. Zum ersten Mal in all den Jahren schien Cecilias professionell-nüchterne Fassade zu bröckeln. Als wäre sie aufrichtig betroffen. Jeder von uns hat seine Achillesferse, dachte Carl und ließ den Blick über den Hof schweifen.

Jodie saß mit geöffneter Beifahrertür im Wagen. Simon stand in der Nähe eines Geräteschuppens.

«Zeit, mit der Arbeit zu beginnen!», rief Carl ihnen zu. «Simon, du schnappst dir die örtlichen Polizeibeamten und kümmerst dich um die Anwohnerbefragung. Axel Björkström wollte auch noch ein paar Leute schicken. Fahr mit einem von ihnen in die Stadt zurück.»

«Und wohin wollt ihr?», fragte Simon.

«Zu Alexandra Bengtssons Exmann», erwiderte Carl. «Jodie, du fährst.»

58

Carl und Jodie irrten durch ein Labyrinth aus verschlafenen Anliegerstraßen, bis sie schließlich vor einem gelben Holzhäuschen hielten, das an einen Zuckerwürfel erinnerte. Den Vorgarten umgab eine hohe Hecke, und in der Einfahrt stand ein BMW neueren Modells. An der Hauswand lehnte ein Fahrrad.

«Fahr weiter», wies Carl Jodie an.

«Aber wollen wir nicht ...»

«Wir *gehen* zurück.»

Sie fuhren die schmale, gewundene Straße hinunter, die von identischen Wohnhäusern in verschiedenen Farben gesäumt wurde. Carl musste an die Spielzeughäuser der Modelleisenbahn denken, die er als Kind besessen hatte. Sie hatten ihm immer das Gefühl gegeben, ein Riese zu sein.

«Halt da drüben an», sagte Carl und deutete auf eine Querstraße.

Jodie ließ Carl aussteigen und parkte anschließend unter den ausladenden Ästen eines imposanten Goldregens neben einer säuberlich beschnittenen Hecke. Die gelben Blüten leuchteten in der Abenddämmerung und verströmten einen intensiven Duft. Carl atmete tief ein. *Sommer*, schoss es ihm durch den Kopf, und mit einem Mal verspürte er eine sonderbare Erleichterung.

«Erik Bengtsson ist nach dem Tod des Sohnes und der Scheidung hier wohnen geblieben», erläuterte Jodie, während sie zum Haus zurückliefen.

«Ich weiß», sagte Carl. «Das hast du schon beim letzten Mal erzählt.»

Er dachte an seine eigene Scheidung. Weder ihm noch seiner Frau war die Trennung besonders schwergefallen. Allerdings hatten sie auch kein Kind verloren. So ein Schicksalsschlag veränderte alles.

Als sie durch den Vorgarten gingen, bemerkte Carl, dass es sich bei dem Fahrrad um ein Damenmodell handelte. Vermutlich gehörte es der Tochter. Im Gegensatz zu den Nachbargrundstücken machten Haus und Garten einen vernachlässigten Eindruck. Der Rasen war seit langem nicht mehr gemäht worden, und an dem schwarz lackierten Geländer der Vordertreppe hatte sich an etlichen Stellen Rost gebildet.

Carl klingelte. Einmal, zweimal.

Als Erik Bengtsson die Tür öffnete, blickte er sie erstaunt an.

«Guten Abend», sagte Carl. «Dürfen wir reinkommen?»

«Natürlich.» Erik trat zur Seite und ließ sie in den Flur. Aus dem Inneren des Hauses dröhnten harte Elektrobeats. Erik führte die beiden ins Wohnzimmer.

«Entschuldigen Sie», sagte er und drehte die Stereoanlage leiser. «Wenn ich allein bin, höre ich gern laut Musik.»

Carl nickte verständnisvoll. Ihm ging es genauso, auch wenn er viel zu selten die Gelegenheit dazu hatte.

Erik setzte sich in einen Sessel neben der Stereoanlage und bedeutete Jodie und Carl, auf dem Sofa Platz zu nehmen.

«Was kann ich für Sie tun?», fragte er.

«Wie Sie wissen, ermitteln wir in mehreren Mordfällen.»

Erik nickte und sah Carl abwartend an.

«Zu den Mordopfern gehören auch die Männer, die Ihren Sohn überfahren haben», fuhr Carl fort.

«Das haben Sie schon beim letzten Mal gesagt», erwiderte Erik. «Wissen Sie mittlerweile mehr?»

«Inzwischen ist auch der vierte von ihnen ermordet worden.»

Erik senkte den Blick und fuhr sich mit beiden Händen über die Oberschenkel. Dann sah er wieder auf.

«Es tut mir nicht leid, dass sie tot sind – wenn es Ihnen darum geht. Diese Typen haben meinen Sohn getötet, das werde ich ihnen niemals verzeihen. Ich versuche wirklich, nach vorn zu schauen und das alles hinter mir zu lassen, aber es ist schwer ...»

Er verstummte. Sein Blick flackerte zwischen Jodie und Carl hin und her.

«Glauben Sie, dass ich die Männer ermordet habe? Sind Sie deshalb hier? Sie haben mich das schon beim letzten Mal gefragt.»

Carl wartete darauf, dass Erik weitersprach.

«Ich muss Sie leider enttäuschen. Ich habe immer noch niemanden ermordet», fuhr Erik fort. «Ich kann ja nicht mal einen Barsch töten ...»

Plötzlich erstarrte er. Dann vergrub er das Gesicht in den Händen.

«... David und ich, wir waren angeln, als wir in unserem Sommerhaus waren ...»

Sie schwiegen eine Weile. Außer der Musik aus der Stereoanlage war nichts zu hören.

Schließlich blickte Erik auf.

«Die Männer, die David getötet haben, waren Kriminelle. Es gibt doch bestimmt noch andere Verbindungen als meinen Sohn. Und beim letzten Mal haben Sie weitere Morde erwähnt ...»

«Wir glauben, dass der Täter die anderen Morde begangen

hat, um die Verbindung zum Tod Ihres Sohnes zu vertuschen», erwiderte Carl ruhig. «Um es so aussehen zu lassen, als handele es sich um eine Art Racheakt im kriminellen Milieu.»

Erik sah Carl entgeistert an.

«Was reden Sie da? Glauben Sie etwa, ich hätte wahllos irgendwelche Menschen getötet ... einfach so? Um Spuren zu verwischen ...? Eine bessere Theorie hat die schwedische Polizei nicht zu bieten?»

Carl schwieg einen Moment.

«Was haben Sie in der Zeit zwischen dem ersten und fünften Mai gemacht?», fuhr er schließlich fort.

Erik sah ihn misstrauisch an.

«Das hab ich Ihnen doch schon beim letzten Mal gesagt.»

«Ja», schaltete sich Jodie ein. «Aber wir möchten Sie trotzdem noch einmal fragen. Um eventuelle Missverständnisse auszuschließen.»

Erik seufzte.

«Dann muss ich mein Handy holen und im Kalender nachsehen.»

Er stand auf, ging in die Küche und kam kurz darauf mit einem Smartphone zurück.

«Tagsüber war ich bei der Arbeit. Ich hatte einen Auftrag für einen Onlineschuhversand. *Onlineshoes.se.*»

«Was machen Sie noch mal beruflich?», fragte Jodie.

«Ich arbeite bei einer Medienagentur.»

«Als was?»

«Copywriter.»

«Und abends? Was haben Sie an den Abenden gemacht?», erkundigte sich Carl.

Erik warf erneut einen Blick auf sein Smartphone.

«Wahrscheinlich war ich zu Hause ... Das bin ich meistens. Jedenfalls habe ich nichts anderes eingetragen. Aber es war nicht meine Woche ... Ich würde Ihnen gern sagen, ich hätte mit ein paar Kollegen nach der Arbeit ein Bier getrunken, aber das habe ich nicht.»

«Ihre Woche?», hakte Carl nach.

«Ich meine, in der Woche war Johanna nicht bei mir. Sie war bei ihrer Mutter.»

«Also waren Sie allein?»

«Ja.»

«Sind Sie in einer festen Beziehung?», fragte Carl.

«Wie bitte?»

«Haben Sie eine Lebensgefährtin, eine Freundin, sind Sie wieder verheiratet? Kann irgendjemand bezeugen, dass Sie an diesen Abenden zu Hause waren?»

Erik schüttelte den Kopf.

«Nein. Letztes Jahr hatte ich ein paar Dates ... Match.com, Sie wissen schon. Aber ich fand das eher anstrengend.»

«Was ist mit Ihrer Exfrau, mit Alexandra? Ich nehme an, sie kann auch nicht bezeugen, wo Sie waren?»

«Nein, Herrgott! So eng ist unser Kontakt nicht.»

Erik blickte auf.

«Aber ... wo Sie es sagen ... Alexandra war Anfang Mai beruflich sehr eingespannt. Keine Ahnung, weshalb, irgendeine Reportage wahrscheinlich ...»

«Ja, und?», fragte Carl.

«Ich glaube, Johanna war in der Woche doch bei mir. Wenn bei Alexandra viel los ist, weichen wir manchmal vom Schema ab. Sie kann es Ihnen bestimmt bestätigen. Doch ... so muss es gewesen sein.»

Carl und Jodie beugten sich gleichzeitig nach vorn.

«Sind Sie sich bei dem Datum sicher?», fragte Jodie.

Erik sah noch einmal auf sein Handy und nickte.

«Ich habe es nicht eingetragen, aber ja ... ich bin mir ziemlich sicher, dass Johanna in der ersten Maiwoche ein paar Tage bei mir war.»

Jodie machte sich Notizen.

«Danach war sie ein paar Tage bei Alexandra, dann wieder bei mir.»

«Sind Sie sich ganz sicher?», fragte Carl.

Erik zuckte mit den Schultern.

«Ich kann mich natürlich irren. Was solche Dinge angeht, ist mein Gedächtnis nicht gerade das beste.» Er überlegte einen Moment. «Aber es muss Anfang Mai gewesen sein. Ich weiß noch, wie ich dachte, dass der erste Mai ein Feiertag ist und dass Alexandra Pech mit ihrem Dienstplan hat ...»

Carl sah zu Jodie hinüber. Sie schrieb eifrig mit.

«Gut, dann gehen wir eine Woche weiter. Was haben Sie zwischen dem achten und dem zwölften Mai gemacht?»

Erik zog die Augenbrauen hoch.

«Im Prinzip das Gleiche. Tagsüber habe ich gearbeitet, abends war ich zu Hause. Mein Leben ist nicht besonders abwechslungsreich ...»

«Und Johanna war in der Woche bei ihrer Mutter?», hakte Carl nach.

Erik konsultierte erneut sein Handy.

«Ich weiß es nicht. Ich glaube, sie kam Mitte der Woche einen Tag zu mir. Das macht sie manchmal, weil ...»

Erik senkte den Blick.

«Ja?», fragte Carl geduldig.

«Sie sagt, dass es mit mir einfacher ist. Mit dem Essen, mit gewissen Regeln ... Ich mache ihr nicht so viele Vorschriften. Alexandra findet, dass ich zu nachsichtig bin ...»

Er versuchte ein Lachen.

«Wir haben einfach unterschiedliche Ansichten. Das ist wohl einer der Gründe, weshalb wir nicht mehr verheiratet sind.»

«Also wäre es möglich, dass Johanna zwischen dem achten und zwölften Mai bei Ihnen war?»

Erik nickte.

«Ja, ich glaube schon. Fragen Sie am besten Johanna und Alexandra. Sie erinnern sich bestimmt besser als ich.»

«Das werden wir tun», sagte Carl. «Falls wir noch weitere Fragen haben, melden wir uns.»

Er erhob sich. Jodie tat es ihm gleich.

«Vielen Dank für die Hilfe», sagte Carl und schüttelte Erik die Hand.

«Werde ich ... verdächtigt?», fragte Erik zögerlich.

Carl lächelte.

«Das war reine Routine.»

«Aber warum beschuldigen Sie mich dann erst, ich hätte mehrere Menschen getötet?»

Carl lächelte noch immer.

«Sie hören von uns, wenn es nötig sein sollte.»

***

Jodie und Carl gingen schweigend zum Auto zurück. Jodie schwitzte, obwohl sie ein T-Shirt trug. Aus dem Augenwinkel musterte sie ihren Chef. Auf Carls dunklem Anzug und weißem Hemd war kein einziger Schweißfleck zu sehen.

«Und?», fragte Jodie, als sie den Wagen erreichten. «Glaubst du, Bengtsson ist unser Mann?»

«Nein», erwiderte Carl.

«Nein?», fragte sie verblüfft. «Ich hatte den Eindruck, du –»

«Ich glaube immer noch, dass seine Frau die Täterin ist», unterbrach er sie. «Sieht aus, als wäre die Tochter doch bei ihrem Vater gewesen. Und das heißt, dass Alexandra Bengtsson kein Alibi hat.»

«Gut, und was nun?», fragte Jodie.

«Jetzt fahre ich», erwiderte Carl.

Jodie ließ den Griff der Fahrertür los und umrundete den Wagen. Carls Blick schweifte über die Straße, den Goldregen, die kleinen Holzhäuser und Vorgärten.

Sobald Jodie eingestiegen war, drehte er den Zündschlüssel, fuhr los und manövrierte sie zielstrebig durch das unübersichtliche Gassengewirr der Wohnsiedlung auf die Schnellstraße in Richtung Innenstadt.

«Wo wollen wir hin?», fragte Jodie. «Willst du Alexandra Bengtsson noch mal verhören?»

Carl sah sie irritiert von der Seite an.

«Nein, zuerst brauchen wir den Durchsuchungsbeschluss. Und den bekommen wir nur mit positivem DNA-Abgleich. Wie weit ist das Labor mit der Analyse?»

Jodie antwortete nicht. Vor ihnen kam das übliche Stauende des Stockholmer Innenstadtverkehrs in besorgniserregender Geschwindigkeit näher. Instinktiv stemmte sie die Füße auf den Boden, als wollte sie bremsen, und umklammerte den Haltegriff oberhalb der Tür.

Carl trat im letzten Moment auf die Bremse, und das Auto kam einen halben Meter vor der Stoßstange des Vordermanns zum Stehen. Jodie atmete erleichtert auf. Es war das erste Mal, dass Carl fuhr, und sie beschloss, dass es das letzte Mal gewesen war.

«Jodie!»

«Ja?»

«Wie weit ist das Labor mit der DNA-Probe?»

«Ich weiß es nicht», erwiderte sie. «Wir haben noch keine Rückmeldung bekommen.»

Carl trat aufs Gas, doch schon im nächsten Augenblick bremste er abrupt ab. Diesmal verpasste er die Stoßstange des Wagens vor ihnen nur um Haaresbreite. Jodie wurde im Gurt nach vorn geschleudert. Ihr wurde übel. Sogar Simon war ein besserer Autofahrer.

«Ruf Wallquist an!», sagte Carl.

Jodie nickte, zog ihr Handy aus der Hosentasche und wählte Lars-Eriks Nummer. Es klingelte. Erst nach dem fünften Freizeichen, als sie schon wieder auflegen wollte, meldete sich die mürrische Stimme des Kriminaltechnikers:

«Ja.»

«Hallo ... Hier ist Jodie Söderberg ...»

«Ich weiß, wer du bist! Edsons Mädchen für alles! Was willst du?»

«Ich ... Wir wollten nur nachfragen, ob das Ergebnis des DNA-Abgleichs schon da ist ... von Alexandra Bengtsson.»

Einen Moment lang war es still in der Leitung.

«Funktioniert euer Internet etwa nicht?», bellte Lars-Erik dann.

«Was? Nein ...»

«Oder ist es dir und deinem Chef zu anstrengend, Mails zu lesen?»

«Ich ...»

Doch Lars-Erik hatte bereits aufgelegt. Jodie starrte entgeistert auf ihr Handy und öffnete das E-Mail-Programm.

«Er hat gesagt ...», begann sie, während sie ihre Zugangsdaten eintippte.

«Ich habe gehört, was er gesagt hat», erwiderte Carl. «Wie vermutlich sämtliche Verkehrsteilnehmer um uns herum.»

Jodie gab keine Antwort.

«Also, was ist?», fragte Carl ungeduldig.

«Einen Moment, ich bin ja dabei ...»

«Tut mir leid. Ich bin nur so –»

«Und fahr nicht so ruckartig! Ich kann ja kaum tippen! Außerdem wird mir dabei schlecht!»

Carl war kurz davor, ihr zu sagen, sie solle sich auf ihre Arbeit konzentrieren, anstatt seinen Fahrstil zu kritisieren, aber dann sah er ein, dass Jodies Beschwerde berechtigt war. Seine Tochter sagte ihm regelmäßig das Gleiche.

«Natürlich», brummte er.

Er schielte verstohlen zu Jodie hinüber. Sie blickte konzentriert auf ihr Handy und scrollte mit dem Zeigefinger nach unten. Als der zähfließende Verkehr erneut zum Stillstand kam, tat Carl sein Bestes, um sanft zu bremsen.

«Und?», fragte er vorsichtig.

«Einen Moment ...»

Jodie murmelte leise vor sich hin, während sie Wallquists E-Mail las.

«Okay, die Nikotinkaugummis ...»

«Ja?»

«Stammen nicht von Alexandra Bengtsson. Aber ... hör dir das an ...»

Jodie scrollte weiter nach unten.

«Sie war in Andersens Keller. Es wurden Haar- und Blutproben und ... Spuren von Scheidensekret sichergestellt, die mit ihrer DNA übereinstimmen.»

«Ich wusste, dass sie uns nicht die Wahrheit gesagt hat!», rief Carl triumphierend und trommelte mit den Händen auf dem Lenkrad.

Jodie sah ihren Chef an.

«Und jetzt?»

«Jetzt schnappen wir sie uns.»

59

Die Kreuzung Kocksgatan und Renstiernas gata lag an diesem Frühsommerabend wie ausgestorben da. Es war schon nach 21 Uhr, als Carl den Wagen in der Nähe von Alexandra Bengtssons Wohnung abstellte. Jodie und er blieben einen Moment lang auf dem Bürgersteig stehen und sahen sich um.

Schließlich überquerte Carl die Straße und blieb vor dem Hauseingang stehen. Er gab denselben Zugangscode ein, den auch Postzusteller benutzten, und hielt Jodie die Tür auf.

Als sie den Treppenabsatz des zweiten Stockwerks erreichten, erstarrten sie. Die Tür zu Alexandra Bengtssons Wohnung stand einen Spaltbreit offen. Carl zog seine Glock unter dem Jackett hervor, und auch Jodie griff nach ihrer Dienstwaffe.

Langsam stiegen sie die letzten Treppenstufen hinauf und näherten sich der Tür. Carl schob seinen Fuß in den Spalt und bedeutete Jodie mit einem Kopfnicken, ihm Deckung zu geben.

Dann stieß er die Tür auf und blickte mit vorgehaltener Waffe in die Wohnung.

«Hallo», sagte plötzlich eine weibliche Stimme hinter ihnen.

Carl und Jodie fuhren herum. Alexandra Bengtsson kam die Treppe aus den oberen Stockwerken herunter.

«Ist die Ordnungsmacht mal wieder auf Verbrecherjagd?», fragte sie spöttisch.

Mit einem verlegenen Lächeln steckte Carl die Waffe zurück in das Holster.

«Was haben Sie da oben gemacht?»

«Den Müll weggebracht», erwiderte Alexandra. «Auf dieser Etage ist der Abfallschacht kaputt. Wie kann ich Ihnen helfen?»

Carl räusperte sich.

«Alexandra Bengtsson, Sie sind vorläufig festgenommen wegen des Verdachts, Sonny Andersson, Sid Trewer, Mårten Rask und Bernt Andersen sowie Fadi Sora und Kristian Samuelsson ermordet zu haben. Außerdem wegen schwerer Körperverletzung an Marco Holst. Vergessen Sie nicht, alle technischen Geräte auszuschalten. Diesmal werden Sie wohl etwas länger bei uns bleiben.»

* * *

Alexandra saß im selben Verhörraum wie am Vormittag, aber jetzt wirkte sie kraftlos, in sich zusammengesunken.

Der Raum war stickig. Sie schwitzte und konnte die Schmerzen im Unterleib nicht mehr überspielen. Bei jeder Bewegung verzog sie das Gesicht. Die Wunde am Fuß hatte sich entzündet. Sie fühlte sich fiebrig.

Carl Edson musterte sie, ohne ihren Zustand zu kommentieren. Stattdessen wiederholte er die Frage, die er ihr seit einer halben Stunde immer wieder stellte:

«Wo waren Sie am ersten Mai?»

Alexandra blickte ihn resigniert an.

«Das habe ich Ihnen bereits gesagt.»

Wieder verzog sie vor Schmerz das Gesicht.

«Tagsüber habe ich gearbeitet. Abends war ich mit meiner Tochter Johanna zu Hause.»

Carl schüttelte langsam den Kopf.

«Wir wissen, dass das nicht stimmt. Wir wissen, dass Johanna am ersten Mai und den darauffolgenden Tagen bei ihrem Vater war.»

Alexandra schaute ihn mit leerem Blick an.

«Und in der vergangenen Woche war Ihre Tochter auch nicht bei Ihnen. Also, wo waren Sie tatsächlich?»

Alexandra war kurz davor, in Tränen auszubrechen. Aber nicht wegen der Schmerzen oder der Fragen, sondern weil nun alles ein Ende hatte. *Sie* war am Ende.

Die Frage, ob sie einen Anwalt hinzuziehen wolle, hatte sie verneint. Jetzt überlegte sie, wie lange es noch dauern würde, bis sie zusammenbrach und ein Geständnis ablegte. Sie spürte, dass sie sich tief in ihrem Inneren danach sehnte. Als würde sie auf dem Dach eines Hochhauses stehen und den Drang verspüren, sich in die Tiefe zu stürzen.

«Ich war zu Hause», flüsterte sie heiser.

«Was haben Sie gesagt?»

Alexandra blickte auf und sah Carl direkt in die Augen.

«Ich war zu Hause.»

Carl schob seinen Stuhl zurück und stand auf. In aller Seelenruhe zog er sein Jackett aus und hängte es ordentlich über die Lehne. Dann begann er im Raum auf und ab zu gehen.

«Soll ich Ihnen sagen, was wir glauben?»

Lächelnd wandte er sich zu Alexandra um und fuhr fort, als hätte er nur eine rhetorische Frage gestellt:

«Wir glauben, dass Sie Johanna am ersten Mai zu Ihrem Exmann geschickt haben. Sie haben ihr gesagt, Sie müssten arbeiten. Dann sind Sie mit der U-Bahn nach Fruängen gefahren und von dort zu Fuß in die Fruängsgatan gelaufen. Es war Abend, später Abend. Sie haben Fadi Sora an seinem Wagen aufgelauert. Als er aus dem Haus kam, haben Sie ihn mit einem Elektroschocker außer Gefecht gesetzt, ihn gefesselt und in sein Auto gezerrt. Dann sind Sie mit ihm irgendwohin gefahren, wo Sie niemand stören konnte. Vielleicht in irgendein Sommerhaus, das Sie bereits ausgewählt hatten. Dort haben Sie ihn gefoltert. Sie haben ihm mit glühenden Zigaretten Verbrennungen am ganzen Körper zugefügt. Zwischendurch haben Sie Ihre Tat sogar gefilmt, damit sie uns später einen USB-Stick mit der Aufnahme zuspielen konnten. Anschließend haben Sie Sora in sein Auto verfrachtet und sämtliche Spuren beseitigt. Seinen Wagen haben Sie am Sveavägen abgestellt und von dort die U-Bahn nach Hause genommen. Die leeren Zigarettenschachteln haben Sie in Fadi Soras Wohnung auf dem Couchtisch arrangiert.»

Carl setzte sich wieder auf seinen Stuhl und taxierte Alexandra.

«Nein!», widersprach sie. «Das ist alles Unsinn! Ich war zu Hause bei meiner Tochter.»

«Wir wissen auch, warum Sie Fadi Sora getötet haben», fuhr Carl ungerührt fort. «Aus Rache. Er sollte die gleichen Qualen erleiden, die er einem unschuldigen Mädchen zugefügt hat.»

Alexandra schüttelte vehement den Kopf. «Glauben Sie eigentlich selbst, was Sie sich da zusammengereimt haben? Dass ich ... dass ich einen fremden Mann –»

«Ja», bestätigte Carl ruhig. «Das tue ich. Weil es die Wahrheit ist.»

«Nein», widersprach Alexandra erneut. «So war es nicht.»

«Soll ich Ihnen erzählen, wie es sich in den anderen Fällen abgespielt hat?»

«Nein», erwiderte Alexandra. «Ich bin müde. Ich muss mich ausruhen.»

«Bei Ihrem ersten Opfer, Sonny Andersson, sind wir uns nicht ganz sicher, was den Zeitpunkt anbelangt.» Carl erhob sich erneut. «Vermutlich fand die Tat etwa eine Woche vor dem Mord an Sora statt, zwischen dem 20. und 25. April.»

Alexandra starrte regungslos auf die Tischplatte, während Carl durch den Raum wanderte und in aller Ausführlichkeit schilderte, wie sie Sonny Andersson in dem Schraubstock zermalmt und Marco Holst an die Wand genagelt und ihn mit dem erhitzten Messer verstümmelt hatte.

Alexandra versuchte, sich auf seine Worte zu konzentrieren, sich auf das, was kommen würde, vorzubereiten. Immer wieder zog sie die Ärmel ein Stück nach unten, um die Wunden an ihren Handgelenken zu verbergen.

«Sie haben über diese Vorfälle geschrieben. Auch das erhitzte Messer haben Sie erwähnt, obwohl wir mit diesem Detail nicht an die Öffentlichkeit gegangen sind.»

Alexandra sah auf und lächelte Carl an.

«Wie gesagt, ich habe meine Quellen ...»

Carl schüttelte den Kopf.

«Ich glaube, die Quelle sind Sie selbst.»

Dann schilderte er, wie sich die Morde an Sid Trewer, Jens Falk, Mårten Rask, Bernt Andersen und Kristian Samuelsson zugetragen hatten.

«Was Ibrahim Eslar und Markus Ingvarsson betrifft, sind wir uns nicht ganz sicher. Aber wir vermuten, dass Sie die beiden ebenfalls getötet haben.»

Als Carl sich wieder an den Tisch setzte, blickte Alexandra auf.

«Sind Sie jetzt fertig?»

Carl nickte.

«Was wollen Sie von mir hören?», fragte Alexandra.

«Die Wahrheit.»

Sie schüttelte den Kopf.

«Ich habe nichts getan. Das ... das bin ich nicht.»

Carl lächelte.

«Wir haben Beweise», sagte er.

Alexandra zog die Augenbrauen hoch.

«Wir haben Ihre DNA in dem Haus sichergestellt, in dem heute Vormittag die Leichen von Bernt Andersen und Kristian Samuelsson gefunden wurden.»

«Das ist unmöglich ...», erwiderte sie unsicher.

«Haare, Blut, Scheidensekret ...», fuhr Carl fort. «Das Ergebnis der DNA-Analyse ist eindeutig. Sie sind dort gewesen.»

Alexandra schwieg. Die Schmerzen waren unerträglich. Sie spürte, dass sie keine Kraft mehr hatte, die Erinnerungen zurückzudrängen. Tränen liefen ihr über die Wangen.

Jodie schob eine Box mit Taschentüchern über den Tisch. Ohne aufzusehen, zog Alexandra zwei Tücher heraus und trocknete ihr Gesicht.

«Wir *wissen*, dass Sie dort gewesen sind», sagte Jodie sanft. «Wir wissen, dass Sie dort starke Verletzungen erlitten haben und vermutlich fürchterlichen Übergriffen ausgesetzt waren. Wir wissen nur nicht, warum Sie dort waren. Wollten Sie sich an den Männern rächen? Ihren Sohn rächen?»

Alexandra schüttelte den Kopf.

«Nein», flüsterte sie.

«Sagen Sie uns die Wahrheit», sagte Carl. «Dann können wir Ihnen helfen, Sie zu einem Arzt bringen. Wir sehen doch, dass es Ihnen nicht gutgeht.»

Alexandra zögerte einen Moment.

«Okay ... Ich sage Ihnen, wie es war. Ich habe diese Männer nicht getötet. Aber ich war dort, in Andersens Haus ...»

«Weshalb?», fragte Carl.

Alexandra lächelte schief.

«Ich dachte, diese Männer hätten Johanna entführt. Sie war verschwunden. Sie hätte zu mir kommen sollen, ist aber nicht aufgetaucht.»

«Und warum haben Sie geglaubt, Bernt Andersen und Kristian Samuelsson hätten Johanna entführt?»

Alexandra starrte vor sich auf den Tisch.

«Ich recherchiere gerade für eine Reportage über Drogenhandel in Schweden.»

Sie verstummte und zupfte an den Ärmeln ihres Sweatshirts.

«Ich bin einem Tipp nachgegangen und wollte mir diese Gewächshäuser ansehen, in denen sie Marihuana anbauen, und dabei ... dabei haben sie mich entdeckt. Andersen hat auf mich geschossen und mich an der Schulter getroffen ...»

«Kann Ihre Zeitung das bestätigen?», fragte Jodie.

Alexandra schüttelte den Kopf.

«Ich habe auf eigene Initiative recherchiert ... in meiner Freizeit. Das ist meine einzige Möglichkeit, an größere Storys zu kommen und nicht immer nur über Verkehrsunfälle auf der E4 zu schreiben ... Wenn ich genügend Material zusammenhabe, kann ich die Reportage der Redaktion anbieten ...»

Carl nickte, wirkte jedoch skeptisch.

«Erzählen Sie weiter», sagte er.

«Als Johanna nicht nach Hause gekommen ist, bin ich dorthin gefahren. Ich weiß, ich hätte die Polizei informieren sollen, aber ich war völlig durcheinander. Ich hatte Angst. Außer Johanna habe ich doch niemanden.»

Alexandra sah flehend von Carl zu Jodie.

«Aber ich habe diese Männer nicht umgebracht.»

«Was ist passiert?», fragte Jodie.

«Ich habe auf dem Hof nach Johanna gesucht. Andersen war nicht da, und als ich versucht habe, ins Haus zu kommen ... wurde ich plötzlich niedergeschlagen und ...»

Alexandra schluckte. Sie spürte, wie die Erinnerungen aus dem Keller in ihr hochstiegen.

«... irgendwann bin ich in dieser Folterkammer aufgewacht», flüsterte sie.

«Was geschah dann?», fragte Jodie.

«Sie ... haben mich vergewaltigt ... misshandelt ... gefoltert.»

Alexandra schilderte, wie sie an den Stuhl gefesselt zu sich gekommen war und der Mann, den Andersen Krille genannt hatte, sich an ihr vergangen hatte. Jodie reichte ihr weitere Taschentücher.

«Sie wollten mich töten. Irgendwann hat es geklingelt, und als Andersen zurückkam, meinte er, es wäre ein Polizist gewesen. Und da haben sie beschlossen, mich zu töten ...»

«Das war ich», sagte Carl gedämpft. «Ich wollte mich vergewissern, ob Andersen am Leben ist ...»

Er ließ den Satz in der Luft hängen.

«Dann bin ich ohnmächtig geworden», fuhr Alexandra fort.

«Und woher wussten Sie, dass die Männer Sie töten wollten?»

«Weil sie es gesagt haben. Sie sagten, ich werde sterben und niemand würde mich finden, weil sie meine Leiche mit Chlor übergießen würden. Dann haben sie mich bewusstlos geschlagen ...»

Alexandra schloss die Augen. Plötzlich war sie wieder in diesem Keller. Der Gestank von Blut, Exkrementen und Sperma stieg ihr in die Nase.

«Und dann?», fragte Carl.

Alexandra öffnete die Augen und zuckte mit den Schultern.

«Als ich wieder zu mir kam, hatte jemand meine Fesseln durchgeschnitten. Andersen und dieser andere Kerl lagen am Boden ... tot ... oder ... Andersen war noch am Leben, aber er war so gut wie tot ... Und um ehrlich zu sein, es war mir egal. Ich habe weder einen Krankenwagen noch die Polizei gerufen. Für mich hat nur eins gezählt: Ich wollte Johanna finden. Aber sie war nicht da. Also habe ich mich angezogen und bin weggefahren. Ich hatte keine Kraft mehr ... ich ... ich wollte ... nur nach Hause.»

Carl schüttelte den Kopf.

«Ich glaube Ihnen nicht. Ich glaube, Sie sind dorthin gefahren, um Andersen zu töten. Sie wollten sich Andersen bis zum Schluss aufheben – bis Sie die anderen Männer ermordet hatten, die Ihren Sohn überfahren haben.»

Alexandra starrte auf ihre Hände.

«Ich denke, Sie wollten ihm jeden einzelnen Knochen in einem Schraubstock zerquetschen, so wie Sie es bei Sid Trewer und Sonny Andersson gemacht haben. Warum Sie bei Mårten Rask anders vorgegangen sind, ist mir ein Rätsel.»

Carl machte eine Pause und fixierte Alexandra, die reglos auf ihrem Stuhl saß.

«Aber etwas ist schiefgegangen. Etwas, womit Sie nicht gerechnet hatten. Die Männer haben *Sie* überwältigt, Sie in den Keller gebracht und sich ... an Ihnen vergangen.»

Alexandra zeigte keine Reaktion.

«Aber irgendwie ist es Ihnen gelungen, sich zu befreien. Vielleicht haben die Männer einen Fehler gemacht, ich weiß es nicht ... jedenfalls haben Sie die beiden umgebracht. Für Foltermethoden war diesmal keine Zeit, vermutlich hatten Sie auch nicht mehr die Kraft dazu. Also haben Sie die beiden mit einem Messer aufgeschlitzt und –»

«Nein», protestierte Alexandra. «Das ist nicht wahr. Ich war dort, weil ich nach Johanna gesucht habe. Erik hat sie als vermisst gemeldet. Das können Sie überprüfen. Ich habe selbst mit der Polizei gesprochen und ... Ich sage Ihnen die Wahrheit.»

«Danke, das genügt», schloss Carl. «Das Verhör mit Alexandra Bengtsson wird um ...» – er warf einen Blick auf die Uhr – «... um 22:42 Uhr beendet.»

«Kann ich jetzt gehen?», fragte Alexandra. «Ich fühle mich wirklich nicht gut, ich muss mich ausruhen ...»

Carl erhob sich und sammelte seine Unterlagen ein.

«Tut mir leid. Jodie wartet hier mit Ihnen, während ich mit dem Staatsanwalt spreche. Ich gehe davon aus, dass Sie dem Haftrichter vorgeführt werden. Dann wird sich zeigen, ob die Staatsanwaltschaft Anklage gegen Sie erhebt.»

Alexandra nickte kaum merklich.

«Wir sorgen natürlich dafür, dass Sie medizinisch versorgt werden und einen Anwalt bekommen.»

Alexandra sank auf ihrem Stuhl zusammen.

«Ich möchte einfach nur nach Hause ...», sagte sie leise.

«Wenn Sie die Wahrheit gesagt haben, sind Sie bald wieder zu Hause», versicherte Jodie. «Aber erst müssen wir Ihre Angaben überprüfen, und bis dahin ...»

Sie lächelte freundlich.

Carl streckte Alexandra die Hand hin, zog sie jedoch zurück, als sie die Geste nicht erwiderte.

«Wir sehen uns bald wieder», sagte er und verließ den Raum.

***

Als Jodie aus dem Zellentrakt kam, wartete Carl bereits auf sie. An der Decke flackerte eine defekte Neonröhre, die sein Gesicht abwechselnd in Licht und Schatten tauchte. Jodies Schuhe quietschten auf dem blankpolierten Linoleumboden.

«Hat alles geklappt?», fragte Carl.

«Ja, aber sie ist ziemlich aufgewühlt. Der Arzt meint, ihre Verletzungen werden nur langsam heilen, aber eine Operation ist wohl nicht nötig. Er hat ihr Schmerztabletten gegeben. Sie schläft jetzt.»

Carl nickte.

«Glaubst du ihr?», fragte Jodie und sah ihren Chef an. «Dass sie zu Andersens Haus gefahren ist, um nach ihrer Tochter zu suchen … und dann vergewaltigt wurde?»

Carl schüttelte den Kopf.

«Nein. Ich glaube immer noch, dass sie Andersen töten wollte. Aber das zu beweisen …»

Er seufzte.

«Was glaubst du?»

«Ich bin mir nicht sicher», sagte Jodie. «Irgendwas an ihrer Geschichte ist faul … Ist doch ein bisschen viel Zufall, dass sie bei Recherchen ausgerechnet auf den Mann stößt, der ihren Sohn überfahren hat …»

«Eben. Sie lügt, *das* ist faul», erwiderte Carl.

«Also, was machen wir jetzt?»

«Nach Hause fahren», antwortete Carl und ging den Korridor entlang.

«Gut. Und morgen?», fragte Jodie.

«Als Erstes sprechen wir noch mal mit Daniel Sandén. Wir brauchen diesen verdammten Durchsuchungsbeschluss, damit Lars-Erik und sein Team Bengtssons Wohnung unter die Lupe nehmen können.»

«Hätte er den nicht ausstellen können, als er die vorläufige Untersuchungshaft angeordnet hat?»

Carl schüttelte den Kopf.

«Informantenschutz. In ihrem Fall benötigt er wohl eine richterliche Anordnung. Wir müssen Sandén noch einmal ganz genau schildern, welche Indizien gegen Bengtsson vorliegen. Aber das machen wir morgen. Wenn er keinen Haftbefehl gegen sie beantragt, bleibt uns nichts anderes übrig, als sie laufenzulassen.»

Carl blieb vor den Fahrstühlen stehen und drückte auf den Knopf. Schon nach wenigen Sekunden hielt der Aufzug mit einem Ruck in ihrer Etage, und die Türen glitten quietschend auseinander.

«Kommst du mit nach unten?», fragte Carl und trat in den Fahrstuhl.

Sie schwiegen, während der Aufzug rasselnd abwärtsfuhr.

«Hast du eigentlich was von Simon gehört?», fragte Carl, als der Lift in der Tiefgarage hielt und die Türen aufglitten.

«Nein», sagte Jodie. «Er hat sich nicht bei dir gemeldet?»

Carl schüttelte den Kopf.

«Hast du ihn angerufen?»

«Mehr als einmal ...»

Jodie zuckte mit den Schultern.

«Vielleicht war er … beschäftigt.»

Carl zog sein Handy aus der Tasche und wählte Simons Nummer. Der Anruf wurde direkt auf die Mailbox weitergeleitet.

«Er geht nicht ran. Ich versuche es morgen früh noch mal. Notfalls müssen wir ohne ihn mit Sandén sprechen.»

Insgeheim begann Carl sich Sorgen zu machen. Auch wenn Simon manchmal ein Idiot war – seine Arbeit machte er zuverlässig. Nicht ans Telefon zu gehen und nicht zurückzurufen sah ihm überhaupt nicht ähnlich.

60

Donnerstag, 5. Juni

Als Jodie den Einsatzraum betrat, wartete Carl bereits.

«Du kannst deine Jacke anlassen», sagte er. «Wir gehen sofort zu Sandén.»

Jodie sah ihren Chef verblüfft an – sie trug überhaupt keine Jacke. Schulterzuckend folgte sie ihm.

Sie fuhren mit dem Fahrstuhl ins Erdgeschoss und gingen zu Fuß durch den Park. Sandéns Büro lag nur ein paar Meter entfernt. Ringsherum verströmten Holundersträucher einen süßlichen Duft. Carl musste daran denken, dass seine Mutter immer Saft aus den Blüten gemacht hatte. Es war früh am Morgen und noch angenehm kühl, aber der strahlend blaue Himmel versprach einen weiteren warmen Tag.

«Sollte Simon nicht dabei sein?», fragte Jodie, als sie die Kungsgatan hinunterliefen.

Carl schüttelte den Kopf.

«Nein.»

Als Jodie ihm einen skeptischen Blick zuwarf, fuhr er fort:

«Ich habe ihn gestern Abend noch erreicht. Er will ‹eine Idee› überprüfen. Genaueres hat er nicht gesagt. Er wird heute Mittag Bericht erstatten. Wer's glaubt ...»

* * *

«Gut, dass ihr da seid», sagte Gert Uwe, als Carl und Jodie Daniel Sandéns Büro betraten.

«Wir wollten nicht stören», entschuldigte sich Carl.

«Ihr stört überhaupt nicht», erwiderte Gert Uwe.

Sandéns Büro wirkte kalt und unpersönlich. Carl war schon häufiger hier gewesen. Und jedes Mal hatte sich ihm der Gedanke aufgedrängt, dass die beigefarbenen Tapeten und der weiße Schreibtisch die aalglatte Persönlichkeit des Staatsanwalts perfekt widerspiegelten.

«Wir haben gerade von dir gesprochen», fuhr Gert fort.

Er saß auf der Kante von Sandéns Schreibtisch und versperrte die Sicht auf den Staatsanwalt.

Davor standen zwei verchromte Besucherstühle mit schwarzem Lederbezug, aber Carl und Jodie blieben stehen.

«Wir haben eine Verdächtige», setzte Carl an. «Alexandra Bengtsson, Journalistin beim *Aftonbladet*. Daniel hat sie gestern Abend in Untersuchungshaft überstellt.»

Gert Uwe blickte auf.

«Ja, davon habe ich schon gehört», erwiderte er. «Gute Arbeit!»

«Wir brauchen jetzt einen Durchsuchungsbeschluss.»

Carl beugte sich zur Seite, um Blickkontakt mit Sandén herzustellen, aber der war vollkommen in die Unterlagen vertieft, die vor ihm auf dem Schreibtisch lagen.

«Nicht nötig», sagte Gert Uwe lächelnd.

«Wie meinst du das?», fragte Carl. «Habt ihr den Durchsuchungsbeschluss schon ausgestellt?»

«Was? Nein, nein.»

Gert Uwe lachte theatralisch. Carl wusste nicht, was er davon halten sollte.

«Alles spricht dafür, dass Alexandra Bengtsson die Morde verübt hat», sagte er. «Sie war in dem Keller, in dem wir Bernt

Andersen und Kristian Samuelsson gefunden haben. Wallquist hat DNA-Material sichergestellt, der Abgleich ist eindeutig. Wir gehen davon aus, dass sie die beiden auf dieselbe Art töten wollte wie die anderen Opfer. Aber dann ist sie von Andersen und Samuelsson überrascht worden.»

Erneut versuchte Carl, Blickkontakt mit Sandén aufzunehmen, aber vergebens.

«Die Männer haben sie vergewaltigt, aber sie konnte sich befreien –»

Gert Uwe nickte.

«Bist du fertig?»

«Nein», erwiderte Carl. «Alexandra Bengtsson hat über die Morde selbst berichtet. Ihre Artikel enthalten eindeutig Täterwissen. In einer der ersten Befragungen hat sie erwähnt, dass es sich bei drei Mordopfern um die Männer handelt, die ihren Sohn überfahren haben – obwohl wir mit der Identität der Opfer noch gar nicht an die Öffentlichkeit gegangen waren. Außerdem hat sie für keinen Tatzeitpunkt ein Alibi.»

Gert Uwe nickte wieder.

«Gut, gut ...»

«Ja ...?», fragte Carl ungeduldig. «Wir brauchen also dringend einen Durchsuchungsbeschluss für Bengtssons Wohnung.»

«Braucht ihr nicht», erwiderte Gert Uwe lächelnd.

«Wie bitte?»

«Der Fall ist längst abgeschlossen.»

«Was ...? Ich ... Würdest du mir bitte erklären, was hier los ist?»

«Die Ermittlungen sind abgeschlossen. Bernt Andersen und Kristian Samuelsson haben die Morde begangen.»

Carl starrte seinen Chef entgeistert an. Sollte das ein Scherz sein?

«Ist das dein Ernst?», fragte er.

Mit einem Nicken rutschte Gert Uwe vom Schreibtisch, durchquerte das Büro und blieb hinter Carl und Jodie stehen. Carl sah seinen Vorgesetzten an. Zog einen der Besucherstühle heran und setzte sich.

«Die beiden sind tot», wandte Jodie ein und blickte Gert Uwe fragend an. «Wie ...»

«Was nicht ausschließt, dass sie die Morde begangen haben, als sie noch am Leben waren», schnitt Gert Uwe ihr das Wort ab.

Er lief im Büro auf und ab und legte Jodie und Carl umständlich dar, dass drei der Opfer – Marco Holst, Sid Trewer und Sonny Andersson – einem weit verzweigten Drogenring angehört hätten, an dem vermutlich etliche weitere, namentlich unbekannte Dealer beteiligt gewesen wären. Aus Mangel an Beweisen sei das Ermittlungsverfahren jedoch vor fünf Jahren eingestellt worden.

«Euch trifft keine Schuld», schloss Gert Uwe. «Die Ermittlung muss aus irgendeinem Grund falsch *getaggt* worden sein oder wie das heute so heißt. Es war reiner Zufall, dass wir darauf gestoßen sind.»

Er nickte in Sandéns Richtung.

«Daniel hat das Verfahren damals geleitet ...»

Sandén blickte sie verlegen an. Kurz hatte es den Anschein, als wollte er protestieren, doch er kam nicht dazu.

«Damals wurden über sechzig Kilo Marihuana beschlagnahmt», fuhr Gert Uwe fort. «Auf der Straße hätte der Stoff locker ein paar Millionen Kronen eingebracht. Einem Informanten der Drogenpolizei zufolge hatten Holst, Trewer und Andersson die Ladung von Bernt Andersen und Kristian Samuelsson gestohlen. Kurz darauf kam der Informant unter mysteriösen Umständen ums Leben.»

Carl schlug irritiert die Beine übereinander.

«Ich bitte dich, Gert! Glaubst du wirklich, diese ...» – er suchte die passende Bezeichnung – «... Kleinkriminellen könnten hinter derart kaltblütigen, brutalen Morden stecken?»

Gert sah Carl erstaunt an.

«Natürlich! Die Folterkammer hast du doch selbst gesehen. Ich halte sie zweifellos für fähig –»

«Aber die DNA-Analyse –»

«Beruhige dich, Carl!», beschwichtigte Gert Uwe. «Die DNA-Analyse beweist nur eins: dass Alexandra Bengtsson ein *Opfer* ist. Diese Kerle haben sie brutal vergewaltigt.»

Er klopfte Carl auf die Schulter.

«Wie gesagt: Die Ermittlungen sind abgeschlossen.»

«Weil die beiden gestanden haben?», fragte Carl sarkastisch.

Gert räusperte sich.

«Sehr witzig, Carl. Aber wir haben genügend technische Beweise, die ihre Schuld belegen. Wallquist hat an sämtlichen Tatorten Andersens DNA sichergestellt. Er hat irgendwas von Kaugummis gesagt ...»

Carl zuckte zusammen.

«Die Nikotinkaugummis stammen von Bernt Andersen?»

«Ganz recht! Mit 99,9-prozentiger Wahrscheinlichkeit. Die Kaugummis bringen ihn mit allen sechs Tatorten in Verbindung. Bei den Morden handelt es sich um Vergeltungstaten in der kriminellen Unterwelt. Andersen und Samuelson wollten ein Exempel statuieren: *Von uns klaut keiner Drogen!* oder so was in der Art. Wie du dich vielleicht erinnerst, habe ich das von Anfang an gesagt. Aber du wolltest ja davon nichts hören ...»

Carl schüttelte den Kopf. *Das alles konnte doch nicht wahr sein.*

«Wir würden unsere Spur trotzdem gern weiterverfolgen. Und Alexandra Bengtssons Wohnung durchsuchen», sagte er.

«Vollkommen ausgeschlossen», entgegnete Gert Uwe.

«Daniel?» Carl wandte sich hilfesuchend an Sandén.

«Tut mir leid», antwortete dieser. «Es gibt zwei dringend Tatverdächtige, da lässt sich ein Durchsuchungsbeschluss kaum rechtfertigen. Außerdem müssen wir bei Alexandra Bengtsson den Informanten- und Presseschutz berücksichtigen.»

«Komm schon, Carl», schaltete Gert Uwe sich wieder ein. «Deine Theorie trifft außerdem nicht auf alle Morde zu.»

«Aber in vier Fällen ...»

«Gut, die Männer, die Alexandra Bengtssons Sohn überfahren haben. Aber dass eine *Frau* so bestialische Morde begangen haben soll, ohne konkretes Motiv ... weißt du, wie unwahrscheinlich das ist? So was hat es noch nie gegeben. Nicht mal in den USA. Nirgendwo.»

«Irgendwann ist immer das erste Mal», erwiderte Carl. «Alles, was ich will, ist ein Durchsuchungsbeschluss.»

Gert Uwe schüttelte den Kopf.

«Dafür reicht es nicht, Carl, bei weitem nicht ...»

Carl stand auf. Ihm war klar, dass er nicht weiterkommen würde.

«Wer ist damals auf diesen Drogenraub gestoßen?», fragte er und bemühte sich um einen neutralen Tonfall.

«Simon», antwortete Gert. «Guter Mann. Den solltest du im Auge behalten!»

Carl steuerte die Tür an. *Das* steckte also hinter Simons «Idee». Plötzlich blieb er stehen und wandte sich noch einmal um.

«Und wie erklärt ihr euch die Morde an Bernt Andersen und Kristian Samuelsson?», fragte er.

Gert Uwe sah ihn an.

«Carl, du bist ein guter Polizist. Daran hatte ich nie einen Zweifel. Aber gerade machst du den Fall komplizierter, als er ist. Die beiden Kerle waren keine Sonntagsschüler. Du hast selbst gesehen, was für makabre Sachen sie in diesem Keller getrieben haben. Und das ist noch milde ausgedrückt! Wir konnten sie in der kurzen Zeit mit mindestens drei ungelösten sadistischen Frauenmorden in Verbindung bringen. Aber diese Serienmorde ... sind aufgeklärt. Lass es gut sein.»

Carl presste die Kiefer aufeinander und schluckte hart.

«Ich kann deine Frustration verstehen, Carl. Aber die Drogenfahndung hatte Bernt Andersen und Kristian Samuelsson schon lange auf dem Radar. Wahrscheinlich hat einer ihrer ‹Geschäftspartner› ihnen die Lebenslichter ausgepustet. Simon ist schon bei den Kollegen der Drogenfahndung und geht der Spur nach.»

«Simon ...», sagte Carl nachdenklich.

Er drehte sich um und verließ mit schnellen Schritten das Büro. Jodie folgte ihm.

Auf dem Rückweg ins Präsidium sagte keiner ein Wort. Erst im Einsatzraum fragte Jodie zögernd:

«Hältst du es für möglich, dass Gert Uwe ... verdunkeln will?»

Sie fing an, die Bilder vom Whiteboard zu nehmen.

«Verdunkeln? Du meinst, dass er die Ermittlungen absichtlich in eine falsche Richtung lenkt? Nein, dafür ist er nicht der Typ. Er entscheidet sich nur für die einfachste Lösung, von der er sich vor Gericht die besten Erfolgsaussichten verspricht. Genau wie Sandén. Ich nehme an, das ist heute gang und gäbe. Daran werden wir uns wohl gewöhnen müssen.»

61

Alexandra Bengtsson saß auf ihrer Pritsche, die Füße dicht beieinander und die Hände unter die Oberschenkel geschoben. Sie wiegte ihren Oberkörper vor und zurück, um die Schmerzen zu lindern, während sie darauf wartete, dass das Morphium seine Wirkung entfaltete.

Als sie hörte, wie die Tür geöffnet wurde, hob sie den Kopf.

Jodie Söderberg betrat die Zelle. Alexandra hatte mit Carl Edson gerechnet und damit, dass er ihr mitteilen würde, dass sie ihre Wohnung durchsucht hätten und sie dem Untersuchungsrichter vorgeführt werden würde.

«Wie geht es Ihnen?», erkundigte sich Jodie. «Haben Sie Schmerzen?»

Alexandra nickte.

«Haben Sie Tabletten bekommen?»

Sie nickte erneut.

«Gut», sagte Jodie. «Sie können gehen.»

Alexandra erstarrte.

«Gehen? Wohin?»

«Sie sind frei.»

Alexandra stand mühsam von der Pritsche auf und musterte Jodie. Was ging hier vor? Die ganze Zeit hatte sie ihr Tagebuch in der dritten Schreibtischschublade vor sich gesehen, sich ausgemalt, wie Edson es aufschlug und las. Wie er oder einer seiner Kollegen die Tasche ganz hinten in ihrem Schrank entdeckten, den Reißverschluss aufzogen und die blutverschmierten Werkzeuge herausnahmen …

«Aber ... ich bin nach wie vor Tatverdächtige oder ...?», stammelte sie.

Jodie schüttelte den Kopf.

«Nein, sämtliche Verdachtsmomente wurden fallengelassen. Die Ermittlungen sind abgeschlossen. Sie gelten nicht mehr als Tatverdächtige.»

«Warum ...», setzte Alexandra an, ließ die Frage aber unvollendet.

Sie hatte jetzt nicht die Kraft, Fragen zu stellen, Journalistin zu sein. Sie wollte nur nach Hause.

Jodie führte sie den Korridor hinunter, vorbei an den grauen, nummerierten Stahltüren der Zellen. Am Ende des Gangs wartete bereits ein Justizvollzugsbeamter mit ihren persönlichen Gegenständen und Kleidungsstücken. Anschließend begleitete Jodie Alexandra durch die Schleuse und streckte ihr zum Abschied die Hand hin.

«Alles Gute», sagte sie. «Passen Sie auf sich auf.»

Alexandra nickte und drückte Jodies Hand. Dann drehte sie sich um und verließ das Gebäude.

Draußen fiel ein leichter, sanfter Sommerregen. Der Geruch von nassem Asphalt und Gras stieg ihr in die Nase. Alexandra atmete tief ein, streckte die Hände aus und nahm das intensive Gefühl in sich auf, wieder in die Wirklichkeit zurückgekehrt zu sein. Sie hielt ihr Gesicht in den Regen und genoss die Tropfen, die ihr über Stirn und Wangen liefen. Dann wandte sie sich um. Jodie Söderberg stand nach wie vor im Foyer des Polizeipräsidiums und blickte ihr nach.

Langsam ging Alexandra die Bergsgatan in Richtung U-Bahn-Station Rådhuset hinunter. Nach wenigen Metern bemerkte sie, wie ein Stück vor ihr plötzlich eine Autotür geöffnet wurde. Alexandra sah genauer hin. Ein schwarzer Mercedes-Kombi. Das Gesicht des Fahrers konnte sie nicht erkennen. Der Beifahrersitz war leer, der Motor lief. Für einen kurzen Moment krampfte sich ihr der Magen zusammen. *Bernt Andersen.* Aber das konnte nicht sein. Andersen war tot. Sie alle waren tot.

Vorsichtig ging sie näher.

«Steig ein», sagte eine Stimme vom Fahrersitz.

Alexandra erstarrte.

«Du!», rief sie, als sie sich vorbeugte.

Auf dem Fahrersitz saß Cecilia Abrahamsson.

62

Cecilia rangierte den schwarzen Mercedes rasch aus der Parklücke heraus und fuhr die Bergsgatan hinauf. Alexandra wandte sich ihr zu.

«Was willst du von mir?»

Cecilia lächelte und bog in die Hantverkargatan ein. Der Motor lief ruhig und gleichmäßig.

«Findest du nicht, dass ein kleines Dankeschön angebracht wäre?», erwiderte Cecilia gelassen, den Blick nach vorn gerichtet. «Schließlich habe ich dafür gesorgt, dass du aus der U-Haft entlassen wirst.»

Sie warf ihrer Schwester einen Blick zu.

«Was hast du dir eigentlich gedacht?», fragte Cecilia.

«Ich habe alles erledigt, was ich wollte ...», erwiderte Alexandra.

Sie verstummte. Sie war zu erschöpft, um zu reden, zu erschöpft, um zu verstehen, was hier vor sich ging. Cecilia steuerte den Wagen schnell und geschickt aus der Innenstadt hinaus und auf die Autobahn Richtung Nynäshamn. Hinter Haninge nahm sie die Ausfahrt und wechselte auf die Landstraße nach Dalarö.

«Wo willst du hin?», fragte Alexandra.

«Lass dich überraschen. Du wirst es wiedererkennen. Vater war mit uns dort.»

Alexandra runzelte die Stirn. Sie konnte sich an keinen besonderen Ort erinnern, an dem sie mit ihrem Vater gewesen wären. Erst als Cecilia in Richtung Gålö fuhr, fiel es ihr ein: Oxnö. Die kahlen Klippen, die vom Wind gebeugten Kiefern, das Meer, das sich wie ein graues Kissen vor der Steilküste ausbreitete.

«Wir waren hier immer angeln», sagte sie. «Und wenn Mutter dabei war, haben wir Pilze gesammelt.»

Cecilia nickte.

«Und wir haben gepicknickt. Ich glaube, es war Vaters Idee herzukommen», fuhr Alexandra fort.

Jetzt erinnerte sie sich ganz deutlich.

«Es sieht noch genauso aus wie damals», antwortete Cecilia. «Der kleine Kiesstrand, die Klippen, die Kiefern ... Alles ist da. Genau wie damals.»

63

Die Wellen schwappten an das steinige Ufer, rhythmisch und beruhigend. Hinter den Wolken dämmerte es bereits. Der Regen hatte aufgehört. Alles wirkte grau, die Klippen, das Meer, die gekrümmten Kiefern, die hintereinanderkauerten, als wollten sie sich gegenseitig vor dem Wind schützen.

Alexandra und Cecilia waren allein am Strand.

«Was hast du gemacht?», fragte Alexandra.

«Die Kaugummis», antwortete Cecilia ruhig und blickte aufs Meer hinaus, «ich habe sie an den Tatorten platziert.»

«Du? Aber warum?»

Cecilia wandte sich Alexandra zu.

«Du bist meine Schwester. Und mir war klar, dass sie dich früher oder später schnappen würden.»

«Wie ...?»

«Du bist zu mir nach Hause gekommen, erinnerst du dich nicht mehr?»

Alexandra beobachtete die Wellen, die sanft über den schmalen, zwischen zwei Felsklippen eingeklemmten Kiesstrand rollten. Sie erschauerte. Vage Erinnerungsfragmente tauchten in ihrem Bewusstsein auf: Sie steht unter der Dusche, blutiges Wasser fließt an ihr hinunter ... das verzerrte Gesicht ihrer Schwester vor der Villa in Saltsjöbaden ... die wortlosen Anrufe ...

«Du ...?», sagte sie langsam.

«Du bist zu mir nach Hause gekommen», wiederholte Cecilia. «Über zwanzig Jahre hatten wir keinen Kontakt ... und plötzlich stehst du vor der Tür. Voller Blut, verstört ...»

«Ich –»

«Du hast gesagt, du hättest diesen Sonny Andersson getötet und David gerächt … Du warst kaum ansprechbar. Ich habe versucht, dich zu beruhigen, aber du hast immer weitergeredet. Du würdest sie alle töten … Und plötzlich hatte ich das Gefühl, dich wieder mit ihm zu sehen …»

«Mit wem?»

Cecilia blickte erneut aufs Meer hinaus.

«Ich habe dich auf einen Spaziergang mitgenommen. Du hast mir erzählt, was du vorhattest … dass du diese Männer töten wolltest …»

Alexandra nickte. Die Erinnerungen kehrten zurück. Vage, bruchstückhaft. Sie erschauerte erneut. Es war, als würde sich etwas in ihr lösen.

Cecilia wandte sich ab und steuerte einen schmalen Pfad an, der seitlich zum Strand die Klippen hinaufführte. Alexandra folgte ihr, wie von unsichtbaren Fäden gezogen.

«Du hast gesagt, dass du einen Plan hast … dass du weitere Menschen töten wirst, um den Verdacht von dir abzulenken, willkürliche Opfer. Ich glaube, du hast das Wort *Zufallsmörderin* benutzt …»

Alexandra nickte.

«Warum hast du mich nicht aufgehalten?»

Cecilia blieb auf der hohen Klippe stehen, wandte sich zum Meer um und richtete ihren Blick auf die kargen Schären am Horizont.

«Du bist meine Schwester. Und ich hatte … auch meine eigenen Gründe.»

Sie drehte sich wieder zu Alexandra und sah ihr direkt in die Augen.

«Erinnerst du dich wirklich nicht?»

Alexandra schüttelte den Kopf.

«Da sind Bruchstücke, aber sie ergeben kein klares Bild.»

Cecilia blickte wieder aufs Meer hinaus.

«Mir war klar, dass die Polizei dir früher oder später auf die Schliche kommt. Ich weiß ja, wie sie arbeiten, welche Methoden ihnen zur Verfügung stehen. Als du bei mir warst, hast du auch Bernt Andersen erwähnt und dass du ihn dir bis zum Schluss aufheben willst. Also bin ich zu ihm gefahren – es war nicht schwierig, seine Adresse herauszubekommen – und habe seinen Müll durchsucht.»

«Wie bitte?»

«Wenn die Leute wüssten, was ihr Müll alles über sie verrät, würden sie viele Dinge nicht einfach so wegwerfen. Als Andersen nicht zu Hause war, habe ich mir die Abfalltüten in seiner Garage vorgenommen. Da habe ich das erste Kaugummi entdeckt. Und plötzlich wusste ich, wonach ich suchen musste.»

«Aber warum? Wieso hast du nicht einfach die Polizei informiert?»

Cecilia blickte Alexandra an.

«Es war zu spät. Sonny Andersson hattest du ja bereits getötet. Und ich wollte meine Schwester kein zweites Mal verlieren. Ich wollte dich zurückhaben. Beim letzten Mal bist du für mehr als zwanzig Jahre verschwunden.»

«Was meinst du?»

«Erinnerst du dich wirklich nicht? Die Sache mit dem Hund?»

Cecilia sah sie abwartend an.

«Der Pitbull?», fragte Alexandra. «Aber du hast dich doch von mir distanziert, es ging von dir aus. Du hast nicht mehr mit mir gesprochen, wolltest nichts mehr mit mir zu tun haben ... Du hast mich alleingelassen.»

Cecilia schüttelte den Kopf.

«Nein, das stimmt nicht. Danach ... musstest du betreut werden. *Du* hast dich verändert.»

«Wovon redest du?»

Cecilia sah ihre Zwillingsschwester eindringlich an.

«Er hat dich damals vergewaltigt», fuhr sie fort. «Erinnerst du dich nicht daran? Wir wollten gerade schwimmen gehen, und plötzlich ist er zwischen den Bäumen aufgetaucht. Er hatte einen Hund dabei, einen Pitbull. Der Kerl hat uns in die Büsche gezerrt. Er hat dem Hund befohlen, mich zu bewachen, während ... während er dich vergewaltigt hat. Da ist es passiert ...»

Sie deutete auf ihr starres, maskenhaftes Gesicht, die sich an den Wangen straffende Haut. Und mit einem Mal sah Alexandra es deutlich vor sich. Wie sie in den Blaubeersträuchern lag, wie der Mann ihre Hose und ihren Slip zerriss, ihre Beine auseinanderzwängte und in sie eindrang. Sie spürte den Schmerz, der ihren mageren, dreizehnjährigen Körper durchfuhr, den Schock. Aber dann hatte der Mann plötzlich von ihr abgelassen.

Cecilia wandte ihr Gesicht ab und blickte ins Leere.

«Ich konnte nicht einfach dabei zusehen, wie er dich vergewaltigt. Also wollte ich mich auf ihn stürzen, und da ... hat der Hund mich angegriffen und sich in meinem Gesicht festgebissen.» Sie zögerte einen Moment. «Ich habe lange darunter gelitten. Und es tut immer noch weh, wenn ich merke, dass die Leute mich nicht ansehen können.»

Alexandra legte ihrer Schwester eine Hand auf den Arm.

«Aber der Mann hat von dir abgelassen», fuhr Cecilia fort. «Stattdessen hat er dabei zugesehen, wie mir dieser verdammte Pitbull das Gesicht zerfleischt hat. Er hat nichts getan, um den Hund aufzuhalten. Er stand einfach nur da und hat gegrinst.»

Alexandra erinnerte sich. Sie hörte die Geräusche. Das Knurren, das nasse Schmatzen, als sich die Zähne des Hundes in das Gesicht ihrer Schwester gruben, das Knacken der Blaubeersträucher, als der Pitbull sich gegen den Boden stemmte und den Kopf hin und her warf.

«Erinnerst du dich daran, was du getan hast?»

Alexandra nickte. Sie hatte dem Hund die Kehle durchgeschnitten. Als er zur Seite kippte und in die Blaubeersträucher fiel, spritzte Blut auf. Dann hatte sie sich zu dem Mann umgewandt, der erst jetzt realisierte, was geschehen war.

«Was hast du mit Rambo gemacht, du kleines Flittchen!»

Ohne ein Wort war sie mit dem Messer auf ihn zugestürzt, hatte ihm die Klinge zuerst in den Oberschenkel gerammt und anschließend immer weiter auf ihn eingestochen.

«Ich weiß noch, wie jemand schrie», sagte Cecilia leise. «Vermutlich war ich es selbst. Ich stand unter Schock. Von meinem Gesicht hingen Hautfetzen herunter ... Es war wie in einem Horrorfilm. Aber auf einmal kamen Leute. Sie haben dich von dem Mann weggezerrt. Er war blutüberströmt, voller Stichwunden. Du warst wie von Sinnen, hast mit dem Messer herumgefuchtelt und geschrien. Es war ein Wunder, dass er überlebt hat. Später wurde er wegen Vergewaltigung zu mehreren Jahren Gefängnis verurteilt. Aber du ...»

Alexandra machte einen Schritt auf ihre Schwester zu, doch ihre Beine gaben nach. Cecilia fing sie im letzten Moment auf.

«Vorsicht!», rief sie, ohne Alexandra loszulassen «Die Klippen können gefährlich sein!»

«Aber warum hast du dich von mir distanziert?», fragte Alexandra.

«Das habe ich nicht. Du wurdest in die Jugendpsychiatrie eingewiesen. Du bist … durchgedreht. Kannst du dich wirklich nicht erinnern?»

«Jetzt …», erwiderte Alexandra leise. «… ich glaube … Sie haben mich dort mit Tabletten vollgepumpt. Aber es wurde nicht besser. Ich habe mich so einsam gefühlt, mich in mich selbst zurückgezogen …»

«Dann bist du wieder nach Hause gekommen …», sagte Cecilia.

Alexandra zuckte mit den Schultern.

«Da sind nur Bruchstücke. Dein Gesicht nach den ganzen Operationen … dass wir keine Zeit mehr miteinander verbracht haben –»

«Du hast unseren Hund getötet», fiel ihr Cecilia ins Wort. «Olga, unseren Pudel … Du warst nur kurz allein im Haus … Ich habe mit unseren Eltern im Garten Äpfel gepflückt. Es war Herbst … grau und kalt …»

Cecilia verstummte und schüttelte den Kopf.

«Hinterher hast du gesagt, Olga hätte dich angeknurrt und versucht, dich zu beißen.»

«Und wie … habe ich es gemacht?», fragte Alexandra und sah ihre Schwester unsicher an.

«Du hast ihr die Kehle durchgeschnitten. Als wir ins Haus kamen, lag Olga in einer Blutlache im Wohnzimmer. Du hast danebengestanden, mit einem großen Küchenmesser in der Hand.»

Alexandra schüttelte den Kopf. Sie wollte sich nicht daran erinnern. Sie hatte diese Erinnerungen vor langer Zeit aus ihrem Bewusstsein verbannt, sich davor abgeschottet.

«Dann bist du wieder verschwunden und irgendwo behandelt worden. Unsere Eltern wollten mir nicht sagen, wo. Fast ein ganzes Jahr warst du nicht zu Hause.»

Alexandra spürte, wie die Schutzwälle, die sie ihr Leben lang um sich herum errichtet hatte, plötzlich Risse bekamen, bröckelten und in sich zusammenfielen.

«Ich weiß nicht, was sie mit dir gemacht haben. Unsere Eltern wollten nie darüber reden. Ich weiß nur, dass du jede Menge Medikamente gekriegt hast. Und vielleicht noch schlimmere Sachen. Einmal habe ich sie belauscht, als sie von Elektroschocktherapie gesprochen haben. Als du dann wieder nach Hause gekommen bist, warst du anders ... wie betäubt. Du bist wieder in unsere alte Klasse gegangen, aber es hat sich angefühlt, als wärst du gar nicht mehr da, als hättest du dich vollkommen in dich zurückgezogen.»

Alexandra nickte. Cecilia strich ihr über die Schulter und den Arm.

«Gut möglich, dass wir schon immer ein bisschen sonderbar waren», sagte sie. «Wegen unserer Kindheit, unserem Vater und all der anderen Dinge. Aber dieser Vergewaltiger hat unser Leben zerstört.»

Alexandra dachte an David. Hatte sie ihm etwas angetan? Etwas, woran sie sich auch nicht mehr erinnerte?

«Weißt du noch, wie der Mann hieß, der dich vergewaltigt hat?», fragte Cecilia.

«Nein», flüsterte Alexandra.

«Jens Falk.»

Langsam trafen sich ihre Blicke.

«Er ist tot», sagte Cecilia ruhig.

«Jens ... Der Mann, der in Spånga gefunden wurde? Das warst du?»

Cecilia schüttelte den Kopf.

«Das war ‹Bernt Andersen›.»

Sie lächelte, wirkte erleichtert.

«Verstehst du nicht, Alexandra? Es ist vorbei.»

Alexandra hörte nicht zu. Sie blickte aufs Meer hinaus, während die grausamen Erinnerungen in ihr Bewusstsein drangen.

«Andersen und dieser Krille, das warst auch du, oder?»

Cecilia antwortete, ohne sie anzusehen.

«Sie wollten dich umbringen.»

«Warum bist du gegangen? Warum hast du mich da einfach liegen lassen?»

«Das habe ich nicht.»

Alexandra nickte nachdenklich.

«Du hast dich um meine Verletzungen gekümmert», sagte sie, «und sie verbunden, als ich bewusstlos war.»

Eine Weile standen sie schweigend nebeneinander. Allmählich senkte sich die Dämmerung über das Meer.

«Am ersten Tatort hast du nicht aufgepasst», sagte Cecilia. «Du hast Spuren hinterlassen. Ich habe behauptet, ich hätte geniest oder ein Haar verloren ... Lars-Erik, der Kriminaltechniker, war außer sich vor Wut ...»

Alexandra sah ihre Schwester verständnislos an. Cecilia lachte.

«Schließlich sind wir eineiige Zwillinge», sagte sie.

«Aber wenn dich jemand erkannt hätte ... oder mich ...?»

Cecilia lächelte und wandte sich Alexandra zu.

«Schau mich doch an. Der Hund hat das unmöglich gemacht. Wir sehen uns nicht mehr ähnlich. Und danach bist du vorsichtiger geworden. Du hast gemacht, was ich dir gesagt habe: Plastikoveralls getragen und keine Spuren mehr hinterlassen …»

Alexandra nickte.

«Ich wusste nicht mehr, dass du mir den Tipp gegeben hast … Herrgott, das ist alles so krank …»

«Psst, schon gut», beschwichtigte Cecilia sie und legte behutsam den Arm um ihre Schwester. «Alles ist gut. Jetzt sind wir wieder zusammen. So, wie damals …»

64

Carl Edson stellte den Motor ab, blieb aber im Wagen sitzen. Sein Blick wanderte zu den Fenstern seiner Wohnung im zweiten Stock. Von Karin war nichts zu sehen, aber er wusste, dass sie zu Hause war.

Er sah auf die Uhr. Es war kurz vor acht. Vermutlich hatte sie allein gegessen und den Tisch längst abgeräumt. Im Wohnzimmer flimmerte bläuliches Licht. Bestimmt sah sie irgendeine Talkshow.

Sobald er zur Tür hereinkam, würde sie sich erkundigen, wie sein Tag gewesen sei – und er würde lügen und sagen: «Gut.» Dann würde er neben ihr auf dem Sofa sitzen, mit leerem Blick auf den Fernseher starren und in Gedanken zum x-ten Mal den Fall durchgehen.

Carl lehnte sich zurück und beobachtete ein Pärchen, das gerade aus der U-Bahn-Station kam. Die beiden waren jung, um die zwanzig, gingen eng umschlungen und blieben immer wieder stehen, um sich zu küssen.

Plötzlich wurde die Beifahrertür geöffnet. Carl zuckte zusammen und tastete nach irgendetwas, womit er sich verteidigen könnte.

«Versteckst du dich hier?»

Seine Tochter Linda rutschte neben ihn auf den Sitz.

«Gott … hast du mich erschreckt», erwiderte Carl atemlos.

«Warum sitzt du hier rum?», fragte Linda.

«Ich …» – er wusste keine Antwort – «… warte.»

Linda zog die Autotür zu.

«Und worauf?»

Carl sah dem jungen Pärchen nach, das ein Stück die Straße hinunter in einem Hauseingang verschwand.

«Darauf, dass ich genug Kraft habe», erwiderte er.

«Kraft wozu?»

«Nach Hause zu kommen, Abendbrot zu essen, Zeit mit Karin zu verbringen ... und mit dir ...»

Linda schaute ihn fragend an, sagte aber nichts. Carl lehnte sich wieder zurück und legte die Hände aufs Lenkrad, als wollte er jeden Moment losfahren. Irgendwohin, dachte er. Hauptsache weit, weit weg ...

«Ist was bei der Arbeit?»

Er zuckte mit den Schultern.

«Eigentlich nicht ... Manchmal bin ich nur gern allein.»

Linda schwieg einen Moment.

«Geht mir auch so ...», sagte sie dann.

Carl sah sie erstaunt an.

«Ich setze mich dann in die Fensternische neben der Tür zum Dachboden», erklärte Linda. «Da kommt nie jemand hoch. Von da oben schaue ich über die Welt ... Na ja, zumindest über die Dächer von Skärmarbrink.»

Carl blickte seine Tochter an. Linda war ihrer Mutter wie aus dem Gesicht geschnitten, aber vom Wesen her war sie ganz wie er. Vielleicht stritten sie sich deshalb so häufig.

Einen Moment lang schwiegen sie.

«Ich glaube, Karin will uns verlassen ... *mich*, sie will mich verlassen.»

Linda nickte.

«Ja. Du musst mit ihr reden. Wenn du nicht willst, dass sie dich verlässt, meine ich ...»

Carl zog die Augenbrauen hoch.

«Ich kann nicht», erwiderte er. «Es hat mit der Arbeit zu tun ... das ist vertraulich ...»

«Hallo? Du sprichst doch mit Journalisten und allen möglichen komischen Leuten. Ich hab die Artikel im Internet gelesen. Das ist doch jetzt nur eine dämliche Ausrede!»

Wieder sah Carl seine Tochter verblüfft an. Er war aufrichtig überrascht, dass sie Zeitung las und nicht nur Snapchat- und Instagram-Posts.

«Das ist was anderes», verteidigte er sich.

«Nein, ist es nicht. Wenn du Karin nicht verlieren willst, musst du mit ihr reden.»

Carl legte die Hände wieder aufs Lenkrad, in der Neun-Uhr-Fünfzehn-Position, wie er es an der Polizeihochschule gelernt hatte, und blickte in Richtung U-Bahn-Station. Inzwischen war der Bürgersteig verwaist. Weit und breit waren keine Fußgänger zu sehen.

Plötzlich spürte er die Hand seiner Tochter auf dem Arm.

«Das wird schon wieder, Papa. So oder so. Du bist *cool.*»

Linda lächelte. Carl lachte.

«Und du? Wie läuft's bei dir?»

«Ich hab mit Tomas Schluss gemacht.»

«Was? Wieso?»

«Ach, der ist langweilig. Wir haben nie was unternommen ... Er wollte immer nur abhängen und ...»

«Und was?»

«Versprich mir, dass du jetzt nicht wieder sauer wirst und deine Predigt über *Gesetze und Verpflichtungen* und diesen Quatsch hältst ...»

Carl schwieg einen Moment.

«In Ordnung.»

«… und kiffen. Tomas hat ständig Gras geraucht.»

Carl unterdrückte den Impuls, Linda zu erklären, dass das nicht nur ein Gesetzesverstoß, sondern auch extrem dumm war.

«Und du?», fragte er stattdessen.

«Mann, Papa! So was mache ich nicht. Das würde ich nie tun. Ich will andere Sachen machen. Dinge *unternehmen*. Deshalb hab ich mich ja von ihm getrennt.»

Carl blickte starr nach vorn. Er schwieg, aus Angst, den Moment zu zerstören.

«Tut mir leid», sagte Linda.

Er drehte sich zu ihr.

«Was tut dir leid?»

«Dass ich manchmal so anstrengend bin.»

Carl nickte.

«Schon okay. Ich sollte mich wohl auch entschuldigen.»

«Ach ja?»

«Weil ich manchmal so anstrengend bin.»

Linda lachte und öffnete die Beifahrertür.

«Lass uns reingehen», sagte sie. «Komm schon! *Be a man …*»

Sie boxte ihn zweimal hart gegen den Arm.

«Der zweite war dafür, dass du geblinzelt hast!»

Carl lachte und versuchte zurückzuboxen, doch Linda war zu schnell für ihn. Stattdessen stieg er aus dem Wagen und hakte sich bei ihr ein.

Dann gingen sie aufs Haus zu.

65

Samstag, 14. Juni

Im Fernseher lief irgendeine Sendung, in der es um gesunde Ernährung ging, aber Alexandra hörte nicht genau hin. Stattdessen musterte sie Johanna, die neben ihr im Sessel saß. Sie hielten beide einen dampfenden Teebecher in den Händen. Auf dem ovalen Couchtisch stand ein Teller mit Keksen, aber sie rührten ihn beide nicht an.

«Das ist doch totaler Blödsinn!», sagte Johanna und nickte Richtung Fernseher.

«Was?», fragte Alexandra.

«Dass gekochte Lebensmittel dem Körper schaden!»

Obwohl Alexandra keine Ahnung hatte, wovon Johanna redete, nickte sie lächelnd. Sie war einfach dankbar, dass sie hier war. Ihr Körper war immer noch geschwächt, und hin und wieder musste sie ihre Sitzposition ändern, aber allmählich ließen die Schmerzen nach, und sie konnte ohne Beschwerden auf die Toilette gehen. Sie würde wieder gesund werden.

«Was gibt's zum Abendessen?», fragte Johanna.

«Ich dachte, wir könnten uns irgendwas holen. Heute ist doch Samstag. Worauf hast du Lust? Pizza, Sushi, griechisch ...?»

«Pizza klingt gut. Und Cola.»

«Okay, Pizza.»

Alexandra war wieder in ihrer Wohnung. Alles verlief in geregelten Bahnen. Johanna wohnte abwechselnd eine Woche bei ihr und eine bei Erik. Über das, was passiert war, hatten sie nicht mehr gesprochen. Die Flucht in das Haus ihrer Eltern, die Verfolgungsjagd im Auto, Johannas Verschwinden – sie hatten es einfach hinter sich gelassen. Ob Johanna eines Tages Fragen stellen würde, wusste Alexandra nicht, aber sollte es dazu kommen, hatte sie sich bereits eine Geschichte zurechtgelegt. Die Wahrheit würde sie ihr niemals erzählen können. Was wirklich passiert war, würde nie jemand erfahren.

Niemand außer Cecilia.

«Hast du schon Pläne für den Sommer?», erkundigte sie sich. «Für die Ferien?»

Johanna zuckte mit den Schultern, ohne den Blick vom Fernseher abzuwenden.

«Warum fragst du?»

«Hättest du Lust, Oma und Opa in der Provence zu besuchen?»

Johanna drehte sich um.

«Keine Ahnung, ich war ja noch nie da.»

«Doch, einmal, als du klein warst, aber daran kannst du dich wahrscheinlich nicht mehr erinnern. Sie haben dort ein kleines Steinhaus in einem Dorf am Fluss. Man kann in den Bergen wandern und ins Café gehen. Vielleicht kann man sogar im Fluss baden, wenn das Wasser nicht zu kalt ist ...»

Johanna wandte sich wieder dem Fernseher zu und zuckte mit den Schultern.

«Okay ...»

«Cecilia kommt auch mit.»

«Deine ‹neue› Schwester», sagte Johanna abfällig und malte mit den Fingern Anführungszeichen in die Luft.

«Sie ist nicht ‹neu›. Wir sind zusammen aufgewachsen.»

«Sie ist so verdammt spießig.»

«Du musst sie nur besser kennenlernen. Sie ist wie ich. Wir sind gleich, eineiige Zwillinge eben …»

«Okay, ich hab's geschnallt», erwiderte Johanna. «Hast du vor, irgendwann mal diese Pizza zu holen?»

Alexandra stand vom Sofa auf.

«Ich gehe schon. Bin gleich zurück.»

Ich danke Markus, Per und Inga für die geduldige Lektüre. Ebenso herzlich danke ich Jacob und Helena für alle klugen Hinweise beim Lektorat des Manuskripts.

Aber der größte Dank gilt meiner Frau Erika, die mich während der Arbeit an diesem Buch unterstützt hat, sowie meinen Kindern Mira, Loke und Siri für ihre unermüdliche Inspiration.

Das für dieses Buch verwendete Papier ist FSC®-zertifiziert.